KB065384

시원변체【二】 詩源辯體

An Annotated Translation of "Shiyuanbianti"

허학이許學夷 지음 ┃ 박정숙朴貞淑·신민야申旻也 역주

세창출판사

시원변체 【二】 詩源辯體

1판 1쇄 인쇄   2016년 3월 2일
1판 1쇄 발행   2016년 3월 10일

지은이 | 허학이(許學夷)
역주자 | 박정숙 · 신민야
발행인 | 이방원
발행처 | 세창출판사
신고번호 | 제300-1990-63호
주소 | 서울 서대문구 경기대로 88 냉천빌딩 4층
전화 | (02) 723-8660   팩스 | (02) 720-4579
http://www.sechangpub.co.kr
e-mail: sc1992@empal.com
ISBN 978-89-8411-592-7 94820
        978-89-8411-590-3 (세트)

이 책은 한국연구재단의 지원으로 세창출판사가 출판, 유통합니다.

이 도서의 국립중앙도서관 출판시도서목록(CIP)은 e-CIP홈페이지(http://www.nl.go.kr/ecip)와 국가자료공동목록시스템(http://www.nl.go.kr/kolisnet)에서 이용하실 수 있습니다.
(CIP제어번호: CIP2016004772)

I

2011년, 나는 신민야 선생님과 한국연구재단에서 시행하는 명저번역연구지원 사업을 논의하고 허학이의 《시원변체》를 신청했다. 운이 좋게 이 과제가 선정이 되자마자 작업에 착수하여 책이 나오기까지 꼬박 4년 남짓의 시간이 걸렸다. 중간에 신민야 선생님의 개인적인 사정으로 말미암아 당초 내가 맡은 분량보다 더 많은 내용을 번역해야 하는 어려움에 봉착하게 되었다. 턱없이 짧은 시간 안에 갑자기 늘어난 몫을 감당하기란 참으로 숨 막히는 일이었다. 그러나 내가 그 큰 어려움을 이겨낼 수 있었던 것은, 이 책을 통해 그동안에 다져온 공부의 기초를 좀 더 튼튼하게 세우고, 그리하여 더욱 새로운 학문의 세계를 만나겠다는 일념이 날마다 지친 나를 재촉했기 때문이다.

이 책의 원저자인 허학이는 모든 것을 완성하기까지 40년의 시간이 걸렸다. 그런데 내가 고작 4년 정도의 시간을 쏟아 이 책을 번역해서 이렇게 세상에 내놓는다는 것은 정말 부끄러운 일이다. 저자가 논증한 주요 내용을 먼저 완전하게 이해하고 번역해야 함에도 불구하고 자구의 해석에만 급급하여 제대로 옮기지 못한 자책감이 물밀듯이 밀려온다. 인용된 시구 역시 전체 시를 한 수씩 찾아 그 맥락 속에서 옮기고자 노력했지만 충분히 감상할 만한 여건이 허락되지 않아 기본적인 뜻만 풀이하는 데 그칠 수밖에 없었다. 또한 역자주에서 설명하고 있는 사항도 모두 세부 연구를 통한 검증의 결과로서 제시되어야 함에도 불구하고 기존의 사전과 자료에 의존한 차원에서 머물고 있어 못내 아쉽다. 그렇지만 이번 기회에 《시경詩經》에서부터 명대까지의 시와 시론의 각종 원자료를 두루 살펴보며 통독하는 동시에, 각 내용과 관련된 기존의 연구 성과를 모아 종합적으로 검토할 수 있었다는 것만으로도 기쁘기 그지없다. 오랜 시간 동안 자료더미 속에 앉아서 인용된 작품을 일일이 찾아 대조해 보는 과정은 지루하고 고달픈 시간이었지만, 내 나름대로는 보물을 찾아 묻어두는 듯한 귀하고 값진 시간이 되었다.

Ⅱ

이 책의 번역을 준비하고 또 완성하는 과정에서 앞서 이종한 교수님께서 보여 주신 《한유산문역주》(소명출판사, 2012)의 원고는 그야말로 나의 나침반이 되었다. 이 책의 기본적인 얼개는 모두 거기서부터 나왔으며, 제한된 시간 안에 많은 분량을 감당할 수 있었던 힘의 원천에도 지난날 선생님 어깨너머로 배운 훈련의 과정이 녹아 있다. 중국 고전문학 작품을 번역하는 것은 분명히 쉽지 않은 고역이다. 그러나 그 뒤에는 무엇과도 바꿀 수 없는 일종의 사명의 열매가 있어서 멈출 수가 없는 듯하다. 일찍부터 그러한 보람을 가르쳐주신 이종한 교수님께 이 지면을 빌려 감사드린다.

그뿐 아니라 학부 시절부터 가르쳐 주시고 격려해 주신 송영정 교수님, 제해성 교수님을 비롯하여 나에게는 고마운 분들이 많이 계신다. 여러 교수님들께서 나누어 주신 은혜에 대해서는 후일 술회할 기회가 있을 듯해 여기서 잠시 줄이기로 한다. 다만, 최근 몇 년간 미천한 나의 재주가 조금이나마 성숙할 수 있도록 물심양면으로 보살펴 주신 우리 학교 한문교육과의 김윤조 교수님과 경상대학교 중어중문학과의 권호종 교수님께 특별히 감사의 말씀을 올린다.

Ⅲ

이제 막 이립而立의 시절이 지나고 불혹不惑의 나이에 접어들었다. 실수투성이고 흠이 많지만, 지난 20년간 막막하게 걸어온 길에서 하나의 매듭을 지었다. 이 책을 넘길 때마다 나는 학창 시절 혼자 중국문학사를 공부하던 나의 어린 모습을 떠올렸다. 해제나 주석 등이 다소 번잡할 정도로 상세하다고 느껴질 수 있는 것은, 그저 이 책을 통해 중국문학을 공부하고자 하는 학생들을 염두에 두었기 때문이다.

또한 작업을 마무리하면서 선학들의 평가나 동료들의 비판도 두렵지만 그보다 더 나를 두렵게 하는 것이 이것을 통해 나의 자취를 살피게 될 후학들의 눈이라는 사실에 밤잠이 설쳐진다. 이제까지 내가 습관처럼 그랬듯이 그 누군가도 나처럼 상아탑을 향한 열정과 사도師道에 대한 갈망을 품고 앉아서 매의 눈빛으로 이 책을 샅샅이 읽을지 모를 일이다. 그러므로 나는 나의 잘잘못이 가려질까 봐 두려운 것이 아니라 그들의 눈에 비칠 내 모습이 더 두렵다. 바라건대 거짓이 섞이지 않고 진실하며, 허세를 부리지 않고 겸허하게 나아가고자 한 모습이 그들의 눈에서 비쳤으면 좋겠다.

앞으로 나에게는 부단히 이 책을 수정하고 보완해야 할 책임이 있다. 더욱이 부록에 해당하는 뒷부분을 충분히 윤문하지 못한 부담이 크다. 부디 젊은 나이에 무모하지만 용기 있게 학문의 난관을 극복하고자 애쓴 마음을 헤아려서 이 책의 여러 가지 오류를 널리 양해해 주기를 간절히 바라며, 많은 질정을 고개 숙여 기다린다. 마지막으로 이 책을 정성스럽게 꾸며 주신 세창출판사 편집부에도 진심으로 감사드린다.

IV

내가 이 책으로 인해 깊은 수렁에 빠져 있던 어느 날, 나에게 구원의
손길을 뻗어 기적같이 나를 믿음의 반석 위에 세워 놓으신 하나님! 지
금 이 순간에도 나의 중심을 놓치지 않고 바라보시며 끊임없이 나를
다스리시는 하나님께 이 모든 영광을 바친다. "하나님은 사람이 아니
시니 거짓말을 하지 않으시고, 인생이 아니시니 후회가 없으시도다"
고 말씀하셨으니, 그 위대하신 계획이 무엇인지는 알 수가 없지만 모
든 것이 합력하여 선을 이룰 것이라고 믿는다. 앞내의 꽁꽁 언 얼음판
위에서 썰매를 타는 어린이들이 정겨운 오후, 오늘도 내 안에서 강같
이 흐르는 평화에 감사하며 다가올 새봄의 기쁨을 미리 찬송한다.

2016년 정월
역자 박정숙 삼가 씀

공자孔子가 말했다.

"중용中庸의 도는 지극하도다! 백성들 사이에 그 도가 행해진 지 오래도록 드물게 되었구나."

후진들이 시를 논하면서 위로는 제齊·양梁 시대를 서술하고 아래로는 당대唐代 말기를 말하는데 도에 미치지 못했다. 서정경徐禎卿 등의 여러 사람들이 먼저 〈교사가郊祀歌〉를 받들고 다음으로 요가饒歌를 천거하는데 도에서 동떨어졌다. 근래 원굉도袁宏道와 종성鍾惺이 나와서 옛것을 배척하고 자기의 마음을 스승으로 삼고자 하여 허황된 말을 숭상하는데 도에서 어긋났다. 내가 《시원변체詩源辯體》를 지은 것은 진실로 경계하는 바가 있어서다. 일찍이 나는 다음과 같이 말했다.

시에는 원류源流가 있고 체재에는 정변正變이 있으니, 책 첫머리에서 그 요점을 논한 이상, 지나치거나 미치지 못한 것에 대해 살펴서 그 중용中庸의 도를 얻었다. 다만 원굉도와 종성의 주장에서 괴이한 것을 추구하고 일반적인 것을 싫어한 것에 대해서는 의혹이 없지 않을 수 없다. 한漢·위魏·육조六朝의 시는 체재가 아직 갖춰지지 않았고 경계가 아직 완성되지 못했기에 창작의 법칙이 마땅히 광범위하다. 당이후부터 체재가 갖춰지지 않음이 없고 경계가 완성되지 않은 것이 없으니 창작의 법칙이 마땅히 그대로 지켜지게 되었다. 논자들이 "한위의 시는 《시경詩經》의 경지에 이를 수 없고, 당시는 한위시의 경지에 이를 수 없다"고 말하는 것은 통변通變의 도를 알지 못하는 것이며, 우리 명나라의 여러 문인들이 "대부분 옛사람을 본받았기에 독자적으로 창작하여 자립할 수 없다"고 말하는 것 또한 논지는 높지만 견해가 얕고, 뜻은 심원하지만 식견이 서투를 뿐이다.

지금 온갖 초목이 무성한 것을 살펴보면 꽃받침이 일정하건만 보는 사람들이 싫증내지 않는다. 그러나 오늘날의 꽃받침은 옛날의 꽃받침이 아니며, 온갖 초목의 모양을 요상하게 변화시켜 무성하게 하니 그 괴이함이 매우 심하도다. 《주역周易》에서 "형상으로 구체화하고 자세히 검토하여서 그 변화를 완성시키며, 신묘하고 밝게 하는 것은 사람에게 있다"고 하였다. 오호! 어찌 호응린胡應麟을 무덤에서 일어나게 하여 내 말을 증명하도록 할 수 있겠는가? 무릇 체제와 성조는 시의 법칙이며, 말과 뜻이라고 하는 것은 작가의 독자적인 운용을 중시한다. 말과 뜻을 훔치면 그것을 표절이라고 일컫는다. 그 체제를 규범으로 삼고 그 성조를 모방하는 것은 표절이라 할 수 없다. 오늘날에는 체제와 성조가 옛것과 비슷한 것을 참된 시가 아니라 하고, 반드시 민간의 속담이나 어린아이들의 말, 자질구레한 생각과 괴이한 성조가 있어야 도리어 참되다고 할 따름이다. 또 원굉도와 종성 두 사람은 자기의 마음을 스승으로 삼는 것을 숭상하면서, 한위시를 배우고 초당初唐과 성당盛唐의 시를 배우는 것에 대해서는 있는 힘을 다해 헐뜯고, 제·양과 당말의 시를 학습하는 것을 심히 좋아한다.

당세수唐世修가 말했다.

"옛사람이 오랫동안 버려둔 견해를 모아 오늘날 일상적인 것을 싫어하는 사람들의 이목을 현혹시키면서 다시 자기의 마음을 스승으로 삼을 수 있는 것을 보지 못했다."

과거공부는 한 시대에 유행하는 것을 꾀하지만, 시문은 후세에 평가가 결정된다. 송宋·원元·명초明初를 두루 살펴보면 이하李賀·장적張籍·왕건王建에 대해 대략 많은 사람들이 학습했는데 그 이름이 후세에 사라져 알려지지 않는다. 설령 오늘날 숭상된다 할지라도 후세에 평론이 결정됨을 짐작할 수 있다.

이 책은 만력萬曆 계사癸巳년에 시작하여 임자壬子년까지 모두 20년 동안 점차 완성되었는데, 다 합하면 소론小論 약간과 《시경》에서 오대五代까지의 시 약간이다. 외일畏逸 장상사張上舍와 미신味辛 고빙군顧聘君이 보고서 이 책을 아까워하여 나에게 출판할 것을 제안하고, 일시에 여러 친구들이 모두 기꺼이 출판을 도와주어서 먼저 소론 750칙을 출간했다. 그 당시 세간의 여러 문인들이 이미 삼가 나를 위해 말을 해두었던 것이다. 그 뒤로 20년간 열에 다섯은 가다듬고 열에 셋은 보충했는데, 여러 문인의 시는 먼저 체재를 나누고 다시 각 성조에 따라 모아서 그 음절을 상세히 밝히고 그 오류를 바로잡았으며, 나의 정력을 진실로 여기에 다 쏟아부었다. 이때 사위 진군유陳君兪가 나를 위해 전집全集을 인쇄하려고 계획했지만 그 일을 이어가지 못했다.

옛날에 우번虞翻이 말했다.

"세상에 자신을 알아주는 사람이 한 명이라도 있다면 여한이 없으리라."

오늘날 여러 사람들이 나를 알아주어 얻은 것이 우중상보다 많으니 내가 또 무슨 한이 있겠는가. 만약 내가 곧장 죽지 않는다면 다시 기회를 얻어 이 문집이 전부 간행되어서 시문이 오래도록 남아 천고의 근거가 되기를 바라노니, 어찌 오직 나 한 사람의 사사로운 이익이겠는가!

숭정崇禎 오년五年 임신년壬申年에 백청伯淸 허학이許學夷가 다시 고치노니, 이때 나이가 70세다.

仲尼曰: "中庸其至矣乎! 民鮮能久矣." 後進言詩, 上述齊梁, 下稱晚季, 於道爲不及; 昌穀諸子, 首推郊祀, 次擧鐃歌, 於道爲過; 近袁氏鍾氏出, 欲背古師心, 詭誕相尙, 於道爲離. 予辯體之作也, 實有所懲云. 嘗謂: 詩有源流, 體有正變,於篇首既論其要矣,就過不及而揆之,斯得其中.獨袁氏鍾氏之說倡,而趨異厭常者不能無惑.漢魏六朝,體有未備,而境有未臻,於法宜廣;自唐而後,體無弗備,而境無弗臻,於法宜守.論者謂"漢魏不能爲三百,唐人不能爲漢魏",既不識通變之道,謂我明諸公"多法古人,不能自創自立",此又論高而見淺,志遠而識疏耳.今觀夫百卉之榮也,華萼有常,而觀者無厭,然今之華萼,非昔之華萼也,使百卉幻形而爲榮,則其妖也甚矣.易曰:"擬議以成其變化,神而明之,存乎其人."嗚呼!安得起元瑞於地下而證予言乎.夫體制·聲調,詩之矩也,曰詞與意,貴作者自運焉.竊詞與意,斯謂之襲;法其體製,倣其聲調,未可謂之襲也.今凡體製·聲調類古者謂非眞詩,將必俚語童言·纖思詭調而反爲眞耳.且二氏既以師心爲尙矣,然於學漢魏·學初盛唐則力詆毁,學齊梁晚季,又深喜之.唐世修謂:"拾古人久棄之唾餘,眩今人厭常之耳目,又未見其能師心也."夫學業求售於一時,而詩文定論於後世.歷考宋·元·國初,於長吉·張·王,蓋多有學之者,而後世泯焉無聞.卽今日所尙,而他日之定論可知.是書起於萬歷癸巳,迄壬子,凡二十年稍成,計小論若干則,自三百篇至五季詩若干首.畏逸張上舍·昧辛顧聘君見而惜之,爲予倡梓,一時諸友咸樂助之,乃先梓小論七百五十則.時湖海諸公已有竊爲己說者.後二十年,修飾者十之五,增益者十之三,諸家之詩,既先以體分,而又各以調相附,詳其音切,正其訛謬,而予之精力實盡於此.玆者館甥陳君兪爲予謀梓全集,而未有以繼之.昔虞仲翔言:"使天下有一人知己,足以無恨."今諸君知我,所得多於仲翔,予復何恨焉.倘予不卽就木,庶幾復有所遇,使玆集全行,則風雅永存,千古是賴,豈直予一人之私德哉!崇禎五年壬申,許學夷伯淸更定,時年七十.

詩源辯體

❶ 이 책은 허학이의 《시원변체》(北京: 人民文學出版社, 1998)를 우리말로 옮긴 것이다.

❷ 본문인 제1권~제33권 및 기타 등은 박정숙이 역주했고, 총론(제34권~제36권)과 후집찬요 2권은 신민야가 맡았다.

❸ 번역은 직역을 위주로 하면서 우리말 표준어규칙에 따랐다.

❹ 해제는 원문과 관련된 내용을 중심으로 기존의 연구 성과를 두루 참고하여 정리한 것이다.

❺ 주석은 원문을 이해하는 데 필요한 인명, 서명, 편명, 지명, 국명, 연호 및 주요 용어 등을 중심으로 각종 사전과 자료를 참고하여 정리한 것이다.

❻ 원문에서 [ ]로 표기된 원저자의 주석은 모두 각주로 처리하여 역자의 주석과 구분되도록 하였다. 다만 독자의 편의를 위해서 역자가 ( )로 표기하여 보충한 내용도 있다.

❼ 원문에서 인용된 시구는 모두 해당 원자료의 통행본에 의거하여 작가와 제목을 상세히 기록했다. 자구의 차이가 있는 경우에는 우선 원저자의 표기에 따르는 것을 원칙으로 하되, 그 차이에 대해서는 일일이 언급하지 않았다.

❽ 작가의 이름은 성명을 기준으로 표기하여 알기 쉽게 하였으되(원저자는 이름이나 자 중에서 가장 잘 알려진 것을 기준으로 하였음), 일부 예외적인 경우도 있다.

❾ 원서에서 명백한 오타인 경우에는 수정했으되, 용례가 많지 않고 사소한 것이어서 별도로 표기하지는 않았다.

❿ 참고한 기존의 연구 성과 등은 일부 특별한 경우 외에는 언급하지 않았다.

차 례

詩源辯體

역자서문 / i   자 서 / v   일러두기 / ix   범 례 / xii   세대별 차례 / xxv

 시원변체【二】

제5권 ……………………………………………………………… 3

제6권 ……………………………………………………………… 53

제7권 ……………………………………………………………… 99

제8권 ……………………………………………………………… 153

제9권 ……………………………………………………………… 178

제10권 …………………………………………………………… 200

제11권 …………………………………………………………… 219

제12권 …………………………………………………………… 229

제13권 …………………………………………………………… 262

제14권 …………………………………………………………… 295

제15권 …………………………………………………………… 310

제16권 …………………………………………………………… 329

제17권 …………………………………………………………… 365

제18권 …………………………………………………………… 437

제19권 …………………………………………………………… 516

찾아보기 / 585

시원변체【一】

제1권~제4권

 시원변체【三】

제20권~제33권

 시원변체【四】

[총 론] 제34권~제36권

[후집찬요] 제1권~제2권

모두 27조임共二十七條

1. 이 책을 《변체辯體》라고 명명한 것은 뜻을 변별한다는 것이 아니니, 뜻을 변별하면 이학과 비슷하게 될 것이다. 그러므로 《고시십구수古詩十九首》의 〈하불책고족何不策高足〉, 〈연조다가인燕趙多佳人〉 등은 시의 근원이 아닌 것이 없고, 당나라 태종太宗의 〈제경편帝京篇〉 등은 오히려 화려함을 면하지 못했다. 이것을 이해한다면 이 책을 읽을 수 있을 것이다.

此編以"辯體"爲名, 非辯意也, 辯意則近理學矣. 故十九首"何不策高足""燕趙多佳人"等, 莫非詩祖, 而唐太宗帝京篇等, 反不免爲綺靡矣. 知此則可以觀是書.

2. 《변체》에서 《시경詩經》·《초사楚辭》·한漢·위魏·육조六朝·당唐의 시는 먼저 그 대강을 든 다음에 세목을 구별했는데, 매 권 많은 것은 70여 칙이고 적은 것은 2~3칙이다. 매 칙은 하나의 주제를 갖추고 있는데, 모두 오랜 깨달음을 통해 얻은 것으로, 절대 덩달아 찬성하여 중복한 것은 있지 않다. 학자는 마음으로써 마음이 통하니 응당 하나하나씩 깨닫게 될 것이다. 그렇지 않으면 오직 그 번잡하고 어지러운 것만 보게 될 뿐, 정신을 쏟아 독자적으로 깨닫고 체계적으로 구성한 오묘함에 대해서는 막연하여 수용하지 못할 것이다. 지금 모두 합치면 956칙인데, 후인이 삭제할까 봐 두려울 따름이다.

辯體中論三百篇·楚辭·漢·魏·六朝·唐人詩, 先擧其綱, 次理其目, 每卷多者七十餘則, 少者二三則. 然每則各具一旨, 皆積久悟入而得, 並未嘗有雷同重複者.
學者以神合神, 當一一領會. 否則但見其冗雜繁蕪, 而於精心獨得・次第聯絡之妙,
漠然其不相入矣. 今總計九百五十六則, 懼後人刪削耳.

3. 《변체》 중에서 많은 말들이 열몇 차례 보이는 것은 모두 위아래
를 연결시키는 말이거나 각 권의 강령이 되는 핵심으로 군더더기 말
이 아니다. 진晉나라 은호殷浩가 처음 《유마힐경維摩詰經》을 읽었을
때, "반야다라밀般若波羅蜜"[1]이 너무 많은 것을 의심스러워했지만, 후
일 《소품반야바라밀경小品般若波羅蜜經》을 보고서는 이 말이 적은 것을
아쉬워했다. 독자는 각기 이해해야 마땅할 것이다.

辯體中數語有十數見者, 皆承上起下之詞, 或爲各卷中綱領關鍵, 非贅語也. 殷中
軍初視維摩詰經, 疑"般若波羅蜜"太多, [當作"三藐三菩提", 世說誤耳.] 後見小品, 恨此
語少. 觀者宜各領略.

4. 《변체》 중 한위시를 논할 때는 먼저 종합한 뒤에 분석하고, 초
初・성盛・중당中唐의 시를 논할 때는 먼저 분석한 뒤에 종합했다. 한
위의 시체詩體는 어우러지고 별도로 새로운 풍격이 없지만, 그 전체를
통괄하면 다름이 있음을 면치 못하기에 먼저 종합한 뒤에 분석했다.
당나라 문인들에 이르러서는 풍격이 약간 다르고 체재도 각기 구별되
었지만, 그 귀납을 통괄하면 또한 같지 않은 것이 없으므로 먼저 분석
하고 종합했다. 이백李白과 두보杜甫의 경우는 모두 입신入神의 경지에
들어가고, 위응물韋應物과 유종원柳宗元은 모두 충담沖淡으로 칭송되므
로 역시 먼저 종합한 뒤에 분석했다. 원화元和・만당晩唐에 이르러서

---

1) 마땅히 "삼막삼보리三藐三菩提"라고 해야 하는데, 《세설신어世說新語》에서 잘
못 표기했다.

는 각각의 시파가 나와 그 시체가 심히 달라지므로 오직 분석만 하고 종합하지는 않았다.2)

辯體中論漢魏詩先總而後分, 論初·盛·中唐詩先分而後總者, 蓋漢魏詩體渾淪, 別無蹊徑, 然要其終亦不免有異, 故先總而後分; 至唐人則蹊徑稍殊, 體裁各別, 然要其歸則又無不同, 故先分而後總. 若李杜, 則皆入於神, 韋柳, 則並稱沖淡, 故亦先總而後分. 至元和·晩唐, 則其派各出, 厥體甚殊, 故但分而不總也. [元和·晩唐雖有總論, 而非論其同也.]

5. 《변체》중 한·위·육조의 시를 논하면서 재주와 조예를 말하지 않은 것은 한위시는 재주가 있지만 그 재주를 드러내지 않았고, 육조시는 재주가 없는 것은 아니지만 조탁하고 꾸며서 그 재주를 발휘했다고 할 수 없기 때문이다. 또 한위시는 천연스러움에서 나와 본래 조예가 없고, 육조시는 조탁하고 꾸며서 조예라고 말할 수 없기 때문이다. 그러므로 반드시 왕발王勃·양형楊炯·노조린盧照隣·낙빈왕駱賓王에 이르러서야 재주를 말하고, 심전기沈佺期·송지문宋之問에 이르러서야 조예를 말하며, 성당의 여러 문인에 이르러서야 홍취興趣를 말할 따름이다.3)

辯體中論漢·魏·六朝詩不言才力·造詣者, 漢魏雖有才而不露其才, 六朝非無才而雕刻綺靡又不足騁其才; 漢魏出於天成, 本無造詣, 而六朝雕刻綺靡, 又不足以言造詣. 故必至王·楊·盧·駱, 始言才力; 至沈宋, 始言造詣; 至盛唐諸公, 始言興趣耳. [初唐非無興趣, 至盛唐而興趣實遠.]

---

2) 원화·만당에는 총론이 있지만 그 같은 점에 대해서는 논하지 않았다.
3) 초당 시기에 홍취가 없는 것은 아니지만, 성당에 이르러야 홍취가 진실로 심원해진다.

6. 《변체》 중 여러 문인의 시를 논하면서 이름을 칭할 때도 있고 자字를 칭할 때도 있는데, 각기 가장 잘 알려진 것에 따랐기 때문이다. 여러 학자들은 시를 논하면서 혹은 관명官名, 혹은 별호別號, 혹은 지명地名을 사용하여 그 이름을 숨기는데, 후학들을 편리하게 하는 것이 아니다.

辯體中論諸家詩, 或稱名, 或稱字, 各從其最著者. 若諸家論詩, 或官名, 或別號, 或地名, 而幷隱其姓氏, 非所以便後學也.

7. 여러 학자들이 시를 논하면서 대부분 이미 들은 것을 슬그머니 취하여 자신의 주장으로 혼용하는데, 가장 비루한 일이다. 내가 이 책에서 인용한 주장에는 반드시 이름을 명확하게 표기했으며, 간혹 문장의 어기가 의문스러우면 바로 소주小註를 달아 분명하게 밝힘으로써 주체와 객체가 애매한 경우가 거의 없도록 했다. 후일 다른 책에 혹시 이 책과 같은 내용이 있다면, 마땅히 이 책을 근본으로 삼아야 할 것이다.

諸家說詩, 多采竊舊聞, 混爲己說, 最爲可鄙. 予此書凡所引說, 必明標姓字, 或文氣相疑, 卽以小註明之, 庶無主客之嫌. 後他書或與是書同者, 當以是書爲本.

8. 이 책 《변체》의 소론은 40년 동안 12차례 원고를 고쳐서야 완성된 것이다. 간혹 밤에 누웠다가도 깨달음이 생기면 벌떡 일어나 적었고, 촛불이 없으면 새벽에 일어나 적었으며, 늙어 병든 후에는 손으로 쓸 수가 없어 조카들에게 명하여 대신 쓰게 했다.

此編辯體小論, 四十年十二易稿始成. 或夜臥有得, 卽起書之; 無燭, 曉起書之; 老病後不能手書, 命姪輩代書.

9. 이 책의 한·위·육조·초당·성당·중당·만당의 시는 오직

작자의 이름이 분명하고 언급하는 내용이 어느 한 시대와 관련된 것을 수록했는데, 학자들이 숙독하여 정통하고 원류가 간명하게 드러나도록 하려는 의도이지 순서가 없이 마구 섞이고 광대하여 알기 어렵게 하려고 한 것이 아니다. 그러나 한위의 저명한 문인들은 시편이 매우 적고 육조와 당나라의 문인들에게서 시편이 비로소 많아지므로, 한위의 저명한 문인들은 간혹 한두 편을 수록했고 육조와 당나라의 문인들의 시편은 많게는 열 배 정도에 이른다.

此編漢・魏・六朝・初・盛・中・晚唐詩, 惟錄其姓氏顯著・撰論所及有關一代者, 意欲學者熟讀淹貫, 源流易明, 不欲其總雜無倫, 浩瀚難測耳. 然漢魏名家, 篇什甚少, 而六朝・唐人, 篇什始多, 故漢魏名家, 或一篇兩篇者, 錄之, 而六朝・唐人, 多至什百矣.

10. 이 책은 체재의 변석을 위주로 하므로 선시選詩와 같지 않다. 한・위・육조・초당・성당・중당・만당은 성하고 쇠함이 현격히 다르므로 지금 각기 그 시기의 체재를 기록함으로써 그 변화를 분별한다. 품평하여 차례를 매기는 것은 논의 중에서 상세히 기록했다.

此編以辯體爲主, 與選詩不同. 故漢・魏・六朝・初・盛・中・晚唐, 盛衰懸絶, 今各錄其時體, 以識其變. 其品第則於論中詳之.

11. 이 책에서 대개 한・위・육조의 오칠언 시를 고시古詩라 명명하지 않은 것은 한・위・육조에는 당초 율시律詩가 없으므로 고시라고 부를 필요가 없기 때문이다. 오칠언 사구四句를 절구絶句라 명명하지 않은 것은 한・위・육조에는 당초 절구라는 명칭이 없었고 당나라의 율시 이후에 비로소 이 명칭이 생겼기 때문이다. 그러므로 한위 이하로 단지 오언・칠언이라고 명명하고, 사구의 시를 각기 그 뒤에 넣었다. 진자앙陳子昂・두심언杜審言・심전기沈佺期・송지문宋之問 이후에

비로소 고시와 율시가 구분되어서 각각 절구를 율시 뒤에 넣었다.

此編凡漢·魏·六朝五七言不名古詩者, 漢·魏·六朝初未有律, 故不必名爲古也. 五七言四句不名絶句者, 漢·魏·六朝初未有絶句之名, 唐律而後方有是名耳. 故漢魏而下止名五言·七言, 而以四句各次其後. 陳·杜·沈·宋而後始分古·律, 而各以絶句次律詩後也.

12. 이 책의 한·위·육조 시는 모두 《시기詩紀》에서 모아 수록했고, 당나라 이후로는 각기 본 문집에서 가려 뽑았다. 《당시품휘唐詩品彙》의 경우는 선록한 작품이 너무 방대하고 원화 이후로는 대부분 본래의 모습을 잃어서 정론이 되기에 충분하지 못하다.

此編漢·魏·六朝詩, 悉從詩紀纂錄, 唐人而下各從本集采取. 如品彙所選極博, 而於元和以後多失本相, 不足以定論也.

13. 이 책에 수록된 조일趙壹·서간徐幹·진림陳琳·완우阮瑀의 오언, 백량체柏梁體의 연구聯句 및 육기陸機·사령운謝靈運·사혜련謝惠連의 칠언, 양간문제梁簡文帝·유신庾信·수양제隋煬帝·두심언杜審言의 칠언팔구, 포조鮑照·유효위劉孝威·양간문제·유신庾信·강총江總·수양제 및 왕발·노조린·낙빈왕의 칠언사구, 심군유沈君攸의 칠언장구가 반드시 다 뛰어난 것은 아니다. 대개 서간, 진림 등의 여러 문인들은 이미 건안칠자建安七子의 반열에 들어가 있고 오언 중 다소 완정한 작품이 있기에 수록하여 버리지 않았다. 백량체는 칠언의 효시다. 진송晉宋 연간에는 칠언이 더욱 적은데 육기와 사령운에게 칠언의 작풍을 계승한 것이 남아 있다. 양나라 간문제와 유신 등의 여러 문인은 칠언율시의 효시고, 포조와 유효위 등의 여러 문인은 칠언절구의 효시며, 심군유의 성조도 점점 율격에 맞게 되었으므로 모두 빠뜨릴 수 없을 따름이다.

此編所錄, 如趙壹 · 徐幹 · 陳琳 · 阮瑀五言, 柏梁聯句及陸機 · 謝靈運 · 謝惠連
七言, 梁簡文 · 庾信 · 隋煬帝 · 杜審言七言八句, 鮑照 · 劉孝威 · 梁簡文 · 庾信 ·
江總 · 隋煬帝及王 · 盧 · 駱七言四句, 沈君攸七言長句, 非必盡佳. 蓋徐陳諸子既在
七子之列, 故五言稍能成篇, 亦在不棄. 柏梁爲七言之始. 晉宋間七言益少, 存陸謝
以繼七言之派. 梁簡文 · 庾信諸子, 乃七言律之始, 鮑照 · 劉孝威諸子, 乃七言絶之
始, 君攸聲亦漸入於律, 故皆不可缺耳.

14. 여러 학자들은 시를 편찬할 때 악부樂府를 시 앞에 놓지만 나는
이 책에서 악부를 시 뒤에 넣었는데, 대개 한나라의 고시는 진실로 국
풍國風을 계승했고 조식曹植 · 육기陸機 이하의 시는 진실로 고시를 계
승했지만, 악부의 경우에는 체제가 같지 않으므로 부득이 시를 앞에
두고 악부를 뒤에 둘 수밖에 없었다. 제齊나라 영명永明 이후로 양무제
梁武帝를 제외하고서 비로소 악부와 시를 혼합하여 수록했는데, 그때
의 악부와 시는 사실상 조금의 차이도 없어서 나누어 수록할 필요가
없기 때문이다.

諸家纂詩, 樂府在詩之前, 而予此編樂府次詩之後者, 蓋漢人古詩實承國風, 而曹
陸以下之詩, 實承古詩, 至於樂府, 則體製不同, 故不得不先詩而後樂府. 永明而下,
梁武而外始混錄之者, 于時樂府與詩實無少異, 不必分錄矣.

15. 이 책은 포조鮑照 · 사조謝朓 · 심약沈約 · 왕융王融의 고시 중 점
차 율체에 맞게 된 것을 수록하고, 고적高適 · 맹호연孟浩然 · 이기李
頎 · 저광희儲光羲의 고시 중 율체를 잡용한 것은 수록하지 않았다. 포
조 등 여러 문인은 율시로 변하는 시기에 해당하여 그 변화를 분별하
기 위해 수록했고, 고적 등의 여러 문인은 복고復古를 이룬 이후에 해
당하여,4) 그 흐름을 막아버렸기에 제외시켰다.

此編鮑照 · 謝朓 · 沈約 · 王融古詩漸入律體者錄之, 　高適 · 孟浩然 · 李頎 · 儲

光羲古詩雜用律體者不錄. 蓋鮑照諸公當變律之時, 錄之以識其變; 高適諸公當復古
之後, [謂復古聲, 非復古體也.] 黜之以塞其流.

16. 이 책은 무릇 육조와 당나라의 의고擬古 등의 작품은 수록하지
않았다. 이 책은 체재의 변석을 위주로 하는데, 의고시는 여러 문인들
의 체재를 변석하기에 충분하지 못하기 때문이다. 하안何晏과 도연명
陶淵明의 의고시를 수록한 것은 하안과 도연명은 의고라는 명칭만 빌
렸지 실제로는 의고가 아니기 때문이다.5)

此編凡六朝・唐人擬古等作不錄. 蓋此編以辯體爲主, 擬古不足以辯諸家之體也.
何晏・陶淵明擬古則錄之者, 何陶借名擬古, 而實非擬古也. [說見淵明論中.]

17. 이 책은 당나라의 이백李白・두보杜甫・고적高適・잠삼岑參・왕
유王維・전기錢起・유장경劉長卿・한유韓愈・백거이白居易 시의 모든 체
재를 다 수록했고, 나머지 문인들 시 중에서는 각기 뛰어난 것을 수록
했다. 만당은 칠언절구가 뛰어나므로 한두 수 채록할 만한 것은 또한
수록했다.

此編唐人詩惟李・杜・高・岑・王維・錢・劉・韓・白諸體備錄, 餘則各錄其
所長. 晚唐七言絶爲勝, 卽一二可采者亦錄之.

18. 이 책을 두고서 혹자는 원화 연간의 여러 문인들에 대해 과다하
게 모아 기록하고, 변체가 정체보다 많은 것을 면치 못한다고 의문스
러워 한다. 그러나 이 책은 체재의 변석을 위주로 하여서 원화의 여러
문인들이 일일이 독자적으로 세운 문호를 뺄 수가 없을 뿐 아니라, 그

---

4) 고성古聲을 회복했다는 말이지 고체古體를 회복했다는 말이 아니다.
5) 도연명에 관한 논의 중에 설명이 보인다.

시편이 초·성당보다 모두 몇 배가 되어도 줄일 수가 없으니, 진실로 학자들이 그 변체變體를 끝까지 이해해야 비로소 정체正體로 돌아갈 수 있음을 깨닫게 하고자 할 따름이다.

此編或疑元和諸子纂錄過多, 不免變浮於正. 然此編以辯體爲主, 元和諸子, 一一 自立門戶, 旣未可缺, 其篇什恆數倍於初·盛, 則又不可少, 正欲學者窮極其變, 始知 反正耳.

19. 당나라 문인의 여러 체재의 편집 순서는 오언고시五言古詩, 칠언고시七言古詩, 오언율시五言律詩, 오언배율五言排律, 칠언율시七言律詩, 오언절구五言絕句, 칠언절구七言絕句 순이다. 초당의 태종太宗·우세남虞世南·위징魏徵과 왕발·양형·노조린·낙빈왕의 오언팔구五言八句는 장편과 섞어서 수록하고 또 칠언고시 앞에 넣었는데, 대개 그때에는 오언의 고시와 율체가 혼합되어서 율시라고 꼬집어서 말할 수 없기 때문이다.

唐人諸體編次, 先五言古, 次七言古, 次五言律, 次五言排律, 次七言律, 次五言 絕, 次七言絕. 初唐, 太宗·虞·魏及王·楊·盧·駱五言八句與長篇混錄又先於七 言古者, 蓋于時五言古·律混淆, 未可定指爲律也.

20. 이 책에 수록된 여러 문인들의 시는 먼저 오칠언 고시·율시·절구로 차례를 나누었을 뿐 아니라, 또 여러 시체에 대해 각기 체제와 음조에 따라 분류했는데, 여러 문인의 각 체제 앞에 주註가 보이며, 주가 없는 것은 마땅히 미루어서 짐작해야 할 것이다.

此編所錄諸家詩, 旣先以五七言古·律·絕分次, 而於諸體又各以體製·音調類 從, 註見諸家各體前, 其有未註者, 當以類推.

21. 이 책에서 여러 문인들의 괴이한 시구를 소론에서 인용한 이상,

시 전체가 비루하고 졸렬한 것 및 위작된 작품은 쌍행雙行으로 덧붙여서 학자들이 진실로 일일이 분별하여 자연스럽게 깨달을 수 있도록 했다.

此編諸家怪惡之句旣引入論中, 而全篇有鄙拙及僞撰者, 則雙行附見, 學者苟能一一分別, 自然悟入.

22. 이 책에서 당나라 시 중 육언六言 및 칠언배율七言排律을 수록하지 않은 것은 정체가 아니기 때문이다.

此編唐人惟六言及七言排律不錄, 非正體也.

23. 시 중에서 와전된 글자는 선시하여 교감한 자가 여러 판본에서 모두 같은 것을 보고 감히 의심하지 않았기에 결국 오랫동안 잘못된 것인데, 지금도 역시나 감히 고칠 수 없으므로, 오직 어떤 구 아래에 "잘못되었음誤"이라는 주를 넣거나, 어떤 글자 아래에 "어떤 글자인 것으로 여겨짐疑作某字"이라고 주를 넣어서 박학다식한 사람이 그것을 바로잡아 주기를 재차 기다린다. 일일이 따질 수 없는 것은 일단 제외시켰다.

詩中訛字, 選校者見諸本皆同, 莫敢致疑, 終誤千古, 今亦不敢遽改, 但於某句下註"誤"·於某字下註"疑作某字", 更俟博識者定之. 其不能一一揣摩者, 姑缺.

24. 이 책은 음절의 오류를 바로잡았는데 《시경》, 《초사》, 한·위에서 가장 상세하며, 당 이후로 다소 간략한 것은 대개 어려운 글자, 그릇 전해진 운韻, 오자가 있는 책을 앞에서 이미 자세하게 설명하여 뒤에서 번거롭게 말할 필요가 없기 때문이다. 또 세속에서 그릇 전해진 운을 잘못 쓰는 일은 당나라 때부터 이미 있었으니, 예를 들어 '盡(진)', '似(사)', '斷(단)'자는 본디 상성上聲인데 잠삼은 거성去聲으로 썼

고, '囀(전)'자는 본디 거성인데 왕유는 상성으로 썼으며, '墮(타)'자는 본디 상성인데 한유는 거성으로 썼으며, '畝(묘)'의 본음本音은 '某(모)'이지만 원결元結은 '姆(모)' 음으로 썼으며, '婦(부)'의 본음은 '阜(부)'이지만 백거이는 '務(무)' 음으로 썼다. 즉 음운音韻이 그릇된 내력은 이미 오래되었다. 다만 압운押韻은 반드시 틀려서는 안 되므로 다시 상세하게 기록했다.

此編音切正誤, 惟三百篇·楚辭·漢·魏最詳, 而唐以後稍略者, 蓋難字·訛韻·誤書, 前旣詳明, 後自不容贅. 又世俗訛韻, 自唐已有之, 如"盡"字·"似"字·"斷"字本上聲, 而岑嘉州作去聲, "囀"字本去聲, 而王摩詰作上聲, "墮"字本上聲, 而韓退之作去聲, "畝"本音"某", 而元次山作"姆"音, "婦"本音"阜", 而百樂天作"務"音, 則音韻之訛, 其來已久. 但押韻必不可誤, 故復詳之.

25. 이 책에서 어려운 글자, 그릇 전해진 운에 관한 부분은 예전에 음주音註에서 상세히 설명한 것이고, 필획에 오자가 있는 책에 관한 부분은 67~68세부터 바로잡기 시작하여 적어도 열에 여덟은 수정했으니, 이 책의 완성에 일조했다. 다만 병든 이후 손이 떨려 많이 쓸 수가 없는데, 구심이丘心怡의 등사본謄寫本이 전후 차례가 더욱 타당하므로 지금 구본丘本에 대해 상세히 살펴서 판각할 때 마땅히 증거로 취해야 할 것이다.

此編難字訛韻, 舊已音註詳明, 筆畫誤書, 則自六十七·六十八始正, 苟十得其八, 亦足爲此編一助. 但病後手顫, 不能多書, 丘心怡錄本, 先後次序尤當, 今惟於丘本詳之, 刻時當取證也.

26. 이 책에 대해 혹자는 방점을 찍어서 후학들에게 보여줘야 마땅하고 말한다. 생각건대 한·위의 고시와 성당의 율시는 기상이 어우러져 시구를 발췌하기가 어렵다. 원가元嘉, 개성開成 이후에 비로소 가

구佳句가 많아졌다. 그것을 구분하여 말하자면 한・위・성당의 어우러진 곳은 겨우 각 구에 1개의 방점만 찍으면 되지만, 육조와 만당의 가구는 방점을 많이 찍지 않으면 안 된다. 후학들이 깨닫지 못하고서 육조시가 한・위보다 뛰어나고, 만당이 성당보다 뛰어나다고 할까 봐 두렵다.6)

此編或言宜圈點, 以示後學. 予謂: 漢魏古詩・盛唐律詩, 氣象渾淪, 難以句摘. 元嘉・開成而後, 始多佳句. 就其境界, 漢・魏・盛唐渾淪處, 止宜每句一圈, 而六朝・晚唐佳句, 不容不多圈矣. 恐後學不知, 將謂六朝勝於漢魏・晚唐勝於盛唐也. [與盛唐總論第二十一則參看.]

27. 이 책의 순서는 다음과 같다.

○ 주대周代의 시 및 《초사楚辭》가 한 책이다.

○ 한위漢魏가 한 책이다.

○ 육조六朝도 본래는 한 책이어야 마땅하나 시편이 비교적 많아서 지금 진晉・송宋・제齊를 한 책으로 한다.7)

○ 양梁・진陳・수隋가 한 책이다.

○ 초당初唐이 한 책이다.

○ 성당盛唐 여러 문인들이 한 책이다.

○ 이백李白과 두보杜甫가 한 책이다.

○ 중당中唐의 여러 문인부터 이익李益・권덕여權德輿까지가 한 책이다.

○ 원화元和도 본래는 한 책이어야 마땅하나 시편이 역시 많아서 지

---

6) 성당의 총론 제21칙(제17권 제43칙)과 참조하여 보기 바란다.
7) 사조・심약의 시에는 고성古聲이 아직도 남아 있다. 《문선文選》에서 시를 수록한 것도 제나라 영명 시기에서 끝난다.

금 위응물韋應物·유종원柳宗元에서 노동盧仝·유차劉叉·마이馬異까지
를 한 책으로 한다.

○ 장적張籍·왕건王建에서 시견오施肩吾까지가 한 책이다.

○ 만당晩唐·오대五代가 한 책이다.

○ 종론總論 및 후집찬요後集纂要가 한 책이다.

모두 38권 12책으로 다 비슷한 것끼리 분류하여 열람하기에 편리
하도록 했다. 간혹 분량에 따라 배합하여 균등하게 나누는 것은 서점
에서나 하는 것이지 시체의 의미를 깨닫지 못한 것이다.

此編分次: 周詩及楚辭爲一本; 漢魏爲一本; 六朝本宜一本, 但篇什較多, 今以
晉·宋·齊爲一本; [謝朓沈約, 古聲尙有存者. 文選錄詩, 亦止於齊永明.] 梁·陳·隋爲
一本; 初唐爲一本; 盛唐諸公爲一本; 李杜爲一本; 中唐諸公至李益·權德輿爲一本;
元和本宜一本, 而篇什亦多, 今以韋柳至盧仝·劉叉·馬異爲一本; 張籍·王建至施
肩吾爲一本; 晩唐·五代爲一本; 總論及後集纂要爲一本. 共三十八卷, 爲十二本,
皆以類相從, 便於觀覽. 或必以多寡相配而均分之, 則書肆所爲, 不得詩體之趣矣.

詩源辯體

《시원변체》는 《시경》·《초사》에서 시작되지만 차례에서 유독 누락시킨 것은, 《시경》은 무명씨無名氏의 작품이 대부분이며 게다가 여러 국가가 같지 않아서 순서를 나누기가 어렵기 때문이다. 《초사》는 오직 초楚나라에 해당하므로 역시 차례가 없다. 辯體起於三百篇·楚辭而世次獨缺者, 蓋三百篇多無名氏, 且諸國不一, 難以分次; 楚辭偏屬於楚, 故亦無次焉.

1. 서한西漢

(1) 고제高帝: 관중關中, 즉 지금의 섬서陝西 서안부西安府에 도읍했다. 12년간 재위했다. 원년은 을미년乙未年이다. 都關中, 卽今陝西西安府. 在位十二年. 元年乙未.
   ① 사호四皓
   ② 고제高帝
   ③ 항적項籍
(2) 혜제惠帝: 고제의 태자다. 7년간 재위했다. 원년은 정미년丁未年이다. 高帝太子. 在位七年. 元年丁未.
(3) 고후高后: 고제의 황후다. 임금의 자리를 8년간 범했다. 원년은 갑인년甲寅年이다. 高帝后. 僭位八年. 元年甲寅.
(4) 문제文帝: 고제의 둘째 아들이다. 앞서 16년간 재위했다. 원년은 임술년壬戌年이다. 뒤에 7년간 재위했다. 高帝中子. 前十六年. 元年壬戌. 後七年.
   ① 위맹韋孟

(5) 경제景帝: 문제의 태자다. 앞서 7년간 재위했다. 원년은 을유년乙酉年이다. 중간에 6년간 재위했다. 뒤에 3년간 재위했다. 文帝太子. 前七年. 元年乙酉. 中六年. 後三年.

　① 무명씨無名氏: 〈고시십구수古詩十九首〉 중 매승枚乘의 시가 있으므로, 소명태자昭明太子의 편차에 따라 이릉李陵의 앞에 넣었으며, 나머지 11편은 유형에 따라 덧붙였다. 古詩十九首中有枚乘之詩, 故依昭明編次在李陵前, 餘十一篇以類附焉.

(6) 무제武帝: 경제의 태자다. 건원建元 6년간 재위했다. 원년은 신축년辛丑年이다. 원광元光 6년간, 원삭元朔 6년간, 원수元狩 6년간, 원정元鼎 6년간, 원봉元封 6년간, 태초太初 4년간, 천한天漢 4년간, 태시太始 4년간, 정화征和 4년간, 후원後元 2년간 재위했다. 景帝太子. 建元六. 元年辛丑. 元光六. 元朔六. 元狩六. 元鼎六. 元封六. 太初四. 天漢四. 太始四. 征和四. 後元二.

　① 무제武帝
　② 무제와 여러 신하들의 연구聯句
　③ 무명씨: 무제 때의 〈교사가郊祀歌〉
　④ 소산小山
　⑤ 탁문군卓文君
　⑥ 이릉李陵
　⑦ 소무蘇武

(7) 소제昭帝: 무제의 막내아들이다. 시원始元 6년간 재위했다. 원년은 을미년乙未年이다. 원봉元鳳 6년간, 원평元平 1년간 재위했다. 武帝少子. 始元六. 元年乙未. 元鳳六. 元平一.

　① 소제昭帝

(8) 선제宣帝: 위태자衛太子의 손자다. 본시本始 4년간 재위했다. 원년은 무신년戊申年이다. 지절地節 4년간, 원강元康 4년간, 신작神爵 4년간, 오봉五鳳 4년간, 감로甘露 4년간, 황룡黃龍 1년간 재위했다. 衛太子孫. 本始四. 元年戊申. 地節四. 元康四. 神爵四. 五鳳四. 甘露四. 黃龍一.

(9) 원제元帝: 선제의 태자다. 초원初元 5년간 재위했다. 원년은 계유년癸酉年이다. 영광永光 5년간, 건소建昭 5년간, 경녕竟寧 1년간 재위했다. 宣帝太子. 初元五. 元年癸酉. 永光五. 建昭五. 竟寧一.

① 위원성韋元成

(10) 성제成帝: 원제의 태자다. 건시建始 4년간 재위했다. 원년은 기축년己丑年이다. 하평河平 4년간, 양삭陽朔 4년간, 홍가鴻嘉 4년간, 영시永始 4년간, 원연元延 4년간, 수화綏和 2년간 재위했다. 元帝太子. 建始四. 元年己丑. 河平四. 陽朔四. 鴻嘉四. 永始四. 元延四. 綏和二.

① 반첩여班婕妤

(11) 애제哀帝: 정도왕定陶王의 아들이며, 원제의 서손庶孫이다. 건평建平 4년간 재위했다. 원년은 을묘년乙卯年이다. 원수元壽 2년간 재위했다. 定陶王子. 元帝庶孫. 建平四. 元年乙卯. 元壽二.

(12) 평제平帝: 중산왕中山王의 아들이며, 원제元帝의 서손이다. 원시元始 5년간 재위했다. 원년은 신유년辛酉年이다. 中山王子. 元帝庶孫. 元始五. 元年辛酉.

(13) 유자영孺子嬰: 광위후廣威侯의 아들이며, 선제의 현손玄孫이다. 거섭居攝 2년간 재위했다. 원년은 병인년丙寅年이다. 초시初始 1년간 재위했다. 왕망王莽이 왕위를 빼앗아 14년간 재위했다. 廣威侯子. 宣帝玄孫. 居攝二. 元年丙寅. 初始一. 王莽篡立. 一十四年.

(14) 회양왕淮陽王: 춘릉후春陵侯의 증손자다. 경시更始 2년간 재위했다. 원년은 계미년癸未年이다. 春陵侯曾孫. 更始二. 元年癸未.

2. 동한東漢

(1) 광무光武: 낙양雒陽, 즉 지금의 하남河南 하남부河南府에 도읍했다. 경제의 아들 장사왕長沙王의 5세손이다. 건무建武 31년간 재위했다. 원년은 을유년乙酉年이다. 중원中元 2년간 재위했다. 都雒陽, 卽今河南河南府. 景帝子長沙王五世孫. 建武三十一. 元年乙酉. 中元二.

① 마원馬援

(2) 명제明帝: 광무제의 태자다. 영평永平 18년간 재위했다. 원년은 무오년戊午年이다. 光武太子. 永平十八. 元年戊午.

(3) 장제章帝: 명제의 태자다. 건초建初 8년간 재위했다. 원년은 병자년丙子年이다. 원화元和 3년간 재위했다. 장화章和 2년간 재위했다. 明帝太子. 建

初八. 元年丙子. 元和三. 章和二.

① 부의傳毅

② 반고班固

(4) 화제和帝: 장제의 태자다. 영원永元 16년간 재위했다. 원년은 기축년己
丑年이다. 원흥元興 1년간 재위했다. 章帝太子. 永元十六. 元年己丑. 元興一.

(5) 상제殤帝: 화제의 막내아들이다. 연평延平 1년간 재위했다. 원년은 병오
년丙午年이다. 和帝少子. 延平一. 元年丙午.

(6) 안제安帝: 장제의 아들 청하왕清河王의 아들이다. 영초永初 7년간 재위했
다. 원년은 정미년丁未年이다. 원초元初 6년간, 영녕永寧 1년간, 건광建光
1년간, 연광延光 4년간 재위했다. 章帝子清河王之子. 永初七. 元年丁未. 元初六.
永寧一. 建光一. 延光四.

(7) 순제順帝: 안제의 태자다. 영건永建 6년간 재위했다. 원년은 병인년丙寅
年이다. 양가陽嘉 4년간, 영화永和 6년간, 한안漢安 2년간, 건강建康 1년간
재위했다. 安帝太子. 永建六. 元年丙寅. 陽嘉四. 永和六. 漢安二. 建康一.

① 장형張衡

(8) 충제沖帝: 순제의 태자다. 영가永嘉 1년간 재위했다. 원년은 을유년乙酉
年이다. 順帝太子. 永嘉一. 乙酉.

(9) 질제質帝: 발해왕渤海王의 아들이며, 장제의 증손자다. 본초本初 1년간
재위했다. 원년은 병술년丙戌年이다. 渤海王子. 章帝曾孫. 本初一. 丙戌.

(10) 환제桓帝: 장제의 증손자다. 건화建和 3년간 재위했다. 원년은 정해년
丁亥年이다. 화평和平 1년간, 원가元嘉 2년간, 영흥永興 2년간, 영수永壽 3
년간, 연희延熹 9년간, 영강永康 1년간 재위했다. 章帝曾孫. 建和三. 元年丁亥.
和平一. 元嘉二. 永興二. 永壽三. 延熹九. 永康一.

(11) 영제靈帝: 장제의 증손자다. 건녕建寧 4년간 재위했다. 원년은 무신년
戊申年이다. 희평熹平 6년간, 광화光和 6년간, 중평中平 6년간 재위했다. 章
帝曾孫. 建寧四. 元年戊申. 熹平六. 光和六. 中平六.

① 영제靈帝

② 고표高彪

③ 조일趙壹

④ 역염酈炎

(12) 헌제獻帝: 영제의 둘째 아들이다. 초평初平 4년간 재위했다. 원년은 경
오년庚午年이다. 홍평興平 2년, 건안建安 25년간 재위했다. 靈帝中子. 初平
四. 元年庚午. 興平二. 建安二十五.

　① 공융孔融

　② 진가秦嘉

　③ 채염蔡琰

　④ 무명씨: 악부오언樂府五言

　⑤ 무명씨: 악부잡언樂府雜言. 악부 오언과 잡언은 모두 한나라 문인의
　　시므로 한나라 말미에 덧붙인다. 樂府五言·雜言皆漢人詩, 故附於漢末.

(13) 위魏: 시에서는 한위 시기를 존숭하므로 위나라를 한나라 뒤에 이
었다. 정통의 관념에서는 위나라를 꺼리기 때문에 행마다 한 글자씩
안으로 들여쓰기를 한다. 詩宗漢魏, 故以魏承漢. 嫌厭於正統, 故每行降一字.

　① 무제武帝

　② 문제文帝

　③ 견후甄后

　④ 조식曹植

　⑤ 유정劉楨

　⑥ 왕찬王粲

　⑦ 서간徐幹

　⑧ 진림陳琳

　⑨ 완우阮瑀

　⑩ 응창應瑒

　⑪ 번흠繁欽

　이상 조식에서 응창까지는 건안칠자라고 부른다. 右自曹植至應瑒稱建安
七子.

　생각건대 조식에서 응창까지는 비록 건안칠자라고 불리지만 사실상
위나라 사람이다. 지금 건안 시기에 넣으려니 위나라에 문인이 없게 되
고, 황초 연간에 넣으려니 여러 문인들이 사실상 대부분 건안 연간에 죽
었다. 이에 무제·문제·견후·번흠을 아울러 모두 위나라에 넣고, 문
제의 시대는 아래에 기록한다. 按: 曹植至應瑒雖稱建安七子, 而實爲魏人. 今欲係

之建安, 則魏爲無人, 欲係之黃初, 則諸子實多卒於建安, 乃幷武帝・文帝・甄后・繁欽皆係之魏, 而文帝之年則書於後云.

(14) 문제文帝: 낙양에 도읍했다. 무제의 태자다. 황초黃初 7년간 재위했다. 원년은 경자년庚子年, 즉 한나라 건안 25년이다. 都雒陽. 武帝太子. 黃初七. 元年庚子, 卽漢建安二十五年.

① 오질吳質

② 무습繆襲

(15) 명제明帝: 문제의 태자다. 태화太和 6년간 재위했다. 원년은 정미년丁未年이다. 청룡青龍 4년간, 경초景初 3년간 재위했다. 文帝太子. 太和六. 元年丁未. 青龍四. 景初三.

① 명제明帝

② 응거應璩

(16) 제왕齊王: 명제의 태자다. 정시正始 9년간 재위했다. 원년은 경신년庚申年이다. 가평嘉平 5년간 재위했다. 明帝太子. 正始九. 元年庚申. 嘉平五.

① 혜강嵇康

② 완적阮籍

③ 하안何晏

④ 혜희嵇喜

이상의 여러 문인들은 정시체正始體를 이루었다. 右諸子爲正始體.

생각건대 혜강과 완적 시의 경우는 여러 학자들이 대부분 진나라에 넣으면서도 그 시를 정시체라고 하는데, 모두 경원 연간에 사망했으므로 위나라에 넣는다. 按: 嵇阮詩諸家多係之晉, 然其詩稱正始體, 又皆卒於景元, 故係之魏.

(17) 고귀향공高貴鄉公: 동해왕東海王의 아들이며, 문제의 장손이다. 정원正元 2년간 재위했다. 원년은 갑술년甲戌年이다. 감로甘露 4년간 재위했다. 東海王子, 文帝長孫. 正元二. 元年甲戌. 甘露四.

(18) 진유왕陳留王: 연왕燕王의 아들이며, 무제의 손자다. 경원景元 4년간 재위했다. 원년은 경진년庚辰年이다. 함희咸熙 2년간 재위했다. 燕王子, 武帝孫. 景元四. 元年庚辰. 咸熙二.

3. 서진西晉

(1) 무제武帝: 낙양에 도읍했다. 태시泰始 10년간 재위했다. 원년은 을유년乙酉年, 즉 위나라 함희咸熙 2년이다. 함녕咸寧 5년간, 태강太康 11년간 재위했다. 都雒陽. 泰始十. 元年乙酉, 卽魏咸熙二年. 咸寧五. 太康十一.
  ① 육기陸機
  ② 반악潘岳
  ③ 장협張協
  ④ 좌사左思
  ⑤ 장화張華
  ⑥ 반니潘尼
  ⑦ 육운陸雲
  ⑧ 장재張載
이상의 여러 문인들은 태강체太康體를 이루었다. 右諸子爲太康體.

(2) 혜제惠帝: 무제의 태자다. 영희永熙 1년간 재위했다. 경술년庚戌年, 즉 태강 11년일 때다. 원강元康 9년간, 영강永康 1년간, 영녕永寧 1년간, 태안太安 2년간, 영흥永興 2년간, 광희光熙 1년간 재위했다. 武帝太子. 永熙一. 庚戌, 卽太康十一年. 元康九. 永康一. 永寧一. 太安二. 永興二. 光熙一.

(3) 회제懷帝: 무제의 25번째 아들이다. 영가永嘉 6년간 재위했다. 원년은 정묘년丁卯年이다. 武帝第二十五子. 永嘉六. 元年丁卯.

(4) 민제愍帝: 오왕吳王의 아들이며, 무제의 손자다. 건흥建興 4년간 재위했다. 원년은 계유년癸酉年이다. 吳王子. 武帝孫. 建興四. 元年癸酉.
  ① 유곤劉琨

4. 동진東晉

(1) 원제元帝: 건강建康, 즉 지금의 남직예南直隷 응천부應天府에 도읍했다. 낭야왕瑯邪王의 아들이며, 선제宣帝의 증손자다. 건무建武 1년간 재위했다. 원년은 정축년丁丑年이다. 태흥太興 4년간, 영창永昌 1년간 재위했다. 都建康, 卽今南直隷應天府. 瑯邪王子. 宣帝曾孫. 建武一. 丁丑. 太興四. 永昌一.

① 곽박郭璞

(2) 명제明帝: 원제의 맏아들이다. 대녕大寧 3년간 재위했다. 원년은 계미년癸未年이다. 元帝長子. 大寧三. 元年癸未.

(3) 성제成帝: 명제의 맏아들이다. 함화咸和 9년간 재위했다. 원년은 병술년丙戌年이다. 함강咸康 8년간 재위했다. 明帝長子. 咸和九. 元年丙戌. 咸康八.

(4) 강제康帝: 성제의 동생이다. 건원建元 2년간 재위했다. 원년은 계묘년癸卯年이다. 成帝弟. 建元二. 元年癸卯.

(5) 목제穆帝: 강제의 태자다. 영화永和 12년간 재위했다. 원년은 을사년乙巳年이다. 승평升平 5년간 재위했다. 康帝太子. 永和十二. 元年乙巳. 升平五.

(6) 애제哀帝: 성제의 맏아들이다. 융화隆和 1년간 재위했다. 원년은 임술년壬戌年이다. 흥녕興寧 3년간 재위했다. 成帝長子. 隆和一. 元年壬戌. 興寧三.

(7) 폐제廢帝: 애제의 동생이다. 태화太和 5년간 재위했다. 원년은 병인년丙寅年이다. 哀帝弟. 太和五. 元年丙寅.

(8) 간문제簡文帝: 원제의 막내아들이다. 함안咸安 2년간 재위했다. 원년은 신미년辛未年이다. 元帝少子. 咸安二. 元年辛未.

(9) 효무제孝武帝: 간문제의 셋째 아들이다. 영강寧康 3년간 재위했다. 원년은 계유년癸酉年이다. 태원太元 21년간 재위했다. 簡文帝第三子. 寧康三. 元年癸酉. 太元二十一.

(10) 안제安帝: 효무제의 태자다. 융안隆安 5년간 재위했다. 원년은 정유년丁酉年이다. 원흥元興 3년간, 의희義熙 14년간 재위했다. 孝武帝太子. 隆安五. 元年丁酉. 元興三. 義熙十四.

(11) 공제恭帝: 안제의 동생이다. 원희元熙 2년간 재위했다. 원년은 기미년己未年이다. 安帝弟. 元熙二. 元年己未.

① 무명씨: 〈백저무가白紵舞歌〉. 이것은 진나라 문인의 시므로 진나라 말미에 덧붙인다. 此晉人詩, 附於晉末.

② 도연명陶淵明: 도연명은 별도의 1권을 마련했으므로 무명씨 뒤에 넣었다. 淵明別爲一卷, 故次於無名氏後.

5. 송宋

(1) 무제武帝: 건강에 도읍했다. 영초永初 3년간 재위했다. 원년은 경신년庚申年, 즉 진晉나라 원희元熙 2년이다. 都建康. 永初三. 元年庚申, 卽晉元熙二年.

(2) 소제少帝: 무제의 태자다. 경평景平 2년간 재위했다. 원년은 계해년癸亥年이다. 武帝太子. 景平二. 元年癸亥.

(3) 문제文帝: 무제의 셋째 아들이다. 원가元嘉 30년간 재위했다. 원년은 갑자년甲子年, 즉 경평 2년이다. 武帝第三子. 元嘉三十. 元年甲子, 卽景平二年.

    ① 사령운謝靈運

    ② 안연지顏延之

    ③ 사첨謝瞻

    ④ 사혜련謝惠連

이상의 여러 문인들은 원가체元嘉體를 이루었다. 右諸子爲元嘉體.

(4) 효무제孝武帝: 문제의 셋째 아들이다. 효건孝建 3년간 재위했다. 원년은 갑오년甲午年이다. 대명大明 8년간 재위했다. 文帝第三子. 孝建三. 元年甲午. 大明八.

    ① 포조鮑照

(5) 자업子業: 효무제의 태자다. 경화景和 1년간 재위했다. 원년은 을사년乙巳年이다. 孝武帝太子. 景和一. 元年乙巳.

(6) 명제明帝: 문제의 11번째 아들이다. 태시泰始 7년간 재위했다. 원년이 곧 경화 원년이다. 태예泰豫 1년간 재위했다. 文帝第十一子. 泰始七. 元年卽景和元年. 泰豫一.

(7) 창오왕蒼梧王: 명제의 맏아들이다. 원휘元徽 4년간 재위했다. 원년은 계축년癸丑年이다. 明帝長子. 元徽四. 元年癸丑.

(8) 순제順帝: 명제의 셋째 아들이다. 승명昇明 3년간 재위했다. 원년은 정사년丁巳年이다. 明帝第三子. 昇明三. 元年丁巳.

6. 제齊

(1) 고제高帝: 건강에 도읍했다. 건원建元 4년간 재위했다. 원년은 기미년己未年, 즉 송 승명 3년이다. 都建康. 建元四. 元年己未, 卽宋昇明三年.

① 강엄江淹

(2) 무제武帝: 고제의 맏아들이다. 영명永明 11년간 재위했다. 원년은 계해년癸亥年이다. 高帝長子. 永明十一. 元年癸亥.

　　① 사조謝朓

　　② 심약沈約

　　③ 왕융王融

위의 세 사람은 영명체永明體를 이루었다. 右三子爲永明體.

　《시원변체》에서 시를 편찬한 것은 역사가와 다른데, 역사가는 반드시 그 사람이 어느 왕조에 죽고 벼슬했는지를 따져 어느 왕조 사람이라고 하지만, 《시원변체》에서는 그 시체가 실제로 어느 왕조에 부합되는지를 따져 어느 왕조 사람이라고 했다. 강엄과 심약의 경우 비록 양나라에서 죽고 벼슬했지만 두 사람의 나이는 사실 많았다. 사조와 왕융은 비록 제나라에서 죽고 벼슬했지만 두 사람의 나이는 사실 어렸다. 그러므로 강엄의 시는 대부분 송·제의 과도기에 창작되어 성조가 아직 율격에 맞지 않았고, 심약과 사조는 영명 연간에 있어서 비로소 대부분 율격에 맞게 되었으며, 왕융은 율격에 맞는 것이 더욱 많게 되었다. 여러 문인들이 시를 엮을 때 왕융과 사조는 제나라에 넣고 강엄과 심약은 양나라에 넣으니 시체가 혼동이 되어 그 선후를 증명할 수가 없다. 《남사南史》에서 영명 연간에 왕융·사조·심약이 사성을 사용하기 시작하여 새로운 변화가 되었다고 분명하게 기록하고 있다. 辯體編詩與史氏不同, 史氏必以其人終仕某朝爲某朝人, 辯體則以其詩體實合某朝爲某朝人. 如江淹·沈約雖終仕於梁, 而江沈之年實長; 謝朓·王融雖終仕於齊, 而王謝之年實幼. 故江詩多宋齊間作, 而聲猶未入律, 沈謝在永明間始多入律, 王則入律愈多矣. 諸家編詩以王謝係齊而以江沈係梁, 則詩體混亂, 不足以證其先後也. 南史덕載: 永明中, 王融·謝朓·沈約始用四聲, 以爲新變.

　(3) 소업昭業: 무제의 손자다. 융창隆昌 1년간 재위했다. 원년은 계유년癸酉年이다. 武帝太孫. 隆昌一. 癸酉.

　(4) 소문昭文: 소업의 동생이다. 연흥延興 1년간 재위했는데, 즉 융창 원년이다. 昭業弟. 延興一, 卽隆昌元年.

　(5) 명제明帝: 고제의 형 시안왕始安王의 아들이다. 건무建武 4년간 재위했다. 원년은 갑술년甲戌年, 즉 연흥 원년이다. 영태永泰 1년간 재위했다. 高帝兄始安王之子. 建武四. 元年甲戌, 卽延興元年. 永泰一.

(6) 동혼후東昏侯: 명제의 셋째 아들이다. 영원永元 2년간 재위했다. 원년은 기묘년己卯年이다. 明帝第三子. 永元二. 元年己卯.

(7) 화제和帝: 명제의 8번째 아들이다. 중흥中興 2년간 재위했다. 원년은 신사년辛巳年이다. 明帝第八子. 中興二. 元年辛巳.

7. 양梁

(1) 무제武帝: 건강에 도읍했다. 천감天監 18년간 재위했으며, 원년은 임오년壬午年, 즉 제나라 중흥 2년이다. 보통普通 7년간, 대통大通 2년간, 중대통中大通 6년간, 대동大同 11년간, 중대동中大同 1년간, 태청太淸 3년간 재위했다. 都建康. 天監十八, 元年壬午, 卽齊中興二年. 普通七. 大通二. 中大通六. 大同十一. 中大同一. 太淸三.
   ① 무제武帝
   ② 범운范雲
   ③ 하손何遜
   ④ 유효작劉孝綽
   ⑤ 유효위劉孝威
   ⑥ 오균吳均
   ⑦ 왕균王筠
   ⑧ 유혼柳惲

(2) 간문제簡文帝: 무제의 셋째 아들이다. 대보大寶 2년간 재위했다. 원년은 경오년庚午年이다. 武帝第三子. 大寶二. 元年庚午.
   ① 간문제簡文帝
   ② 유견오庾肩吾
   ③ 음갱陰鏗
   ④ 심군유沈君攸

(3) 원제元帝: 무제의 7번째 아들이다. 승성承聖 3년간 재위했다. 원년은 임신년壬申年이다. 武帝第七子. 承聖三. 元年壬申.

(4) 경제敬帝: 원제의 7번째 아들이다. 소태紹泰 1년간 재위했다. 원년은 을해년乙亥年이다. 태평太平 2년간 재위했다. 元帝第七子. 紹泰一. 乙亥. 太平二.

8. 진陳

(1) 무제武帝: 건강에 도읍했다. 영정永定 3년간 재위했다. 원년은 정축년丁
丑年, 즉 양나라 태평 2년이다. 都建康. 永定三. 元年丁丑, 卽梁太平二年.

(2) 문제文帝: 무제의 형 시흥왕始興王의 맏아들이다. 천가天嘉 6년간 재위했
다. 원년은 경진년庚辰年이다. 천강天康 1년간 재위했다. 武帝兄始興王長子.
天嘉六. 元年庚辰. 天康一.
① 서릉徐陵
② 유신庾信: 북주北周
③ 왕포王褒: 북주
④ 장정견張正見

(3) 폐제廢帝: 문제의 태자다. 광대光大 2년간 재위했다. 원년은 정해년丁亥
年이다. 文帝太子. 光大二. 元年丁亥.

(4) 선제宣帝: 시흥왕의 둘째 아들이다. 태건太建 14년간 재위했다. 원년은
기축년己丑年이다. 始興王第二子. 太建十四. 元年己丑.

(5) 후주後主: 선제의 태자다. 지덕至德 4년간 재위했다. 원년은 계묘년癸卯
年이다. 정명禎明 2년간 재위했다. 宣帝太子. 至德四. 元年癸卯. 禎明二.
① 후주後主
② 강총江總

9. 수隋

(1) 문제文帝: 섬서에 도읍했다. 개황開皇 20년간 재위했다. 원년은 신축년
辛丑年이다. 개황 9년에 진陳나라를 멸망시켰다. 인수仁壽 4년간 재위했
다. 都陝西. 開皇二十. 元年辛丑. 開皇九年滅陳. 仁壽四.
① 노사도盧思道
② 이덕림李德林
③ 설도형薛道衡

(2) 양제煬帝: 문제의 둘째 아들이다. 대업大業 13년간 재위했다. 원년은 을
축년乙丑年이다. 文帝第二子. 大業十三. 元年乙丑.

① 양제煬帝

(3) 공제유恭帝侑: 문제의 손자다. 의녕義寧 2년간 재위했다. 원년은 정축년 丁丑年, 즉 대업大業 13년이다. 文帝孫. 義寧二. 元年丁丑, 卽大業十三年.

(4) 황태제통皇泰帝侗: 월왕越王이다. 황태皇泰 2년간 재위했다. 원년은 무인 년戊寅年, 즉 의녕義寧 2년이다. 越王. 皇泰二. 元年戊寅, 卽義寧二年.

　① 무명씨: 악부·오언·사구가 모두 육조 문인의 시므로 육조의 말미 에 덧붙인다. 樂府·五言·四句皆六朝人詩, 故附於六朝之末.

10. 당唐

(1) 고조高祖: 섬서에 도읍했다. 무덕武德 9년간 재위했다. 원년은 무인년戊 寅年, 즉 수나라 의녕 2년·황태 원년이다. 都陝西. 武德九. 元年戊寅, 卽隋義 寧二年·皇泰元年.

(2) 태종太宗: 고조의 둘째 아들이다. 정관貞觀 23년간 재위했다. 원년은 정 해년丁亥年이다. 高祖次子. 貞觀二十三. 元年丁亥.

　① 태종太宗

　② 우세남虞世南

　③ 위징魏徵

(3) 고종高宗: 태종의 9번째 아들이다. 영휘永徽 6년간 재위했다. 원년은 경 술년庚戌年이다. 현경顯慶 5년간, 용삭龍朔 3년간, 인덕麟德 2년간, 건봉乾 封 2년간, 총장總章 2년간, 함형咸亨 4년간, 상원上元 2년간, 의봉儀鳳 3년 간, 조로調露 1년간, 영융永隆 1년간, 개요開耀 1년간, 영순永淳 1년간, 홍 도弘道 1년간 재위했다. 太宗第九子. 永徽六. 元年庚戌. 顯慶五. 龍朔三. 麟德二. 乾封二. 總章二. 咸亨四. 上元二. 儀鳳三. 調露一. 永隆一. 開耀一. 永淳一. 弘道一.

　① 왕발王勃

　② 양형楊炯

　③ 노조린盧照隣

　④ 낙빈왕駱賓王

(4) 무후武后: 고종의 황후다. 제왕이라고 참칭하며 21년간 재위했다. 원년 은 갑신년甲申年이다. 高宗后. 僭號二十一年. 元年甲申.

(5) 중종中宗: 고종의 태자다. 신룡神龍 2년간 재위했다. 원년은 을사년乙巳年이다. 경룡景龍 4년간 재위했다. 高宗太子. 神龍二. 元年乙巳. 景龍四.

① 진자앙陳子昂

② 두심언杜審言

③ 심전기沈佺期

④ 송지문宋之問

⑤ 설직薛稷

⑥ 장열張說

⑦ 소정蘇頲

⑧ 이교李嶠

⑨ 장구령張九齡

이상 무덕에서 경룡까지가 초당이다. 右自武德至景龍爲初唐.

(6) 예종睿宗: 중종의 동생이다. 경운景雲 2년간 재위했다. 원년은 경술년庚戌年, 즉 경룡 4년이다. 태극太極 1년간 재위했다. 中宗弟. 景雲二. 元年庚戌. 卽景龍四年. 太極一.

(7) 현종玄宗: 예종의 셋째 아들이다. 선천先天 1년간 재위했다. 원년은 임자년壬子年, 즉 태극 원년이다. 개원開元 29년간, 천보天寶 15년간 재위했다. 천보 3년간에 '년年'을 '재載'로 고쳤다. 睿宗第三子. 先天一. 壬子, 卽太極元年. 開元二十九. 天寶十五. 三載改年曰載.

① 고적高適

② 잠삼岑參

③ 왕유王維

④ 맹호연孟浩然

⑤ 이기李頎

⑥ 최호崔顥

⑦ 조영祖詠

⑧ 왕창령王昌齡

⑨ 저광희儲光羲

⑩ 상건常建

⑪ 노상盧象

⑫ 원결元結

⑬ 이백李白

⑭ 두보杜甫: 고적과 잠삼의 여러 문인을 우선으로 하고 이백과 두보를 뒤에 둔 것은 더 높은 경지로 나아간다는 의미다. 先高岑諸公而後李杜者, 由堂而入室也.

(8) 숙종肅宗: 현종의 태자다. 지덕至德 2년간 재위했다. 원년은 병신년丙申年, 즉 천보 15년이다. 건원乾元 2년간 재위했다. 건원 원년에 다시 '재載'를 '연年'으로 바꾸었다. 상원上元 2년간, 보응寶應 2년간 재위했다. 玄宗太子. 至德二. 元載丙申, 卽天寶十五載. 乾元二. 元年復以載爲年. 上元二. 寶應二.

이상 개원에서 보응까지가 성당이다. 右自開元至寶應爲盛唐.

(9) 대종代宗: 숙종의 태자다. 광덕廣德 2년간 재위했다. 원년은 계묘년癸卯年이다. 영태永泰 1년간, 대력大歷 14년간 재위했다. 肅宗太子. 廣德二. 元年癸卯. 永泰一. 大歷十四.

① 유장경劉長卿

② 전기錢起

③ 낭사원郞士元

④ 황보염皇甫冉

⑤ 황보증皇甫曾

⑥ 이가우李嘉祐

⑦ 사공서司空曙

⑧ 노륜盧綸

⑨ 한굉韓翃

⑩ 이단李端

⑪ 경위耿湋

⑫ 최동崔峒

(10) 덕종德宗: 대종의 맏아들이다. 건중建中 4년간 재위했다. 원년은 경신년庚申年이다. 홍원興元 1년간, 정원貞元 21년간 재위했다. 代宗長子. 建中四. 元年庚申. 興元一. 貞元二十一.

① 이익李益

② 권덕여權德輿

③ 위응물韋應物: 위응물은 위로는 개원, 천보 연간으로 이어지고 아래로는 원화 연간까지 영향을 미쳐서, 시를 편찬하는 사람들이 대부분 대력 연간에 넣지만, 《시원변체》에서는 위응물과 유종원을 함께 논했고 시 또한 서로 연관이 되므로, 여기에 넣는다. 應物上當開寶, 下及元和, 編詩者多係之大歷, 辭體以韋柳同論, 詩亦相聯, 故係於此.

(11) 순종順宗: 덕종의 태자다. 영정永貞 1년간 재위했다. 원년은 을유년乙酉年, 즉 정원 21년이다. 德宗太子. 永貞一. 乙酉, 卽貞元二十一年.

(12) 헌종憲宗: 순종의 태자다. 원화元和 15년간 재위했다. 원년은 병술년丙戌年이다. 順宗太子. 元和十五. 元年丙戌.

① 유종원柳宗元
② 한유韓愈
③ 맹교孟郊
④ 가도賈島
⑤ 요합姚合
⑥ 주하周賀
⑦ 이하李賀
⑧ 노동盧仝
⑨ 유차劉叉
⑩ 마이馬異
⑪ 장적張籍
⑫ 왕건王建
⑬ 백거이白居易
⑭ 원진元稹
⑮ 유우석劉禹錫
⑯ 장우張祐
⑰ 시견오施肩吾

이 중 한유에서 원진까지의 13명은 원화체元和體를 이루었다. 中自韓愈至元稹十三子爲元和體.

(13) 목종穆宗: 헌종의 태자다. 장경長慶 4년간 재위했다. 원년은 신축년辛丑年이다. 憲宗太子. 長慶四. 元年辛丑.

(14) 경종敬宗: 목종의 태자다. 보력寶曆 2년간 재위했다. 원년은 을사년乙巳年이다. 穆宗太子. 寶曆二. 元年乙巳.

이상 대력에서 보력까지가 중당이다. 右自大歷至寶歷爲中唐.

(15) 문종文宗: 목종의 둘째 아들이다. 태화太和 9년간 재위했다. 원년은 정미년丁未年이다. 개성開成 5년간 재위했다. 穆宗第二子. 太和九. 元年丁未. 開成五.

 ① 허혼許渾
 ② 두목杜牧
 ③ 이상은李商隱
 ④ 온정균溫庭筠
 ⑤ 조당曹唐

(16) 무종武宗: 목종의 5번째 아들이다. 회창會昌 6년간 재위했다. 원년은 신유년辛酉年이다. 穆宗第五子. 會昌六. 元年辛酉.

(17) 선종宣宗: 헌종의 13번째 아들이다. 대중大中 13년간 재위했다. 원년은 정묘년丁卯年이다. 憲宗第十三子. 大中十三. 元年丁卯.

 ① 마대馬戴
 ② 우무릉于武陵
 ③ 유창劉滄
 ④ 조하趙嘏
 ⑤ 이영李郢
 ⑥ 설봉薛逢

(18) 의종懿宗: 선종의 태자다. 함통咸通 14년간 재위했다. 원년은 경진년庚辰年이다. 宣宗太子. 咸通十四. 元年庚辰.

(19) 희종僖宗: 의종懿宗의 태자다. 건부乾符 6년간 재위했다. 원년은 갑오년甲午年이다. 광명廣明 1년간, 중화中和 4년간, 광계光啓 3년간, 문덕文德 1년간 재위했다. 懿宗太子. 乾符六. 元年甲午. 廣明一. 中和四. 光啓三. 文德一.

(20) 소종昭宗: 의종懿宗의 7번째 아들이다. 용기龍紀 1년간 재위했다. 원년은 기유년己酉年이다. 대순大順 2년간, 경복景福 2년간, 건녕乾寧 4년간, 광화光化 3년간, 천복天復 3년간, 천우天祐 1년간 재위했다. 懿宗第七子. 龍紀一. 己酉. 大順二. 景福二. 乾寧四. 光化三. 天復三. 天祐一.

① 오융吳融

② 위장韋莊

③ 정곡鄭谷

④ 한악韓握

⑤ 이산보李山甫

⑥ 나은羅隱

(21) 애제哀帝: 소종의 9번째 아들이다. 원년은 을축년乙丑年이다. 3년간 재위했으며 여전히 연호를 천우라고 칭했다. 昭宗第九子. 元年乙丑. 在位三年, 仍稱天祐.

이상 개성에서 천우까지가 만당이다. 右自開成至天祐爲晚唐.

11. 후량後梁

(1) 태조太祖: 변汴, 즉 지금의 하남에 도읍했다. 개평開平 4년간 재위했다. 원년은 정묘년丁卯年이다. 건화乾化 2년간 재위했다. 都汴, 卽今河南. 開平四. 元年丁卯. 乾化二.

(2) 말제末帝: 태조의 셋째 아들이다. 원년은 계유년癸酉年이다. 즉위는 건화 2년에 했으며 여전히 연호를 건화라고 칭했다. 정명貞明 6년간, 용덕龍德 3년간 재위했다. 太祖第三子. 元年癸酉, 卽位二年, 仍稱乾化. 貞明六. 龍德三.

12. 후당後唐

(1) 장종莊宗: 변에 도읍했다. 동광同光 4년간 재위했다. 원년은 계미년癸未年, 즉 후량 용덕 3년이다. 都汴, 同光四. 元年癸未, 卽梁龍德三年.

(2) 명종明宗: 장종의 부친인 극용克用의 양자다. 천성天成 4년간 재위했다. 원년은 병술년丙戌年, 즉 동광 4년이다. 장흥長興 4년간 재위했다. 莊宗父克用養子. 天成四. 元年丙戌, 卽同光四年. 長興四.

(3) 민제閔帝: 송왕宋王이다. 응순應順 1년간 재위했다. 원년은 갑오년甲午年이다. 宋王. 應順一. 甲午.

(4) 폐제廢帝: 명종의 양자다. 청태淸泰 3년간 재위했다. 원년은 곧 응순 원

년이다. <small>明宗養子. 淸泰三. 元年卽應順元年.</small>

13. 후진後晉

(1) 고조高祖: 변에 도읍했다. 천복天福 7년간 재위했다. 원년은 병신년丙申
   年, 즉 후당 청태 3년이다. <small>都汴. 天福七. 元年丙申, 卽唐淸泰三年.</small>
(2) 제왕帝王: 고조 형의 아들이다. 즉위한 첫해는 계묘년癸卯年으로 여전히
   천복 8년이라 칭했다. 개운開運 3년간 재위했다. <small>高祖兄子. 卽位一年, 癸卯,
   仍稱天福八年. 開運三.</small>

14. 후한後漢

(1) 고조高祖: 변에 도읍했다. 즉위한 첫해는 정미년丁未年으로 여전히 후진
   의 천복 12년이라고 칭했다. 6월에 국명을 한漢으로 고쳐 부르고, 이듬
   해에는 연호를 건우乾祐라고 고쳤다. <small>都汴, 卽位一年, 丁未, 仍稱晉天福十二年,
   六月改號漢, 明年改元乾祐.</small>
(2) 은제隱帝: 고조의 태자다. 2년간 재위했고 원년은 무신년戊申年이며, 여
   전히 건우라고 칭했다. <small>高祖太子. 在位二年, 元年戊申, 仍稱乾祐.</small>

15. 후주後周

(1) 태조太祖: 변에 도읍했다. 광순廣順 3년간 재위했다. 원년은 신해년辛亥
   年이다. 현덕顯德 1년간 재위했다. <small>都汴. 廣順三. 元年辛亥. 顯德一.</small>
(2) 세종世宗: 태조 황후의 오빠 아들이자 태조의 양자다. 5년간 재위했고
   원년은 을묘년乙卯年이며, 여전히 현덕이라고 칭했다. <small>太祖后兄之子, 太祖養
   子. 在位五年, 元年乙卯, 仍稱顯德.</small>
(3) 공제恭帝: 세종의 태자다. 1년간 재위했고 원년은 경신년庚申年이며, 여
   전히 현덕 7년이라고 칭했다. <small>世宗太子. 在位一年, 庚申, 仍稱顯德七年.</small>
   ① 장밀張泌: 남당南唐
   ② 이건훈李建勳: 남당

③ 오교伍喬: 남당

④ 화예부인花蕊夫人: 맹촉孟蜀

　이상 네 사람은 남당에 벼슬하거나 맹촉에 시집갔는데, 지금 모두 오대의 말미에 넣는다. 右四人或仕南唐, 惑嬪孟蜀, 今總係於五代之末.

제5권~제19권

詩源辯體 二

An Annotated Translation of "Shiyuanbianti"

진晉

1

종영이 말했다.

"육기陸機[1]는 태강太康의 으뜸이고, 안인安仁[2]과 경양景陽[3]이 보좌한다."[4]

내가 생각건대 건안의 오언은 다시 세월이 흘러서 태강의 시가 되었다. 건안의 체재는 점차 자세히 서술되고 시어가 점점 꾸며졌지만, 여전히 잘 어우러진 기풍이 있다. 육기 등의 여러 문인에 이르러 기풍이 비로소 쇠약해지더니 그 습관이 점차 바뀌었다. 그러므로 그 체재가 점차 대구가 되고 시어가 점점 조탁되어 고시의 체재가 마침내 사라졌다. 이것이 오언의 두 번째 변화다.[5]

---

1) 자 사형士衡.
2) 반악潘岳.
3) 장협張協.
4) 모두 당시에 존숭받았던 까닭에 좌사左思를 포함시키지 않고 한 말이다. 그 등급은 뒤쪽(본권 제18칙)에 보인다.
5) 아래로 사령운謝靈運 등 여러 문인의 오언시로 나아갔다.

종영이 또 말했다.

"건안 이후 문풍이 차츰 쇠약해졌으나 태강에 이르러 여러 문인이 다시 흥기하여 이전 시대의 문인을 답습했으니, 건안의 풍격이 완전히 사라지지 않았으며 또한 시문이 중흥했다."

내가 생각건대 태강의 시를 위나라 말기의 시와 비교하면 중흥이라 할 것이나, 건안의 시로써 태강을 보면 사실 또 다른 변화가 된다. 이것을 이해하면 영가永嘉 이후는 가히 유추할 수 있을 것이다.6)

태강(280~289)의 시에 관한 논의다. 태강 시기는 서진의 정치, 경제 및 문화 발전에 있어 중요한 시기일 뿐 아니라 위진남북조 문학사에서도 중요한 지위를 차지한다. 이른바 '삼장三張', '이육二陸', '양반兩潘', '일좌一左'가 이 시기의 대표적인 문학가로서 건안의 문학을 이어받아 정시 이래 침체된 문학을 다시 부흥시켰기 때문이다. 이에 종영은 《시품》에서 태강 시기를 '문학의 부흥기'라고 하며 높이 평가했다. 유협 역시 《문심조룡, 시서時序》에서 다음과 같이 말했다.

"진나라는 비록 문학을 중시하지 않았지만 인재가 실로 많았다. 장화는 붓으로 글을 쓰는 것이 진주를 떨어뜨리는 것 같고, 좌사의 창작은 비단을 펼치는 것과 같으며, 반악과 하후담夏侯湛은 한 쌍의 푸른 옥이 눈부시게 빛나는 것 같고, 육기와 육운은 각기 뛰어난 문채를 드러내었으며, 응정應貞・부현傅玄・장재張載・장협張協・장항張亢의 무리와 손초孫楚・지우摯虞・성공수成公綏의 부류는 사조가 맑고 뛰어나며 풍운이 화려하다. 전대 역사가들이 말세를 거치면서 인재가 재주를 다하지 못했다고 했으니, 참으로 이 말은 탄식할 만하다.晉雖不文, 人才實盛: 茂先搖筆而散珠, 太冲動墨而橫錦, 岳湛曜聯璧之華, 機雲標二俊之采, 應傅三張之徒, 孫摯成公之屬, 幷結藻淸英, 流韻綺靡, 前史以爲運涉季世, 人未盡才, 誠哉斯談, 可爲嘆息."

태강의 문학은 악부민가의 영향을 많이 받은 건안의 문학과 비교할 때

---

6) 영가의 시에 관해서는 곽박郭璞 다음에(본권 제29칙) 설명이 보인다.

자연스러움이 쇠퇴하고 인위적인 기교가 중시되었다. 그 결과 문장의 형식적인 측면에서 태강의 문학은 "힘이 건안보다 부드럽고 수식은 정시보다 번다하다.力柔於建安, 采縟於正始."는 비판을 피할 수 없게 되었으며, 전반적으로 평가 절하되는 감이 없지 않다. 그러나 허학이는 오언시의 전체 발전 과정에서 태강 시기의 문학을 중시한다. 이 시기는 건안의 시풍이 점차 변하면서 또 다른 체재와 시어를 만들어 오언시의 변화를 이루었기 때문이다. 다시 말해 태강의 문학이 형식주의에 치우쳤다고 폄하하기 이전에 문학풍격의 새로운 변화라는 관점에서 태강시의 가치를 재평가할 것을 강조하고 있다.

鍾嶸云: "陸機[字士衡]爲太康之英, 安仁[1][潘岳]景陽[2][張協]爲輔." [皆當時所宗尙[3], 故捨[4]太冲[5]而言. 其品第[6]見後.] 愚按: 建安五言, 再流而爲太康. 然建安體雖漸入敷敍, 語雖漸入構結, 猶有渾成之氣. 至陸士衡諸公, 則風氣始漓, 其習漸移[7], 故其體漸俳偶[8], 語漸雕刻, 而古體遂消[9]矣. 此五言之再變也. [下流至謝靈運諸公五言.] 嶸又云: "建安以後, 陵遲衰微[10], 迄於太康, 諸子勃爾復興[11], 踵武[12]前王, 風流未沫[13], 亦文章[14]之中興也." 予謂: 以太康較魏末, 則爲中興; 以建安視[15]太康, 實爲再變. 知此, 則永嘉[16]以後可類推矣. [永嘉詩, 說見郭景純[17]後.]

1 安仁(안인): 반악潘岳. 제3권 제39칙의 주석1 참조.
2 景陽(경양): 장협張協. 서진 시기의 문인이다. 자가 경양이고 하북河北 사람이다. 벼슬은 화음령華陰令, 하간내사河間內史를 역임했다. 그 후 전란을 피하여 여러 곳을 돌아다녔다. 장혁張革, 장재張載와 함께 문명이 높아 삼장三張이라고 불려진다. 현존하는 시는 13수가 있다.
3 宗尙(종상): 존숭하다. 숭상하다.
4 捨(사): 내버려두다.
5 太冲(태충): 좌사左思. 서진 시기의 문인이다. 자가 태충이고 임치臨淄 곧 지금의 산동성 사람이다. 하급 관리의 집에 태어나 여동생 좌분左芬이 궁중에 여관女官으로 들어갔기 때문에 낙양으로 나와서 10년 동안 구상한 〈삼도부三都賦〉를 지었다. 이것이 당시 문단의 영수였던 장화張華에게서 칭찬을 받아 일약 유명해졌

다. 낙양의 지식인들이 이것을 다투어 필사筆寫했으므로 '낙양의 지가紙價를 올린다洛陽紙貴'라는 말이 생겼을 정도이다. 또 오언시가 빼어나서 섬세한 시풍 속에서도 강건한 기풍을 풍겼다. 그중에서도 아가씨의 응석을 농담조로 노래한 〈교녀시嬌女詩〉는 독특한 작품으로 주목된다.

6 品第(품제): 등급. 지위.

7 移(이): 변하다. 바뀌다.

8 俳偶(배우): '排偶(배우)'와 같은 말이다. 즉 대구對句를 가리킨다.

9 淆(효): 뒤섞이다. 어지럽다.

10 陵遲衰微(능지쇠미): 차츰 쇠퇴하다. '능지'는 '陵夷(능이)'와 같은 말로 차츰 쇠약해지다의 뜻이다.

11 勃爾復興(발이부흥): 갑자기 부흥하다. '발이'는 갑자기 급하게 일어나는 모양을 가리킨다.

12 踵武(종무): 남의 발자국을 뒤따르다. 즉 모방하다, 답습하다의 의미로 사용된다.

13 沫(말): 어둑어둑하다. 어스레하다.

14 文章(문장): 문학文學.

15 視(시): 비교하다. '較(교)'와 같다.

16 永嘉(영가): 서진 진회제晉懷帝 사마치司馬熾 시기의 연호다. 307년~313년 사이에 사용되었다.

17 郭景純(곽경순): 곽박郭璞. 서진 말기부터 동진에 걸친 시풍을 대표하는 시인이다. 자가 경순이고 문희聞喜 곧 지금의 산서성 지역 사람이다. 원제元帝 사마예司馬睿 때 저작좌랑著作佐郎과 상서랑尙書郎을 역임했으며, 나중에 정남대장군征南大將軍 왕돈王敦의 기실참군記室參軍이 되었는데, 왕돈이 무창武昌에서 반란을 일으켰을 때 반대했다가 살해당했다. 시에는 노장老莊의 철학이 반영되어 있으며, 〈유선시遊仙詩〉 14수가 특히 유명하다.

2

오언시는 한위에서부터 진陳·수隋까지, 초당에서부터 만당까지 점진적으로 변했는데, 진실로 시 창작의 기풍이 점차 쇠약해져 나쁜

습관을 답습하게 되었을 따름이다. 이백, 두보, 위응물韋應物, 유장경
劉長卿 및 원화元和의 여러 문인들에 이르러서야 비로소 독자적인 일가
를 이루었다고 말할 수 있다. 오늘날 과거시험을 경시하고 스스로 뽐
내는 사람은 한, 위, 육조, 당나라의 변화가 모두 독자적인 일가를 이
루었다고 말한다. 이것은 주관적인 편견이며, 사실 그 변화가 점진적
이었음을 몰랐을 뿐이다. 시험 삼아 내 주장에 따라 살펴보면 마땅히
일일이 증명될 것이니 견강부회가 아니다.

해제
오언시의 발전에 관한 논의다. 한위에서 만당까지 오언시 전체를 총괄했
다. 한위시와 당시의 변화를 구분했다. 한위시의 자연스러움이 서진 이후
점차 사라져 당나라 때부터는 철저한 깨달음을 통해야만 도달할 수 있는
경지가 되었다. 이러한 변화는 시의 점진적인 변화의 결과이며 그 변화 속
에서 독자적인 일가를 이룰 수 있었던 시인은 많지 않다.

원문
五言自漢魏至陳隋[1], 自初盛至晚唐, 其變有漸, 正由風氣漸衰, 習染[2]相因
耳. 至李·杜·韋[3]·柳以及元和諸公, 方可謂自立門戶[4]也. 今之輕進[5]自
喜[6]者, 謂漢·魏·六朝·唐人之變, 皆自立門戶. 此雖一己之偏[7], 實未知其
變之有漸耳. 試以予說求之, 當一一有證, 非矯强附會[8]也.

주석
1 隋(수): 양견楊堅이 581년 북주의 정제靜帝로부터 양위받아 나라를 개창하고,
  589년 남조 진나라를 멸망시켜 이룩한 통일 왕조다. 문제文帝·양제煬帝·공제
  恭帝의 3대 38년이라는 단명 왕조였으나, 진한의 통일국가를 재현하고 뒤를 이
  은 대당大唐 제국의 기반이 되었다는 점에서 존립의의가 크다.
2 習染(습염): 나쁜 습관.
3 韋(위): 위응물韋應物(737~804). 당나라 시기의 시인이다. 섬서성 장안 사람으
  로 젊어서 임협任俠을 좋아하고 성품이 고결했으며 현종의 경호책임자가 되어
  총애를 받았다. 현종 사후에는 학문에 정진하여 관계에 진출하여 좌사낭중左司
  郎中, 소주자사蘇州刺史 등을 역임했다. 특히 소주자사일 때 어진 정치를 하여 세
  상 사람들이 위소주韋蘇州라 불렀다고 한다. 그의 시에는 전원산림田園山林의 고

요한 정취를 소재로 한 작품이 많다.

4 自立門戶(자립문호): 스스로 학파를 세우다. 스스로 독자적인 일가를 세우다.

5 進(진): 진사과, 즉 과거를 가리킨다.

6 自喜(자희): 스스로 기쁨에 젖다. 득의하여 뽐내다.

7 一己之偏(일기지편): 주관적인 편견.

8 矯强附會(교강부회): '견강부회'와 같은 말이다.

3

조식과 왕찬의 사언시는 시인의 창작으로 사실상 아체다. 육기 형제와 반악에 이르면 대부분 비명碑銘을 시로 지었다.

호응린이 말했다.

"논자들은 오언의 변화가 반악과 육기에게서 비롯되었다고 말하면서, 사언시가 사라졌지만 진나라 여러 문인 역시 사언시를 지었다는 것을 모른다."[7]

후대 안연지에 이르러서는 대부분 수미가 대구를 이루었고, 사조에 이르러서는 게다가 화려해졌다.

해제 위진 사언시에 관한 논의다. 사언시의 기원은 당연히 《시경》으로 거슬러 올라간다. 이후 한초 위맹韋孟이 그 전통을 이어받아 〈풍간시諷諫詩〉를 지었다. 그러나 한나라 시기에는 사언시 창작이 그리 많지 않았다. 위맹 또한 그 재능이 출중하지 못하여 당시 그다지 주목을 받지 못했다. 그 후 위나라 시기 조조, 조식, 혜강 등 몇몇 시인이 뛰어난 예술적 재능으로 사언시를 창작함으로써 문학사적 성취를 이루었다. 그러나 사언은 이로부터 이미 여러 차례 변하여 비록 재능 있는 문사라도 아름답게 할 수 없게 되었다(이상 장태염章太炎, 《국고논형國故論衡》 참조). 종영은 그 이유에 대해

---

7) 이상은 호응린의 말이다.

다음과 같이 지적했다.

"매번 문장을 화려하게 꾸밀 것을 고민하며 내용이 빈약하므로, 세상 사람들이 드물게 창작했다.每苦文繁而意少, 故世罕習焉."

이렇게 사언시가 점차 쇠퇴하기는 했지만 그것은 기타 운문문체에 의해 흡수되었는데, 후세의 명문銘文, 비문碑文, 찬송贊頌, 사부辭賦, 변문騈文에서 사언시의 구식을 채용했다.

 子建・仲宣四言, 雖是詞人手筆[1], 實雅體也; 至二陸・安仁, 則多以碑銘[2]爲 詩矣. 胡元瑞云: "說者謂五言之變, 昉[3]於潘陸, 不知四言之亡, 亦晉諸子爲 之也."[以上元瑞語.] 下至顏延之, 多首尾成對[4], 謝玄暉抑又靡麗[5]矣.

 1 詞人手筆(사인수필): 시인의 문장.

2 碑銘(비명): 비석에 새기는 명. 성명, 본관, 성행, 경력 등을 내용으로 한다.

3 昉(방): 때마침. 비로소.

4 首尾成對(수미성대): 수미가 대구를 이루다.

5 靡麗(미려): 화려하다.

4

《시경》에 다음의 시구가 있다.

"근심걱정 많이 하고 보니, 수모도 적지 않네.觏閔旣多, 受侮不少."

"작은 암퇘도 쏘고, 큰 들소도 잡네.發彼小豝, 殪此大兕."

〈고시십구수〉에 다음의 시구가 있다.

"오랑캐 말이 북풍에 의지하고, 월越나라 새가 남쪽 가지에 움트네. 胡馬依北風, 越鳥巢南枝."

"푸릇푸릇 물가의 풀, 무성한 동원의 버들.靑靑河畔草, 鬱鬱園中柳."

조식에게 다음과 같은 시구가 있다.

"당초 된서리 얼어붙을 때 나가, 오늘 백로가 마를 때 돌아오네.始出
嚴霜結, 今來白露晞."

"가을 난초가 긴 둑을 덮고, 부용이 푸른 연못을 덮었네.秋蘭被長阪,
朱華冒綠池."

이러한 시구는 모두 문장의 기세가 우연적인 것이지 의도적으로 대
구를 한 것이 아니다. 의도적인 대구는 육기陸機에서부터 시작된다.
왕세정이 "대구의 시어는 《모시毛詩》에 이미 있다"고 단언하여 말했
는데, 어찌 《시경》을 후대의 재능이 뛰어난 시인들의 작품과 같은 부
류로 볼 수 있으리오? 또 혹자는 〈소아〉의 "옛날 내가 떠날 때에는 버
드나무 가지 푸르렀는데, 지금 돌아오니 눈이 펄펄 날리네.昔我往矣, 楊
柳依依; 今我來斯, 雨雪霏霏."를 선대扇對라고 하고, 《초사》의 "혜초로 고
기를 쪄 난초를 깔아 그 위에 놓고, 계주와 초장을 차리네.蕙肴蒸兮蘭藉,
奠桂酒兮椒漿."를 차대蹉對라고 하니, 무척 애석하다.

시의 대구에 관한 논의다. 허학이는 오언시의 인위적인 수식이 서진 시대
육기를 기점으로 시작되었다고 본다. 그 이전의 시는 육기의 창작 기법에
비해 자연스럽다는 것이다. 따라서 〈고시십구수〉나 한위 오언시는 물론
이거니와 《시경》,《초사》의 대구가 인위적이라고 보는 것은 잘못되었음
을 지적했다.

三百篇有"觀閔旣多, 受侮不少."[1] "發彼小豝, 殪此大兕"[2], 十九首有"胡馬依北
風, 越鳥巢南枝."[3] "靑靑河畔草, 鬱鬱園中柳"[4], 曹子建有"始出嚴霜結, 今來
白露晞."[5] "秋蘭被長阪, 朱華冒綠池"[6]等句, 皆文勢[7]偶然, 非用意俳偶也. 用
意俳偶, 自陸士衡始. 王元美直謂"俳偶之語, 毛詩已有之", 豈以三百篇亦後
世詞人才子流耶? 又或以小雅"昔我往矣, 楊柳依依; 今我來斯, 雨雪霏霏"[8]

爲扇對[9], 楚辭[10]"蕙肴蒸兮蘭藉, 奠桂酒兮椒漿"[11]爲蹉對[12], 大堪撫掌[13].

1 觀閔既多(구민기다), 受侮不少(수모불소): 근심걱정 많이 하고 보니, 수모도 적지 않네. 《시경, 패풍邶風, 백주柏舟》의 시구다.

2 發彼小豝(발피소파), 殪此大兕(에차대시): 작은 암퇘도 쏘고, 큰 들소도 잡네. 《시경, 소아小雅, 길일吉日》의 시구다.

3 胡馬依北風(호마의북풍), 越鳥巢南枝(월조소남지): 오랑캐 말이 북풍에 의지하고, 월越나라 새가 남쪽 가지에 움트네. 〈고시십구수, 행행중행행行行重行行〉의 시구다.

4 靑靑河畔草(청청하반초), 鬱鬱園中柳(울울원중류): 푸릇푸릇 물가의 풀, 무성한 동원의 버들. 〈고시십구수, 청청하반초靑靑河畔草〉의 시구다.

5 始出嚴霜結(시출엄상결), 今來白露晞(금래백로희): 당초 된서리 얼어붙을 때 나가, 오늘 백로가 마를 때 돌아오네. 조식 〈정시情詩〉의 시구다.

6 秋蘭被長阪(추난피장판), 朱華冒綠池(주화모록지): 가을 난초가 긴 둑을 덮고, 부용이 푸른 연못을 덮었네. 조식 〈공연시公讌詩〉의 시구다.

7 文勢(문세): 문장 또는 어구의 기세.

8 昔我往矣(석아왕의), 楊柳依依(양류의의); 今我來斯(금아래사), 雨雪霏霏(우설비비): 옛날 내가 떠날 때에는 버드나무 가지 푸르렀는데, 지금 돌아오니 눈이 펄펄 날리네. 《시경・소아・채미采薇》의 시구다.

9 扇對(선대): 격구대隔句對를 가리킨다. 시의 제1구가 제3구와, 제2구가 제4구와 대구되어 있는 것이다.

10 楚辭(초사): 전국시대 초나라의 굴원과 그 말류末流의 사辭를 모은 책을 가리킨다. 모두 16권이며 한나라 유향이 편집했다. 유향이 초나라 회왕懷王의 충신 굴원의 〈이소〉와 25편의 부賦 및 후인의 작품에다가 자신이 지은 〈구탄九歎〉 1편을 덧붙여 《초사》를 편집했다. 후일 후한의 왕일이 본서의 사장辭章을 주석하고 자신의 작품 〈구사九思〉 1편을 더하여 《초사장구楚辭章句》를 지었다.

11 蕙肴蒸兮蘭藉(혜효증혜난자), 奠桂酒兮椒漿(전계주혜초장): 혜초로 고기를 쪄 난초를 깔아 그 위에 놓고, 계주와 초장을 차리네. 〈이소〉의 시구다.

12 蹉對(차대): 시를 지을 경우 음이 같거나 비슷한 자를 빌어 대하는 대우법의 한 가지. 가령 "談笑有鴻儒(담소유홍유), 往來無白丁(왕래무백정)"에서 '鴻(홍)'은 '紅(홍)'과 음이 같으므로 '白(백)'과 대를 이룬다.

13 大堪撫掌(대감무장): 크게 손바닥을 칠 만하다.

5

육기의 오언시 〈증종형贈從兄〉, 〈증풍문비贈馮文羆〉, 〈대안언선부代顏彦先婦〉 등은 체재가 여전히 완곡하고, 시어가 여전히 부드럽지만, 완전히 순일하지는 않다. 〈종군행從軍行〉, 〈음마장성굴飮馬長城窟〉, 〈문유거마객門有車馬客〉, 〈고한행苦寒行〉, 〈전완성가前緩聲歌〉, 〈제구행齊謳行〉 등은 체재가 모두 자세히 서술되고 시어가 모두 꾸며져 더욱 대구와 조탁으로 빠졌다. 그중 다음은 모두 대구와 조탁의 시구다.

"지난날 생각하니 기쁨의 실마리가 끊어지고, 다가올 날 슬퍼하니 근심의 실마리가 생기네.懷往歡絶端, 悼來憂成緒."

"길게 한탄하며 북쪽의 강을 따르나, 마음이 남쪽의 나루터에 뭉쳐 있네.永歎遵北渚, 遺思結南津."

"저녁에 쉬며 외로이 그림자를 안고 잠이 들고, 아침에 비로소 근심을 안고 떠나네.夕息抱影寐, 朝徂銜思往."

"풍성한 가지가 더욱 봄을 화창하게 하고, 나뭇잎 떨어진 후에 가을이 저무네.豐條並春盛, 落葉後秋衰."

"좋은 기운이 시간과 더불어 사라지고, 남은 향기가 바람 따라 사라지네.淑氣與時隕, 餘芳隨風捐."

"남자는 지혜로움이 어리석음을 뒤집는 것을 즐거워하고, 여자는 늙음이 젊음을 피하는 것을 기뻐하네.男歡智傾愚, 女愛衰避姸."

"아름다운 용모는 윤기가 더해가고, 슬픈 음악이 안색을 받들어 연주되네.淑貌色斯升, 哀音承顏作."

"복에는 항상 징조가 있고, 화에는 단서가 없지 않네.福鍾恒有兆, 禍集非無端."

"엄한 마음이 매운 가을보다 매섭고, 아름다운 의복이 꽃피는 봄보다 곱네.烈心厲勁秋, 麗服鮮芳春."

"올바른 행동은 널리 흔적이 없는데, 규범에 맞는 행동이 어찌 다른 사람에게 미치겠는가?規行無曠跡, 矩步豈逮人."

해제 육기의 오언시에 관한 논의다. 허학이의 시론에 따르면 육기는 중국 오언시의 발전에 있어서 중요한 전환점이 되었다. 육기에 의해서 고시의 자연스러움이 인위적인 수식으로 한 차례 크게 변화했기 때문이다. 육기는 그의 《문부文賦》에서 "시는 성정에서 일어나며 아름답다.詩緣情而綺靡."고 표방했다. 종영도 《시품》에서 육기는 "재주가 높고 문사가 풍부하며, 문체가 화려하다.才高詞瞻, 擧體華美."고 평했다. 여기서는 그의 시 가운데 대구와 조탁이 현저한 시구를 가려 뽑아 예를 들었다.

원문 士衡五言, 如贈從兄·贈馮文羆·代顧彦先婦等篇, 體尙委婉, 語尙悠圓, 但不盡純耳. 至如從軍行·飮馬長城窟·門有車馬客·苦寒行·前緩聲歌·齊謳行等, 則體皆敷絞, 語皆構結, 而更入於俳偶雕刻矣. 中如"懷往歡絶端, 悼來憂成緒."[1] "永歎遵北渚, 遺思結南津."[2] "夕息抱影寐, 朝徂銜思往."[3] "豐條並春盛, 落葉後秋衰."[4] "淑氣與時隕, 餘芳隨風捐."[5] "男歡智傾愚, 女愛衰避妍."[6] "淑貌色斯升, 哀音承顏作."[7] "福鍾恒有兆, 禍集非無端."[8] "烈心厲勁秋, 麗服鮮芳春."[9] "規行無曠跡, 矩步豈逮人"[10]等句, 皆俳偶雕刻者也.

주석
1 懷往歡絶端(회왕환절단), 悼來憂成緒(도래우성서): 지난날 생각하니 기쁨의 실마리가 끊어지고, 다가올 날 슬퍼하니 근심의 실마리가 생기네. 육기 〈어승명작여제사용시於承明作與士龍詩〉의 시구다.
2 永歎遵北渚(영탄준북저), 遺思結南津(유사결남진): 길게 한탄하며 북쪽의 강을 따르나, 마음이 남쪽의 나루터에 뭉쳐 있네. 육기 〈부낙도중작시이수赴洛道中作詩二首〉 중 제1수의 시구다.
3 夕息抱影寐(석식포영매), 朝徂銜思往(조조함사왕): 저녁에 쉬며 외로이 그림

자를 안고 잠이 들고, 아침에 비로소 근심을 안고 떠나네. 육기 〈증상서랑고언선시이수贈尚書郞顧彦先詩二首〉 중 제1수의 시구다.

4 豐條並春盛(풍조병춘성), 落葉後秋衰(낙엽후추쇠): 풍성한 가지가 더욱 봄을 화창하게 하고, 나뭇잎 떨어진 후에 가을이 저무네. 육기 〈원규시이수園葵詩二首〉 중 제1수의 시구다.

5 淑氣與時隕(숙기여시운), 餘芳隨風捐(여방수풍연): 좋은 기운이 시간과 더불어 사라지고, 남은 향기가 바람 따라 사라지네. 육기 〈당상행塘上行〉의 시구다.

6 男歡智傾愚(남환지경우), 女愛衰避妍(여애쇠피연): 남자는 지혜로움이 어리석음을 뒤집는 것을 즐거워하고, 여자는 늙음이 젊음을 피하는 것을 기뻐하네. 육기 〈당상행〉의 시구다.

7 淑貌色斯升(숙모색사승), 哀音承顔作(애음승안작): 아름다운 용모는 윤기가 더해가고, 슬픈 음악이 안색을 받들어 연주되네. 육기 〈군자유소사행君子有所思行〉의 시구다.

8 福鍾恒有兆(복종항유조), 禍集非無端(화집비무단): 복에는 항상 징조가 있고, 화에는 단서가 없지 않네. 육기 〈군자행君子行〉의 시구다.

9 烈心厲勁秋(열심려경추), 麗服鮮芳春(여복선방춘): 엄한 마음이 매운 가을보다 매섭고, 아름다운 의복이 꽃피는 봄보다 곱네. 육기 〈장안유협사행長安有狹邪行〉의 시구다.

10 規行無曠跡(규행무광적), 矩步豈逮人(구보기체인): 올바른 행동은 널리 흔적이 없는데, 규범에 맞는 행동이 어찌 다른 사람에게 미치겠는가? 육기 〈장안유협사행〉의 시구다.

6

육기의 오언 중 다음의 시구는 정교하다고 할 수 있다.

"슬픈 감정이 시냇가에 임해 맺히고, 쓴 말을 바람 따라 읊조리네.悲情臨川結, 苦言隨風吟"

"거센 바람이 돌아오는 편지를 어지럽히고, 돌아가는 구름에 소식 전하는 것이 어렵네.驚飆褰反信, 歸雲難寄音."

"날아오를 듯한 비각에 무지개 띠 감기고, 층층이 쌓인 누대에 구름

관이 덮였네.飛閣纓虹帶, 層臺冒雲冠."

"온화한 기운이 맑은 소리를 퍼트리고, 맑은 구름이 엷은 그늘을 드리우네.和氣飛淸響, 鮮雲垂薄陰."

"여름 나뭇가지에 신선한 바닷말이 모이고, 찬 얼음이 출렁이는 물결을 얼리네.夏條集鮮藻, 寒冰結衝波."

"남은 꽃향기가 세찬 바람에 맺히고, 뜬 그림자가 맑은 여울에 비치네.遺芳結飛飆, 浮影映淸湍."

한편 다음의 시구는 졸렬하여 식상하다.

"구불구불한 도랑이 굽은 밭두둑을 에워싸고, 오가는 물결이 곧은 밭고랑을 바로 세우네.迴渠遶曲陌, 通波扶直阡."

"눈으로 향기 나는 풀을 따라 감상하고, 귀로 철새가 슬프게 읊는 소리 듣네.目感隨氣草, 耳悲詠時禽."

"즐거운 모임 진실로 예부터 있어 왔고, 슬픈 이별이 어찌 지금에만 있으랴.樂會良自古, 悼別豈獨今."

"세월은 쏜살같이 빠르게 지나가고, 시간은 빠른 거문고 연주처럼 명확하게 오네.年往迅勁矢, 時來亮急絃."

"부유한 집에는 다시 들어갈 수 없고, 무너진 집은 힘들게 열지 않아도 되네.盛門無再入, 衰房莫苦開."

정교하면 졸렬하여 식상하기 쉬울 따름이다.

해제 육기의 오언시 중 인위적인 수식이 잘 된 구와 그렇지 못한 구를 예로 들어 설명했다. 육기의 문학풍격은 형식의 아름다움을 추구하는 데 있었다. 그러나 지나친 기교로 인해 오히려 번잡하다는 평가를 받게 되었으니, 바로 유협이 《문심조룡, 재략才略》에서 다음과 같이 평가한 바와 같다.

"육기는 재주가 깊어지게 하고 수사가 광범위하게 넓어지는 데 힘썼으므로, 생각이 정교할 수 있었으나 번잡함을 조절하지는 못했다.陸機才欲窺深, 辭務索廣, 故思能入巧而不制繁."

士衡五言, 如"悲情臨川結, 苦言隨風吟."[1] "驚飆褰反信, 歸雲難寄音."[2] "飛閣纓虹帶, 層臺冒雲冠."[3] "和氣飛淸響, 鮮雲垂薄陰."[4] "夏條集鮮藻, 寒冰結衝波."[5] "遺芳結飛飆, 浮影映淸湍"[6]等句, 斯可稱工. 至如"迴渠遶曲陌, 通波扶直阡."[7] "目感隨氣草, 耳悲詠時禽."[8] "樂會良自古, 悼別豈獨今."[9] "年往迅勁矢, 時來亮急絃."[10] "盛門無再入, 衰房莫苦開"[11]等句, 則傷於[12]拙矣. 工則易傷於拙耳.

1 悲情臨川結(비정임천결), 苦言隨風吟(고언수풍음): 슬픈 감정이 시냇가에 임해 맺히고, 쓴 말을 바람 따라 읊조리네. 육기 〈증풍문비시贈馮文羆詩〉의 시구다.

2 驚飆褰反信(경표건반신), 歸雲難寄音(귀운난기음): 거센 바람이 돌아오는 편지를 어지럽히고, 돌아가는 구름에 소식 전하는 것이 어렵네. 육기 〈의행행중행행시擬行行重行行詩〉의 시구다.

3 飛閣纓虹帶(비각영홍대), 層臺冒雲冠(층대모운관): 날아오를 듯한 비각에 무지개 띠 감기고, 층층이 쌓인 누대에 구름 관이 덮였네. 육기 〈의청청릉상백시擬靑靑陵上柏詩〉의 시구다.

4 和氣飛淸響(화기비청향), 鮮雲垂薄陰(선운수박음): 온화한 기운이 맑은 소리를 퍼트리고, 맑은 구름이 엷은 그늘을 드리우네. 육기 〈비재행悲哉行〉의 시구다.

5 夏條集鮮藻(하조집선조), 寒冰結衝波(한빙결충파): 여름 나뭇가지에 신선한 바닷말이 모이고, 찬 얼음이 출렁이는 물결을 얼리네. 육기 〈종군행從軍行〉의 시구다.

6 遺芳結飛飆(유방결비표), 浮影映淸湍(부영영청단): 남은 꽃향기가 세찬 바람에 맺히고, 뜬 그림자가 맑은 여울에 비치네. 육기 〈일출동남우행日出東南隅行〉의 시구다.

7 迴渠遶曲陌(회거요곡맥), 通波扶直阡(통파부직천): 구불구불한 도랑이 굽은

밭두둑을 에워싸고, 오가는 물결이 곧은 밭고랑을 바로 세우네. 육기 〈답장사
연시答張士然詩〉의 시구다.

8 目感隨氣草(목감수기초), 耳悲詠時禽(이비영시금): 눈으로 향기 나는 풀을 따
라 감상하고, 귀로 철새가 슬프게 읊는 소리 듣네. 육기 〈비재행〉의 시구다.

9 樂會良自古(악회양자고), 悼別豈獨今(도별기독금): 즐거운 모임 진실로 예부
터 있어 왔고, 슬픈 이별이 어찌 지금에만 있으랴. 육기 〈예장행豫章行〉의 시구
다.

10 年往迅勁矢(연왕신경시), 時來亮急絃(시래량급현): 세월은 쏜살같이 빠르게
지나가고, 시간은 빠른 거문고 연주처럼 명확하게 오네. 육기 〈장가행長歌行〉의
시구다.

11 盛門無再入(성문무재입), 衰房莫苦開(쇠방막고개): 부유한 집에는 다시 들어
갈 수 없고, 무너진 집은 힘들게 열지 않아도 되네. 육기 〈절양류행折揚柳行〉의
시구다.

12 傷於(상어): …에 식상하다.

7

육기의 오언시는 대구와 조탁으로 점차 어우러진 기풍을 잃고 성운
이 조잡해졌으며, 또한 온후한 풍격이 감소했다. 예를 들면 다음의 시
구는 모두 성운이 조잡한 것이다.

"봄의 동산을 소요하며, 천맥의 밭에서 주저하네. 구불구불한 도랑
이 굽은 밭두둑을 에워싸고, 오가는 물결이 곧은 밭고랑을 세우네.逍
遙春王囿, 躑躅阡畝田. 迴渠遶曲陌, 通波扶直阡."

"자취를 숨겨 흔적이 없고, 적막하여 소리가 반드시 가라앉네. 눈을
치켜떠 봐도 볼 수 없고, 생각하며 두 눈을 감은 듯하네.無迹有所匿, 寂寞
聲必沉. 肆目眇弗及, 緬然若雙潛."

"옥을 울리는 것이 어찌 박유樸儒리오, 수레를 의지한 것은 모두 준
민俊民이네. 엄한 마음이 싸늘한 가을보다 매섭고, 아름다운 의복이

꽃피는 봄보다 곱네.鳴玉豈樸儒, 憑軾皆俊民. 烈心厲勁秋, 麗服鮮芳春"8)

육기 오언시의 폐해에 관한 논의다. 지나친 대구와 조탁으로 자연스러움
이 사라졌음을 다시 한 번 강조하고, 성운이 조잡한 시구의 예를 들었다.

士衡五言, 俳偶雕刻, 漸失渾成之氣, 而聲韻麤悍¹, 復少溫厚之風². 如"逍遙
春王囿, 躑躅阡畝田. 迴渠遶曲陌, 通波扶直阡."³ "無迹有所匿, 寂寞聲必
沉. 肆目眇弗及, 緬然若雙潛."⁴ "鳴玉豈樸儒, 憑軾皆俊民. 烈心厲勁秋, 麗
服鮮芳春"⁵等句, 皆聲韻麤悍者也. [又見太沖論中.]

1 麤悍(추한): 거칠다. 조잡하다.

2 溫厚之風(온후지풍): 성질이 온화하고 독실한 풍격.

3 逍遙春王囿(소요춘왕유), 躑躅阡畝田(척촉천무전). 迴渠遶曲陌(회거요곡맥),
通波扶直阡(통파부직천): 봄의 동산을 소요하며, 천맥의 밭에서 주저하네. 구
불구불한 도랑이 굽은 밭두둑을 에워싸고, 오가는 물결이 곧은 밭고랑을 세우
네. 육기 〈답장사연시答張士然詩〉의 시구다.

4 無迹有所匿(무적유소닉), 寂寞聲必沉(적막성필침). 肆目眇弗及(사목묘불급),
緬然若雙潛(면연약쌍잠): 자취를 숨겨 흔적이 없고, 적막하여 소리가 반드시
가라앉네. 눈을 치켜떠 봐도 볼 수 없고, 생각하며 두 눈을 감은 듯하네. 육기
〈부태자세마시작시赴太子洗馬時作詩〉의 시구다.

5 鳴玉豈樸儒(명옥기박유), 憑軾皆俊民(빙식개준민). 烈心厲勁秋(열심려경추),
麗服鮮芳春(여복선방춘): 옥을 울리는 것이 어찌 박유樸儒리오, 수레를 의지한
것은 모두 준민俊民이네. 엄한 마음이 싸늘한 가을보다 매섭고, 아름다운 의복
이 꽃피는 봄보다 곱네. 육기 〈장안유협사행長安有狹邪行〉의 시구다.

---

8) 좌사左思에 관한 시론(본권 제16칙)에 보인다.

8

육기의 악부오언은 체재와 성조가 조식과 비슷하나 대구와 조탁으로 그 체재를 갈수록 잃었으니, 그 당시 "조식과 육기는 맞지 않는 성조가 되었다"고 한 것은 이것을 두고 한 말이다. 소명태자가 조식과 육기의 시를 수록하고 한악부를 대부분 누락한 것은 이해할 수 없는 듯하다.

해제 육기의 오언악부에 관한 논의다. 육기 시의 대부분은 악부시와 의고시다. 그것은 구제舊題를 부연하거나 전대 문인들의 작품을 모사한 것이다. 따라서 진조명陳祚明은 "자신을 억제하고 옛것을 신봉하며, 사사건건 모방했다 束身奉古, 亦步亦趨"라고 말하며 그의 시를 평가 절하했다. 여기서 허학이는 육기와 조식의 악부시를 비교하여 말하고 있다. 조식은 악부민가를 바탕으로 시어를 가다듬고 비분강개한 정조를 드러낸 시인으로 평가받는다. 이에 반해 육기의 시어는 대구와 조탁이 점차 강조되어 한악부에서 볼 수 있는 자연스러움이 점차 사라졌다. 이와 아울러 《문선》에서 단지 3편의 한악부를 싣고 있음을 지적하며 그 선록 기준에 대해 비평적인 견해를 드러내고 있다.

원문 士衡樂府五言, 體製聲調與子建相類, 而俳偶雕刻, 愈失其體, 時稱"曹陸爲乖調[1]"是也. 昭明錄子建・士衡而多遺[2]漢人樂府, 似不能知.

주석
1 乖調(괴조): 맞지 않는 성조. 어긋난 성조.
2 遺(유): 누락하다.

9

육기, 사령운, 사혜련謝惠連의 악부칠언 〈연가행燕歌行〉 각 1편은 조비의 작품과 비교하면 체재와 성조가 크게 다르지 않으니 변화라고 칭할 수는 없다.

조비의 악부시 〈연가행〉은 칠언시의 비조라고 손꼽힌다. 현존하는 칠언시 중 가장 완정한 시로 평가된다. 제4권 제14칙에서는 이 〈연가행〉의 용운이 백량체柏梁體를 바탕으로 하고 있음을 말했다. 이후 육기, 사령운, 사혜련 등 많은 문인들이 조비의 작품을 모의하여 〈연가행〉을 지었다.

陸士衡‧謝靈運‧謝惠連¹樂府七言燕歌行各一篇, 較之子桓, 體製聲調亦不甚殊, 未可稱變也.

1 謝惠連(사혜련): 남조 송나라의 문학가다. 진군陳郡 양하陽夏 곧 지금의 하남성 태강太康 사람이다. 사방명謝方明의 아들이고 사령운의 사촌 동생이다. 10세에 문장을 지을 수 있어서 사령운의 총애를 받았다. 일찍이 사령운은 그의 문장을 보고 항상 "장화가 다시 살아나도 고칠 수 없을 것이다.張華重生, 不能易也."고 감탄했다고 한다. 또 《시품》에 의하면 "사령운은 매번 사혜련을 만나면 번번이 가구를 얻었다.康樂每對惠連, 輒得佳語."고 한다. 더욱이 사령운의 〈등지상루登池上樓〉의 명구인 "지당생춘초池塘生春草"도 꿈에 사혜련을 보고 쓴 것이라고 한다. 고향에서 주부主簿로 부름받았으나 나가지 않았다. 종영은 그를 중품中品에 넣었다. 흔히 사령운, 사조와 함께 '삼사三謝'라고 불린다.

10

육기의 오언시는 체재가 점차 대구로 빠지고 어구가 점차 조탁으로 빠졌지만, 그 고체는 여전히 남아 있다. 반악의 〈금곡金谷〉, 〈하양河陽〉, 〈회현懷縣〉, 〈도망悼亡〉 등의 작품은 더욱 쓸데없이 길기만 하고 고체가 흩어졌다.

손작孫綽이 "반악의 문체는 얕으나 깨끗하고, 육기의 문체는 깊으나 번잡하다"고 말하고, 진역증 또한 "반악은 질박함이 화려함을 이겼고 예스러운 뜻이 있다"고 말했는데, 어찌 그러한가?

육기와 반악의 오언시를 비교하여 논했다. 반악은 육기와 함께 태강의 대표 문인이다. 현존하는 시로 볼 때 반악은 이별과 슬픔의 정조를 잘 표현했다. 반악은 문필이 화려하고 유창하다. 용전도 비교적 쉬워 육기의 심오한 것과는 다르다. 이에 손작, 진역증 등이 육기에 비해 반악을 더 높이 평가하기도 했다.

그러나 허학이는 이에 대해 반론을 제기하고 있다. 육기는 비록 인위적인 조탁이 있지만 고체의 풍격을 여전히 지니고 있음을 지적했다. 일찍이 종영은 《시품》에서 "육기의 재주는 바다와 같고, 반악의 재주는 강과 같다.陸才如海, 潘才如江."고 평했다. 손작 역시 "육기의 문장은 모래를 헤치고 금을 줍는 것과 같아서 종종 보배가 보인다.陸文如排沙簡金, 往往見寶."고 말하기도 했다(《세설신어, 문학文學》참조).

 陸士衡五言, 體雖漸入俳偶, 語雖漸入雕刻, 其古體猶有存者. 至潘安仁金谷 · 河陽 · 懷縣 · 悼亡等作, 則更傷冗漫[1], 而古體散矣. 孫興公[2]謂: "潘文淺而淨, 陸文深而蕪." 陳繹曾亦謂: "潘質勝於文, 有古意." 何耶?

1 冗漫(용만): 글이나 말이 쓸데없이 길다.
2 孫興公(손흥공): 손작孫綽(314~371). 동진 시기의 문인이자 유명한 명사다. 자가 흥공이고, 중도中都 곧 지금의 산서성 평요平遙 사람이다. 어릴 때부터 문재가 뛰어났고 서예에도 능했다.

11

반악의 오언시 중 다음의 시구는 모두 대구와 조탁이다.

"고요한 골짜기에 가는 칡이 무성하고, 가파른 산에 우거진 나뭇가지가 무성하네. 지는 꽃잎이 수풀의 터에 떨어지고, 휘날리는 줄기가 구릉의 가지에서 자라네.幽谷茂纖葛, 峻巖敷榮條. 落英隕林趾, 飛莖秀陵喬."

"부싯돌의 불과 같이 재빠르고, 길을 끊는 폭풍과 같이 순식간이네. 欻如敲石火, 瞥若截道飈."

"겸손한 사람에게 복을 주는 것은 순수하고 절약하기 때문이고, 재난이 가득 차는 것은 오만과 교만에서 비롯된다네.福謙在純約, 害盈由矜驕."

"맑고 시원한 바람이 가을에 대응하여 이르고, 습한 여름이 절기를 따라 물러가네.清商應秋至, 溽暑隨節闌."

"슬픈 마음은 사물에 감동하여 오고, 눈물은 감정에 응하여 떨어지네.悲懷感物來, 泣涕應情隕."

또 다음의 시구는 자못 정교하다고 할 만하며 졸렬한 것이 없다.

"시냇물 기운이 산꼭대기를 덮고, 거센 여울이 바위를 부딪친다. 돌아가는 기러기 난섬을 덮고, 헤엄치는 물고기 물결을 움직인다.川氣冒山嶺, 驚湍激巖阿. 歸鴈映蘭洔, 游魚動圓波."

"봄바람이 틈을 타서 오고, 새벽 낙숫물이 처마 타고 떨어지네.春風綠隙來, 晨霤承簷滴."

"평상이 비니 먼지가 앉고, 방안이 비니 슬픈 바람이 불어오네.牀空委淸塵, 室虛來悲風."

반악의 오언시에 관한 논의다. 반악은 길게 진술하는 서사의 문장에 뛰어났고 시어의 꾸밈에 능했다. 진나라 때에는 인위적인 수식이 중시되면서 함축의 오묘함이 사라졌는데, 반악의 문장에는 그 과도기적 특징이 잘 나타난다.

이에 진조명陳祚明은 《채숙당고시선采菽堂古詩選》 권11에서 다음과 같이 말했다.

"반악은 감성이 풍부한 사람으로 매번 붓을 들면 필세가 왕성하게 정신을 집중시키고 이리저리 방향을 바꾸어 두루 써서 완곡하게 말하며 풍자가 그치지 않는다.…문장을 쓰는 방식이 번거로워 단락을 지을 수 없음이 불평스럽고, 악부고시에 함축의 무궁한 오묘함이 부족할 뿐이다.安仁情深之

子, 每一涉筆, 淋灕傾注, 宛轉側折, 旁寫曲訴, 刺刺不能自休. …所嫌筆端繁冗, 不能裁節, 有遜樂
府古詩含蘊不盡之妙耳."

또 유협은 《문심조룡, 체성體性》에서 다음과 같이 말했다.

"반악은 경쾌하고 민첩하므로, 재능이 드러나고 음운이 유동한다.安仁輕
敏, 故鋒發而韻流."

요컨대 허학이는 반악의 시구가 대구와 조탁이 많기도 하지만 정교한 시
구 중에는 졸렬한 것이 없음을 구체적인 예를 들어 지적했다.

安仁五言如"幽谷茂纖葛, 峻巖敷榮條. 落英隕林趾, 飛莖秀陵喬."[1] "欻如敲
石火, 瞥若截道颷."[2] "福謙在純約, 害盈由矜驕."[3] "淸商應秋至, 溽暑隨節
闌."[4] "悲懷感物來, 泣涕應情隕"[5]等句, 皆俳偶雕刻者也. 至如"川氣冒山嶺,
驚湍激巖阿. 歸鴈映蘭涘, 游魚動圓波."[6] "春風緣隙來, 晨霤承簷滴."[7] "牀空
委淸塵, 室虛來悲風"[8]等句, 亦頗稱工, 而拙句[9]則無矣.

1 幽谷茂纖葛(유곡무섬갈), 峻巖敷榮條(준암부영조). 落英隕林趾(낙영운림지),
   飛莖秀陵喬(비경수릉교): 고요한 골짜기에 가는 칡이 무성하고, 가파른 산에
   우거진 나뭇가지가 무성하네. 지는 꽃잎이 수풀의 터에 떨어지고, 휘날리는 줄
   기가 구릉의 가지에서 자라네. 반악 〈하양현작시이수河陽縣作詩二首〉 중 제1수
   의 시구다.

2 欻如敲石火(홀여고석화), 瞥若截道颷(별약절도표): 부싯돌의 불과 같이 재빠
   르고, 길을 끊는 폭풍과 같이 순식간이네. 반악 〈하양현작시이수〉 중 제1수의
   시구다.

3 福謙在純約(복겸재순약), 害盈由矜驕(해영유긍교): 겸손한 사람에게 복을 주
   는 것은 순수하고 절약하기 때문이고, 재난이 가득 차는 것은 오만과 교만에서
   비롯된다네. 반악 〈하양현작시이수〉 중 제1수의 시구다.

4 淸商應秋至(청상응추지), 溽暑隨節闌(욕서수절란): 맑고 시원한 바람이 가을
   에 대응하여 이르고, 습한 여름이 절기를 따라 물러가네. 반악 〈도망시삼수悼亡
   詩三首〉 중 제2수의 시구다.

5 悲懷感物來(비회감물래), 泣涕應情隕(읍체응정운): 슬픈 마음은 사물에 감동
   하여 오고, 눈물은 감정에 응하여 떨어지네. 반악 〈도망시삼수〉 중 제3수의 시

구다.

6 川氣冒山嶺(천기모산령), 驚湍激巖阿(경단격암아). 歸鴈映蘭渚(귀안영난지),
游魚動圓波(유어동원파): 시냇물 기운이 산꼭대기를 덮고, 거센 여울이 바위를
부딪친다. 돌아가는 기러기 난섬을 덮고, 헤엄치는 물고기 물결을 움직인다.
반악 〈하양현작시이수〉 중 제2수의 시구다.

7 春風緣隙來(춘풍연극래), 晨霤承簷滴(신류승첨적): 봄바람이 틈을 타서 오고,
새벽 낙숫물 처마 타고 떨어지네. 반악 〈도망시삼수〉 중 제1수의 시구다.

8 牀空委淸塵(상공위청진), 室虛來悲風(실허래비풍): 평상이 비니 먼지가 앉고,
방안이 비니 슬픈 바람이 불어오네. 반악 〈도망시삼수〉 중 제2수의 시구다.

9 拙句(졸구): 졸렬한 시구.

12

좌태충左太沖[9]의 오언시 《영사詠史》는 반고와 왕찬에게서 비롯되
는데, 문장의 기세가 더 뛰어나다. 장협의 오언 〈잡시雜詩〉는 〈고시십
구수〉와 조조·조식 부자에게서 비롯되는데, 순박하고 예스러움이
미치지는 못하지만 화려하고 재능이 뛰어나 실로 볼 만하다.

종영이 말했다.

"장협은 반악보다 힘이 있고 좌사보다 화려하며, 풍격이 조화로워
진실로 그 시대에 견줄 만 한 자가 없는 고수다. 문채가 무성하고 음운
이 낭랑하여 사람들로 하여금 끊임없이 곱씹어 감상하게 한다."

이 주장은 매우 타당하다. 엄우의 《창랑시화滄浪詩話》에서 오직 좌
사만 칭찬하고 장협은 언급하지 않은 것은 잘못이라고 하지 않을 수 없
다.

 좌사, 장협의 오언시에 관한 논의다. 육기가 태강 문학의 주요 경향을 대표

---

9) 이름 사思.

한다면 좌사는 가장 큰 성취를 이룬 문인이다. 좌사의 〈영사시〉는 현존하는 그의 시 중 가장 뛰어난 작품이다. 제목이 비록 '영사'이지만 옛일을 노래한 것이 아니라 옛일을 빌어 자신의 회포를 서술하고 당시의 사회를 비평했다. 이에 종영은 "문사가 전아하면서 원망스러워 자못 정밀하고 적절하며 풍유의 정취를 얻었다.文典以怨, 頗爲精切, 得諷論之致."라고 했다. 허학이는 이 〈영사시〉가 반고, 왕찬에게서 비롯되어 기력이 넘친다고 했다. 이것은 종영이 '좌사풍력左史風力'이라고 한 것과 일맥상통하는 듯하다.

한편 장협은 태강의 '삼장三張' 중 문학적 성취가 가장 큰 문인이다. 육기 형제가 낙양에 들어가기 이전 장협 형제가 그 당시의 문단을 장악하고 있었다. 〈잡시〉 10수는 그의 대표작인데, 허학이는 이 시가 〈고시십구수〉, 조씨 부자에게서 비롯되었음을 지적하고 있다. 또한 후대 장협의 문학적 가치가 좌사에 비해 제대로 평가받지 못하는 점에 대해서도 아쉬움을 표현하고 있다. 육기와 반악에 비하면 장협의 시는 내재적 함축이 부족하다. 그러나 언어의 정련에 있어서는 육기와 반악보다 뛰어나 청명하다고 평가된다. 따라서 종영은 "장협의 문체는 화려하지만 병폐가 적다.文體華淨, 少病累."고 했다. 유희재劉熙載도 《예개藝槪, 시개詩槪》에서 "장협의 화려한 수식은 문기를 해치지 않는다.練不傷氣"고 평가했다.

左太沖[名思]五言詠史, 出於班孟堅・王仲宣, 而氣力勝之. 張景陽五言雜詩, 出於十九首・二曹[1], 而淳古[2]弗逮, 然華彩俊逸[3], 實有可觀[4]. 鍾嶸謂: "景陽雄於[5]潘岳, 靡於[6]太沖, 風流調達[7], 實曠代之高手[8]. 詞彩蔥蒨[9], 音韻鏗鏘[10], 使人味之亹亹不倦[11]." 此論甚當. 滄浪詩評[12]止稱太沖而不及景陽, 未免爲過[13]耳.

1 二曹(이조): 조조와 조비를 가리킨다.

2 淳古(순고): 순박하고 예스럽다.

3 華彩俊逸(화채준일): 화려하고 준일하다.

4 實有可觀(실유가관): 실로 볼 만하다.

5 雄於(웅어): …보다 힘이 있다.

6 靡於(미아): …보다 화려하다.

7 風流調達(풍류조달): 풍격이 조화롭다.

8 曠代之高手(광대지고수): 당대에 견줄 자가 없는 고수. '曠代(광대)'는 당대에 견줄 자가 없다는 뜻으로 세상에 두 번 다시는 없음을 비유한다.

9 詞彩蒽蒨(사채총천): 문채가 무성하다.

10 音韻鏗鏘(음운갱장): 음운이 낭랑하다.

11 亹亹不倦(미미불권): 근면하며 지칠 줄 모르는 모양.

12 滄浪詩評(창랑시평): 엄우의 《창랑시화》를 가리킨다.

13 未免爲過(미면위과): 잘못이라고 하지 않을 수 없다.

13

좌사는 순박하고 어우러졌으며, 장협은 화려하고 준일하다. 장협의 다음 시구는 모두 화려하고 준일하다.

"방의 창에 행적이 없고, 뜰의 풀 초록빛 시들어가네. 푸른 이끼가 빈 담장에 자라고, 거미가 집안 가득 줄치네.房櫳無行迹, 庭草萎以綠. 靑苔依空牆, 蜘蛛網四屋."

"높이 뜬 태양이 푸른 산림을 비추고, 회오리바람이 푸른 대나무를 흔드네. 세찬 비가 아침에 핀 난초에 물을 뿌리고, 가벼운 이슬이 한 무더기 국화에 내려앉네.浮陽映翠林, 迴飈扇綠竹. 飛雨灑朝蘭, 輕露栖叢菊."

"잠시 이때가 언제인지 물어보니, 나비가 남원을 나네. 흐르는 물결이 옛 포구를 그리워하고, 흘러가는 구름이 옛 산을 그리워하네.借問此何時, 胡蝶飛南園. 流波戀舊浦, 行雲思故山."

또 좌사의 다음 시구는 모두 순박하고 어우러졌다.

"긴 휘파람 소리가 맑은 바람 속에 울리고, 뜻이 동쪽 오나라에 없는 듯하네. 납으로 만든 칼은 한 번 베는 것이 귀하고, 꿈에서 좋은 계획 다할 것을 생각하네.長嘯激淸風, 志若無東吳. 鉛刀貴一割, 夢想騁良圖."

"적적한 양자楊子의 집, 문 앞에 경상의 가마가 없네. 적적하게 집 안은 비었고, 현허玄虛를 강론하네.寂寂楊子宅, 門無卿相輿. 寥寥空宇內, 所講在玄虛."

"휠휠 새장 속의 새가 날아, 날개를 들어 사방에 부딪치네. 쓸쓸하게 궁벽한 촌의 선비, 그림자를 끌어안고 빈 오두막을 지키네.習習籠中鳥, 擧翮觸四隅. 落落窮巷士, 抱影守空廬."

해제 좌사, 장협의 시풍에 관한 논의다. 좌사의 순박하고 천연스러운 시구와 장협의 화려하고 준일한 시구의 예를 들었다.

원문 左太沖淳樸渾成, 張景陽華彩俊逸. 景陽如"房櫳無行迹, 庭草萋以綠. 靑苔依空牆, 蜘蛛網四屋."[1] "浮陽映翠林, 迴飇扇綠竹. 飛雨灑朝蘭, 輕露栖叢菊."[2] "借問此何時, 胡蝶飛南園. 流波戀舊浦, 行雲思故山"[3]等句, 皆華彩俊逸者也. 太沖如"長嘯激淸風, 志若無東吳. 鉛刀貴一割, 夢想騁良圖."[4] "寂寂楊子宅, 門無卿相輿. 寥寥空宇內, 所講在玄虛."[5] "習習籠中鳥, 擧翮觸四隅. 落落窮巷士, 抱影守空廬"[6]等句, 皆淳樸渾成者.

주석
1 房櫳無行迹(방롱무행적), 庭草萋以綠(정초처이록). 靑苔依空牆(청태의공장), 蜘蛛網四屋(지주망사옥): 방의 창에 행적이 없고, 뜰의 풀 초록빛 시들어가네. 푸른 이끼가 빈 담장에 자라고, 거미가 집안 가득 줄치네. 장협〈잡시십수雜詩十首〉중 제1수의 시구다.
2 浮陽映翠林(부양영취림), 迴飇扇綠竹(회표선녹죽). 飛雨灑朝蘭(비우쇄조란), 輕露栖叢菊(경로서총국): 높이 뜬 태양이 푸른 산림을 비추고, 회오리바람이 푸른 대나무를 흔드네. 세찬 비가 아침에 핀 난초에 물을 뿌리고, 가벼운 이슬이 한 무더기 국화에 내려앉네. 장협〈잡시십수〉중 제2수의 시구다.
3 借問此何時(차문차하시), 胡蝶飛南園(호접비남원). 流波戀舊浦(유파연구포), 行雲思故山(행운사고산): 잠시 이때가 언제인지 물어보니, 나비가 남원을 나네. 흐르는 물결이 옛 포구를 그리워하고, 흘러가는 구름이 옛 산을 그리워하네. 장협〈잡시십수〉중 제8수의 시구다.

4 長嘯激淸風(장소격청풍), 志若無東吳(지약무동오). 鉛刀貴一割(연도귀일할),
夢想騁良圖(몽상빙양도): 긴 휘파람 소리가 맑은 바람 속에 울리고, 뜻이 동쪽
오나라에 없는 듯하네. 납으로 만든 칼은 한 번 베는 것이 귀하고, 꿈에서 좋은
계획 다할 것을 생각하네. 좌사 〈영사시팔수詠史詩八首〉 중 제1수의 시구다.

5 寂寂楊子宅(적적양자택), 門無卿相輿(문무경상여). 寥寥空宇內(요요공우내),
所講在玄虛(소강재현허): 적적한 양자楊子의 집, 문 앞에 경상의 가마가 없네.
적적하게 집 안은 비었고, 현허玄虛를 강론하네. 좌사 〈영사시팔수〉 중 제4수의
시구다.

6 習習籠中鳥(습습롱중조), 舉翮觸四隅(거핵촉사우). 落落窮巷士(낙락궁항사),
抱影守空廬(포영수공려): 휠휠 새장 속의 새가 날아, 날개를 들어 사방에 부딪
치네. 쓸쓸하게 궁벽한 촌의 선비, 그림자를 끌어안고 빈 오두막을 지키네. 좌
사 〈영사시팔수〉 중 제8수의 시구다. '巷士(항사)'는 문벌 있는 집안, 즉 호족豪
族을 가리킨다.

14

좌사는 할 말을 다 했어도 여운이 있고 오래되어도 더욱 새로우니,
전체 시편을 살펴보면 저절로 드러난다.

해제 좌사의 풍격에 관한 논의다. 《문심조룡, 재략才略》에서는 다음과 같이 말
했다.
"좌사는 재주가 빼어나고 생각이 매우 깊은데, 〈삼도부〉에서 기력을 다
쏟았고, 〈영사〉에서 탁월한 재능을 드러내어 자신의 재능을 남기지 않았
다.左思奇才, 業深覃思, 盡銳於三都, 拔萃於詠史, 無遺力矣."

원문 左太沖盡而有餘[1], 久而更新[2], 以全篇觀, 自見.

주석 1 盡而有餘(진이유여): 할 말을 다했어도 여운이 있다.
2 久而更新(구이갱신): 오래되어도 더욱 새롭다.

15

왕세정이 말했다.

"좌사는 태연하게 남보다 뛰어난 시어가 있는데, 다만 크게 조탁하지 않았다."

내가 생각건대 좌사의 〈영사시팔수詠史詩八首〉 1편은 한 글자도 가다듬지 않은 것이 없다. 반면 다음과 같은 시구는 크게 조탁하지 않았다.

"귀한 사람은 비록 스스로를 높이나 그것을 먼지 같이 대한다. 천한 사람은 비록 스스로를 천하게 여기나 그것을 천균처럼 중시한다.貴者雖自貴, 視之若埃塵. 賤者雖自賤, 重之若千鈞."

육기와 비교하면 그것은 지나침과 모자람의 차이다!10)

해제 좌사의 시풍을 육기와 비교하여 논했다. 〈영사시팔수〉를 예로 들어 좌사의 시풍을 분석했다. 그러나 좌사의 시풍은 전반적으로 질박하다는 평가를 받는다. 《시품》에 좌사는 "육기보다 질박하다.野於陸機"라는 평어가 보인다. '野(야)'는 '文(문)'의 대립되는 개념이다. 즉 좌사는 육기보다 재주가 지나쳐서 질박하고, 육기는 좌사보다 재주가 모자라서 번잡하다.

원문 王元美云: "太沖綽有¹兼人²之語, 但太不雕琢." 愚按: 太沖如"皓天舒白日"³一篇, 無一字不精鍊. 至"貴者雖自貴, 視之若埃塵. 賤者雖自賤, 重之若千鈞"⁴等句, 是太不雕琢也. 方之⁵士衡, 其過不及之分⁶歟. [太沖爲過, 士衡爲不及, 此敦本⁷之論. 若雕刻之於冗濫, 則雕刻爲過, 冗濫爲不及矣.]

주석 1 綽有(작유): '綽綽有裕(작작유유)'와 같은 말이다. 느긋하여 마음에 여유가 있다. 즉 태연하여 서두르지 않는 모양을 가리킨다.

---

10) 좌사는 지나치고 육기는 모자란데, 이것은 돈본敦本의 주장이다. 조탁을 번잡함과 비교하면 조탁은 지나침이고 번잡함은 모자람이다.

2 兼人(겸인): 혼자서 몇 사람을 당해내다. 남보다 뛰어나다.

3 皓天舒白日(호천서백일): 좌사의 〈영사시팔수詠史詩八首〉 중 제5수의 시구다.

4 貴者雖自貴(귀자수자귀), 視之若埃塵(시지약애진). 賤者雖自賤(천자수자천),
  重之若千鈞(중지약천균): 귀한 사람은 비록 스스로를 높이나 그것을 먼지 같이
  대힌다. 천힌 사람은 비록 스스로를 천하게 어기나 그것을 천균처럼 중시한나.
  〈영사시팔수〉 중 제5수의 시구다.

5 方之(방지): 비교하다. '較之(교지)'와 같은 말이다.

6 過不及之分(과불급지분): 지나침과 모자람의 구분.

7 敦本(돈본): 돈황본敦煌本. 돈황은 현재 감숙성 서북부 지역을 가리킨다. 특히
  이 지역의 돈황석굴敦煌石窟에서 출토된 서책을 가리킨다. 대체로 필사본이 많
  이 출토되었다.

16

육기의 성운은 대부분 조잡하고, 좌사의 시구는 대부분 직설적이
다. 풍시가가 "시는 좌사와 육기에 이르러서 돈후함을 잃었다"고 말한
것은 일리가 있다.

> 육기와 좌사의 시풍을 비교하여 논했다. 육기의 성운이 조잡하다는 것은
> 지나치게 꾸며 자연스럽지 못하다는 뜻이다. 좌사의 성조가 직설적이라고
> 한 것은 지나치게 질박한 것을 뜻한다. 또한 풍시가가 말한 '돈후함'이란
> 성정이 치우치지 않은 상태를 가리키는데, 그 돈후함을 잃었다는 것은 성
> 조가 지나치거나 모자라게 되었음을 말하는 것이다.

> 陸士衡聲多龐悍, 左太沖語多訐直[1]. 馮元成謂"詩至左陸而敦厚失", 信哉.

> 1 訐直(알직): 강직하여 숨기지를 못하다. 남의 과실을 곧바로 지적하다.

17

육기, 반악, 장협의 오언시는 그 체제가 점차 대구로 빠져들었고, 육기와 반악의 시어는 모두 조탁으로 빠져들었으며, 장협의 시에도 간혹 조탁이 있다. 그러나 좌사의 시에는 비록 약간의 대구가 보이나 오히려 어우러진 기풍이 있다. 유협은 이 네 사람에 대해 "문채가 정시보다 번잡하고, 문장의 기세가 건안보다 부드럽다"고 말했는데, 이 말은 분별이 없는 듯하다.

해설 육기, 반악, 장협, 좌사의 오언시에 관해 종합하면서 좌사의 풍격을 다시 재평가했다. 이 네 문인은 태강 시기를 대표한다. 태강의 시풍에 관해 유협은 《문심조룡, 명시明詩》에서 "문채가 정시보다 번잡하고 문장의 기세가 건안보다 부드럽다"고 평했다. 그러나 앞서 제12칙에서 말한 바와 같이 좌사는 건안풍골을 계승하여 시풍이 질박하고 강건해서 오히려 건안 시기의 왕찬보다 기력이 넘친다. 이에 종영의 《시품》에서는 '좌사풍력左思風力'이라고 칭했다. 이와 관련하여 진조명은 《채숙당고시선》권11에서 다음과 같이 좌사를 평가했다.

"좌사는 일대의 위대한 사람으로 마음이 광대하여 호탕하게 읊조린다. 조조와 같으면서도 유려함을 더했고 조식을 모방하면서도 질박할 수 있었다. 독자적인 문체를 이루어 천추에 모범이 되었다. 그 재주가 웅대하고 그 뜻이 높았다. 그 재주가 있으나 뜻이 없으면 말이 들뜨고 교만하게 되고, 그 뜻이 있으나 재주가 없으면 성조가 돈좌하기 어렵다. 太沖一代偉人, 胸次浩落, 洒然流咏. 似孟德而加以流麗, 仿子建而獨能簡貴. 創成一體, 垂式千秋. 其雄在才, 而其高在志. 有其才而無其志, 語必虛矯; 有其志而無其才, 音難頓挫."

원문 陸士衡·潘安仁·張景陽五言, 其體漸入俳偶, 而陸潘語幷入雕刻, 景陽亦間[1]有之. 左太沖雖略[2]見俳偶, 却有渾成之氣. 劉勰謂四子[3]"采縟於正始, 力柔於建安"[4], 則似無分別[5].

18

엄우가 말했다.

"좌사는 일시에 뛰어났고, 육기는 홀로 여러 문인의 아래에 있었다."

나는 항상 사대가四大家의 등급에 대해 다음과 같이 말한다.

좌사는 어우러짐이 유독 뛰어나고, 육기는 조탁하여 졸렬하지만 격조가 훌륭한 듯하며, 장협은 화려하고 준일하지만 격조가 다소 모자라다. 반악은 체재가 없을 뿐 아니라 격조 또한 하강했으니, 그 재주를 살펴보건대 실로 육기의 아래에 있다. 왕세정이 "반악의 기력이 육기를 이긴다"고 한 것은 오류다. 종영은 "육기의 재주는 바다와 같고, 반악의 재주는 강과 같다"고 말했다.

좌사, 육기, 장협, 반악의 시풍에 관한 논의다. 그들을 '사대가'로 묶었다. 그리고 그 시풍에 대한 차등을 논했다. 좌사를 가장 높이 평가하고 반악을 가장 낮게 평가했다. 이와 관련하여 심덕잠 역시 《고시원》 권7에서 다음과 같이 좌사의 풍격을 높이 평가했다.

"좌사는 가슴이 광대하여 문장 또한 웅장하며 한위의 문학을 연마하여 스스로 뛰어난 문장을 창작했으므로 일대의 문장가가 되었으니, 어찌 반악과 육기 등의 무리가 동등하게 비교될 수 있겠는가!太沖胸次高曠, 而筆力又復雄邁, 陶冶漢魏, 自制偉詞, 故是一代作手, 豈潘陸輩所能比埒."

원론
嚴滄浪云: "左太沖高出一時, 陸士衡獨在諸公之下." 予嘗爲四家品第: 太沖 渾成獨冠; 士衡雕刻傷拙¹, 而氣格猶勝; 景陽華彩俊逸, 而氣稍不及; 安仁體 製旣亡, 氣格亦降, 察其才力, 實在士衡之下. 元美謂"安仁氣力勝士衡", 誤 矣. 鍾嶸云: "陸才如海, 潘才如江."

주석
1 雕刻傷拙(조각상졸): 조탁하여 졸렬하다.

19

태강의 여러 문인이 그 체재가 다른 것은 마땅히 격조에 강약이 있 고 재주의 차이가 있어서일 뿐이지, 반드시 각기 사승師承 관계가 있어 서가 아니다.

송렴宋濂이 말했다.

"반악·장화·장협은 왕찬을 배우고, 좌사와 장한張翰은 유정을 본 받았다."

이 주장은 종영에게서 비롯되었는데, 형사形似로써 깨달았다는 한 계를 벗어나지 못한다.

해제
태강 문인의 각기 다른 풍격의 근원에 관한 논의다. 각기 다른 격조와 재주 는 서로 다른 풍격을 만든다. 이것은 후천적인 학습보다는 선천적인 재능 을 강조한 말이다. 앞서 허학이는 위시의 자연스러움은 재능이 뛰어난 문 인에게서 나타난다고 했다.

원론
太康諸子, 其體有不同者, 當是氣有强弱, 才有大小耳, 未必各有師承¹也. 宋 景濂²謂: "安仁·茂先³·景陽學仲宣, 太沖·季鷹⁴法公幹." 此論出於鍾嶸, 不免以形似求之.

주석
1 師承(각유사승): 스승으로부터 이어받은 계통. 스승에게서 전수받다.

2 宋景濂(송경렴): 송렴宋濂(1310~1381). 원말명초의 문학가다. 명나라 태조太祖
　주원장이 '개국 문신의 으뜸'이라고 칭송했다. 자가 경렴이고 호는 잠계潛溪다.
　별호로 현진자玄眞子, 현진도사玄眞道士, 현진둔수玄眞遁叟가 있다. 포강浦江 곧 지
　금의 절강성 금화시金華市 사람으로 어려서부터 집안이 가난했지만 총명하고
　민첩했으며 배우기를 좋아하여 일평생 하루도 책을 읽지 않은 날이 없있다고
　한다. 원말 순제順帝가 그에게 한림원편수翰林院編修로 추대했으나 부모 봉양을
　이유로 사양하고 저술에 전념했다. 이후 명대 홍무 2년(1369)에 《원사元史》의
　편찬을 주관하고 홍무 10년(1377)에 관직을 사양하고 고향으로 돌아갔다.
3 茂先(무선): 장화張華. 서진 시기의 문인이다. 자가 무선이고 범양范陽 방성方城
　사람이다. 박학다식하고 문장에 뛰어났다. 일찍이 완적에게 재능을 인정받아
　높은 관직에 올랐다. 오나라 멸망에 공을 세워 광무현후光武縣侯에 봉해졌다. 혜
　제惠帝 때에는 태자소보太子少保에 임명되었다. 또 초왕楚王 사마위司馬瑋를 제거
　하는 데 공을 세웠으나 조왕趙王 사마륜司馬倫에게 살해당했다.
4 季鷹(계응): 장한張翰. 서진 시기의 문인이다. 자가 계응이고 오군吳郡 오현吳縣
　곧 지금의 강소성 소주 사람이다. 성격이 자유롭고 거리낌이 없어 당시 사람들
　이 그를 완적에 비유하여 '강동보병江東步兵'이라고 불렀다. 또 그는 낙양에서 벼
　슬할 때 가을바람이 부는 것을 보고 고향의 순나무국과 농어회가 생각나, 관직
　을 버리고 고향으로 돌아갔다는 일화가 유명하다. 이 이야기를 바탕으로 '순갱
　노회純羹鱸膾'라는 사자 성어가 생겨났다.

20

　장무선張茂先[11]의 오언시는 국풍의 정취를 얻어 〈잡시雜詩〉, 〈정시
情詩〉라고 제했는데, 체재가 진실로 이에 상응한다. 간혹 그 성조가 약
하다고 의심하는 것은 옳지 않다. 그의 〈답하소答何劭〉 두 작품을 살
펴보면 그 성조가 저절로 구별된다. 그러나 시가의 품격이 끝내 적게
변화했으므로 소명태자는 많이 수록하지 않았을 따름이다.

---

11) 이름 화華.

사령운이 말했다.

"장공張公은 천편을 거듭하여 지었는데, 하나의 체재인 듯하다."

비록 지나친 감은 있으나 진실로 식견이 있는 말이다.

장화張華의 오언시에 관한 논의다. 장화는 부현傅玄과 태강 문인이 활동한 중간 시기의 인물이다. 즉 그는 부현의 시풍이 태강 시풍으로 발전하는 데 과도기적 역할을 한 사람이다. 종영은 《시품》에서 그를 중품中品에 넣고 그의 시풍에 대해 다음과 같이 평가했다.

"그 풍격이 화려하고 흥탁이 대부분 기이하다. 문자를 교묘하게 잘 사용하여 아름답게 다듬는 데 힘을 썼다. 비록 명성이 전대에 높았으나, 이름난 문사들은 그가 아녀자의 성정이 많고 풍운의 기운이 적은 것을 질타했다.
其體華艶, 興托多奇, 巧用文字, 務爲姸冶. 雖名高曩代, 而疏亮之士, 猶恨其兒女情多, 風雲氣少."

한마디로 장화시의 특징은 부드럽고 화려하다. 그러나 허학이는 장화의 시가 국풍의 정취를 얻었으며, 또한 성조가 약하지 않은 작품도 있음을 지적했다. 《문선》에는 그의 〈여사잠女史箴〉 1편이 수록되어 있다.

張茂先[名華]五言, 得風人之致, 題曰雜詩‧情詩, 體固應爾. 或疑其調弱, 非也. 觀其答何劭[1]二作, 其調自別矣. 但格意[2]終少變化, 故昭明不多錄耳. 謝康樂云: "張公雖復千篇, 猶一體也." 語雖或過, 亦自有見.

1 答何劭(답하소): 녹흠립의 《선진한위진남북조시》에는 모두 3수가 실려 있다.
2 格意(격의): 시가의 품격.

21

장화의 오언시는 대구처럼 보이지만 대구가 아닌데, 그중에는 점점 대구로 들어간 것이 있다. 다음의 시구는 졸렬하여 식상하다.

"즐거움이 있으면 밤이 빠른 것이 아쉽고, 근심이 있으면 밤이 긴 것이 원망스럽도다.居歡惜夜促, 在慼怨宵長."

"길이 길고 고통스러운데 지혜는 짧고, 책임은 무겁고 곤혹스러운
데 재주가 가볍네.道長苦智短, 責重困才輕."

해제 장화의 오언시 중 졸렬한 시구의 예를 들었다.

원문 茂先五言, 似對[1]非對, 中亦漸入俳偶. 至如"居歡惜夜促, 在慼怨宵長."[2] "道
長苦智短, 責重困才輕."[3] 則傷於拙矣.

주석
1 對(대): 대구.
2 居歡惜夜促(거환석야촉), 在慼怨宵長(재척원소장): 즐거움이 있으면 밤이 빠
른 것이 아쉽고, 근심이 있으면 밤이 긴 것이 원망스럽도다. 〈정시오수情詩五首〉
중 제3수의 시구다.
3 道長苦智短(도장고지단), 責重困才輕(책중곤재경): 길이 길고 고통스러운데
지혜는 짧고, 책임은 무겁고 곤혹스러운데 재주가 가볍네. 〈답하소시삼수答何
劭詩三首〉 중 제2수의 시구다.

22

반정숙潘正叔[12)]의 오언시는 체제가 점차 대구가 되고 시어가 점차
조탁되었다. 장화와 비교하면, 장화는 성정이 아름답고 반니는 시어
가 정교하다.

장화의 다음 시구는 그 성정이 매우 아름답다.
"붉은 빛이 맑으나 광채가 없고, 난이 풍성하니 앉아서 응시하네.朱
火淸無光. 蘭膏坐自凝."
"가인이 멀리 있으니, 난실에 빛이 없구나.佳人處遐遠, 蘭室無容光."

---

12) 이름 니尼.

"집에 거하나 바람이 찬지 알고, 동굴에 사나 비가 오는지 안다네. 일찍이 먼 이별이 없었는데, 어찌 반려를 사모함을 알리오.巢居知風寒, 穴處識陰雨. 不曾遠別離, 安知慕儔侶."

반니의 다음 시구는 시어가 실로 정교하다.
"숨은 천리마가 오랑캐 길에서 뛰고, 잠용이 큰 파도 위에 뛰어 오르네.逸驥騰夷路, 潛龍躍洪波."
"헤엄치는 물고기가 영험한 못에 모이고, 날개를 쓰다듬으며 하늘 계단을 바라보네.游鱗萃靈沼, 撫翼希天階."
"자벌레가 등을 움츠리듯 작게 가고, 용이 날개를 펼치듯 크게 오네.蠖屈固小往, 龍翔乃大來."
"청송이 산꼭대기를 덮고, 녹음이 넓은 진펄을 덮네.靑松蔭脩嶺, 綠蘩被廣隰."

해제 반니潘尼의 오언시에 관한 논의다. 장화와 비교하여 두 시인의 풍격을 분석하고, 각기 대표적인 시구의 예를 들었다.

원문 潘正叔[1][名尼]五言, 體漸俳偶, 語漸雕刻. 方之張公[2], 茂先情麗, 正叔語工. 茂先如"朱火淸無光. 蘭膏坐自凝."[3] "佳人處遐遠, 蘭室無容光."[4] "巢居知風寒, 穴處識陰雨. 不曾遠別離, 安知慕儔侶"[5]等句, 其情甚麗. 正叔如"逸驥騰夷路, 潛龍躍洪波."[6] "游鱗萃靈沼, 撫翼希天階."[7] "蠖屈固小往, 龍翔乃大來."[8] "靑松蔭脩嶺, 綠蘩被廣隰"[9]等句, 其語實工.

주석 1 潘正叔(반정숙): 반니潘尼(약 250~311). 서진 시기의 문인이다. 자가 정숙이고 형양滎陽 중모中牟 곧 지금의 하남성 사람이다. 그의 숙부 반악과 함께 문장에 뛰어나 '양반兩潘'이라고 불렸다. 어려서부터 재능을 뛰어나 수재秀才에 급제해 태상박사太常博士가 되었다. 이후 제왕경齊王冏을 섬겼는데 '팔왕八王의 난'으로 낙양이 함락되자 가족을 데리고 귀향하다가 병사했다.

2 張公(장공): 장화를 가리킨다.

3 朱火淸無光(주화청무광). 蘭膏坐自凝(난고좌자응): 붉은 빛이 맑으나 광채가 없고, 난이 풍성하니 앉아서 응시하네. 장화 〈잡시삼수雜詩三首〉 중 제1수의 시구다.

4 佳人處遐遠(가인처하원), 蘭室無容光(난실무용광): 가인이 멀리 있으니, 난실에 빛이 없구나. 장화 〈정시오수情詩五首〉 중 제3수의 시구다.

5 巢居知風寒(소거지풍한), 穴處識陰雨(혈처식음우). 不曾遠別離(불증원별리), 安知慕儔侶(안지모주려): 집에 거하나 바람이 찬지 알고, 동굴에 사나 비가 오는지 안다네. 일찍이 먼 이별이 없었는데, 어찌 반려를 사모함을 알리오. 장화 〈정시오수〉 중 제5수의 시구다.

6 逸驥騰夷路(일기등이로), 潛龍躍洪波(잠용약홍파): 숨은 천리마가 오랑캐 길에서 뛰고, 잠용이 큰 파도 위에 뛰어 오르네. 반니 〈증하양시贈河陽詩〉의 시구다.

7 游鱗萃靈沼(유린췌령소), 撫翼希天階(무익희천계): 헤엄치는 물고기가 영험한 못에 모이고, 날개를 쓰다듬으며 하늘 계단을 바라보네. 반니 〈증시어사왕원황시贈侍御史王元贶詩〉의 시구다.

8 蠖屈固小往(확굴고소왕), 龍翔乃大來(용상내대래): 자벌레가 등을 움츠리듯 작게 가고, 용이 날개를 펼치듯 크게 오네. 반니 〈증시어사왕원황시〉의 시구다. '蠖屈(확굴)'은 자벌레가 등을 움츠리는 것을 가리킨다. 즉 사람이 뜻을 얻지 못하여 잠시 굽히거나, 재능을 품고 있으면서도 잠시 은퇴하여 있음을 비유하여 이르는 말이다.

9 靑松蔭脩嶺(청송음수령), 綠蘩被廣隰(녹번피광습): 청송이 산꼭대기를 덮고, 녹음이 넓은 진펄을 덮네. 반니 〈영대가시迎大駕詩〉의 시구다.

23

육사룡陸士龍[13]은 사언시가 가장 많다.[14] 오언시는 겨우 몇 편에 불

---

13) 이름 운雲.
14) 육기에 관한 시론(본권 제3칙)에 설명이 보인다.

과하지만 육기와 비슷하여 그 당시 '이육二陸'이라고 불렸다.

해제 육운陸雲의 시에 관한 논의다. 육운은 육기의 동생으로 태강 시기의 문인을 대표한다. 그들은 오군吳郡 화정華亭 곧 지금의 강소성 오현吳縣 출생으로 어릴 때부터 문재文才가 뛰어나 '이육'이라고 불렸다. 조부 육손陸遜은 삼국 시대 오나라의 재상이었고 아버지 육항陸抗은 대사마大司馬를 지냈다. 오나라가 멸망하자 고향에 퇴거하여 10년간 학문에만 전념하다가 낙양에 가서 당시 문단의 중심인물이었던 장화의 추천을 받아 진나라에 벼슬하다가 '팔왕八王의 난'에 휘말려 비운의 죽임을 당했다.

원문 陸士龍[1][名雲]四言最多, [說見士衡論中], 五言僅得數篇, 亦與士衡相類, 時稱二陸.

주석 1 陸士龍(육사룡): 육운陸雲(262~303). 자가 사룡이다. 그 형과 함께 '이육'이라고 불렸다. 태강太康 10년(289), 형 육기와 함께 고향을 떠나 낙양으로 가서 벼슬을 하며 명성을 얻었다. 또한 뛰어난 관리로서 숭봉되어 많은 백성들이 그의 초상화를 그려 집안에 모시기도 했다. 다른 사람들의 질투를 받아 42세에 죽임을 당했다.

24

장맹양張孟陽[15])의 오언은 시편이 많지 않다. 체재가 대구로 빠지지 않았고 시어가 조탁되지 않았지만, 격조가 좌사에 미치지 못하고 문채가 그 동생보다 한참 부끄러운 수준이다. 태강의 여러 문인들 중에서 장재가 유독 아래에 처한다.

해제 장재張載의 오언시에 관한 비평이다. 장재는 태강의 삼장三張인 장화, 장협,

---

15) 이름 재載.

장재 중 가장 연장자다. 일찍이 부현傅玄의 칭송을 받아 좌저작랑佐著作郎이 되었고 그가 지은 작품이 낙양에 널리 유행했지만, 문학적 재능이 동생들에 비해 뒤떨어진다고 평가된다. 삼장은 육기 형제가 낙양에 오기 전에 당시의 문단을 주도했다.

 張孟陽[名載]五言, 篇什不多, 體雖未入俳偶, 語雖未見雕刻, 然氣格不及太沖, 詞彩¹遠慚厥²弟. 太康諸子, 載獨居下.

1 詞彩(사채): 문채文彩.

25

장재의 오언사구, "기력점쇠손氣力漸衰損" 1편은 조식에 비교하면 격조가 마침내 하강했다.16)

장재의 오언사구인 〈시詩〉에 관한 논의다. 그의 오언사구는 조식에서 사령운, 안연지로 이어지는 교량 역할을 했다.

張孟陽五言四句, 如"氣力漸衰損"¹一篇, 較之子建, 則氣格遂降. [下流至靈運·延年五言四句.]

1 氣力漸衰損(기력점쇠손): 장재의 〈시詩〉를 가리킨다.

26

부현傅玄의 악부 여러 편은 위소韋昭보다 많이 거칠다. 〈유한행惟漢行〉, 〈진녀휴행秦女休行〉 등의 작품은 시어가 매우 비루하여, 한나라

---

16) 아래로 사령운謝靈運, 안연지顏延之의 오언사구로 나아갔다.

악부와 비교하면 바로 옥 비슷한 돌이 옥과 섞여 있는 것과 같다. 이반룡의 《시산詩刪》에는 〈유한행〉이 수록되어 있는데, 어찌 비루한 것을 예스럽고 소박하다고 할 것인가?

 부현의 악부시에 관한 논의다. 부현은 서진 시기 악부시에 가장 뛰어난 작가다. 현존하는 100여 편의 작품 중 십중팔구가 악부체다. 그의 악부시는 건안 시기 조식의 악부를 계승하여 이후 문인 악부시의 발전에 많은 영향을 미쳤지만, 의도적으로 한악부를 모의하고자 했기 때문에 예술적 가치가 결핍되었다는 평가를 받는다. 따라서 허학이는 부현의 악부시를 한악부와 비교하여 "옥 비슷한 돌이 옥과 섞여 있는 것과 같다"고 지적하며, 이반룡의 시선집을 비판하고 있다. 부현의 악부는 함축이 부족하고 격조가 뒤떨어지기 때문에 일반적으로 문학사에서 높게 평가받지 못하는 것은 사실이나, 부녀를 묘사한 그의 악부 몇 편은 당시의 억압받는 여성과 그 시대상을 잘 대변하고 있다는 점에서 상당한 의의를 지니고 있다.

 傅玄[1]樂府諸篇, 龘率甚於韋昭, 至如惟漢行・秦女休行等, 語極鄙陋[2], 較之漢人, 正猶珷玞[3]混玉耳. 李于鱗詩刪錄惟漢行, 豈以鄙陋爲古樸[4]耶?

주석
1 傅玄(부현): 서진 시기의 문인이다. 자는 휴혁休奕이며 어려서 고아가 되어 가난했지만 박학다식했고 글을 잘 지었다. 위나라 말기에 수재로 천거되어 낭중郎中에 임명되고, 저작랑著作郎으로 들어가 《위서魏書》를 편찬하는 데 참가했다. 후일 홍농태수弘農太守를 지냈다. 진무제晉武帝가 즉위하자 옛 의례儀禮를 바탕으로 악장樂章을 제정했는데, 그에게 가사를 짓도록 했다. 성격이 강직하여 여러 차례 상서하여 사회 문제를 지적했고, 다른 사람의 단점을 잘 받아들이지 못했다. 후일 사예도위司隷都尉에 올랐는데, 좌위座位를 두고 다투다가 함녕咸寧 4년(278)에 면직되고 물러나 죽었다. 시호는 강剛이다. 일생동안 저술에 힘써 《부자傅子》를 편찬했다. 현재 《부순고집傅鶉觚集》이 전한다.
2 鄙陋(비루): 속되다. 천하다.
3 珷玞(무부): 옥 비슷한 돌을 가리킨다. 전환되어 '어리석은 사람'을 비유하는 말

로 자주 사용된다.

4 古樸(고박): 예스럽고 소박하다. 수수하면서 고풍스럽다.

27

유월석劉越石[17]의 오언은 시편이 많지 않다. 그의 〈증노감贈盧諶〉 및 〈부풍가扶風歌〉는 시어가 매우 순박하고 격조가 자못 씩씩하다. 원호문元好問의 시에서 다음과 같이 말한 것은 이것을 두고 한 말이다.

"안타깝도다 병주의 유곤이여, 건안 시기에는 말을 타고 창을 끼고 시를 짓게 하지는 않았다.可惜幷州劉越石, 不敎橫槊建安中."

또 다음의 시구는 정교하고 아름답다.

"붉은 열매가 거센 바람에 떨어지고, 만개한 꽃잎이 가을에 떨어지네. 좁은 길은 아름다운 덮개를 단 수레를 기울게 하고, 놀란 사마는 한 쌍의 끌채를 꺾네. 백번 달군 강철, 무슨 까닭으로 유약하게 되었는가.朱實隕勁風, 繁英落素秋. 狹路傾華蓋, 駭駟摧雙輈. 何意百鍊剛, 化爲繞指柔."

《시기詩紀》에 수록된 "호희년십오胡姬年十五" 1편은 제·양 사람의 시이다.

해제 유곤劉琨의 오언시에 대해 평가하고, 《시기》에 수록된 "호희년십오胡姬年十五"의 저자 문제를 지적했다. 유곤은 세족世族 출신으로 어릴 때부터 웅대한 포부를 지니고 있었다. 또 태강 시기 석숭石崇의 금곡집회金谷集會에 참여한 문인으로 '이십사우二十四友' 중의 한 사람이다. 《진서晉書》에는 다음과 같이 기록되어 있다.

"당시 정려장군征虜將軍 석숭은 하남의 금곡가에 별장이 있었는데 당시 무리들 중 가장 훌륭했으며 빈객을 초대하여 날마다 시를 읊었다. 유곤도 그 사이에 참여했는데 시문을 지어 자못 당시의 칭찬을 받았다. 비서감祕書

---

17) 이름 琨.

監 가밀賈謐이 조정의 정치에 참여하자 경사의 문사들 중 사모하지 않는 자가 없었다. 석숭, 구양건歐陽建, 육기, 육운의 무리가 함께 문재로써 절조를 굽히고 가밀을 섬겼는데 유곤 형제 역시 그 속에 있었으며, '이십사우'라고 불렀다.時征虜將軍石崇河南金谷澗中有別廬, 冠絶時輩, 引致賓客, 日以賦詩. 琨預其間, 文咏頗爲當時所許. 秘書監賈謐參管朝政, 京師人士無不傾心. 石崇, 歐陽建, 陸機, 陸雲之徒, 幷以文才降節事謐, 琨兄弟亦在其間, 號曰二十四友."

그의 시풍은 강건하면서도 비장하여 건안의 시풍과 비슷하다. 이에 유협은 《문심조룡, 재략才略》에서 "아정하고 웅장하면서도 풍유가 많다.雅壯而多風"고 평했다. 또 종영의 《시품》에서도 다음과 같이 평했다.

"처량한 문장을 잘 지었으며 진실로 청신한 기세가 있다. 유곤은 풍격이 뛰어날 뿐 아니라 재난을 만났기에 어려움을 잘 서술했으며 원한의 문장이 많다.善爲淒淚之詞, 自有淸拔之氣. 琨旣體良才, 又罹厄運, 故善敍喪難, 多感恨之詞."

이러한 비장미는 시구의 조탁을 중시하고 화려함을 추구하는 서진 시기의 일반적인 시풍에서 벗어나 있으므로 당시 크게 부각되지 못했다. 이에 원호문이 그를 두고 절실하게 안타까워한 심정이 주목을 끈다. 그러나 유곤의 이러한 점은 후대로 갈수록 오히려 독창적인 기풍으로 평가를 받았다. 일례로 진역증은 그의 《시보詩譜》에서 다음과 같이 말했다.

"육조의 문기는 애처로운데, 오직 유곤과 포조에게 서한의 기골이 있다.六朝文氣哀緩, 惟劉越石, 鮑明遠, 有西漢氣骨."

또한 유희재도 《예개, 시개》에서 다음과 같이 말했다.

"유곤과 좌사의 시는 장엄하면서도 슬프지 않고, 왕찬과 반악은 슬프지만 장엄하지 않다. 슬픔과 장엄을 겸비한 사람은 오직 유곤이다.劉公幹, 左太沖詩壯而不悲, 王仲宣, 潘安仁悲而不壯, 兼悲壯者, 其惟劉越石乎."

劉越石[1][名琨]五言, 篇什不多. 其贈盧諶及扶風歌, 語甚渾樸[2], 氣頗遒邁[3], 元裕之[4]詩謂"可惜幷州劉越石, 不敎橫槊建安中"[5]是也. 至如"朱實隕勁風, 繁英落素秋. 狹路傾華蓋, 駭駟摧雙輈. 何意百鍊剛, 化爲繞指柔"[6]等句, 則又工美[7]矣. 詩紀所載"胡姬年十五"一篇, 乃齊梁人詩也.

1 劉越石(유월석): 유곤劉琨(271~318). 서진 시기의 문인이다. 자가 월석이며 중
산中山 위창魏昌 곧 지금의 하북성 무극현無極縣 사람이다. 젊어서부터 지기志氣
를 품어 조적祖逖과 벗하면서 등용되기를 바라다가 사예종사司隸從事가 되었다.
진혜제晉惠帝 때 어가御駕를 맞은 공으로 광무후廣武侯에 봉해졌다. 회제懷帝 영가
永嘉 원년(307) 병주자사幷州刺史가 되고, 다시 진위장군振威將軍으로 승진했다.
민제愍帝가 즉위하자 대장군에 임명되어 병주의 군사軍事를 통솔했다. 원제元帝
가 칭제稱制하자 사람을 보내 즉위를 권하면서 태위太尉가 되었다. 진나라 조정
을 위해 유민들을 돌보는 한편 홀로 하북을 지키면서 유총劉聰과 석륵石勒에게
항거했다. 석륵에게 패한 뒤 선비귀족鮮卑貴族 유주자사幽州刺史 단필제段匹磾에
게로 달아났다. 그러나 단필제가 그를 꺼려해 결국 살해당했다. 호방함으로 이
름을 떨쳐 문장이 당시 인정을 받았다. 영가永嘉의 난을 거친 뒤에는 시풍이 크
게 변해 비장하고 강개한 음조를 띠었다. 후일 당나라 시인 두목杜牧이 〈회유월
석懷劉越石〉을 지어 그를 칭송했다.

2 渾樸(혼박): 질박하다. 소박하다.

3 遒邁(주매): 씩씩하다.

4 元裕之(원유지): 원호문元好問. 자가 유지고 호는 유산遺山이다. 태원太原 수용秀
容 곧 지금의 산서성 흔현忻縣 사람이다. 7세 때에 시를 지을 수 있을 만큼 총명
했으나, 32세가 되어서야 진사에 합격했다. 상서성尙書省 좌사원외랑左司員外郞
등을 지냈으며, 금金이 망하자 벼슬을 하지 않았다. 시문에 뛰어나 당시 문단의
영수로서 큰 역할을 발휘했다. 묘지명에 "변량이 망하고 원로들이 모두 죽고,
선생께서 올연히 한 세대의 거장이 되어 30년 동안 문장이 독보적이었다.汴梁
亡, 故老皆盡, 先生巋然爲一代宗匠, 以文章獨步三十年."라고 기록된 것만 보더라도 그의 문
장력을 짐작할 수 있다. 현존하는 문집으로 《유산선생문집遺山先生文集》 40권,
《유산악부遺山樂府》 5권, 《중주집中州集》 10권 등이 있다.

5 可惜幷州劉越石(가석병주유월석), 不敎橫槊建安中(불교횡삭건안중): 안타깝
도다 병주의 유곤이여, 건안 시기에는 말을 타고 창을 끼고 시를 짓게 하지는
않았다. 원호문의 〈논시절구삼십수論詩絕句三十首〉 중의 시구다. '橫槊(횡삭)'은
말을 타고 창을 겨드랑이에 낀다는 뜻이다.

6 朱實隕勁風(주실운경풍), 繁英落素秋(번영락소추). 狹路傾華蓋(협로경화개),
駭駟摧雙輈(해사최쌍주). 何意百鍊剛(하의백련강), 化爲繞指柔(화위요지유):
붉은 열매가 거센 바람에 떨어지고, 만개한 꽃잎이 가을에 떨어지네. 좁은 길은

아름다운 덮개를 단 수레를 기울게 하고, 놀란 사마는 한 쌍의 끌채를 꺾네. 백번 달군 강철, 무슨 까닭으로 유약하게 되었는가. 유곤의 〈중증노심시重贈盧諶詩〉의 시구다. '駟駟(사마)'는 한 수레에 메우는 네 마리의 말을 가리킨다. '繞指柔(요지유)'는 실패로 유약해지다의 뜻이다.

7 工美(공미): 정교하고 아름답다.

28

곽경순郭景純[18]의 오언 〈유선시遊仙詩〉는 한나라의 〈장가행長歌行〉, 〈보출하문행步出夏門行〉, 〈염가艷歌〉 및 조식의 〈원유편遠遊篇〉, 〈오유영五遊詠〉, 〈선인편仙人篇〉 등에서 비롯되었다.

종영이 말했다.

"문채가 광채를 발하여 찬란하게 빛난다. 그러나 가사가 대부분 강개하여 심원한 도리와는 거리가 멀다. 또한 '호랑이와 표범의 모습을 어찌할꼬奈何虎豹姿'라고 했으며 또 '날개를 거두어 나무에 사네戢翼棲榛梗'라고 했는데, 뜻을 얻지 못해 읊조린 것으로 열선列仙의 정취가 아니다."

내가 생각건대 곽박의 〈유선시〉 중에는 비록 뜻을 얻지 못한 말이 섞여 있지만 또한 다음과 같은 시구는 정교하다고 할 만하다.

"제멋대로 하늘 밖을 침범하고, 꽃술을 씹으며 샘물을 뜨네.放情凌霄外, 嚼蘂挹飛泉."

"신선은 구름을 밀치고 나와, 오직 금은대를 보네.神仙排雲出, 但見金銀臺."

"올랐다 내려갔다 긴 연기를 따르고, 흩날리며 구해에서 노네.升降隨長煙, 飄颻戲九垓."

18) 이름 박璞.

"신선한 옷이 번개의 번쩍임을 쫓고, 구름이 덮이고 바람 따라 도네.鮮裳逐電曜, 雲蓋隨風迴."

한편 진역증이 "세 사씨謝氏는 모두 여기서 비롯되었다. 두보와 이백의 뛰어난 부분도 모두 여기서 취했다"고 한 말은 이해할 수가 없다.

곽박郭璞의 오언시에 관한 논의다. 〈유선시〉의 연원을 찾고 그중 정교한 시구의 예를 들었다. 또 진역증이 말한 후대의 영향 관계에 대해서 비판했다. 곽박은 《이아爾雅》,《산해경山海經》 등의 고적에 주석을 가하여 학술적인 큰 공적을 남긴 인물로 음양술수陰陽術數와 점복占卜으로도 이름이 났다. 그는 시가와 사부 방면에서도 뛰어난 재능이 있었는데 특히 〈유선시〉로 유명하다. 그러나 그 내용은 실제 유선과는 관계가 멀고 자신의 서정을 노래한 것이다. 이에 진조명은 《채숙당고시선》 권12에서 다음과 같이 말했다.

"〈유선시〉의 작품은 분명히 기탁의 말에 속하는데, 열선의 정취로써 그의의를 찾는 것은 본뜻이 아니다.遊仙之作, 明屬寄託之詞, 如以列仙之趣求之, 非其本旨矣."

동진 이후 유선시의 수량은 적지 않지만 대부분 화려하여 곽박의 서정적 풍격에는 이르지 못한다. 따라서 《문심조룡, 명시明詩》에서 다음과 같이 말했다.

"강남의 작품은 현풍에 빠졌다. 정사에 힘쓰는 뜻을 비웃고 세상의 일을 망각하는 이야기를 추종했다. 원굉袁宏, 손작孫綽 이후로 비록 각 사람들이 조탁을 했지만 문사의 뜻이 일치했으며 그들과 다투어 이길 수 있는 사람이 없었다. 따라서 곽박의 〈유선시〉는 주제가 뚜렷하며 걸작이 되었다.江左篇制, 溺乎玄風; 嗤笑徇務之志, 崇盛亡機之談. 袁孫已下, 雖各有雕采, 而辭趣一揆, 莫與爭雄. 所以景純仙篇, 挺撥而爲俊矣."

한마디로 곽박의 유선시는 당시의 시류에서 벗어나 독창적인 기풍을 열었다.

郭景純[名璞]五言遊仙詩, 出於漢人仙人騎白鹿[1]·邪徑過空盧[2]·今日樂上樂[3]及曹子建"遠遊臨四海"[4]·"九州不足步"[5]·"仙人攬六箸"[6]等篇. 鍾嶸云: "文體相輝, 彪炳[7]可翫. 但辭多慷慨[8], 乖遠玄宗[9]. 而云'奈何虎豹姿'[10]. 又云 '戢翼棲榛梗'[11], 乃是坎壈[12]詠懷, 非列仙[13]之趣也." 愚按: 景純遊仙中雖雜坎壈之語, 至如"放情凌霄外, 嚼蕊挹飛泉."[14] "神仙排雲出, 但見金銀臺."[15] "升降隨長煙, 飄飄戲九垓."[16] "鮮裳逐電曜, 雲蓋隨風迴"[17]等句, 則亦稱工矣. 然陳繹曾乃謂"三謝[18]皆出於此. 杜李精奇處, 皆取此." 則又不可知.

1 仙人騎白鹿(선인기백록): 한악부 〈장가행長歌行〉을 가리킨다.

2 邪徑過空盧(사경과공로): 한악부 〈보출하문행步出夏門行〉을 가리킨다.

3 今日樂上樂(금일낙상악): 한악부 〈염가艶歌〉를 가리킨다.

4 遠遊臨四海(원유림사해): 조식 〈원유편遠遊篇〉을 가리킨다.

5 九州不足步(구주부족보): 조식 〈오유영五遊詠〉을 가리킨다.

6 仙人攬六箸(선인람육저): 조식 〈선인편仙人篇〉을 가리킨다.

7 彪炳(표병): 범 가죽의 문채가 뚜렷하고 아름다움을 가리킨다. 즉 화려하고 아름답다, 찬란하다의 의미다.

8 慷慨(강개): 격앙하다. 의기, 정서가 격앙되어 정기正氣가 충만하다.

9 乖遠玄宗(괴원현종): 심원한 도리에서 멀어지다.

10 奈何虎豹姿(내하호표자): 호랑이와 표범의 모습을 어찌할꼬. 곽박 〈유선시〉의 잔구다.

11 戢翼棲榛梗(집익서진경): 날개를 거두어 나무에 사네. 곽박 〈유선시〉의 잔구다.

12 坎壈(감람): 불우한 모양. 뜻을 얻지 못함을 의미한다.

13 列仙(열선): 고래의 선인仙人.

14 放情凌霄外(방정릉소외), 嚼蕊挹飛泉(작예읍비천): 제멋대로 하늘 밖을 침범하고, 꽃술을 씹으며 샘물을 뜨네. 곽박 〈유선시십구수遊仙詩十九首〉 중 제3수의 시구다.

15 神仙排雲出(신선배운출), 但見金銀臺(단견금은대): 신선은 구름을 밀치고 나

와, 오직 금은대를 보네. 곽박 〈유선시십구수〉 중 제6수의 시구다.

16 升降隨長煙(승강수장연), 飄飄戲九垓(표요희구해): 올랐다 내려갔다 긴 연기
를 따르고, 흩날리며 구해에서 노네. 곽박 〈유선시십구수〉 중 제6수의 시구다.

17 鮮裳逐電曜(선상축전요), 雲蓋隨風迴(운개수풍회): 신선한 옷이 번개의 번쩍
임을 쫓고, 구름이 덮이고 바람 따라 도네. 곽박 〈유선시십구수〉 중 제9수의 시
구다.

18 三謝(삼사): 사령운, 사혜련, 사조를 가리킨다.

29

종영이 다음과 같이 말했다.

"영가永嘉 때에는 황노黃老를 귀하게 여기고 허담을 숭상하여, 당시
의 시편은 이치가 그 시어에 지나치게 넘쳐 평담하여 무미건조하다.
강남으로 도강하여서 청담의 기풍이 조금 엷어졌으나 여전히 유행했
다. 손작孫綽, 허순許詢, 환온桓溫, 유량庾亮 등 여러 문인의 시가 모두 평
담하기가 《도덕론》 같아 건안의 풍골이 다 사라졌다. 먼저 곽박이 뛰
어난 재능으로 그 체재를 변화시켜 창작했고, 유곤이 강건한 기풍으
로 그 아름다움을 이끌었다."

이 주장은 매우 상세하다. 내가 영가 이후를 살펴보니 이름난 작가
가 극히 적으므로 더 자세히 서술할 수 없다. 그러나 유곤은 앞서 반
악, 육기와 동시대의 사람인데 지금 영가 이후 곽박의 변화된 창작을
말하면서 유곤을 칭송하는 것은 잘못 고증한 것이다.

종영의 비평에 대해 자신의 견해를 덧붙였다. 일반적인 문학사에서 유곤
은 곽박과 함께 동진 초기 독자적인 기풍을 개척한 문인으로 손꼽는다. 그
런데 허학이는 유곤이 반악, 육기와 동시대 사람인 점에 주목하여 서진 시
기의 문인에 포함시켜 논해야 한다고 지적하고 있다. 즉 유곤의 시풍은 영
가 이후로 발전한 청담의 기풍과 함께 비교하여 논할 수 있는 것이 아니기

때문이다.

鍾嶸云: "永嘉時, 貴黃老[1], 尙虛談[2], 于時篇什, 理過其辭, 淡乎寡味[3]. 爰及
江表[4], 微波尙傳. 孫綽[5]·許詢[6]·桓[7]·庾[8]諸公詩, 皆平典似道德論, 建安風
力[9]盡矣. 先是郭景純用雋上之才[10], 變創其體, 劉越石仗清剛之氣[11], 贊成厥
美."云云, 此論甚詳. 予考永嘉以後, 傳者絶少, 故不能備述. 但劉越石前與
潘陸同時, 今謂永嘉而後景純變創, 越石贊成, 則失考[12]矣.

1 貴黃老(귀황노): 황노 사상을 중시하다. '황노'는 황제黃帝와 노자老子를 가리킨
다.

2 尙虛談(상허담): 허담을 숭상하다.

3 淡乎寡味(담호과미): 담백하여 무미건조하다

4 爰及江表(원급강표): 강남으로 도강하다.

5 孫綽(손작): 동진 시기의 문인이자 유명한 명사다.

6 許詢(허순): 동진 시기의 문학가다. 자는 현도玄度이고 고양高陽, 즉 지금의 하북
성 여현蠡縣 사람이다. 생졸년은 미상이다. 재주가 뛰어났고 글도 잘 지었다. 평
생 벼슬하지 않고 산수를 유람하며 깊은 산에 은거하여 살았다. 현리玄理를 잘
분석하여 당시 청담淸談 사상가의 영도자였다.

7 桓(환): 환온桓溫(312~373). 동진 시기의 문인이다. 초국譙國 용항龍亢 사람이다.
자는 원자元子이고 환이桓彝의 아들이자 명제明帝의 사위다. 부마도위駙馬都尉와
낭야태수琅邪太守를 지냈다. 목제穆帝 영화永和 초에 형주자사荊州刺史에 올라 고
을의 군사軍事를 총괄했고 또 군대를 이끌고 촉蜀 나라를 정벌하고 연이어 성한
成漢을 멸망시켰다. 은호殷浩를 물리치고 정권을 장악했다. 전진前秦을 공격하고
요양姚襄을 치는 등 위세를 떨쳤다. 또 폐제廢帝 해서공海西公 태화太和 4년(369)
에는 보병 5만 명을 이끌고 북쪽으로 연燕을 공격했다. 처음에는 연승했지만 보
급로가 끊기자 대패했다. 2년 뒤 해서공 사마혁司馬奕을 폐위시키고, 간문제簡文
帝를 세운 다음 대사마大司馬로 고숙姑孰에 주군하면서 정권을 장악했다. 몰래
황위를 찬탈하려고 하다가 뜻을 이루지 못하고 병들어 죽었다.

8 庾(유): 유량庾亮(289~340). 동진 시기의 문인이다. 영천潁川 언릉鄢陵 사람이다.
자는 원규元規고 누이가 명제明帝의 황후다. 젊어서부터 명성이 나 사마예司馬睿

가 불러 서조연西曹掾으로 삼았다. 원제가 즉위하자 중서랑中書郞에 오르고 동궁
東宮에게 시강侍講했다. 명제가 즉위한 뒤에는 중서감中書監이 되었다. 왕돈王敦
이 반란을 일으키자 여러 장수들과 함께 대항했다. 명제 태녕太寧 말에 왕도王導
등과 함께 성제成帝를 옹립하여 중서령中書令이 되고 정권을 장악했다. .

9 建安風力(건안풍력): 건안 시기의 강건한 시풍을 가리킨다. '건안풍골建安風骨'
　　이라고도 한다.

10 雋上之才(준상지재): 뛰어난 재주.

11 淸剛之氣(청강지기): 강건한 기풍.

12 失考(실고): 잘못 고증하다.

30

진나라의 무명씨 악부칠언 〈백저무가白紵舞歌〉는 용운이 〈연가행燕
歌行〉을 바탕으로 하며, 체재가 대부분 자유롭고 시어가 대부분 화려
하지만 성조는 여전히 순일하니, 이것은 칠언의 두 번째 변화다.[19]
　다음과 같은 장은 모두 자유롭고 화려한 것이다.
　"바탕은 가벼운 구름 같고 색은 은과 같은데, 그것을 아껴 남겼다가
누가 미인에게 주었나. 치마로 만들고 남은 것은 수건을 만들었는데,
치마는 몸을 빛내고 수건은 먼지를 터네. 아름다운 복장으로 모임을
다스리고 손님을 맞으며, 술을 술잔에 따르니 향기롭고 맛있네. 맑은
노래 느린 춤으로 지신이 강림하는데, 사방에 앉아 즐거운 노래 어떻
게 펼치리오?質如輕雲色如銀, 愛之遺誰贈佳人. 制以爲袍餘作巾, 袍以光軀巾拂塵.
麗服在御會嘉賓, 醹醴盈樽美且淳. 淸歌徐舞降祇神, 四座歡樂胡可陳."[20]
　호응린이 말했다.
　"가행 중에서 배울 만한 것은 한나라의 〈사수시四愁詩〉, 위나라의

---

19) 아래로 포조鮑照의 〈행로난行路難〉으로 나아갔다.
20) 제2장의 전편이다.

〈연가행〉, 진나라의 〈백저무가〉다."

또 다음과 같이 말했다.

"백저사白紵辭의 머리말 '질여경운質如輕雲'에서부터는 별도로 1편으로 해야 한다."

내가 생각건대 뒤의 수 '희화치경羲和馳景' 이하도 별도로 1편으로 해야 한다. 후에 풍시가의 문집을 살펴보니 실제로 5편으로 되어 있었다.

진나라 악부 〈백저무가〉에 관한 평가다. 위나라 〈연가행燕歌行〉과의 비교를 통해 그 기원을 한나라의 〈사수시〉에서 찾고 있다. 장형의 〈사수시〉는 칠언의 비조로 손꼽히며, 이후 조비의 〈연가행〉에서 칠언의 첫 번째 변화를 보였다(제4권 제14칙 참조). 그 뒤 칠언시는 진나라의 〈백저무가〉로 이어져서 남조 시기 송나라의 문인 포조鮑照의 〈행로난行路難〉으로 이어진다고 보았다. 아울러 〈백저무가〉의 편장에 관해서도 지적하며 3편이 아니라 5편이 되어야 한다고 지적했다.

晉無名氏樂府七言白紵舞歌, 用韻祖[1]於燕歌, 而體多浮蕩[2], 語多華靡[3], 然聲調猶純, 此七言之再變也. [下流至鮑明遠行路難.] 如"質如輕雲色如銀, 愛之遺誰贈佳人. 制以爲袍餘作巾, 袍以光軀巾拂塵. 麗服在御會嘉賓, 醵醴盈樽美且淳. 淸歌徐舞降祇神, 四座歡樂胡可陳[第二章全篇]等章, 皆浮蕩華靡者也. 胡元瑞云: "歌行可法者, 漢四愁·魏燕歌·晉白紵." 又云: "白紵辭前首自'質如輕雲'下, 當另爲一篇." 愚按: 後首自"羲和馳景"下, 亦當另爲一篇. 後觀馮元成集, 實作五篇.

1 祖(조): 바탕으로 한다.

2 浮蕩(부탕): 흔들흔들하다

3 華靡(화미): 화려하다.

31

서진西晉은 겨우 60년이나 작자가 매우 많고, 동진東晉은 100여 년이
나 작자가 몹시 적다.

왕세정이 말했다.

"도강渡江 이후 작가가 거의 없는 것은 오직 전쟁으로 험난해서가
아니라 청담淸談으로 인해 사그라졌기 때문이다."21)

해제 동진 시기의 시풍에 대한 비평이다. 서진과의 비교를 통해 동진의 시가 발
전하지 못한 것을 노장사상을 숭상한 청담의 기풍 때문이라고 보았다. 실
제 허학이는 동진 시기의 문인으로 도연명에 대해서만 자세하게 논하고
있다. 제6권에서 도연명에 관해 별도로 논한다.

원문 西晉僅六十年, 而作者甚多, 東晉1百餘年, 而作者絶少2. 王元美云: "渡江以
後3, 作者無幾4, 非惟戎馬爲阻, 當由淸談5間之." [此一則總論兩晉之詩.]

주석
1 東晉(동진): 팔왕의 난(300~306)으로 국정이 혼란에 빠졌을 때 북방 오랑캐의
침입으로 316년 진왕조는 일단 멸망했다. 그 후 사마예司馬睿가 양자강 이남 지
역으로 건너가 317년에 건강 곧 지금의 강소성 남경을 수도로 진왕조를 재건하
여 동진을 세웠다.
2 絶少(절소): 몹시 적다.
3 渡江以後(도강이후): 사마예가 북방 오랑캐의 침입을 피해 317년 강남으로 옮
겨 남경에 진왕조를 재건한 것을 가리킨다.
4 無幾(무기): 거의 없다.
5 淸談(청담): 공리공담空理空談. 위진 시대에 선비들이 노장철학을 숭상하여 속
세를 떠나 청담, 즉 공리공담을 일삼은 것에서 나온 말이다.

---

21) 이 1칙은 양진兩晉의 시를 총괄적으로 논했다.

詩源辯體

진晉

1

도정절陶靖節[1]의 사언은 장법이 비록 풍아風雅에 바탕을 두고 있으
나 말이 저절로 터져 나온 것이지, 애초 옛것을 모범으로 하여 정교함
을 추구하지 않았을 따름이다. 그러나 다른 사람들은 식견이 좁게 모
방하여서 성정이 도리어 막힌다. 도연명은 한 글자도 습용한 것이 없
어 성정이 넘쳐난다.

도연명의 사언시에 관한 비평이다. 사언은 《시경》의 전형적인 체재다. 한
위 이래 풍아의 완곡하고 부드러운 풍격은 이미 오언시로 대체되었고, 사
언의 형식은 조식, 왕찬, 육기, 반악 등이 계승했다. 그런데 진나라 때에는
전체 시가에서 차지하는 사언시의 비율이 약 40%를 차지할 정도로 사언시
창작이 붐을 이루었다. 이것은 위나라 때 약 15%, 송나라 때 약 6%를 차지

---

1) 초명은 연명淵明인데 후일 잠潛으로 개명했다. 자는 원량元亮이고 시호가 정절
靖節이다.

한 비율과 비교해 볼 때 분명 큰 차이가 있다. 그러나 그들의 시풍은 대체로 인위적인 조탁에서 벗어나지 못했고 그 체재나 풍격이 《시경》에서 점차 멀어져 시의 의취를 살린 작품은 거의 없었다. 반면 도연명의 사언은 스스로 새로운 풍격을 창조하여 독자적인 시풍을 이루었음을 강조하고 있다. 도연명은 사언이 《시경》의 계통을 계승한 것을 중시하여 시의 내용을 쓴 '소서小序'를 병기하기도 하고, 장의 구분을 분명하게 했다. 모두 9수를 창작했고, 1수는 대부분 4장으로 구성되어 있는데 적게는 2장, 많게는 10장의 사언시도 있다.

 陶靖節[初名淵明, 後改名潛, 字元亮, 諡靖節]四言, 章法雖本風雅, 而語自己出[1], 初[2]不欲範古求工耳. 然他人規規[3]摹倣, 而性情反窒. 靖節無一語盜襲[4], 而性情溢出[5]矣.

 1 語自己出(어자기출): 말이 저절로 터져 나오다.
2 初(초): 애초. 처음부터.
3 規規(규규): 얼빠진 모양. 식견이 좁은 모양.
4 盜襲(도습): 습용하다.
5 溢出(일출): 넘쳐나다.

2

도연명의 사언 중 〈권농勸農〉 시는 자못 아름답다. 그러나 "氣節旣過(기절기과), 和澤難久(화택난구)" 이하에는 마땅히 한두 장이 빠졌을 것이다. 운이 실제 서로 맞는 것은 후인이 운을 고쳐 맞추었거나 혹은 운이 저절로 우연하게 합치된 것으로 생각될 따름이다. 또 제3장의 "令音(령음)" 2글자는 오류가 아닌가 생각된다.

도연명의 사언시 〈권농〉에 관한 논의다. 이 시는 도연명이 39세 때 벼슬을 사직하고 고향으로 돌아가 농사를 짓기 시작할 무렵에 지은 것이다. 농본

사상은 도연명의 전체 시가사상에서 중요한 의의를 지닌다. 〈권농〉은 바로 도연명의 농본사상이 가장 집약적으로 나타난 시다. 후직后稷에서부터 농사짓기를 부끄러워하지 않고 몹시 중시한 점을 강조한 시다. 녹흠립逯欽立의 《선진한위진남북조시先秦漢魏晉南北朝詩》에는 모두 6장으로 구성되어 있는데, 여기서 언급한 "氣節旣過(기절기과), 和澤難久(화택난구)"는 제4장이다. 즉 허학이가 본 〈권농〉 시에는 마지막 2장이 빠져 있었던 듯하다. 또 녹흠립의 교감에 따르면 제3장의 첫 구에 해당하는 '令音(령음)'은 '令德(령덕)'으로 된 판본도 있다고 한다.

한편 청나라 문인 장겸의張謙宜는 이 시에 대해 다음과 같이 평했다.

"문장이 담백하고 뜻이 깊으니 이것이 가장 배우기 어려운 점이다. 전체 문집에서 모두 이러한 점을 찾아보면 그의 뛰어남을 알 수 있다.詞淡而意濃, 此是最難學處, 全集俱以是求之, 乃見其高絶."

靖節四言有勸農[1]詩, 頗佳. 但"氣節旣過, 和澤難久"[2]以下, 當脫[3]一兩章. 然韻實相合者, 疑後人改韻湊合[4], 或韻自偶合[5]耳. 又第三章"令音"[6]二字, 疑亦有誤.

1 勸農(권농): 도연명이 39세 때 벼슬을 사직하고 고향으로 돌아가 농사를 짓기 시작할 무렵에 지은 시로 모두 6장으로 되어 있다.

2 氣節旣過(기절기과), 和澤難久(화택난구): 절기가 이미 지났으니 윤택이 오래 가기 어렵다. 〈권농〉 제4장의 첫 구절이다. 녹흠립의 《선진한위진남북조시》에는 '旣(기)'가 '易(역)'으로 되어 있다.

3 脫(탈): 누락되다.

4 改韻湊合(개운주합): 운을 고쳐 맞추다.

5 韻自偶合(운자우합): 운이 저절로 들어맞다.

6 녹흠립의 주에 따르면 증본曾本, 소사본蘇寫本, 화도본和陶本에는 모두 '令德(령덕)'으로 되어 있다고 한다.

3

오언은 한위부터 육조에 이르기까지 모두 하나의 원류에서 나왔는데 그 체재가 점차 하강했다. 오직 도연명이 고체를 존숭하지 않고 새로운 시어에 길들여지지 않으면서 진솔하고 자연스러워 독자적으로 하나의 원류가 되었다. 이미 당나라 시체의 조짐을 보인다.[2]

[해제] 도연명의 오언시에 관한 논의다. 오언은 한나라 〈고시십구수〉에서 발원하여 점차 자연스러움에서 인위적인 수식의 기풍이 짙어져 갔는데, 진나라 육기에 의해 그 변화가 가장 두드러진다. 그러나 동진 시기 도연명에 이르러 그 인위적인 수식에서 벗어나 다시 〈고시십구수〉의 자연스러움을 회복하면서 독자적인 시풍을 개척했음을 강조하고 있다.

실제 도연명은 진솔하고 자연스러운 독자적인 오언의 시체를 만들었다. 역대의 많은 논자들은 도연명의 시가 〈고시십구수〉와 비슷하다고 평가한다. 그것은 전고를 사용하지 않고 평담하게 자신의 생각을 서술한 데서 비롯되며, 나아가 이러한 시풍은 그의 거짓 없는 삶의 자세와도 연관된다. 특히 그의 오언시는 성률이나 편폭에 구속이 없고 대구와 수사 등이 자연스러워 당시唐詩의 발전에도 많은 영향을 미쳤다.

[원문] 五言自漢魏至六朝, 皆自一源流出[1], 而其體漸降. 惟陶靖節不宗古體, 不習新語, 而眞率自然[2], 則自爲一源[3]也. 然已兆[4]唐體矣. [下流至元次山[5]·韋應物·柳子厚[6]·白樂天[7]五言古.]

[주석]
1 一源流出(일원유출): 하나의 원류에서 나왔다.
2 眞率自然(진솔자연): 솔직하고 자연스럽다.
3 自爲一源(자위일원): 독자적으로 하나의 원류가 되다.

---

2) 아래로 원결元結, 위응물韋應物, 유종원柳宗元, 백거이白居易의 오언고시로 나아갔다.

4 兆(조): 전조가 되다. 조짐을 보이다.

5 元次山(원차산): 원결元結(723~772). 당나라 시기의 시인이다. 자가 차산이고 북조 후위後魏 왕손의 후예라고 한다. 754년 진사에 급제했다. 안녹산의 난을 피하여 강서성에 은거하고 있었는데 759년 숙종肅宗의 부름을 받아 우금오병조 참군右金吾兵曹參軍이 되어 반란군 토벌에 공을 세웠다. 763년 도주자사道州刺史 를 거쳐 768년 용관경략사容管經略使를 지냈다. 성품이 고결하고 우국의 충정이 넘쳐, 그의 시에는 전란으로 인한 백성의 고통을 묘사한 작품이 많다. 표현의 기교보다는 내용을 중시하는 간결한 그의 시풍은 후일 한유, 유종원의 '고문운 동'에 영향을 끼쳤다. 또 그의 대표작인 〈용릉행舂陵行〉은 두보를 크게 감동시 켰으며, 백성들의 소리를 천자에게 들려주려는 의도에서 만들어진 〈계악부系樂 府〉는 백거이가 주창한 신악부新樂府 운동의 선구가 되었다.

6 柳子厚(유자후): 유종원柳宗元(773~819). 당나라 시기의 문인이다. 자가 자후 이고 장안 출생이다. 유하동柳河東, 유유주柳柳州라고도 불린다. 관직에 있을 때 한유, 유우석劉禹錫 등과 친교를 맺었다. 혁신파의 대표 인물로서 왕숙문王叔文 의 신정新政에 참여했으나 실패하여 변경 지방으로 좌천되었다. 13년간에 걸친 변경 생활은 그의 사상과 문학을 더욱 심화시켰다. 고문의 대가로서 한유와 병 칭되었으나 사상적 입장에서는 서로 대립적이었다. 한유가 전통주의인 데 반 하여, 유종원은 유·불·도를 참작하고 신비주의를 배격한 합리주의의 입장을 취했다. 또 우언寓言 형식을 취한 풍자문諷刺文과 산수를 묘사한 산문에도 능했 다. 이러한 작품을 통해 관료를 비판하고 현실 사회를 잘 풍자했다.

7 白樂天(백낙천): 백거이白居易. 제3권 제55칙의 주석12 참조.

4

사령운의 시는 위로 한·위·태강을 계승했기에 정통적인 계통인 듯하나, 문체가 산산조각이 나 거의 본받을 것이 없다. 도연명의 시는 진솔하고 자연스러워 독자적으로 하나의 원류가 되었는데, 비록 소편 小偏인 것 같지만 문체가 완미하니 실로 취할 것이 있다. 사령운을 유 가儒家 중의 순자荀子나 양자揚子에 비유한다면, 도연명은 공문孔門에서 백이伯夷를 보는 것과 같다.

도연명의 시를 사령운과 비교하여 논했다. 사령운이 활동한 송나라 시기는 동진 시기의 현언시玄言詩가 점차 쇠퇴하고 산수시가 크게 흥성했다. 이에 유협은《문심조룡, 명시明詩》에서 "송나라 초기의 시는 체재가 계승되면서도 새롭게 혁신되었으니 노장의 사상이 물러나고 산수의 묘사가 바야흐로 흥성했다.宋初文詠, 體有因革, 莊老告退, 而山水方滋."고 말했다. 이러한 산수시는 도연명이 그 서막을 열고 사령운에 의해 크게 발전되었다. 따라서 사령운은 후일 도연명과 병칭되어 '도사陶謝'라고 불리게 된 것이다.

그러나 시의 풍격면에서 보면 두 사람은 전혀 다르다. 사령운은 한위 이래의 오언시를 그대로 계승하여 전고를 사용하고 시어를 꾸미는 등 인위적인 조탁을 많이 가미했다. 즉 사령운의 시풍은 한마디로 "전편의 대구를 아름답게 하고 한 구의 기이함을 다투었으며, 내용은 반드시 사물의 외형을 극진히 묘사하고 문장은 반드시 새롭게 꾸미고자 힘썼다.麗采百字之偶, 爭價一句之奇; 情必極貌以寫物, 辭必窮力而追新." 그 결과 청나라 문인 오기吳淇는《선시정론選詩定論》권14에서 사령운의 시에 대해 다음과 같은 폐해를 지적했다.

"시어가 대부분 만들어 지은 것이어서 주석이 없으면 그 말을 이해하기 어렵고, 소疏가 없으면 그 뜻을 간파하기 어렵다.語多生撰, 非注莫解其詞, 非疏莫通其義."

반면 도연명은 그 계통에서 벗어나 자연스럽고 일상적인 쉬운 언어를 통해 새로운 풍격을 이루었다. 도연명은 당시의 주류라고 할 수 있는 조탁의 시풍에서 벗어나 독자적인 일가를 이루었으니, 그것은 도연명의 진솔한 삶의 자세에서 비롯되었다고 할 수 있다. 따라서《허언주시화許彦周詩話》에서 다음과 같이 말했다.

"도연명의 시는 안연지, 사령운, 반악, 육기가 모두 따라갈 수 없는데, 그 평소에 행한 일을 시로 지어서 조금도 부끄러운 말이 없기에 이와 같이 할 수 있는 것이다.陶彭澤詩, 顏謝潘陸皆不及者, 以其平昔所行之事, 賦之於詩, 無一點愧辭, 所以能爾."

그뿐 아니라 허학이는 도연명과 사령운의 차이를 유가에 비교하여 설명했다. 사령운을 순자와 양자에 비유한 것은 순자와 양자가 공자의 학풍을 계승했으되 다른 학파를 세운 것처럼, 사령운도 오언시의 전통을 이어 계승한 공이 인정되나 수사적 측면에서 다른 경향을 보이기 때문이다. 또한 도연명을 백이에 비유한 것은 백이가 지조를 지키고 청빈한 생활을 실천하여 공문에서 성인으로 숭상되는 것처럼, 도연명도 오언시 창작의 독보적인 존재로 추앙됨을 강조한 것이다.

康樂詩, 上承漢・魏・太康, 其脈[1]似正, 而文體破碎[2], 殆非可法. 靖節詩, 眞率自然, 自爲一源, 雖若小偏, 而文體完純[3], 實有可取. 康樂譬吾儒之有荀[4]楊[5], 靖節猶孔門[6]視伯夷[7]也.

1 脈(맥): 계통.
2 破碎(파쇄): 산산조각이 나다.
3 完純(완순): 완미하다.
4 荀(순): 순자荀子. 제2권 제24칙의 주석3 참조.
5 楊(양): 양주楊朱. 전국시대의 사상가다. 위나라 사람으로 자는 자거子居다. 유묵儒墨의 사상에 반대했다. 특히 묵가墨家의 '겸애兼愛'를 반격하고 '귀생貴生', '중기重己'의 사상을 통해 개인의 생명을 몹시 중시했다. 흔히 양자楊子라고 존칭된다.
6 孔門(공문): 공자의 학파.
7 伯夷(백이): 은나라 고죽군孤竹君의 아들로 숙제叔齊의 형이다. 은나라가 멸망한 뒤 주나라의 녹祿을 먹는 것을 부끄럽게 여겨 수양산首陽山에 들어가 고사리를 캐 먹으며 숨어 살다가 그것조차도 주나라 땅의 것이라 하여 굶어 죽었다고 한다.

5

종영이 "도연명3)의 시는 그 기원이 응거應璩에서 비롯되었고, 또 좌사左思의 기풍이 어우러졌다"고 말했다. 섭몽득葉夢得이 일찍이 이 견

---

3) 전대 사람들은 연명을 자로 여겼으므로, 연명이라고 바로 불렀다.

해를 따져 밝혔다.

내가 생각건대 좌사의 시는 순박하여 도연명과 대략 비슷하다. 또한 좌사는 자주 어魚·우虞⁴⁾의 두 운을 사용했는데, 도연명 역시 그것을 자주 사용했으며 그 성조 또한 서로 비슷하다. 응거의 〈백일시百一詩〉 역시 이 운을 사용했으니, 그중 다음과 같은 시구가 있다.

"앞 사람이 관직을 버리고 떠나고, 어떤 사람이 우리 마을에 이르렀네. 농가에는 아무것도 없고, 술을 따라 마시며 말린 물고기 굽네.前者嘍官去, 有人適我閭. 田家無所有, 酌醴焚枯魚."

또 〈삼수시三叟詩〉는 질박하고 꾸밈이 없으며 중간에 문답을 갖추고 있어 역시 도연명의 구어와 비슷한데, 종영은 겉으로 드러난 것에서 그것을 깨달았을 따름이다. 한마디로 도연명은 시를 지으면서 가슴 속의 오묘함을 쓰려고 했음을 알겠으니, 언제 전대 문인을 모방한 적이 있었던가! 황정견黃庭堅이 "도연명의 시는 솔직하게 마음을 담았을 따름이다"고 말했는데, 타당한 견해다.

해제 도연명 시의 연원에 대해 논했다. 일찍이 종영이 도연명의 시가 응거와 좌사의 영향을 받았다고 평한 것에 대해 반론을 제기하고 있다. 도연명은 그가 살았을 뿐만 아니라 사후에도 오랫동안 큰 평가를 얻지 못했다. 가장 먼저 도연명의 뇌사誄辭를 지은 안연지도 그의 시문은 단지 뜻을 전달하는 것에 지나지 않는다고 보았을 뿐이다. 이후 유협은 《문심조룡》에서 장화, 반악, 좌사, 육기 외에 부현傅玄, 성공수成公綏, 하후담夏侯湛 등의 그다지 유명하지 않은 시인을 언급하면서 도연명에 대해서는 한 마디도 언급하지 않았다. 종영 또한 그의 《시품》에서 도연명을 중품에 넣었다. 다만 소통이 《문선》에서 도연명의 시 6수와 〈귀거래혜사歸去來兮辭〉를 수록하고 그의 전기를 지어 가장 처음으로 도연명의 문학적 성취를 인정했다. 이렇게

---

4) 어魚·우虞는 고대에 하나의 운이었다.

도연명의 시문은 제대로 평가받지 못하다가 송대에 이르러서 차츰 그 분위기가 전환되었다. 허학이는 그 원인을 도연명이 그 당시의 문학적 주류에서 벗어나 돌연 독자적인 시풍을 창조했기 때문으로 보고 있다. 즉 도연명은 좌사뿐만 아니라 한위의 그 어떤 시인의 영향을 받은 것이 아니라, 국풍의 전통을 바탕으로 독자적인 풍격을 이루었다는 것이다.

鍾嶸謂: "淵明詩, [前人以淵明爲字, 故直稱淵明], 其源出於應璩, 又協左思風力[1]."
葉少蘊[2]嘗辯之矣. 愚按: 太沖詩渾樸, 與靖節略相類. 又太沖常用魚·虞二韻, [魚·虞古爲一韻], 靖節亦常用之, 其聲氣又相類. 應璩有百一詩, 亦用此韻, 中有云"前者隳官去, 有人適我閭. 田家無所有, 酌醴焚枯魚." 又三叟詩簡樸無文[3], 中具問答, 亦與靖節口語相近, 嶸蓋得之於驪黃[4]間耳. 要知靖節爲詩, 但欲寫胸中之妙[5], 何嘗依倣[6]前人哉. 山谷[7]謂: "淵明爲詩, 直寄[8]焉耳." 斯得之矣.

1 左思風力(좌사풍력): 종영의 《시품》에서 좌사의 시가에 대해 평가한 말이다. 좌사의 시가 중 특히 〈영사詠史〉는 현실에 대한 불만과 감개를 토로하며 그 정조가 우렁차고 필력이 힘차며 기세가 높은데, 이것은 한마디로 건안풍골을 계승한 것으로 당시의 화려한 시풍과는 현격하게 구별된다고 할 수 있다. 이러한 그의 창작 정신을 '좌사풍력'이라고 한다.

2 葉少蘊(섭소온): 섭몽득葉夢得(1077~1148). 송나라 시기의 문인이다. 자가 소온少蘊이고 소주 오현吳縣 사람이다. 어머니가 소문사학사蘇門四學士 중의 한 사람인 조보지晁補之의 여동생이다. 소성紹聖 4년(1097)에 진사과에 급제하여 한림학사翰林學士, 호부상서戶部尙書, 강동안무대사江東安撫大使 등의 관직을 역임했다. 만년에 호주湖州 변산弁山과 영롱산玲瓏山의 석림石林에 은거했다. 이에 호를 석림거사石林居士라고 하고 저서도 대부분 '석림'으로 이름했다. 예를 들면 《석림연어石林燕語》, 《석림사石林詞》, 《석림시화石林詩話》 등이 그것이다. 또한 그는 남송 전반기 '기氣'를 중시하는 사풍을 개척했는데, 그의 사에서 표현된 기는 크게 '영웅기英雄氣', '광기狂氣', '일기逸氣' 3방면으로 나뉜다. 소흥 18년에 72세로 죽었다.

3 簡樸無文(간박무문): 질박하며 꾸밈이 없다.

4 驪黃(여황): '驪黃牝牡(여황빈모)'와 같은 말이다. 사물의 표면적인 현상을 비유한다.

5 胸中之妙(흉중지묘): 마음 속 오묘함.

6 依倣(의방): 모방하다.

7 山谷(산곡): 황정견黃庭堅(1045~1105). 북송 시기의 문인이다. 자는 노직魯直이고 호가 산곡이다. 홍주洪州 분녕分寧 곧 지금의 강서성 수수현修水縣 출생이다. 1066년 진사에 급제한 후 국자감교수國子監敎授를 거쳐 각지의 지방 관리를 역임했다. 1086년에 비로소 중앙관직에 나아가 교서랑校書郞이 되어 국사편찬國史編纂에 종사했다. 1095년 왕안석의 신법당新法黨이 부활되자 구법당舊法黨인 그는 신법을 비난했다는 죄목으로 검주黔州 곧 지금의 사천성 팽수현彭水縣에 유배되었다. 1100년에 사면 복직되었으나, 1102년에 다시 무고를 당하고 의주宜州 곧 지금의 광서성廣西省 의산현宜山縣에 유배되어 그곳에서 병사했다. 시인으로서의 명성이 높았으며, 스승인 소식과 나란히 송대를 대표하는 문인으로 손꼽힌다. 그의 시는 고전주의적인 작풍을 지녔으며, 학식에 의한 전고와 수련을 거듭한 조사措辭를 특색으로 한다. 강서파江西派의 시조이며 《예장황선생문집豫章黃先生文集》30권이 있다.

8 直寄(직기): 솔직하게 마음을 담다.

6

도연명의 시는 처음 읽어 보면 매우 평이하다고 느껴지는데, 시를 쓰려고 붓을 들게 되면 어느 한 글자도 비슷하게 만들 수 없다. 그 재주가 높고 정취가 심원함이 그렇게 되도록 한 것이지 애초 조탁으로 이룬 것이 아니다.

왕세정이 말했다.

"도연명은 뜻을 의탁함이 충담하고 시어를 지음에 지극히 정교하니, 아주 심오하게 생각하고 그것을 조탁하여 흔적이 없도록 했을 따름이다."

이것은 당나라 시인이 조예의 공력을 씻어내려고 하는 것에 해당하는 말이지, 한·위·진나라의 시를 논한 것이 아니며 더욱이 도연명을 논한 것이 아니다.

주자가 말했다.

"도연명의 시의 평담함은 자연스러움에서 비롯되었다."

이 말이 타당하다.

해제 도연명 시에 대한 왕세정의 비평에 관해서 문제를 제기했다. 왕세정은 도연명이 인위적인 조탁의 흔적이 드러나지 않게 함으로써 자연스러움의 경지에 이르렀다고 보았다. 그러나 왕세정의 이러한 평가는 한위시의 체재 및 도연명의 위치에 대해 잘못 이해한 결과라고 지적했다. 한위시는 당송시와 다르게 깨달음에 의탁하지 않으며, 도연명은 한위시가 인위적인 조탁으로 변해 가는 추세에서 완전히 벗어나 오직 자연스러운 평담함을 이루었다고 강조했다.

원문 靖節詩, 初讀之覺甚平易[1], 及其下筆[2], 不得一語彷彿[3], 乃是其才高趣遠[4]使然[5], 初非琢磨[6]所至也. 王元美云: "淵明託旨[7]沖淡[8], 造語[9]有極工者, 乃大入思來, 琢之使無痕跡[10]耳." 此唐人淘洗[11]造詣之功, 非所以論漢·魏·晉人, 尤[12]非所以論靖節也. 朱子云: "淵明詩, 平淡出於自然." 斯得之矣.

주석
1 平易(평이): 문장이 알기 쉽다.
2 下筆(하필): 글을 쓰려고 붓을 대다
3 彷彿(방불): 거의 비슷함.
4 才高趣遠(재고취원): 재주가 뛰어나고 정취가 심원하다.
5 使然(사연): 그렇게 되게 하다.
6 琢磨(탁마): 갈고 닦다.
7 託旨(탁지): 기탁한 뜻.
8 沖淡(충담): 담담하다.
9 造語(조어): 시어를 짓다.
10 痕跡(흔적): 인위적인 수식의 자취.

11 淘洗(도세): 씻어내다.

12 尤(우): 더욱이.

7

혹자가 물었다.

"〈난정蘭亭〉의 여러 시와 도연명을 비교하면, 도연명이 진실로 전문가이기는 하지만 도연명이 의도하지 않고 시를 썼다고는 말할 수 없다."

내가 대답한다.

도강渡江 이후로는 청담이 만연하여, 시에는 사실 뛰어난 것이 없었기에, 〈난정〉의 여러 시가 겨우 훌륭했을 뿐이다. 도연명의 경우는 좋아하는 것이 진실로 시문에 있었고, 그 의도가 오직 가슴 속의 오묘함을 쓰는 데 있었을 뿐, 안연지나 사령운이 고심하여 가다듬은 것을 모방하지 않았다. 그러므로 도연명이 시어를 매우 정교하게 지어서 조탁하여 흔적이 없도록 했다고 말하는 것은 옳지 않을 뿐 아니라, 또한 도연명이 완전히 의도하지 않고 시를 썼다고 하는 것도 옳지 않다.

동진은 청담 사상이 유행한 시기다. 따라서 시 작품이 도덕론과 같이 무미건조하게 변화되었으므로, 종영은 《시품》에서 그 당시의 시풍에 대해 다음과 같이 말했다.

"당시의 시편은 현언의 이치가 그 시어에 지나치게 넘쳐 평담하여 무미건조하다.於時篇什, 理過其辭, 淡乎寡味."

유협도 《문심조룡》에서 다음과 같이 개괄했다.

"강남의 문장은 현언의 기풍에 빠져 정무에 힘쓰고자 하는 뜻을 비웃고 세상의 일을 망각한 공허한 이야기를 추종한다.江左篇制, 溺乎玄風, 嗤笑徇務之志, 崇盛亡機之談."

왕희지를 비롯한 손작孫綽, 사안謝安 등 41인이 회계會稽 경내의 난정에 모여 집회를 열고 시를 지어서 모은 〈난정시〉는 이와 같은 동진 시기의 시풍을 대표한다. 그러나 이 〈난정시〉는 곡수曲水에 술잔을 띄워 그 술잔이 멈추면 한 수씩 시를 지은 것이기 때문에 다소 즉흥적이고 임의적이라고 할 수 있다.

이에 반해 도연명은 비록 자연스러운 언어를 구사했지만 모두 자신의 마음 속 깊은 뜻을 시로 표현했다는 점에서 〈난정시〉에 비하면 의도적이다. 일찍이 안연지가 도연명의 시를 두고 "뜻을 전달할 따름이다"고 평한 것도 표면적으로는 그의 시가 문학적 표현이 결여되었음을 지적하는 것이지만, 오히려 도연명이 시를 통해 자신의 생각을 아낌없이 다 전달하고 있음을 말하는 것이라고 볼 수 있다.

한편 도연명도 왕희지의 난정집회나 석숭石崇의 금곡시회金谷詩會를 방불케 하는 시를 창작했다. 〈유사천遊斜川〉의 서문에서 그러한 정경을 찾아볼 수 있다.

或問: "以蘭亭諸詩[1]較靖節, 靖節自是當家[2], 然靖節未可謂無意[3]爲詩." 曰: 渡江後以淸談勝, 而詩實非所長, 故蘭亭諸詩僅爾. 若靖節, 則所好實在詩文, 而其意但欲寫胸中之妙耳, 不欲倣顔謝刻意求工[4]也. 故謂靖節造語極工・琢之使無痕迹旣非; 謂靖節全無意於爲詩, 亦非也.

1 蘭亭諸詩(난정제시): 동진 목제穆帝 영화永和 9년(353) 3월 3일, 왕희지王羲之, 손작孫綽, 사안謝安 등 41명의 문인이 회계會稽 경내의 난정에서 집회를 열고 그 당시의 상사수계上巳修禊의 풍습에 따라 목욕을 하고 곡수에서 주연을 펼쳐 술잔이 물을 따라 흐르게 한 뒤 그 술잔이 자기 앞에 멈추면 한 수씩 지었다. 이후 이 시를 엮어 《난정시집蘭亭詩集》이라 하고 왕희지가 그 서문을 썼다. 현존하는 왕희지의 〈난정시〉는 모두 6수다.
2 當家(당가): 전문가.
3 無意(무의): 의도하지 않다.
4 刻意求工(각의구공): 고심하여 가다듬다.

8

도연명의 시는 구법이 천연스럽고 시어의 뜻이 명확하여 마치 《맹자孟子》와 같다. 맹자가 문장을 지음에 완전히 의도하지 않았다고 말하는 것은 불가하다. 맹자가 문장을 지으면서 조탁하여 흔적이 없게 했다고 말하는 것 또한 어찌 성현을 이해했다고 할 수 있으리오. 이로써 도연명을 논한다면 더욱 이해하기 쉬울 것이다.

해제 도연명의 시를 《맹자》의 문장에 비유했다. 《맹자》의 문장은 의논성이 강하지만 간결하고 함축성이 뛰어나고 논리적이며 생동적이다. 또한 대체로 구어에 가까워 문장의 전개가 자연스럽다고 평가받는다. 따라서 일찍이 한나라 학자 조기趙岐는 《맹자주제사孟子注題辭》에서 다음과 같이 말했다.

"비유에 뛰어나며 말이 절실하지 않아도 뜻이 절로 전달된다.長於比喩, 辭不迫切, 而意以獨至"

말하자면 도연명이 자신의 뜻을 충분히 함축하여 자연스러운 언어로 시를 지었다는 점에서 맹자와 비견될 수 있다고 강조한 것이다.

원문 靖節詩, 句法天成而語意透徹[1], 有似孟子[2]一書. 謂孟子全無意於爲文, 不可; 謂孟子爲文琢之使無痕迹, 又豈足以知聖賢哉! 以此論靖節, 尤易曉也.

주석 1 語意透徹(어의투철): 의미가 확실하다.

2 孟子(맹자): 맹자의 사상을 담은 책을 가리킨다. 모두 7편으로 맹자가 정계를 은퇴하고 말년에 제자들과 더불어 편찬했다고 한다. 변론조의 문장으로 되어 있으며 왕도 정치를 주장하고 있다.

9

섭몽득이 말했다.

"시는 사물을 보고 감정이 일어나서 성정을 읊조리는 데 바탕을 두는데, 오직 가슴 속에서 하고자 하는 말을 다 쓸 수 있으면 아름답지 않은 것이 없다. 그러나 세상 사람들은 대부분 시어의 조탁에 몰입하므로, 시어가 비록 정교하기는 하지만 담담하여 무미건조하며, 다른 사람과의 소통에는 끝내 신경 쓰지 않는다. 일찍이 도연명의 〈고엄등소告儼等疏〉에서 '어릴 때 거문고와 서예를 배우고, 고요한 것을 좋아하며, 책을 펼쳐 깨달음을 얻으니, 기뻐서 끼니도 잊었다. 나무가 그늘을 만들고, 철새가 소리를 바꾸는 것을 보고, 역시 환히 기뻐했다. 일찍이 오뉴월 중에 북창에 누워, 시원한 바람이 잠시 이르니, 스스로 복희와 황제 위의 사람이라고 일컬었다'고 말한 것을 살펴보면, 이것이 평생의 참뜻이라고 하겠다. 그의 시 〈독산해경시讀山海經詩〉에서 '한 여름에 초목이 자라네孟夏草木長'라고 운운한 것을 읽어보면, 진실로 모든 것을 남김없이 말하여 손에 책을 들고 있으면서 애초 그것이 언어문자인 줄을 알지 못한다. 이것이 도연명에게 미칠 수 없는 까닭이다."

내가 생각건대 섭몽등의 이 견해는 도연명의 실체를 가장 잘 깨달은 것이다. 도연명이 평생토록 지은 시는 모두 남김없이 말한 것인데, 학자들이 이에 대해 깨닫는다면 도연명을 배워야 하는 까닭을 알게 될 것이다.

도연명 시의 자연스러운 언어와 그 시풍을 섭몽득의 견해를 통해 강조했다. 도연명은 자신이 하고자 하는 마음속의 말을 꾸미지 않고 자연스럽게 표현했는데, 이것은 도연명 스스로가 지향하는 삶의 태도가 고스란히 반영된 것임을 〈고엄등소〉의 내용을 들어 증명하고 있다. 특히 도연명의 〈독산해경시〉 들고 읽으면서 그것이 언어문자로 적힌 것인 줄도 모를 정도로 자연스럽다고 한 섭몽득의 견해가 주목을 끈다.

원문 葉少蘊云: "詩本觸物寓興[1], 吟詠性情, 但能輸寫胸中所欲言, 無有不佳. 而世人多役[2]於組織雕鏤[3], 故語言雖工而淡然無味[4], 與人意了不相關. 嘗觀淵明告儼等疏云: '少學琴書, 偶愛閒靜, 開卷有得, 便欣然忘食. 見樹木交蔭, 時鳥變聲, 亦復歡然有喜. 嘗言五六月中:北牕下臥, 遇涼風暫至, 自謂是羲皇上人.' 此其平生眞意. 及讀其詩'孟夏草木長'[5]云云, 直是傾倒所有[6], 借書於手, 初不自知語言文字也. 此其所以不可及." 愚按: 少蘊此論, 於靖節最得其實. 靖節平生爲詩, 皆是傾倒所有, 學者於此有得, 斯知所以學靖節矣.

주석
1 觸物寓興(촉물우흥): 사물을 보고 감정이 일어나다.
2 役(역): 노력하다.
3 組織雕鏤(조직조루): 가다듬고 꾸미다.
4 淡然無味(담연무미): 담담하여 무미건조하다.
5 孟夏草木長(맹하초목장): 〈독산해경시讀山海經詩〉를 가리킨다.
6 傾倒所有(경도소유): 속에 있는 것을 남김없이 쏟아 버리다.

10

진송 간의 시는 대구와 조탁에 힘썼기에, 도연명이 진솔하고 자연스러우며 남김없이 말했지만 그 당시 사람들은 애초 고귀한 줄 몰랐다. 안연지가 〈정절뢰靖節誄〉를 지어 다음과 같이 말했다.

"학문적으로는 스승이라고 불리지 않지만, 문장에서는 뜻이 통달한 것을 취한다."

안연지가 약간 그를 비방하는 뜻을 지닌 것은 바로 도연명의 오묘한 경지를 깨닫지 못했기 때문이다.

해제 동진 시기는 대개 괴벽한 시어와 어려운 전고를 많이 활용하고 문학적 기교를 중시했기 때문에 도연명의 시풍은 그 당시 그다지 주목을 받지 못했다. 도연명보다 19살 연하이지만 그와 가장 절친했던 안연지조차도 도연명의 시에 대해 언급하지 않았다.

晉宋間詩以俳偶雕刻爲工, 靖節則眞率自然, 傾倒所有, 當時人初不知尙也.
顔延之作靖節誄[1]云: "學非稱師, 文取指[旨]通達." 延之意或少[2]之, 不知正是
靖節妙境.

1 靖節誄(정절뢰): 도연명 사후 안연지가 지은 뢰. '뢰'는 옛날 죽은 사람의 사적
   을 저술하여 애도를 표시하는 글이다.
2 少(소): 비방하다. 깔보다.

11

　도연명의 시는 진솔하고 자연스러우며 모든 것을 남김없이 말했으
나 진송 이래 애초 고귀한 줄은 몰랐다. 도연명은 그가 하고자 하는 말
을 쓴 것에 불과하고, 다른 사람과 경쟁하여 이길 의도도 없었을 따름
이다. 당나라의 왕유王維, 원결, 위응물, 유종원, 백거이, 송나라의 소
식 등 여러 문인들이 아울러 그를 숭상하면서, 후인들이 비로소 대부
분 그 의취를 깨닫게 되었다.

도연명의 시는 당송 이래 여러 문인들에 의해 존숭되었다. 당나라의 왕유,
원결, 위응물, 유종원, 백거이, 송나라의 소식 등 여러 문인들이 도연명을
흠모하여 그의 시풍을 계승했다. 특히 송대는 조탁을 반대하고 질박한 시
풍을 제창하면서 도연명을 모범으로 삼기 시작했다. 청말의 학자 황준헌黃
遵憲은 도연명의 영향을 받아 자신의 시집 제목을 《인경려시초人境廬詩草》
라고 정하고, "내가 말하는 대로 글을 쓰자.我手寫我口"라는 구호를 제창하
며 문학의 개혁 운동을 전개하기도 했다.

靖節詩眞率自然, 傾倒所有, 晉宋以還, 初不知尙; 雖靖節亦不過[1]寫其所欲
言, 亦非有意勝人耳. 至唐王摩詰[2]·元次山·韋應物·柳子厚·白樂天, 宋
蘇子瞻[3]諸公, 並宗尙之, 後人始多得其旨趣[4]矣.

1 不過(불과): …에 지나지 않다.

2 王摩詰(왕마힐): 왕유王維(약 699~759). 당나라 시기의 시인이자 화가다. 자가
마힐이고 분주汾州 곧 지금의 산서성 분양汾陽 출신이다. 상서우승尙書右丞의 벼
슬을 역임하여 왕우승王右丞이라고도 불린다. 그의 생졸년에 대해서는 《구당서
舊唐書》와 《신당서新唐書》에 각기 다르게 기술되어 있다. 《구당서》에는 699년
에 태어나 759년에 죽은 것으로 되어 있으나, 《신당서》에는 701년에 태어나
761년에 죽은 것으로 나타나 있다. 왕유는 어려서부터 불교의 영향을 크게 받
았는데, 그의 이름인 '유'와 자인 '마힐'도 《유마경維摩經》에 나오는 거사居士 '유
마힐維摩詰'의 이름에서 비롯된 것이다. 이러한 성향은 그의 시에도 고스란히 반
영되어 역대로 '시불詩佛'이라 불리게 되었다. 또한 아우인 진縉과 함께 어려서
부터 서예와 음악 등에도 두각을 나타내어, 왕유는 남종문인화南宗文人畵의 개조
開祖로 여겨지고 있다. 특히 소식은 그의 시와 그림을 "시 속에 그림이 있고, 그
림 속에 시가 있다.詩中有畵, 畵中有詩."라고 평했다.

3 蘇子瞻(소자첨): 소식蘇軾. 제3권 제51칙의 주석21 참조.

4 旨趣(지취): 의취. 생각.

12

　도연명의 시는 자신의 생각을 솔직하게 써서 자연스럽게 문장을 이
루었다. 그중에서 〈걸식시乞食詩〉, 〈답방참군시答龐參軍詩〉, 〈원시초
조시방주부등치중怨詩楚調示龐主簿鄧治中〉의 두세 편은 시어가 알기 쉽
고 질박하다.

　진사도가 말했다.

　"도연명의 시는 경물과 성정에 부합하지만 다만 아름답지 않을 따
름이다."

　어찌 안연지, 사령운의 조탁은 아름답다고 하면서 도연명의 자연스
러움은 도리어 아름답지 않다고 할 수 있는가? 이 견해는 소식, 황정
견의 여러 사람보다도 훨씬 수준이 낮다.

도연명의 시가 꾸미지 않아 아름다움이 없다고 평가하는 전대 학자의 견해에 관한 비평이다. 문학적 기교를 중시하는 관점에서 보면 진사도가 말한 바와 같이 도연명의 시는 자신의 뜻을 전달한 것에 불과할지도 모른다. 진사도는 황정견의 시를 보고 그의 제자가 된 북송 강서시파의 문인이다. 강서시파는 시의 구법, 평측, 시어 등의 조탁을 중시하여 이른바 '환골법換骨法', '탈태법奪胎法' 등의 기교를 통해 화려한 시풍을 추구했다. 그러나 허학이는 여기서 진정한 아름다움이 무엇인가에 대해 묻는다. 허학이는 문학적 수사보다는 도연명의 자연스러운 풍격이 더 아름답다고 역설한 것이다.

한편 도연명의 시에서 우아하고 화려한 풍격을 지닌 것도 찾아볼 수 있다. 종영은 《시품》에서 "우아하고 화려하니 어찌 단지 농사꾼 말투일 따름이겠는가?風華淸靡, 豈直爲田家語耶."라고 평했다. 소식도 도연명의 시는 "풍격이 질박하나 사실은 아름답고, 몹시 무미건조하나 사실은 수사가 풍부하다.質而實綺, 癯而實腴."고 말했다.

靖節詩直寫己懷[1], 自然成文[2], 中惟"飢來驅我去"[3] "相知何必舊"[4] "天道幽且遠"[5]二三篇, 語近[6]質野矣. 陳后山云: "淵明之詩, 切於事情[7], 但不文耳." 豈以顔謝雕刻爲文·靖節自然反爲不文耶? 此見遠出蘇黃諸子下矣.

1 直寫己懷(직사기회): 자신의 생각을 솔직하게 쓰다.
2 自然成文(자연성문): 자연스럽게 문장을 이루다.
3 飢來驅我去(기래구아거): 〈걸식시乞食詩〉의 시구다.
4 相知何必舊(상지하필구): 〈답방참군시答龐參軍詩〉의 시구다.
5 　天道幽且遠(천도유차원): 〈원시초조시방주부등치중怨詩楚調示龐主簿鄧治中〉의 시구다.
6 語近(어근): 시어가 알기 쉽다.
7 切於事情(절어사정): 경물과 성정에 부합하다.

13

　도연명의 시는 모두 그가 하고자 하는 말을 다 썼기에 문집 중에 중복되는 말이 결코 없으니, 농가農家와 관련된 여러 시를 살펴보면 알수 있다. 오늘날 혹자는 일상적이고 상투적인 말을 자연스럽다고 여기므로 중복되기가 쉬운데, 도연명의 시를 배운 것이 아니다.

해제 도연명은 중국시가사상 산수전원시를 개척한 선구자다. 전원은 단지 도연명의 시적 주제가 아니라 그의 삶의 터전이자 이상이라고 볼 수 있다. 따라서 도연명은 인위적인 수식을 통해 그것을 묘사하지 않고 일상의 언어로 담아낼 수 있었다.

원문 靖節詩皆是寫其所欲言, 故集[1]中並無重複之語, 觀田家[2]諸詩可見. 今或以庸言套語[3]爲自然, 則易於重複矣, 非所以學靖節也.

주석 1 集(집): 문집.
　　 2 田家(전가): 농가. 시골.
　　 3 庸言套語(용언투어): 일상적이고 상투적인 말.

14

　도연명의 시는 쓸데없는 말을 쓰지 않고 오직 뜻을 다할 뿐이므로 문집 중에는 장편이 매우 적다. 이것은 위응물, 유종원이 미치지 못하는 것이다.

해제 도연명 시의 체재에 대해 언급했다. 도연명의 시는 군더더기의 표현이 없고 간결하기 때문에 단편이 많다. 후대 당나라의 위응물은 도연명을 좋아하여 도연명의 전원시 풍격을 많이 본뜨려고 노력했다. 유종원 역시 도연명의 풍격을 가장 잘 계승한 문인으로 손꼽힌다.

靖節詩不爲冗語[1], 惟意盡便了[2], 故集中長篇甚少, 此韋柳所不及也.

1 冗語(용어): 쓸데없는 말, 군더더기의 말.
2 意盡便了(의진변료): 뜻을 다 말하면 그만이다. '便了(변료)'는 '…면 된다'는 의미다.

15

　도연명의 시에서 따라갈 수 없는 것 중 하나는 자신의 생각을 솔직하게 쓰며 수식을 중시하지 않기에 그 시어가 원만하고 격조가 충만한 것이다. 다른 하나는 도리가 명확하고 세상일에 분명한 견해를 지니고 있기에 그 시어가 간결하면서도 뜻을 다한 것이다. 소명태자가 많이 수록하지 않은 것이 애석하다!

　도연명 시의 2가지 특징을 밝혔다. 자신의 뜻을 솔직하게 쓰고, 분명하게 표현한 것이 그것이다. 소통은 《문선》에 도연명의 시 6수와 〈귀거래혜사歸去來兮辭〉 1편을 수록했다. 소통은 화려한 수사적 기교를 중시하던 남북조 문풍 속에서도 도연명 시의 가치를 가장 먼저 중시했고, 또 도연명의 전기를 가장 먼저 지은 사람이다.

　靖節詩不可及者, 有一等[1]直寫己懷, 不事雕飾[2], 故其語圓而氣足[3]; 有一等見得[4]道理精明[5]·世事透徹[6], 故其語簡而意盡[7]. 昭明不能多錄, 惜哉!

1 一等(일등): 첫째.
2 不事雕飾(불사조식): 수식하는 것을 일삼지 아니하다.
3 語圓而氣足(어원이기족): 시어가 원만하고 격조가 충만하다.
4 見得(견득): …라고 생각되다. …으로 보이다.
5 道理精明(도리정명): 도리가 명확하다.
6 世事透徹(세사투철): 세상일에 밝다.

16

도연명의 시에는 3가지 종류가 있다.

〈귀원전거시오수歸園田居詩五首〉의 제1수, 〈이거시이수移居詩二首〉의 제1수와 제2수,〈계묘세시춘회고전사시이수癸卯歲始春懷古田舍詩二首〉, 〈음주시이십수飮酒詩二十首〉의 제1수·제3수·제14수, 〈독산해경시 십삼수讀山海經詩十三首〉, 〈화곽주부시이수和郭主簿詩二首〉, 〈화호서조 시고적조시和胡西曹示顧賊曹詩〉, 〈수유시상劉柴桑〉, 〈연우독음시連雨獨 飮詩〉 등은 모두 흡족하여 득의양양하며 뛰어난 정취가 있다. 이것은 곧 원결, 백거이, 소식의 시풍이 자연적으로 생겨난 곳이다.

〈계묘세십이월중작여종제경원시癸卯歲十二月中作與從弟敬遠詩〉, 〈무 신세유월중우화시戊申歲六月中遇火詩〉, 〈기유세구월구일시己酉歲九月九 日詩〉, 〈화유시상시和劉柴桑詩〉, 〈음주시이십수飮酒詩二十首〉의 제5수· 제7수, 〈영빈사시칠수詠貧士詩七首〉의 제1수·제2수 등은 모두 한산하 고 충담하며 심원한 운이 있다. 이것은 곧 위응물, 유종원의 시풍이 자연적으로 생겨난 곳이다.

〈경자세오월중종도환조풍어규림시이수庚子歲五月中從都還阻風於規林 詩二首〉의 제1수·제2수, 〈여은진안별시與殷晉安別詩〉, 〈증양장사시贈 羊長史詩〉, 〈시작진군참군경곡아시始作鎭軍參軍經曲阿詩〉, 〈신축세칠월 부가환강릉야행도중시辛丑歲七月赴假還江陵夜行塗中詩〉 등은 성운이 어우 러지고 격조가 아울러 뛰어난데, 진실로 두보의 시풍과 다르지 않다.

도연명의 시를 크게 세 부류로 나누고 각 시풍에 해당하는 작품의 예를 들 었다. 또한 그 후대의 영향에 관해서도 언급했다.

靖節詩有三種. 如"少無適俗韻"[1], "昔欲居南村"[2], "春秋多佳日"[3], "先師有遺訓"[4], "衰榮無定在"[5], "道喪向千載"[6], "故人賞我趣"[7], "孟夏草木長"[8], "藹藹堂前林"[9], "葵賓五月中"[10], "窮居寡人用"[11], "運生會歸盡"[12]等篇, 皆快心自得[13]而有奇趣[14], 乃次山・白・蘇之所自出也. 如"寢迹衡門下"[15], "草廬寄窮巷"[16], "靡靡秋已夕"[17], "山澤久見招"[18], "結廬在人境"[19], "秋菊有佳色"[20], "萬族各有託"[21], "淒厲歲云暮"[22]等篇, 皆蕭散沖淡[23]而有遠韻[24], 乃韋柳之所自出也. 如"行行循歸路"[25], "自古歎行役"[26], "遊好非久長"[27], "愚生三季後"[28], "弱齡寄事外"[29], "閒居三十載"[30]等篇, 則聲韻渾成, 氣格兼勝, 實與子美無異矣.

1 少無適俗韻(소무적속운): 〈귀원전거시오수歸園田居詩五首〉 중 제1수를 가리킨다.

2 昔欲居南村(석욕거남촌): 〈이거시이수移居詩二首〉 중 제1수를 가리킨다.

3 春秋多佳日(춘추다가일): 〈이거시이수〉 중 제2수를 가리킨다.

4 先師有遺訓(선사유유훈): 〈계묘세시춘회고전사시이수癸卯歲始春懷古田舍詩二首〉 중 제2수를 가리킨다.

5 衰榮無定在(쇠영무정재): 〈음주시이십수飮酒詩二十首〉 중 제1수를 가리킨다.

6 道喪向千載(도상향천재): 〈음주시이십수〉 중 제3수를 가리킨다.

7 故人賞我趣(고인상아취): 〈음주시이십수〉 중 제14수를 가리킨다.

8 孟夏草木長(맹하초목장): 〈독산해경시십삼수讀山海經詩十三首〉 중 제1수를 가리킨다.

9 藹藹堂前林(애애당전림): 〈화곽주부시이수和郭主簿詩二首〉 중 제1수를 가리킨다.

10 葵賓五月中(유빈오월중): 〈화호서조시고적조시和胡西曹示顧賊曹詩〉를 가리킨다.

11 窮居寡人用(궁거과인용): 〈수유시상酬劉柴桑〉을 가리킨다.

12 運生會歸盡(운생회귀진): 〈연우독음시連雨獨飲詩〉를 가리킨다.

13 快心自得(쾌심자득): 흡족하여 득의양양하다. '쾌심'은 만족하게 여기는 마음을 가리킨다.

14 奇趣(기취): 훌륭한 정취.

15 寢迹衡門下(침적형문하): 〈계묘세십이월중작여종제경원시癸卯歲十二月中作與 從弟敬遠詩〉를 가리킨다.

16 草廬寄窮巷(초려기궁항): 〈무신세유월중우화시戊申歲六月中遇火詩〉를 가리킨다.

17 靡靡秋已夕(미미추이석): 〈기유세구월구일시己酉歲九月九日詩〉를 가리킨다.

18 山澤久見招(산택구견초):〈화유시상시和劉柴桑詩〉를 가리킨다.

19 結廬在人境(결려재인경): 〈음주시이십수〉 중 제5수를 가리킨다.

20 秋菊有佳色(추국유가색): 〈음주시이십수〉 중 제7수를 가리킨다.

21 萬族各有託(만족각유탁): 〈영빈사시칠수詠貧士詩七首〉 중 제1수를 가리킨다.

22 凄厲歲云暮(처려세운모): 〈영빈사시칠수〉 중 제2수를 가리킨다.

23 蕭散沖淡(소산충담): 한산하고 충담하다.

24 遠韻(원운): 심오한 운.

25 行行循歸路(행행순귀로): 〈경자세오월중종도환조풍어규림시이수庚子歲五月中 從都還阻風於規林詩二首〉 중 제1수를 가리킨다.

26 自古歎行役(자고탄행역): 〈경자세오월중종도환조풍어규림시이수〉 중 제2수 를 가리킨다.

27 遊好非久長(유호비구장): 〈여은진안별시與殷晉安別詩〉를 가리킨다. '久(구)'가 '少(소)'로 된 판본도 있다.

28 愚生三季後(우생삼계후): 〈증양장사시贈羊長史詩〉를 가리킨다.

29 弱齡寄事外(약령기사외): 〈시작진군참군경곡아시始作鎭軍參軍經曲阿詩〉를 가리 킨다.

30 閒居三十載(한거삼십재): 〈신축세칠월부가환강릉야행도중시辛丑歲七月赴假還 江陵夜行塗中詩〉를 가리킨다.

17

혹자가 물었다.

"한위와 도연명의 시는 모두 참된 성정을 바탕으로 하지만, 체재가 다른 것은 어째서인가?"

내가 대답한다.

한위는 고체와 비슷하여 흥기가 심원하므로 그 체재가 완곡하다. 도연명은 고체와 점점 멀어졌고, 오직 자신의 생각을 솔직하게 쓰며 진실로 문기文氣를 중시했을 따름이다.

《문슬청화捫蝨淸話》에서 다음과 같이 말했다.

"문장은 기를 중시하는데, 기운氣韻이 부족하면 비록 문채가 있어도 한마디로 좋은 작품이 아니다. 어제 도연명의 시를 읽으니 자못 담담하면서 풍미가 있는 듯하다."5)

해제 도연명 시의 풍격에 관한 논의다. 한위시는 대체로 완곡한데 반해 도연명의 시는 자신의 생각을 솔직하게 서술하여 풍격이 사뭇 다르다고 지적했다. 그 원인은 도연명이 문기를 중시했기 때문이라고 했는데, 여기서 말하는 문기란 마음 또는 의사를 가리킨다. 따라서 도연명의 시는 담담하면서 풍미가 있다고 강조했다.

원문 或問: "漢魏與靖節詩皆本乎情之眞, 而體有不同, 何也?" 曰: 漢魏近¹古, 興寄深, 故其體委婉; 靖節去古漸遠, 直是直寫己懷, 固當以氣爲主耳. 捫蝨淸話²云: "文章以氣爲主, 氣韻³不足, 雖有辭藻⁴, 要非佳作也. 昨讀淵明詩, 頗似枯淡而有味⁵." [已上六句皆捫蝨語.]

주석 1 近(근): 비슷하다. 가깝다.
2 捫蝨淸話(문슬청화): 남송 시기의 문인 진선陳善이 지었다. 진선은 생몰년이 미상이다. 이 책은 《송사宋史, 예문지藝文志》에서 자부子部 소설류小說類에 편입되어 있다. 《사고전서총목제요四庫全書總目提要》에는 자부 잡가류雜家類에 넣고 다음과 같이 평했다. "경사시문經史詩文을 논하고 잡사雜事에 대해서도 언급했다. 내용을 분류하여 별도의 목록을 세웠으나 자못 번잡하다. 시론은 더욱 오류가 많은데 큰 요지는 불가佛家를 중심으로 하고 왕안석을 으뜸으로 삼았다.考論經史

---

5) 이상 《문슬청화》의 말이다.

詩文, 兼及雜事, 別類分門, 頗爲冗瑣, 詩論尤多舛駁, 大旨以佛氏爲正道, 以王安石爲宗主." 상하 2
집 8권으로 구성되어 있으며 발문에 의거할 때 상집은 소흥 19년(1149)에 완성
되고 하집은 소흥 27년(1157)에 완성된 것으로 보인다.

3 氣韻(기운): 문장이나 서화의 생동감과 고상함을 가리킨다.

4 辭藻(사조): 시문의 문체 또는 말의 수식.

5 枯淡而有味(고담이유미): 담담하면서 풍미가 있다.

18

혹자가 나에게 물었다.

"그대는 일찍이 원화 연간의 여러 문인은 의론으로써 시를 지었으
므로 대변大變이 되었다고 말했다. 도연명의 〈신석神釋〉, 〈음주시飮酒
詩〉 등도 자못 의론과 관련되는데, 원화의 여러 문인들과 어찌 다르겠
는가?"

내가 대답한다.

도연명의 시에서 이치가 담긴 말이 보이는 것은 대개 자연스러움에
서 나온 것이지 지혜와 노력으로써 얻은 것이 아니므로, 원화의 여러
문인들이 총기를 다하고 기교를 부려서 모두 문장으로 시를 쓴 것과
는 다르다.

 원화는 당나라 헌종獻宗 시기의 연호다. 이 시기는 중당中唐 시기를 대표한
다. 중당은 '안사安史의 난'으로 인해 사회 전체가 혼란에 빠져 정치, 경제,
문화 등 각 방면에서 일대 변혁이 일어난 시기다. 특히 시 방면에서는 두
보, 백거이, 원진 등을 중심으로 사회 현실을 반영한 현실주의적 내용이 주
를 이루면서 사회의 여러 가지 모순을 고발하고 풍자하는 의론적인 성향
이 갈수록 짙어졌다. 허학이는 이러한 중당의 시풍이 도연명의 몇 편의 시
에서 보이는 의론성에서 발전한 것이라고 보면서도 뚜렷한 차이점이 있다
고 말하고 있다. 즉 도연명의 의론성은 자연의 이치, 인생의 철리 등을 깨

달음으로써 자연스럽게 나온 것으로, 시의 형식을 통해 서사의 내용을 담아 표현한 원화 문인들의 문학적 기교와는 분명하게 다름을 강조했다.

원문 或問予: "子嘗言元和諸公以議論爲詩, 故爲大變, 若靖節'大釣無私力'[1] '顔生稱爲仁'[2]等篇, 亦頗涉[3]議論, 與元和諸公寧有異耶?" 曰: 靖節詩乃是見理之言[4], 蓋出於自然, 而非以智力[5]得之, 非若元和諸公騁聰明·構奇巧, 而皆以文爲詩也.

주석 1 大釣無私力(대조무사력): 〈신석神釋〉을 가리킨다.

2 顔生稱爲仁(안생칭위인): 〈음주시飮酒詩〉 중 제11수를 가리킨다.

3 涉(섭): 관련되다. 연관성을 갖다.

4 見理之言(견리지언): 이치가 담긴 말.

5 智力(지력): 지혜와 노력.

19

지혜와 노력으로 시를 지은 것은 또한 지혜와 노력으로 구할 수 있지만, 자연스러움에서 비롯된 시는 구할 수 있는 자취가 없다. 그러므로 오늘날 사람들이 사령운을 배운 시는 대부분 비슷하나, 도연명을 배운 시는 백에 하나도 비슷한 것이 없다.

해설 도연명 시의 학습이 어려운 이유에 관해 사령운과의 비교를 통해 말했다. 도연명의 시는 꾸밈의 자취를 찾을 수 없이 자연스럽기 때문에 쉽게 보고 배울 수 있는 것이 아니다. 반면 사령운의 시는 인위적인 조탁이 가미되어 있으므로 노력을 통해 배울 수 있다.

원문 作詩出於智力者, 亦可以智力求; 出於自然者, 無跡可求也. 故今人學靈運者多相類, 學靖節者百無一焉[1].

20

도연명과 사령운의 시는 본디 병칭하는 것이 마땅하지 않다. 소식이 '도사陶謝의 초연'이라고 말한 것은 오직 그 의취가 심원함을 말할 따름이다. 두보의 시에서 "사람됨이 괴팍하고 가구를 좋아하여, 말이 사람을 놀라게 하지 않으면 그만두지 않는다. 어찌하면 도연명과 사령운의 솜씨를 얻은 그대와 함께 시를 짓고 노닐 수 있으랴?爲人性僻躭佳句, 語不驚人死不休. 焉得思如陶謝手, 令渠述作與同遊."고 말했는데, 어찌 도연명도 "성격이 괴팍하고 가구를 탐한다"고 하겠는가?

도연명과 사령운은 위진남북조 시기 산수전원시의 서막을 개창한 문인들이다. 이에 후대 사람들은 흔히 두 사람을 병칭하여 '도사陶謝'라고 하였는데, 허학이는 이에 대해 반론을 제기하고 두 시인의 시풍을 엄격하게 구분하고 있다.

靖節與靈運詩, 本不當並稱¹. 東坡云"陶謝之超然", 但謂其意趣超遠²耳. 子美詩云: "爲人性僻躭佳句, 語不驚人死不休. 焉得思如陶謝手, 令渠述作與同遊."³ 豈以靖節亦爲"性僻躭佳句"者乎?

1 並稱(병칭): 함께 칭하다.
2 意趣超遠(의취초원): 의취가 심원하다.
3 爲人性僻躭佳句(위인성벽탐가구), 語不驚人死不休(어불경인사불휴). 焉得思如陶謝手(언득사여도사수), 令渠述作與同遊.(영거술작여동유): 사람됨이 괴팍하고 가구를 좋아하여 말이 사람을 놀라게 하지 않으면 그만두지 않는다. 어찌하면 도연명과 사령운의 솜씨를 얻은 그대와 함께 시를 짓고 노닐 수 있으랴. 두보의 〈강상치수여해세료단술江上値水如海勢聊短述〉의 시구다.

21

도연명의 〈의고擬古〉 9수는 대체로 시험 삼아 비유를 들었지만, 사실은 자신의 생각을 썼으며 결코 모의한 자취가 없으니, 그 식견이 초월하고 재주가 충분하지 않으면 이 경지에 이르지 못한다. 후인 중 도연명을 배운 사람들은 꾸밈이 없는 진솔한 시구에 대해 겨우 한두 구를 깨달았을 뿐이고, 이 경지에 이른 사람은 백에 한 명도 없다.[6]

해제 도연명의 〈의고시〉에 관한 논의다. 의고는 고시를 모의하여 창작한 것을 말한다. 그러나 도연명의 의고시에는 모의의 자취가 없어 자연스럽다. 그 까닭은 도연명은 단순히 창작을 위해 고시를 모의한 것이 아니라 고시를 빌어 자신의 생각을 진솔하게 펼쳤기 때문이다.

원문 靖節擬古九首, 略借引喩¹, 而實寫己懷, 絶無摹擬之迹, 非其識見超越²·才力有餘³, 不克⁴至此. 後人學陶者, 於其平直⁵處僅得一二, 至此百不得一⁶矣.
[嘗疑擬古或諸家所爲, 但晉宋無此等人.]

주석
1 引喩(인유): 비유를 들다.
2 識見超越(식견초월): 식견이 뛰어나다.
3 才力有餘(재력유여): 재능이 충분하다.
4 不克(불극): 감당할 수 없다.
5 平直(평직): 글이나 말귀가 꾸밈이 없이 바르다.
6 百不得一(백부득일): 백에 하나도 얻지 못하다.

22

선대의 유학자들은 도연명이 고향으로 돌아간 후에 지은 시는 대부

---

6) 일찍이 〈의고〉는 여러 문인이 지은 것이라고 의심했는데, 진송 간에 이러한 시를 창작할 수 있는 사람들이 없었다.

분 나라를 애도하고 세태를 걱정하는 풍자의 말이며, 드러내고자 하지는 않았으므로 〈의고〉 등의 명칭으로써 제목을 지었다고 말한다.

내가 생각건대 도연명에 관한 이 논의는 매우 합당하다. 그렇지 않으면 도연명 또한 의도적으로 그 시의 본 작자와 승패를 다투었을 따름이다. 게다가 육기 등 여러 문인의 〈의고〉는 모두 각기 모의한 작품이 있는데, 도연명의 〈의고〉에는 언제 모의한 대상이 있었는가? 이 점은 이해할 수 있을 것이다.

해제 도연명 〈의고시〉의 특징에 관한 논의다. 고시를 모방하여 창작한 이른바 의고시는 초학의 방법으로 많이 창작되기도 했지만, 본래 시와의 경쟁을 통해 자신의 문학적 재능을 드러내고자 하는 목적도 있었다. 그러나 도연명은 이러한 일반적인 의고시 창작의 기풍에서 벗어나 자신의 뜻을 드러내지 않고 말하고자 하는 목적에서 9편의 의고시를 지은 것이다.

원문 先儒[1]謂靖節退歸[2]後所作, 多悼國傷時[3]託諷之語[4], 然不欲顯斥[5], 故以擬古等目名[6]其題云. 愚按: 此論靖節甚當, 不然, 則靖節亦有意與作者爭衡[7]耳. 且如士衡諸公擬古, 皆各有所擬; 靖節擬古, 何嘗有所擬哉? 斯可見矣.

주석
1 先儒(선유): 선대의 유학자.
2 退歸(퇴귀): '退休(퇴휴)'와 같은 말이다. 퇴직하다.
3 悼國傷時(도국상시): 나라를 애도하고 세태를 걱정하다.
4 託諷之語(탁풍지어): 빗대어 풍자하는 말.
5 顯斥(현척): 드러내다.
6 目名(목명): 명칭.
7 爭衡(쟁형): 힘이나 기량을 겨루다. 승패를 다투다.

23

도연명의 시에는 오직 〈의고〉 및 〈술주述酒〉 중에 나라를 애도하고 세태를 걱정하는 말이 있고, 나머지는 그 평소의 성정을 쓴 것에 불과할 따름이니, 일찍이 득의양양하게 충성으로써 자처한 적이 없다.

조이광이 말했다.

"대개 논시論詩는 도의道義와 겸할 수 없는데, 겸하게 되면 시도가 끝내 펼쳐지지 못한다. 예를 들어 굴원, 송옥, 도연명, 두보를 이야기하면서 걸핏하면 충성과 정성을 끌어드려 그것을 적용하니, 마침내 퀴퀴한 기운이 어둡게 일어나게 된다. 더군다나 시구가 어찌 여러 문인들을 개괄하기에 충분한가? 설령 마음 속 생각을 다소 드러내었다 할지라도 우연에 불과하며, 틀림없이 이때에 그 덕업을 노래하는 것에 마음을 둔 것이 아닐 것이다."7)

 도연명 시의 전반적인 특징을 개괄했다. 〈의고〉, 〈술주〉의 시에 나라를 애도하고 세태를 걱정하는 뜻이 있으나 대부분의 작품은 평소의 뜻을 서술했음을 지적했다. 평소의 뜻은 크게 음주와 전원으로 귀결된다. 만약 지나치게 충성으로 귀납시켜 작품을 읽는다면 본래의 주제에서 벗어나게 되므로 도연명의 본뜻을 이해할 수 없게 된다.

靖節詩, 惟擬古及述酒一篇中有悼國傷時之語, 其他不過寫其常情[1]耳, 未嘗沾沾[2]以忠悃[3]自居[4]也. 趙凡夫云: "凡論詩不得兼道義[5], 兼則詩道[6]終不發矣. 如談屈‧宋‧陶‧杜, 動引忠誠悃款[7]以實之, 遂令塵腐宿氣[8]字然而起[9]. 且詩句何足以槪諸公? 卽稍露心腹[10], 不過偶然, 政[11]不在此時誦其德業[12]也." [已上十句皆凡夫語.]

1 常情(상정): 평소의 성정.

2 沾沾(첨첨): 득의양양한 모양.

3 忠悃(충곤): 충성.

4 自居(자거): 자처하다.

5 道義(도의): 사람이 마땅히 해야 할 도리.

6 詩道(시도): 시 창작의 원리.

7 忠誠悃款(충성곤관): 충성과 정성.

8 塵腐宿氣(진부숙기): 퀴퀴한 기운.

9 孛然而起(패연이기): 발흥하다. 일어나다.

10 心腹(심복): 마음 속 생각.

11 政(정): 정사政事. 정무政務.

12 德業(덕업): 덕행과 사업.

24

도연명의 시는 시어가 모두 자연스러워 애초 시구를 가려 뽑을 수 없다. 소식이 칭송한 다음의 시구는 그 의취가 초탈했음을 좋아한 것에 불과할 따름이다.

"저 멀리 마을에 온기가 가득하고, 옛 언덕에서 연기가 모락모락 피어나네. 개 짖는 소리가 온 동네에 울리고, 닭 울음소리 뽕나무 사이로 넘어오네.曖曖遠人村, 依依墟里煙. 狗吠深巷中, 雞鳴桑樹顚."

"잘 다진 밭에 멀리서 바람이 불어오고, 좋은 싹 또한 새롭게 돋아나네.平疇交遠風, 良苗亦懷新."

"동쪽 울타리에서 국화를 따는데, 아득히 남산이 눈에 들어오네.采菊東籬下, 悠然見南山"

이것은 사령운 등의 여러 문인이 의도적으로 조탁하여 가구라고 칭한 것과는 다르다.

해제 도연명의 시구에 관한 비평이다. '가구佳句'란 의도적인 수식을 통해 얻은 좋은 시구를 뜻한다. 따라서 자신의 성정을 자연스럽게 노래한 도연명의 시에서는 가구를 찾기가 어렵다. 또 앞뒤 구가 긴밀하게 연결되어 있어 어느 한 구를 떼어 내기가 어렵다. 이것이 사령운 등 진송 이후의 인위적인 조탁으로 만들어낸 시구와 다른 도연명 시의 특색이다.

靖節詩, 語皆自然, 初未可以句摘, 即如東坡所稱"暖暖遠人村, 依依墟里煙. 狗吠深巷中, 鷄鳴桑樹顚."[1] "平疇交遠風, 良苗亦懷新."[2] "采菊東籬下, 悠然見南山"[3]等句, 亦不過愛其意趣超遠耳. 非若靈運諸公, 用意琢磨[4], 可稱佳句也.

1 暖暖遠人村(난난원인촌), 依依墟里煙(의의허리연). 狗吠深巷中(구폐심항중), 鷄鳴桑樹顚.(계명상수전): 저 멀리 마을에 온기가 가득하고, 옛 언덕에서 연기가 모락모락 피어나네. 개 짖는 소리가 온 동네에 울리고, 닭 울음소리 뽕나무 사이로 넘어오네. 〈귀원전거시오수歸園田居詩五首〉 중 제1수의 시구다.

2 平疇交遠風(평주교원풍), 良苗亦懷新(양묘역회신): 잘 다진 밭에 멀리서 바람이 불어오고, 좋은 싹 또한 새롭게 돋아나네. 〈계묘세시춘회고전사시이수癸卯歲始春懷古田舍詩二首〉 중 제2수의 시구다.

3 采菊東籬下(채국동리하), 悠然見南山(유연견남산): 동쪽 울타리에서 국화를 따는데, 아득히 남산이 눈에 들어오네. 〈음주시이십수飮酒詩二十首〉 중 제5수의 시구다.

4 用意琢磨(용의탁마): 의도적으로 갈고 다듬다.

25

도연명은 〈세모화장상시시歲暮和張常侍詩〉에서 다음과 같이 말했다.

"시내의 사람들은 옛사람을 처량해 하고, 달리는 천리마는 흐르는 물가에서 슬픔에 젖네.市朝悽舊人, 驥驥感悲泉."

또 〈영삼랑시詠三良詩〉에서 다음과 같이 말했다.

"출사의 뜻을 품고 배타고 나루터를 건너니, 오직 세상이 나를 버릴까 두렵구나.彈冠乘通津, 但懼時我遺."

이것은 바로 진송 연간의 언어로, 도연명이 항상 보고 들어 습관이 된 것이기에 자신도 모르게 입에서 나왔을 뿐 의도적으로 그것을 지은 것이 아니다. 또 "삶은 짧지만 품은 생각은 언제나 많으니, 사람들은 오랫동안 즐겁게 살고자 하네.世短意常多, 斯人樂久生."의 두 구절 역시 도연명 시의 본모습이 아니다.

해제 도연명 시구의 특징에 관해 말했다. 도연명의 시는 일상적이고 평담한 언어가 자연스러운 풍격을 이루는 데 큰 역할을 한다. 그러나 자신도 모르게 진송 연간의 시풍에 젖어 그의 본모습과 다른 시구도 있음을 지적했다.

원문 靖節歲暮詩云"市朝悽舊人, 驟驥感悲泉."[1] 三良詩云"彈冠乘通津, 但懼時我遺."[2] 此正晉宋間語, 靖節耳目所濡[3], 故不覺出諸[4]口耳, 非有意[5]爲之也. 又"世短意常多, 斯人樂久生"[6]二句, 亦非本相[7].

주석

1 市朝悽舊人(시조처구인), 驟驥感悲泉(취기감비천): 시내의 사람들은 옛사람을 처량해 하고, 달리는 천리마는 흐르는 물가에서 슬픔에 젖네. 〈세모화장상시詩歲暮和張常侍詩〉의 첫 구절이다.

2 彈冠乘通津(탄관승통진), 但懼時我遺(단구시아유): 출사의 뜻을 품고 배타고 나루터를 건너니, 오직 세상이 나를 버릴까 두렵구나. 〈영삼량시詠三良詩〉의 첫 구절이다.

3 耳目所濡(이목소유): '耳濡目染(이유목염)'이라고도 함. 많이 보고 많이 들어서 모르는 사이에 영향을 받다. 항상 보고 들어서 익숙하고 습관이 되다.

4 出諸(출저): …에서 나오다.

5 有意(유의): 의도가 있다. 의도적이다.

6 世短意常多(세단의상다), 斯人樂久生(사인락구생): 삶은 짧지만 품은 생각은 언제나 많으니, 사람들은 오랫동안 즐겁게 살고자 하네. 〈구일한거九日閑居〉의 시구

7 本相(본상): 본질. 본모습.

26

　도연명의 시 중 〈왕무군좌송객王撫軍座送客〉 1수는 구법이 정련되어 도연명이 지은 것 같지가 않고 진송의 여러 학자들이 지은 것이 아닌가 한다. 또 〈오월단작五月旦作〉은 뜻이 비록 도연명과 비슷하나 시어가 비슷하지 않다. 〈음주시飮酒詩〉 마지막 편은 시어의 뜻이 모두 비슷하지만, "만약 즐겁게 술을 마시지 않는다면, 머리에 쓴 두건을 부질없이 저버리는 것이다若復不快飮, 空負頭上巾"의 경우는 견강부회한 것이 아닌가 한다. 대개 머리 수건으로 술을 빚는 것은 일시에 흥이 올라 하는 일이지 의도적으로 하는 것이 아니다.

해제 도연명 시 중 작자가 의문스러운 작품과 구절에 관해 언급하고 있다.

원문 靖節詩有王撫軍座送客一首, 句法工鍊[1], 與靖節不類, 疑晉宋諸家所爲. 又五月旦作, 意雖類陶, 而語不類. 飮酒末篇, 語意俱類. 至"若復不快飮, 空負頭上巾"[2], 又疑附會. 蓋葛巾漉酒[3], 乃一時乘興[4]所爲, 非有意也.

주석
1　工鍊(공련): 정련되다.
2　若復不快飮(약부불쾌음), 空負頭上巾(공부두상건): 만약 즐겁게 술을 마시지 않는다면, 머리에 쓴 두건을 부질없이 저버리는 것이다. 〈음주시飮酒詩〉의 시구다.
3　葛巾漉酒(갈건녹주): 머리 수건으로 술을 빚다. 갈포로 만든 머리 수건.
4　一時乘興(일시승흥): 일시에 흥이 오르다.

27

　진나라 사람들은 현학玄學을 귀중히 하고 황노黃老를 숭상하기에 그 말이 모두 황당무계하다. 도연명은 의취를 드러냄이 비록 또한 노자와 같으나 그 시에는 현허하고 황당한 말이 없다. 그 시 가운데 다음의 시구는 모두 사물의 이치에 통달한 사람이 세상을 초월하여 이치를 드러내고 분수를 지키는 말로서, 현허玄虛하고 황당한 것에 비할 수 없다.

"커다란 조화의 물결 속에서, 기뻐하지도 두려워하지도 말라. 끝내야 할 곳에서 끝내 버리고, 더 이상 홀로 걱정하지 말라.縱浪大化中, 不喜亦不懼. 應盡便須盡, 無復獨多慮."

"술잔이 한창 무르익으면 비록 아득한 정이 있어도, 저 천년의 걱정을 잊게 하네. 오늘 아침 즐거움을 다 누려서, 내일을 바라지 말라.中觴縱遙情, 忘彼千載憂. 且極今朝樂, 明日非所求."

"추위와 무더위가 교대로 바뀌듯이, 사람 사는 이치 매번 이와 같다네. 그 이치를 터득하여 통달한 사람은, 다시는 앞으로 의심스러움이 없겠네.寒暑有代謝, 人道每如玆. 達人解其會, 逝將不復疑."

"내 몸을 소중히 하는 것도, 어찌 한평생에 있지 않겠는가. 또한 한평생을 얼마나 살겠는가, 홀연히 번쩍하고 지나가는 번개 같구나.所以貴我身, 豈不在一生. 一生復能幾, 倐如流電驚."

"천금이나 보배로 육신을 가꾸어도, 죽으면 함께 사라져 없어지네. 벌거숭이로 장사지낸들 싫어할 것 있겠는가, 사람들아 속 깊은 참뜻을 깨달아라.客養千金軀, 臨化消其寶. 裸葬何必惡, 人當解意表."

"세상 만난 사람들하고야 어찌 같겠는가, 얼음과 숯불이 그들의 가슴 속에 가득 차 있네. 인생 백 년 살고 나면 언덕으로 돌아가는데, 그렇게 해서 공허한 이름이나 입에 오르다니.孰若當世士, 冰炭滿懷抱. 百年歸丘隴, 用此空名道."

"삶은 도둑맞은 장자의 배처럼, 순간도 쉬지 않고 줄달음치며, 앞길도 얼마 남지 않았거늘, 멈추고 머물 곳도 모르노니.堅舟無須臾, 引我不得住. 前塗當幾許, 未知止泊處."

"집이란 잠시 머물다 가는 여관과도 같은 것, 나는 마땅히 떠나가야 할 나그네로다. 가고 또 가서 어디로 갈 것인가, 남산 기슭의 옛 집일 것이로다.家爲逆旅舍, 我如當去客. 去去欲何之, 南山有舊宅."

도연명이 활동한 동진 시기는 노장을 숭상하는 황노학의 기풍이 성행했다. 이것은 시문학에도 많은 영향을 미쳐 이른바 '현언시玄言詩'가 성행하게 된 사회적 배경이 되었다. 일반적으로 도연명의 은일 시풍은 이와 같은 황노학의 기풍과 어느 정도 일맥상통한다고 볼 수 있으나, 허학이는 도연명의 은일이 현실과 유리된 황당무계한 것이 아니라 지극히 현실적이고 일상적인 것임을 강조하고 있다.

晉人貴玄虛[1]·尙黃老, 故其言皆放誕無實[2]. 陶靖節見趣[3]雖亦老子, 而其詩無玄虛放誕[4]之語. 中如"縱浪大化中, 不喜亦不懼. 應盡便須盡, 無復獨多慮."[5] "中觴縱遙情, 忘彼千載憂. 且極今朝樂, 明日非所求."[6] "寒暑有代謝, 人道每如玆. 達人解其會, 逝將不復疑."[7] "所以貴我身, 豈不在一生. 一生復能幾, 倏如流電驚."[8] "客養千金軀, 臨化消其寶. 裸葬何必惡, 人當解意表."[9] "孰若當世士, 冰炭滿懷抱. 百年歸丘隴, 用此空名道."[10] "壑舟無須臾, 引我不得住. 前塗當幾許, 未知止泊處."[11] "家爲逆旅舍, 我如當去客. 去去欲何之, 南山有舊宅"[12]等句, 皆達人超世[13]·見理安分[14]之言, 非玄虛放誕者比也.

1 玄虛(현허): 심오하여 알 수가 없으며 허무하여 무위한 일을 가리킨다.

2 放誕無實(방탄무실): 방탕하고 사실이 아니다.

3 見趣(견취): 의취를 드러내다.

4 玄虛放誕(현허방탄): 허황하고 방탕하다.

5 縱浪大化中(종랑대화중), 不喜亦不懼(불희역불구). 應盡便須盡(응진변수진), 無復獨多慮(무부독다려): 커다란 조화의 물결 속에서, 기뻐지지도 두려워하지도 말라. 끝내야 할 곳에서 끝내 버리고, 더 이상 홀로 걱정하지 말라. 〈신석神釋〉의 시구의 시구다.

6 中觴縱遙情(중상종요정), 忘彼千載憂(망피천재우). 且極今朝樂(차극금조락), 明日非所求(명일비소구): 술잔이 한창 무르익으면 비록 아득한 정이 있어도, 저 천년의 걱정을 잊게 하네. 오늘 아침 즐거움을 다 누려서, 내일을 바라지 말라. 〈유사천시遊斜川詩〉의 시구다.

7 寒暑有代謝(한서유대사), 人道每如玆(인도매여자). 達人解其會(달인해기회), 逝將不復疑(서장불부의): 추위와 무더위가 교대로 바뀌듯이, 사람 사는 이치 매번 이와 같다네. 그 이치를 터득하여 통달한 사람은, 다시는 앞으로 의심스러움이 없겠네. 〈음주시이십수飮酒詩二十首〉 중 제1수의 시구다.

8 所以貴我身(소이귀아신), 豈不在一生(기부재일생). 一生復能幾(일생부능기), 倏如流電驚(숙여유전경): 내 몸을 소중히 하는 것도, 어찌 한평생에 있지 않겠는가. 또한 한평생을 얼마나 살겠는가, 홀연히 번쩍하고 지나가는 번개 같구나. 〈음주시이십수〉 중 제3수의 시구다.

9 客養千金軀(객양천금구), 臨化消其寶(임화소기보). 裸葬何必惡(관장하필악), 人當解意表(인당해의표): 천금이나 보배로 육신을 가꾸어도, 죽으면 함께 사라져 없어지네. 벌거숭이로 장사지낸들 싫어할 것 있겠는가, 사람들아 속 깊은 참뜻을 깨달아라. 〈음주시이십수〉 중 제11수의 시구다.

10 孰若當世士(숙약당세사), 冰炭滿懷抱(빙탄만회포). 百年歸丘隴(백년귀구롱), 用此空名道(용차공명도): 세상 만난 사람들하고야 어찌 같겠는가, 얼음과 숯불이 그들의 가슴 속에 가득 차 있네. 인생 백 년 살고 나면 언덕으로 돌아가는데, 그렇게 해서 공허한 이름이나 입에 오르다니. 〈잡시십이수雜詩十二首〉 중 제4수의 시구다.

11 壑舟無須臾(학주무수유), 引我不得住(인아부득주). 前塗當幾許(전도당기허), 未知止泊處(미지지박처): 삶은 도둑맞은 장자의 배처럼, 순간도 쉬지 않고 줄달음치며, 앞길도 얼마 남지 않았거늘, 멈추고 머물 곳도 모르노니. 〈잡시십이수〉 중 제5수의 시구다.

12 家爲逆旅舍(가위역여사), 我如當去客(아여당거객). 去去欲何之(거거욕하지), 南山有舊宅(남산유구택): 집이란 잠시 머물다 가는 여관과도 같은 것, 나는 마땅히 떠나가야 할 나그네로다. 가고 또 가서 어디로 갈 것인가, 남산 기슭의 옛 집일 것이로다. 〈잡시십이수〉 중 제7수의 시구다.

13 達人超世(달인초세): 사물의 이치에 통달한 사람이 세상을 초월하다.

14 見理安分(견리안분): 이치를 드러내고 분수를 지키다.

28

진나라 시인들은 통달하게 시를 창작했으나 반드시 통달할 수는 없었다. 도연명의 슬픔과 기쁨, 우환과 즐거움이 자연스러움에서 비롯된 것은 통달했기 때문이다.

채관부蔡寬夫는 다음과 같이 말했다.

"유종원은 좌천되어 그 우환과 초췌함의 한탄을 시로 발설했으나, 유독 슬프고 괴로워하여 끝내 울분에 쌓여 죽었으니, 이치에 통달하지 못했다. 백거이는 마치 세속을 벗어난 것처럼 보이나, 영욕과 득실의 사이에서 갈팡질팡하며 아주 하찮은 일도 꼼꼼하게 따지면서, 스스로 통달했다고 자랑하며 매 시마다 이러한 뜻에 집착하지 않음이 없었으니, 어찌 진실로 그것을 잊어버렸다고 하겠는가? 역시 노력하여 뛰어났을 뿐이다. 오직 도연명이 그렇지 않다. 그의 〈영빈사詠貧士〉, 〈책자責子〉와 나머지 시를 살펴보니, 슬플 때 슬퍼하고 기쁠 때 기뻐하다가 갑자기 슬픔과 기쁨을 둘 다 잊어버린즉, 처한 상황에 따라 모두 담담히 대처할 뿐 그 감정의 사이에서 갈팡질팡하지 않으므로, 이른바 세상을 초월하여 사물에 대한 집착을 버린 사람이다."[8]

 도연명의 초탈함을 유종원, 백거이와 비교하여 논했다. 동진 시기는 노장 사상을 숭상하며 현실 세계로부터 초탈하여 신선의 경지에 오르고자 하는 청담의 기풍이 크게 유행했다. 그러나 초탈에 집착한 초탈은 진정한 초탈이 아니다. 따라서 진나라 문인들은 그들이 말하는 진정한 초탈의 경지에 다다를 수 없었다. 반면 도연명은 현실 세계의 초탈을 몸소 실천함으로써 초탈을 일상화시켰다. 따라서 그의 시세계는 일상의 자연스러움을 노래했음에도 불구하고 초탈의 경지에 올랐다고 평가받는다. 또한 도연명의 영

---

[8] 이상은 채관부의 말이다.

향을 받은 당나라 문인 유종원과 백거이 역시 초탈에 집착한 나머지 진정한 초탈의 경지에는 오르지 못했음을 지적했다.

 晉人作達[1], 未必能達. 靖節悲歡憂喜出於自然, 所以爲達. 蔡寬夫[2]云: "柳子厚之貶[3], 其憂悲憔悴[4]之歎發於詩者, 特[5]爲酸楚[6], 卒以憤死[7], 未爲達理. 白樂天似能脫屣軒冕[8]者, 然榮辱得失之際, 錙銖較量[9], 而自矜[10]其達, 每詩未嘗不着[11]此意, 是豈眞能忘之者哉? 亦力勝之耳. 惟淵明則不然. 觀其詠貧士 · 責子與其他所作, 當憂則憂, 當喜則喜, 忽然憂樂兩忘, 則隨所遇而皆適, 未嘗有擇於其間, 所謂超世遺物[12]者." [已上二十二句皆寬夫語.]

 1 達(달): 통달하다.
2 蔡寬夫(채관부): 송나라 시기의 문인이나 같은 이름을 가진 사람이 2명이 있다. 한 사람은 이름이 계啓인데 《시화詩話》를 지었다. 다른 한 사람은 이름이 거후居厚인데 《시사詩史》를 지었다. 여기서는 채계蔡啓를 가리키는 듯하다. 그는 생졸년이 미상인데 검점시권관檢點試卷官, 태학박사시랑太學博士侍郞 등의 관직을 역임한 것으로 전한다. 《채관부시화蔡寬夫詩話》는 권수를 알 수 없다. 원서는 이미 오래전에 일실되었으나 곽소우郭紹虞, 나근택羅根澤이 그 일문을 집록했다. 채관부는 만당 · 오대 이래의 시풍이 위축되고, 시격과 시법 등을 숭상하는 형식주의에 대해 비판하며 용사用事를 지나치게 많이 사용하는 것을 지양하고 자연주의의 시풍을 제창했다.
3 貶(폄): 폄직되다.
4 憔悴(초체): 초췌하다.
5 特(특): 특별히. 유독.
6 酸楚(산초): '酸辛(산신)'과 같은 말이다. 신고辛苦. 슬프고 괴롭다.
7 卒以憤死(졸이분사): 끝내 분에 차서 죽었다.
8 脫屣軒冕(탈사헌면): 세속을 벗어나다. '탈사'는 짚신을 벗어 던진다는 뜻으로, 사물을 경시하거나 또는 아낌없이 버림을 비유하여 이르는 말이다. '헌면'은 초헌軺軒과 면류관을 가리키는데, 즉 높은 관직을 이르는 말이다.
9 錙銖較量(치수교량): '錙銖必較(치수필교)'라고도 한다. 매우 적은 돈이나 대단히 하찮은 일까지도 꼼꼼하게 따지다. '치수'는 극히 미세한 것이나 하찮은 것

또는 아주 사소한 일 등을 비유한다.

10 自矜(자긍): 스스로 자랑하다.

11 着(착): 집착하다.

12 超世遺物(초세유물): 세상을 초탈하여 사물에 대한 집착을 버리다.

29

진송 연간 사령운 무리는 산구릉에서 하고 싶은 대로 즐기며 걸핏
하면 한 달을 떠돌아다녔는데, 사람들이 서로 숭상함이 높다고 여겼
지만 그 마음은 일찍이 수고롭지 않은 적이 없었다.9) 오직 도연명만
이 외부 사물의 표상에 초연하면서 의경에 따라 흥취를 이루었으니,
반드시 샘물과 바위를 일부러 즐기거나 노을과 구름에 기탁할 필요가
없었을 따름이다.

다음의 시구는 모두 외경에 따라 의취를 이루어 의취와 외경을 모
두 망각했으니, 어찌 일찍이 선택한 것이 있으리오?

"저 멀리 마을에 온기가 가득하고, 옛 언덕에서 연기가 모락모락 피
어나네. 개 짖는 소리가 온 동네에 울리고, 닭 울음소리 뽕나무 사이
로 넘어오네.暖暖遠人村, 依依墟里煙. 狗吠深巷中, 雞鳴桑樹顛."

"봄가을에 좋은 날이 많으니, 높은 곳에 올라 새 시를 짓네. 문을 넘
으며 다시 서로 부르니, 술이 있어 마시고자 하네.春秋多佳日, 登高賦新
詩. 過門更相呼, 有酒斟酌之."

"넓은 들에 먼 바람이 엇갈려 불고, 좋은 싹은 새 기운을 머금었구
나. 가을 수확은 아직 알 수 없지만, 농사짓는 일만으로도 즐겁기 그
지없네.平疇交遠風, 良苗亦懷新. 雖未量歲功, 即事多所欣."

---

9) 사령운은 일찍이 백련사白蓮社에 들어가고자 했지만 혜원慧遠이 그 마음이 잡다
함을 보고 거절했다.

"초여름 초목이 자라, 집을 둘러싸고 수목이 우거지네. 뭇 새들 의
탁할 곳 있어 기뻐하는데, 나 역시 내 초막 사랑하네.孟夏草木長, 遶屋樹
扶疎. 衆鳥欣有託, 吾亦愛吾廬."

"집 앞에 우거진 무성한 숲, 한여름 시원하게 그늘을 만들었네. 시
원한 바람이 알맞게 불어와, 회오리바람이 옷깃을 푸네.藹藹堂前林, 中
夏貯淸陰. 凱風因時來, 回飆開我襟."

"차와 조를 찌어 맛좋은 술을 담그고, 술이 익으면 혼자 마시네. 어
린아이들 내 곁에서 재롱을 떨며, 말 배운다고 옹알거리네.春秫作美酒,
酒熟吾自斟. 弱子戲我側, 學語未成音."

"한여름 오월, 맑은 아침에 남쪽에서 바람이 일렁이네. 세차지도 않
고 느리지도 않아, 펄럭펄럭 내 옷에 불어오는구나.葵賓五月中, 淸朝起南
颸. 不駛亦不遲, 飄飄吹我衣."

"해도 지고 만물이 쉴 무렵, 숲을 향해 울며 돌아오는 새, 동쪽 창 아
래에서 휘파람 불어내니, 새삼 참삶을 되찾은 듯하여라.日入羣動息, 歸
鳥趨林鳴. 嘯傲東軒下, 聊復得此生."

《진서晋書, 도연명전》에서 그는 "있는 그대로 스스로 만족했다"고
말했는데, 믿을 만하다.

해제 도연명의 일상적 초탈함을 알 수 있는 시구의 예를 들었다.

원문 晉宋間謝靈運輩, 縱情[1]丘壑[2], 動[3]逾句朔[4], 人相尙以爲[5]高, 乃其心則未嘗
無累[6]者. [靈運嘗求入遠公社[7], 遠公察其心雜, 拒之.] 惟陶靖節超然物表[8], 遇境成
趣[9], 不必泉石是娛‧煙霞是託耳. 其詩如"暖暖遠人村, 依依墟里煙. 狗吠深
巷中, 雞鳴桑樹顚."[10] "春秋多佳日, 登高賦新詩. 過門更相呼, 有酒斟酌
之."[11] "平疇交遠風, 良苗亦懷新. 雖未量歲功, 卽事多所欣."[12] "孟夏草木長,
遶屋樹扶疎. 衆鳥欣有託, 吾亦愛吾廬."[13] "藹藹堂前林, 中夏貯淸陰. 凱風

94 시원변체

因時來, 回飆開我襟."[14] "春秫作美酒, 酒熟吾自斟. 弱子戲我側, 學語未成音."[15] "葵賓五月中, 淸朝起南颸. 不駛亦不遲, 飄飄吹我衣."[16] "日入羣動息, 歸鳥趨林鳴. 嘯傲東軒下, 聊復得此生"[17]等句, 皆遇境成趣, 趣境兩忘, 豈嘗有所擇哉. 本傳[18]謂其"任眞自得"[19], 信然.

주석

1 縱情(종정): 하고 싶은 바를 다하다. 마음껏 하다.

2 丘壑(구학): 산구릉.

3 動(동): 걸핏하면.

4 旬朔(순삭): 열흘 또는 한 달을 가리킨다.

5 以爲(이위): …라고 여기다.

6 無累(무누): 수고롭지 않다.

7 遠公社(원공사): 진나라의 고승 혜원慧遠. 여산廬山 동림사東林寺에 거주하며 많은 문인들과 교류했는데 당시 사람들이 그를 '원공'이라고 불렀다. 그는 혜영慧永, 혜지慧持 및 유유민劉遺民 등과 모임을 결성하여 불교의 교리를 공부하며 서방의 정토에 가기를 희망했는데 그 모임을 원공사 또는 백련사白蓮社라고 칭한다.

8 超然物表(초연물표): 외물에 초연하다.

9 遇境成趣(우경성취): 외경에 따라 의취를 이루다.

10 暖暖遠人村(난난원인촌), 依依墟里煙(의의허리연). 狗吠深巷中(구폐심항중), 雞鳴桑樹顚(계명상수전): 저 멀리 마을에 온기가 가득하고, 옛 언덕에서 연기가 모락모락 피어나네. 개 짖는 소리가 온 동네에 울리고, 닭 울음소리 뽕나무 사이로 넘어오네. 〈귀원전거시오수歸園田居詩五首〉중 제1수의 시구다.

11 春秋多佳日(춘추다가일), 登高賦新詩(등고부신시). 過門更相呼(과문갱상호), 有酒斟酌之(유주짐작지): 봄가을에 좋은 날이 많으니, 높은 곳에 올라 새 시를 짓네. 문을 넘으며 다시 서로 부르니, 술이 있어 마시고자 하네. 〈이거시이수移居詩二首〉중 제2수의 시구다.

12 平疇交遠風(평주교원풍), 良苗亦懷新(양묘역회신). 雖未量歲功(수미량세공), 卽事多所欣(즉사다소흔): 넓은 들에 먼 바람이 엇갈려 불고, 좋은 싹은 새 기운을 머금었구나. 가을 수확은 아직 알 수 없지만, 농사짓는 일만으로도 즐겁기 그지없네. 〈계묘세시춘회고전사시이수癸卯歲始春懷古田舍詩二首〉중 제2수의 시구다.

13 孟夏草木長(맹하초목장), 遶屋樹扶疎(요옥수부소). 衆鳥欣有託(중조흔유탁), 吾亦愛吾廬(오역애오려): 초여름 초목이 자라, 집을 둘러싸고 수목이 우거지네. 뭇 새들 의탁할 곳 있어 기뻐하는데, 나 역시 내 초막 사랑하네. 〈독산해경시십삼수讀山海經詩十三首〉 중 제1수의 시구다.

14 藹藹堂前林(애애당전림), 中夏貯淸陰(중하저청음). 凱風因時來(개풍인시래), 回飇開我襟(회표개아금): 집 앞에 우거진 무성한 숲, 한여름 시원하게 그늘을 만들었네. 시원한 바람이 알맞게 불어와, 회오리바람이 옷깃을 푸네. 〈화곽주부시이수和郭主簿詩二首〉 중 제1수의 시구다.

15 春秫作美酒(용출작미주), 酒熟吾自斟(주숙오자짐). 弱子戱我側(약자희아측), 學語未成音(학어미성음): 차와 조를 찌어 맛좋은 술을 담그고, 술이 익으면 혼자 마시네. 어린아이들 내 곁에서 재롱을 떨며, 말 배운다고 옹알거리네. 〈화곽주부시이수〉 중 제1수의 시구다.

16 蕤賓五月中(유빈오월중), 淸朝起南颸(청조기남시). 不駃亦不遲(불사역불지), 飄飄吹我衣(표표취아의): 한여름 오월, 맑은 아침에 남쪽에서 바람이 일렁이네. 세차지도 않고 느리지도 않아, 펄럭펄럭 내 옷에 불어오는구나. 〈화호서조시고적조시和胡西曹示顧賊曹詩〉의 시구다.

17 日入羣動息(일입군동식), 歸鳥趨林鳴(귀조추림명). 嘯傲東軒下(소오동헌하), 聊復得此生(료부득차생): 해도 지고 만물이 쉴 무렵, 숲을 향해 울며 돌아오는 새, 동쪽 창 아래에서 휘파람 불어내니, 새삼 참삶을 되찾은 듯하여라. 〈음주시飮酒詩〉 중 제7수의 시구다.

18 本傳(본전): 《진서晉書, 도연명전陶淵明傳》을 가리킨다.

19 任眞自得(임진자득): 있는 그대로 스스로 만족하다.

30

도연명의 시는 평담하고 자연스러우며 본래 조예로 이루어진 것이 없다. 그러나 후대의 학자는 천부적인 재주가 부족하고 시 창작의 기풍 또한 쇠약해져, 평담을 배우고자 하면서 반드시 특출나고 호탕함에서 그것을 찾았으니, 이에 유약함에는 이르지 않았을 따름이다.

소식의 〈여질서與姪書〉에서 다음과 같이 말했다.

"대체로 문장을 지음에 마땅히 기상이 특출나고 문채가 찬란하도
록 하면, 점점 노련해지고 점점 성숙해져서 곧 평담함이 창출된다."

그러므로 소식은 시를 지음에 일찍이 한유에게서 배웠고, 만년에
혜주에 살 때에서야 도연명의 시에 화운하여 비로소 비슷해지게 되었
다. 지금 사람들은 재주가 비약한데도 스스로 갈고 닦지 않으면서 번
번이 도연명의 시에 자신을 의탁하니, 이것은 다른 사람을 기만하는
것이 아니라 진실로 스스로를 기만하는 것이다.

도연명과 같은 평담한 시풍을 배우기 어려움을 지적하고 있다. 재주가 뛰
어난 소식조차도 만년이 되어 도연명의 시를 배워서야 비로소 평담한 시
풍을 얻을 수 있게 되었음을 예로 들었다.

원문
靖節詩平淡自然[1], 本非有所造詣. 但後之學者天分不足[2], 風氣亦漓, 欲學平
淡, 必從崢嶸豪蕩得之, 乃不至於卑弱[3]耳. 東坡與姪書云: "大凡爲文, 當使
氣象崢嶸, 采邑絢爛[4], 漸老漸熟, 乃造平淡." 故東坡爲詩, 嘗學退之; 晩年寓
惠州[5], 和靖節, 始有相類者. 今人才力綿弱[6], 不能自礪[7], 輒[8]自託於靖節, 此
非欺人[9], 適[10]自欺[11]也.

주석
1 平淡自然(평담자연): 평담하고 자연스럽다.
2 天分不足(천분부족): 천부적인 재능이 부족하다.
3 卑弱(비약): 유약하다.
4 采邑絢爛(채읍현란): 문채가 찬란하고 눈부시다.
5 惠州(혜주): 지금 광동성에 소재한 역사의 명승지다. 당나라에서 청말까지 430
  여 문인이 이곳에 머물러 현재 96곳의 유지와 2100여 건의 문물이 있다. 소식
  은 북송 소성紹聖 원년(1094)에 이곳으로 귀양 와 3년간 머무르며 대량의 시문
  을 창작했다.
6 才力綿弱(재력면약): 재주가 비약하다.
7 自礪(자려): 스스로 연마하다.
8 輒(첩): 번번이

9 欺人(사인): 남을 기만하다.

10 適(적): 진실로.

11 自欺(자기) 자신을 기만하다.

31

도연명의 시는 심히 배우기 쉽지 않은데, 평이하다고 간주되면 지나친 기교에 식상하다. 나는 어릴 때 도연명의 시를 처음으로 배운 후 평생 100여 편의 시를 창작했는데, 모두 평이하여서 뽑아 수록할 만하지 않다. 또 오늘날에도 오로지 그러한 시를 창작하지만 백거이나 소식10)과 비슷함을 면치 못하여, 절필하고 더 이상 짓지 않는다.

해제 도연명 시를 배우는 것이 어려움을 논했다. 허학이 자신도 평생 도연명의 평담한 시풍을 좇아 배웠지만 결국 그 경지에 도달할 수 없었음을 토로하고 있다.

원문 靖節詩甚不易學, 不失之淺易, 則傷於過巧. 予少時初學[1]靖節, 終歲[2]得百餘篇, 率[3]淺易無足采錄; 今間[4]一爲之, 又不免類白蘇矣, [白蘇學陶而失之巧], 因遂絶筆[5]不復爲也.

주석 1 初學(초학): 처음으로 배우다.

2 終歲(종세): 평생.

3 率(솔): 모두.

4 今間(금간): 오늘날.

5 絶筆(절필): 창작을 그만두다.

---

10) 백거이와 소식은 도연명을 배웠으나 공교한 데로 빠졌다.

詩源辯體

송宋

1

종영이 말했다.

"사객謝客[1]은 원가의 영웅이고, 안연년顔延年[2]이 보좌한다."

내가 생각건대 태강의 오언은 다시 세월이 흘러서 원가의 시가 되었다. 태강의 시는 체재가 점차 대구가 되고, 시어가 점차 조탁되었으나, 고체古體가 여전히 존재했다. 사령운 등의 여러 문인에 이르러 기풍이 갈수록 쇠약해져 그 창작 습관이 다 바뀌었다. 그러므로 그 체재가 다 대구가 되고 시어가 다 조탁되어서 고체가 드디어 사라졌다. 이것이 오언의 세 번째 변화다.[3]

따라서 유협이 말했다.

"송초宋初의 시가는 전편의 대구를 아름답게 하고 한 구의 기이함을

---

1) 이름 령운靈運, 아명 객아客兒, 세습되어 강락공康樂公에 봉해졌다.
2) 이름 연지延之.
3) 아래로 사조謝朓, 심약沈約의 오언으로 나아갔다.

다투는데, 내용은 반드시 사물의 외형을 극진히 묘사하고 문장은 반드시 새롭게 꾸미려고 힘썼으니, 이것이 근대에 추구하는 것이다."

《남사南史》에는 다음과 같이 기록하고 있다.

"사령운은 수레와 의복이 화려하고 옷과 기물이 대부분 옛 형태를 고쳤는데, 세상이 모두 그를 존숭했다."

옛것을 위배하고 변화를 추구하는 부류가 이와 같다.

 원가 시기의 시에 관한 논의다. 허학이는 앞서 국풍에서 발전한 오언시가 한위에서 한 차례 변하여 태강의 육기를 기점으로 두 번째 변화를 맞이했다고 보았다. 태강시가 한위시와 다른 점은 인위적인 수식이 중시되었다는 점이다. 이후 태강체를 계승 발전시켜 대구와 조탁이 점차 짙어지면서 '원가체'가 완성되었다. 원가체가 태강체와 다른 점은 매구마다 화려하고 독특한 변화를 추구했다는 점이다. 이것이 오언시의 세 번째 변화인 것이다. 그 결과 한위 이래의 고체에서 점차 멀어져 이후 '영명체永明體'의 발전에 많은 영향을 미쳤다. 따라서 심덕잠은 《설시수어說詩晬語》에서 다음과 같이 말했다.

"시가 송나라에 이르러 성정이 점차 흐려졌지만 성조가 크게 펼쳐지더니 시의 흐름이 전환되었다.詩至於宋, 性情漸隱, 聲色大開, 詩運轉關也."

영가의 대표적인 시인으로 사령운, 안연지, 포조 등을 손꼽을 수 있는데, 그 시풍에 관해 아래에서 각기 나누어 논한다.

鍾嶸云: "謝客[名靈運, 小名客兒, 襲封[1]康樂公]爲元嘉之雄, 顔延年[名延之]爲輔." 愚按: 太康五言, 再流而爲元嘉. 然太康體雖漸入俳偶, 語雖漸入雕刻, 其古體猶有存者; 至謝靈運諸公, 則風氣益漓, 其習盡移, 故其體盡俳偶, 語盡雕刻, 而古體遂亡矣. 此五言之三變也. [下流至謝玄暉 · 沈休文[2]五言.] 劉勰云: "宋初文詠, 儷采百字[3]之偶, 爭價一句之奇, 情必極貌以寫物, 辭必窮力而造新, 此近世之所競."是也. 南史[4]載: "靈運車服鮮麗, 衣物多改舊形制, 世共宗之." 其畔[5]古趣變類如此.

1 襲封(습봉): 제후가 선대의 봉지를 세습하다. 사령운은 사현謝玄의 손자로서 강
   락공康樂公을 세습받았다.

2 沈休文(심휴문): 심약沈約. 남조 송·제 연간의 문인이다. 자가 휴문이고 절강
   성 무강武康 사람이다. 어려서부터 가난했지만 열심히 공부하여 시문으로 이름
   을 떨쳤다. 송나라에 벼슬하다가 송나라가 망하자 제나라를 섬겼는데, 소연이
   제나라의 제위를 빼앗아 국호를 양으로 고쳤을 때, 이를 도운 공으로 건창현후
   建昌縣侯에 봉해졌다. 그 후 513년 73세로 세상을 떠날 때까지 주요 요직을 차지
   했다. 은隱이라는 시호를 받은 탓으로 심은후沈隱侯라고도 하며, 또 제나라 때
   동양태수東陽太守를 지냈다 하여 심동양沈東陽이라고도 일컬어진다. 그는 제나
   라의 문혜태자文惠太子와 그 아우인 경릉왕竟陵王 소자량蕭子良의 사랑을 받아 문
   단의 중견이 되었고, 양나라에 들어가서도 그 세력을 유지했다. 그 당시 임방의
   문장, 심약의 시를 으뜸으로 꼽았는데, 그의 시는 세밀한 염정을 노래하는 데
   뛰어나 '궁체시'의 선구가 되었다. 또 불교에 능통하고 음운에도 밝아, 사성四聲
   의 구별을 명백히 하고 시의 팔병설八病說을 제창했다. 그의 음운설은 영명체의
   성립과 깊은 관계가 있을 뿐 아니라 근체시 성립의 기초가 되기도 했다. 《사성
   보四聲譜》,《진서晉書》,《송서宋書》,《제기齊記》,《송세문장지宋世文章志》 등 저
   술이 많았으나 《송서》만 전해지고 있다. 100권이나 되는 문집도 현재는 그 일
   부만 전해질 뿐이다.

3 百字(백자): 오언시 20구. 즉 시의 전편全篇을 가리킨다.

4 南史(남사): 당나라 이연수李延壽가 지은 남조 송·제·양·진 네 나라의 170년
   동안의 자취를 적은 역사책이다.

5 畔(반): 배반하다. 위반하다.

2

나는 일찍이 말했다.

한위의 오언시는 대전大篆과 같고, 원가의 안연지와 사령운의 오언
시는 예서隷書와 같다. 미불米芾이 "예서가 흥하자 대전의 옛 서체는 모
두 사라졌다"고 말했는데, 시가 원가에 이르러서 고체가 다 사라졌다
고 한 내 말과 같다. 이것은 자연스러운 이치로 이상할 게 없다.

한위시와 원가시의 홍망성쇠에 대해 서예와 비교하여 설명했다. 예서체가 발전하면서 그 이전의 대전이 점차 사라지게 된 것과 같이 율체의 발전으로 인해 고체가 사라지게 되었음을 강조했다. 이러한 변화는 갑작스러운 것이 아니라 점진적인 것이다. 문학의 자연스러운 변화를 강조한 내용이다.

予嘗謂: 漢魏五言如大篆[1], 元嘉顏謝五言如隷書[2]. 米元章[3]云: "書至隷興, 大篆古法大壞矣." 猶予謂詩至元嘉而古體盡亡也. 此理勢之自然, 無足爲怪[4].

1 大篆(대전): 서체의 하나다. 주나라 선왕宣王 때 사주史籀가 만들었다고 하여 주문籀文이라고도 한다.
2 隷書(예서): 전국시대부터 진秦나라에 걸쳐서 쓰던 전서篆書의 자획을 간략화하고, 일상적으로 쓰기에 편리한 서체로서 만들어졌다. 따라서 예서란 전서에 예속하는 서체라는 뜻이다. 일설에는 옥리였던 정막程邈이 소전小篆을 간략화, 직선화하여 만들었다는 설도 있다. 예서는 전한 말기(B.C. 1세기경)에 완성되었다.
3 米元章(미원장): 미불米芾(1051~1107). 북송 시기의 서예가이자 화가이며 또 서화 이론가이기도 하다. 자가 원장이고 호는 양양거사襄陽居士, 해악산인海嶽山人 등이다. 처음엔 '黻(불)'자를 쓰다가, 41세 이후에 '芾(불)'자를 썼다. 교서랑校書郞, 서화박사書畵博士, 예부원외랑禮部員外郞 등의 관직을 역임했다. 규범에 얽매이는 것을 싫어하고 기행奇行이 심했다. 글씨에 있어서는 채양·소동파·황정견 등과 더불어 '송사대가宋四大家'로 불리며, 왕희지의 서풍을 이었다. 그림은 동원董源·거연巨然 등의 화풍을 배웠으며, 강남의 운연雲煙 어린 아름다운 자연을 묘사하기 위하여 미점법米點法이라는 독자적인 점묘법點描法을 창시했다. 아들 미우인米友仁에 이르러 성립된 이 일파의 화풍을 '미법산수米法山水'라고 한다.
4 無足爲怪(무족위괴): 기이할 것이 없다.

3

혹자가 물었다.
"사람들이 사령운이 육기보다 우수하다고 하는데, 어째서인가?"

내가 대답한다.

한위시로 말하자면 육기가 사령운을 이기고, 육조시로 말하면 사령운이 육기[4]를 이긴다. 이몽양이 "사령운의 시는 육조시의 으뜸이고, 그것은 육기를 근원으로 삼는다"고 말했는데, 이 말은 가장 그 실체를 깨달았다. 오늘날 사람들이 이것을 깨닫지 못하는 것은 사령운이 스스로 독자적인 일가를 이루었다고 생각하기 때문일 뿐이다.

 사령운 시의 연원에 관한 논의다. 일반적으로 중국문학사에서 사령운은 도연명과 함께 병칭된다. 비록 작품의 풍격에서는 분명한 차이가 있기는 하지만 사령운 역시 도연명과 마찬가지로 시를 통해 산수자연을 묘사하고 은일의 삶을 동경했다. 따라서 흔히 사령운을 도연명을 계승한 산수시인의 측면에서 평가한다.

그러나 여기서 허학이는 시어와 체재의 측면에서 사령운이 육기를 계승했음을 강조했다. 사령운의 시는 이미 대구의 체재, 조탁의 시어로 접어들어 도연명의 자연스러운 시풍과는 거리가 멀기 때문이다. 다만 사령운이 육기를 본받았다고 할 수 있지만 태강과 원가 시기의 시대 풍격이 확연히 다르므로 그 우열을 가릴 수 없다고 본 점은 탁월한 식견이다. 서로 다른 비교 기준으로 우위를 논하는 것은 논리적 모순이 있게 마련이다. 허학이는 작가의 개성과 그 시대의 풍격을 종합적으로 검토하는 가운데 육기와 사령운의 문학사적 위치를 논하고 있다.

 或問: "人言謝勝陸, 何也?" 曰: 從漢魏而言, 是陸勝謝; 從六朝而言, 是謝勝陸. 李獻吉云: "康樂詩是六朝之冠[1], 然其始本於陸平原[2][士衡]." 此最得其實. 今人不知, 以爲靈運自立門戶耳.

1 六朝之冠(육조지관): 육조의 으뜸.

4) 사형士衡.

2 陸平原(육평원): 육기陸機. 그는 영녕永寧 원년(301)에 평원내사平原內史에 임명되었기에 흔히 '육평원'이라고도 불렸다. 제3권 제11칙의 주16 참조.

4

오언시는 육기에서부터 사령운까지 체재가 다 대구이고 시어가 다 조탁되었으니, 그 예를 다 열거할 수 없다. 그러나 육기는 시어를 조탁했음에도 불구하고 가구가 여전히 적고, 사령운에 이르러서 비로소 가구가 많아졌다.

사령운의 다음과 같은 시구는 모두 가구다.

"새벽 서리 맞아 단풍잎 붉고, 석양빛에 아지랑이 잠기네.曉霜楓葉丹, 夕曛嵐氣陰"

"갓 자란 대나무는 대껍질에 싸이고, 새로 자란 부들은 자줏빛 꽃 머금었네.初篁苞綠籜, 新蒲含紫茸."

"봄 저무니 푸른 들판 수려하고, 바위 높으니 저절로 흰 구름 멈춰 있네.春晚綠野秀, 巖高白雲屯."

"봄 햇살이 겨울바람 제거하고, 새 볕이 묵은 추위 몰아내네.初景革緒風, 新陽改故陰."

"흰 구름이 깊은 곳의 바위를 감싸고, 푸른 대나무가 잔물결을 건드리네.白雲抱幽石, 綠篠媚淸漣."

"바위에 쉬면서 폭포 물을 푸고, 숲에 올라가 꽃망울을 뽑아내네.憩石挹飛泉, 攀林搴落英."

"가을 언덕에는 석양이 깨끗하고, 가을 하늘에는 아침이슬 모이네.秋岸澄夕陰, 火旻團朝露."

"넓은 바위가 난초 풀을 가리고, 해가 강둑을 비추네.遠巖映蘭薄, 白日

麗江皋."

그러나 시어가 비록 빼어날지라도 완전히 자연스럽게 융합되지는 못했다. 다음의 시구가 비로소 자연스럽게 융합되었다.

"배에서 묵으며 조석으로 머무르니, 짙은 안개가 출몰을 되풀이하네.水宿淹晨暮, 陰霞屢興沒."

"돛단배 저어서 굴을 따고, 돛을 올려서 해파리 줍네.揚帆采石華, 挂席拾海月."

"갈매기는 봄날의 언덕에서 장난치고, 들꿩은 따뜻한 봄바람을 맞으며 노네.海鷗戲春岸, 天雞弄和風."

"바위 아래 구름이 막 모이고, 꽃잎 위에 이슬이 아직 맺혔네.巖下雲方合, 花上露猶泫."

"연못 둑에는 봄풀이 파릇하고, 정원에는 새 소리 어지럽네.池塘生春草, 園林變候禽."

"구름과 햇볕이 서로 빛나며 비추고, 공기와 강물이 모두 맑고 신선하네.雲日相輝映, 空水共澄鮮."

"아침저녁으로 기후가 변하나, 산수는 맑은 빛 머금었네.昏旦變氣候, 山水含淸暉."

"숲 우거진 골짜기가 황혼의 기색을 거두고, 구름과 노을이 석양을 거두네.林壑斂暝色, 雲霞收夕霏."

즉 포조가 "부용이 막 피어오르니, 자연스럽고 사랑스럽다如初發芙蓉, 自然可愛"고 한 것에 대해, 왕세정은 "지극히 조탁했지만 오묘함이 자연스럽다"고 말했다.

사령운 시의 가구에 대해 예를 들어 설명했다. 가구는 인위적인 수식으로 만든 좋은 시구를 가리킨다. 이것은 자연스러운 시구와 대조를 이루지만 그 인위적인 조탁이 뛰어나서 꾸밈의 흔적이 없는 것을 말한다. 육기에 비해 사령운의 시에 가구가 많은 까닭은 바로 아래의 제5칙에서 말하는 바와 같이 조탁이 지극한 곳에 이르자 생각의 전환이 일어나 자연스러움을 지향했기 때문이다. 따라서 엄우는 《창랑시화, 시평詩評》에서 "사령운의 시에는 아름답지 않은 것이 한 편도 없다.謝靈運之詩, 無一篇不佳."고 극찬하기도 했다. 그러나 지나친 조탁과 용전의 사용은 읽기 어렵고 이해하기 어렵게 만들기도 한다. 이에 종영은 일찍이 "자못 지나치게 많아서 누를 끼쳤다.頗以繁富爲累."고 비평했다.

五言自士衡至靈運, 體盡俳偶, 語盡雕刻, 不能盡學. 然士衡語雖雕刻, 而佳句尙少, 至靈運始多佳句矣. 靈運如"曉霜楓葉丹, 夕曛嵐氣陰."[1] "初篁苞綠籜, 新蒲含紫茸."[2] "春晚綠野秀, 巖高自雲屯."[3] "初景革緒風, 新陽改故陰."[4] "白雲抱幽石, 綠篠媚淸漣."[5] "憩石挹飛泉, 攀林搴落英."[6] "秋岸澄夕陰, 火旻團朝露."[7] "遠巖映蘭薄, 白日麗江皐"[8]等句, 皆佳句也. 然語雖秀美, 而未盡鎔液[9]. 至如"水宿淹晨暮, 陰霞屢興沒."[10] "揚帆采石華, 挂席拾海月."[11] "海鷗戲春岸, 天雞弄和風."[12] "巖下雲方合, 花上露猶泫."[13] "池塘生春草, 園林變候禽."[14] "雲日相輝映, 空水共澄鮮."[15] "昏旦變氣候, 山水含淸暉."[16] "林壑斂暝色, 雲霞收夕霏"[17]等句, 始爲溶液矣. 卽鮑明遠所謂"如初發芙蓉, 自然可愛." 王元美謂"琢磨之極, 妙亦自然"者也.

1 曉霜楓葉丹(효상풍엽단), 夕曛嵐氣陰(석훈람기음): 새벽 서리 맞아 단풍잎 붉고, 석양빛에 아지랑이 잠기네. 사령운 〈만출서사당시晚出西射堂詩〉의 시구다.

2 初篁苞綠籜(초황포녹탁), 新蒲含紫茸(신포함자용): 갓 자란 대나무는 대껍질에 싸이고, 새로 자란 부들은 자줏빛 꽃 머금었네. 사령운 〈어남산왕북산경호중첨조시於南山往北山經湖中瞻眺詩〉의 시구다.

3 春晚綠野秀(춘만녹야수), 巖高自雲屯(암고자운둔): 봄 저무니 푸른 들판 수려하고, 바위 높으니 저절로 흰 구름 멈춰 있네. 사령운 〈입팽려호구시入彭蠡湖口詩〉의 시구다.

4 初景革緒風(초경혁서풍), 新陽改故陰(신양개고음): 봄 햇살이 겨울바람 제거

하고, 새 볕이 묵은 추위 몰아내네. 사령운 〈등지상루시登池上樓詩〉의 시구다.

5 白雲抱幽石(백운포유석), 綠篠媚淸漣(녹소미청련): 흰 구름이 깊은 곳의 바위를 감싸고, 푸른 대나무가 잔물결을 건드리네. 사령운 〈과시녕서시過始寧墅詩〉의 시구다.

6 憩石挹飛泉(게석읍비천), 攀林搴落英(반림건낙영): 바위에 쉬면서 폭포 물을 푸고, 숲에 올라가 꽃망울을 뽑아내네. 사령운 〈초거군시初去郡詩〉의 시구다.

7 秋岸澄夕陰(추안징석음), 火旻團朝露(화민단조로): 가을 언덕에는 석양이 깨끗하고, 가을 하늘에는 아침이슬 모이네. 사령운〈영초삼년칠월십육일지군초발도시永初三年七月十六日之郡初發都詩〉의 시구다.

8 遠巖映蘭薄(원암영난박), 白日麗江皐(백일려강고): 넓은 바위가 난초 풀을 가리고, 해가 강둑을 비추네. 사령운 〈종유경구북고응조시從遊京口北固應詔詩〉의 시구다.

9 鎔液(용액): 한 물질이 다른 물질에 녹아서 고르게 퍼져 이루어진 물질을 가리킨다. 즉 용해되다, 융합되다의 의미로 사용된다.

10 水宿淹晨暮(수숙엄신모), 陰霞屢興沒(음하루흥몰): 배에서 묵으며 조석으로 머무르니, 짙은 안개가 출몰을 되풀이하네. 사령운 〈유적석진범해시遊赤石進帆海詩〉의 시구다.

11 揚帆采石華(양범채석화), 挂席拾海月(괘석습해월): 돛단배 저어서 굴을 따고, 돛을 올려서 해파리 줍네. 사령운 〈유적석진범해시遊赤石進帆海詩〉의 시구다.

12 海鷗戲春岸(해구희춘안), 天雞弄和風(천계농화풍): 갈매기는 봄날의 언덕에서 장난치고, 들꿩은 따뜻한 봄바람을 맞으며 노네. 사령운 〈어남산왕북산경호중첨조시於南山往北山經湖中瞻眺詩〉의 시구다.

13 巖下雲方合(암하운방합), 花上露猶泫(화상로유현): 바위 아래 구름이 막 모이고, 꽃잎 위에 이슬이 아직 맺혔네. 사령운 〈종근죽간월령계행시從斤竹澗越嶺溪行詩〉의 시구다.

14 池塘生春草(지당생춘초), 園林變候禽(원림변후금): 연못 둑에는 봄풀이 파릇하고, 정원에는 새 소리 어지럽네. 사령운 〈등지상루시登池上樓詩〉의 시구다.

15 雲日相輝映(운일상휘영), 空水共澄鮮(공수공징선): 구름과 햇볕이 서로 빛나며 비추고, 공기와 강물이 모두 맑고 신선하네. 사령운 〈등강중고서시登江中孤嶼詩〉의 시구다.

16 昏旦變氣候(혼단변기후), 山水含淸暉(산수함청휘): 아침저녁으로 기후가 변하나, 산수는 맑은 빛 머금었네. 사령운 〈석벽정사환호중작시石壁精舍還湖中作詩〉의 시구다.

17 林壑斂暝色(임학렴명색), 雲霞收夕霏(운하수석비): 숲 우거진 골짜기가 황혼의 기색을 거두고, 구름과 노을이 석양을 거두네. 사령운 〈석벽정사환호중작시石壁精舍還湖中作詩〉의 시구다.

5

오언시는 사령운에 이르러 조탁이 극에 달했지만 마침내 생각을 전환하게 되어 자연스러움으로 돌아갔다. 예를 들면 〈유적석진범해시遊赤石進帆海詩〉의 "오랜 시간 선상에서 지내네水宿淹晨暮" 등의 시구는 모두 생각을 전환하여 얻은 것이다. 〈등지상루시登池上樓詩〉의 "연못 둑에는 봄풀이 파릇파릇池塘生春草"을 가구로 여기는 것으로 보면 알 수 있다. 그러나 자연스러운 것은 열에 하나고 조탁한 것이 열에 아홉이다. 엄우가 사령운의 시를 "투철한 깨달음"이라고 한 것에 대해 나는 이해할 수가 없다.

 사령운 시의 특징에 관한 논의다. 오언시의 인위적인 조탁이 사령운에 의해 가장 절정에 올랐지만, 사령운의 시에는 가구가 많이 있음을 강조했다. 이것은 끊임없는 조탁으로 자연스러움의 경지에 이른 결과라고 할 수 있다. 이에 엄우가 '투철한 깨달음'이라고 한 것이다. 그렇지만 완전한 깨달음이란 조탁의 흔적이 없어야 하는데, 사령운은 그렇지 못하므로 허학이는 엄우의 말을 믿을 수 없다고 비판한 것이다.

한편 종영의 《시품》에 따르면, 사령운은 매번 그의 사촌 동생 사혜련謝惠璉을 마주치면 가구를 얻을 수 있었다고 한다. 《남사》의 본전에서도 사령운이 영가永嘉 곧 지금의 절강성浙江省 온주溫州에 있을 때 하루 종일 고심해도 시를 지을 수 없었는데 갑자기 사혜련을 마주치고서 "연못 둑에는 봄

풀이 파릇파릇池塘生春草"의 구를 얻었다는 일화를 볼 수 있다. 이 이야기는 사령운이 한 구의 시를 짓기 위해서 얼마나 고심한 것인지를 말해준다. 또 〈등지상루시登池上樓詩〉에 대해 섭몽득의 《석림시화石林詩話》에서는 다음 과 같이 평했다.

"이 시어의 정묘함은 진실로 의도가 없는 데에 있으며, 졸연간 경물과 서로 합치되어 한 편의 장을 완성했으므로, 일반적인 성정으로 완성할 수 있는 것이 아니다.此語之工, 正在無所用意, 猝然與景相遇, 借以成章, 故非常情所能到."

五言至靈運, 雕刻極矣, 遂生轉想[1], 反乎自然[2]. 如"水宿淹晨暮"[3]等句, 皆轉想所得也. 觀其以"池塘生春草"[4]爲佳句, 則可知矣. 然自然者十之一, 而雕刻者十之九. 滄浪謂靈運"透徹之悟", 則予未敢信也.

1 轉想(전상): 생각을 전환하다.
2 反乎自然(반호자연): 자연스러움으로 돌아가다.
3 水宿淹晨暮(수숙엄신모): 오랜 시간 선상에서 지내네. 사령운 〈유적석진범해시遊赤石進帆海詩〉의 시구다.
4 池塘生春草(지당생춘초): 연못 둑 위에는 봄풀이 파릇파릇. 사령운 〈등지상루시登池上樓詩〉의 시구다.

6

혹자가 물었다.
"고인의 가구 중 오묘하게 자연스러운 것은 어찌 어렵게 보이는지요?"
내가 대답한다.
고인의 가구는 오언이 많다. 대개 다섯 자로 묘사하지만 경색이 눈앞에 뚜렷하게 펼쳐져 있는 듯하니, 어렵게 여겨지는 것이다. 뜻으로써 시를 짓는 것은 고인의 시를 논하는 것이 아니다.

여기서 말하는 '고인의 가구'란 한위의 천연스러운 시구를 가리킨다. 그것은 대개 인위적인 조탁이 없으며, 설령 인위적인 수식을 가미했다고 하더라도 그 조탁의 흔적이 남아 있지 않다. 또한 고인의 자연스러운 시구는 성정에서 근원하므로 오랫동안 고심하여 쓸 수 있는 것이 아니다. 그러므로 후인이 쉽게 창작할 수 있는 것이 아니다.

或問: "古人佳句, 有妙合自然者, 如何見得爲難?" 曰: 古人佳句, 五言爲多, 大抵五字摹寫, 而景色宛然在目[1], 所以爲難. 若以意爲詩, 則非所以論古人也.

1 宛然在目(완연재목): 눈앞에 뚜렷하게 펼쳐져 있다. 눈앞에 완연하다.

7

사령운의 가구는 오묘하게 자연스러울 뿐 아니라, 〈남루중망소지객시南樓中望所遲客詩〉는 시 전체가 원만하여 자연스러움에 가깝다. 오늘날 사람들은 사령운을 특히 좋아하여 그 대구와 조탁한 곳에 대해 글자마다 모방하여 있는 힘을 다하며, 오묘하게 자연스러운 것은 한 글자도 없으니, 어찌 "부용이 막 피어난 듯하네初發芙蓉"라고 한 말의 의미를 알리오!

명대 사람들이 사령운의 시를 맹목적으로 모방하는 풍조를 꼬집었다. 대구와 조탁한 곳은 인위적인 수식의 흔적을 가리킨다. 이러한 흔적은 눈에 잘 띄기 때문에 모방하기 쉽다. 그러나 자연스러운 구는 이미 대구와 조탁의 흔적이 없기 때문에 쉽게 모방할 수 없다.

靈運佳句旣妙合自然, 至如"杳杳日西頹"[1]通篇[2]圓暢, 亦近自然矣. 今人[3]篤好[4]靈運, 於其俳偶雕刻處字字摹倣, 不遺餘力, 至其妙合自然者, 則未有一語也, 安知所謂"初發芙蓉"⁵哉!

1 杳杳日西頹(묘묘일서퇴): 사령운 〈남루중망소지객시南樓中望所遲客詩〉를 가리
  킨다.
2 通篇(통편): 시 전체
3 今人(금인): 명나라 사람들을 가리킨다.
4 篤好(독호): 특히 좋아하다.
5 初發芙蓉(초발부용): 부용이 막 피어나네. 사령운의 시에 대해 포조가 평한 말
  이다.

8

한위시는 흥기가 심원하고, 도연명의 시는 진솔하고 자연스럽다.
산림과 구릉, 연기와 운무, 샘과 돌에 대한 의취는 진실로 사령운으로
부터 발전하여 사조謝朓가 거의 그 영향을 이어 받았다. 사령운 〈유적
석진범해시遊赤石進帆海詩〉의 "오랜 시간 선상에서 지내네水宿淹晨暮" 등
과 같은 시구는 연기와 운무, 샘과 돌에 대한 묘사가 거의 자세하다.
  이에 황성증黃省曾이 말했다.
  "시냇가의 달, 봉우리의 구름은 멀리서 보면 정취가 있으나 가까이
다가가면 얻지 못한다."
  또 풍시가가 다음과 같이 말했다.
  "말로 서술할 수 없고 그림으로 그릴 수 없도다."
  이백이 사령운과 사조에게 몰두한 이유도 바로 여기에 있다. 그러
나 이백은 시어가 간혹 비슷할 뿐 체재는 따르지 않았으니, 그 득의양
양한 오묘함이 한숨에 어우러져 마침내 흔적이 없게 되었다.

  사령운의 시는 산수자연에 대한 섬세한 묘사가 두드러진다. 종영의 《시
품》에서 "눈에 보는 것을 시로 쓰고寓目輒書", 밖으로 경물을 남겨 두는 것

이 없다外無遺物"고 했다. 백거이의 〈독사령운시讀謝靈運詩〉에서는 "크게는 하늘과 바다를 포괄하고, 작게는 풀과 나무를 빠뜨리지 않는다.大必籠天海, 小不遺草樹."고 했다. 한마디로 사방의 자연 경치에 대한 관심이 지극했음을 알 수 있다. 또한 그의 영향이 사조에서 이백으로 이어졌다고 지적했다. 이백은 사령운, 사조 등을 초월하여 인위적인 조탁의 흔적이 없는 경지에 이르렀음을 강조했다.

 漢魏詩興寄深遠[1], 淵明詩眞率自然. 至於山林丘壑[2]·煙雲[3]泉石[4]之趣, 實自 靈運發之, 而玄暉殆爲繼響. 靈運如"水宿淹晨暮"等句, 於煙雲泉石, 描寫殆 盡. 黃勉之[5]謂"如川月嶺雲, 玩之有餘, 卽之不得." 馮元成謂"語不能述, 畫 不能圖"是也. 太白傾心[6]二謝, 正在於此, 然太白語或相近, 而體不相沿, 至 其自得之妙[7], 則一氣渾成[8], 了無痕跡[9]矣.

1 興寄深遠(흥기심원): 흥취가 심원하다.
2 山林丘壑(산림구학): 산림과 구릉.
3 煙雲(연운): 연기와 운무.
4 泉石(천석): 샘과 돌.
5 黃勉之(황면지): 황성증黃省曾(1490~1540). 명나라 시기의 문인이다. 자가 면지이고 호는 오악산인五岳山人이다. 황노증黃魯曾의 동생이다. 오현吳縣 곧 지금의 강소성 소주 사람이다. 어릴 때부터 고문을 좋아했고 《이아爾雅》에 정통했다. 가정 10년(1531)에 향시에 합격했으나 진사시에 여러 차례 낙방하면서 과거를 포기하고 천하를 유람하며 시와 그림에 힘썼다. 장서가 많아 보지 않은 책이 없을 정도로 박식했다.
6 傾心(경심): 마음을 기울이다. 몰두하다.
7 自得之妙(자득지묘): 득의양양한 오묘함.
8 一氣渾成(일기혼성): 한숨에 어우러지다.
9 了(료): 마침내.

설혜薛蕙가 말했다.

"맑다고 하고 심오하다고 하는 것은 곧 시의 지극한 아름다움이다. 사령운이 그러하다. '흰 구름이 깊은 곳의 바위를 덮고, 푸른 대나무가 잔물결을 건드리네白雲抱幽石, 綠篠媚淸漣'는 맑다고 할 수 있다. '신기를 내뿜어도 감상하는 사람 없으니, 참된 정취를 누가 전하리오表靈物莫賞, 蘊眞誰爲傳'는 심오하다고 할 수 있다." 다음의 두 시구는 맑음과 심오함을 겸한다. '어찌 반드시 현악기와 관악기가 필요하리오, 산과 물에도 맑은 소리가 있도다.豈必絲與竹, 山水有淸音'5), '해가 기우니 날짐승이 모여 울고, 물과 나무가 빛나며 넘실대네.景昃鳴禽集, 水木湛淸華.'6)"

호응린은 다음과 같이 말했다.

"설혜의 주장은 대승大乘에서 불법이 파생되어 나온 듯하며, 또한 저절로 쟁쟁히 사람을 감동시킨다. 다만 여기서 지취를 얻으면 오직 육조시의 울타리 속에서 늙어가게 될 뿐이니 그 이전으로 올라갈 수 없다. 만약 근본이 먼저 바로 서면 여러 학파에 파급을 미쳐서 산을 오르고 물가에 이르러서도 이 곡조를 지을 것이므로, 마치 휘파람을 불면 수 백보까지 멀리 들리는 것 같을 것이다."

내가 생각건대 호응린의 이 주장은 여러 학자를 능가하는데, "근본이 먼저 서다"라고 한 것은 한위의 시를 말하는 것이다.

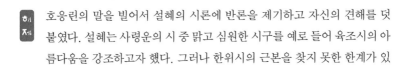

호응린의 말을 빌어서 설혜의 시론에 반론을 제기하고 자신의 견해를 덧붙였다. 설혜는 사령운의 시 중 맑고 심원한 시구를 예로 들어 육조시의 아름다움을 강조하고자 했다. 그러나 한위시의 근본을 찾지 못한 한계가 있

---

5) 좌사左思의 시다.
6) 사혼謝混의 시다.

음을 에둘러 비판하고 있다.

 薛考功[1]云: "曰淸·曰遠, 乃詩之至美[2]者也, 靈運以之. '白雲抱幽石, 綠篠媚
淸漣'[3], 淸也; '表靈物莫賞, 蘊眞誰爲傳'[4], 遠也; '豈必絲與竹, 山水有淸音'[5]
[左太沖詩]·'景昃鳴禽集, 水木湛淸華'[6][謝叔源[7]詩], 淸與遠兼之矣." 胡元瑞
云: "薛論雖是大乘[8]中旁出[9]佛法, 亦自錚錚動人[10]. 第此中得趣[11], 頭白祇[12]
在六朝窠臼[13]中, 無復向上生活. 若大本先立, 旁及[14]諸家, 登山臨水, 時作
此調, 故不啻嘯聞數百步[15]也." 愚按: 元瑞此論超越諸子, 所云 "大本先立",
則漢魏是也.

 1 薛考功(설고공): 설혜薛蕙(1489~1539년). 명나라의 대신이자 문인이다. 자가
채군采君(《명사明史》에는 '군채君采'라고 되어 있음)이고 호는 서원西原이다. 12
세에 시문에 능했고 읽지 않은 책이 없을 정도로 박학다식했다. 성품이 매우 강
직했으며 정덕正德 9년(1514)에 진사에 합격하여 형부주사刑部主事가 되었다.

2 至美(지미): 지극히 아름답다.

3 白運抱幽石(백운포유석), 綠篠媚淸漣(녹소미청련): 흰 구름이 깊은 곳의 바위
를 덮고, 푸른 대나무가 잔물결을 건드리네. 사령운 〈과시녕서시過始寧墅詩〉의
시구다.

4 表靈物莫賞(표영물막상), 蘊眞誰爲傳(온진수위전): 신기를 내뿜어도 감상하는
사람 없으니, 참된 정취를 누가 전하리오. 사령운 〈등강중고서시登江中孤嶼詩〉
의 시구다.

5 豈必絲與竹(개필사여죽), 山水有淸音(산수유청음): 어찌 반드시 현악기와 관
악기가 필요하리오, 산과 물에도 맑은 소리가 있도다. 좌사 〈초은시이수招隱詩
二首〉 중 제1수의 시구다. '豈(기)'가 '非(비)'로 되어 있는 판본도 있다.

6 景昃鳴禽集(경측명금집), 水木湛淸華(수목담청화): 해가 기우니 날짐승이 모
여 울고, 물과 나무가 빛나며 넘실대네. 사혼 〈유서지시遊西池詩〉의 시구다.

7 謝叔源(사숙원): 사혼謝混(?~412). 동진 시기의 문인이다. 자가 숙원叔源이고,
진군陳郡 양하陽夏 곧 지금의 하남성 태강太康 사람이다. 사안謝安의 손자이며 사
염謝琰의 아들이다. 사령운의 숙부이기도 하며 아내가 효무제孝武帝의 딸 진릉
공주晉陵公主였다. 사람들이 강좌에서 제일 잘 생겼다고 칭찬했으며 시문에 능
했다. 중서령中書令, 중령군中領軍, 상서좌복尙書左僕 등의 관직을 역임했다. 유의

8 大乘(대승): 후기 불교 유파의 하나다. 산스크리트어의 mahāyāna의 번역어로
   '커다란 탈 것'이라는 뜻이다. '소승小乘'에 반대되는 말이다. 소승불교가 수행에
   따르는 개인의 해탈에 주력하는 데 반해, 이타利他의 입장에서 널리 인간 전체
   의 평등과 성불成佛을 이상으로 삼는다.

9 旁出(방출): 파생되어 나오다.

10 錚錚動人(쟁쟁동인): 쟁쟁히 사람을 감동시키다.

11 趣(취): 지취. 의취.

12 祇(지): '只(지)'와 같은 글자다. 다만.

13 窠臼(과구): 본디 새의 둥우리를 가리키나 예로부터 내려오는 관습 또는 통상
   의 관례를 비유하는 말로 많이 사용된다. 여기서는 육조시의 관례를 가리킨다.

14 旁及(방급): 영향을 미치다.

15 嘯聞數百步(소문수백보): 휘파람 소리가 수백 보까지 들린다. 《세설신어, 서
   일棲逸》에서 나온 말이다.

10

오언시는 육기에서 사령운까지 그 시어가 더욱 가다듬어져 그 졸렬
한 곳이 더욱 많아졌다. 이것은 자연스러운 이치로 이상할 것이 없다.
사령운의 다음과 같은 시구는 모두 졸렬한 것이다.

"번성함이 가니 빠르게 이슬이 떨어지고, 쇠함이 오니 거세게 바람
이 부네.盛往速露墜, 衰來疾風飛."

"옷자락 펄럭이며 남쪽 길로 달려가, 기쁜 마음으로 동쪽 집에서 쉬
네.披拂趨南徑, 愉悅偃東扉"

"찾아오는 사람은 새 길을 잊고, 떠나가는 사람은 옛 길도 헷갈리
네.來人忘新術, 去子惑故蹊."

"도첩 또한 마멸되었는데, 비문을 누가 전하리오.圖牒復摩滅, 碑板誰聞
傳."

"아무 공이 없기는 주임周任과 비슷하고, 병을 지닌 것은 사마상여와 비슷하네.無庸妨周任, 有疾像長卿."

"서쪽을 돌아보니 초승달이 떠 있다고 했는데, 동쪽을 둘러보니 태양이 지는 듯하네.眷西謂初月, 顧東疑落日."

"기쁨과 소망이 모두 없지만, 근심과 걱정이 조화롭기를 바라네. 눈을 크게 떠 바라보니 왼편에 광활한 대지가 있고, 다시 돌려 바라보니 오른편에는 협곡이 있네.歡願旣無並, 慼慮庶有協. 極目睐左闊, 迴顧眺右狹."

정교한 시구와 비교하면 졸렬한 것이 저절로 드러난다. 혹자는 그렇지 않다고 하는데, 이것은 옛 사람을 부질없이 흠모하여 그 실체를 깨닫지 못한 것이다.

해제 사령운의 시구에서 졸렬한 것을 예로 들어 설명했다. 지나친 조탁이 시구를 졸렬하게 하는 것은 두말할 필요가 없다. 따라서 《남제서, 문학전론文學傳論》에서 사령운의 시는 "우아하여 채록할 만하지만, 성정에 매우 맞지 않다.典正可采, 酷不入情."고 평가했다. 청나라 문인 반덕여潘德興 역시 그의 《양일재시화養一齋詩話》에서 "사령운의 시는 난삽하고 성정이 메마른 부분이 매우 많다.謝客詩無累, 寡情處甚多."고 평가했다.

원문 五言自士衡至靈運, 其語益工, 故其拙處益多, 此理勢之自然, 無足爲怪. 靈運詩如"盛往速露墜, 衰來疾風飛."[1] "披拂趨南徑, 愉悅偃東扉."[2] "來人忘新術, 去子惑故蹊."[3] "圖牒復摩滅, 碑板誰聞傳."[4] "無庸妨周任, 有疾像長卿."[5] "眷西謂初月, 顧東疑落日."[6] "歡願旣無並, 慼慮庶有協. 極目睐左闊, 迴顧眺右狹"[7]等句, 皆拙語也. 以工者相比, 則拙者自見矣. 或以爲不然, 是虛慕[8]古人而不得其實[9]者也.

주석 1 盛往速露墜(성왕속로추), 衰來疾風飛(쇠래질풍비): 번성함이 가니 빠르게 이슬이 떨어지고, 쇠함이 오니 거세게 바람이 부네. 사령운 〈군자유소사행君子有

2 披拂趨南徑(피불추남경), 愉悅偃東扉(유열언동비): 옷자락 펄럭이며 남쪽 길로 달려가, 기쁜 마음으로 동쪽 집에서 쉬네. 사령운 〈석벽정사환호중작시石壁精舍還湖中作詩〉의 시구다.

3 來人忘新術(내인망신술), 去子惑故蹊(거자혹고혜): 찾아오는 사람은 새 길을 잊고, 떠나가는 사람은 옛 길도 헷갈리네. 사령운 〈등석문최고정시登石門最高頂詩〉의 시구다.

4 圖牒復摩滅(도첩부마멸), 碑板誰聞傳(비판수문전): 도첩 또한 마멸되었는데, 비문을 누가 전하리오. 사령운 〈입화자강시마원제삼곡시入華子岡是麻源第三谷詩〉의 시구다.

5 無庸妨周任(무용방주임), 有疾像長卿(유질상장경): 아무 공이 없기는 주임周任과 비슷하고, 병을 지닌 것은 사마상여와 비슷하네. 사령운 〈초거군시初去郡詩〉의 시구다.

6 眷西謂初月(권서위초월), 顧東疑落日(고동의낙일): 서쪽을 돌아보니 초승달이 떠 있다고 했는데, 동쪽을 둘러보니 태양이 지는 듯하네. 사령운 〈등영가록장산시登永嘉綠嶂山詩〉의 시구다.

7 歡願旣無並(환원기무병), 慼慮庶有協(척려서유협). 極目睞左闊(극목래좌활), 迴顧眺右狹(회고조우협): 기쁨과 소망이 모두 없지만, 근심과 걱정이 조화롭기를 바라네. 눈을 크게 떠 바라보니 왼편에 광활한 대지가 있고, 다시 돌려 바라보니 오른편에는 협곡이 있네. 사령운 〈등상수석고산시登上戍石鼓山詩〉의 시구다.

8 虛慕(허모): 부질없이 사모하다.

9 不得其實(부득기실): 그 실체를 깨닫지 못하다.

11

한위시의 시어가 질박한데, 이것은 매우 소박하되 속되지는 않다. 육기, 사령운 등의 졸구는 사실 대구와 조탁으로 인해 그렇게 된 것이다. 혹자는 이와 반대로 육기와 사령운의 여러 시어가 아름답다고 여기는데, 사실에 매우 어긋난다. 또 혹자는 고풍스럽다고 여기는데, 더욱 오류다. 후대의 사람들은 대부분 듣는 것을 중시하고 보는 것은 등한시하므로, 반복하여 말한다.

해제 육기와 사령운의 시는 한위시와 비교할 때 대구와 조탁이 많아 졸구도 많음을 지적하고 있다. 이와 관련하여 청나라 문인 반덕여의 《양일재시화》에는 다음과 같은 평론이 보인다.

"육조의 두 명사인 육기와 사령운의 시를 내가 모두 좋아하지 않는 것은, 대체로 참된 성정이 여기에 의해 사라졌기 때문이다. 그 사람을 살펴보지 않아도 그 풍격의 어그러짐을 알 수 있다.六朝兩名士, 一陸機, 一謝靈運, 其詩皆吾之所不喜, 蓋眞性爲詞氣所沒, 不待觀其人而知其品之舛矣."

원문 漢魏人詩, 語有質野, 此太樸未散[1]. 如陸士衡 · 謝靈運等拙句, 實俳偶雕刻使然, 或反以陸謝諸語爲工美者, 旣甚失之[2]; 或以爲古質[3]者, 則愈謬也. 後之人多貴耳賤目[4], 故反覆言之.

주석
1 太樸未散(태박미산): 매우 소박하나 속되지 않다.
2 失之(실지): 어긋나다. 잘못되다.
3 古質(고질): 고풍스럽다.
4 貴耳賤目(귀이천목): 듣는 것을 중시하고 보는 것을 경시하다.

12

육기, 사령운 등의 졸구는 본디 본받을 만하지 않다. 그런데 후대에 육기와 사령운을 모의한 것을 보면 각 편마다 진실로 한두 마디 비슷하니, 또한 크게 웃음이 나올 만하다. 예를 들어 새가슴이나 곱추는 비록 보기 흉한 질병이지만, 광대에게 흉내 내게 시켰는데 그 모습과 진실로 비슷하게 된다면 보는 사람들이 또한 저절로 즐거워할 것이다. 대개 의고는 학고學古와 다르다.[7]

해설 육기, 사령운 등의 졸구를 모방하는 것을 새가슴이나 곱추를 흉내 내는 것에 비유한 점이 인상 깊다. 새가슴이나 곱추는 보기 흉한 질병이다. 그들을 똑같이 흉내 낼 수 있다면 그 모의의 능력에 대해서는 일단 감탄할 만하나 어느 누구도 오랫동안 절창하지는 않을 것이다. 이것이 바로 대구와 조탁으로 완성한 시구의 한계라고 할 수 있다.

원문 陸士衡·謝靈運等拙句, 本非可法[1], 然後之擬陸謝者, 篇中苟得一二語相類, 亦足解頤[2]. 譬之籧篨[3]戚施[4]雖爲醜疾[5], 使優人[6]爲之, 果得其形似, 觀者亦自快意[7]. 蓋擬古與學古不同也. [詳漢魏擬古第一則.]

주석
1 可法(가법): 본받을 만하다.
2 解頤(해이): 턱이 빠진다는 뜻으로, '크게 웃음'을 이르는 말.
3 籧篨(거저): 새가슴. 새의 가슴처럼 불룩한 사람의 가슴.
4 戚施(척시): 곱추.
5 醜疾(추질): 흉한 질병.
6 優人(우인): 배우俳優.
7 快意(쾌의): 즐거운 마음.

13

말은 그럴듯하나 실제는 그렇지 않은 것이 가장 사람을 쉽게 미혹시킨다. 예를 들면 하경명이 다음과 같이 말했다.

"문장은 수나라에서 화려해져 한유가 힘써 떨쳤으나 고문의 규칙이 한유에게서 사라졌다. 시는 도연명에게서 수릉에 빠져 사령운이 힘써 떨치니 고시의 규칙이 또한 사령운에게서 사라졌다."

그의 논시에는 3가지 병폐가 있는데도 왕세정이 그것을 칭찬하여 서술하니 미혹되었다 할 만하다. 도연명의 시는 진솔하고 자연스럽고

---

7) 한위시의 의고에 관한 시론의 제1칙(제3권 제26칙)에 상세하다.

기운이 어우러지는데 "시가 도연명에서 수렁에 빠졌다"고 한 것이 첫 번째 병폐다. 오언시가 태강에서부터 원가로 변한 것은 당연하고 필연적인 이치인데 "사령운이 의도적으로 떨쳤다"고 한 것이 두 번째 병폐다. 사령운의 이름은 사실 일시에 유명해진 것이고 도연명의 시는 후세에 비로소 숭상을 받았으니, 그 당시 사령운이 어찌 의도적으로 떨쳤다고 하겠는가? 이것이 세 번째 병폐. "고시의 규칙이 사령운에서 사라졌다"고 운운하는 것은 거의 오류가 아니다. 그러나 황성중이 심히 그것을 나무라는데, 어찌 고시의 규칙으로써 여전히 자유자재로 시를 창작하겠는가?

해제 하경명의 시평에 대해 반론을 제기했다. 오언시는 태강에서 원가로 발전하면서 세 번째의 변화를 맞이했다. 사령운은 바로 이 세 번째 변화를 대표하는 시인이다. 이 시기에 고시의 규율이 점차 사라진 것은 틀림없지만, 사령운에 의해 오언시가 크게 발전한 것은 아니다. 오히려 배구와 조탁으로 인해 자연스러움이 쇠퇴했다. 도연명은 태강에서 원가로 이르는 조류에서 벗어나서 독자적인 지류를 이룬 시인이다.

원문 語有似是而實非者, 最易惑人[1]. 如何仲黙云: "文靡於隋, 韓力振之, 然古文之法亡於韓; 詩溺[2]於陶, 謝力振之, 然古詩之法亦亡於謝." 其論詩有三病[3], 而元美又稱述之, 可謂惑矣. 淵明詩眞率自然而氣韻渾成, 而謂"詩溺於陶", 一病也; 五言自太康變至元嘉, 乃理之必至, 勢之必然, 而謂"謝有意振之", 二病也; 靈運之名實被[4]一時, 淵明之詩後世始知宗尙, 當時謝豈有意於振之耶? 三病也. 若云"古詩之法亡於謝", 庶不爲謬. 而黃勉之又深詆[5]之, 豈以古詩之法尙猶[6]有在[7]耶?

주석
1 惑人(혹인): 사람을 미혹시키다.
2 溺(익): 수렁에 빠지다.
3 病(병): 병폐.

4 被(피): 뒤덮다.

5 柢(저): 나무라다.

6 尙猶(상유): 여전히. 아직도. 의연히.

7 在(재): 자유자재하다.

14

나는 사령운 시를 논함에 공정하고 바르며 편벽됨이 없다. 한, 위,
진의 시를 차례대로 정리하면 그 고하가 저절로 드러난다. 호응린이
"오언은 한에서 성행하고, 위에서 발전하여, 진·송에서 쇠퇴하고,
제·양에서 사라졌다."고 한 것은 이를 두고 말한 것이다.[8] 지금 명나
라 사람들은 사령운을 특히 좋아하여 그 시에 대해 지극하게 여기는
데, 대개 조금만 들춰내도 바로 모순이 된다. 그러므로 나는 사령운
시를 논하여 첫 번째 관문을 파헤친다. 학자들이 이것을 살펴 의심이
없다면 나머지는 쉽게 수긍할 수 있을 것이다.[9]

해제┃ 사령운의 시를 논하는 까닭을 간략하게 설명했다. 대구와 조탁을 숭상하
는 명대의 기풍으로 인해 사령운 시의 연원과 그 풍격을 제대로 이해하지
못하는 결과가 초래되었다. 이에 허학이는 위에서 살펴본 바와 같이 사령
운의 연원이 육기에게서 비롯됨을 밝히고 가구와 졸구의 예를 들어 그 풍
격을 논하여 그 문학사적 위치를 규명했다.

원문┃ 予之論靈運詩, 乃大公至正[1]而無所偏[2], 以漢·魏·晉人詩等第[3]之, 其高下
自見. 胡元瑞謂"五言盛於漢, 暢於魏, 衰於晉·宋, 亡於齊·梁"是也. [古體
亡於宋. 古聲亡於梁.] 國朝人篤好靈運, 於其詩便爲極至, 凡稍有相詆, 卽爲矛

8) 옛 시의 체재는 송에서 사라졌다. 옛 시의 성조는 제에서 사라졌다.
9) 초당의 칠언고시를 논하여 두 번째 관문을 파헤치고, 성당율시를 논하여 세 번
   째 관문을 파헤친다.

盾. 故予之論靈運詩爲破第一關. 學者過此無疑, 其他則易從矣. [論初唐七言古爲破第二關, 論盛唐律詩爲破第三關.]

1 大公至正(대공지정): 공정하고 바르다.

2 偏(편): 편벽되다.

3 等第(등제): 등급. 순서. 서열.

15

안연지의 시는 체재가 다 대구고 시어를 다 조탁했다. 그러나 그의 시편은 깨달음을 숭상하고 상쾌하다. 오직 사언시 중 〈응조연곡수應詔讌曲水〉·〈황태자석전皇太子釋奠〉·〈송교사시宋郊祀歌〉와 오언시 중 〈응조관북호전수應詔觀北湖田收〉·〈거가행경구車駕幸京口〉·〈시유산산侍游蒜山〉·〈배릉묘拜陵廟〉 등의 여러 작품이 이해하기 어렵고 심오하여 거의 읽을 수 없다. 그 의도는 아송雅頌을 본받고자 했으나 실제는 아송의 실패작이 되었을 따름이다.

《남사南史》에 다음과 같이 기록되어 있다.

"안연지는 일찍이 포조에게 자신과 사령운 중 누가 더 뛰어난가라고 물었다. 포조가 '사령운의 오언은 막 부용이 피어난 것 같아 자연스럽고 사랑스럽다. 그대의 시는 비단 위에 수를 늘어놓은 것 같아 아름다운 무늬가 눈앞에 가득하다.'고 대답했다."

탕혜휴湯惠休 또한 말했다.

"사령운의 시는 부용이 물에서 나오는 듯하고, 안연지의 시는 여러 가지 색으로 도식하고 금으로 아로새긴 장식물 같다."

어찌 그 당시에 이해하기 어렵고 심오한 것으로써 정교하고 화려하다고 여겼겠는가? 그러나 안연지의 시를 사령운의 시와 비교해 보면 오묘하게 자연스러운 시구를 비록 찾을 수는 없을지라도 졸렬한 곳도

적으니, 그 문집을 살펴보면 마땅히 알 수 있다.

 안연지의 시에 관한 논의다. 안연지의 시는 그 당시에는 많은 호평을 받았으나 이후 점차 부정적으로 평가되었다. 안연지에 대한 역대의 평가는 대체로 이해하기 어렵고 심오하다고 단정된다. 그러나 허학이는 이와 같은 견해에 대해 반론을 제기했다. 이해하기 어렵고 심오한 시에 해당하는 몇몇 작품 외에는 안연지의 시가 깨달음을 숭상하고 상쾌하다고 지적했다.

안연지는 사령운과 함께 '안사顔謝'라고 병칭되는데 종영은 《시품》에서 사령운은 상품에 열거하고 안연지는 중품에 열거했다. 《시품》에 의거하면 안연지는 그의 시가 사령운 보다 못하다는 소리를 듣고서 평생토록 그것을 자신의 결점으로 여겼다고 한다.

 顔延年詩, 體盡俳偶, 語盡雕刻. 然他篇尙覺明爽[1], 惟四言如應詔讌曲水 · 皇太子釋奠 · 宋郊祀歌, 五言如應詔觀北湖田收 · 車駕幸京口 · 侍游蒜山 · 拜陵廟諸作, 艱澁深晦[2], 殆不可讀. 其意欲法雅頌, 實則雅頌之厲[3]耳. 南史載: "延年嘗問鮑照, 己與靈運優劣. 照曰: '謝五言如初發芙蓉, 自然可愛; 君詩若鋪綿列繡, 亦雕繢滿眼.'"[4] 湯惠休[5]亦云: "謝詩如芙蓉出水, 顔詩如錯彩鏤金."[6] 豈當時以艱澁深晦者爲鋪綿鏤金耶? 然延年較靈運, 其妙合自然[7]者雖不可得, 而拙處亦少, 觀其集當知之.

1 尙覺明爽(상각명상): 깨달음을 숭상하고 상쾌하다.

2 艱澁深晦(간삽심회): 이해하기 어렵고 심오하다.

3 厲(려): 화禍. 좋지 않은 일.

4 謝五言如初發芙蓉(사오언여초발부용), 自然可愛(자연가애); 君詩若鋪綿列繡(군시약포면열수), 亦雕繢滿眼(역조궤만안): 사령운의 오언은 막 부용이 피어난 것 같아 자연스럽고 사랑스럽다. 그대의 시는 비단 위에 수를 늘어놓은 것 같아 아름다운 무늬가 눈앞에 가득하다. 이상의 구는 사령운과 안연지 시에 대한 포조의 평가다.

5 湯惠休(탕혜휴): 남조 송나라의 시인이다. 자는 무원茂遠이고 생졸년은 미상이

다. 젊어서 승려가 되어 사람들이 그를 혜휴상인惠休上人이라고도 불렀다. 시를 잘 지었으며, 흔히 포조와 병칭하여 '휴포休鮑'라고 불린다. 효무제 유준劉駿이 그에게 환속하도록 하여 관직이 양주종사사揚州從事史에 올랐다. 현존하는 시는 11수인데, 그중 〈원시행怨詩行〉이 가장 유명하다. 그의 시풍은 오성吳聲과 서곡西曲의 영향을 많이 받아 전반적으로 민가의 색채가 짙으며 아녀자의 심정을 잘 묘사했다. 이에 안연지는 그의 시를 '저잣거리 가요'라고 평했고, 《시품》에서는 '음미淫靡'하다고 폄하했다.

6 謝詩如芙蓉出水(사시여부용출수), 顏詩如錯彩鏤金(안시여착채루금): 사령운의 시는 부용이 물에서 나오는 듯하고, 안연지의 시는 여러 가지 색으로 도식하고 금으로 아로새긴 장식물 같다. 이상의 구는 사령운과 안연지 시에 대한 탕혜휴의 평가다.

7 妙合自然(묘합자연): 오묘하게 자연스럽다.

16

안연지의 오언 중 다음은 가구다.

"흘러가는 구름이 푸른 대궐을 에워싸고, 흰 달은 붉은 궁궐을 비추네.流雲藹靑闕, 皓月鑒丹宮."

"고국에는 큰 나무가 많았는데, 빈 성에는 찬 구름이 엉기네.故國多喬木, 空城凝寒雲."

"뜰이 어두우니 들판의 음산함이 보이고, 산이 밝으니 소나무의 눈이 바라다 보이네.庭昏見野陰, 山明望松雪."

반면 다음의 시구는 모두 이해하기 어렵고 심오한 것이다.

"거세게 내달리니 서로 엉켜 흐르고, 붉은 화살을 당기니 번갈아 과녁을 도네.飛奔互流綴, 緹繳代廻環."

"지치고 연약하나 두려움이 사라지고, 단단히 묶으나 얽히지는 않네.疲弱謝凌遽, 敢累非繼牽."

"아침에 옷을 입으니 몸가짐이 엄중하고, 저녁에 삶에 통달하여 경거망동을 경계하네.早服身義重, 晚達生戒輕."

"임금이 있을 때와 크게 다르지 않고, 이미 함께 변화의 싹을 이끄네.未殊帝世遠, 已同淪化萌."

"길을 출발하니 평탄함을 잃어버리고, 밭두둑을 돌아가며 굽어진 경사를 조심하네.發軔喪夷易, 歸畛愼崎傾."

안연지 시구 중 가구 및 이해하기 어렵고 심오한 것을 가려 뽑았다. 종영은 참된 성정을 주장하고 전고 사용을 반대하는 입장에서 안연지에 대해 부정적이었다. 《시품》에 따르면 안연지의 시는 육기에서 비롯되었으므로 시구의 조탁을 중시했다. 그렇다고 해서 안연지의 시 중 가구가 없는 것은 아니다. 이른바 가구는 그렇지 못한 구와의 비교를 통해서 분명하게 드러난다.

延年五言, 如"流雲藹青闕, 皓月鑒丹宮."[1] "故國多喬木, 空城凝寒雲."[2] "庭昏見野陰, 山明望松雪."[3]亦佳句也. 至如"飛奔互流綴, 緹縠代廻環."[4] "疲弱謝凌遽, 敢累非纏牽."[5] "早服身義重, 晚達生戒輕."[6] "未殊帝世遠, 已同淪化萌."[7] "發軔喪夷易, 歸畛愼崎傾."[8]等句, 皆艱澀深晦者也.

1 流雲藹青闕(유운애청궐), 皓月鑒丹宮(호월감단궁): 흘러가는 구름이 푸른 대궐을 에워싸고, 흰 달은 붉은 궁궐을 비추네. 안연지 〈직동궁답정상서도자시直東宮答鄭尙書道子詩〉의 시구다.

2 故國多喬木(고국다교목), 空城凝寒雲(공성응한운): 고국에는 큰 나무가 많았는데, 빈 성에는 찬 구름이 엉기네. 안연지 〈환지양성작시還至梁城作詩〉의 시구다.

3 庭昏見野陰(정혼견야음), 山明望松雪(산명망송설): 뜰이 어두우니 들판의 음산함이 보이고, 산이 밝으니 소나무의 눈이 바라다 보이네. 안연지 〈증왕태상승달시贈王太常僧達詩〉의 시구다.

4 飛奔互流綴(비분호유철), 緹縠代廻環(제구대회환): 거세게 내달리니 서로 엉

켜 흐르고, 붉은 화살을 당기니 번갈아 과녁을 도네. 안연지 〈응조관북호전수
시應詔觀北湖田收詩〉의 시구다.

5 疲弱謝凌遽(피약사릉거), 敢累非纏牽(감누비전견): 지치고 연약하나 두려움이
사라지고, 단단히 묶으나 얽히지는 않네. 안연지 〈응조관북호전수시應詔觀北湖
田收詩〉의 시구다. '凌(릉)'이 '陵(릉)'으로 된 판본도 있다. '敢(감)'이 '取(취)'로
된 판본도 있다.

6 早服身義重(조복신의중), 晚達生戒輕(만달생계경): 아침에 옷을 입으니 몸가
짐이 엄중하고, 저녁에 삶에 통달하여 경거망동을 경계하네. 안연지 〈배릉묘
작시拜陵廟作詩〉의 시구다.

7 未殊帝世遠(미수제세원), 已同淪化萌(이동윤화맹): 임금이 있을 때와 크게 다
르지 않고, 이미 함께 변화의 싹을 이끄네. 안연지 〈배릉묘작시〉의 시구다.

8 發軏喪夷易(발궤상이역), 歸軫愼崎傾(귀진신기경): 길을 출발하니 평탄함을
잃어버리고, 밭두둑을 돌아가며 굽어진 경사를 조심하네. 안연지 〈배릉묘작
시〉의 시구다.

17

안연지의 시는 조탁하고 새로운 것을 추구하는 것에 바탕을 둔다.
그러나 사언시 〈황태자석전皇太子釋奠〉에서는 "국가가 스승을 숭상하
면, 가정이 유가를 숭상한다國尙師位, 家崇儒門"고 하니, 왕세정이 "노서
생이 판자에 대련을 써서 걸어 둔 것"과 같다고 말했다.

오언시 〈시유곡아侍遊曲阿〉에서 다음과 같이 말했다.

"우풍虞風에서는 제왕의 수렵을 기록했고, 하언夏諺에서는 임금의
유람을 칭송하네.虞風載帝狩, 夏諺頌王遊."

〈응조관북호전수應詔觀北湖收〉에서는 다음과 같이 말했다.

"주나라는 수레바퀴의 자취를 다했음을 늘어놓고, 하나라는 산천
을 두루 다녔음을 기록했네.周御窮轍跡, 夏載歷山川."

또 〈배릉묘拜陵廟〉에서 다음과 같이 말했다.

"주나라의 덕으로 제사를 받들고, 한나라의 정신으로 신령을 따르네.周德恭明祀, 漢道遵光靈."

의미가 비천할 뿐 아니라 체재 또한 일률적이니 어찌 궁박하지 않으리오. 왕세정이 "그는 재주가 학식을 이기지 못한다"고 한 것은 이치에 맞는 말이다.

안연지의 시 중에서 의미가 천근하고 체재가 일률적인 것을 예를 들었다. 그러나 《송서宋書, 사령운전론謝靈運傳論》에서는 이와 반대로 다음과 같이 긍정적으로 평가했다.

"안연지의 체재는 분명하고 빈틈이 없다.延年之體裁明密."

즉 일률적인 것은 다른 각도에서 바라보면 난삽하지 않다는 의미로 해석할 수 있으니 분명하고 빈틈이 없다고 볼 수도 있다. 다만 《송서》는 심약이 그 당시의 시풍에 따라 안연지를 평가한 것인바, 후대에 비해 다소 긍정적인 평가가 적용되었을 것이다.

延年詩本雕刻求新[1], 然四言如皇太子釋奠云"國尙師位, 家崇儒門", 元美謂"老生板對[2]"; 五言如侍遊曲阿云"虞風載帝狩, 夏諺頌王遊", 應詔觀北湖田收云"周御窮轍跡, 夏載歷山川", 拜陵廟云"周德恭明祀, 漢道遵光靈", 意旣淺近[3], 體又一律, 何不窘迫耶! 元美謂其"才不勝[4]學", 得之.

1 雕刻求新(조각구신): 조탁하여 새로움을 추구하다.
2 板對(판대): 판자에 대련을 써서 거는 것.
3 淺近(천근): 비천하다.
4 不勝(불승): 이기지 못하다. 능가하지 못하다.

18

한위의 시는 오직 사건을 인용하지 전고를 인용하지 않는다. 예를 들면 아래와 같은 시구는 모두 사건을 인용한 것이다.

다음은 〈고시십구수〉의 시구다.
"누가 이 곡조를 연주하련가? 기양식杞梁殖의 아내가 없는데.雖能爲此曲, 無乃杞梁妻."
"신선 왕자교여, 만나기가 어렵구나.仙人王子喬, 難可與等期."

다음은 조식의 시구다.
"계찰을 사모하니, 보검이 아깝지 않구나.思慕延陵子, 寶劍非所惜."

다음은 왕찬의 시구다.
"몰래 부정負鼎을 만드는 노인을 흠모하고, 쇠약하고 둔한 모양으로 갈고자 하네.竊慕負鼎翁, 願厲朽鈍姿."

안연지, 사령운 등의 여러 문인에 이르러서는 시어를 조탁하고 전고를 실로 빈번하게 인용한 까닭에 대부분 이해하기 어려울 따름이다. 진한과 육조의 문장 또한 그러하다.

종영이 다음과 같이 말했다.
"성정을 읊조리는데 어찌 용사를 귀히 여기리오? 서간徐幹〈실사室思〉는 바로 눈으로 보는 듯하다. 조식의 〈잡시雜詩〉, 장화의 〈시詩〉에는 전고가 없다. 사령운의 〈세모歲暮〉가 어찌 경사經史에서 나왔으리오? 고금의 뛰어난 말을 보니 대부분 보충한 것이 아니고 모두 솔직함에서 나왔다. 안연지와 사장謝莊이10) 더욱 번잡한 것은 그 당시의 시에서 변화된 것이다. 그러므로 대명大明, 태시泰始 중의 문장은 거의 책을 베낀 것이라고 운운한다."[11]

해제 안연지, 사령운 등으로 대표되는 유송 시기의 시는 전고의 운용이 빈번하다. 이에 이해하기 어렵고 심오한 시풍이 주를 이루게 되었다. 이것은 분명 성정의 자연스러움을 중시하는 한위시와 다른 점이다.

원문 漢魏人詩, 但引事[1]而不用事[2], 如十九首"雖能爲此曲? 無乃杞梁妻."[3] "仙人王子喬, 難可與等期."[4] 曹子建"思慕延陵子, 寶劍非所惜."[5] 王仲宣"竊慕負鼎翁, 願厲朽鈍姿"[6]等句, 皆引事也. 至顏謝諸子, 則語旣雕刻, 而用事實繁, 故多有難明耳. 秦漢與六朝人文章[7]亦然. 鍾嶸云: "吟詠性情[8], 亦何貴於用事? '思君如流水'[9], 旣是卽目[10]; '高臺多悲風'[11], 亦惟所見; '淸晨登隴首'[12], 羌無故實[13]; '明月照積雪'[14], 詎[15]出經史[16]? 觀古今勝語[17], 多非補假[18], 皆由直尋[19]. 顏延之謝莊[20], [莊詩不多見], 尤爲繁密[21], 於時化之. 故大明[22]泰始[23]中, 文章殆同書抄[24]云."[以上十七句皆鍾嶸語.]

주석 1 引事(인사): 사건을 인용하다.
2 用事(용사): 전고를 사용하다.
3 雖能爲此曲(수능위차곡). 無乃杞梁妻(무내기량처): 누가 이 곡조를 연주하련가? 기양식杞梁殖의 아내가 없는데. 〈고시십구수, 서북유고루西北有高樓〉의 시구다.
4 仙人王子喬(선인왕자교), 難可與等期(난가여등기): 신선 왕자교여, 만나기가 어렵구나. 〈고시십구수, 생년불만백生年不滿百〉의 시구다.
5 思慕延陵子(사모연릉자), 寶劍非所惜(보검비소석): 계찰을 사모하니, 보검이 아깝지 않구나. 조식 〈증정의시贈丁儀詩〉의 시구다. '延陵子(연릉자)'는 계찰季札을 가리킨다. 오나라 사람이다. 그가 진나라를 방문하기 위해 서국徐國을 지나는데, 서국의 임금이 그의 보검을 탐내었다. 후일 귀국하는 길에 임금이 죽었

---

10) 사장의 시에는 많이 보이지 않는다.
11) 이상은 모두 종영의 말이다.

다는 소식을 듣고 무덤가에 가서 차고 있던 보검을 선물했다는 일화가 있다.

6 竊慕負鼎翁(절모부정옹), 願厲朽鈍姿(원려후둔자): 몰래 부정負鼎을 만드는 노인을 흠모하고, 쇠약하고 둔한 모양으로 갈고자 하네. 왕찬 〈종군시오수從軍詩五首〉 중 제1수의 시구다.

7 文章(문장): 문학을 가리킨다.

8 吟詠性情(음영성정): 성정을 읊조리다.

9 思君如流水(사군여유수): 서간徐幹의 〈실사室思〉를 가리킨다.

10 卽目(즉목): 눈으로 보다.

11 高臺多悲風(고대다비풍): 조식의 〈잡시雜詩〉를 가리킨다.

12 淸晨登隴首(청신등농수): 장화의 〈시詩〉를 가리킨다.

13 羌無故實(강무고실): 전고가 없다. '羌(강)'은 발어사다. '故實(고실)'은 전고를 가리킨다.

14 明月照積雪(명월조적설): 사령운의 〈세모歲暮〉를 가리킨다.

15 詎(거): 어찌

16 經史(경사): 경전과 사서.

17 古今勝語(고금승어): 고금의 뛰어난 말.

18 補假(보가): 보충.

19 直尋(직심): 솔직함.

20 謝莊(사장): 남조 시기 송나라의 문인이다. 진군陳郡 양하陽夏 곧 지금의 하남성 태강현太康縣 사람이다. 자는 희일希逸이고, 7살 때부터 글을 잘 지었고 외모도 아름다워 송문제로부터 '남전생옥藍田生玉'이란 칭찬을 들었다. 효무제가 즉위하자 시중侍中에 오르고 좌위장군左衛將軍으로 옮겼다. 전폐제前廢帝 때 금자광록대부金紫光祿大夫가 되었다.

21 繁密(번밀): 번잡하다.

22 大明(대명): 송효무제宋孝武帝 유준劉駿 시기의 연호다. 457년~464년 사이에 사용되었다.

23 泰始(태시): 송명제宋明帝 유욱劉彧 시기의 연호다. 465년~472년 사이에 사용되었다.

24 書抄(서초): 책을 베끼다.

19

사령운, 안연지의 오언사구는 또 한 차례 변화되었다. 사령운의
〈초발입남성시初發入南城詩〉, 안연지의 〈등경양루시登景陽樓詩〉 2편은
체재가 대구일 뿐 아니라 시어도 조탁했지만, 성운이 고풍스럽다.[12]

해제 사령운과 안연지는 원가시를 대표하는 문인이다. 대구의 체재와 시어의
조탁은 원가시의 주요 특징이며 이것은 영명체 시가의 격률화에 많은 영
향을 미쳤다. 또한 오언사구는 후대 오언절구의 근원이 되는데, 허학이의
논지에 따라서 그 발전 과정은 조식→장재→사령운 · 안연지→포조 등으
로 도식화할 수 있다.

원문 靈運延年五言四句, 又爲一變. 靈運如"弄波不輟手"[1], 延年如"風觀要春景"[2],
二篇體旣俳偶, 語復雕刻, 然聲韻[3]猶古. [上源於張孟陽五言四句, 下流至鮑明遠五
言四句.]

주석
1 弄波不輟手(농파불철수): 사령운 〈초발입남성시初發入南城詩〉의 시구다.
2 風觀要春景(풍관요춘경): 안연지 〈등경양루시登景陽樓詩〉의 시구다.
3 聲韻(성운): 구 말의 압운을 가리킨다. 평성운과 측성운이 있다. 동일 운으로
   압운한다. 제2구와 제4구가 동일운이다. 제1, 2, 4구를 동일운으로 할 수도 있
   다. 평성은 음평과 양평이고 측성은 상성과 거성이다. 음평과 양평으로 압운한
   것을 평성운, 상성과 거성으로 압운한 것을 측성운이라고 한다.

20

육조인의 시는 판각본이 많이 섞여도 그 체재를 저절로 구분할 수

---

12) 위로는 장재張載의 오언사구에서 연원하고, 아래로 포조鮑照의 오언사구로 나
   아갔다.

있다. 《시기詩紀》에 사령운의 "일순즉칠리一瞬卽七里", 안연지의 "박유첨상서薄遊忝霜署" 2편이 기록되어 있는데, 이것은 제·양 이후의 시다. 또 〈명선편鳴蟬篇〉은 북제北齊 시기 안지추顔之推가 지은 것이다. 《시기》에서 그 반편을 안연지의 작품에 넣은 것은 오류다.

육조 문인의 시는 체재를 통해 감별할 수 있음을 강조하고, 《시기》에서 잘못 분류된 작품을 지적하고 있다. 제·양 이후는 시의 성률이 중시되어 그 이전의 시와는 명백히 구별되기 때문에 그 전후의 체재를 감별할 수 있다.

六朝人詩, 刻本[1]多相混入[2], 然其體自可辨. 如詩紀載謝靈運"一瞬卽七里"·顔延年"薄遊忝霜署"二篇, 皆齊梁以後詩也. 又鳴蟬篇乃北齊[3]顔之推[4]作, 詩紀錄半篇屬延年, 誤矣.

1 刻本(각본): 판각본. 당나라 이후 판각본이 발전했다.
2 混入(혼입): 섞여 들어가다.
3 北齊(북제): 남북조 시대의 북방 왕조 중의 하나다(550~577). 고양高洋이 동위를 멸하고 세운 나라다. 도읍을 업鄴에 정하고 국호를 제齊, 원호를 천보天保로 했다. 남제와 구별하여 북제라고 한다. 6대 28년 만에 북주의 무제에게 멸망당했다.
4 顔之推(안지추): 남북조 시기의 문인이다. 자는 개介이고, 안협顔勰의 아들이다. 양나라 시기 강릉에서 태어나 어릴 때 가업을 전수받았다. 간문제 대보大寶 원년(550) 후경이 영주郢州를 함락했을 때 포로가 되어 건강으로 이송되었다. 후경이 평정된 뒤 강릉으로 돌아왔고, 원제가 산기상시散騎常侍에 임명했다. 양나라가 망하고 서위가 강릉을 함락하자 포로로 북쪽으로 끌려갔고, 나중에 가족을 이끌고 북조의 북제로 달아났다. 문선제文宣帝 고양이 내관內館으로 불러 주변에서 시종하도록 했으며, 이후 주요 관직을 역임했다. 제나라가 망하자 북주에 들어가 위담魏澹 등과 함께 《위서魏書》를 중수했다. 또 수나라가 통일되면서 수문제가 불러 관직에 올랐다.

21

사첨謝瞻, 사혜련謝惠連의 오언은 작품이 많지 않지만 대구와 조탁으로 그 시어가 실로 정교하여 사령운의 시와 아주 비슷하다.

《남사南史》에 다음과 같이 기록되어 있다.

"사첨이 일찍이 〈희제시喜霽詩〉를 지었는데,[13] 사령운이 그것을 쓰고 사혼謝混[14]이 읊조리며 왕홍王弘이 함께 자리하고 있었기에 삼절三絶이라 했다."

또 다음과 같이 기록되어 있다.

"송공宋公이 희마대戲馬臺를 거닐면서 관료에게 시를 짓게 명했는데, 사첨이 지은 것이 그 당시에 으뜸이었다."

내가 생각건대 〈희재시〉는 그중에서도 거의 자연스러우니, 《어록語錄》에서 "사첨의 시는 정교하지 않다"고 한 것은 옳지 않다.

사첨과 사혜련의 작품을 논했다. 사첨은 종숙從叔인 사혼과 사촌 동생 사령운과 비견될 만큼 문장에 뛰어났다. 또한 사혜련은 재주가 뛰어난 인물로 10세에 시를 지을 수 있어서 흔히 사령운을 대사大謝, 그를 소사小謝라고 부른다. 《남사, 사령운전》에 따르면 사령운은 사혜련보다 나이가 훨씬 많고 또 평소 거만하여 누구에 대해서도 탄복하지 않았는데, 사혜련만은 중시하여 문경지교刎頸之交(생사를 같이하여 목이 떨어져도 후회하지 않을 만큼 친한 사귐을 일컬음)를 맺었다고 한다. 두 문인의 시는 사령운과 마찬가지로 대구와 조탁으로 시구를 아름답게 꾸미는 데 능했다. 이것은 태강에서 원가시의 자연스러운 변화다.

謝宣遠[1][名瞻], 謝惠連五言, 篇什不多, 而俳偶雕刻, 其語實工, 與靈運絶[2]相

---

13) 즉 〈답영운시答靈運詩〉이다.
14) 사숙원謝叔源.

類. 南史載: "瞻嘗作喜霽詩[3], [即答靈運詩], 靈運寫之, 混詠之. [謝叔源.] 王弘[4] 在座, 以爲三絶." 又: "宋公遊戲馬臺, 命僚佐[5]賦詩[6], 瞻之所作冠[7]於時." 愚 按: 喜霽詩尤近自然, 語錄[8]乃謂"宣遠有詩不工", 非也.

1 謝宣遠(사선원): 사첨謝瞻. 자가 선원이고, 진군陳郡 양하陽夏 사람이다. 위장군 衛將軍 사회謝晦의 셋째 형이다. 6세에 문장을 쓸 수 있었다. 그가 쓴 〈자석영찬 紫石英贊〉, 〈과연시果然詩〉는 그 당시의 문인들에게 칭찬을 받았다. 어릴 때 부모 가 죽어 숙모 유씨劉氏가 그를 키웠다. 유씨의 동생 유류劉柳가 오군태수吳郡太守 로 부임하면서 그의 누이를 함께 데리고 갔다. 이에 사첨은 그들을 배반할 수 없어 직무를 사직하고 함께 가서 유류의 수하에서 건위장사建威長史를 지냈다. 얼마 후 사첨은 중앙으로 부름을 받아 주요 관직을 역임했다.

2 絶(절): 아주.

3 喜霽詩(희제시): 〈추제시秋霽詩〉라고도 한다.

4 王弘(왕홍): 남조 시기 송나라의 문인이다. 자는 휴원休元이고 낭야琅邪 임기臨 沂 곧 지금의 산동성 사람이다. 증조부가 왕도王導이고 부친이 왕순王珣이다. 어 릴 때부터 배우기를 좋아하고 똑똑했다. 시호는 문소공文昭公이고 무제묘정武帝 廟庭에서 배향되었다.

5 僚佐(료좌): 아래에서 일을 돕는 속관.

6 賦詩(부시): 시를 읊다.

7 冠(관): 으뜸이다. 가장 최고다.

8 語錄(어록): 당경唐庚(1070~1120)의 《어록》을 가리킨다. 북송 시기의 문인으 로 자는 자서子西이고 그 당시 사람들이 노국선생魯國先生이라고 칭했다.

22

사첨의 오언 중 다음의 시구는 모두 시어가 실로 정교한데, 다만 완 전히 융합되지는 않았을 따름이다.

"창을 여니 화촉이 꺼지고, 달이 나타나니 흰 달빛 가득 차네.開軒滅 華燭, 月露皓已盈."

"새집에 제비가 머무르지 않고, 물가를 따라 기러기가 앉았네. 엷은

노을이 가을을 덮고, 빠른 상풍이 맑은 하늘에 이르네.巢幕無留燕, 遵渚
有來鴻. 輕霞冠秋日, 迅商薄淸穹."

"사방의 자리에 향기로운 술이 잠기고, 중당에서 거문고 소리 일어
나네.四筵霑芳醴, 中堂起絲桐."

사혜련의 오언 중 다음의 시구는 모두 시어가 실로 정교한데, 다만
완전히 융합되지는 않았을 따름이다.

"고요하게 강가의 달이 비추고, 세차게 곡풍이 부네. 화려한 기운이
산꼭대기를 덮고, 빛나는 이슬이 나뭇가지에 가득하네.亭亭映江月, 飂飂
出谷飆. 斐斐氣幕岫, 泫泫露盈條."

"해질 녘에 빈 장막을 묶고, 초저녁달이 규방을 밝히네.夕陰結空幕, 宵
月皓中閨."

"쓸쓸하게 바람 속 매미 소리를 머금고, 맑고 깨끗하게 구름 속 기
러기가 지나네. 차가운 상풍이 맑은 규방을 움직이고, 고독한 등불이
고요한 천막을 따뜻하게 하네.蕭瑟含風蟬, 寥唳度雲鴈. 寒商動淸閨, 孤燈暖幽
幔."

사첨의 다음 시구는 졸렬하여 식상하다.

"석양이 통진을 비추고, 해질 녘에 평지가 따뜻하네.頹陽照通津, 夕陰
暖平陸."

사혜련의 다음 시구도 졸렬하여 식상하다.

"지난 날 가을에 떠나 이미 두 해째인데, 오늘 저녁 만나니 견줄 데
가 없도다.昔離秋已兩, 今聚夕無雙."

"쇠퇴한 정신은 더 이상 회복되지 없고, 기울어지는 해는 또다시 떠
오르지 않네.頹魄不再圓, 傾義無兩旦."

반드시 이러한 시구로써 두 사람의 우열을 결정할 수 없다.

 사첨과 사혜련의 시구를 논했다. 시어를 가다듬어 가구에 가까운 것이 있
지만 자연스럽게 융합되지 못했음을 구체적인 시구의 예를 통해 지적하
고, 또 졸렬한 시구의 예도 들었다.

宣遠五言, 如"開軒滅華燭, 月露皓已盈."[1] "巢幕無留燕, 遵渚有來鴻. 輕霞
冠秋日, 迅商薄淸穹."[2] "四筵霑芳醴, 中堂起絲桐."[3] 惠連如"亭亭映江月, 飂
飂出谷飆. 斐斐氣幕岫, 泫泫露盈條."[4] "夕陰結空幕, 宵月皓中閨."[5] "蕭瑟含
風蟬, 寥唳度雲鴈. 寒商動淸閨, 孤燈暖幽幔"[6]等句, 其語實工, 但未盡鎔液
耳. 至如宣遠"頹陽照通津, 夕陰暖平陸"[7], 其氣魄甚勝; 若惠連"昔離秋已
兩, 今聚夕無雙."[8] "頹魄不再圓, 傾義無兩旦."[9], 則傷於拙矣. 要不可以此定
優劣也.

1 開軒滅華燭(개헌멸화촉), 月露皓已盈(월로호이영): 창을 여니 화촉이 꺼지고,
　달이 나타나니 흰 달빛 가득 차네. 사첨 〈답강락추제시答康樂秋霽詩〉의 시구다.
2 巢幕無留燕(소막무류연), 遵渚有來鴻(준저유래홍). 輕霞冠秋日(경하관추일),
　迅商薄淸穹(신상박청궁): 새집에 제비가 머무르지 않고, 물가를 따라 기러기가
　앉았네. 엷은 노을이 가을을 덮고, 빠른 상풍이 맑은 하늘에 이르네. 사첨 〈구
　일종송공공희마대집송공령시九日從宋公戲馬臺集送孔令詩〉의 시구다.
3 四筵霑芳醴(사연점방례), 中堂起絲桐(중당기사동): 사방의 자리에 향기로운
　술이 잠기고, 중당에서 거문고 소리 일어나네. 사첨 〈구일종송공공희마대집송공
　령시〉의 시구다.
4 亭亭映江月(정정영강월), 飂飂出谷飆(유류출곡표). 斐斐氣幕岫(비비기막수),
　泫泫露盈條(현현로영조): 고요하게 강가의 달이 비추고, 세차게 곡풍이 부네.
　화려한 기운이 산꼭대기를 덮고, 빛나는 이슬이 나뭇가지에 가득하네. 사혜련
　〈범호귀출루중망월시泛湖歸出樓中望月詩〉의 시구다. '亭亭(정정)'은 고독한 모양,
　멀고 까마득한 모양을 가리킨다.
5 夕陰結空幕(석음결공막), 宵月皓中閨(소월호중규): 해질 녘에 빈 장막을 묶고,
　초저녁달이 규방을 밝히네. 사혜련 〈도의시擣衣詩〉의 시구다.

6 蕭瑟含風蟬(소슬함풍선), 寥唳度雲鴈(요려도운안). 寒商動淸閨(한상동청규), 孤燈暖幽幔(고등난유만): 쓸쓸하게 바람 속 매미 소리를 머금고, 맑고 깨끗하게 구름 속 기러기가 지나네. 차가운 상풍이 맑은 규방을 움직이고, 고독한 등불이 고요한 천막을 따뜻하게 하네. 사혜련 〈추회시秋懷詩〉의 시구다. ' 蕭瑟(소슬)'은 가을 바람 소리, 쓸쓸한 모양을 가리킨다. '寥唳(요려)'는 기러기 우는 소리가 맑고 깨끗한 모양을 가리킨다.

7 頹陽照通津(퇴양조통진), 夕陰暖平陸(석음난평륙): 석양이 통진을 비추고, 해 질 녘에 평지가 따뜻하네. 사첨 〈왕무군유서양집별시위예장태수유피징환동시王撫軍庾西陽集別時爲豫章太守庾被徵還東詩〉의 시구다.

8 昔離秋已兩(석리추이량), 今聚夕無雙(금취석무쌍): 지난 날 가을에 떠나 이미 두 해째인데, 오늘 저녁 만나니 견줄 데가 없도다. 사혜련 〈칠월칠석야영우녀시七月七夕夜詠牛女詩〉의 시구다.

9 頹魄不再圓(퇴백부재원), 傾羲無兩旦(경희무량단): 쇠퇴한 정신은 더 이상 회복되지 않고, 기울어지는 해는 또다시 떠오르지 않네. 사혜련 〈추회시秋懷詩〉의 시구다.

23

사령운은 내용의 전개가 주도면밀하고, 포명원鮑明遠[15]은 사건의 진행이 자유롭다. 포조의 오언시 〈수시數詩〉·〈결객結客〉·〈계문薊門〉·〈동무東武〉 등은 사령운보다 뛰어나다. 사령운은 체재가 다 대구인데, 포조는 점차 율체로 들어갔다.[16] 그러나 사령운은 비록 대구의 체재이지만 내용의 전개가 주도면밀하여서, 마침내 독자적인 체재를 이루었다. 포조는 본디 사건의 진행이 자유롭지만 다시 조급한 지경에 빠졌으므로, 그 체재를 도리어 망치게 되었다. 전체 문집을 살펴보면 저절로 드러날 것이다. 엄우가 "안연지는 포조보다 못하고, 포조

---

15) 이름 조照. 《문선文選》에는 소昭로 되어 있다.
16) 대개 대구를 하지 않아도 되나 대구를 한 것은 점차 율체로 들어갔기 때문이다.

는 사령운보다 못하다"고 한 것은 바로 이러한 까닭이다.

해설 포조의 시를 사령운과 비교하여 논했다. 포조는 사령운, 안연지와 함께 원가삼대가元嘉三大家로 불린다. 포조 시가의 예술 특징은 그 당시에는 '험속險俗'하다고 다소 폄하되었지만 후세에는 '준일俊逸'하다고 평가되었다. 그 대표적인 예로 두보가 〈춘일억이백春日憶李白〉 시에서 "준일한 포조俊逸鮑參軍"라고 칭송한 것을 들 수 있다. 그러나 문학적 성취 면에서 보면 포조는 사령운보다 아래에 놓인다. 그 원인에 대해 허학이는 시가의 체재가 완정하지 못하다는 점을 내세웠다.

한편으로 포조는 악부민가의 영향을 많이 받아 시의 내용이 폭넓고 다양한 사회생활을 반영하고 있다. 이러한 특징이 사건의 진행이 자유로운 풍격을 형성하는 데 적지 않은 영향을 주었는데, 아래는 바로 포조의 악부시에 관한 논의다.

원문 謝靈運經緯綿密[1], 鮑明遠[名照, 文選作昭]步驟軼蕩[2]. 明遠五言如數詩 · 結客 · 薊門 · 東武等篇, 在靈運之上. 然靈運體盡俳偶, 而明遠復漸入律體[3]. [凡不當對而對者, 爲漸入律體.] 但靈運體雖俳偶而經緯綿密, 遂自成體; 明遠本步驟軼蕩, 而復入此窘步[4], 故反傷其體耳. 以全集觀, 當自見矣. 滄浪謂"顔不如鮑, 鮑不如謝", 正以此也.

주석 1 經緯綿密(경위면밀): 시의 내용 전개가 주도면밀하다.
2 步驟軼蕩(보취질탕): 일 진행의 순서가 자유롭다.
3 律體(율체): 한시의 시체. 8구로 되어 있으며 1구가 5자씩으로 된 것을 오언율시, 7자씩 된 것을 칠언율시라 한다.
4 窘步(궁보): 조급한 걸음. 급히 목적에 이르려고 하기 때문에 오히려 이루기 어렵다.

24

포조의 악부오언은 사건의 진행 순서가 자유로워 마침 가행의 체재에 합치된다. 그 재주가 진실로 자유로울 따름이기에, 그의 시 역시 자유로운 것이다.

해제 포조의 악부시 특징을 논했다. 현존하는 200여 수 중에서 80여 수가 악부시다. 그의 악부시는 대체로 남방 민가의 영향을 많이 받았으며, 또한 한위 구제를 모의한 작품이 많다. 기험한 시어를 많이 사용했지만 그 내용은 대체로 소박한 서민생활을 노래하고 있다. 이러한 시풍은 육조의 유미주의 시풍에 새로운 풍격을 가져다주었다.

원문 明遠樂府五言, 步驟軼蕩[1], 正合歌行之體. 然其才自軼蕩耳, 故其詩亦如之.

주석 1 步驟軼蕩(보취질탕): 일 진행의 순서가 자유롭다.

25

포조의 오언 중 다음의 시구가 가장 자유롭다.

"덩굴풀이 높은 벼랑을 따라 자라고, 긴 버들나무가 넓은 나루터를 끼고 자라네. 세찬 바람이 아침에 불어오고, 평지에는 나는 먼지가 뜨네.蔓草緣高隅, 脩楊夾廣津. 迅風首旦發, 平路塞飛塵."

또 악부오언 중 다음의 시구가 가장 자유롭다.

"새벽닭 우는 장안, 궁궐 문이 새벽에 열리네. 벼슬아치 여기저기서 이르고, 수레가 사방에서 몰려오네.雞鳴洛城裏, 禁門平旦開. 冠蓋縱橫至, 車騎四方來."

"총이말은 머리에 고삐를 묶고, 비단 허리띠에 오구를 찼네. 실의가 술잔 사이에 있고, 칼날이 원수를 향해 일어나네.驄馬金絡頭, 錦帶佩吳鉤."

失意杯酒間, 白刃起相讎."

"가을이면 화살이 굳세지고, 오랑캐 진영이 날래고 용맹해지네. 천
자는 날카로운 화를 누르고, 사신은 서로 바라보며 빨리 가네.嚴秋筋竿
勁, 虜陣精且彊. 天子按劍怒, 使者遙相望."

"거센 바람이 변새를 휘몰아치고, 모래자갈이 저절로 날아다니네.
말 털이 고슴도치처럼 움츠리고, 각궁은 당길 수도 없네.疾風衝塞起, 沙
礫自飛揚. 馬毛縮如蝟, 角弓不可張."

그 기상이 이미 이백, 두보와 비슷하다. 호응린이 "포조가 이백, 두
보의 선두를 열었다."고 한 것은 이를 두고 말한 것이다. 안연지, 사령
운과 비교하면 험난함에서 풀려나 큰 길로 나서는 것과 같다.

포조의 시 중 자유로운 시구를 예로 들어 논하고 그 영향을 말했다. 앞서
지적한 바와 같이 두보는 이백의 시를 포조에 견주어 준일하다고 했다. 또
방동수方東樹는 《소매첨언昭昧詹言》에서 다음과 같이 말했다.
　"이백과 두보는 모두 포조를 추종하며 준일하다고 칭송했다. 대개 그 기
세를 취하여 장화, 부혁, 이륙, 삼장의 미약한 것을 씻어버리고자 했다.李杜
皆推服明遠, 稱曰俊逸, 蓋取其有氣, 以洗茂先, 休奕, 二陸, 三張之靡弱."
　이와 같이 당시의 안연지와 사령운의 부화한 시풍과는 달리 기세가 넘치
는 포조의 시는 유약한 시풍에서 벗어나는 데 일조했다. 이에 하이손賀貽孫
은 《시벌詩筏》에서 다음과 같이 말했다.
　"포조는 안연지, 사령운과 동시대의 사람이나 독자적인 영험한 수완을
부려서 안연지, 사령운의 판에 박힌 습관을 다 던져버렸다.明遠與顏謝同時, 而
能獨運靈腕, 盡脫顏謝板滯之習."

明遠五言, 如"蔓草緣高隅, 脩楊夾廣津. 迅風首旦發, 平路塞飛塵"[1], 樂府五
言如"雞鳴洛城裏, 禁門平旦開. 冠蓋縱橫至, 車騎四方來."[2] "驄馬金絡頭,
錦帶佩吳鉤. 失意杯酒間, 白刃起相讎."[3] "嚴秋筋竿勁, 虜陣精且彊. 天子按

劍怒, 使者遙相望."[4] "疾風衝塞起, 沙礫自飛揚. 馬毛縮如蝟, 角弓不可張"[5]
等句, 最爲軼蕩, 其氣象已近李杜, 元瑞謂"明遠開李杜之先鞭[6]"是也. 較之
顔謝, 如釋[7]險阻[8]而就[9]康莊[10]矣.

1 蔓草緣高隅(만초연고우), 脩楊夾廣津(수양협광진). 迅風首旦發(신풍수단발),
平路塞飛塵(평로새비진): 덩굴풀이 높은 벼랑을 따라 자라고, 긴 버들나무가
넓은 나루터를 끼고 자라네. 세찬 바람이 아침에 불어오고, 평지에는 나는 먼지
가 뜨네. 포조 〈행약지성동교시行藥至城東橋詩〉의 시구다.

2 雞鳴洛城裏(계명낙성리), 禁門平旦開(금문평단개). 冠蓋縱橫至(관개종횡지),
車騎四方來(거기사방래): 새벽닭 우는 장안, 궁궐 문이 새벽에 열리네. 벼슬아
치 여기저기서 이르고, 수레가 사방에서 몰려오네. 포조 〈대방가행代放歌行〉의
시구다.

3 驄馬金絡頭(총마금락두), 錦帶佩吳鉤(금대패오구). 失意杯酒間(실의배주간),
白刃起相讎(백인기상수): 총이말은 머리에 고삐를 묶고, 비단 허리띠에 오구를
찼네. 실의가 술잔 사이에 있고, 칼날이 원수를 향해 일어나네. 포조 〈대결객소
년장행代結客少年場行〉의 시구다.

4 嚴秋筋竿勁(엄추근간경), 虜陣精且彊(노진정차강). 天子按劍怒(천자안검노),
使者遙相望(사자요상망): 가을이면 화살이 굳세지고, 오랑캐 진영이 날래고 용
맹해지네. 천자는 날카로운 화를 누르고, 사신은 서로 바라보며 빨리 가네. 포
조 〈대출자계북문행代出自薊北門行〉의 시구다.

5 疾風衝塞起(질풍충새기), 沙礫自飛揚(사력자비양). 馬毛縮如蝟(마모축여위),
角弓不可張(각궁불가장): 거센 바람이 변새를 휘몰아치고, 모래자갈이 저절로
날아다니네. 말 털이 고슴도치처럼 움츠리고, 각궁은 당길 수도 없네. 포조 〈대
출자계북문행〉의 시구다.

6 先鞭(선편): 선손 쓰다.

7 釋(석): 풀려나다.

8 險阻(험조): 험난한 길을 가리킨다.

9 就(취): 나아가다.

10 康莊(강장): 큰길. 대로.

26

포조의 오언은 점차 율체로 들어갔을 뿐 아니라, 그중에는 또 율구를 이루면서 화려한 것이 있다. 다음의 시구는 모두 율구이면서 화려한 것이다.

"지는 꽃은 이슬보다 먼저 시들고, 떨어지는 낙엽은 바람보다 일찍 떠나네.歸華先委露, 別葉早辭風"

"촉나라 거문고로 백설가白雪歌 연주하고, 초나라 곡조로 양춘곡陽春曲 노래하네.蜀琴抽白雪, 郢曲發陽春"

"주렴에는 이슬이 끼지 않고, 비단 휘장은 바람을 이기지 못하네.珠簾無隔露, 羅幌不勝風."

"향기가 보라색 연기 위에 날리고, 비단이 녹색 구름 사이에 드리우네.揚芬紫煙上, 垂綵綠雲中."

그러나 이러한 시구는 실로 많이 보이지는 않는다. 그러므로 반드시 영명에 이르러서야 오언시가 네 번째로 변하게 될 따름이다.

포조의 시 중 율구의 예를 들어 설명했다. 그러나 그 수량이 적고 일반적인 시구가 아니라 오언시의 변화를 이루었다고 보기는 어렵다고 했다. 그 이유는 아마 앞서 제23칙에서 지적한 대로 포조가 아직 완정한 체재를 갖추지 못했기 때문일 것이다. 그렇지만 율체의 변화가 포조에게서부터 나타나게 되었다고 지적한 점은 주목할 필요가 있다.

明遠五言, 旣漸入律體, 中復有成律句而綺靡者. 如"歸華先委露, 別葉早辭風."[1] "蜀琴抽白雪, 郢曲發陽春."[2] "珠簾無隔露, 羅幌不勝風."[3] "揚芬紫煙上, 垂綵綠雲中"[4]等句, 則皆律句而綺靡者也. 然此實不多見, 故必至永明乃爲四變耳.

1 歸華先委露(귀화선위로), 別葉早辭風(별엽조사풍): 지는 꽃은 이슬보다 먼저 시들고, 떨어지는 낙엽은 바람보다 일찍 떠나네. 포조 〈완월성서문해중시翫月城西門廨中詩〉의 시구다.

2 蜀琴抽白雪(촉금추백설), 郢曲發陽春(영곡발양춘): 촉나라 거문고로 백설가白雪歌 연주하고, 초나라 곡조로 양춘곡陽春曲 노래하네. 포조 〈완월성서문해중시〉의 시구다.

3 珠簾無隔露(주렴무격로), 羅幌不勝風(나황불승풍): 주렴에는 이슬이 끼지 않고, 비단 휘장은 바람을 이기지 못하네. 포조 〈대진사왕경락편代陳思王京洛篇〉의 시구다.

4 揚芬紫煙上(양분자연상), 垂綵綠雲中(수채녹운중): 향기가 보라색 연기 위에 날리고, 비단이 녹색 구름 사이에 드리우네. 포조 〈대진사왕경락편〉의 시구다.

27

《남사》에서 다음과 같이 기록하고 있다.

"문제文帝[17]는 포조를 중서사인中書舍人으로 삼았다. 황제가 문장을 좋아하여 스스로 다른 사람들이 따라올 수 없다고 말했다. 포조는 그 뜻을 깨닫고 비루한 구절이 많도록 문장을 지었다. 이에 모두가 포조의 재주가 다했다고 말했다."

사실은 그렇지 않다. 다음은 모두 포조의 비루한 시구다.

"포사褒姒가 들어오자 신후申后가 나가고, 조비연趙飛燕이 올라오니 반희班姬가 떠났네.申黜褒女進, 班去趙姬昇"

"부질없는 얼굴은 검패를 남기고, 실제의 얼굴에는 수건을 거두네.虛容遺劍佩, 實貌戢衣巾."

"부드러우며 눈썹이 아름답고, 여유로우며 가는 허리가 아름답네.

17) 다른 책에서는 세조世祖라고 한다.

嬛綿好眉目, 閑麗美腰身."

"배가 마을을 옮기니 환희 웃고, 물이 구멍에 흐르니 갑자기 어려워지네.舟遷莊甚笑, 水流孔急難."

"배필의 운명에는 홀로 보내는 해가 없고, 그림자와 짝을 하며 칠석을 보내네.匹命無單年, 偶影有雙夕."

"홀연히 슬퍼지니 앉아서 회합하고, 갑자기 그리워지니 더욱 가을이라.倏悲坐還合, 俄思甚兼秋."

한마디로 역시 대구와 조탁으로 그렇게 된 것이지, 반드시 모두 의도적으로 그렇게 지은 것이 아니다.

해제 《남사》에서 포조가 의도적으로 비루한 구절을 지었다고 한 것에 대해 반론을 제기했다. 즉 포조의 비루한 시구는 대구와 조탁으로 인해 저절로 그렇게 된 것으로 상제를 위해 의도적으로 자신의 재능을 감춘 것이 아님을 지적하고 있다.

원문 南史載: "文帝[1][他書作世祖]以照爲中書舍人[2]. 上[3]好[4]文章, 自謂人莫能及. 照悟其旨, 爲文章多鄙言累句[5], 咸[6]謂才盡." 實不然也. 明遠詩如"申黜褒女進, 班去趙姬昇."[7] "虛容遺劍佩, 實貌戢衣巾."[8] "嬛綿好眉目, 閑麗美腰身."[9] "舟遷莊甚笑, 水流孔急難."[10] "匹命無單年, 偶影有雙夕."[11] "倏悲坐還合, 俄思甚兼秋"[12]等句, 皆鄙言累句也. 要亦是俳偶雕刻使然, 非必皆有意爲之也.

주석 1. 文帝(문제): 송문제宋文帝 유의융劉義隆(407~453). 남조 송나라의 세 번째 황제다. 무제武帝의 셋째 아들로 형 소제少帝가 폐위되자 백관에게 옹립되어 즉위했다. 서선지徐羨之 등 한산寒山 출신의 고관을 죽이고, 왕홍王弘·왕담수王曇首 등 귀족을 중용하여 문치를 위주로 한 이른바 '원가지치元嘉之治'를 열었다. 그의 치세는 남조에서 드문 안정기였으나, 귀족제를 붕괴시킬 만큼 서민층이 대두했고, 대외정책에 실패가 많았다. 450년 북위北魏의 침공으로 국력이 급격히 쇠퇴했으며, 결국 황태자 유소劉劭에게 살해되었다.

2 中書舍人(중서사인): 관명. 임금의 조령을 쓰고 국가의 기밀에 참여한다.

3 上(상): 임금. 황제.

4 好(호): 좋아하다.

5 鄙言累句(비언누구): 비루한 구절.

6 咸(함): 모두.

7 申豔褎女進(신출포여진), 班去趙姬昇(반거조희승): 포사褒姒가 들어오자 신후 申后가 나가고, 조비연趙飛燕이 올라오니 반희班姬가 떠났네. 포조 〈대백두음代白 頭吟〉의 시구다.

8 虛容遺劍佩(허용유검패), 實貌戢衣巾(실모집의건): 부질없는 얼굴은 검패를 남기고, 실제의 얼굴에는 수건을 거두네. 포조 〈대호리행代蒿里行〉의 시구다.

9 嬛綿好眉目(현면호미목), 閑麗美腰身(한려미요신): 부드러우며 눈썹이 아름답고, 여유로우며 가는 허리가 아름답네. 포조 〈학고시學古詩〉의 시구다.

10 舟遷莊甚笑(주천장심소), 水流孔急難(수류공급난): 배가 마을을 옮기니 환희 웃고, 물이 구멍에 흐르니 갑자기 어려워지네. 포조 〈동지시冬至詩〉의 시구다.

11 匹命無單年(필명무단년), 偶影有雙夕(우영유쌍석): 배필의 운명에는 홀로 보내는 해가 없고, 그림자와 짝을 하며 칠석을 보내네. 포조 〈화왕의흥칠석시和王 義興七夕詩〉의 시구다.

12 倏悲坐還合(숙비좌환합), 俄思甚兼秋(아사심겸추): 홀연히 슬퍼지니 앉아서 회합하고, 갑자기 그리워지니 더욱 가을이라. 포조 〈상심양환도도중작시上潯陽 還都道中作詩〉의 시구다.

28

포조의 오언사구는 성조가 점차 율격화되었고 시어가 대부분 화려한데, 격조와 성운은 여전히 훌륭하다.[18]

---

18) 위로는 사령운, 안연지의 오언사구에서 연원하고, 아래로 하손何遜의 오언사구로 나아갔다.

포조의 오언사구에 관해 개괄했다.

 明遠五言四句, 聲漸入律, 語多華藻¹, 然格韻²猶勝. [上源於靈運·延年五言四句, 下流至何遜³五言四句.]

1 華藻(화조): 화려하다.

2 格韻(격운): 격조와 성운.

3 何遜(하손): 남조 시기 양나라의 시인이다. 자는 중언仲言이고 동해東海 담郯 곧 지금의 산동성 창산현蒼山縣 사람이다. 하승천何承天의 증손자로, 8세에 시를 지을 수 있었고 약관의 나이에 수재가 되었다. 음갱陰鏗과 제명하여 당시 '음하陰何'라고 불렸다. 또 문장에도 뛰어나 유효작劉孝綽과 제명하여 '하유何劉'라고도 불렸다. 경물 묘사에 뛰어나고 시어를 잘 가다듬어 두보가 그들 칭송했다. 그는 한문寒門 출신이어서 벼슬길이 뜻대로 되지 않았다. 양무제 천감天監 연간에 건안왕建安王 소위蕭偉의 기실記室로 임명되어 소위를 따라 강주江州에 갔다. 후일 건강으로 돌아와 안성왕安成王 소수蕭秀의 막료幕僚가 되고 또 상서수부랑尚書水部郎을 겸직했다. 이에 후인들이 '하기실何記室' 또는 '하수부何水部'라고 부르기도 한다. 범운范雲이 그의 시책을 보고 크게 감탄하여 망년지교를 맺었고, 심약도 그의 시를 매우 칭송했다. 만년에는 여릉왕廬陵王 소속蕭續의 막하에서 일했다.

29

포조의 악부칠언에 〈백저사白紵詞〉가 있고, 잡언에 〈행로난行路難〉이 있다. 〈백저사〉는 진나라의 시를 근원으로 삼았고 시어가 더욱 화려하다. 〈행로난〉은 체재가 대부분 새롭게 변했고 시어도 대부분 화려하면서 성조가 비로소 순일하지 않게 되었으니, 이것은 칠언의 세 번째 변화다.19) 〈행로난〉의 다음 장은 체재가 모두 새롭게 변한 것이고 시어가 모두 화려한 것이다.

---

19) 아래로 오균吳均의 칠언으로 나아갔다.

"그대에게 바치노니, 황금 잔의 좋은 술, 대모 장식 상자의 수놓은 거문고, 일곱 색깔 연꽃의 휘장, 아홉 빛깔 포도를 수놓은 비단 이불. 붉은 얼굴 쇠하고 한 해 저물며, 차가운 빛 저물며 하루가 잠기네. 원컨대 그대는 슬픔 털고, 내가 박자 맞춰 부르는 행로난 들으소. 백량의 동작대, 어찌 옛날의 맑은 노래 듣겠소.奉君金卮之美酒, 瑇瑁玉匣之雕琴, 七綵芙蓉之羽帳, 九華蒲桃之綿衾. 紅顔零落歲將暮, 寒光宛轉時欲沉. 願君裁悲且減思, 聽我抵節行路吟. 不見栢梁銅雀上, 寧聞古時歌吹音."20)

"낙양의 명장이 황금 박산로博山爐를 주조하며, 천 번을 깎고 만 번을 다듬어, 그 위에 진秦나라 공주와 손잡은 신선을 새기네. 맑은 밤 그대 사랑 받을 적에는 휘장 안 촛불 앞에 놓아두었지. 밖으로는 용 비늘의 붉은 광채 발하고, 안으로는 사향의 붉은 연기 머금었지. 어찌하랴, 그대 마음 달라진 지금, 한 평생 긴 탄식만 자아내는 걸.洛陽名工 鑄爲金博山, 千斲復萬鏤, 上刻秦女攜手仙. 承君清夜之歡娛, 列置幃裏明燭前. 外發龍 麟之丹彩, 內含麝芬之紫烟. 如今君心一朝異, 對此長歎終百年."21)

풍시가가 다음과 같이 말했다.

"〈행로난〉은 자유자재로 내용이 전개되고 장단이 자유로우며, 이백과 두보 등의 여러 문인들의 전철을 열었다."

이 말은 포조의 시를 잘 이해한 것이다. 그러나 다음의 시구는 고시도 아니고 율시도 아니며 성조도 전부 어긋나므로 가행歌行에서 결코 사용할 수 없다.

"술을 따라 즐거움을 쫓으며 마음대로 가네.隨酒逐樂任意去"

"홀로 혼백이 배회하며 무덤을 에워싸네.獨魄徘徊遶墳基"

---

20) 제1장 전편이다.
21) 제2장 전편이다.

"머리가 난발하여 비녀를 꽂을 수 없네.蓬首亂髮不設簪"

"부질없이 먼지만 날리고 빈 휘장을 에워싸네.徒飛輕埃遶空帷"

 포조의 칠언시에 관한 논의다. '행로난'은 본디 북방민가이다. 십육국十六國 후조後趙 때 일찍이 양치기들이 불렀던 노래다. 후일 강남에 전래되었는데 곡조가 강개하고 성정을 움직여서 많은 사대부들의 사랑을 받았다. 예를 들면 동진의 원산송袁山松은 그 노래를 가공하여 매번 술에 취해 큰소리로 불렀는데, 사람들이 듣고 감동하여 눈물을 흘렸다고 한다. 포조는 이 시제를 빌어 시를 지었는데 노래를 입히지는 않고도 여전히 감동적이었다. 18곡이 일시에 지어진 것은 아니고, 내용도 복잡하고 다양하다.

포조의 〈의행로난〉에 대해 심덕잠은 《고시원》에서 다음과 같이 평했다.

"오묘함이 이론을 밝혀 이의가 없도록 하는 데 있지 않아 읽으면 저절로 애수가 일어난다.妙在不曾說破, 讀之自然生愁."

왕부지는 《고시평선》에서 다음과 같이 평가했다.

"먼저 제거하고 다음에 이론을 펼치는데, 한 번 내려 보고 한 번 올려보며 신정神情이 끝이 없다.先破除, 次申理, 一俯一仰, 神情無限."

明源樂府七言有白紵詞, 雜言有行路難. 白紵詞本於晉, 而詞益靡; 行路難體多變新, 語多華藻, 而調始不純, 此七言之三變也.[下流至吳均[1]七言.] 行路難如"奉君金巵之美酒, 瑇瑁玉匣之雕琴, 七綵芙蓉之羽帳, 九華蒲桃之綿衾. 紅顔零落歲將暮, 寒光宛轉時欲沉. 願君裁悲且減思, 聽我抵節行路吟. 不見栢梁銅雀上, 寧聞古時歌吹音?"[首章全篇] "洛陽名工鑄爲金博山, 千斲復萬鏤, 上刻秦女攜手仙. 承君淸夜之歡娛, 列置幃裏明燭前. 外發龍麟之丹彩, 內含麝芬之紫烟. 如今君心一朝異, 對此長歎終百年"[二章全篇]等章, 則體皆變新, 語皆華藻者也. 馮元成云: "行路難縱橫宕逸[2], 長短恣意[3], 遂兆[4]李杜諸公軌轍[5]." 得之. 至如"隨酒逐樂任意去"[6], "獨魄徘徊遶墳基"[7], "蓬首亂髮不設簪"[8], "徒飛輕埃遶空帷"[9]等句, 非古非律[10], 聲調全乖[11], 歌行中斷[12]不可用之.

1 吳均(오균): 남조 시기 양나라의 사학가이자 문학가다. 자는 숙상叔庠이고 오흥
   吳興 고장故鄣 곧 지금의 절강성 안길安吉 사람이다. 오흥주부吳興主簿를 지냈다.
   시풍이 청신하여 심약의 칭송을 받았으며 대부분 사회현실을 비평하는 작품이
   많고 경물 묘사에도 뛰어났다. 시문에 독자적인 풍격이 있어 '오균체'라고 불리
   며 일대의 시풍을 형성했다. 《제서齊書》를 편찬하고자 제나라의 기거주起居注
   및 군신의 행장을 빌리고자 했으나 양무제가 허락하지 않아 《제춘추齊春秋》를
   사찬했다. 양무제를 제명제齊明帝 소난蕭鸞의 신하라고 했다가 무제의 노여움을
   사 관직을 박탈당했다. 얼마 후 명을 받아 《통사通史》를 찬술했으나 완성하지
   못하고 죽었다. 범엽의 《후한서》90권에 주석을 달았다. 《오균집》20권이 있
   었으나 이미 사라졌고 현존하는 시는 140수 남짓이다.
2 縱橫宕逸(종횡탕일): 글 따위가 자유자재하다. 거침없이 내닫다.
3 長短恣意(장단자의): 장단이 자유롭다.
4 兆(조): 열다. 비추다.
5 軌轍(궤철): 전범.
6 隨酒逐樂任意去(수주축락임의거): 술을 따라 즐거움을 쫓으며 마음대로 가네.
   포조 〈의행로난십팔수擬行路難十八首〉 중 제15수의 시구다.
7 獨魄徘徊遶墳基(독백배회요분기): 홀로 혼백이 배회하며 무덤을 에워싸네. 포
   조 〈의행로난십팔수〉 중 제10수의 시구다.
8 蓬首亂髮不設簪(봉수난발불설잠): 머리가 난발하여 비녀를 꽂을 수 없네. 포
   조 〈의행로난십팔수〉 중 제12수의 시구다.
9 徒飛輕埃遶空帷(도비경애요공유): 부질없이 먼지만 날리고 빈 휘장을 에워싸
   네. 포조 〈의행로난십팔수〉 중 제12수의 시구다.
10 非古非律(비고비율): 고시도 아니고 율시도 아니다.
11 全乖(전괴): 모두 어긋나다.
12 斷(단): 결코.

30

호응린이 말했다.
"〈행로난〉은 지나치게 아름답게 꾸미려는 것을 없애고 순박한 것

으로 돌아가고자 했으나 시대적 한계로 인해 초탈할 수 없었다."

이 말은 옳지 않다. 〈행로난〉은 체재가 대부분 새롭게 변하고 시어가 대부분 화려하며 성조가 바야흐로 순일하지 않게 되었으니, 진실로 송나라 시가 한 차례 변하게 되었다.

또 진나라 〈백저무가〉는 화려한 것을 기본으로 하는데, '백저'라고 하는 곡명은 응당 화려하니 근본적으로 〈행로난〉과 비교할 수 없다. 포조의 〈백저사〉를 살펴보면 저절로 알 수 있다.

해제 〈행로난〉에 관한 논의다. 송대는 고체가 사라지고 율체가 시작되는 전환기다. 포조는 그 전환기의 변화를 주도한 문인으로 〈행로난〉은 그 대표작이라고 할 수 있다.

원문 胡元瑞云: "行路難欲汰去浮靡[1], 返於渾樸[2], 而時代所壓, 不能頓超[3]." 非也. 行路難體多變新, 語多華藻, 而調始不純, 自是宋人一變. 若晉白紵舞歌反爲浮靡者, 歌名白紵, 自應浮靡, 本不得與行路相較, 以鮑白紵詞觀之, 自可見[4]矣.

주석
1 汰去浮靡(태거부미): 화려함을 제거하다.
2 返於渾樸(반어혼박): 질박함으로 되돌아가다.
3 頓超(돈초): 홀연히 뛰어넘다.
4 可見(가견): 알 수 있다.

31

포조의 칠언사구 〈야청기夜聽妓〉는 시어가 모두 아름답고 성조가 전부 어긋나지만 실로 칠언절구의 시초가 된다.[22]

---

22) 아래로 유효위의 칠언사구로 나아갔다.

호응린이 말했다.

"칠언절구의 체재가 시작된 것은 필시 양나라에서다."

이것은 잘못 고증한 것이다.

해제　포조의 〈야청기夜聽妓〉에 관한 논의다. 칠언절구의 시초가 되었다고 강조
했다. 실제 포조는 중국문학사에서 칠언시를 창조한 사람으로 평가받는다.

왕사진王士禛은 《대경당시화帶經堂詩話》에서 다음과 같이 말했다.

"육조에는 오직 포조가 가장 씩씩하며, 칠언의 법칙이 갖추어졌다.六朝唯
鮑明遠最爲遒宕, 七言法備矣."

또 이중화李重華도 《정일재시화貞一齋詩話》에서 "칠언은 포조에게서 완성
되었다.七言成於鮑照"고 말했다.

원문　明遠七言四句, 有夜聽妓一篇, 語皆綺豔[1], 而聲調全乖, 然實七言絶之始也.
[下流至劉孝威[2]七言四句.] 元瑞謂: "七言絶體緣起[3], 斷[4]自[5]梁朝." 則失考矣.

주석　1　綺豔(기염): 화려하고 농염하다. '綺靡(기미)' 또는 '華美(화미)'와 같은 말이다.
2　劉孝威(유효위): 남조 시기 양나라의 시인이며 변문가다. 이름은 상세하지 않
고 자가 효위다. 팽성彭城 곧 지금의 강소성 서주徐州 사람으로 문벌 귀족 출신
이다. 유회劉繪의 아들이며 유효작의 여섯 번째 동생이다. 생년은 미상이나 양
무제梁武帝 태청太淸 2년에 죽었다. 시를 잘 지었으며 현존하는 시는 대략 60수
다.
3　緣起(연기): 시작하다.
4　斷(단): 반드시.
5　自(자): …로부터 하다. 말미암다.

32

하승천何承天의 〈요가鐃歌〉 15곡은 그 오언의 성조가 대략 육기와
비슷하고, 부현傅玄과 비교하면 더 뛰어나다. 반면 잡언 〈장진주將進

酒〉 등은 부현과 비교하면 더욱 비루하다.

하승천의 시에 관한 논의다. 육기, 부현과 비교하여 그 특징을 분석했다.

何承天[1]鐃歌十五曲, 其五言聲調略與士衡相類, 較傅玄爲勝; 雜言將進酒等, 較之於玄, 則更鄙陋[2]矣.

1 何承天(하승천): 남조 시기 송나라의 대신이자 저명한 문학가다. 동해東海 담郯 사람으로, 무신론無神論의 사상가이기도 하다. 생졸년은 370년~447년이다. 5세 때 아버지를 잃고 어머니 서씨徐氏에 의해 부양되었다. 어려서 총명하고 배우기를 좋아하여 제자백가를 다 열람했다. 당시의 저명한 학자 서광徐廣를 따라 배웠다. 역법에 밝아 역법을 고쳤으며, 천문학에도 뛰어나 원주율 3.1429에 가까운 것을 구했다. 또한 음률, 음악, 바둑 등에도 뛰어났다.

2 鄙陋(비루): 속되다.

제 齊

1

강엄江淹[1]은 사조, 심약과 동시대 사람이나, 그 시는 대부분 송·제 연간에 지어졌다. 강엄의 오언시는 성조가 부드럽고 시어가 화려하지만 심약과 사조와 같이 정교하지는 못하니, 전체 문집을 살펴보면 저절로 드러나게 된다.

강엄은 일찍이 말했다.

"인생은 성정에 따라 즐겨야 하거늘 어찌 심사숙고하여 죽은 뒤의 명성을 구하리오!"

그러므로 그 시도 이와 같을 따름이다. 그중 다음과 같은 시구는 성조가 부드럽고 시어가 화려한 것이다.

"옥으로 만든 거문고 발에 부질없이 이슬이 쌓이고, 금으로 만든 술잔에 저절로 서리가 내려앉았네.玉柱空掩露, 金樽坐含霜."

---

1) 자 문통文通.

"지난날 나는 초수楚水를 이별하고, 가을 달이 가을 하늘 아름답게 하네. 오늘 그대가 오나라 둑에서 나그네 되고, 봄기운이 봄 샘물 흔드네.昔我別楚水, 秋月麗秋天; 今君客吳坂, 春色縹春泉."

"근심이 백로 날에 일어나고, 그리움이 가을바람에 일어나네.愁生白露日, 思起秋風年."

"소나무 기운이 푸른 아지랑이를 비추고, 노을이 붉은 꽃잎을 태우네.松氣鑑靑靄, 霞光鑠丹英."

"진홍색 기운이 아래로 내려 엷게 엉기고, 흰 구름이 위로 아득히 올라가네.絳氣下縈薄, 白雲上杳冥."

"번개가 이르니 연기에 무늬를 놓고, 물이 푸르게 되니 계수나무 붉게 물드네.電至烟流綺, 水綠桂含丹."

"찬 아지랑이가 빈자리에 떠 있고, 맑은 향기가 빈 거문고를 씻네.涼靄漂虛座, 淸香盪空琴."

한편 악부 〈서주곡西洲曲〉은 만당 사람의 시로 강엄이 지은 작품이 아니다.

해제 강엄의 시에 관한 논의다. 강엄은 일생동안 송·제·양 삼조의 왕조를 거쳤다. 그가 양나라 초기에 죽은 까닭에 일반적으로 양나라의 작가로 본다. 그러나 그의 작품은 대부분 송말제초에 지어졌다. 젊을 때 정치적 뜻을 얻지 못하던 시기에 가장 뛰어난 문학적 성취를 이룬 셈이다. 이후 관직에 오른 뒤에 쓴 작품은 예전과 같지 않아 '강엄의 재주가 다 했다江郎才盡'는 고사가 생겨나게 되었다.

강엄은 영명체의 시풍을 따르지 않고 고시의 기풍을 좋아했기에 당시의 시대적인 조류에서 역행했다고 볼 수 있다. 그 결과 만년에 지은 시에 대한 평가가 절하되면서 재주가 예전과 같지 못하게 되었다는 고사가 생겨난 것이다. 여기서 허학이는 강엄의 초기 작품을 분석하고 그중 성조가 부드럽고 시어가 화려한 시구의 예를 제시하면서 이러한 구절은 모두 그의 인생관이 반영되어 있다고 논했다. 아울러 악부 〈서주곡〉의 작자에 관한 의문도 제기했다.

江淹[1][字文通]與謝朓・沈約同時, 而其詩多宋齊間作. 淹五言, 調婉而詞麗, 然不能如沈謝之工, 以全集觀, 當自見矣. 淹嘗云: "人生當適性爲樂, 安能精意苦力求身後之名哉!" 故其詩僅爾. 中如"玉柱空掩露, 金樽坐含霜."[2] "昔我別楚水, 秋月麗秋天; 今君客吳坂, 春色縹春泉."[3] "愁生白露日, 思起秋風年."[4] "松氣鑑靑靄, 霞光鑠丹英."[5] "絳氣下縈薄, 白雲上杳冥."[6] "電至烟流綺, 水綠桂含丹."[7] "涼靄漂虛座, 淸香蘯空琴"[8]等句, 皆調婉而詞麗者也. 又樂府有西洲曲, 乃晚唐人詩, 非淹筆也.

1 江淹(강엄): 남조 시기 양나라의 문인이다. 자가 문통文通이고 제양齊陽 고성考城 사람이다. 어릴 때 가난했지만 열심히 공부했다. 송, 제, 양의 3왕조를 섬겼다. 송나라 때 남서주종사南徐州從事를 지냈다. 일찍이 죄에 연좌되어 투옥되었다가 상서하여 석방되었다. 얼마 뒤 수재로 천거되어 대책對策으로 급제했다. 제고제齊高帝 소도성이 정치를 보좌할 때 그의 재주를 듣고 불러 상서부랑尚書部郞을 시켰다. 제나라에 들어가 어사중승御史中丞, 비서감秘書監 등의 관직을 두루 역임했다. 탄핵을 할 때 권귀權貴라 해서 피하지 않는 강직함이 있었다. 후일 양무제 소연에게 귀의했고, 양나라에 들어가서는 예릉후醴陵侯에 봉해지고 금자광록대부金紫光祿大夫가 되었다. 젊어서부터 문장으로 이름이 났고, 의고시를 잘 지었다.

2 玉柱空掩露(옥주공엄로), 金樽坐含霜(금준좌함상): 옥으로 만든 거문고 발에 부질없이 이슬이 쌓이고, 금으로 만든 술잔에 저절로 서리가 내려앉았네. 강엄 〈망형산시望荊山詩〉의 시구다.

3 昔我別楚水(석아별초수), 秋月麗秋天(추월려추천); 今君客吳坂(금군객오판), 春色縹春泉(춘색표춘천): 지난날 나는 초수楚水를 이별하고, 가을 달이 가을 하늘 아름답게 하네. 오늘 그대가 오나라 둑에서 나그네 되고, 봄기운이 봄 샘물 흔드네. 강엄 〈태원상시시胎袁常侍詩〉의 시구다.

4 愁生白露日(수생백로일), 思起秋風年(사기추풍년): 근심이 백로 날에 일어나

고, 그리움이 가을바람에 일어나네. 강엄 〈무석현역산집시無錫縣歷山集詩〉의 시
구다.

5 松氣鑑靑靄(송기감청애), 霞光鑠丹英(하광삭단영): 소나무 기운이 푸른 아지
랑이를 비추고, 노을이 붉은 꽃잎을 태우네. 강엄 〈도서새망강상제산시渡西塞望
江上諸山詩〉의 시구다.

6 絳氣下縈薄(강기하영박), 白雲上杳冥(백운상묘명): 진홍색 기운이 아래로 내
려 엷게 엉키고, 흰 구름이 위로 아득히 올라가네. 강엄 〈종관군건평왕등여산
향로봉시從冠軍建平王登廬山香爐峯詩〉의 시구다.

7 電至烟流綺(전지연류기), 水綠桂含丹(수록계함단): 번개가 이르니 연기에 무
늬를 놓고, 물이 푸르게 되니 계수나무 붉게 물드네. 강엄 〈채석상창포시採石上
菖蒲詩〉의 시구다.

8 涼靄漂虛座(양애표허좌), 淸香盪空琴(청향탕공금): 찬 아지랑이가 빈자리에
떠 있고, 맑은 향기가 빈 거문고를 썼네. 강엄 〈도실인시십수悼室人詩十首〉 중 제
6수의 시구다.

2

강엄의 오언은 소체騷體의 시어를 잘 사용한다. 다음의 시구는 모두
소체의 시어다.

"평원이 갑자기 아득하고, 들쑥날쑥 남상南湘이 보이네.平原忽超遠, 參
差見南湘."

"근심 걱정에 푸른 풀이 생기고, 원수沅水와 상수湘水가 비취색 연기
를 머금네.憂怨生碧草, 沅湘含翠烟."

"모래섬의 잡초를 따서, 월계수의 근원이라 명하네.搴洲之宿莽, 命爲瑤
桂因."

"몰래 두형이 지는 것을 슬퍼하고, 눈물을 닦으며 빈산에서 애도하
네.竊悲杜蘅暮, 攣涕弔空山."

"남방의 하늘이 붉게 불이 타오르고, 영혼이 돌아올 것이네.南方天炎

火, 魂兮可歸來."

"강둑에 해가 사라지고, 계수나무 어두워지자 원숭이 우네.汀皋日慘
色, 桂闇猿方啼."

"항상 미인이 늙음이 두렵고, 가을 난초가 자줏빛 줄기를 슬퍼하네.
常畏佳人晚, 秋蘭傷紫莖."

"두형이 시들지 않을 것을 생각하고, 돌과 난초가 끝까지 떨어지지
않네.杜蘅念無沫, 石蘭終不暎."

"노쇠한 마음 또 누구에게 의탁하리오, 강둑의 계수나무가 우거졌
네.暮心亦誰寄, 江皋桂有蘩."

"자줏빛 연꽃 점점 연못을 둘러싸고, 강둑의 난초 좁은 길을 뒤덮
네.紫荷漸曲池, 皋蘭覆徑路."

그러나 전체 시편이 아름다운 것은 실로 적으므로, 소통은 《문선》
에 많이 수록하지 않았을 따름이다.

해제 강엄의 시어에 관한 논의다. 소체의 언어를 잘 사용한다고 지적했다. 소체
란 초나라 노래에서 발전한 것으로 '兮(혜)'자를 많이 사용하는 특징이 있
다. 강엄이 소체를 많이 사용했음은 그의 정치적 뜻을 얻지 못한 개인적 정
서를 표출하는 데 적합해서일 것이다.

원문 文通五言善用騷語, 如"平原忽超遠, 參差見南湘."[1] "憂怨生碧草, 沅湘含翠
烟."[2] "寧洲之宿莽, 命爲瑤桂因."[3] "竊悲杜蘅暮, 寧涕弔空山."[4] "南方天炎
火, 魂兮可歸來."[5] "汀皋日慘色, 桂闇猿方啼."[6] "常畏佳人晚, 秋蘭傷紫莖."[7]
"杜蘅念無沫, 石蘭終不暎."[8] "暮心亦誰寄, 江皋桂有蘩."[9] "紫荷漸曲池, 皋
蘭覆徑路"[10]等句, 皆騷語也. 但全篇佳者實少, 故昭明不多錄耳.

주석 1 平原忽超遠(평원홀초원), 參差見南湘(참치견남상): 평원이 갑자기 아득하고,

들쑥날쑥 남상南湘이 보이네. 강엄 〈시시안왕석두성시侍始安王石頭城詩〉의 시구다.

2 憂怨生碧草(우원생벽초), 沅湘含翠烟(원상함취연): 근심 걱정에 푸른 풀이 생기고, 원수沅水와 상수湘水가 비취색 연기를 머금네. 강엄 〈이원상시시貽袁常侍詩〉의 시구다.

3 擘洲之宿莽(남주지숙망), 命爲瑤桂因(명위요계인): 모래섬의 잡초를 따서, 월계수의 근원이라 명하네. 강엄 〈감춘빙요화사중서시이수感春冰遙和謝中書詩二首〉 중 제2수의 시구다.

4 竊悲杜蘅暮(절비두형모), 擘涕弔空山(남체조공산): 몰래 두형이 지는 것을 슬퍼하고, 눈물을 닦으며 빈산에서 애도하네. 강엄 〈무석현역산집시無錫縣歷山集詩〉의 시구다.

5 南方天炎火(남방천염화), 魂兮可歸來(혼혜가귀래): 남방의 하늘이 붉게 불이 타오르고, 영혼이 돌아올 것이네. 강엄 〈도천교출제산지정시渡泉嶠出諸山之頂詩〉의 시구다.

6 汀皋日慘色(정고일참색), 桂闇猿方啼(계암원방제): 강둑에 해가 사라지고, 계수나무 어두워지자 원숭이 우네. 강엄 〈동진난리화구장사시冬盡難離和丘長史詩〉의 시구다.

7 常畏佳人晚(상외가인만), 秋蘭傷紫莖(추난상자경): 항상 미인이 늙음이 두렵고, 가을 난초가 자줏빛 줄기를 슬퍼하네. 강엄 〈도서새망강상제산시渡西塞望江上諸山詩〉의 시구다.

8 杜蘅念無沫(두형념무말), 石蘭終不暌(석난종불규): 두형이 시들지 않을 것을 생각하고, 돌과 난초가 끝까지 떨어지지 않네. 강엄 〈동진난리화구장사시冬盡難離和丘長史詩〉의 시구다.

9 暮心亦誰寄(모심역수기), 江皋桂有藂(강고계유총): 노쇠한 마음 또 누구에게 의탁하리오, 강둑의 계수나무가 우거졌네. 강엄 〈외병구야집시外兵舅夜集詩〉의 시구다.

10 紫荷漸曲池(자하점곡지), 皋蘭覆徑路(고난복경로): 자줏빛 연꽃 점점 연못을 둘러싸고, 강둑의 난초 좁은 길을 뒤덮네. 강엄 〈지상수유기실시池上酬劉記室詩〉의 시구다.

3

사조, 심약의 오언시는 비록 한위로부터 세월이 많이 지났지만 하나의 기원에서 나왔으니 진실로 정변正變이 된다. 강엄의 오언 〈의고시〉 30수는 대부분 고시와 비슷하나,[2] 기타 작품은 매 편 제멋대로 창작하여 사조, 심약의 시와는 크게 다르니 진실로 독자적인 문호를 세웠다. 그러나 만년에 재주가 다한 까닭에 지리멸렬하게 되었음을 면하지 못할 뿐이다.[3] 이에 역대의 도리를 깨닫는 것을 결코 경솔히 할 수 없다.

강엄의 시풍에 관한 논의다. 강엄의 의고시, 즉 〈잡체시삼십수雜體詩三十首〉는 고시 및 한위, 진송의 29명의 대표작을 모의하여 그 풍격을 본받고 자 했다. 의고시는 일반적으로 별다른 문학적 가치를 인정받지 못하지만 강엄의 의고시에 대한 역대의 평가가 높다는 것은 주목할 만하다. 그 까닭 은 강엄이 각 시인들의 우열을 평가하지 않고 각자의 특색을 비교하여 드 러내는 데 중점을 두었기 때문이며, 또 이를 통해 자신의 새로운 문학적 풍 격을 표현하고자 하였기 때문이다. 이에 그는 그 서문에서 다음과 같이 말 했다.

"천지는 경도와 위도의 구분이 있고 화려함은 영쇠의 다름이 있으니, 나 는 각자의 아름다움과 장점을 겸비하고자 했을 뿐이다.玄黃經緯之辨, 金碧浮沈 之殊, 僕以爲亦各具其美兼善而已."

그러나 허학이의 말처럼 강엄은 만년에 재주가 부족하여 오언시의 또 다 른 변화를 일으키지는 못했다. 《남사, 강엄전江淹傳》에 그것과 관련된 기 록이 보인다.

"강엄은 어릴 때 문장이 뛰어났으나 늙어서 재주가 쇠퇴했다. 다음과 같

---

2) 의고는 수록하지 않았다. 범례에 설명이 보인다.
3) 총론 중 "학자는 지식을 위주로 하므로 그 노력과 재질 어느 한쪽을 버릴 수 없 다"고 한 부분(제34권 제17칙)과 참조하여 보기 바란다.

은 일화가 있다. 선성태수 때 벼슬을 그만두고 고향으로 돌아가 선영사禪靈寺에 머물렀다. 밤에 꿈에서 장협이라고 하는 사람이 나타나 '전에 한 필의 비단을 부쳤는데 오늘 돌려받을 수 있겠나'라고 말했다. 강엄이 가슴 속에서 몇 척을 꺼내 주었다. 이 사람이 크게 화를 내며 '어찌 잘라서 모두 없어졌는가?'라고 말했다. 구지丘遲를 돌아보고서 '나머지 이 몇 척도 이미 소용이 없으니 그대에게 주노라'고 말했다. 이로부터 강엄의 문장이 무너졌다. 또 야정冶亭에서 잠을 잤는데 꿈에 곽박이라고 하는 남자가 나타나 강엄에게 '내가 붓이 있어 그대에게 몇 년간 두었으니 돌려받고자 한다'고 말했다. 강엄이 이에 가슴 속에서 다섯 자루 붓을 꺼내 모두 주었다. 이후 시에 아름다운 구가 끊어져 세상 사람들이 재주가 다했다고 말했다. 淹少以文章顯, 晚節才思微退, 云爲宣城太守時罷歸, 始泊禪靈寺, 夜夢一人自稱張景陽, 謂曰: '前以一匹錦相寄, 今可見還.' 淹探懷中得數尺與之. 此人大恚曰: '那得割截都盡.' 顧見丘遲, 謂曰: '餘此數尺, 旣無所用, 以遺君.' 自爾淹文章躓矣. 又嘗宿於冶亭, 夢一丈夫自稱郭璞, 謂淹曰: '吾有筆在卿處多年, 可以見還.' 淹乃探懷中得五色筆一以授之. 爾後詩絶無美句, 時人謂之才盡."

한편, 요내姚鼐는 《석포헌필기惜抱軒筆記》에서 다음과 같이 강엄을 변론했다.

"강엄 시의 아름다움은 실제 송제 연간에 지은 시에 있으니 벼슬 활동이 왕성하지 않을 때이다. 벼슬이 높아질수록 업무에 시달려서 영감이 부족해졌는데 어찌 재주가 다 소진되어서겠는가?江詩之佳, 實在宋齊之間, 仕宦未盛之時. 及名位益登, 塵務經心, 淸思旋乏, 豈才盡之過哉."

또 장부張溥는 《한위육조백삼가집漢魏六朝百三家集, 강례릉집제사江醴陵集題辭》에서 다음과 같이 말했다.

"만년에 강남에서는 화려한 문채를 좇았는데, 탁월하게 다른 사람들과는 달랐으니 진실로 재주가 다하지 않았다. 세상에서 강엄이 말년에 재주가 쇠퇴하여 장재가 비단을 묻고 곽박이 붓을 요구했다고 하는 것은 아마 질투한 말일 것이다. 晚際江左, 馳逐華采, 卓爾不群, 誠有未盡. 世猶傳文通暮年才退, 張載問錦, 郭璞索筆, 則幾妒口矣."

이러한 논지는 모두 강엄의 재주가 만년에 다 사라지지 않았음을 주장한 것이다.

玄暉休文五言, 雖自漢魏遠降, 而一源流出, 實爲正變. 文通五言擬古三十
首, 多近古人, [擬古不錄, 說見凡例], 而他作每每任情[1], 與玄暉・休文大異, 實
爲自立門戶, 晚年才盡, 故不免支離[2]耳. [與總論"學者以識爲主, 其工夫才質[3]不可
偏廢[4]"一則參看.] 乃知歷代常法, 斷不可輕廢[5]也.

1 任情(임정): 제멋대로 하다. 마음껏 하다.

2 支離(지리): 말이나 글이 무질서하다. 조리가 없다.

3 工夫才質(공부재질): 후천적인 노력과 선천적인 재능을 가리킨다.

4 偏廢(편폐): 한쪽을 버리다. 소홀히 하다. 여러 가지 일 중에 어느 하나를 중시
하여 다른 것을 소홀히 함을 뜻한다.

5 輕廢(경폐): 가볍게 포기하다.

4

《남사》에 다음과 같이 기록되어 있다.

"영명 연간에 왕융王融[4], 사조[5], 심약[6]이 바야흐로 사성四聲을 사용
하니, 새로운 변화가 되었다."

내가 생각건대 원가의 오언은 다시 세월이 흘러서 영명의 시가 되
었다. 비록 원가의 시는 체재가 다 대구고 시어를 다 조탁했지만, 그
성운은 고시와 같았다. 사조, 심약에 이르러서 시 창작의 기풍이 쇠퇴
하기 시작하여 그 창작 습관이 점차 비천해졌다. 그러므로 성조가 점
차 율격에 들어가고 시어가 점차 화려해지더니 고시의 성운이 차츰
사라지게 되었다. 이것이 오언시의 네 번째 변화다.[7] 상세하게 논하
자면 사조는 정교하지만 심약은 재주가 모자란다. 구지丘遲와 임방任

4) 자 원장元長.
5) 자 현휘玄暉.
6) 자 휴문休文.
7) 아래로 양 간문제簡文帝, 유견오庾肩吾의 오언으로 나아갔다.

昉은 비록 종국에는 양나라에 벼슬했지만 그 시는 역시 영명체다. 다만 작품의 수가 매우 적어 영명체 시인으로 열거할 수 없다.

 영명체에 관한 논의다. 영명체는 근체시의 초기 형태다. 《남제서南齊書, 육궐전陸厥傳》에서 다음과 같이 기록했다.

"영명 말 문학이 성행했다. 오흥 심약, 진군 사조, 낭야 왕융이 문기로써 서로 앞으로 나아가게 되었다. 여남 주옹이 성운을 잘 이해하고, 심약 등이 문장에 모두 궁상宮商을 사용하여 평상거입으로 삼았다. 이로써 운을 만들어 증감할 수 없었으니 세상 사람들이 영명체라고 불렀다.永明末,盛爲文章,吳興沈約,陳郡謝朓,琅琊王融以氣類相推轂,汝南周顒善識聲韻,約等文皆用宮商,以爲平上去入,以此制韻不可增減,世呼爲永明體."

영명체의 가장 큰 특징은 바로 평상거입平上去入의 사성을 사용하여 새로운 변화를 추구하는 데 있다. 즉 영명체의 구식은 점차 짧아지고 고정화되어 오언팔구, 사구 및 십구의 시체가 주요 형식이었다. 또한 시의 율격, 즉 평측의 문제에 집중하여 고체의 틀에서 완전히 벗어났다. 이러한 영명체는 중국 오언시의 커다란 변화를 가져왔다. 사조, 심약, 왕융은 영명체를 대표하는 시인들이다. 따라서 아래에서 구체적으로 논한다.

 南史載: "永明中, 王融[1][字元長] · 謝朓[字玄暉] · 沈約[字休文]始用四聲[2], 以爲新變." 愚按: 元嘉五言, 再流而爲永明, 然元嘉體雖盡入俳偶, 語雖盡入雕刻, 其聲韻猶古, 至玄暉休文則風氣始衰, 其習漸卑, 故其聲漸入律, 語漸綺靡, 而古聲漸亡矣. 此五言之四變也. [下流至梁簡文[3] · 庾肩吾[4]五言.] 然析而論之, 玄暉爲工, 休文才有不逮, 丘遲[5] · 任昉[6]雖終仕於[7]梁, 而其詩亦永明體, 但篇什甚少, 不足序列.

주석 1 王融(왕융): 남조 시기 제나라의 문인이다. 자는 원장元長이고 낭야琅邪 임기臨沂 곧 지금의 산동성 사람이다. 왕검王儉의 조카로 문재에 뛰어났다. 처음에 수재에 천거되었다가 제무제齊武帝에게 글을 올려 자신을 시용試用해주기를 청하여 비서승秘書丞이 되었고 이후 중서랑中書郎까지 이르렀다. 영명 9년(491) 방림원

方林園에서 열린 청명절 연회에서 무제가 신하들에게 시를 짓게 하고 그에게
〈곡수시서曲水詩序〉를 짓게 했는데 문사가 아름다워 칭송을 받았다. 응변應辯의
재주가 있어 주객랑主客郎에 임명되어 북위의 사자를 접대했다. 경릉왕 소자량
과 절친하게 지내면서 '경릉팔우'의 한 사람이 되었다. 무제의 병이 위독해지자
칙명勅命을 고쳐 소자량을 즉위케 하고자 했지만 일을 성사시키지 못했다. 울림
왕鬱林王이 즉위하자 투옥되어 사형되었는데, 이때 27살이었다. 원래 문집 10권
이 있었지만 이미 없어졌고, 명나라 사람이 편집한 《왕영삭집王寧朔集》이 있다.

2 四聲(사성): 중고 시기 중국어 성조의 4가지. 즉 평성, 상성, 거성, 입성을 가리
킨다.

3 梁簡文(양간문): 양나라 간문제 소강蕭綱(503~551). 자는 세찬世纘이고 남난릉
南蘭陵 곧 강소성 무진武進 사람이다. 양무제梁武帝의 셋째 아들로 천감 5년(506)
진안왕晉安王에 봉해졌다. 장자 소통이 일찍 죽자 중대통中大通 3년(531)에 태자
로 책봉되었다. 태청 3년(549), 후경의 난으로 양무제가 죽자 소강이 즉위했다.
그러나 얼마 뒤 대보 2년(551)에 후경에 의해 살해되었다. 2년 동안 재위하면
서 궁체시풍을 발전시켰다.

4 庾肩吾(유견오): 남조 시기 양나라의 문인이다. 자는 자신子愼 또는 신지愼之고,
남양南陽 신야新野 사람이다. 유신庾信의 아버지다. 8살 때부터 시를 지을 줄 알
았다. 처음에 진안왕晉安王 소강蕭綱의 상시常侍가 되어 그가 진鎭을 옮길 때마다
따라다녔다. 왕명을 받아 유효위劉孝威 등과 함께 많은 서적을 편찬해 고재학사
高齋學士로 불렸다. 태자솔경령太子率更令과 중서자中庶子 등을 역임하다가 간문제
가 즉위한 뒤 탁지상서度支尙書가 되었다. 후경이 송자선宋子仙과 함께 회계會稽
를 격파했을 때 포로가 되었는데 즉석에서 시를 짓게 하자 문채가 아주 아름다
워 송자선이 그를 석방하고 건창령建昌令에 임명했다. 나중에 강릉으로 달아나
원제에게 투항하고 강주자사江州刺史가 되었지만 얼마 뒤 죽었다. 시풍이 빼어
나게 아름다우며 궁체시의 대표 작가다.

5 丘遲(구지): 남조 시기 양나라의 문학가다. 자는 희범希范이고 오흥吳興 오정烏程
곧 지금의 절강성 호주시湖州市 사람이다. 구영국丘靈鞠의 아들이다. 10여수의
시가 전해지는데 그중 〈시연낙유원송장서주侍宴樂游苑送張徐州〉와 〈단발어포담
旦發漁浦潭〉이 유명하다. 어려서부터 총명하여 시문에 능했다. 제나라에서 태학
박사太學博士를 지내다가 전중랑殿中郎에 천거되었고, 양나라 시기에는 중서시
랑中書侍郎에 천거되어 문덕전文德殿에서 천자의 조서를 기다렸다. 양무제가 〈연

주連珠)를 짓고 군신들에게 조서를 내렸을 때, 이어 지은 작가가 수십 명이었는데 그의 글이 가장 아름다웠다. 후에 영가태수永嘉太守로 나갔다가 직무를 소홀히 하여 탄핵되었으나, 황제가 그의 재주를 아까워하여 추궁하지 않았다. 종영은 《시품》에서 "구지의 시는 경치의 아름다움을 더욱 돋보이게 함이 마치 푸른 풀에 떨어진 꽃과 같다. 강엄보다는 비천하지만 임방보다는 빼어나다.丘詩點綴映媚, 似落花依草, 故當淺於江淹, 而秀於任昉."고 평가했다.

6 任昉(임방): 남조 시기 양나라의 문인이다. 자는 언승彦升이고 낙안樂安 박창博昌 사람이다. 송·제·양 세 왕조에 걸쳐 벼슬을 했다. 송나라 때 연주兗州 수재가 되어 태학박사에 올랐다. 제나라에 입조한 뒤 문학적 소양으로 왕검王儉의 인정을 받아 단양윤주부丹陽尹主簿에 올랐다. 나중에 경릉왕의 기실참군記室參軍이 되어 경릉팔우의 한 사람이 되었다. 제나라 말에는 중서시랑中書侍郎 사도우장사司徒右長史가 되었다. 소연이 득세한 뒤에는 표기기실참군驃騎記室參軍에 임명되어 문한文翰을 주로 맡아 처리했다. 양나라에 들어서는 황문시랑黃門侍郎과 이부낭중吏部郎中을 역임하고 의흥태수義興太守로 전근했다가 어사중승御史中丞, 비서감秘書監으로 옮겨 비각秘閣에 소장 중인 전적을 교정하는 작업을 맡았다. 마지막으로 신안태수新安太守를 지냈다. 원래 문집 33권이 있었지만 모두 없어졌고 명나라 때 편집한 《임언승집任彦升集》이 전한다. 일생동안 청렴결백하여 천감7년(508)에 관사에서 죽었을 때 그의 집에는 쌀 20석만 있었다고 한다.

7 仕於(사어): …에 벼슬하다.

5

사조의 오언 중 다음과 같은 시구는 모두 가구다.

"해가 뜨니 뭇 새들이 흩어지고, 산이 어두워지니 외로운 원숭이가 우네.日出衆鳥散, 山暝孤猿吟."

"하늘가에는 돌아가는 배 보이는데, 구름 속에서도 강가의 나무들은 또렷하여라.天際識歸舟, 雲中辨江樹"

"남쪽에서 귤이 자라니, 어찌 기러기가 나는 것을 알리오.南中榮橘柚, 寧知鴻鴈飛."

"봄에 자란 풀이 가을에 더욱 푸른데, 공자는 서쪽에서 돌아오지 않았네.春草秋更綠, 公子未西歸."

"큰 강이 밤낮으로 흐르고, 나그네의 슬픈 마음 끝나지 않네.大江流日夜, 客心悲未央."

"달빛이 까치를 아름답게 비추고, 북쪽에 있는 옥승별은 건장建章에 이르네.金波麗鳷鵲, 玉繩低建章."

"바람이 만년의 가지를 흔들고, 해가 이슬을 받는 동반을 비추네.風動萬年枝, 日華承露掌."

"남은 노을 흩어져 비단을 이루고, 맑은 강물 고요히 흘러 명주를 편 듯하네.餘霞散成綺, 澄江靜如練"

"변방의 성에서 한결같이 바라보니, 평야가 진실로 창연하네.寒城一以眺, 平楚正蒼然."

"북풍이 흩날리는 비를 부는데, 쓸쓸히 강가로 오네.朔風吹飛雨, 蕭條江上來."

심약의 다음과 같은 시구는 가구다.

"봄빛이 언덕 꼭대기를 비추고, 가을바람이 계수나무 가지에서 일어나네.春光發隴首, 秋風生桂枝."

"푸른 이끼 이미 유수에 맺히고, 푸른 물이 다시 기수淇水에 가득차네.靑苔已結洧, 碧水復盈淇."

"가을바람이 넓은 언덕에 불어오고, 쓸쓸하게 남쪽 문으로 들어오네.秋風吹廣陌, 蕭瑟入南闈."

그러나 사령운과 비교하면 격조가 하강했을 따름이다. 사조의 시 중 다음과 같은 시구는 모두 율격에 맞고 화려하다.

"바람이 날리고 꾀꼬리 어지러이 울고, 구름이 흘러가고 아리따운 버드나무 늘어지네.風瀁飄鶯亂, 雲行芳柳低."

"봄바람 꽃술 위에 불고, 예쁜 새가 나뭇잎 사이에서 우네.春風蕊上
發, 好鳥葉間鳴."

"나뭇잎 아래 이슬이 가득한 걸 알고, 벼랑 끝에 구름이 겹겹인 것
을 아네.葉低知露密, 崖斷識雲重."

〈영만詠幔〉에서 노래한다. "매번 모이면 술독의 술 냄새 가득하고,
가끔 머물면 거문고 소리 들리네.每聚金爐氣, 時駐玉琴聲."[8]

〈영촉詠燭〉에서 노래한다. "배회하는 구름 그림자, 화려하게 무늬
를 새긴 쇠.徘徊雲鬢影, 的爍綺疏金."

심약의 시 중 다음과 같은 시구는 모두 율격에 맞고 화려하다.

"귀한 거문고에 아름다운 기둥, 황금 고삐에 대모의 안장寶瑟玫瑰柱,
金羈玳瑁鞍."

"햇빛이 조나라 거문고에 비추고, 바람이 연나라 미녀를 움직이네.
日華照趙瑟, 風色動燕姬."

"비녀를 꽂으니 가을달 비추고, 거울을 여니 봄단장에 견주네.聯簪
映秋月, 開鏡比春粧."

"달이 밝으니 비스듬히 베개를 비추고, 등불 밝으니 침대를 은은히
비추네.月輝橫射枕, 燈光半隱牀."

〈영풍詠風〉에서 노래한다. "거울을 보니 먼저 분이 날리고, 적삼을
뒤집으니 향기가 묻드네.入鏡先飄粉, 翻衫染弄香."

🔴 사조, 심약의 시구에 대해 논했다. 사조와 심약은 제나라 경릉왕 소자량의
해제 막하에서 활동한 '경릉팔우'의 일원이다. 사조, 심약 외 소연, 왕융, 소침蕭

---

8) 교점자의 견해: 이것은 왕융 〈영만詠幔〉의 시구다.

琛, 범운范雲, 임방任昉, 육수陸倕가 함께 활동했다. 그들은 성률의 이론을 직접 시 창작에 접목시켜 이른바 영명체를 완성시켰다. 따라서 사조와 심약의 시구 중 율격에 맞는 것을 예로 들어 영명체의 특징을 간략하게 선보이고 있다.

玄暉五言, 如"日出衆鳥散, 山暝孤猿吟."[1] "天際識歸舟, 雲中辨江樹."[2] "南中榮橘柚, 寧知鴻鴈飛."[3] "春草秋更綠, 公子未西歸."[4] "大江流日夜, 客心悲未央."[5] "金波麗鳷鵲, 玉繩低建章."[6] "風動萬年枝, 日華承露掌."[7] "餘霞散成綺, 澄江靜如練."[8] "寒城一以眺, 平楚正蒼然."[9] "朔風吹飛雨, 蕭條江上來."[10] 休文如"春光發隴首, 秋風生桂枝."[11] "青苔已結洧, 碧水復盈淇."[12] "秋風吹廣陌, 蕭瑟入南闈"[13]等句, 皆佳句也. 但較之靈運, 則氣格遂降耳. 至如玄暉"風滋飄鶯亂, 雲行芳柳低."[14] "春風蕊上發, 好鳥葉間鳴."[15] "葉低知露密, 崖斷識雲重."[16] 詠幔云"每聚金爐氣, 時駐玉琴聲."[17] (校點者按: 此爲王融詠幔詩句.) 詠燭云"徘徊雲髻影, 的爍綺疏金."[18] 休文如"寶瑟玫瑰柱, 金羈玳瑁鞍."[19] "日華照趙瑟, 風色動燕姬."[20] "聯簪映秋月, 開鏡比春粧."[21] "月輝橫射枕, 燈光半隱牀."[22] 詠風云"入鏡先飄粉, 翻衫染弄香"[23]等句, 皆入律而綺靡者也.

1 日出衆鳥散(일출중조산), 山暝孤猿吟(산명고원음): 해가 뜨니 뭇 새들이 흩어지고, 산이 어두워지니 외로운 원숭이가 우네. 사조 〈군내고재한망답여법조시郡內高齋閒望答呂法曹詩〉의 시구다.

2 天際識歸舟(천제식귀주), 雲中辨江樹(운중변강수): 하늘가에는 돌아가는 배 보이는데, 구름 속에서도 강가의 나무들은 또렷하여라. 사조 〈지선성군출신림포향판교시之宣城郡出新林浦向板橋詩〉의 시구다.

3 南中榮橘柚(남중영귤유), 寧知鴻鴈飛(녕지홍안비): 남쪽에서 귤이 자라니, 어찌 기러기가 나는 것을 알리오. 사조 〈수왕진안덕원시酬王晉安德元詩〉의 시구다.

4 春草秋更綠(춘초추갱록), 公子未西歸(공자미서귀): 봄에 자란 풀이 가을에 더욱 푸른데, 공자는 서쪽에서 돌아오지 않았네. 사조 〈수왕진안덕원시酬王晉安德元詩〉의 시구다.

5 大江流日夜(대강류일야), 客心悲未央(객심비미앙): 큰 강이 밤낮으로 흐르고,

나그네의 슬픈 마음 끝나지 않네. 사조 〈잠사하도야발신림지경색증서부동료시暫使下都夜發新林至京色贈西府同僚詩〉의 시구다.

6 金波麗鵲鵲(금파려지작), 玉繩低建章(옥승저건장): 달빛이 까치를 아름답게 비추고, 북쪽에 있는 옥승별은 건장建章에 이르네. 사조 〈잠사하도야발신림지경색증서부동료시〉의 시구다.

7 風動萬年枝(풍동만년지), 日華承露掌(일화승로장): 바람이 만년의 가지를 흔들고, 해가 이슬을 받는 동반을 비추네. 사조 〈직중서성시直中書省詩〉의 시구다. '승로장'은 '승로반承露盤'과 같은 말로서, 한무제가 장수약으로 이슬을 받기 위해 만든 동반銅盤을 가리킨다.

8 餘霞散成綺(여하산성기), 澄江靜如練(징강정여련): 남은 노을 흩어져 비단을 이루고, 맑은 강물 고요히 흘러 명주를 편 듯하다. 사조 〈만등삼산환망경읍시晚登三山還望京邑詩〉의 시구다.

9 寒城一以眺(한성일이조), 平楚正蒼然(평초정창연): 변방의 성에서 한결같이 바라보니, 평야가 진실로 창연하네. 사조 〈선성군내등망시宣城郡內登望詩〉의 시구다.

10 朔風吹飛雨(삭풍취비우), 蕭條江上來(소조강상래): 북풍이 흩날리는 비를 부는데, 쓸쓸히 강가로 오네. 사조 〈관조우시觀朝雨詩〉의 시구다.

11 春光發隴首(춘광발롱수), 秋風生桂枝(추풍생계지): 봄빛이 언덕 꼭대기를 비추고, 가을바람이 계수나무 가지에서 일어나네. 심약 〈유종산시응서양왕교游鍾山詩應西陽王教〉 중 제3장의 시구다.

12 靑苔已結洧(청태사결유), 碧水復盈淇(벽수복영기): 푸른 이끼 이미 유수에 맺히고, 푸른 물이 다시 기수淇水에 가득차네. 심약 〈춘영시春詠詩〉의 시구다.

13 秋風吹廣陌(추풍취광맥), 蕭瑟入南闈(소슬입남위): 가을바람이 넓은 언덕에 불어오고, 쓸쓸하게 남쪽 문으로 들어오네. 심약 〈직학성수와시直學省愁臥詩〉의 시구다.

14 風溫飄鶯亂(풍탕표앵난), 雲行芳柳低(운행방류저): 바람이 날리고 꾀꼬리 어지러이 울고, 구름이 흘러가고 아리따운 버드나무 늘어지네. 사조 〈등산곡登山曲〉의 시구다.

15 春風蕊上發(춘풍예상발), 好鳥葉間鳴(호조엽간명): 봄바람 꽃술 위에 불고, 예쁜 새가 나뭇잎 사이에서 우네. 사조 〈송강병조단주부주효렴환상국시送江兵曹檀主簿朱孝廉還上國詩〉의 시구다.

16 葉低知露密(엽저지로밀), 崖斷識雲重(애단식운중): 나뭇잎 아래 이슬이 가득한 걸 알고, 벼랑 끝에 구름이 겹겹인 것을 아네. 사조 〈이병환원시친속시移病還園示親屬詩〉의 시구다.

17 每聚金罏氣(매취금로기), 時駐玉琴聲(시주옥금성): 매번 모이면 술독의 술 냄새 가득하고, 가끔 머물면 거문고 소리 들리네. 사조 〈영만詠幔〉의 시구다. 그러나 이 책의 교점자는 이 시의 저자를 왕융이라고 말하고 있다. 녹흠립도 왕융의 시로 보고 있다.

18 徘徊雲鬢影(배회운팔영), 的爍綺疏金(적삭기소금): 배회하는 구름 그림자, 화려하게 무늬를 새긴 쇠. 사조 〈영촉詠燭〉의 시구다.

19 寶瑟玫瑰柱(보슬매괴주), 金羈玳瑁鞍(금기대모안): 귀한 거문고에 아름다운 기둥, 황금 고삐에 대모의 안장. 심약 〈등고망춘시登高望春詩〉의 시구다.

20 日華照趙瑟(일화조조슬), 風色動燕姬(풍색동연희): 햇빛이 조나라 거문고에 비추고, 바람이 연나라 미녀를 움직이네. 심약 〈춘영시春詠詩〉의 시구다.

21 聯簪映秋月(연잠영추월), 開鏡比春粧(개경비춘장): 비녀를 꽂으니 가을달 비추고, 거울을 여니 봄단장에 견주네. 심약 〈휴수곡攜手曲〉의 시구다.

22 月輝橫射枕(월휘횡사침), 燈光半隱牀(등광반은상): 달이 밝으니 비스듬히 베개를 비추고, 등불 밝으니 침대를 은은히 비추네. 심약 〈야야곡夜夜曲〉의 시구다.

23 入鏡先飄粉(입경선표분), 翻衫染弄香(번삼염농향): 거울을 보니 먼저 분이 날리고, 적삼을 뒤집으니 향기가 물드네. 심약 〈영풍詠風〉의 시구다.

6

사조, 심약의 오언평운은 윗 구의 다섯 번째 글자가 대부분 측성을 사용했는데, 즉 심약의 팔병설八病說에서 꺼린 상미上尾설이다. 이것은 율격의 변화가 점차 나타난 것이다.

 영명체는 시가 중의 운율미를 강조한다. '사성팔병설四聲八病說'이 그 대표적인 이론이다. '사성설'은 평상거입平上去入의 네 가지 성조에 착안하여, 사성의 안배에 따라 시문의 성조를 의도적으로 나열하는 것을 가리킨다. '팔병설'은 평두, 상미, 학슬, 봉요, 대운, 소운, 정뉴, 방뉴를 말하는데, 그 내용의 대략은 다음과 같다.

평두平頭: 한 연 가운데 상구의 첫 2자와 하구의 첫 2자가 같은 성조가 되는 것을 피해야 함.

상미上尾: 상구의 끝 2자와 하구의 끝 2자가 같은 성조가 되는 것을 피해야 함.

학슬鶴膝: 오언시의 첫째 구의 다섯 번째 글자와 세 번째 구의 끝 자가 같은 성조가 되는 것을 피해야 함.

봉요蜂腰: 오언구의 두 번째 글자와 다섯 번째 글자가 같은 성조가 되는 것을 피해야 함.

대운大韻: 오언시 열 번째 글자에 압운할 때, 다른 아홉 자 가운데 같은 성조를 사용하는 것을 피해야 함.

소운小韻: 운각韻脚인 글자를 제외하고 아홉 자 가운데 다른 동운同韻의 자를 2개 사용하는 것을 피해야 함.

정뉴正紐: 한 구 가운데 이성동음異聲同音을 사용하는 것을 피해야 함.

방뉴旁紐: 한 구 가운데 쌍성雙聲을 이루는 글자를 사용하는 것을 피해야 함. (연속해서 쌍성을 이루는 것은 무방하나 글자를 띄워서 쌍성을 이루는 것을 금한다.)

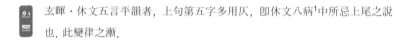

玄暉·休文五言平韻者, 上句第五字多用仄, 卽休文八病[1]中所忌上尾之說也. 此變律之漸.

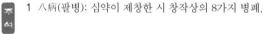

1 八病(팔병): 심약이 제창한 시 창작상의 8가지 병폐.

7

왕세정이 말했다.

"사조가 특히 사령운보다 못한 것은 오직 재주가 빈약해서가 아니다. 사령운은 시어가 대구를 이루고 풍격이 예스러우나, 사조는 성조가 대구를 이루고 오늘날의 풍격이다.”

내가 생각건대 엄우가 일찍이 “사조의 시는 이미 전체 시편이 당나라 시인과 비슷하다”고 말했는데, 이것이 바로 “성조가 대구를 이루고 오늘날의 풍격이다”고 말한 의미다.

해제 사조의 시를 사령운과 비교하여 논했다. 사조는 사거謝據의 현손玄孫이자 사안謝安의 형이며 사령운의 조카다. 그는 경릉팔우 중 가장 뛰어난 시인으로 평가받는다. 《남제서》 본전에 의거하면 심약은 “이백 년 이래 사조의 시와 같은 것이 없었다.二百年來無此詩也.”라고 칭찬했다.

또 종영은 《시품》에서 사조를 고금의 독보적인 시인으로 평가했다. 이것은 그의 재주가 뛰어났음을 반증한다. 실제 그의 시는 이후 양진 시기의 문인들에게 많은 영향을 미쳤다. 예를 들면 《태평광기太平廣記》 권189에서 다음과 같이 말했다.

“양무제 소연은 사조시를 3일간 읽지 않으면 입에서 냄새가 난다고 느꼈다.不讀謝詩三日, 覺口臭.”

또 《안씨가훈顔氏家訓, 문장文章》에서는 다음과 같이 말했다.

“유효작은 당시에 이미 이름이 났으므로 자기를 낮추는 바가 없었는데, 오직 사조를 탄복하여 항상 사조의 시를 책상에 두고 틈만 나면 읊조렸다. 劉孝綽當時既有重名, 無所與讓, 唯服謝朓, 常以謝詩置几案間, 動靜輒諷味.”

특히 이백은 여러 시편에서 사조를 칭송했기에, 청대 왕사정王士禎은 〈논시절구論詩絶句〉에서 “이백은 일생토록 사조에게 고개를 숙였다.一生低首謝宣城.”고 말했다.

시의 풍격면에서 살펴보면 사조의 시는 사령운과 달리 대구와 조탁을 중시하지 않고 쉽고 간략하며 자연스러운 성조를 추구한다. 이것은 곧 원가체에서 영명체로의 변화를 의미한다. 그러나 원가 시인의 웅혼한 필력이 사조의 시풍에서는 나타나지 않으므로 명대의 종성鍾惺은 《고시귀古詩歸》 권13에서 사조의 시를 사령운보다 뒤떨어진다고 평가하며 다음과 같이 말했다.

“사령운의 시는 대구가 질리지만 고시로 간주된다. 사조의 시는 대구가

질리지 않지만 이미 근체에 흠뻑 젖어들었다.康樂排得可厭, 却不失爲古詩; 玄暉排
得不可厭, 業已浸淫近體."

원문 王元美云: "玄暉特不如靈運者, 匪[1]直才力小弱. 靈運語俳而氣古, 玄暉調俳
而氣今." 愚按: 滄浪嘗謂"謝朓之詩, 已有全篇似唐人者", 此卽所謂"調俳而
氣今"也.

주석 1. 匪(비): 아니다.

8

혹자가 물었다.

"사령운의 시에는 졸구가 많은데, 사조의 시에 도리어 졸구가 없는
까닭은 어째서인가?

내가 대답한다.

사령운의 시는 지극히 꾸몄기에 졸구가 저절로 많고, 사조는 날마
다 갈고 다듬었기에 졸구가 저절로 적다. 그러나 사령운에게 못 미치
는 까닭은 왕세정이 말한 바이다.

해제 사조의 시구가 사령운에 비해 졸구가 적지만 사령운에게 미치지 못함을
지적했다. 앞서 제7칙에서 사조의 시는 이미 고시의 풍격에서 벗어나 율격
의 변화가 나타났다고 언급했다.

원문 或問: "靈運詩多拙句, 而玄暉反無, 何也?" 曰: 靈運詩極雕刻, 故拙句自多;
至玄暉, 則琢磨日深[1], 故拙句自少, 其所以不及靈運者, 則元美所云也.

주석 1 琢磨日深(탁마일심): 날마다 갈고 다듬다.

9

사조의 오언사구는 성운과 기세가 포조와 비교하면 점차 하강했으나, 변화가 생긴 것이라고는 말할 수 없다.

해제 사조의 오언과 포조를 비교했다. 사조의 시는 증답시, 화답시 및 산수시가 대부분이다. 산수시 또한 사령운과 같이 기이한 자연 경관을 묘사하거나 포조와 같이 기려 중의 경물묘사와는 달리 일상생활에서 느낀 정경을 많이 묘사하고 있다.

원문 玄暉五言四句, 格韻較明遠稍降, 然未可謂變也.

10

심약의 전체 문집은 사조와 비교하면 성운과 기세가 뛰어나나, 특별히 정교하지는 않다. 수록된 것은 성운이 더욱 아름다운 것이다.

해제 심약과 사조를 비교하여 논했다. 시가의 이론 방면에서 심약의 가장 큰 공헌은 체계적인 성률을 주장했다는 데 있다. 또 사성의 발명에 따라 심약은 성률의 이론을 바로 시문의 창작에 활용했다. 그러나 그 이론과 실제가 꼭 일치하는 것만은 아니었으니, 아래에서 자세히 논한다.

원문 休文全集較玄暉聲氣爲優, 然殊[1]不工. 至入錄者, 則聲韻益靡矣.

주석 1 殊(수): 특별히.

11

심약의 논시에는 팔병설八病說이 있는데 이것은 율격이 점차 변한 것이다. 그러나 그의 시를 살펴보면 또한 그 주장과 완전히 같지 않은 데, 어째서인가?

심약의 팔병설과 그 창작과 모순이 있음을 지적했다. 심약은 영명성률론永明聲律論을 주창하면서 굉장한 자부심을 느낀 듯하다. 《양서梁書, 심약전》에 근거하면, 그는 《사성보四聲譜》를 창작하고 다음과 같이 생각했다.

"옛날의 문인들이 천년 동안이나 깨닫지 못한 것을 홀로 깨달아 그 오묘한 뜻을 다 이해했다고 여기며, 스스로 신의 경지에 오른 저작이라고 말했다.以爲在昔詞人, 累千載而不悟, 而獨得胸衿, 窮其妙旨, 自謂入神之作."

물론 이 말은 지나치다. 왜냐하면 심약 이전에 주옹周顒이 《사성절운四聲切韻》(일실)을 지었기 때문이다. 주옹의 《사성절운》은 성운학 방면의 저작이라면 심약의 《사성보》는 성운학의 이론을 시율에다가 운용한 것이다. 만약 주옹이 없었다면 심약의 이와 같은 성과도 장담할 수 없다. 게다가 심약은 시 창작에서는 큰 업적을 남기지 못했으니, 호응린의 《시수詩藪》에서 다음과 같이 평가하고 있다.

"심약의 사성팔병은 최초로 천고의 오묘한 도리를 드러내어, 근체시에 있어서 진실로 천고의 성인이라고 일컫는다. 그러나 스스로 운용한 것은 한 편도 없다. 여러 작품은 재주가 남음이 있으나 풍격이 완전히 결핍되었는데, 임방과 범운에 비교하면 겨우 그들을 능가할 뿐이다. 세상에서 종영이 사사로이 강개하여 중품에 넣은 것은 옳지 않다.休文四聲八病, 首發千古妙詮, 其於近體, 允謂千古之聖. 而自運乃無一篇, 諸作材力有餘, 風神全乏, 視彦升, 彦龍, 僅能過之. 世以鍾氏私憾, 抑置中品, 非也."

休文論詩, 有八病之說, 此變律之漸. 然觀其詩, 亦不盡如其說, 何耶?

12

심약의 악부잡언 단편 〈강남농江南弄〉 4수는 성조가 지극히 아름다운데, 대개 진송晉宋의 〈백저白紵〉의 부류다.

심약의 〈강남농〉에 대해 논했다. 〈강남농〉이 진송의 〈백저〉와 같은 부류라고 한 것은 〈백저〉가 화려한 것을 기본으로 하는 노래를 말하기 때문이다.

심약은 사성팔병설의 이론을 통해 영명체를 창조하여 발전시킨 대표 문인일 뿐 아니라 악부민가에도 관심을 가졌다. 이에 심약의 시에는 이른바 '속俗'의 경향이 엿보이는데, 이것은 포조의 시풍에서 계승된 것이다. 실제 심약은 포조를 숭상했으므로, 종영의 《시품》에서는 다음과 같이 평하고 있다.

"그 문체를 자세히 보고 기타의 이론을 살펴보니 진실로 포조를 숭상했음을 알겠다. 이에 조정의 종묘를 짓는 것에는 익숙하지 않고 청신하고 깊은 원한을 표현하는 데 능하다.詳其文體, 察其餘論, 固知獻章鮑明遠也. 所以不閑於經綸, 而長於淸怨."

즉 심약은 포조의 '험險'이 아니라 속을 본받았는데, 좀 더 엄밀히 말하면 포조가 한사寒士의 속, 세속世俗의 속을 말한 것이라면 심약은 사족士族의 속, 용속庸俗의 속을 말하고 있다. 따라서 심약은 악부시를 통해 보잘 것 없는 일상의 소소함을 잘 표현했다. 그러나 영명체의 화려한 성조도 가미되어 그것이 악부인지 시인지 잘 구분이 되지 않는 측면도 있다.

休文樂府雜言短篇有江南弄四首, 聲調極靡, 蓋晉宋白紵之流[1]也.

1 白紵之流(백저지류): 진나라 악부 〈백저가〉와 같은 부류의 시를 가리킨다.

13

왕융王融의 오언은 사조, 심약과 비교하면 성운이 더욱 비천하고 태반이 양·진의 시에 들어가므로, 소명태자가 유독 취하지 않았다. 종영이 "궁상의 변, 사성의 논은 왕융이 그 서막을 열고, 사조와 심약이 그 물결을 틔웠다"고 한 것은 이를 두고 말한 것이다.

다음의 시구에서는 영명체를 찾으려야 찾을 수 없다.

"저녁 해가 모래섬에 가라앉고, 청풍이 감천甘泉을 움직이네.殘日霽沙嶼, 淸風動甘泉."

"서리가 맹진盟津에 떨어지고, 가을바람이 함곡函谷을 지나네.霜氣下盟津, 秋風度函谷."

> **해제** 왕융의 시에 관한 논의다. 《남제서南齊書》에 따르면 왕융의 외조부 사혜선謝惠宣은 사혜련의 동생이다. 왕융은 사혜련의 시풍의 영향을 받았는데, 그의 시풍은 평이하고 화려하고 유창한 특징이 있다. 또 그는 음률에도 정통하여 일찍이 경릉팔우의 일원이 되어 영명체의 발전을 선도했다. 그러나 왕융은 전고를 좋아한 까닭에 종영의 《시품》에서 왕융은 하품에 열거되었다. 소통 역시 그의 시풍이 유약하여 《문선》에 선록하지 않았다. 왕융은 심약, 사조에 비해 현존하는 작품이 많지 않다.

> **원문** 王元長五言, 較玄暉·休文聲韻益卑, 太半[1]入梁陳矣, 故昭明獨[2]無取焉. 鍾嶸云"宮商之辯[3], 四聲之論[4], 王元長創其首, 謝朓·沈約揚其波"是也. 至如"殘日霽沙嶼, 淸風動甘泉."[5] "霜氣下盟津, 秋風度函谷"[6], 求之永明[7], 殆不多得.

> **주석**
> 1 太半(태반): 매우 많다.
> 2 獨(독): 유독.
> 3 宮商之辯(궁상지변): 음률의 구분.
> 4 四聲之論(사성지론): 사성의 이론.
> 5 殘日霽沙嶼(잔일제사서), 淸風動甘泉(청풍동감천): 저녁 해가 모래섬에 가라앉고, 청풍이 감천甘泉을 움직이네. 왕융 〈녹수곡淥水曲〉의 시구다.

6 霜氣下盟津(상기하맹진), 秋風度函谷(추풍도함곡): 서리가 맹진盟津에 떨어지고, 가을바람이 함곡函谷을 지나네. 왕융 〈고의시이수古意詩二首〉 중 제2수의 시구다. '盟(맹)'이 '孟(맹)'으로 된 판본도 있다.

7 永明(영명): 영명체를 가리킨다. 남조 제나라 영명(483~493) 시기에 형성된 시체다. 경릉팔우竟陵八友를 중심으로 시의 지나친 수식과 기교로 인한 형식주의에 반대하고 성운상의 자연스러운 음률을 중시하면서 생겨났으며, 후일 당나라의 율시와 절구의 기초가 확립되었다. 경릉팔우는 왕융王融(468~494), 사조謝朓(464~499), 범운范雲(451~503), 임방任昉(460~508), 심약沈約(441~513), 육수陸倕(470~506), 소침蕭琛(478~525), 소연蕭衍(464~549)이다.

14

사조와 왕융의 악부오언은 시와 거의 다를 게 없어서 구분이 되지 않는다. 심약의 장편은 성운과 기세가 다소 웅장하지만 진실로 악부체의 시어가 아니다.

해제 영명체의 작가들은 화려한 성조와 대구로써 악부를 썼기 때문에 그것이 악부인지 시인지 잘 구분되지 않는다. 또한 영명체의 발전은 그 당시 악부 민가와 전혀 무관한 것이 아닌데, 특히 심약이 주장한 '삼이三易'는 원가시의 폐해라고 할 수 있는 지나친 전고의 사용과 인위적인 조탁에서 벗어나 악부와 같이 '시의 내용이 쉽고 글자가 쉽고 낭독이 쉽게 함으로써易見事, 易識字, 易讀誦', 오언시의 새로운 변화를 추구했다.

원문 玄暉 · 元長樂府五言, 與詩略無少異[1], 故不復分次[2]; 惟休文長篇, 聲氣稍雄, 然正非樂府語矣.

주석
1 略無少異(약무소이): 거의 다를 게 없다.
2 分次(분차): 구분.

양梁

1

양무제梁武帝[1]의 악부오언은 성정이 비록 아름다우나 그다지 화려
하지는 않다. 제·양 간의 악부 중에서 오직 무제가 조금이나마 정취
가 있다. 예를 들어 무제의 "거센 바람이 고요한 밤을 지나가고, 명월
이 신방에 걸렸네金風徂淸夜, 明月懸洞房"는 바로 제·양 시기의 가구다.
악부칠언 중 〈하중지수가河中之水歌〉는 시어가 비록 요염하지만 성
조가 어우러졌다. 〈동비백영가東飛伯勞歌〉는 시어가 더욱 요염해지고
성조가 더욱 쇠약해졌다. 잡언 〈강남농江南弄〉 7수는 성조가 심약과
비슷하지만 생자生字와 기자奇字가 많아서 수록하지 않는다.[2]

양무제의 오·칠언 악부에 관한 논의다. 양무제 소연은 제나라 영명 시기

---

1) 이름 연衍, 자 숙달叔達.
2) 칠언, 잡언은 모두 악부다.

'경릉팔우'의 한 사람이었다. 영명 말 제명제齊明帝의 탈권을 도우면서 자신의 영역을 확충하여 양나라를 건립했다. 문인 출신의 황제로서 문학을 창도하여 양나라의 다양한 문학적 풍토를 마련했다. 그의 가장 큰 특색은 악부가사인데 대부분 그 당시의 '신성新聲'인 서곡가西曲歌와 오성가사吳聲歌辭를 수용했다. 여기서 언급한 〈하중지수가河中之水歌〉, 〈동비백영가東飛伯勞歌〉, 〈강남농江南弄〉은 그중 대표작이라고 할 수 있다. 〈하중지수가〉와 〈동비백영가〉는 귀족적인 분위기가 엿보이나 시어가 자연스러우며 민가의 풍조가 있다. 〈강남농〉은 서곡가를 고쳐서 쓴 것으로 화려한 정서가 두드러진다. 이것은 모두 칠언의 가행체로 조비의 〈연가행燕歌行〉을 계승하여 제·양 시기 궁정문인의 칠언시 발전에 많은 영향을 미쳤다.

梁武帝[1][諱衍, 字叔達]樂府五言, 情雖麗而未甚靡, 齊梁間樂府, 惟武帝稍爲有致[2]. 他如"金風徂淸夜, 明月懸洞房"[3], 乃齊梁佳句. 樂府七言河中之水歌, 語雖妖豔[4], 而調猶渾成. 東飛伯勞歌, 則詞益豔而聲益漓矣. 雜言江南弄七首, 聲調與休文相類, 然多生字[5]奇字[6], 故未可錄. [七言·雜言, 皆樂府也.]

1 梁武帝(양무제): 소연蕭衍. 남조 시기 양나라의 초대 황제. 재위 기간은 502년~549년이다. 남난릉南蘭陵 사람으로 자는 숙달叔達이고 묘호는 고조高祖다. 박학하고 문무에 재질이 있었다. 제나라에서 벼슬하여 옹주자사雍州刺史가 되어 양양襄陽을 지켰으며 경릉왕竟陵王 왕자량王子良의 집에서 심약, 범운 등 문인 귀족들과 교유하며 '팔우八友'의 이름을 얻었다. 제나라 말기 영원永元 2년(500) 황실이 어지러워지자 동혼후東昏侯에 대한 반란을 일으켜 정권을 장악하면서 양왕梁王에 봉해졌다. 얼마 후 제화제齊和帝를 폐위하고 제위에 올라 국호를 '양'이라 했다. 즉위한 뒤 유학을 중흥시키고 백가보百家譜를 개정하면서 방목謗木을 설치하고 공헌貢獻을 폐지하는 등 새로운 정책을 펼쳤다. 불교를 신봉하여 불교 사상의 황금시대를 이루었다. 중대동中大同 2년(547) 후경의 침입으로 인해 아사했다. 문학에 뛰어났고, 음률도 잘 알았으며, 서예에도 일가를 이루었다. 많은 저서를 지었지만 거의 다 사라지고 지금은 명나라 때 편찬된 《양무제어제집梁武帝御製集》이 전한다.

2 有致(유치): 정취가 있다.

3 金風徂清夜(금풍조청야), 明月懸洞房(명월현동방): 거센 바람이 고요한 밤을
지나가고, 명월이 신방에 걸렸네. 양무제 〈도의시擣衣詩〉의 시구다.

4 妖豔(요염): 우아하고 아름답다.

5 生字(생자): 알 수 없는 글자 또는 낱말.

6 奇字(기자): 기이한 글자.

2

범운范雲[3])의 오언은 제·양 간의 시 중에서 성운과 기세가 유독 웅
장하다. 영명 이후 양무제가 성조를 선택했다면 범운은 기세를 선택
했다. 범운 이전의 여러 편은 역시 영명체다.

해제 범운의 시에 관한 논의다. 범운은 '경릉팔우' 중 한사람이다. 양무제 소연
이 군대를 이끌고 건강健康을 공격할 때 심약과 함께 소연을 위해 계략을 세
웠다. 이후 양나라의 이부상서吏部尙書가 되었다. 현존하는 시는 40여 수인
데 대부분의 제·양 시기의 작품과 같이 남녀의 사랑이나 친구 간의 우정
등을 묘사했다. 여기서 말하는 기세란 종영이 《시품》에서 "청신하고 경쾌
한 것이 나부끼는 바람이 눈을 날리는 것 같다.淸便宛轉, 如流風回雪."고 말한
것을 일컫는 것이다.

원문 范雲[1][字彦龍]五言, 在齊梁間聲氣獨雄. 永明以後, 梁武取調, 范雲取氣. 雲
前數篇亦永明體.

주석 1 范雲(범운): 남조 시기 양나라의 문인이다. 자는 언룡彦龍이고 남향南鄕 무음舞陰
곧 지금의 하남성 필양현泌陽縣 서북 지역 사람이다. 범진范縝의 사촌 동생이다.
6살 때 고모부 원숙명袁叔明을 따라 《모시》를 읽었으며 영민하고 학식이 풍부
하여 붓을 들기만 하면 바로 문장을 쓸 정도였다. 송나라 때에는 원외산기랑員

---

3) 자 언용彦龍.

外散騎郎을 지냈고 제나라에서는 경릉왕이 회계태수會稽太守로 있을 때 그 아래에서 왕부주부王府主簿를 지냈다. 심약 등과 절친하여 '경릉팔우'의 한 사람이 되었다. 양나라에서는 시중侍中과 산기상시散騎常侍, 이부상서吏部尚書 등 주요 관직을 두루 역임했다. 좌명佐命의 공으로 소성현후宵城縣侯에 봉해졌으며, 무제의 총애를 깊이 받아, 이후 관직이 상서우복야尚書右僕射까지 올랐다.

3

하손何遜4)은 유효작劉孝綽5)과 이름을 나란히 하므로 그 당시에 '하류何劉'라고 불렸다. 두 사람의 오언은 성조가 대부분 율격에 맞고 시어가 점차 화려해졌다. 하손의 장편 평운은 특별히 정교하지는 않다. 측운의 경우 상련의 다섯 번째 글자에서 간혹 평성을 사용하면 하련의 다섯 번째 글자에는 반드시 측성을 사용했다. 또 상련의 다섯 번째 글자에서 측성을 사용하면 하련의 다섯 번째 글자는 반드시 평성을 사용했다. 즉 심약의 팔병설에서 꺼린 학슬鶴膝의 설이다. 유효작의 장편 중에는 환운체가 가장 정교한데, 아래로 설도형薛道衡 등 초당의 여러 문인에게로 나아가 마침내 이백의 특기가 되었다.

하손과 유효작의 장편시 특징에 관해 논하고 있다. 하손은 유송 시기의 저명학자 하승천何承天의 손자다. 약관에 수재가 되었다. 범운이 그의 대책對策을 보고 크게 칭찬했으며 망년지교를 맺었다. 하손의 시는 증답과 수창이 많고, 시구가 완곡한 것이 가장 큰 특징이다. 유효작은 유회劉繪의 아들이고 왕융의 외조카다. 시와 변문을 잘 지었으며 소통을 도와 《문선》 편찬에 적극적으로 참여했다.

---

4) 자 중언仲言.
5) 본명은 염冉이고, 자가 효작孝綽이다.

원문

何遜[字仲言]與劉孝綽¹[本名冉, 字孝綽]齊名², 時號何劉. 二公五言, 聲多入律, 語漸綺靡. 何長篇平韻者殊不工; 仄韻者上聯第五字或用平, 下聯第五字必用仄, 上聯第五字或用仄, 下聯第五字必用平, 卽休文八病中所忌鶴膝³之說也. 劉長篇有轉韻³體最工, 下流至薛道衡⁴初唐諸子, 遂爲靑蓮⁵長物⁶.

주석

1 劉孝綽(유효작): 남조 시기 양나라의 문인이다. 팽성彭城 곧 지금의 강소성 서주徐州 사람이다. 문장에 능하고 초서와 예서에 능했다. 어릴 때부터 신동神童으로 불리며 재능을 크게 인정받았다. 특히 외삼촌 왕융이 그를 매우 총애했다. 도합到洽과 매우 친했으며 함께 동궁에서 태자를 보필했다. 그러나 유효작은 재주가 도합보다 뛰어나다고 자부하며 매번 그의 문장을 비웃었다. 이에 도합이 유효작을 탄핵하다가 관직을 박탈당하기도 했다.

2 齊名(제명): 다 같이 유명하다.

3 轉韻(전운): '換韻(환운)'과 같은 말이다. 한시에서 몇 귀마다 운을 바꾸는 용운법의 일종이다. 주로 고시의 장편에 사용되었다.

4 薛道衡(설도형): 수나라 시기의 문인이다. 하동河東 분음汾陰 사람으로 자는 현경玄卿이고, 설효통薛孝通의 아들이다. 시문을 잘 지어 당시 이름이 높았다. 북제 때 《오례五禮》의 수정에 참여하여 문림관文林館에서 근무했는데, 노사도盧思道와 명성을 겨루었다. 수나라에 벼슬하여 내사사인內史舍人이 되었다. 문제文帝 개황開皇 8년(588) 진陳을 정벌하면서 고경高熲과 함께 전략을 세우기도 했다. 양제煬帝가 즉위하자 《고조문황제송高祖文皇帝頌》을 올렸다가 좌천되어 살해당했다.

5 靑蓮(청련): 이백李白. 제3권 제15칙의 주석2 참조.

6 長物(장물): 특기.

4

하손의 오언사구는 성조가 다 율격에 맞고 시어가 대부분 유창하지만, 격조가 바야흐로 비천해졌다.⁶⁾

---

6) 위로는 포조鮑照의 오언사구에서 근원하고, 아래로 양나라 간문제簡文帝, 유견

하손의 오언사구에 관한 논의다. 격조가 비천해졌다고 말한 것은 포조의 오언사구와 비교한 결과다. 포조는 대체로 기험하고 강건한 시풍을 지니고 있어 하손의 격조가 상대적으로 하강한 것이다.

何遜五言四句[1], 聲盡入律, 語多流麗[2], 而格韻始卑. [上源於鮑明遠五言四句, 下流至梁簡文庾肩吾五言四句.]

1 五言四句(오언사구): 한 구가 다섯 글자로 된 네 구의 시. 이후 당나라의 오언 절구로 발전했다.
2 流麗(유려): 유창하다.

5

유효위劉孝威의 오언은 시어가 점차 화려하고 성조가 더욱 율격에 들어맞지만, 명성이 유효작의 아래에 있으며 수록된 시 또한 적다. 그러나 시어가 양·진 간에서 가장 정교하다.

유효위의 시에 관한 논의다. 유효위는 유효작의 동생이다. 소강부蕭綱府의 속관이었다. 그의 시는 준일하고 고상한 특징이 있으며 함축이 심오하다고 평가된다.

劉孝威五言, 語漸綺靡, 聲愈[1]入律, 名在孝綽之下, 而詩入錄者亦少, 然語在梁陳間最工.

1 愈(유): 점점 더.

오庾肩吾의 오언사구로 나아갔다.

6

유효위의 칠언사구〈영곡수중촉영詠曲水中燭影〉1편을 포조의 시와
비교하면 시어가 한층 더 화려하지만 성조가 어긋난다.[7]

해제 유효위의 칠언사구를 포조와 비교했다. 포조는 칠언시의 대표 문인이다.

원문 孝威七言四句有詠曲水中燭影一篇, 較明遠語更[1]綺豔, 而聲調仍乖[2]. [下流至
梁簡文七言四句.]

주석 1 更(갱): 더욱.
2 乖(괴): 어긋나다.

7

오균吳均[8]의 오언은 시어가 점차 율격에 맞고 또 점차 화려해졌으
며, 양·진 간에서 '힘차다'고 다소 칭송된다.〈오균전吳均傳〉에서 "예
스러운 기풍이 있다"고 했는데 사실이 아니다. 오언사구는 포조와 비
슷하고 여러 문인과 비교할 때 뛰어나다.

해제 오균의 작품은 대체로 사회현실을 반영한다.〈변성장사수邊城將四首〉등은
전사들의 보국입공報國立功의 영웅 기개를 노래했다.〈규원閨怨〉등은 출정
한 병사들 가족의 그리움을 반영했다. 이런 내용은 그 당시의 시가에서 보
기 드문 것이었다. 체재 방면에서도 악부고사를 모방하여 악무민가의 강
건하고 청신한 기풍이 있으며 질박한 맛이 있다. 이에 그의 시가는 독자적
인 체재를 이루어 '오균체'라고 불린다. 이러한 그의 시풍은 당시의 화려한

---

7) 아래로 양나라 간문제簡文帝의 칠언사구로 나아갔다.
8) 자 숙상叔庠.

문풍에 반대하고 고의古義를 추구한 결과인 것이다.

원문 吳均[字叔庠]五言, 語漸入律, 語漸綺靡, 在梁陳間稍稱遒邁[1]. 傳[2]謂其"有古氣", 非也. 五言四句與鮑明遠相類, 較諸家爲勝.

주석 1 遒邁(주매): 힘차다.
2 傳(전): 《양서梁書, 오균전吳均傳》을 가리킨다.

8

오균의 악부칠언 및 잡언시 〈행로난行路難〉이 있는데, 포조를 근원으로 삼았으나 성조가 대부분 순일하지 않고 시어가 점차 화려해졌다. 이것은 칠언의 네 번째 변화다.[9] 예를 들면 다음의 장은 성조가 대부분 순일하지 않고 시어가 점차 화려해진 것이다.

"동정호 위의 한 그루 오동나무, 서리를 맞고 물결이 치는 것은 거센 바람 때문이네. 옛날에는 속마음을 털어놓으며 태양을 비추더니, 오늘 아침에는 모래 위에 누워 죽었네. 낙양의 이름난 목공이 탄식을 하더니, 싹둑싹둑 잘라 비파를 만드네. 흰 구슬은 마음을 바로잡아 명월을 배우고, 산호는 얼굴을 비춰 바람 속에서 꽃을 만드네. 제왕이 감상하고서 잊지 못하고, 손에 들고 가져가서는 건장建章에 올리네. 장녀張女의 연주를 가리고 막고, 〈초명광楚明光〉의 곡을 은근히 재촉하네. 해마다 군왕을 대하고, 길고 긴 밤이 아직 끝나지 않았네. 여자를 모으고 관악기 연주 폐하는 것 끝내지 않고, 앞다투어 생광의生光儀를 터네. 수유의 비단 옷에 옥으로 만든 상자, 어찌 지난날의 썩은 나무리라 생각하리오. 형산衡山 남쪽 꼭대기의 계수나무를 배우지 않고,

---

9) 아래로 양나라 간문제簡文帝 이하의 칠언으로 나아갔다.

지금까지 천년 동안 알지 못하네.洞庭水上一株桐, 經霜觸浪因嚴風. 昔時抽心
曜白日, 今旦臥死黃沙中. 洛陽名工見咨嗟, 一剪一刻作琵琶. 白璧規心學明月,珊瑚映
面作風花. 帝王見賞不見忘, 提攜把握登建章. 掩抑摧藏張女彈, 殷勤促柱楚明光. 年年
月月對君王, 遙遙夜夜宿未央. 未央綵女棄鳴篪, 爭先拂拭生光儀. 茱萸錦衣玉作匣, 安
念昔日枯樹枝. 不學衡山南嶺桂, 至今千載猶未知."10)

![해제] 오균의 칠언시에 관한 논의다. 오균의 〈행로난〉은 〈고시십구수〉가 아니
라 포조의 〈의행로난擬行路難〉에서 직접적인 영향을 받아 창작된 것이다.
어조의 변화나 성조의 자유로움 등에서는 포조에 미치지 못하지만, 성조
가 순일하지 않고 어구가 화려하다는 측면에서 칠언시의 변화를 가져왔다
고 지적하고 있다.

![원문] 吳均樂府七言及雜言有行路難, 本於鮑明遠而調多不純, 語漸綺靡矣. 此七
言之四變也. [下流至梁簡文以下七言.] 如"洞庭水上一株桐, 經霜觸浪因嚴風.
昔時抽心曜白日, 今旦臥死黃沙中. 洛陽名工見咨嗟, 一剪一刻作琵琶. 白
璧規心學明月, 珊瑚映面作風花. 帝王見賞不見忘, 提攜把握登建章. 掩抑
摧藏張女彈, 殷勤促柱楚明光. 年年月月對君王, 遙遙夜夜宿未央. 未央綵
女棄鳴篪, 爭先拂拭生光儀. 茱萸錦衣玉作匣, 安念昔日枯樹枝? 不學衡山
南嶺桂, 至今千載猶未知."[首章全篇]等章, 調多不純, 語漸綺靡者也.

9

왕균王筠11)의 오언은 시어가 점차 화려해지고 성조가 더욱 율격에
맞게 되었다. 오균과 차이가 많이 나는데, 전체 문집을 살펴보면 저절
로 드러난다.

---

10) 첫 번째 장의 전체다.
11) 자 원례元禮.

왕균의 시에 관한 논의다. 오언시가 점차 율격화되는 과정을 언급하고 있다.

王筠¹[字元禮]五言, 語漸綺靡, 聲愈入律, 去吳均爲遠, 以全集觀自見.

1 王筠(왕균): 남조 시기 양나라 문인이다. 낭야琅邪 임기臨沂 곧 지금의 산동성 사람이다. 자는 원례元禮 또는 덕유德柔고, 소자小字는 양養이다. 왕승건王僧虔의 손자다. 7살 때 문장을 능숙하게 지었고, 16살 때 〈작약부芍藥賦〉를 지었는데 문장이 매우 아름다워 이름이 났다. 내성적이지만 학문을 좋아하여 일찍부터 소통과 심약, 사조 등에게 인정을 받았다. 처음에 상서전중랑尙書殿中郎이 되었다가 태자세마太子洗馬로 옮겨 동궁관기東宮管記를 관장했다. 임천왕행참군臨川王行參軍으로 있을 때 심약이 그의 문장을 보고 찬탄하며 양무제에게 "늦게 명가가 나타났으니, 오직 왕균이 독보적이다.晩來名家, 唯見王筠獨步."고 천거했다. 이후 사도좌장사司徒左長史와 임해태수臨海太守, 태부경太府卿을 역임하고, 관직이 태자첨사太子詹事에 이르렀다. 후경의 난으로 인해 우물에 빠져 죽었다. 스스로 문장을 정리해 1백 권이나 엮었는데, 지금은 전하지 않는다.

10

유운柳惲¹²⁾의 오언은 성조가 대부분 율격에 맞고 시어가 대부분 화려한데, 오균과 더욱 차이가 난다. 다음과 같은 시어는 영명 이후로 거의 독보적인 것이다.

"물가 모래에서 흰 마름꽃 캐고, 날이 저무는 강남의 봄이라.汀洲采白蘋, 日落江南春."

"정자가 나뭇잎 아래 있고, 언덕 꼭대기에 가을 구름이 나네.亭皐木葉下, 隴首秋雲飛."

"태액液滄에 푸른 물결 일고, 장양長楊의 높은 나무에 가을이 물드

---

12) 자 문창文暢.

네. 太液滄波起, 長楊高樹秋"

유운의 시에 관한 논의다. 그는 심약과 함께 율격을 새롭게 정리하는 데 기여를 하여 영명체의 신구자가 되었다. 만년에 오균과 서로 친하게 교류했는데 오균에 비해 더욱 율격을 중시했고 어구가 화려하다. 시풍은 대체로 청신하다고 평가받는다. 그중 〈강남곡江南曲〉은 한악부의 영향을 받았는데, 줄곧 오균의 〈소수수小垂手〉, 간문제의 〈야곡夜曲〉과 함께 오언율시의 남상으로 간주되고 있다.

柳惲[1][字文暢]五言, 聲多入律, 語多綺靡, 去吳均亦遠. 至如"汀洲采白蘋, 日落江南春."[2] "亭皐本葉下, 隴首秋雲飛."[3] "太液滄波起, 長楊高樹秋"[4]數語, 永明以後, 佼佼獨勝[5].

1 柳惲(유운): 양나라 시기의 시인이자 음악가다. 자는 문창文暢이고 하동河東 해주解州 곧 지금의 산서성 운성運城 사람이다. 어릴 때부터 부친과 형의 영향으로 열심히 공부했고, 뜻이 강하고 재능이 출중하여 이름이 났다. 부친은 유세융柳世隆으로 제나라의 성서령尙書令이었고 형은 유염柳悛으로 양나라의 상서좌복야尙書左僕射를 지냈다. 경릉왕 소자량이 일찍이 그의 명성을 듣고 조정의 법조행참군法曹行參軍으로 삼아 총애했다. 제무제가 태자세마太子洗馬로 삼았으나 부친상으로 사직하고 귀향했다. 이후 양나라 천감天監 원년(502)에 시중侍中이 되면서 주요 관직을 두루 역임했다. 심약과 새로운 율격을 제정했고 영명체에 능했다. 양무제는 매번 연회에서 그에게 시를 창화하도록 했고 왕융도 그의 시구를 서재의 벽이나 부채 위에 적어 두고 감상했다. 만년에는 오균과 친하게 지내며 많은 증답시를 주고받았다.
2 汀洲采白蘋(정주채백빈), 日落江南春(일락강남춘): 물가 모래에서 흰 마름꽃 캐고, 날이 저무는 강남의 봄이라. 유운 〈강남곡江南曲〉의 시구다.
3 亭皐本葉下(정고본엽하), 隴首秋雲飛(농수추운비): 정자가 나뭇잎 아래 있고, 언덕 꼭대기에 가을 구름이 나네. 유운 〈도의시擣衣詩〉의 시구다. '亭皐'(정고)는 못 안에 둑을 쌓고 둑 위 십리마다 지은 정자를 가리킨다.
4 太液滄波起(태액창파기), 長楊高樹秋(장양고수추): 태액太液에 푸른 물결 일

고, 장양長楊의 높은 나무에 가을이 물드네. 유운 〈종무제등경양루시從武帝登景
陽樓詩〉의 시구다. '태액'은 한무제가 만든 못 이름이다.

5 佼佼獨勝(교교독승): 독보적으로 뛰어나다.

11

두확杜確이 말했다.

"간문제簡文帝13) 및 유견오庾肩吾14)의 무리가 비로소 경박하고 화려
한 시어를 지었으니, 그것을 '궁체宮體'라고 이름한다."

내가 생각건대 영명의 오언이 다시 세월이 흘러서 양나라 간문제
및 유견오의 여러 문인의 시가 되었다. 영명체는 성조가 비록 점차 율
격에 맞고 시어가 점차 화려해졌지만 고시의 성조는 여전히 남아 있
었다. 양나라 간문제 및 유견오의 부류에 이르러서 기풍이 더욱 쇠퇴
해져 그 창작 습관이 점차 비천해졌다. 그러므로 그 성조가 다 율격에
맞고15) 시어가 다 화려해져서, 고시의 성조가 다 사라지게 되었다. 이
것이 오언의 다섯 번째 변화다.16) 자세하게 논하자면 유견오는 정교
하고 간문제의 시어는 더욱 요염해졌다.

궁체시에 관한 논의다. 제·양으로 오면서 문학은 유미주의적인 경향으로
흘러 형식의 아름다움만 추구하게 된다. 형식적으로는 성률이 발전하여
율시, 절구의 시체들이 유행하게 되지만 내용에 있어서는 색정 위주의 문
학이 성행했다. 특히 강남 지역의 민가체를 바탕으로 한 소시小詩의 형식에
다가 염정적인 내용과 세밀한 묘사를 덧붙인 궁체시가 생겨났다. 소통, 소
강, 소역이 그것을 주도했다. 강엄, 임방, 구지, 오균, 하손, 서리, 유견오

---

13) 이름 강綱, 자 세찬世讚.
14) 자 자신子愼 또는 신지愼之.
15) 구절이 율격에 맞았지만 체재는 여전히 완성되지 않았다.
16) 초당의 왕발王勃, 양형楊炯, 노조린盧照隣, 낙빈왕駱賓王의 오언으로 변천했다.

등이 가세하여 더욱 발전했다. 후일 진후주, 강총, 음갱, 서릉 등의 활약으로 극치에 달한다. 여기서 오언시의 다섯 번째 변화가 일어났다고 했다. 이러한 변화에 대해 《수서, 경적지》에서 다음과 같이 기록하고 있다.

"양나라 간문제가 동궁에 있을 때도 시편을 좋아했는데, 청신한 시어를 아름답게 지으며 침실에 들어가서야 멈추었다. 조탁이 아름답고 왕궁 안에서도 생각이 지극했다. 후생이 일을 꾸미기 좋아해 연이어서 지었고, 조야에서 분분하게 창작하니 궁체라고 불렀다. 방탕함이 그치지 않아 멸망에까지 이르렀다. 진나라도 그것을 따르니 완전히 변화시킬 수 없었다. 梁簡文之在東宮, 亦好篇什, 淸辭巧制, 止乎衽席之間; 彫琢蔓藻, 思極閨闈之內. 後生好事, 遞相放習, 朝野紛紛, 號爲宮體. 流宕不已, 訖於喪亡. 陳氏因之, 未能全變.

杜確[1]云: "簡文帝[諱綱, 字世讚]及庾肩吾[字子愼, 一字愼之]之屬, 始爲輕浮綺靡[2]之詞, 名之曰'宮體'[3]." 愚按: 永明五言, 再流而爲梁簡文及庾肩吾諸子, 然永明聲雖漸入於律, 語雖漸入綺靡, 其古聲[4]猶有存者; 至梁簡文及庾肩吾之屬[5], 則風氣益衰, 其習愈卑, 故其聲盡入律[句雖入律而體猶未成], 語盡綺靡而古聲盡亡矣. 此五言之五變也. [轉進至初唐王[6]·楊[7]·盧[8]·駱[9]五言.] 然析而論之, 肩吾爲工, 而簡文語更入妖豔.

1 杜確(두확): 당나라의 문인이다. 생졸년은 미상이다. 여기서 인용한 구절은 《잠삼주집서岑嘉州集序》에 보인다.
2 輕浮綺靡(경부기미): 경박하고 화려하다.
3 宮體(궁체): 양 간문제가 태자일 때 즐겨지은 염정시를 '궁체'라고 명명한다. 대체로 그 당시의 궁정 생활을 묘사하고 있다.
4 古聲(고성): 시문의 옛 성조. 즉 한위시의 음률을 가리킨다.
5 屬(속): 부류.
6 王(왕): 왕발王勃. 초당사걸初唐四傑 중 한 사람이다. 강주絳州 용문龍門 사람 또는 산서山西 태원太原 사람이라고 한다. 자는 자안子安이고, 왕복치王福畤의 아들이며, 왕통王通의 손자다. 6살 때부터 문장에 능했고 상상력이 풍부했다. 9살 때 《지하指瑕》를 지어 안사고顔師古가 주를 단 《한서》의 오류를 바로잡았다. 고종高宗 인덕麟德 초에 대책으로 합격하여 괵주참군虢州參軍이 되었다. 17살 때인 건

봉乾封 1년(666) 유소과幽素科에 급제했다. 젊어서 재능을 인정받아 인덕 원년(664)에 이미 조산랑朝散郎의 벼슬을 받았다. 재주를 믿고 남들을 경멸해 동료들의 질시를 샀다. 왕족인 패왕沛王 현賢의 부름을 받고 섬겼지만, 그 당시 유행했던 투계鬪鷄에 대해 장난으로 쓴 글이 고종의 노여움을 사게 되어 죽을 뻔했지만 가까스로 사면을 받아 사천 지방으로 쫓겨나 방랑했다. 아버지 역시 이 일로 교지령交阯令으로 폄적貶謫되었다. 뒤에 관노官奴를 죽였다는 죄로 관직을 빼앗기고 상원上元 2년(675) 교지로 아버지를 만나러 가는 도중에 남창南昌을 지나면서 지은 〈등왕각서滕王閣序〉가 세상의 관심을 받았다. 돌아오다가 배에서 떨어져 익사했다. 오언절구에 뛰어났으며 저서에 《왕자안집王子安集》 16권이 있다.

7 楊(양): 양형楊炯. 초당사걸 중 한 사람이다. 홍농弘農 화음華陰 사람으로 호는 영천盈川이다. 박학다식했고 문장에 능했다. 10살 때 신동과神童科에 급제하여 교서랑校書郎이 되었다. 고종高宗 상원 2년(675) 진사에 급제하고 영천현령盈川縣令이 되었다. 영융永隆 2년(681) 숭문관학사崇文館學士에 올랐고, 첨사사직詹事司直으로 옮겼다. 무주武周 초에 정치적 사건에 연좌되어 좌천되었다가 영천령盈川令으로 옮긴 뒤 재직 중에 죽었다. 관리로서는 오만하고 가혹했지만, 변려문騈儷文에 능했고 오언율시에 정통했다. 스스로 "노조린 앞에 있는 것은 부끄럽고, 왕발 뒤에 있다면 창피하다.愧在盧前恥居王後"고 말했는데, 당시 사람들도 타당하다 여겼다. 저서에 《영천집盈川集》 10권이 있다.

8 盧(노): 노조린盧照隣. 초당사걸 중 한 사람이다. 자는 승지昇之이고 호는 유우자幽憂子이다. 하북성 범양范陽 출생으로 어려서부터 재능이 뛰어나 일찍부터 명성을 떨쳤으나, 20대 중반에 악질惡疾에 걸려 사천성에서 지내며 투병생활을 하다가 효험이 없자 물에 빠져 자살했다. 시문집으로 《유우자집幽憂子集》 7권이 있는데, 장편의 칠언가행인 〈장안고의長安古意〉가 가장 유명하다.

9 駱(낙): 낙빈왕駱賓王. 초당사걸 중 한 사람이다. 절강성 이우義烏 출생으로 어릴 때부터 천재 소리를 들으며 자랐으나 출신이 낮아 불우하게 지냈다. 장안의 주부主簿로 있을 때 측천무후의 노여움을 사 절강성 임해臨海의 승丞으로 좌천되었다. 이에 낙임해駱臨海 또는 낙승駱丞으로도 불린다. 이후 서경업徐敬業의 반란에 가담했는데, 반란이 실패하자 처형되었다는 설이 있는가 하면, 자취를 감추었다는 설도 있다. 육조의 시풍을 계승하면서도 격조가 청려淸麗하고, 특히 노조린과 함께 칠언가행에 뛰어났다. 시문집으로 《낙빈왕문집》, 《낙임해집駱臨海

集》등이 있다.

12

유견오의 오언 중 다음과 같은 시구는 성조가 다 율격에 맞고 시어
가 다 화려하다.

"궁궐의 문에서 비로소 버드나무가 나오고, 오동나무 우물은 샘물
이 절정이네.金門纔出柳, 桐井半含泉."

"화로 향기가 산의 기색과 섞이고, 궁궐의 그림자가 연못 속에 비치
네.鑪香雜山氣, 殿影入池漣."

"물빛이 넓은 벽에 매달리고, 산의 푸름이 강물에 더해 흐르네.水光
懸蕩壁, 山翠下添流."

"복숭화 꽃이 옥빛 계곡에 펼쳐지고, 버드나무 잎이 시냇물을 물들
이네.桃花舒玉澗, 柳葉暗金溝."

"샘물이 내리니 비를 맞는 듯하고, 구름이 쌓이니 층층의 누대 같
네.泉飛疑度雨, 雲積似重樓."

"연꽃 아래서 지초가 나오고, 물결이 일어나 아름다운 배가 가볍네.
荷低芝蓋出, 浪涌燕舟輕."

"누각의 그림자 하늘을 향해 날고, 꾀꼬리 소리가 통소에 들어가네.
閣影臨飛蓋, 鶯鳴入洞簫."

"단장한 것을 보며 물이 요동치는 것이 두렵고, 소매를 거두며 바람
부는 것을 피하네.看粧畏水動, 斂袖避風吹."

간문제의 다음과 같은 시구는 더욱 요염해진 것이다.

"복숭아는 가련한 기색을 머금고, 버드나무는 애가 끊는 푸름을 발
하네. 떨어지는 꽃은 제비를 따라 들어오고, 아지랑이 재잘대며 놀라

네.桃含可憐色, 柳發斷腸靑. 落花隨燕入, 游絲帶蝶驚."

"가벼운 꽃이 상투에 떨어지고, 작은 땀이 화장에서 빛나네.輕花髻畔墜, 微汗粉中光."

"아름다운 자태 뺨 따라 흐르고, 아름다운 노래 연약한 소리 따르네. 붉은 얼굴 이미 취하고, 미소는 향기를 감추네.密態隨流臉, 嬌歌逐暖聲. 朱顏半已醉, 微笑隱香屛."

"재잘대며 일어나 부질없이 춤추는데, 제비가 한마음으로 날아가네.喋颺縈空舞, 燕作同心飛."

〈영내인주면詠內人畫眠〉에서 읊었다. "꿈에 웃으니 아리따운 보조개 피고, 자는데 쪽진 머리가 떨어진 꽃을 누르네. 삿자리의 무늬가 옥 같은 팔목에 생기고, 향기 나는 땀이 붉은 모래를 적시네.夢笑開嬌靨, 眠鬟壓落花. 簟紋生玉腕, 香汗浸紅沙."

〈쌍연리雙燕離〉에서 읊었다. "꽃을 머금고 북문에 떨어뜨리고, 재잘 대며 쫓아가 남쪽 가지에 오르네. 계수나무 용마루에 본래부터 잠들 고, 무지개다리가 일찍 저절로 엿보네.銜花落北戶, 逐喋上南枝. 桂棟本曾宿, 虹梁早自窺."

아울러 결어結語가 대구로 되어 있는 것은 문기文氣가 대부분 충분 하지 못하다.

유견오, 간문제의 시구를 예로 들어 궁체시의 특징을 논하고 있다. 앞서 제11칙에서 유견오는 정교하고 간문제는 요염하다고 논한 것을 보충한 것이다.

庾肩吾五言, 如"金門纔出柳, 桐井半含泉."[1] "鑪香雜山氣, 殿影入池蓮."[2] "水光懸蕩壁, 山翠下添流."[3] "桃花舒玉澗, 柳葉暗金溝."[4] "泉飛疑度雨, 雲積似重樓."5 "荷低芝蓋出, 浪涌燕舟輕."6 "閣影臨飛蓋, 鶯鳴入洞簫."7 "看粧畏水動, 斂袖避風吹"8等句, 聲盡入律, 語盡綺靡. 簡文如"桃含可憐色, 柳發斷腸靑. 落花隨燕入, 游絲帶蝶驚."9 "輕花鬢畔墜, 微汗粉中光."10 "密態隨流臉, 嬌歌逐轉聲. 朱顏半已醉, 微笑隱香屛."11 "蝶鼮縈空舞, 燕作同心飛."12 詠內人晝眠云"夢笑開嬌靨, 眠鬟壓落花. 簟紋生玉腕, 香汗浸紅沙."13 雙燕離云"銜花落北戶, 逐蝶上南枝. 桂棟本曾宿, 虹梁早自窺"14等句, 則更入妖豔矣. 又結語屬對15者, 氣多不盡.

1 金門纔出柳(금문재출류), 桐井半含泉(동정반함천): 궁궐의 문에서 비로소 버드나무가 나오고, 오동나무 우물은 샘물이 절정이네. 유견오 〈낙양도洛陽道〉의 시구다.

2 鑪香雜山氣(노향잡산기), 殿影入池漣(전영입지련): 화로 향기가 산의 기색과 섞이고, 궁궐의 그림자가 연못 속에 비치네. 유견오 〈시연선유당응령시侍宴宣猷堂應令詩〉의 시구다.

3 水光懸蕩壁(수광현탕벽), 山翠下添流(산취하첨류): 물빛이 넓은 벽에 매달리고, 산의 푸름이 강물에 더해 흐르네. 유견오 〈봉화춘야응령시奉和春夜應令詩〉의 시구다.

4 桃花舒玉澗(도화서옥간), 柳葉暗金溝(유엽암금구): 복숭화 꽃이 옥빛 계곡에 펼쳐지고, 버드나무 잎이 시냇물을 물들이네. 유견오 〈삼일시난정곡수연시三日侍蘭亭曲水宴詩〉의 시구다.

5 泉飛疑度雨(천비의도우), 雲積似重樓(운적사중루): 샘물이 내리니 비를 맞는 듯하고, 구름이 쌓이니 층층의 누대 같네. 유견오 〈심주처사홍양시尋周處士弘讓詩〉의 시구다.

6 荷低芝蓋出(하저지개출), 浪涌燕舟輕(낭용연주경): 연꽃 아래서 지초가 나오고, 물결이 일어나 아름다운 배가 가볍네. 유견오 〈산지응령시山池應令詩〉의 시구다.

7 閣影臨飛蓋(각영임비개), 鶯鳴入洞簫(앵명입동소): 누각의 그림자 하늘을 향해 날고, 꾀꼬리 소리가 통소에 들어가네. 유견오 〈종황태자출현포응령시從皇太子出玄圃應令詩〉의 시구다.

8 看粧畏水動(간장외수동), 斂袖避風吹(염수피풍취): 단장한 것을 보며 물이 요

동치는 것이 두렵고, 소매를 거두며 바람 부는 것을 피하네. 유견오〈영미인간화시詠美人看畫詩〉의 시구다.

9 桃含可憐色(도함가련색), 柳發斷腸靑(유발단장청). 落花隨燕入(낙화수연입), 游絲帶喋驚(유사대첩경): 복숭아는 가련한 기색을 머금고, 버드나무는 애가 끊는 푸름을 발하네. 떨어지는 꽃은 제비를 따라 들어오고, 아지랑이 재잘대며 놀라네. 간문제〈춘일시春日詩〉의 시구다.

10 輕花髻畔墜(경화계반추), 微汗粉中光(미한분중광): 가벼운 꽃이 상투에 떨어지고, 작은 땀이 화장에서 빛나네. 간문제〈만경출행시晚景出行詩〉의 시구다.

11 密態隨流臉(밀태수류검), 嬌歌逐囀聲(교가축연성). 朱顔半已醉(주안반이취), 微笑隱香屛(미소은향병): 아름다운 자태 뺨 따라 흐르고, 아름다운 노래 연약한 소리 따르네. 붉은 얼굴 이미 취하고, 미소는 향기를 감추네. 간문제〈미녀편美女篇〉의 시구다.

12 喋颺縈空舞(첩양영공무), 燕作同心飛(연작동심비): 재잘대며 일어나 부질없이 춤추는데, 제비가 한마음으로 날아가네. 간문제〈춘일시春日詩〉의 시구다. 위의 주석 9〈춘일시〉와는 또 다른 시다.

13 夢笑開嬌靨(몽소개교엽), 眠鬟壓落花(면환압낙화). 簟紋生玉腕(점문생옥완), 香汗浸紅沙(향한침홍사): 꿈에 웃으니 아리따운 보조개 피고, 자는데 쪽진 머리가 떨어진 꽃을 누르네. 삿자리의 무늬가 옥 같은 팔목에 생기고, 향기 나는 땀이 붉은 모래를 적시네. 간문제〈영내인주면詠內人晝眠〉의 시구다.

14 銜花落北戶(함화낙북호), 逐喋上南枝(축첩상남지). 桂棟本曾宿(계동본증숙), 虹梁早自窺(홍양조자규): 꽃을 머금고 북문에 떨어뜨리고, 재잘대며 쫓아가 남쪽 가지에 오르네. 계수나무 용마루에 본래부터 잠들고, 무지개다리가 일찍 저절로 엿보네. 간문제〈쌍연리雙燕離〉의 시구다.

15 屬對(촉대): 대구를 만들다.

13

양나라 간문제와 유견오의 오언사구는 성조가 다 율격에 맞고, 시어가 다 화려하나 격운이 더욱 비천해졌다.[17]

해제 간문제와 유견오의 오언사구에 관한 논의다. 격조가 더욱 비천해진 것은 오언시가 궁체시로 변한 결과일 것이다. 이와 관련하여 《수서, 문학전서》에서는 다음과 같이 개괄했다.

"양나라는 대동大同 이후 아정한 도리가 무너지고 점차 법도가 어그러져 새로운 기교를 다투어 구사했다. 간문제와 상동왕이 그 음란한 문풍을 열었다. 서릉과 유신이 양 옆에서 내달렸다. 그 뜻이 천박하고 번잡하며, 그 문장은 감추었으나 화려하며, 시어는 가볍고 기험한 것을 숭상하고, 성정이 슬픈 것이 많다.梁自大同之後, 雅道淪缺, 漸乖典則, 爭馳新巧, 簡文, 湘東, 啓其淫放; 徐陵, 庾信, 分路揚鑣. 其意淺而繁, 其文匿而彩, 詞尙輕險, 情多哀思."

원문 梁簡文庾肩吾五言四句, 聲盡入律, 語盡綺靡, 而格韻愈卑. [上源於何遜五言四句, 轉進至王·楊·盧·駱五言四句.]

14

양나라 간문제 이하 악부칠언은 성조가 대부분 순일하지 않고 시어가 대부분 요염한데, 이것은 칠언의 다섯 번째 변화다.[18]

해제 간문제 이후의 칠언악부에 관한 논의다. 간문제는 궁체시의 발전을 주도한 인물이며, 궁체시는 화려하고 섬세한 시구가 큰 특징이다.

원문 梁簡文以下樂府七言, 調多不純, 語多綺豔, 此七言之五變也. [上源於吳均七言, 轉進至王·盧·駱三子七言.]

---

17) 위로는 하손何遜의 오언사구에서 연원하고, 왕발王勃, 양형楊炯, 노조린盧照鄰, 낙빈왕駱賓王 오언사구로 변천했다.

18) 위로는 오균吳均의 칠언에서 연원하고 왕발王勃, 낙빈왕駱賓王, 노조린盧照鄰 세 사람의 칠언으로 변천했다.

15

양나라 간문제의 칠언팔구 〈오야제烏夜啼〉는 칠언율시의 시작이다.[19] 제7구의 "羞言獨眠枕下淚(수언독면침하루)"에서 '淚(루)'자는 여러 판본에 모두 '流(류)'로 되어 있다. 그렇게 되면 성조가 조화롭지 않고 뜻이 통하기 어려우므로, '淚(루)'로 된 판본이 옳다.

칠언사구 중 〈상류전上留田〉, 〈춘별春別〉, 〈야망단비안夜望單飛鴈〉은 시어가 여전히 화려하고, 성조가 또한 어긋난다.[20]

🔲 간문제의 칠언시에 관한 논의다. 〈오야제〉에서 칠언율시의 기원을 찾고 시어를 교감했다.

🔲 梁簡文七言八句有烏夜啼, 乃七言律之始. [下流至庚信七言八句.] 第七句"羞言獨眠枕下淚", "淚"字諸本皆作"流", 其聲難協[1], 其義難通, "一作淚"爲是. 七言四句有上留田・春別・夜望單飛鴈, 語仍綺豔, 而聲調亦乖. [上源於劉孝威七言四句, 下流至庚信七言四句.]

🔲 1 協(협): 조화하다. 화합하다. 어울리다.

16

오언은 양나라 간문제에 이르러 고시의 성조가 다 사라졌다. 그러나 오・칠언 율시와 절구의 체재가 여기서 갖추어졌다. 이것이 고시가 사라지고 율시가 흥성하게 된 징조다.

---

19) 아래로 유신庚信의 칠언팔구로 나아갔다.
20) 위로는 유효위劉孝威의 칠언사구에서 연원하고, 아래로 유신庚信의 칠언사구로 나아갔다.

해제 간문제에 이르러 고시의 성조가 다 사라지고 율시와 절구의 초기 형태가 발생했음을 지적했다. 이후 초당의 왕발, 양형, 노조린, 낙빈왕의 오언으로 발전했으니, 궁체시의 문학사적 의의를 여기서 찾을 수 있다.

원문 五言至梁簡文而古聲盡亡, 然五七言律絶之體於此而備. 此古律興衰之幾[1]也.

주석 1 幾(기): 기미, 낌새, 조짐, 징조의 뜻이다.

17

음갱陰鏗[21]은 하손何遜과 이름을 나란히 했기에 또한 '음하陰何'라고 불렸다. 음갱의 오언은 성조가 다 율격에 맞고 시어가 다 화려하지만, 성조가 하손보다 비천할 뿐 아니라 군더더기의 시어가 더 많아졌으니, 전체 문집을 살펴보면 저절로 드러난다.

해제 음갱의 시에 관한 논의다. 음갱의 일부 시는 이미 근체시라고 할 수 있다. 그 격률을 살펴보면 제·양 시에서 심전기沈佺期, 송지문宋之問의 오언율시로 발전하는 데 중요한 교량이 되었다. 두보 또한 음갱의 영향을 많이 받았다. 여기서는 하손의 시와 비교하여 그 특징에 대해 간략하게 지적했다.

원문 陰鏗[1][字子堅]與何遜齊名, 亦號"陰何". 鏗五言聲盡入律, 語盡綺靡, 聲調既卑於[2]遜, 而累語[3]復多, 以全集觀自見.

주석 1 陰鏗(음갱): 남조 시기 진나라의 문인이다. 무위武威 고장姑藏 사람으로 자는 자견子堅이고, 음자춘陰子春의 아들이다. 사전史傳에 정통했고 오언시를 잘 지어 당시 사람들로부터 인정을 받았다. 처음 양나라에서 벼슬해 상동왕법조참군湘東王法曹參軍을 지냈다. 진나라에 벼슬하여 시흥왕부중록사참군始興王府中錄事參軍에 올랐으며 이후 승진하여 진릉태수晉陵太守, 원외산기상시員外散騎常侍를 역임

---

21) 자 자견子堅.

198 시원변체

했다. 진문제陳文帝가 종종 여러 군신들과 연회를 베풀면서 그들과 함께 시를 지었는데 한번은 서릉이 음갱을 이 자리에 천거했다. 새로 만든 안락궁安樂宮을 찬미하는 시를 그 자리에서 지었는데, 문제의 마음에 들어 중용을 받았다.

2 於(어): …보다.

3 累語(누어): 군더더기의 시어.

18

심군유沈君攸의 오언은 심히 적으니 채록할 만하지 않다. 악부칠언의 세 수 중 두 수는 하나의 운으로 시를 지었는데, 체재가 다 대구고 시어가 다 화려하며, 성률은 대부분 율격에 맞지만 음조는 순일하지 않다.

해제 심군유의 현존하는 작품 중 칠언악부 3수에 관한 논의다. 〈박모동현가薄暮動弦歌〉, 〈우상비상원羽觴飛上苑〉, 〈계즙범하중桂檝泛河中〉이 그것이다. 〈우상비상원〉은 환운했고 나머지는 하나의 운이다.

원문 沈君攸[1]五言甚少, 不足采錄; 樂府七言三首其二, 一韻成篇[2], 體盡俳偶, 語盡綺靡, 聲多入律, 而調又不純矣.

주석 1 沈君攸(심군유): 남조 시기 양나라의 문인이다. '沈君游(심군유)'라고 하기도 한다. 생년은 미상이나 후량后梁 천보天保 12년(573)에 죽었다. 박학다식하고 문사에 뛰어났으며 특히 시를 잘 지었다. 현존하는 오·칠언시 및 잡언시 10수는 경물에 뛰어나고 음률이 조화롭다.

2 一韻成篇(일운성편): 하나의 운으로 시를 짓다.

제
10
권

詩源辨體

진陳

1

《북사北史》에 다음과 같이 기록되어 있다.

"유신庾信의 부친 유견오庾肩吾는 양나라의 태자중서자太子中庶子가 되어 관기管記를 담당했다. 동해東海 서리徐摛는 우위솔右衛率이 되었다. 서리의 아들 서릉徐陵[1] 및 유신庾信[2]은 함께 초선학사抄撰學士가 되었다. 부자가 동궁東宮에 있으면서 궁중을 출입했고, 은혜가 견줄 만한 이가 없었다. 이미 문장이 화려하여 세상 사람들이 서유체徐庾體라고 불렀다."

내가 생각건대 오언은 양나라 간문제, 유견오부터 서릉, 유신 등 여러 문인에 이르기까지 성조가 다 율격에 맞고 시어가 다 화려하며 그 체재가 다 비슷한데, 서릉과 유신이 가장 칭송된다. 자세하게 논하자면 유신은 실로 정교하나 서릉은 재주가 모자란다. 후일 서릉은 진陳

---

1) 자 소목少穆.
2) 자 자산子山.

나라에 벼슬하고 유신은 북주北周를 섬겼다.

해제 서유체에 관한 논의다. 서릉은 일찍이 양나라에 있을 때 유신과 함께 동궁
의 초선학사가 되어 시문으로 이름을 나란히 했다. 그들의 문체를 '서유체'
라고 한다. 문체가 화려한 것이 그 특색이다. 그러나 후일 유신은 입북入北
하여 난리를 경험하면서 문풍이 고아하고 힘차게 변했다. 이에 유신의 문
학적 성취가 서릉보다 높게 평가된다. 서릉의 시풍은 소강, 소역 등과 대체
적으로 비슷하다.

원문 北史[1]載: "庾信父肩吾, 爲梁太子中庶子[2], 掌管記[3]. 東海徐摛[4], 爲右衛率[5].
摛子陵[6][字少穆]及信[字子山]幷爲抄撰學士[7]. 父子在東宮[8], 出入禁闥[9], 恩禮[10]莫
與比隆[11]. 旣文並綺豔, 故世號爲'徐庾體'[12]." 愚按: 五言自梁簡文·庾肩吾
以至陵·信諸子, 聲盡入律, 語盡綺靡, 其體皆相類, 而陵信最盛稱[13]. 然析
而論之, 信實爲工, 而陵才有不逮. 後陵仕陳, 信事[14]北周.

주석 1 北史(북사): 당나라의 이연수李延壽가 편찬한 역사서다. 북위, 서위, 동위, 북주,
북제, 수 등 남북조 시대 북조의 여섯 왕조의 역사를 기전체로 서술했다. 북위
가 건국된 도무제道武帝 등국登國 원년(386)부터 수가 멸망한 618년까지 233년
동안의 역사가 기록되어 있으며 본기 12권, 열전 88권 등 모두 100권으로 되어
있다.

2 太子中庶子(태자중서자): 관명. 전국시대에 임금, 태자, 상국相國을 보필한 신
하를 가리키며, 한대에는 태자의 시종관侍從官이었다. 원대까지 이 관직이 있었
다.

3 管記(장관기): 서기書記, 기실참군記室參軍 등 문한직관文翰職官의 통칭이다.

4 徐摛(서리): 남조 시기 양나라의 문인이다. 동해東海 담현郯縣 사람으로 자는 사
수士秀 또는 사회士繪고, 서릉의 아버지다. 어려서부터 학문을 좋아하여 박학다
식했다. 처음에 태학박사太學博士가 되었고, 나중에 진안왕晉安王 소강의 시독侍
讀이 되었다. 소강이 태자가 되자 가령家令으로 옮겨 관기管記를 겸임했다. 얼마
뒤 신안태수新安太守로 나갔다가 태자좌위솔太子左衛率에 이르렀다. 대보 2년
(551) 간문제가 후경에 의해 감금당하자 분을 이기지 못하고 죽었다. 시와 문

장은 옛 형식에 얽매이지 않고 새로운 변화를 좋아했다. 유견오와 이름을 다투어 '서유'라 불리며, 궁체시의 대표 작가로 손꼽힌다.

5 右衛率(우위솔): 무관武官의 관명이다.

6 陵(릉): 서리의 아들 서릉徐陵. 남조 시기 진나라의 문인이다. 자는 효목孝穆이고, 시호는 장章이다. 어려서부터 비범해서 8살 때 시문을 지었고, 여러 방면의 서적을 두루 섭렵했다. 15살 때부터는 진안왕晉安王을 섬겨 북위와 북제에 사신으로 가서 뛰어난 변설과 재략을 발휘했다. 후일 진나라에 벼슬하여 어사중승御史中丞, 태자소부太子少傅까지 올랐다. 저서에 《서효목집徐孝穆集》이 있고, 《옥대신영》을 편찬했다.

7 抄撰學士(초찬학사): 관직명. 위진 시대에 전례典禮를 맡았고 여러 가지 서적을 편찬하는 일을 했다.

8 東宮(동궁): 왕세자의 거처.

9 禁闥(금달): 궁중宮中.

10 恩禮(은례): 은혜. 은덕.

11 莫與比隆(막여비융): 같이 견줄 만한 것이 없다.

12 徐庾體(서유체): 남북조 시기 서리·서릉 부자와 유견오·유신 부자의 시문 풍격을 가리킨다.

13 盛稱(성칭): 칭송하다.

14 事(사): 섬기다.

2

서릉의 오언 중 다음과 같은 시구는 다 율격에 맞고 화려한 것이다.

"배 젓는 사람은 황금 상앗대 다듬고, 낚시하는 여자는 은색 갈고리 장식하네. 작은 부평초 필 때 노를 젓는데, 연꽃 아래 갑자기 배가 들어오네.榜人事金槳, 釣女飾銀鉤. 細萍時帶檝, 低荷乍入舟."

"꽃이 떨어져 길가는 신발 위에 오르고, 흘러가는 계곡은 나그네 옷을 털어내네.落花承步履, 流澗寫行衣."

〈매화락梅花落〉에서 읊었다. "제비는 모여 연꽃 우물에 돌아오고,

바람은 불어 경대 위에 오르네.燕拾還蓮井, 風吹上鏡臺."

〈영무詠舞〉에서 읊었다. "낮은 쪽진 머리가 비단 자리 향하고, 소매 들어 시든 꽃을 터네. 촛불은 창가의 그림자를 보내고, 적삼은 옷장의 향기를 전하네.低鬟向綺席, 擧袖拂花黃. 燭送牕邊影, 衫傳篋裡香."

유신의 다음과 같은 시구도 다 율격에 맞고 화려한 것이다.
"버드나무가 노래를 이루고, 부들가의 복숭아는 수를 놓는 무늬를 배우네.楊柳成歌曲, 蒲桃學繡文."
"나무에 꾀꼬리 머물고, 꽃에 벌꿀을 빚네.樹宿含櫻鳥, 花留釀蜜蜂."
"용이 와서 벽화를 따르고, 봉황이 일어나 취황을 따르네.龍來隨畫壁, 鳳起逐吹簧."
"꽃이 우거진 다리가 도리어 나뭇잎을 뒤덮고, 연꽃 우물이 도리어 방에 가까워지려 하네.花梁反披葉, 蓮井倒垂房."
"둥근 구슬이 늦은 가을에 떨어지고, 작은 불이 텅 빈 홰나무에 떨어지네.圓珠墜晚菊, 細火落空槐."
"빽빽한 마름 풀 목욕하는 새를 막고, 높은 연꽃이 낚시하는 배에 빠지네. 깨진 구슬 끊어진 국화를 얽고, 남은 명주실은 연꽃을 두르네.密菱障浴鳥, 高荷沒釣船. 碎珠縈斷菊, 殘絲繞折蓮."
〈영왕소군詠王昭君〉에서 읊었다. "거울은 마름꽃 그림자를 잃고, 비녀는 월량을 제거하네.鏡失菱花影, 釵除却月梁."

 서릉과 유신의 시구 중 율격에 맞고 화려한 것을 예로 들었다.

 徐陵五言, 如"榜人事金槳, 釣女飾銀鉤. 細萍時帶檝, 低荷乍入舟."¹ "落花承步履, 流澗寫行衣."² 梅花落云"燕拾還蓮井, 風吹上鏡臺."³ 詠舞云"低鬟向綺席, 擧袖拂花黃. 燭送牕邊影, 衫傳篋裡香."⁴ 庾信如"楊柳成歌曲, 蒲桃學繡文."⁵ "樹宿含櫻鳥, 花留釀蜜蜂."⁶ "龍來隨畫壁, 鳳起逐吹簧."⁷ "花梁反披葉, 蓮井倒垂房."⁸ "圓珠墜晚菊, 細火落空槐."⁹ "密菱障浴鳥, 高荷沒釣船. 碎珠縈斷菊, 殘絲繞折蓮."¹⁰ 詠王昭君云"鏡失菱花影, 釵除却月梁"¹¹等句, 皆入律而綺靡者也.

1 榜人事金槳(방인사금장), 釣女飾銀鉤(조녀식은구). 細萍時帶楫(세평시대즙), 低荷乍入舟(저하사입주): 배 젓는 사람은 황금 상앗대 다듬고, 낚시하는 여자는 은색 갈고리 장식하네. 작은 부평초 필 때 노를 젓는데, 연꽃 아래 갑자기 배가 들어오네. 서릉 〈산지응령시山池應令詩〉의 시구다.

2 落花承步履(낙화승보리), 流澗寫行衣(유간사행의): 꽃이 떨어져 길가는 신발 위에 오르고, 흘러가는 계곡은 나그네 옷을 털어내네. 서릉 〈춘일시春日詩〉의 시구다.

3 燕拾還蓮井(연습환연정), 風吹上鏡臺(풍취상경대): 제비는 모여 연꽃 우물에 돌아오고, 바람은 불어 경대 위에 오르네. 서릉 〈매화락梅花落〉의 시구다.

4 低鬟向綺席(저환향기석), 擧袖拂花黃(거수불화황). 燭送牕邊影(촉송창변영), 衫傳篋裡香(삼전협리향): 낮은 쪽진 머리가 비단 자리 향하고, 소매 들어 시든 꽃을 터네. 촛불은 창가의 그림자를 보내고, 적삼은 옷장의 향기를 전하네. 서릉 〈영무詠舞〉의 시구다.

5 楊柳成歌曲(양류성가곡), 蒲桃學繡文(포도학수문): 버드나무가 노래를 이루고, 부들가의 복숭아는 수를 놓는 무늬를 배우네. 유신 〈봉화조왕서경로춘단시奉和趙王西京路春旦詩〉의 시구다.

6 樹宿含櫻鳥(수숙함앵조), 花留釀蜜蜂(화류양밀봉): 나무에 꾀꼬리 머물고, 꽃에 벌꿀을 빚네. 유신 〈배가행종남산화우문내사시陪駕幸終南山和宇文内史詩〉의 시구다.

7 龍來隨畫壁(용래수화벽), 鳳起逐吹簧(봉기축취황): 용이 와서 벽화를 따르고, 봉황이 일어나 취황을 따르네. 유신 〈등주중신각시登州中新閣詩〉의 시구다.

8 花梁反披葉(화량반피엽), 蓮井倒垂房(연정도수방): 꽃이 우거진 다리가 도리어 나뭇잎을 뒤덮고, 연꽃 우물이 도리어 방에 가까워지려 하네. 유신 〈등주중신각시〉의 시구다.

9 圓珠墜晚菊(원주추만국), 細火落空槐(세화낙공괴): 둥근 구슬이 늦은 가을에 떨어지고, 작은 불이 텅 빈 홰나무에 떨어지네. 유신 〈산재시山齋詩〉의 시구다.

10 密菱障浴鳥(밀릉장욕조), 高荷沒釣船(고하몰조선). 碎珠縈斷菊(쇄주영단
국), 殘絲繞折蓮(잔사요절련): 빽빽한 마름 풀 목욕하는 새를 막고, 높은 연꽃
이 낚시하는 배에 빠지네. 깨진 구슬 끊어진 국화를 얽고, 남은 명주실은 연꽃
을 두르네. 유신 〈화경법사유곤명지시이수和炅法師遊昆明池詩二首〉 중 제2수의 시
구다.

11 鏡失菱花影(경실릉화영), 釵除却月梁(채제각월량): 거울은 마름꽃 그림자를
잃고, 비녀는 월량을 제거하네. 유신 〈영왕소군詠王昭君〉의 시구다.

3

서릉과 유신의 오언은 시어가 비록 화려하나 간혹 아정한 것도 있
다. 서릉의 〈출자계북문행出自薊北門行〉 및 〈관산월關山月〉, 유신의
〈별주상서別周尙書〉는 모두 초당의 오언과 비슷하다.

서릉과 유신의 오언시에 관해 개괄했다.

徐庾五言, 語雖綺靡, 然亦間有雅正者. 徐如出自薊北門行及關山月, 庾如
別周尙書, 皆有似初唐.

4

서릉과 유신의 악부칠언은 성조가 대부분 순일하지 않다. 서릉의
시어는 다 화려하고 유신은 초당과 이미 비슷하다.

서릉과 유신의 칠언악부에 관해 개괄했다.

徐庾樂府七言, 調多不純. 徐語盡綺豔, 而庾則已近初唐矣.

5

유신의 오언은 구법과 음조가 대부분 그 부친 유견오庾肩吾와 비슷한데, 재주가 부친을 능가한다. 진나라와 수나라의 여러 문인들이 모두 미치지 못하고, 두보도 누차 그것을 칭송했다. 그러나 그를 이백과 비교하면 필적할 바가 아니다.

유신의 오언에 관한 논의다. 유신의 문풍은 입북入北을 기준으로 분류된다. 청신한 시풍으로 북조 문단에 많은 영향을 미쳤다. 북주는 한화漢化 정책을 내세우며 남방의 시풍을 배우고자 했기 때문에 유신으로 대표되는 남조의 입북 문사는 북조 문학의 발전에 중대한 역할을 했다. 그는 북조에 들어가서 조왕趙王 우문초宇文招, 등왕騰王 우문유宇文逌 등의 은총을 받았다. 《북사北史》에 다음과 같이 기록되어 있다.

"그 당시의 후진이 다투어 모범으로 삼았는데, 각 문장마다 모두 전송되지 않은 것이 없었다.當時後進, 競相模範, 每有一文, 都下莫不傳誦."

이후 유신은 초당사걸에 직접적인 영향을 주었고, 두보와 원진 등도 모두 유신을 칭송했다.

庾信五言, 句法・音調多似其父[1], 而才力勝之, 陳隋諸子皆所不及, 杜子美亦屢[2]稱焉. 但以之比太白, 則非其倫[3]矣.

1 其父(기부): 유신의 부친 유견오庾肩吾를 가리킨다.
2 屢(누): 누차.
3 倫(윤): '倫比(윤비)'의 뜻이다. 필적하다. 대등하다.

6

유신의 칠언팔구 〈오야제烏夜啼〉는 율격이 점차 들어맞게 되었고,[3]
칠언사구 〈대인상왕代人傷往〉, 〈야망단비안夜望單飛鴈〉은 시어가 여전

히 화려하고 성조가 또한 어긋난다.[4]

 유신의 칠언시에 관한 논의다. 이와 관련하여 유희재의 《예개, 시개》의 다음 기록을 참고할 만하다.

"유신의 〈연가행〉은 초당의 칠언고시를 열었고, 〈오야제〉는 당나라 칠언율시를 열었다. 기타의 시체는 당나라 오언절구, 오언율시가 되었다. 오언배율이 근원이 된 것은 더욱이 셀 수가 없다.庾子山燕歌行開唐初七古,烏夜啼開唐七律. 其他體爲唐五絶·五律,五排所本者, 尤不可勝擧."

 庾七言八句有烏夜啼, 於律漸近; [上源於梁簡文七言八句, 下流至隋煬帝[1]七言八句.] 七言四句有代人傷往·夜望單飛鴈, 語仍綺豔, 而聲調亦乖. [上源於梁簡文七言四句, 下流至江總[2]七言四句.]

1 隋煬帝(수양제): 양광楊廣. 수문제隋文帝의 둘째 아들이며 수나라 제2대 황제로 재위 기간은 604년~618년이다. 개황 2년(582)에 진왕晉王으로 봉해지고, 개황 9년(589)에 군대를 이끌고 진나라를 멸망시켰다. 병주幷州와 양주揚州의 총관總管을 역임하고 그 일대를 평정했다. 개황 20년(600)에 권신 양소楊素와 결탁해 형 양용楊勇을 모함해서 태자의 자리를 빼앗았다. 인수仁壽 4년(604)에 수문제가 병에 위독해지자 그를 살해하고 제위에 올랐다. 즉위한 뒤 만리장성萬里長城을 수축했고, 낙양에 동경東京을 조성했으며, 남북을 연결하는 대운하大運河를 완성하는 등 큰 토목공사를 자주 벌여 백성에게 과중한 부담을 주었다. 또 고구려 침공 등과 같은 대규모 전쟁도 일으켰다. 만년에 사치스런 생활이 더욱 극으로 치달으면서 백성들의 원망이 높아져 전국에서 군웅群雄들이 봉기했다. 나중에 강도江都를 남순南巡하다가 신하 우문화급宇文化及에게 살해되었다.

2 江總(강총): 남조 시기 진나라의 문인이다. 제양齊陽 고성考城 사람으로 자는 총

3) 위로는 양나라 간문제簡文帝의 칠언팔구에서 연원하고, 아래로 수양제隋煬帝의 칠언팔구로 나아갔다.
4) 위로는 양나라 간문제의 칠언사구에서 연원하고, 아래로 강총江總의 칠언사구로 나아갔다.

지總持고, 강부江紑의 아들이다. 어려서부터 총명하고 재주가 있어, 양무제에 의
해 시랑侍郎으로 발탁되었다. 후경의 난 때 영남嶺南 지방을 떠돌다가, 진후주가
즉위하자 상서령尙書令이 되었다. 그러나 정무는 돌보지 않고 후주와 함께 후원
에서 연회에만 골몰하면서 염정시를 써내 압객狎客으로 불렸다. 수나라 때 상개
부上開府직에 있나가 강도에서 죽었다. 세칭 강령江令으로 불린다. 문집 30권이
있었지만 없어졌고, 명나라 때 편찬된 《강령군집江令君集》이 있으며 100여 편
의 시가 전해진다.

7

왕포王褒5)의 오언은 성조가 다 율격에 맞고 화려한 것이 적다. 〈음
마飮馬〉, 〈종군從軍〉, 〈관산關山〉, 〈유협遊俠〉, 〈도하渡河〉 등의 여러 작
품은 모두 초당의 오언과 비슷하다. 전체 문집을 살펴보면 유신과 같
이 정교하지 않다. 악부칠언 역시 초당에 가깝다.

왕포의 시에 관한 논의다. 왕포는 양나라가 망하자 포로가 되어 입북했다.
이후 유신과 함께 북방문학을 대표하는 문인이 되었다. 《북사, 문원전文苑
傳》에 다음과 같은 기록을 통해 그 당시 북조의 남방문인에 대한 우대를 알
수 있다.
"왕포는 왕극王克, 유곡劉穀, 종름宗懍, 은불해殷不害 등 수십 명과 함께 장
안에 이르렀다. 주문제周文帝가 기뻐하며 '옛날 오나라를 평정한 이로움은
육기와 육운뿐이었다. 지금 초땅을 평정한 공으로 여러 현인들이 다 이르
렀으니 지난날을 능가했다고 말할 수 있도다.'고 말했다. 또 왕포 및 왕극
에게 말하길, '나는 바로 왕씨의 생질인데 경 등은 나의 외삼촌이니, 마땅
히 친척의 정분이 있으므로 고향을 떠났다고 개의치 마세요.'라고 말했다.
그리하여 왕포 및 은불해 등에게 거기대장군車騎大將軍, 의동삼사儀同三司의
관직을 주었다. 항상 상석에서 침착했으며 생활이 매우 넉넉했다. 왕포 등

_____

5) 자 자심子深, 또는 자연子淵.

은 또한 은총을 받아 기려를 잊어버렸다. 褒與王克, 劉穀, 宗懍, 殷不害等數十人, 俱至長安. 周文喜曰, '昔平吳之利, 二陸而已. 今定楚之功, 群賢畢至, 可謂過之矣.' 又謂褒及王克曰, '吾卽王氏甥也. 卿等幷吾之舅氏, 當以親戚爲情, 勿以去鄕介意.' 於是授褒及殷不害等車騎大將軍, 儀同三司. 常從容上席, 資餼甚厚. 褒等亦幷荷恩眄, 忘羈旅焉."

　　왕포의 초기 시는 사조, 하손과 비슷하며 영명체의 시풍에 가깝다. 북조에 들어간 이후 문장이 질박하게 변화되었다. 이것은 주문제 뿐 아니라 효민제孝閔帝, 명제明帝, 무제武帝 등이 지속적으로 왕포에 대해 총애를 베풀어 특별히 우대해 준 정치적, 사회적 환경과도 무관하지 않아 보인다.

원문
王褒[1][字子深, 一字子淵]五言, 聲盡入律, 而綺靡者少. 至如飮馬·從軍·關山·遊俠·渡河諸作, 皆有似初唐. 以全集觀, 不能如庾之工也. 樂府七言亦近初唐.

주석
1 王褒(왕포): 양나라에서 북주로 들어가 활동한 문인이다. 낭야琅邪 임기臨沂 곧 지금의 산동성 사람이다. 자는 자연子淵이고, 왕규王規의 아들이다. 사전史傳을 두루 읽었고, 글을 잘 지었다. 양나라에서 비서랑秘書郞을 지냈고, 궁정시인으로 섬세하고 공교로운 시를 많이 지었다. 양원제梁元帝 때 시중侍中에 올랐고, 이부상서吏部尙書와 좌복야左僕射를 역임했다. 나라가 망한 뒤에는 망국의 슬픔을 시에 담았다. 양원제를 따라 서위에 항복하고 거기대장군車騎大將軍, 의동삼사儀同三司를 지냈다. 북주에 들어가서는 내사중대부內史中大夫, 소사공小司空을 역임했다. 명제明帝가 문학을 좋아해 그와 유신을 각별히 총애했다. 관직은 선주자사宣州刺史까지 올랐고, 64살로 죽었다. 문집에 《왕사공집王司空集》이 있다.

8

　　장정견張正見[6]의 오언은 성조가 다 율격에 맞고 화려한 것이 적다. 〈우설곡雨雪曲〉, 〈종군행從軍行〉 또한 초당에 가깝다. 악부칠언과 잡

---

6) 자 견색見賾.

언은 성조가 비록 조화로우나 시어가 다 화려하니 진실로 양진梁陳의 시체다.

해제 장정견張正見은 진선제陳宣帝 태건太建 연간의 '문회지우文會之友'에 속한 문인이다. 그중 현존하는 작품이 가장 많다. 특히 악부시가 가장 많은데 서정이나 서사의 성분은 많지 않고, 전고를 많이 사용하고 대구에 힘쓴 특징이 있다. 이에 엄우는 《창랑시화》에서 다음과 같이 말했다.

"남북조 문인 중 오직 장정견의 시가 가장 많지만 가장 볼 만하지 않으니, 이를테면 비록 많지만 어찌 훌륭하다 하겠는가?南北朝人惟張正見詩最多, 而最無足省發, 所謂雖多亦奚以爲."

원문 張正見1[字見賾]五言, 聲盡入律, 而綺靡者少. 雨雪曲·從軍行, 亦近初唐. 樂府七言·雜言, 調雖和諧2, 而語盡綺靡, 正梁陳體3也.

주석 1 張正見(장정견): 남조 시기 진나라의 문인이다. 청하淸河 동무성東武城 사람으로 자는 견색見賾이다. 어려서부터 학문을 좋아했고 문학적 재능이 뛰어났다. 13살 때 부賦를 바쳐 간문제의 칭찬을 들었다. 양무제 태청 원년(547)에 사책射策으로 합격하여 소릉왕邵陵王 국좌상시國左常侍에 임명되었고, 양원제가 즉위하자 통직산기시랑通直散騎侍郎에 제수되었다가 나중에 팽택령彭澤令으로 옮겼다. 양나라 말엽에 난리가 일어나자 광속산匡俗山으로 피난했다. 이후 진무제陳武帝가 제위에 오르자 주요 관직을 두루 역임했다. 진선제 태건 중엽에 죽었는데, 향년 49세였다. 문집 14권이 있었지만 이미 없어졌고, 명나라 사람이 편집한 《장산기집張散騎集》이 있다.
2 和諧(화해): 화합하다.
3 梁陳體(양진체): 양나라, 진나라의 시체. 즉 궁체시, 서유체 등을 가리킨다.

9

진후주陳後主7)의 오언은 성조가 다 율격에 맞고 시어가 다 화려하다. 악부칠언은 양문제와 비슷하다. 양진의 여러 문인과 비교하면 재주가 더욱 빈약하다.

해제 진후주의 시에 관한 논의다. 진후주는 남조 시기의 마지막 왕으로 진선제의 아들이다. 그는 즉위 이전부터 사치스러운 생활을 좋아했고, 즉위 후에도 정무를 살피지 않고 날마다 강총江總, 진훤陳暄, 왕원王瑗 등의 조정 대신들과 후정에서 연회를 즐겼다. 이러한 일상을 반영하듯 그의 시는 대부분 염정의 색채가 강하여 역대로 많은 폄하를 받아 왔다. 특히 그의 악부시 〈옥수후정화玉樹後庭花〉는 지나치게 농염하여 궁체시의 병폐로 지적받을 뿐 아니라 '망국의 노래亡國之音'로 지탄받았다. 그러나 진후주의 시가 모두 염정시인 것은 아니다. 악부구제를 모의한 작품이나 신하와의 창화시唱和詩 및 자연경물을 묘사한 시 중에서 염정시와 다른 풍격도 찾아볼 수 있다.

원문 陳後主[1][諱叔寶, 字元秀]五言, 聲盡入律, 語盡綺靡. 樂府七言與梁簡文相類. 視[2]梁陳諸子, 才力更弱.

주석 1 陳後主(진후주): 진숙보陳叔寶. 자는 원수元秀고, 소자小字는 황노黃奴다. 재위할 때 궁실을 크게 짓고 종일 총비寵妃 사신詞臣들과 연회를 열면서 정치는 등한시 했다. 염사艶詞를 짓고 새로운 음률을 입히면서 〈옥수후정화玉樹後庭花〉, 〈임춘락臨春樂〉등과 같은 곡을 지었다. 스스로 장강이 견고한 것을 믿어 수나라의 대군이 남하했을 때도 술을 마시고 시를 짓는 일을 멈추지 않았다. 수나라 군대가 건강으로 돌입하자 포로로 잡혀 장안으로 압송되었는데, 그래도 시주詩酒를 그치지 않아 수문제가 "정말 양심도 없다.全無心肝"고 말했다. 낙양에서 병사했다. 명대에 편찬한 《진후주집陳後主集》이 있다.
2 視(시): 비교하다.

10

강총江總[8)]의 오언은 성조가 율격에 다 맞고 시어가 대부분 화려하

---

7) 이름 숙보叔寶, 자 원수元秀.

다. 악부칠언은 성조가 대부분 순일하지 않고 시어가 더욱 화려하다. 진후주의 압객狎客 10인 중에서 시로는 강총이 뛰어나다.

해제 《진서陳書・열전列傳》에 의하면 "진후주는 매번 빈객을 이끌고 귀비 등의 야유회에 참여하여, 여러 귀인 및 여류 문인들로 하여금 압객과 함께 새로운 시를 지어 서로 주고받도록 했다.後主每引賓客對貴妃等游宴, 則使諸貴人及女學士與狎客共賦新詩, 互相贈答." 강총은 그중 으뜸인 시인이다. 그는 세상의 이욕에 빠지지 않고 권세에도 빌붙지 않았다고 자부했으나, 《남사》에서는 총애에 빠져 문장이 도리어 나빠졌다고 질책하고 있다. 후일 한유, 유우석劉禹錫, 이상은李商隱 등이 그를 칭송했다.

원문 江總[字總持]五言, 聲盡入律, 語多綺靡. 樂府七言, 調多不純, 語更綺艷. 後主狎客[1]十人, 而詩則總爲勝.

주석 1 狎客(압객): 마음을 터놓고 지내는 사람. 또는 친하게 지내는 손님. 임금의 근신으로서 임금의 뜻에 부합되는 행동만을 하는 자를 가리키기도 한다.

11

강총의 칠언사구 〈원시怨詩〉 2편은 성조가 비록 율격에 합치되나 시어가 여전히 화려하다. 아래로 수양제隋煬帝 또한 그러하다.[9]

해제 강총의 칠언시에 관한 논의다. 《진서》에서 강총은 오・칠언에 능했지만 시간이 지나면서 일실되어 전해지지 않는 것이 많다고 했다. 현존하는 칠언시는 20여 수로 전체 작품의 5분의 1을 차지한다. 칠언시가 오언에 비해

---

8) 자 총지總持.
9) 위로는 유신庾信의 칠언사구에서 근원하고, 왕발王勃, 노조린盧照隣, 낙빈왕駱賓王 세 사람의 칠언사구로 변천했다.

늦게 발생한 것을 감안할 때 강총의 칠언의 작품 수는 적은 것이 아니다. 그의 칠언시는 어조가 온화하고 부드러운 것이 특징인데, 여기서는 칠언 사구 〈원시〉에 관해 논하고 있다.

江總七言四句有怨詩二篇, 調雖合律[1], 而語仍綺豔, 下至隋煬帝亦然. [上源 於庾信七言四句, 轉進至王·盧·駱三子七言四句.]

1 合律(합율): 율격에 들어맞다.

12

칠언은 양나라 간문제簡文帝 이하로 시어가 대부분 화려하다. 다음 의 시구는 모두 화려한 것이다.

간문제의 시구를 예로 든다.
"누구 집 총각이 기로에서 묻혔는가, 재봉질 하는데 근심하는 마음 일어나네. 천장에 낸 창 아름다운 우물에서 따뜻하게 배회하고, 주렴 과 옥갑이 거울을 비추네.誰家總角歧路陰, 裁紅點翠愁人心. 天牕綺井暖徘徊, 珠 簾玉匳明鏡臺."
"구슬로 장식한 문에 패옥의 갈고리 걸려 있고, 아름다운 요와 비취 색 이불에서 향기가 흐르네.網戶珠綴曲瑤鉤, 芳裀翠被香氣流."

심군유의 시구를 예로 든다.
"비단 줄 옥주전자가 아름다운 자리에 전달되고, 진나라 쟁과 조나 라 거문고가 고당에서 울리네.絲繩玉壺傳綺席, 秦箏趙瑟響高堂."
"물고기 무늬 빛나며 한가한 시간을 머금고, 학은 낮았다 올랐다 지 는 노을을 비추네. 나무 맞은편의 은색 안장은 보마를 부르고, 거리를 나는 옥 북대가 향거를 움직이네.魚文熠熠含餘日, 鶴蓋低昂映落霞. 隔樹銀鞍喧寶馬, 分衢玉軸動香車."

서릉의 시구를 예로 든다.
"궁궐에는 본래 원앙전을 세웠는데, 누구 위해 새로이 봉황루를 만드나.宮中本造鴛鴦殿, 爲誰新起鳳凰樓."
"춤추는 적삼이 봄바람 이기고, 노래 부채를 창가에 두니 가을 달 같네.舞衫廻袖勝春風, 歌扇當牕似秋月."

유신의 시구를 예로 든다.
"반룡의 맑은 거울 진가에게 보내고, 악을 물리쳐 향을 피워서 한수에게 부치네.盤龍明鏡餉秦嘉, 辟惡生香寄韓壽."
"복숭아꽃 안색이 말과 같이 좋고, 느릅나무 풀 열매가 새로 열리니 돈과 같이 공교하네.桃花顏色好如馬, 楡莢新開巧似錢."

왕포의 시구를 예로 든다.
"초봄의 따스한 태양이 꾀꼬리 아름답게 하고, 복숭아꽃 흐르는 물이 강다리로 잠기네.初春麗日鶯欲嬌, 桃花流水沒河橋."

장정견의 시구를 예로 든다.
"울음을 머금어 거울을 닦으며 화장을 못하고, 주를 재촉하여 현을 연주하니 어지러운 곡이어라.含啼拂鏡不成粧, 促柱繁絃還亂曲."
"개똥벌레가 달을 비추어 빈 휘장을 밝히고, 성긴 나뭇잎이 바람 따라 베틀에 들어오네.流螢映月明空帳, 疎葉從風入斷機."

진후주의 시구를 예로 든다.

"누구 집의 아름다운 미녀가 기상 위를 지나는가, 비취 빛 비녀와 아름다운 소매가 물결 중에 넘실대네. 화려한 행랑과 수놓은 문에 꽃이 항상 피고, 주렴과 옥섬에 명월이 옮겨가네.誰家佳麗過淇上, 翠釵綺袖波中漾. 雕軒繡戶花恒發, 珠簾玉砌移明月."

강총의 시구를 예로 든다.
"방의 창문에 빙빙 돌며 비취 휘장 드리우고, 아름답게 구불구불 이어져 주발에 숨네.房櫳宛轉垂翠幌, 佳麗逶迤隱珠箔."
"환합의 비단 허리띠에 원앙새 드리우고, 동심의 비단 소매에 연리지 있네.合歡錦帶鴛鴦鳥, 同心綺袖連理枝."
"옥의 줏대와 가벼운 바퀴에 오향이 흩어지고, 금빛 등불 밤을 밝히니 백화가 열리네.玉軑輕輪五香散, 金燈夜火百花開."
"걸음마다 향기 날리는 금박의 신, 가득 찬 부채로 가리는 산호의 입술.步步香飛金薄履, 盈盈扇掩珊瑚脣."
"은 침대의 화려한 집에 오색 실로 만든 술이 걸리고, 보배스런 거울과 옥비녀에 산호가 가로 놓이네.銀牀金屋挂流蘇, 寶鏡玉釵橫珊瑚."

심군유의 다음과 같은 시구는 성조가 전부 어긋나며 더욱이 문장이 되지 않는다.
"노래 소리가 부채에서 나와 먼지 들보를 에두르네.歌響出扇繞塵梁."
"나루터 관리가 취한 듯 배를 억지로 붙잡네.津吏猶醉强持船."

강총의 다음과 같은 시구도 그렇다.
"첩의 문은 봄을 만나 저절로 화려한데, 그대의 얼굴은 가을이 오지 않은데 어찌 차가운가.妾門逢春自可榮, 君面未秋何意冷."
"홀로 잠들기 전에 낚시 드리우는 것 아쉬워 않고, 마음대로 한 뒤에 나무하는 것을 허락하고자 하네.不惜獨眠前下鉤, 欲許便作後來薪."

 양나라 간문제 이후의 칠언시구 중 화려한 것과 성조가 어긋나 문장이 되지 않는 것의 예를 들었다.

七言自梁簡文而下, 語多綺豔. 簡文如"誰家總角歧路陰, 裁紅點翠愁人心. 天牎綺井暖徘徊, 珠簾玉篋明鏡臺."[1] "網戶珠綴曲瑂鉤, 芳裀翠被香氣流."[2] 沈君攸如"絲繩玉壺傳綺席, 秦箏趙瑟響高堂."[3] "魚文熠爚含餘日, 鶴蓋低昻映落霞. 隔樹銀鞍喧寶馬, 分衢玉軸動香車."[4] 徐陵如"宮中本造駕鴦殿, 爲誰新起鳳凰樓."[5] "舞衫廻袖勝春風, 歌扇當牎似秋月."[6] 庾信如"盤龍明鏡餉秦嘉, 辟惡生香寄韓壽."[7] "桃花顏色好如馬, 榆莢新開巧似錢."[8] 王褒如"初春麗日鶯欲嬌, 桃花流水沒河橋."[9] 張正見如"含啼拂鏡不成粧, 促柱繁絃還亂曲."[10] "流螢映月明空帳, 疎葉從風入斷機."[11] 陳後主如"誰家佳麗過淇上, 翠釵綺袖波中渓. 雕軒繡戶花恒發, 珠簾玉砌移明月."[12] 江總如"房櫳宛轉垂翠幰, 佳麗逶迆隱珠箔."[13] "合歡錦帶鴛鴦鳥, 同心綺袖連理枝."[14] "玉軑輕輪五香散, 金燈夜火百花開."[15] "步步香飛金薄履, 盈盈扇掩珊瑚脣."[16] "銀牀金屋挂流蘇, 寶鏡玉釵橫珊瑚"[17]等句, 皆爲綺豔者也. 至如沈君攸"歌響出扇繞塵梁"[18] "津吏猶醉强持船"[19], 江總"妾門逢春自可榮, 君面未秋何意冷."[20] "不惜獨眠前下鉤, 欲許便作後來薪"[21]等句, 則聲調全乖, 更不成文[22]矣.

1 誰家總角歧路陰(수가총각기로음), 裁紅點翠愁人心(재홍점취수인심). 天牎綺井暖徘徊(천창기정난배회), 珠簾玉篋明鏡臺(주렴옥협명경대): 누구 집 총각이 기로에서 묻혔는가, 재봉질 하는데 근심하는 마음 일어나네. 천장에 낸 창 아름다운 우물에서 따뜻하게 배회하고, 주렴과 옥갑이 거울을 비추네. 간문제 〈동비백로가이수東飛伯勞歌二首〉 중 제1수의 시구다.

2 網戶珠綴曲瑂鉤(망호주철곡경구), 芳裀翠被香氣流(방인취피향기류): 구슬로 장식한 문에 패옥의 갈고리 걸려 있고, 아름다운 요와 비취색 이불에서 향기가 흐르네. 간문제 〈동비백로가이수〉 중 제2수의 시구다.

3 絲繩玉壺傳綺席(사승옥호전기석), 秦箏趙瑟響高堂(진쟁조슬향고당): 비단 줄 옥주전자가 아름다운 자리에 전달되고, 진나라 쟁과 조나라 거문고가 고당에

서 울리네. 심군유 〈박모동현가薄暮動弦歌〉의 시구다.

4 魚文熠爛含餘日(어문습약함여일), 鶴蓋低昂映落霞(학개저앙영낙하). 隔樹銀鞍喧寶馬(격수은안훤보마), 分衢玉軸動香車(분구옥축동향거): 물고기 무늬 빛 나며 한가한 시간을 머금고, 학은 낮았다 올랐다 지는 노을을 비추네. 나무 맞은편의 은색 안장은 보마를 부르고, 거리를 나눈 옥 북대가 향거를 움직이네. 심군유 〈습상비상원習觴飛上苑〉의 시구다.

5 宮中本造鴛鴦殿(궁중본조원앙전), 爲誰新起鳳凰樓(위수신기봉황루): 궁궐에는 본래 원앙전을 세웠는데, 누구 위해 새로이 봉황루를 만드나. 서릉 〈잡곡雜曲〉의 시구다.

6 舞衫廻袖勝春風(무삼회수승춘풍), 歌扇當牕似秋月(가선당창사추월): 춤추는 적삼이 봄바람 이기고, 노래 부채를 창가에 두니 가을 달 같네. 서릉 〈잡곡〉의 시구다.

7 盤龍明鏡餉秦嘉(반룡명경향진가), 辟惡生香寄韓壽(벽악생향기한수): 반룡의 맑은 거울 진가에게 보내고, 악을 물리쳐 향을 피워서 한수에게 부치네. 유신 〈연가행燕歌行〉의 시구다.

8 桃花顔色好如馬(도화안색호여마), 楡莢新開巧似錢(유협신개교사전): 복숭아 꽃 안색이 말과 같이 좋고, 느릅나무 풀 열매가 새로 열리니 돈과 같이 공교하네. 유신 〈연가행〉의 시구다.

9 初春麗日鶯欲嬌(초춘여일앵욕교), 桃花流水沒河橋(도화유수몰하교): 초봄의 따스한 태양이 꾀꼬리 아름답게 하고, 복숭아꽃 흐르는 물이 강다리로 잠기네. 왕포 〈연가행〉의 시구다.

10 含啼拂鏡不成粧(함제불경불성장), 促柱繁絃還亂曲(촉주번현환난곡): 울음을 머금어 거울을 닦으며 화장을 못하고, 주를 재촉하여 현을 연주하니 어지러운 곡이어라. 장정견 〈부득가기경불귀시賦得佳期竟不歸詩〉의 시구다.

11 流螢映月明空帳(유형영월명공장), 疎葉從風入斷機(소엽종풍입단기): 개똥벌레가 달을 비추어 빈 휘장을 밝히고, 성긴 나뭇잎이 바람 따라 베틀에 들어오네. 장정견 〈부득가기경불귀시〉의 시구다.

12 誰家佳麗過淇上(수가가려과기상), 翠釵綺袖波中漾(취채기수파중양). 雕軒繡戶花恒發(조헌수호화항발), 珠簾玉砌移明月(주렴옥체이명월): 누구 집의 아름다운 미녀가 기상 위를 지나는가, 비취 빛 비녀와 아름다운 소매가 물결 중에 넘실대네. 화려한 행랑과 수놓은 문에 꽃이 항상 피고, 주렴과 옥섬에 명월이

옮겨가네. 진후주 〈동비백로가東飛伯勞歌〉의 시구다.

13 房櫳宛轉垂翠幌(방롱완전수취막), 佳麗逶迤隱珠箔(가려위이은주박): 방의 창문에 빙빙 돌며 비취 휘장 드리우고, 아름답게 구불구불 이어져 주발에 숨네. 강총 〈잡곡삼수雜曲三首〉 중 제2수의 시구다.

14 合歡錦帶駕鴛鳥(합환금대원앙조), 同心綺袖連理枝(동심기수연리지): 환합 의 비단 허리띠에 원앙새 드리우고, 동심의 비단 소매에 연리지 있네. 강총 〈잡 곡삼수〉 중 제3수의 시구다.

15 玉軑輕輪五香散(옥대경윤오향산), 金燈夜火百花開(금등야화백화개): 옥의 줏대와 가벼운 바퀴에 오향이 흩어지고, 금빛 등불 밤을 밝히니 백화가 열리네. 강총 〈신입희인응령시新入姬人應令詩〉의 시구다.

16 步步香飛金薄履(보보향비금박리), 盈盈扇掩珊瑚脣(영영선엄산호순): 걸음 마다 향기 날리는 금박의 신, 가득 찬 부채로 가리는 산호의 입술. 강총 〈완전 가宛轉歌〉의 시구다.

17 銀牀金屋挂流蘇(은상금옥괘유소), 寶鏡玉釵橫珊瑚(보경옥채횡산호): 은 침 대의 화려한 집에 오색 실로 만든 술이 걸리고, 보배스런 거울과 옥비녀에 산호 가 가로 놓이네. 강총 〈동비백로가〉의 시구다. '유소流蘇'는 기旗나 승교乘轎 등 에 다는 오색 실로 만든 술을 가리킨다.

18 歌響出扇繞塵梁(가향출선요진량): 노래 소리가 부채에서 나와 먼지 들보를 에두르네. 심군유 〈박모동현가薄暮動弦歌〉의 시구다.

19 津吏猶醉强持船(진리유취강지선): 나루터 관리가 취한 듯 배를 억지로 붙잡 네. 심군유 〈계즙범하중桂檝泛河中〉의 시구다.

20 妾門逢春自可榮(첩문봉춘자가영), 君面未秋何意冷(군면미추하의냉): 첩의 문은 봄을 만나 저절로 화려한데, 그대의 얼굴은 가을이 오지 않은데 어찌 차가 운가. 강총 〈잡곡삼수雜曲三首〉 중 제2수의 시구다.

21 不惜獨眠前下釣(불석독면전하조), 欲許便作後來薪(욕허변작후래신): 홀로 잠들기 전에 낚시 드리우는 것 아쉬워 않고, 마음대로 한 뒤에 나무하는 것을 허락하고자 하네. 강총 〈완전가宛轉歌〉의 시구다.

22 成文(성문): 문장을 이루다.

제
11
권

詩源辯體

수隋

1

노사도盧思道[1], 이덕림李德林[2], 설도형薛道衡[3]의 오언은 성조가 다
율격에 맞는데, 노사도의 시에는 화려한 것이 여전히 많다. 설도형의
환운시 여러 편은 유효작劉孝綽을 본받았고, 〈출새出塞〉 2편은 이미 초
당에 가깝다.

수나라 시에 관한 논의다. 수나라는 북주의 문학전통을 이어받고 남방문
풍의 폐해를 바로잡아 이른바 '남북문풍南北文風의 융합'을 완성하여 당나
라 문학의 기틀을 세웠다. 수나라 문인의 유형은 세 부류로 나눌 수 있다.
첫째는 북주가 북제를 멸한 이후 북주 및 수나라에 들어간 문인으로 노사
도와 설도형 등이 있다. 둘째는 북주에서 수나라로 들어간 문인으로 양광
楊廣, 양소楊素 등이 있다. 셋째는 후량後梁이 폐하고 진陳나라에서 수나라에

---

1) 자 자행子行.
2) 자 공보公輔.
3) 자 현경玄卿.

들어간 문인으로 유개劉凱, 우세기虞世基 등이 있다.

 盧思道1[字子行]·李德林2[字公輔]·薛道衡[字玄卿]五言, 聲盡入律, 而盧則綺靡者尙多. 薛轉韻諸篇, 本於劉孝綽, 至出塞二篇, 則已近初唐矣.

1 盧思道(노사도): 수나라 시기의 문인이다. 범양范陽 사람으로 자는 자행字行이고, 소자小字는 석노釋怒다. 총명하고 재능이 뛰어났다. 16살 때 중산인中山人 유송劉松을 만났는데 유송이 지은 비명을 이해하지 못하자 자책하며 두문불출하고 공부에 매진했다. 당시의 유명한 문인 형소邢劭에게 사사했다. 북제 때 좌복야左僕射 양준언楊遵彦의 추천을 받아 사공행참군司空行參軍을 맡았고 나중에 원외산기시랑員外散騎侍郞을 겸직했으며 중서성中書省에서 근무했다. 북주 때 의동삼사儀同三司의 벼슬을 받았고 무양태수武陽太守로 옮겼다. 수나라 초에 관직이 산기시랑散騎侍郞에 올랐다. 문집 30권이 있었는데 이미 없어졌고 명대에 편찬된 《노무양집盧武陽集》이 있다.

2 李德林(이덕림): 수나라 시기의 문인이다. 박릉博陵 평안安平 사람으로 자가 공보公輔이다. 위폐제魏廢帝 중흥中興 원년에 태어나 수문제 개황 11년에 향년 61세로 죽었다. 어려서 신동이라는 칭찬을 받았으며 16세 때 효자로 이름이 났다. 문장을 잘 지었고 내용에 조리가 있었다. 북제 천보天保 연간에 수재가 되었고 통직산기시랑通直散騎侍郞으로 승진했다. 북주의 무제가 북제를 정벌하고 내사상사內史上士를 제수했다. 후일 진무제를 도와 천하를 평정하는 데 힘써 내사령內史令에 임명되었다. 수나라 때에는 주국柱國이 되었으나 참소를 당해 회주자사懷州刺史가 되었다. 북제 때 《제사齊史》 27권을 수찬했고 수나라 때 다시 보완할 것을 명받았으나 완성하지 못했다. 그 후 그의 아들 이백약李百藥이 그것을 이어 완성했다.

2

악부칠언으로 노사도의 〈종군행從軍行〉, 설도형의 〈예장행豫章行〉은 이미 초당에 가깝다. 노사도는 이덕림, 설도형과 제명하며 사이가 좋았다.

《수서隨書》에서 다음과 같이 말했다.

"두세 명의 문인이 북제의 말엽에 모두 시문의 문채로써 이름이 났는데, 북주와 수나라를 거치면서 다 추종을 받았다. 이덕림은 일대의 준걸로 칭송되고 설도형은 그 당시에 평판이 좋았다. 엄밀하게 개괄하여 말하자면 노사도는 두 사람의 위에 처한다."

내가 생각건대 서릉, 유신, 왕포, 장정견, 설도형 등 여러 문인의 오·칠언은 풍격이 대부분 초당에 가깝다. 이에 장무순臧懋徇이 말했다.

"《역경易經》에 궁하면 변한다고 하였는데, 천보가 그것을 열었다."4)

또한 자연스러운 이치일 따름이다.

해제 수대의 시에 관해 개괄적으로 논했다. 노사도, 이덕림, 설도형은 수대를 대표하는 문인인데, 그들의 시풍이 이미 초당과 비슷함을 강조하고 있다.

원문 樂府七言, 思道從軍行·道衡豫章行, 皆已近初唐. 思道與德林·道衡齊名, 友善[1]. 隋史[2]曰: "二三子有齊之季, 皆以辭藻著聞[3], 爰歷周隋, 咸見推重. 李稱一代俊偉, 薛則時之令望[4]. 靜言揚榷[5], 盧居二子之右[6]." 愚按: 徐·庾·王襃·張正見盧薛諸子五七言, 風格多有近初唐者. 臧顧渚[7]謂: "易窮則變, 天寶[8]開之." [胡元瑞謂"陳隋無論其質, 卽文無足論者", 此縶言[9]諸家耳.] 蓋亦理勢之自然耳.

주석
1 友善(우선): 사이가 좋다.
2 隋史(수사): 《수서隋書》85권을 가리킨다. 수많은 사람들이 공동으로 편찬했는데, 초안에서 완성까지 모두 35년이 걸렸다. 당나라 무덕武德 4년(621)에 영호

---

4) 호응린이 "진나라와 수나라 시기에는 그 질박함을 막론하고 문장에 논할 것이 없다"고 했는데, 이것은 여러 전문가의 말을 개괄한 것이다.

덕분令狐德棻이 양, 진, 북제, 북주, 수 등의 오대사를 수찬할 것을 건의했다. 그
이듬해 당 조정에서 편찬을 명령했는데 수년이 걸려도 완성되지 못했다. 정관
貞觀 3년(629) 위징魏徵의 총책임 아래 《수서》를 주편했다. 제기帝紀 5권, 열전列
傳 50권, 지志 30권으로 되어 있다.

3 著聞(저문): 이름이 나다.

4 令望(영망): 좋은 평판. 명성. '令聞(영문)'과 같은 뜻이다.

5 揚榷(양각): 약술하다. 개괄하다.

6 右(우): 위쪽. 윗자리.

7 臧顧渚(장고저): 장무순張懋循(1550~1620). 명나라 시기의 희곡가다. 자는 보
숙晋叔이고 호가 고저산인顧渚山人이다. 절강성 장흥長興 사람이다. 만력 8년
(1580)에 진사가 되어 이듬해 형주부학교수荊州府學敎授에 임명되었고 이후 남
경국자감박사南京國子監博士로 승진했다. 7세 때 《오경》에 능통했고 박학다식했
으며 탕현조湯顯祖, 왕세정 등과 친분이 두터웠다.

8 天寶(천보): 당나라 현종 이융기李隆基 시기의 두 번째 연호로 742년 1월~756년
7월까지 15년간 사용되었다.

9 槩言(개언): 개괄하여 말하다.

3

수양제隋煬帝[5]의 오언은 성조가 다 율격에 맞고 시어가 대부분 화려
하다. 악부칠언 〈범용주泛龍舟〉, 〈강도하江都夏〉, 〈동궁춘東宮春〉은 성조
가 비록 양진의 시에서 점차 변화되었을지라도 체재가 순일하지 않다.

 수양제의 시에 관한 논의다. 수양제는 문학을 좋아하여 여러 문사들을 불
러 모아 그들을 스승으로 삼아 가까이 지내면서 매 작품을 그들로 하여금
윤색하게 했다. 그는 즉위하면서 양진의 화려한 시풍을 전아하게 바꾸고
자 했으나 후기의 황음무도한 생활 탓인지 그의 문집에는 여전히 염정의

5) 이름 광廣.

시풍이 농후하다. 또 《수서, 유변전柳䛒傳》에 의거하면 "수양제는 당초 유신의 문풍을 배웠으나 유변을 만난 이후로 문체가 변했다.初, 王屬文, 爲庾信體, 及見䛒以後, 文體遂變."고 했다. 그는 젊었을 때 유변, 우세남, 제갈영諸葛穎, 왕주王胄 등 100여 인의 학사와 가까이 지냈다고 한다. 그러나 유변이 후량에서 수나라로 들어온 이후 지은 시가 불과 5수에 지나지 않아, 두 사람이 실제 어떠한 관계가 있는지는 알기 어렵다. 현존하는 수양제의 40여 수의 시 중에는 염정의 시풍과 강개한 시풍을 나눌 수 있는데, 후자는 양진의 시풍에서 벗어난 것이다.

 隋煬帝[名廣]五言, 聲盡入律, 語多綺靡; 樂府七言有泛龍舟 · 江都夏 · 東宮春, 調雖稍變梁陳, 而體未純.

4

양제의 칠언팔구 〈강도궁악가江都宮樂歌〉는 율격에 점차 들어맞게 되었다.6) 또 양제는 강도江都에 행차하여 〈수조가水調歌〉를 지었다. 지금 《시기詩紀》에 수록된 여러 편은 성조가 순일하고 시어가 유창하여 칠언절구의 정체가 되었다. 중간에 또 당나라 시인의 시가 섞였는데, 아마 후인이 편찬한 것이지 양제의 구곡은 아닐 것이다.

 수양제의 칠언시에 관해 개괄했다.

煬帝七言八句, 有江都宮樂歌, 於律漸近. [上源於庾信七言八句, 轉進至杜 · 沈 · 宋七言律.] 又煬帝幸江都¹, 製水調歌, 今詩紀所載數篇, 調純語暢, 爲七言絶正體, 中復雜以唐人之詩, 蓋後人所編, 非煬帝舊曲也.

---

6) 위로는 유신庾信의 칠언팔구에서 연원하고, 두심언杜審言, 심전기沈佺期, 송지문宋之間의 칠언율시로 변천했다.

5

육조의 악부와 시는 성조와 체재기 심히 구별되지 않는다.[7] 악부의 단장短章인 〈자야子夜〉, 〈막수莫愁〉, 〈전계前溪〉, 〈오야제烏夜啼〉 등은 시어가 참신하고 성정이 화려하며, 사람들의 마음속에 담긴 생각을 말할 수 있고, 그 성조와 체재가 시와 크게 다르지 않다. 당나라 시인의 〈죽기사竹枝詞〉 시어의 의미는 실제 여기에서 근원한 것이다.

육조의 시에 관해 개괄했다. 육조시는 악부민가에서 많은 영향을 받아 발전했다. 민가의 체재와 음률이 육조 문인시의 바탕이 되었다.

六朝樂府與詩, 聲體[1]無甚分別, [詩言六朝, 謂晉宋齊梁陳隋也. 白下言六朝, 則有吳無隋.] 惟樂府短章如子夜·莫愁·前溪·烏夜啼等, 語眞情艶, 能道人意中事, 其聲體與詩乃大不同. 唐人竹枝詞, 語意實本於此.

1 聲體(성체): 성조와 체재.

6

오언율구는 제·양에서 기원하여 화려한 수식이 감퇴했지만, 본받을 만하지 않다. 반드시 초당의 심전기沈佺期, 송지문宋之問에 이르러서야 정종이라고 할 수 있을 뿐이다. 한유가 "제량 및 진수의 여러 작품은 매미 소리와 같다."고 한 것은 이를 두고 말한 것이다.

---

7) 시에서 말하는 육조란 진, 송, 제, 양, 진, 수이다. 그냥 육조라고 하면 오가 들어가고 수는 들어가지 않는다.

그런데 양신은 육조시를 매우 좋아하여, 육조시에서 성운이 율격에 맞는 것을 택하여 율시의 비조라고 명명하니, 그 만행이 더욱 심해졌다. 그렇다면 한유가 "문장은 팔대의 쇠미함에서 일어났다"고 하였으니, 지금 육조의 문장에서 체재가 비슷한 것을 택하여 한유와 유종원 문장의 비조라고 한다면 가능하다고 하겠는가?[8]

오언율시의 근원에 대해 논했다. 율시는 당나라 시기 비로소 발전한 시체이지만 제·양 시기 이미 입률入律이 시작되었다. 그러나 아직 체재가 완비되지 않아 율시의 비조라고 하기에는 어려움을 지적하고 있다.

五言律句雖起於[1]齊梁, 而綺靡衰颯[2], 不足爲法[3]. 必至初唐沈宋, 乃可爲正宗耳. 退之謂"齊梁及陳隋, 衆作等蟬噪"是也. 楊用修酷嗜[4]六朝, 擇六朝以還聲韻近律者, 名爲律祖[5], 其背戾滋甚[6]. 且如退之"文起八代之衰"[7], 今擇六朝之文體製僅似[8]者, 爲韓柳文祖, 可乎? [以下五則總論齊梁陳隋之詩.]

1 起於(기어): …에서 기원하다.
2 衰颯(쇠삽): 감퇴하다.
3 不足爲法(부족위법): 본받을 만하지 않다.
4 酷嗜(혹기): 매우 좋아하다.
5 名爲律祖(명위율조): 율시의 비조라고 명명하다.
6 背戾滋甚(배려자심): 만행이 더욱 심해지다.
7 文起八代之衰(문기팔대지쇠): 소식蘇軾의 〈조주한문공묘비潮州韓文公廟碑〉에서 한유를 칭송한 말이다. 팔대는 동한, 위, 진, 송, 제, 량, 진, 수를 가리킨다. 이때는 변문이 성행한 시대다. 당대 중엽 한유, 유종원이 고문 운동을 일으켜서 그 이전의 변문을 대체했다.
8 僅似(근사): 비슷하다.

7

시문은 풍속과 서로 성쇠를 이룬다. 제·양 이후 풍속이 퇴패해졌기에 시문 또한 그렇게 되었다. 오늘날 후학들이 시를 논하면서 종종 제·양 시를 숭상하는데, 어찌 제·양의 풍속이 또한 숭상할 만하겠는가?

해제 시문의 풍격과 각 시대의 풍조가 서로 관련이 있음을 논했다. 따라서 한위 시가 점차 쇠퇴해질 수밖에 없었던 것은 시대의 흐름에 따른 자연스런 이치가 된다.

원문 詩文與風俗相爲盛衰. 齊梁以後, 風俗頹靡破敗[1], 故其詩文亦爾. 今後進談詩, 往往宗尙齊梁, 豈以齊梁風俗亦有可尙耶?

주석 1 頹靡破敗(퇴미파패): 퇴폐해지다.

8

제·양 이후의 시는 화려한 데로 빠졌을 뿐 아니라 글이 조리가 없고 보기 흉한 것이 열에 네다섯인데, 《시기詩紀》를 살펴보면 저절로 드러난다.

호응린이 말했다.

"진나라와 송나라는 화려함이 성행하고 질박함이 쇠퇴했고, 제나라와 양나라는 화려함이 두드러지고 질박함이 사라졌다."

진나라와 수나라는 그 질박함을 막론하고 화려함에 있어서도 논할 만한 것이 없다.

해제 제·양 이후의 시를 개괄했다. 그중 진나라와 수나라의 시를 가장 낮게 평가하고 있다.

齊梁以後之詩, 不但¹失之綺靡, 而支離醜惡², 十居四五, 以詩紀觀之自見. 胡元瑞云: "晉與宋, 文盛而質衰; 齊與梁, 文勝而質滅." 陳隋無論其質, 則文無足論者.

1 不但(부단): …뿐 아니라.
2 支離醜惡(지리추악): 조리가 없고 보기 흉하다.

9

혹자가 물었다.

"당나라 말기의 섬세하고 교묘한 것과 양진 이후의 화려한 것 중에서 어느 것이 더 우수한가?"

내가 대답한다.

시문은 모두 체재를 위주로 한다. 당나라 말기는 시어가 비록 섬세하고 교묘하나 율체가 사라진 적이 없다. 양진 이후는 고체가 이미 사라졌고 율체가 완성되지 않았다. 두 시기는 귀착되는 바가 없으므로 결코 본받을 만하지 않다.⁹⁾

양진 이후의 시는 체제가 확립되지 않아 본받을 만하지 않음을 지적했다.

或問: "唐末之纖巧¹, 與梁陳以後之綺靡, 孰爲優劣²?" 曰: 詩文俱以體製爲主, 唐末語雖纖巧, 而律體則未嘗亡; 梁陳以後, 古體旣失, 而律體未成, 兩無所歸, 斷乎³不可爲法. [與初唐總論第二則參看.]

1 纖巧(섬교): 섬세하고 교묘함.
2 孰爲優劣(숙위우열): 어느 것이 뛰어난가?

9) 초당의 총론 제2칙(제14권 제9칙)과 참조하여 보기 바란다.

3 斷乎(단호): 결코.

10

나는 《시경》, 한, 위, 성당의 시를 가장 상세하게 논했다. 양진 이후의 경우는 논한 것이 매우 적다. 대개 《시경》, 한, 위, 성당은 각기 그 최고의 경지에 도달했기에 젖 먹던 힘까지 다해 그것을 찬술했지만 이루 다 논할 수가 없었다. 양진 이후는 체재가 실로 답습되고 격조가 날마다 비천해졌으니 내가 어찌 끝까지 변론하겠는가? 족보를 쓰는 것에 비유하면 공덕을 쌓아 이름이 난 사람은 저절로 칭송되겠지만, 마을의 평민인 경우에는 그 가계만 있을 뿐이다. 전기錢起와 유장경劉長卿 이하의 여러 문인 또한 그러하다.

해제 《시원변체》의 전체적인 서술 안배에 대해 간략하게 설명했다. 한, 위, 성당이 전체 서술의 중심을 이룬다.

원문 予論三百篇·漢·魏·盛唐之詩, 最爲詳悉[1], 至論梁陳以後則甚寥寥[2]者, 蓋三百篇·漢·魏·盛唐, 各極其至, 卽窮予之力而闡揚[3]之, 有弗能盡; 梁陳以後, 體實相因, 而格日益卑, 予何所致其辯乎? 譬之作譜諜[4]者, 於功德表著[5]之人, 自應稱述[6], 至於閭里平人[7], 存其世系[8]而已. 錢劉以下諸子, 亦然.

주석
1 最爲詳悉(최위상실): 가장 상세하다.
2 寥寥(료료): 매우 적다.
3 闡揚(천양): 찬술하다.
4 譜諜(보첩): 족보.
5 表著(표저): 드러나다.
6 稱述(칭술): 칭송하다.
7 閭里平人(여리평인): 일반 평민.
8 世系(세계): 가계家系.

초당初唐

1

무덕武德·정관貞觀 연간 태종太宗[1] 및 우세남虞世南[2], 위징魏徵[3] 등
여러 문인의 오언시는 성조가 다 율격에 맞고 시어가 대부분 화려한
데, 곧 양·진 시기의 묵은 창작 습관이다.

왕세정이 말했다.

"당문황唐文皇[4]은 직접 중원中原을 평정하고 그 시대를 통일시켰으
나 시어에 특별히 장부의 기개가 없는 것은 그때의 습관으로 인해 그
렇게 된 것이다."

생각건대 《당서唐書》에서 다음과 같이 기록했다.

"우세남의 문장이 완약한 것은 서릉을 흠모했기 때문이다. 태종이

---

1) 이름 세민世民.
2) 자 백시伯施.
3) 자 현성玄成.
4) 태종太宗.

일찍이 궁체시를 지어 창화하도록 했다. 우세남이 '성상의 작품은 진실로 정교하나 체재가 아정하지 않으니, 신은 이 시가 전해져 천하에 풍미할까 두려우므로 감히 조서를 받들지 못하겠습니다'고 말했다. 그러자 제왕이 '짐이 경을 시험했을 뿐이다'고 말했다. 후일 제왕은 시 한 편을 지어 고대의 흥망을 서술했는데,[5] 이윽고 탄식하며 '종자기鍾子期가 사망하자 백아伯牙는 두 번 다시 거문고를 타지 않았다더니, 짐의 이 시를 누구에게 보이겠는가!'고 말하면서 저수양褚遂良에게 칙령을 내려 곧 우세남의 영좌靈座에 태웠다."

지금 우세남의 시를 살펴보면 화려한 습관을 면하지 못했는데, 어째서인가? 대개 우세남은 비록 궁체시의 요염한 시어가 바르지 않다는 것을 알았으나, 화려한 폐단이 진수 시기의 구습을 연이은 것임은 알지 못했을 따름이다. 또한 우세남이 경모한 서릉의 시풍이 아정하다고 하는 것은 가능한가? 우세남의 〈출새出塞〉, 〈종군從軍〉, 〈음마飮馬〉, 〈결객結客〉 및 위징의 〈출관出關〉 등의 시는 문장의 성운과 기세가 다소 웅장하여 왕포, 설도형 등의 여러 작품과 우열을 비교해보면 이것은 당음唐音의 시초가 된다.

초당 시기의 전반적인 시풍에 대해 논했다. 당태종은 무력을 통해 천하를 평정했으나 천하를 통일한 이후로는 문덕으로 다스리겠다고 선언하고 문교에 크게 힘썼다. 특히 그는 진왕부秦王府에 있을 때부터 문학관을 개설하고 두여회杜如晦 등 18학사를 두었으며 즉위 후에는 홍문관弘文館, 숭문관崇文館을 설치하여 국자학을 크게 발전시켰다. 또한 당태종은 태자 시절부터 문학창작에 관심이 많아 늘 문인들을 모아놓고 밤새워 토론하기를 좋아했으며 신하들에게 자신의 시를 창화唱和하도록 했는데, 여기서 인용한 《당서唐書》의 일화를 통해서도 그 사실을 충분히 짐작할 수 있다.

---

5) 시가 전해지지 않는다.

한편 당태종은 18학사와 홍문관 학사 및 조정의 중신들과 함께 이른바 정관 궁정시단宮廷詩壇을 형성하여 유가의 정교문학政教文學이 지닌 가치를 주창하고 중건하는 데 노력했다. 그러나 이러한 구호 제창이 즉시 문풍의 변화를 가져올 수 있는 것은 아니었다. 이른바 당초의 웅건한 통일 기상이 문학창작에 그대로 반영되기까지는 아직 시간이 더 필요했으며 오히려 양진 시기의 화려하고 농염한 시풍이 사라지지 않고 이어졌다. 당태종의 시역시 예외가 아니었으니 위의 일화에서 위세남이 당태종의 궁체시풍을 비판한 까닭은 이와 같은 당나라 초기의 화려한 시풍을 개혁하기 위함이다. 임금이 궁체의 시풍을 좋아하면 아래 사람들은 더욱 심해질 것이므로上有所好, 下必有甚 우세남은 조금도 경계를 늦추지 않고 당태종에게 직언했다. 그 결과 기상이 웅장한 작품이 조금씩 출현하게 되었는데 당태종은 〈제경편帝京篇〉에서 제왕의 힘찬 기백을 드러내었다.

우세남과 위징은 당태종이 가장 아낀 문인이다. 태종의 궁체시를 비판한 우세남은 원래 완약한 문장을 잘 지어서 진나라 서릉으로부터 칭찬을 받았던 인물이며 그 역시 서릉을 사모했다. 따라서 현존하는 그의 작품을 살펴보면 궁체시풍이 농후하다. 그렇지만 그의 악부고제 속에는 당초의 웅건한 기개가 돋보이는데, 이것은 후대 변새시의 발전에도 많은 영향을 미쳤다.

또한 당나라의 개국공신인 위징은 당태종의 총애를 많이 받았다. 그가 세상을 떠나자 태종이 시를 지어 "바라보고 또 보아도 정을 어찌 다하리오, 부질없이 눈물만 흘러내리네. 이전 사람을 다시 살릴 수 없으니, 꽃다운 봄을 누구와 함께 보내리오?望望情何極, 浪浪淚空流. 無復昔時人, 芳春共誰遣."라고 하면서 위징을 그리워했다. 위징은 본래 북방 사람인데다가 '정관지치貞觀之治'의 정치사상을 세우기 위해 노력한 탓에 일찍부터 제·양의 화려한 풍격에서 벗어나 강개한 기상을 담은 작품을 창작했다. 이에 위징은 후일 '당음唐音'의 선두자로 손꼽히게 되었다.

武德¹·貞觀²間, 太宗³[諱世民]及虞世南⁴[字伯施]·魏徵⁵[字玄成]諸公五言, 聲盡入律, 語多綺靡, 卽梁陳舊習也. 王元美云: "唐文皇[太宗]手定中原⁶, 籠蓋一世[7], 而詩語殊無丈夫氣, 習使之也." 安: 唐書[8]"世南文章婉縟[9], 慕徐陵.
太宗嘗作宮體詩[10], 使賡和[11]. 世南曰: '聖作誠工, 然體非雅正, 臣恐此詩一
傳, 天下風靡, 不敢奉詔[12].' 帝曰: '朕試卿耳.' 後帝爲詩一篇, 述古興亡, [詩
不傳], 旣而歎曰: '鍾子期[13]死, 伯牙[14]不復鼓琴, 朕此詩何所示耶!' 敕褚遂良[15],
卽其靈座[16]焚之." 今觀世南詩, 猶不免綺靡之習, 何也? 蓋世南雖知宮體妖
豔之語爲非正, 而綺靡之弊則沿[17]陳隋舊習而弗知耳. 且世南所慕徐陵而謂
之雅正[18], 可乎? 至如出塞・從軍・飮馬・結客及魏徵出關等篇, 聲氣稍雄,
與王褒・薛道衡諸作相上下[19], 此唐音之始也.

1 武德(무덕): 당나라 고조高祖 이연李淵 시기의 연호며 당나라의 첫 번째 연호다.
618년~626년 사이에 사용되었다.

2 貞觀(정관): 당나라 태종太宗 이세민李世民 시기의 연호다. 627년~649년 사이에
사용되었다.

3 太宗(태종): 당나라의 제2대 황제 이세민李世民. 아버지인 고조 이연을 도와 당
의 창건에 힘썼다. 태자로 책봉된 형인 이건성李建成의 음모를 간파하여 618년
의 현무문玄武門의 난을 주도하고 재위기간 중 돌궐突厥을 몰아내며 중국을 통일
했다. 그의 치세는 후세 제왕의 모범이 되어 칭송 받았으나, 만년의 고구려 친
정 실패 등으로 그가 죽은 뒤에는 정권이 동요하게 되었다.

4 虞世南(우세남): 당나라 초기의 서예가이자 문인이다. 자는 백시伯施이고 월주
越州 여조余姚 곧 지금의 절강성 사람이다. 형 우세기虞世基와 함께 어려서부터
수재로서 이름이 났다. 수양제 때에는 형만큼 중용되지 못했으나 당태종의 총
애를 받아 중용되었다. 당태종은 우세남의 박식함을 높이 사 정무를 보는 틈에
그를 불러 함께 담론을 나누며 그의 건의를 많이 수용했다.

5 魏徵(위징): 당나라 초기의 공신이자 문인이다. 자는 현성玄成이고 곡성曲城 곧
지금의 산동성 사람이다. 수나라 말에 이밀李密의 군대에 참가했으나 이내 당고
조에게 귀순하여 고조의 장자인 이건성의 측근이 되었다. 이건성이 이세민과
의 경쟁에서 패했으나 위징의 인격에 끌린 태종의 부름을 받아 간의대부諫議大
夫 등의 요직을 역임한 후 재상으로 중용되었다. 특히 굽힐 줄 모르는 직간이 유
명했으며, 정사正史 및 《유례類禮》, 《군서치요群書治要》 등의 편찬에도 크게 공
헌했다.

6 手定中原(수정중원): 직접 중원을 평정하다.

7 籠蓋一世(농개일세): 한 세상을 통일시키다.

8 唐書(당서): 당고조의 건국(618)에서부터 애제哀帝의 망국(907)까지 21제帝 290년 동안의 당나라 역사를 기록한 책이다. 《구당서》와 《신당서》로 나뉜다. 《구당서》는 200권으로 되어 있는데, 당나라 멸망 직후의 사료가 부족하여 후반부가 부실하다. 전반부도 여러 사료에서 대강 발췌한 것이라 체제에 일관성은 없다. 그러나 당나라 때의 원사료의 문장이 거의 그대로 남아 있어 사료적 가치가 높다. 《신당서》는 225권으로 되어 있는데, 송나라 때 《구당서》의 누락된 부분을 보충한 것이 많다. 〈표表〉가 많은 것이 특징이고, 처음으로 〈병지 兵志〉·〈선거지選擧志〉를 갖추었다.

9 婉縟(완욕): 완약하다.

10 宮體詩(궁체시): 양나라 간문제가 태자일 때 즐겨지은 염정시를 '궁체'라고 명명한다. 대체로 그 당시의 궁정 생활을 묘사하고 있다.

11 賡和(갱화): '賡唱(갱창)'과 같은 말이다. 즉 시문을 주고받는 일을 가리킨다.

12 奉詔(봉조): 조서를 받들다.

13 鍾子期(종자기): 춘추시대 초나라 사람이다. 생졸년은 미상이다. 당시 거문고의 명인이었던 백아의 친구로서, 백아의 거문고 소리를 잘 알아들었다고 한다. 그가 죽자 백아는 자기의 음악을 이해해 주는 사람이 없음을 한탄하여 거문고 줄을 끊고 다시는 거문고를 타지 않았다고 전한다.

14 伯牙(백아): 춘추시대 거문고의 명인이다.

15 褚遂良(저수량): 당나라 초기의 명신이자 서예가다. 자는 등선登善이고 항주杭州 전당錢塘 사람이다. 저양褚亮의 아들이며 우세남虞世南·구양순歐陽詢과 함께 초당의 3대 서예가로 불린다. 당태종이 왕희지의 필적을 수집할 때 가장 측근에서 감정을 맡았다고 한다.

16 靈座(영좌): '靈位(영위)'와 같은 말이다.

17 沿(연): 따르다.

18 雅正(아정): 기품이 높고 바름.

19 相上下(상상하): 우열을 비교하다.

　오언은 한위에서 진수에 이르기까지 날마다 내리막길로 접어들어 무덕·정관에 이르러서도 여전히 그 기류를 따랐는데, 영휘永徽 이후 왕발王勃[6]·양형楊炯·노조린盧照隣[7]·낙빈왕駱賓王이 그 기류를 이으면서 점차 발전시켰다. 네 시인은 재주[8]가 이미 커서 시풍이 다시 돌아왔으므로, 비록 율체가 완성되지 않았고 화려함이 고쳐지지는 않았지만 작품 속에 웅장한 말이 많으니, 당시의 기상과 풍격이 비로소 드러나게 되었다.[9] 이것이 오언의 여섯 번째 변화다.[10] 자세하게 논하자면 왕발과 노조린·낙빈왕은 화려한 것이 여전히 많다. 양형은 시편이 비록 얼마 되지 않지만 화려한 것이 적고, 단편은 성률이 다 완성되었다.

　양형이 일찍이 말했다.

　"나는 노조린의 앞에 놓이는 것이 부끄럽고, 왕발의 뒤에 놓이는 것이 수치스럽다."

　후일 최융崔融이 장열張說에게 왕발 등을 평론하여 다음과 같이 말했다.

　"왕발의 문장은 활달하여 보통 사람이 미칠 수 없으나, 양형과 노조린은 따라갈 수 있다.

　그러자 장열이 말했다.

　"그렇지 않다. 영천盈川[11]의 문장은 분방하고 힘이 있고 참작해도

---

6) 자 자안子安.
7) 자 승지昇之.
8) 여기서 비로소 재주를 거론한다. 범례에 설명이 보인다.
9) 여기서 비로소 기상과 풍격을 거론한다.
10) 심전기沈佺期, 송지문宋之問의 오언율시로 변천했다.
11) 양형은 영천령盈川令이었다.

다함이 없으므로, 노조린보다 뛰어나고 왕발에도 뒤떨어지지 않는다. 왕발 뒤에 놓이는 것을 수치스러워한 것은 당연하고, 노조린 앞에 놓이는 것이 부끄럽다고 한 것은 겸양이다."[12]

그 말뜻은 양형이 그 당시에 오로지 장편의 작품을 많이 지어 이처럼 낮게 평가되는 것이 안타깝다는 것이다.

초당사걸에 관한 논의다. 왕발, 양형, 노조린, 낙빈왕은 태종 정관 중기에서 무후武后가 집권하기까지의 문단을 대표한 시인이다. 《신당서》권201에서 말한 바와 같이 이 시기는 "당나라가 흥성했지만 시인들은 진수의 시풍을 계승하여 화려한 것을 서로 자랑했다.唐興, 詩人承陳隋風流, 浮靡相矜." 초당사걸 역시 제·양 시대, 특히 서릉과 유신의 영향을 많이 받았지만 한편으로는 그 당시의 화려한 시풍을 바꾸고자 노력했다. 그 결과 진수의 시풍이 완전히 사라지지는 않았지만 점차 웅장한 시어가 나타나게 되어 오언시의 여섯 번째 변화가 일어났다고 지적했다.

초당의 대표적인 네 문인을 '王楊盧駱(왕양노낙)'의 칭호로 순서를 정한 것은 송지문宋之問의 〈제두학사심언문祭杜學士審言文〉에서다. 또 '사걸'의 칭호는 치운경郗雲卿의 〈낙승집서駱丞集序〉에서 비롯되었다. 두 글 모두 당 중종中宗 시기에 쓰인 것이므로 적어도 중종 이전에 이미 초당사걸의 문학적 위치가 자리매김 된 듯하다. 다만 여기서 허학이가 다른 세 시인에 비해 양형을 집중적으로 조명하고 있음은 양형의 단편시의 율격이 초당시의 기상과 풍격을 가장 잘 드러내고 있기 때문이다. 실제 양형의 시는 오언율시와 오언배율의 화운和韻이 많다. 특히 〈출새出塞〉, 〈종군행從軍行〉 등의 작품은 이별 속에 서려진 우정과 종군하는 사람의 기개 등을 사실적으로 표현하고 있는데, 이것은 문장의 형식과 수사를 중시하던 그 당시 궁정 시인들의 작품과는 완전히 다른 시풍을 지닌다.

또한 양형은 사걸 가운데 지위가 가장 높았다. 비록 영천현령盈川縣令의

---

12) 이상은 장열의 말이다.

벼슬에 그쳤을지라도 다른 세 사람이 불우한 삶을 산 것과는 대조적이다. 왕발은 바다를 건너다 익사했고, 노조린은 질병을 못 견뎌 물에 빠져 자살했으며, 낙빈왕은 반란에 가담되어 감옥에서 죽었다. 이러한 삶이 그들의 문학작품에도 반영되기도 했는데, 양형은 조정에 나아가 벼슬하면서 비정상적으로 삶을 마감하지 않은데다가 송지문과의 깊은 교유로 인해 창화의 배율을 많이 창작할 수 있었다.

 五言自漢魏流至陳隋, 日益趨下[1], 至武德・貞觀, 尙沿其流, 永徽[2]以後, 王[名勃, 字子安]・楊[名炯]盧・[名照隣, 字昇之]・駱[名賓王]則承其流而漸進矣. 四子才力旣大, [至此始言才力, 說見凡例], 風氣復還, 故雖律體未成, 綺靡未革[3], 而中多雄偉[4]之語, 唐人之氣象風格始見. [至此始言氣象・風格.] 此五言之六變也. [轉進至沈[5]宋[6]五言律.] 然析而論之, 王與盧・駱綺靡者尙多; 楊篇什雖寡, 而綺靡者少, 短篇則盡成律矣. 炯嘗曰: "吾愧在盧前, 恥居王後." 他日, 崔融[7]與張說[8]評勃等曰: "勃文章宏放[9], 非常人所及, 炯・照隣, 可以企[10]之." 說曰: "不然. 盈川[炯爲盈川令]文如懸河[11], 酌之不竭[12], 優於盧而不減[13]王. 恥居後, 信然; 愧在前, 謙也."[以上張說語.] 意炯當時必多長篇大什[14], 而零落[15]至此, 惜哉!

 1 日益趨下(일익추하): 날마다 더욱 아래로 내려가다.

2 永徽(영휘): 당나라 고종高宗 이치李治 시기의 연호다. 650년~655년 사이에 사용되었다.

3 革(혁): 고치다. 바꾸다.

4 雄偉(웅위): 웅장하다.

5 沈(심): 심전기沈佺期. 당나라 초기의 문인이다. 상주相州 내황內黃 곧 지금의 하남성 사람이다. 자는 운경雲卿이다. 고종 상원 2년(675) 진사에 급제했다. 측천무후 재위 시절에 거듭 승진하여 통사사인通事舍人에 올라 《삼교주영三敎珠英》 편찬에 참여했다. 협률랑協律郞을 거쳐 급사중給事中과 고공원외랑考功員外郞에 올랐다. 중종 신룡神龍 초에 장역지張易之에게 아첨한 죄로 중종 때 지금 베트남 북부의 환주驩州로 유배되었다. 후일 다시 풀려나 기거랑起居郞에 오르고 수문관직학사修文館直學士로 승진하여 궁중의 연회에 항상 참여했다. 시를 잘 지었으

며 특히 칠언시에 능하여, 이후 칠언율시의 체제를 완성했다. 흔히 송지문과 함께 '심송沈宋'이라 병칭된다.

6 宋(송): 송지문宋之問. 당나라 초기의 문인이다. 자는 연청延淸이고 지금의 산서성 분양汾陽 사람이다. 675년 진사에 합격하여 20세 무렵 측천무후의 눈에 들어 습예관習藝館 상문감승尙文監丞이 되었다. 무후의 영신佞臣 장역지張易之에게 아첨하다가 지방으로 쫓겨났는데, 다시 돌아와서도 그 당시 최고의 권력자 무삼사武三思에게 아첨하여 관직을 차지하는 등 파렴치한 행실이 많았다. 그러나 그의 재주를 아끼고 사랑하던 중종中宗은 그를 수문관직학사로 기용했다. 그 후 현종이 즉위하자 간신을 추종했다는 죄로 광동성 흠현欽縣으로 유배되어 사사賜死되었다. 율시체 정비에 진력하여 심전기, 두심언杜審言 등과 더불어 초당 후반의 문단에서 율시 유행의 선구로 공이 컸으며 오언시에 뛰어났다.

7 崔融(최융): 당나라 시기의 문인이다. 자는 안성安成이고 제주齊州 전절全節 사람이다. 팔과八科에 응시하여 모두 합격했고 숭문관학사崇文館學士를 지냈다. 중종 이현李顯이 태자일 때 시독侍讀을 맡았다.

8 張說(장열): 당나라 시기의 문인이다. 자는 도제道濟 또는 열지說之이고 범양范陽 곧 지금의 하북성 탁현涿縣 사람이다. 약관의 나이에 대책에서 두각을 나타내어 태자교서太子校書에 제수되었다. 측천무후의 뜻에 거슬려 흠주欽州로 유배되었으나 중종 즉위 후 다시 복직했다. 현종 즉위 초에 태평공주太平公主의 심기를 건드려 정무에서 쫓겨났지만 후일 중서령中書令으로 발탁되고 연국공燕國公에 봉해졌다.

9 宏放(홍방): 활달하다.

10 企(기): 바라보다.

11 文如懸河(문여현하): 문장이 분방하고 힘이 있다. '懸河(현하)'는 '거침없이 쏟아지다'의 뜻이다.

12 酌之不竭(작지불갈): 참작해도 끊이지 않는다.

13 不滅(불멸): 가려지지 않는다. 뒤지지 않는다.

14 長篇大什(장편대십): 장편의 긴 시편을 가리킨다.

15 零落(영락): 쇠퇴하다. 보잘것없다.

왕발의 오언시 중 다음의 시구는 시어가 모두 웅장하다.

"천리의 먼 길 구슬프고, 일생의 이내 몸 처량하네.悲涼千里道, 樓斷百年身."

"누대가 절벽에 서 있고, 모래섬이 긴 수평선에 걸쳐 있네.樓臺臨絶岸, 洲渚亘長天."

"매우 높은 누각이 우뚝 솟은 붉은 산봉우리를 따라 돌고, 굽어진 들보가 푸른 산과 맞닿아 있네.危閣循丹嶂, 回梁屬翠屛."

양형의 오언시 중 다음의 시구는 시어가 모두 웅장하다.

"명당에는 영험한 기색이 가득 차고, 북극성의 아홉별 무늬가 뚜렷하네.明堂占氣色, 華蓋辨星文."

"날카로운 칼끝에서 붉은 광선이 번쩍이고, 말발굽에서 붉은 먼지가 일어나네.劍鋒生赤電, 馬足起紅塵."

"병부가 봉궐을 떠났고, 철갑 입은 기병이 적의 용성을 에워싸네.牙璋辭鳳闕, 鐵騎遶龍城."

"가을의 달이 촉의 길 위에 떠오르는데, 살기가 황수를 에워 도네.秋陰生蜀道, 殺氣繞湟中."

노조린의 오언시 중 다음의 시구는 시어가 모두 웅장하다.

"골육이 멀리 떨어져 있고, 먼지가 변방에 일어나네.骨肉胡秦外, 風塵關塞中."

"농산隴山의 구름이 아침이 되니 군영에 뭉치고, 강가의 달이 밤이 되니 허공에 떠 있네.隴雲朝結陣, 江月夜臨空."

"장군이 천상에서 내려오고, 오랑캐 기병이 구름 속으로 들어가네.

將軍下天上, 虜騎入雲中."

"용 깃발이 새벽안개에 흐릿해지고, 조진鳥陣이 오랑캐 땅에서 부는 바람에 말리네.龍旌昏朔霧, 鳥陣捲胡風."

낙빈왕의 오언시 중 다음의 시구는 모두 시어가 웅장하다.

"저녁 바람이 북방의 추운 기운을 끌어당기고, 막 떠오른 달이 변방의 가을을 비추네. 부엌의 불이 군영의 벽을 통과하고, 봉화의 연기가 수루를 오르네.晚風連朔氣, 新月照邊秋. 竈火通軍壁, 烽煙上戍樓."

"강물이 흘러 쌓인 돌을 두드리고, 산길이 공동산崆峒山을 에워싸네.河流控積石, 山路遶崆峒."

"관중의 밤이 농산의 달을 밝게 하고, 관새의 가을이 오랑캐 땅에서 부는 바람을 세차게 하네.夜關明隴月, 秋塞急胡風."

당시의 기상과 풍격은 이때에 이르러 드러나게 되었다.

초당사걸의 시 중에서 초당의 기상과 풍격이 드러나는 시구를 예로 들어 설명했다. 대개 변새시에서 초당의 기상과 풍격이 잘 드러나고 있음을 알 수 있는데, 작가가 직접 변방 지역을 체험하고 쓴 것도 있지만 한위 악부구제의 전통을 계승하여 초당의 통일 기상과 힘찬 기백을 표출함으로써 양진 이후의 농염한 시풍을 변화시키는 데 큰 역할을 했다.

五言, 王如"悲涼千里道, 悽斷百年身."[1] "樓臺臨絶岸, 洲渚亙長天."[2] "危閣循丹嶂, 回梁屬翠屛."[3] 楊如"明堂占氣色, 華蓋辨星文."[4] "劍鋒生赤電, 馬足起紅塵."[5] "牙璋辭鳳闕, 鐵騎遶龍城."[6] "秋陰生蜀道, 殺氣繞湟中."[7] 盧如"骨肉胡秦外, 風塵關塞中."[8] "隴雲朝結陣, 江月夜臨空."[9] "將軍下天上, 虜騎入雲中."[10] "龍旌昏朔霧, 鳥陣捲胡風."[11] 駱如"晚風連朔氣, 新月照邊秋. 竈火通軍壁, 烽煙上戍樓."[12] "河流控積石, 山路遶崆峒."[13] "夜關明隴月, 秋塞急胡風"¹⁴等句, 語皆雄偉. 唐人之氣象風格, 至此而見矣.

1 悲涼千里道(비량천리도), 悽斷百年身(처단백년신): 천리의 먼 길 구슬프고, 일생의 이내 몸 처량하네. 왕발 〈별설화別薛華〉의 시구다. 《문원영화文苑英華》에는 〈추일별설승화秋日別薛升華〉라고 되어 있다.

2 樓臺臨絶岸(누대임절안), 洲渚亙長天(주저긍장천): 누대가 절벽에 서 있고, 모래섬이 긴 수평선에 걸쳐 있네. 왕발 〈중별설화重別薛華〉의 시구다. 또는 〈중별설승화重別薛升華〉라고도 한다.

3 危閣循丹嶂(위각순단장), 回梁屬翠屏(회량속취병): 매우 높은 누각이 우뚝 솟은 붉은 산봉우리를 따라 돌고, 굽어진 들보가 푸른 산과 맞닿아 있네. 왕발 〈역양조발易陽早發〉의 시구다.

4 明堂占氣色(명당점기색), 華蓋辨星文(화개변성문): 명당에는 영험한 기색이 가득 차고, 북극성의 아홉별 무늬가 뚜렷하네. 양형 〈출새出塞〉의 시구다. '華蓋(화개)'는 별이름으로, 북극성을 둘러싼 아홉별을 가리킨다.

5 劍鋒生赤電(검봉생적전), 馬足起紅塵(마족기홍진): 날카로운 칼끝에서 붉은 광선이 번쩍이고, 말발굽에서 붉은 먼지가 일어나네. 양형 〈유생劉生〉의 시구다.

6 牙璋辭鳳闕(아장사봉궐), 鐵騎遶龍城(철기요용성): 병부가 봉궐을 떠났고, 철갑 입은 기병이 적의 용성을 에워싸네. 양형 〈종군행從軍行〉의 시구다. '牙璋(아장)'은 고대 군대의 질서를 유지시키는 데 사용된 부절符節이다.

7 秋陰生蜀道(추음생촉도), 殺氣繞湟中(살기요황중): 가을의 달이 촉의 길 위에 떠오르는데, 살기가 황수를 에워 도네. 양형 〈송유교서종군送劉校書從軍〉의 시구다. '湟(황)'은 청해성靑海省에서 발원하여 감숙성을 거쳐 황하로 흘러 들어가는 강을 가리킨다.

8 骨肉胡秦外(골육호진외), 風塵關塞中(풍진관새중): 골육이 멀리 떨어져 있고, 먼지가 변방에 일어나네. 노조린 〈서사겸송맹학사남유西使兼送孟學士南遊〉의 시구다.

9 隴雲朝結陣(농운조결진), 江月夜臨空(강월야임공): 농산隴山의 구름이 아침이 되니 군영에 뭉치고, 강가의 달이 밤이 되니 허공에 떠 있네. 노조린 〈송정사창입촉送鄭司倉入蜀〉의 시구다.

10 將軍下天上(장군하천상), 虜騎入雲中(노기입운중): 장군이 천상에서 내려오

고, 오랑캐 기병이 구름 속으로 들어가네. 노조린 〈결객소년장행結客少年場行〉
의 시구다.

11 龍旌昏朔霧(용정혼삭무), 鳥陣捲胡風(조진권호풍): 용 깃발이 새벽안개에 흐
릿해지고, 조진鳥陣이 오랑캐 땅에서 부는 바람에 말리네. 노조린 〈결객소년장
행結客少年場行〉의 시구다. '조진'은 병법兵法 중의 진명陣名이다.

12 晚風連朔氣(만풍연삭기), 新月照邊秋(신월조변추). 竈火通軍壁(조화통군
벽), 烽煙上戍樓(봉연상수루): 저녁 바람이 북방의 추운 기운을 끌어당기고, 막
떠오른 달이 변방의 가을을 비추네. 부엌의 불이 군영의 벽을 통과하고, 봉화의
연기가 수루를 오르네. 낙빈왕 〈석차포류진夕次蒲類津〉의 시구다. 또는 〈만박포
류晚泊蒲類〉라고도 한다.

13 河流控積石(하류공적석), 山路遶崆峒(산로요공동): 강물이 흘러 쌓인 돌을
두드리고, 산길이 공동산崆峒山을 에워싸네. 낙빈왕 〈변성낙일邊城落日〉의 시구
다. '崆峒(공동)'은 산 이름으로, 황제가 광성자廣成子에게 도를 물은 곳이라고
한다.

14 夜關明隴月(야관명농월), 秋塞急胡風(추새급호풍): 관중의 밤이 농산의 달을
밝게 하고, 관새의 가을이 오랑캐 땅에서 부는 바람을 세차게 하네. 낙빈왕 〈변
야유회邊夜有懷〉의 시구다.

4

왕발, 노조린, 낙빈왕 세 사람의 오언에는 비록 화려한 창작 습관이
남아있지만, 왕발의 다음과 같은 시구는 시어가 화려한 듯하나 풍격
이 저절로 뛰어나니 결코 육조의 시어가 아니다.

"깎은 절벽은 병풍인 듯하고, 떨어지는 급류는 거문고 소리를 쏟아
내네.斷山疑畵障, 懸溜瀉鳴琴."

"새가 날아가니 마을이 어두움을 깨닫고, 물고기가 노니니 강물에
봄이 왔음을 알겠노라.鳥飛村覺暗, 魚戲水知春."

"어상이 해안에 엄습해 있고, 새가 나는 길이 산 속의 인가로 들어
가네.魚牀侵岸水, 鳥路入山煙."

"난초의 향기가 산 속의 술잔에 스며들고, 소나무 소리가 야외의 거문고 소리를 울리네.蘭氣熏山酌, 松聲韻野絃."

"꽃가지에 저녁 이슬이 머물고, 산봉우리의 나뭇잎에 맑은 구름이 지나네.花枝棲晚露, 峯葉度晴雲."

"비가 그치니 꽃에 물기가 촉촉이 스며들고, 바람이 지나니 꽃잎의 그림자가 흩어지네.雨去花光濕, 風歸葉影疎."

반면 노조린의 다음 시구는 전부 육조의 시어다.

"바람이 지나니 꽃이 살랑이고, 해가 지나니 그림자가 어그러지네.風歸花歷亂, 日度影參差."

"바람 따라 춤추는 소매에 들어가고, 뒤섞인 가루가 화장대로 향하네.因風入舞袖, 雜粉向粧臺."[13]

"흩날리는 명주실이 나무에 어지러이 엉겨 붙고, 노니는 나비가 잔풀에 이리저리 앉네.遊絲橫惹樹, 戲蝶亂依蘩."

"차려 입은 옷이 그림인 듯하고, 단장한 누대는 봄을 보는 듯하다.冶服看疑畵, 粧樓望似春."

"긴 치마가 봉관의 음악을 따르고, 빠른 현을 타며 난새 그려진 술잔을 건네네.長裾隨鳳管, 促柱送鸞杯."

낙빈왕의 다음 시구도 전부 육조의 시어다.

"버드나무가 추워지면 빽빽한 잎이 시들고, 해당화가 지면 옅은 붉은 잎이 떨어지네.柳寒彫密葉, 棠晚落疎紅."

"쌓인 꽃이 밤 파도를 열고, 떠도는 나뭇잎이 나부끼며 떨어지네. 물가의 연꽃은 늦은 연밥을 드물게 하고, 나루터의 버드나무가 찬 가

---

13) 〈매화락梅花落〉.

지를 적시네.疊花開宿浪, 浮葉下涼飇. 浦荷疎晩苟, 津柳漬寒條."

"어지러운 대나무가 성긴 그림자를 흔드니, 얽힌 연못가에 물줄기가 만들어지네. 흩날리는 향기가 춤추는 소매를 이끌고, 허리띠의 분이 단장한 누대에 가득 차네.亂竹搖疎影, 縈池織細流. 飄香曳舞袖, 帶粉泛粧樓."

학자들이 이에 대해 구별할 수 있어서 바야흐로 안목을 갖추기 바란다.

왕발, 노조린, 낙빈왕의 시를 비교하고, 노조린과 낙빈왕의 시에서 육조의 풍격이 녹아든 시구를 가려내었다. 허학이는 초당사걸 중에서 양형을 가장 높이 평가하고, 그 다음으로 왕발을 노조린과 낙빈왕보다 더 높게 평가함을 여기서 알 수 있다. 일찍이 양형도 《왕발집서王勃集序》에서 다음과 같이 왕발을 평가했다.

"이 뛰어남에 비추어 그 웅장함을 취하니, 강건하나 허황되지 않고 굳세나 부드러울 수 있으며, 꾸며도 번잡하지 않고 제지하나 더욱 내용이 충실하다.以玆偉鑒, 取其雄伯, 壯而不虛, 剛而能潤, 雕而不碎, 按而彌堅."

초당사걸이 활동할 무렵에는 일명 '상관체上官體'로 불리는 문체가 유행하면서 문장의 화려한 수식을 기본으로 삼고 있었다. 상관체란 상관의上官儀의 시체를 전문적으로 가리키는 말인데, 상관의는 고종 및 무후 집권기의 대표적인 시인으로 시어가 풍부하고 아름다웠으며 대우와 성률 등의 시가예술 수법에 뛰어났다. 이러한 상관체가 주목을 받게 된 것은 당태종 시기에 일어난 문풍개혁의 주체 세력이 점차 사라지고 허경종許敬宗, 상관의 등을 중심으로 한 정치 세력이 화려하고 아름다운 시를 근본을 삼았기 때문이다. 초당사걸은 바로 이 상관체의 폐해를 지적하고 다시 강건한 시풍의 재건을 강조했으니, 《왕발집서》에 그 견해가 분명하게 드러나 있다.

"용삭 초기는 문장의 체재가 변하여 섬약한 구조를 힘써 만들고 아름다운 수식을 다툰다. 황금과 주옥, 용과 봉이 섞이고 붉은 빛과 자줏빛, 청색

과 황색이 어지럽다. 영친暎襯으로써 그 공을 드러내 보이고 차대借對로써
그 아름다움을 칭송한다. 풍골이 모두 사라져서 강건함이 들리지 않는다.

龍朔初載, 文章變體, 爭構纖微, 競爲雕刻, 糅之以金玉龍鳳, 亂之以朱紫青黃, 影帶以徇其功, 假對
以稱其美. 骨氣都盡, 剛健不聞."

　여기서 허학이가 말하는 육소의 시이란 그 당시 상관체의 화려한 시구를
가리키는 것에 다름 아니다. 초당사걸은 이와 같은 화려한 시풍을 개혁하
고자 강건한 풍골의 회복을 강조했다.

王·盧·駱三子五言, 雖餘綺靡之習, 然王如"斷山疑畵障, 懸溜瀉鳴琴."[1]
"鳥飛村覺暗, 魚戲水知春."[2] "魚牀侵岸水, 鳥路入山煙."[3] "蘭氣熏山酌, 松
聲韻野絃."[4] "花枝棲晚露, 峯葉度晴雲."[5] "雨去花光濕, 風歸葉影疏"[6]等句,
語雖近靡, 而風格自勝, 斷非六朝人語. 盧如"風歸花歷亂, 日度影參差."[7]
"因風入舞袖, 雜粉向粧臺."[8][梅花落] "遊絲橫惹樹, 戲蝶亂依藂."[9] "冶服看疑
畵, 粧樓望似春."[10] "長裾隨鳳管, 促柱送鸞杯."[11] 駱如"柳寒彫密葉, 棠晚落
疏紅."[12] "疊花開宿浪, 浮葉下涼飆. 浦荷疎晩菂, 津柳漬寒條."[13] "亂竹搖疏
影, 縈池織細流. 飄香曳舞袖, 帶粉泛粧樓."[14][秋風]等句, 則全是六朝語也.
學者於此能別, 方許具隻眼[15].

1 斷山疑畵障(단산의화장), 懸溜瀉鳴琴(현류사명금): 깎은 절벽은 병풍인 듯하
　고, 떨어지는 급류는 거문고 소리를 쏟아내네. 왕발 〈교원즉사郊園卽事〉의 시구
　다.

2 鳥飛村覺暗(조비촌각암), 魚戲水知春(어희수지춘): 새가 날아가니 마을이 어
　두움을 깨닫고, 물고기가 노니니 강물에 봄이 왔음을 알겠노라. 왕발 〈중춘교
　외仲春郊外〉의 시구다.

3 魚牀侵岸水(어상침안수), 鳥路入山煙(조로입산연): 어상이 해안에 엄습해 있
　고, 새가 나는 길이 산 속의 인가로 들어가네. 왕발 〈춘일환교春日還郊〉의 시구
　다. '魚牀(어상)'은 평상처럼 죽목을 엮어 만든 것으로 미끼를 놓고 물에 넣어
　물고기에게 휴식을 제공하는 도구를 가리킨다.

4 蘭氣熏山酌(난기훈산작), 松聲韻野絃(송성운야현): 난초의 향기가 산 속의 술
　잔에 스며들고, 소나무 소리가 야외의 거문고 소리를 울리네. 왕발 〈성천연聖泉

宴〉의 시구다.

5 花枝棲晩露(화지서만로), 峯葉度晴雲(봉엽도청운): 꽃가지에 저녁 이슬이 머물고, 산봉우리의 나뭇잎에 맑은 구름이 지나네. 왕발 〈산거만조증왕도사山居晩眺贈王道士〉의 시구다.

6 雨去花光濕(우거화광습), 風歸葉影疎(풍귀엽영소):비가 그치니 꽃에 물기가 촉촉이 스며들고, 바람이 지나니 꽃잎의 그림자가 흩어지네. 왕발 〈교흥郊興〉의 시구다.

7 風歸花歷亂(풍귀화역난), 日度影參差(일도영참치): 바람이 지나니 꽃이 살랑이고, 해가 지나니 그림자가 어그러지네. 노조린 〈방수芳樹〉의 시구다.

8 因風入舞袖(인풍입무수), 雜粉向粧臺(잡분향장대): 바람 따라 춤추는 소매에 들어가고, 뒤섞인 가루가 화장대로 향하네. 노조린 〈매화락梅花落〉의 시구다.

9 遊絲橫惹樹(유사횡야수), 戲蝶亂依叢(희접난의총): 흩날리는 명주실이 나무에 어지러이 엉겨 붙고, 노니는 나비가 잔풀에 이리저리 앉네. 노조린 〈춘만산장솔제이수春晩山莊率題二首〉 중 제1수의 시구다.

10 治服看疑畵(야복간의화), 粧樓望似春(여루망사춘): 차려 입은 옷이 그림인 듯하고, 단장한 누대는 봄을 보는 듯하다. 노조린 〈익주성서장초정관기益州城西張超亭觀妓〉의 시구다.

11 長裙隨鳳管(장군수봉관), 促柱送鸞杯(촉주송난배): 긴 치마가 봉관의 음악을 따르고, 빠른 현을 타며 난새 그려진 술잔을 건네네. 노조린 〈신법사택관기辛法司宅觀妓〉의 시구다.

12 柳寒彫密葉(유한조밀엽), 棠晩落疎紅(당만낙소홍): 버드나무가 추워지면 빽빽한 잎이 시들고, 해당화가 지면 엷은 붉은 잎이 떨어지네. 낙빈왕 〈재연주전송오지간在兗州餞宋五之間〉의 시구다.

13 疊花開宿浪(첩화개숙랑), 浮葉下涼飆(부엽하하양표). 浦荷疎晩蒻(포하소만적), 津柳漬寒條(진류지한조): 쌓인 꽃이 밤 파도를 열고, 떠도는 나뭇잎이 나부끼며 떨어지네. 물가의 연꽃은 늦은 연밥을 드물게 하고, 나루터의 버드나무가 찬 가지를 적시네. 낙빈왕 〈만박하곡晩泊河曲〉의 시구다.

14 亂竹搖疎影(난죽요소영), 縈池織細流(영지직세류). 飄香曳舞袖(표향예무수), 帶粉泛粧樓(대분범장루): 어지러운 대나무가 성긴 그림자를 흔드니, 얽힌 연못가에 물줄기가 만들어지네. 흩날리는 향기가 춤추는 소매를 이끌고, 허리띠의 분이 단장한 누대에 가득 차네. 낙빈왕 〈추풍秋風〉의 시구다.

許具隻眼(허구척안): 안목을 갖추기 바란다. '許(허)'는 바라다의 뜻이고, '隻眼(척안)'은 남다른 견식을 의미한다.

5

　화려한 것은 육조의 본래 면모이고, 웅장한 것은 초당의 본래 면모다. 그러므로 서릉, 유신 이하 여러 문인들의 작품에서 시어가 웅장한 것은 초당과 비슷하다. 왕발, 노조린, 낙빈왕의 작품에서 시어가 화려한 것은 육조와 비슷하다. 호응린이 노조린의 〈송정사창입촉送鄭司倉入蜀〉 등의 시구와 낙빈왕의 〈석차포류진夕次蒲類津〉 등의 시구가 육조 시와 비슷하다고 한 것은, 바로 시어가 화려한 것을 꾸짖어 말한 것이다.

해제 초당시의 전반적인 풍격에 대해 논했다. 육조의 풍격을 '화려함', 초당의 풍격을 '웅장함'으로 규정하고 그 과도기에 놓은 시인으로 서릉, 유신 및 왕발, 노조린, 낙빈왕을 들었다. 초당사걸은 모두 당시의 문을 연 사람들이지만 여전히 화려한 시구가 있었다. 그것은 바로 앞 시기까지만 해도 상관체上官體로 대표되는 문장의 화려함을 추구하던 문풍이 성행했기 때문이다. 그러나 초당사걸은 진자앙陳子昻, 왕적王績 등을 계승하여 당시의 화려한 시풍에 반대하고 시문의 풍골을 주창하는 데 앞장섰다.

원문 綺靡者, 六朝本相; 雄偉者, 初唐本相也. 故徐庾以下諸子, 語有雄偉者爲類初唐; 王·盧·駱, 語有綺靡者爲類六朝. 元瑞謂照隣"隴雲"[1]等句, 賓王"晩風"[2]等句, 有類六朝, 乃反[3]言之.

주석 1 隴雲(농운): 노조린의 〈송정사창입촉送鄭司倉入蜀〉을 가리킨다.
　2 晩風(만풍): 낙빈왕의 〈석차포류진夕次蒲類津〉을 가리킨다.
　3 反(반): 꾸짖다. 나무라다.

6

초당의 오언평운은 고시와 율체가 섞여 있다. 오직 노조린의 〈영사詠史〉 4수가 성운이 고시에 있어서 순일한데, 다만 완전히 정교하지는 않아 수록하지 않았을 따름이다.

해제 초당 오언시에 관한 논의다. 오언사구는 한위 시기에 처음 보인다. 이후 육조 때 유행하며 초당 시기까지 발전했다. 초당의 오언시는 육조 시기의 시풍과 크게 다르지 않으나 이미 근체시의 율격이 섞여 있어 성조가 고시와 다소 구별된다. 다만 노조린의 〈영사시〉는 성운이 순일하여 초당 오언 고시의 새로운 서막을 열었다고 평가된다.

원문 初唐五言平韻者, 古律混淆[1]. 惟盧照隣詠史四首, 聲韻於古爲純, 但未盡工, 故不錄耳.

주석 1 混淆(혼효): 섞이다.

7

초당의 오언은 비록 성률이 완성되지 않았지만 노조린의 〈서사겸송맹학사남유西使兼送孟学士南游〉, 낙빈왕의 〈석차포류진夕次蒲類津〉 및 진자앙의 〈백제성회고白帝城懷古〉 세 편은 성조와 체제가 다 순일하고 기상이 크고 넓으므로 배율 중에서 뛰어나다. 그러나 성당의 여러 문인들과는 역시 상대가 되지 않는다.

해제 초당의 오언배율 중 뛰어난 작품으로 세 편을 들었다. 배율은 근체시의 일종으로 12구 또는 그 이상의 구로 이루어진 시를 말한다. 오언배율과 칠언배율의 두 가지 종류가 있는데, 주로 오언배율의 작품이 많고 칠언배율 작품은 극히 드문 편이다. 허학이는 칠언배율은 정체가 아니어서 논의의 범주에 포함시키지 않는다.

배율의 압운법과 평측법은 율시의 경우와 동일하다. 당대에는 과거 진사과進士科에 시부詩賦의 과목을 두고 6운 12구의 오언배율을 부과했다. 이것을 특히 시율시試律詩라 하는데 율시의 정격이 엄격히 요구된 전형적인 배율이었다. 성당 시기는 과거시험이 본격적으로 발전한 시기이므로 배율이 많이 창작되었을 것임을 짐작할 수 있다. 따라서 초당의 배율은 성당 시기보다 뒤떨어지지만 그 추형雛形이 된다는 점에서 문학사적 가치가 있다고 할 수 있다. 이러한 맥락에서 노조린의 〈서사겸송맹학사남유西使兼送孟学士南游〉, 낙빈왕의 〈석차포류진夕次蒲類津〉, 진자앙의 〈백제성회고白帝城懷古〉는 되짚어볼 만한 작품임을 강조한 것이다.

初唐五言, 雖未成律, 然盧照隣"地道巴陵北"[1]·駱賓王"二庭歸望斷"[2]及陳子昂[3]"日落蒼江晚"[4]三篇, 聲體盡純而氣象宏遠[5], 乃排律中翹楚[6], 盛唐諸公亦未有相匹[7]者.

1 地道巴陵北(지도파릉북): 노조린의 〈서사겸송맹학사남유西使兼送孟学士南游〉를 가리킨다.
2 二庭歸望斷(이정귀망단): 낙빈왕의 〈석차포류진夕次蒲類津〉을 가리킨다.
3 陳子昂(진자앙): 당나라 초기의 문인이다. 자는 백옥伯玉이고 지금의 사천성 사홍현射洪縣 출생이다. 682년 진사에 급제하고, 측천무후를 섬겨 벼슬이 우습유右拾遺에 올랐고 은퇴 후 무고한 죄명으로 옥중에서 죽었다. 그 당시의 시는 일반적으로 육조의 궁정시를 계승하여 화려한 수사에 편중되어 있었는데, 진자앙은 '한위의 풍골'을 중히 여겨 강건하고 중후한 시를 지음으로써 초당에서 성당으로 넘어가는 시풍 전환에 커다란 영향을 끼쳤다.
4 日落蒼江晚(일락창강만): 진자앙의 〈백제성회고白帝城懷古〉를 가리킨다.
5 宏遠(굉원): 크고 넓다.
6 翹楚(교초): 뛰어나다.
7 相匹(상필): 상대하다. 필적하다.

8

오언사구는 그 기원이 이미 오래되었다. 왕발, 양형, 노조린, 낙빈왕에 이르러서 성률은 비록 순일하지 않으나 시어가 대부분 아정하게 되었는데, 그 성률이 순일한 것은 절구의 정종이라 할 것이다.14)

해제 오언사구의 연원에 대해 논했다. 허학이는 앞서 제3권 제45칙에서 오언사구는 동한 말기의 무명씨 작품인 〈채규막상근采葵莫傷根〉, 〈남산일수계南山一樹桂〉에서 처음으로 생겨나 후일 오언절구의 기원이 되었다고 말했다. 이후 장형의 오언사구로 발전하여 조식에 의해 계승되었으며(제4권 제31칙 참조), 다시 장재·사령운·안연지·포조·하손·양나라 간문제·유견오 등이 발전시켜 초당의 왕발·양형·노조린·낙빈왕으로 이어진 것이다.

원문 五言四句, 其來旣遠. 至王·楊·盧·駱, 律雖未純, 而語多雅正, 其聲律盡純者, 則亦可爲絶句之正宗也. [上承梁簡文·庾肩吾五言四句, 轉進至太白·王·孟¹五言絶.]

주석 1 孟(맹): 맹호연孟浩然(689~740). 양주襄州 양양襄陽 사람이다. 세칭 맹양양孟襄陽으로 불린다. 젊을 때 녹문산鹿門山에 은거하여 공부에 힘썼다. 마흔 살쯤에 장안으로 올라와 진사 시험을 쳤지만, 합격하지 못했다. 개원 25년(737)에 장구령張九齡이 형주장사荊州長史로 나갔을 때 잠시 그 밑에서 종사從事로 일했지만 곧 사직하고 귀향했다. 이후 왕창령王昌齡이 양양을 지나다가 찾아와 기뻐하며 생선을 먹고는 등창이 생겨 죽고 말았다. 시를 잘 지었고, 도연명을 존경했으며 산수를 잘 묘사했다. 왕유와 이름을 나란히 하여 '왕맹王孟'으로 불렸다. 저서에 《맹호연집孟浩然集》 4권이 있으며, 200여 수의 시가 전한다.

---

14) 위로는 양나라 간문제簡文帝, 유견오庾肩吾의 오언사구를 계승하고, 이백李白, 왕유王維, 맹호연孟浩然의 오언절구로 변천했다.

칠언고시는 양나라 간문제, 진·수나라의 여러 문인들에게서 시작
되어 왕발, 노조린, 낙빈왕 세 사람에게로 나아갔다. 세 사람은 대구
가 지극히 정교하고, 농염한 것을 풍부한 것으로 변화시켰다. 그러나
성조가 아직 순일하지 않고[15] 시어가 아직 유창하지 못하며, 그 풍격
은 뛰어나지만[16] 기상이 부족하다. 이것이 칠언의 여섯 번째 변화
다.[17] 자세하게 논하자면 왕발의 장편은 작품 수가 적고 약간 복잡하
게 보이지만, 노조린과 낙빈왕의 체재와는 조금 다르다.

해지 초당사걸 칠언고시의 연원에 대해 논했다. 칠언고시는 오언고시에 비해
늦게 생겨났다. 칠언고시는 당 이전에 수량이 매우 적었다. 가장 이른 칠
언의 작품은 〈해하가垓下歌〉다. 그러나 이것은 중간에 '兮(혜)'자가 있어 초
사 계열에 속하므로, 엄격한 의미에서 칠언고시로 간주되지 않는다. 따라
서 당 이전의 칠언고시의 작품으로는 장형의 〈사수시四愁詩〉, 조비의 〈연
가행燕歌行〉, 포조의 〈행로난行路難〉 등을 손꼽을 수 있다.

　초당사걸의 작품으로는 왕발의 〈채련곡采蓮曲〉, 〈임고대臨高臺〉, 노조린
의 〈장안고의長安古意〉, 낙빈왕의 〈제경편帝京篇〉, 〈염정대곽씨답노조린艶
情代郭氏答盧照鄰〉, 〈대여도사왕령비증도사이영代女道士王靈妃贈道士李榮〉, 〈주
석편疇昔篇〉 등을 칠언고시의 걸작으로 들 수 있다. 이 작품들은 육조의 서
정소부抒情小賦의 방식으로 창작한 장편 가행시다. 그중 낙빈왕의 〈주석편
疇昔篇〉은 200구에 달하기도 한다. 이와 같은 초당사걸의 칠언고시에 대해
호응린은 《시수詩藪, 내편內篇》 권3에서 다음과 같이 말했다.

　"고시는 격조에 얽매이고 근체는 성률에 구속되는데, 오직 가행체가 편
폭과 길이에 제한이 없고, 격식이 복잡하지만 본디 정해진 체재가 없으므

---

15) 이백과 두보에 관한 시론(제18권 제11칙)에 상세하게 보인다.
16) 칠언고시는 여기에 이르러 비로소 풍격을 거론한다.
17) 심전기沈佺期, 송지문宋之問의 칠언고시로 변천했다.

로, 사람들의 재능을 마음껏 펼칠 수 있었다. 古詩窘於格調, 近體束於聲律, 惟歌行
大小短長, 錯綜闔辟, 素無定體, 故極能發人才思."

 七言古自梁簡文·陳·隋諸公始, 進而爲王盧駱三子. 三子偶儷[1]極工, 綺豔
變爲富麗[2], 然調猶未純, [詳見李杜論中], 語猶未暢[3], 其風格雖優, [七言古至此始
言風格], 而氣象不足. 此七言之六變也. [轉進至沈宋七言古.] 然析而論之, 王長
篇雖少, 而稍見錯綜[4], 與盧駱體製少異[5].

1 偶儷(우려): '對偶(대우)'와 같은 말이다. 즉 대구를 가리킨다.
2 富麗(부려): 풍부하다.
3 未暢(미창): 통달하지 못하다.
4 錯綜(착종): 어지럽다.
5 少異(소이): 조금 다르다.

10

칠언고시 중 아래와 같은 시구는 대구가 지극히 정교하고 시어가
모두 풍부한 것이다.

다음은 왕발의 칠언고시다.

"단청을 올린 화려한 집에 아침이 되니 남포의 구름이 날고, 드리워
진 주렴이 저녁이 되니 서산의 비를 말아 감네. 畵棟朝飛南浦雲, 珠簾暮捲西
山雨."

"자줏빛 누각과 붉은 누대가 분분히 빛나고, 벽옥 방과 비단 궁궐이
서로 영롱하네. 紫閣丹樓紛照耀, 璧房錦殿相玲瓏."

"원앙이 연못 위에 짝지어 날고, 봉황이 누대 아래 쌍쌍이 지나네. 鴛
鴦池上兩兩飛, 鳳凰樓下雙雙度."

다음은 노조린의 칠언고시다.

"고관대작의 수레가 종횡으로 귀족의 저택을 지나고, 화려한 마차가 끊임없이 제후의 집을 향하네. 용을 그려 화려하게 장식한 수레가 날마다 이어지고, 봉황이 오색 실로 만든 술을 내뱉으며 저녁노을을 머금는다.玉輦縱橫過主第, 金鞭絡繹向侯家. 龍銜寶蓋承朝日, 鳳吐流蘇帶晩霞."

"떠다니는 조각구름 같은 머리를 빗어 매미 날개 모양의 가채를 이고, 부드러운 반달 모양의 이마 위에 아황생의 분을 칠하네.片片行雲着蟬鬢, 纖纖初月上鴉黃."

"부잣집 철없는 아이의 말에는 철로 만든 장식이 화려하고, 창기가 꽂은 반룡의 비녀에는 아름다운 장식이 달렸네.妖童寶馬鐵連錢, 娼婦盤龍金屈膝"

"조용한 궁성은 어도御道에 임해 있고, 하늘거리는 여인들이 타는 수레에 장식된 휘장이 제방에 빠지네.隱隱朱城臨御道, 遙遙翠幰沒金堤."

"모두 협객이 찬 부용검을 구하고, 함께 창기가 사는 도리계에 묵네.俱邀俠客芙蓉劍, 共宿娼家桃李蹊."

"창가에는 밤마다 창기들이 달과 같이 예쁘게 단장하고, 창가 밖에서는 아침마다 구름처럼 기병들이 몰려드네.北堂夜夜人如月, 南陌朝朝騎似雲."

"산호의 잎 위에는 원앙새, 봉황의 둥지 안에는 원추리.珊瑚葉上鴛鴦鳥, 鳳凰巢裏鴳鶵兒."

다음은 낙빈왕의 칠언고시다.

"후비의 궁전이 높고 크며 옥루와 마주하고, 후비의 거처가 조용하며 금옥과 이어졌네.桂殿嶔岑對玉樓, 椒房窈窕連金屋."

"다시 길을 가면 옆으로 지작관을 통하고, 거리를 교차하면 바로 봉황대를 가리킨다네.複道斜通鳷鵲觀, 交衢直指鳳凰臺."

"창가에 비단 휘장이 드리워진 3천개의 방, 대도에 청루가 12개. 아름답게 장식한 수레와 말안장과 화려한 말, 화려한 창과 수놓은 거문고 받침대와 옥비녀.小堂綺帳三千戶, 大道靑樓十二重. 寶蓋雕鞍金絡馬, 蘭襱繡柱玉盤龍."

"봄 아침의 계수나무 잔은 잔마다 온갖 맛이요, 가을밤의 난초 등은 등잔마다 온갖 그윽함이네.春朝桂尊尊百味, 秋夜蘭燈燈九微."

"동으로 만든 낙타가 있는 길 위의 버드나무 천 가지, 금곡원 중의 꽃은 몇 가지 색이런고.銅駝路上柳千條, 金谷園中花幾色."

"아미산 위에 달이 눈썹 같고, 탁금강 중의 노을은 비단 같네.峨眉山上月如眉, 濯錦江中霞似錦."

"앵무잔 중의 떠도는 대나무 잎, 봉황 거문고 안에서 퍼지는 〈매화락〉 곡조.鸚鵡杯中浮竹葉, 鳳凰琴裏落梅花."

왕발, 노조린, 낙빈왕의 칠언고시 중에서 대구가 매우 정교하고 시어가 모두 웅장한 시구를 예로 들었다.

七言古, 王如"畫棟朝飛南浦雲, 珠簾暮捲西山雨."[1] "紫閣丹樓紛照耀, 璧房錦殿相玲瓏."[2] "鴛鴦池上兩兩飛, 鳳凰樓下雙雙度."[3] 盧如"玉輦縱橫過主第, 金鞭絡繹向侯家. 龍銜寶蓋承朝日, 鳳吐流蘇帶晚霞."[4] "片片行雲着蟬鬢, 纖纖初月上鴉黃."[5] "妖童寶馬鐵連錢, 娼婦盤龍金屈膝."[6] "隱隱朱城臨御道, 遙遙翠幰沒金堤."[7] "俱邀俠客芙蓉劍, 共宿娼家桃李蹊."[8] "北堂夜夜人如月, 南陌朝朝騎似雲."[9] "珊瑚葉上鴛鴦鳥, 鳳凰巢裏鷓鴣兒."[10] 駱如"桂殿嶔岑對玉樓, 椒房窈窕連金屋."[11] "複道斜通鳷鵲觀, 交衢直指鳳凰臺."[12] "小堂綺帳三千戶, 大道靑樓十二重. 寶蓋雕鞍金絡馬, 蘭襱繡柱玉盤龍."[13] "春朝桂尊尊百味, 秋夜蘭燈燈九微."[14] "銅駝路上柳千條, 金谷園中花幾色."[15] "峨眉山上月如眉, 濯錦江中霞似錦."[16] "鸚鵡杯中浮竹葉, 鳳凰琴裏落梅花"[17]等句, 偶儷極工, 語皆富麗者也.

1 畵棟朝飛南浦雲(화동조비남포운), 珠簾暮捲西山雨(주렴모권서산우): 단청을 올린 화려한 집에 아침이 되니 남포의 구름이 날고, 드리워진 주렴이 저녁이 되니 서산의 비를 말아 감네. 왕발 〈등왕각滕王閣〉의 시구다.

2 紫閣丹樓紛照耀(자각단루분조요), 璧房錦殿相玲瓏(벽방금전상영롱): 자줏빛 누각과 붉은 누대가 분분히 빛나고, 벽옥 방과 비단 궁궐이 서로 영롱하네. 왕발 〈임고대臨高臺〉의 시구다.

3 鴛鴦池上兩兩飛(원앙지상양양비), 鳳凰樓下雙雙度(봉황루하쌍쌍도): 원앙이 연못 위에 짝지어 날고, 봉황이 누대 아래 쌍쌍이 지나네. 왕발 〈임고대〉의 시구다.

4 玉輦縱橫過主第(옥련종횡과주제), 金鞭絡繹向侯家(금편낙역향후가). 龍銜寶蓋承朝日(용함보개승조일), 鳳吐流蘇帶晩霞(봉토유소대만하): 고관대작의 수레가 종횡으로 귀족의 저택을 지나고, 화려한 마차가 끊임없이 제후의 집을 향하네. 용을 그려 화려하게 장식한 수레가 날마다 이어지고, 봉황이 오색 실로 만든 술을 내뱉으며 저녁노을을 머금는다. 노조린 〈장안고의長安古意〉의 시구다.

5 片片行雲着蟬鬢(편편행운착선빈), 纖纖初月上鴉黃(섬섬초월상아황): 떠다니는 조각구름 같은 머리를 빗어 매미 날개 모양의 가채를 이고, 부드러운 반달 모양의 이마 위에 아황생의 분을 칠하네. 노조린 〈장안고의〉의 시구다.

6 妖童寶馬鐵連錢(요동보마철연전), 娼婦盤龍金屈膝(창부반룡금굴슬): 부잣집 철없는 아이의 말에는 철로 만든 장식이 화려하고, 창기가 꽂은 반룡의 비녀에는 아름다운 장식이 달렸네. 노조린 〈장안고의〉의 시구다.

7 隱隱朱城臨御道(은은주성임어도), 遙遙翠幰沒金堤(요요취헌몰금제): 조용한 궁성은 어도御道에 임해 있고, 하늘거리는 여인들이 타는 수레에 장식된 휘장이 제방에 빠지네. 노조린 〈장안고의〉의 시구다.

8 俱邀俠客芙蓉劍(구요협객부용검), 共宿娼家桃李蹊(공숙창가도리혜): 모두 협객이 찬 부용검을 구하고, 함께 창기가 사는 도리계에 묵네. 노조린 〈장안고의〉의 시구다.

9 北堂夜夜人如月(북당야야인여월), 南陌朝朝騎似雲(남맥조조기사운): 창가에는 밤마다 창기들이 달과 같이 예쁘게 단장하고, 창가 밖에서는 아침마다 구름처럼 기병들이 몰려드네. 노조린 〈장안고의〉의 시구다.

10 珊瑚葉上鴛鴦鳥(산호엽상원앙조), 鳳凰巢裏鵁鶄兒(봉황소리추아): 산호

의 잎 위에는 원앙새, 봉황의 둥지 안에는 원추리. 노조린 〈행로난行路難〉의 시구다.

11 桂殿嶔岑對玉樓(계전금잠대옥루), 椒房窈窕連金屋(초방요조연금옥): 후비의 궁전이 높고 크며 옥루와 마주하고, 후비의 거처가 조용하며 금옥과 이어졌네. 낙빈왕 〈제경편帝京篇〉의 시구다.

12 複道斜通鵁鵲觀(복도사통지작관), 交衢直指鳳凰臺(교구직지봉황대): 다시 길을 가면 옆으로 지작관을 통하고, 거리를 교차하면 바로 봉황대를 가리킨다네. 낙빈왕 〈제경편〉의 시구다.

13 小堂綺帳三千戶(소당기장삼천호), 大道靑樓十二重(대도청루십이중). 寶蓋雕鞍金絡馬(보개조안금락마), 蘭牕繡柱玉盤龍(난창수주옥반룡): 창가에 비단 휘장이 드리워진 3천개의 방, 대도에 청루가 12개. 아름답게 장식한 수레와 말안장과 화려한 말, 화려한 창과 수놓은 거문고 받침대와 옥비녀. 낙빈왕 〈제경편〉의 시구다.

14 春朝桂尊尊百味(춘조계존존백미), 秋夜蘭燈燈九微(추야난등등구미): 봄 아침의 계수나무 잔은 잔마다 온갖 맛이요, 가을밤의 난초 등은 등잔마다 온갖 그윽함이네. 낙빈왕 〈제경편〉의 시구다.

15 銅駝路上柳千條(동타로상유천조), 金谷園中花幾色(금곡원중화기색): 동으로 만든 낙타가 있는 길 위의 버드나무 천 가지, 금곡원 중의 꽃은 몇 가지 색이런고. 낙빈왕 〈염정대곽씨답노조린豔情代郭氏答盧照鄰〉의 시구다.

16 峨眉山上月如眉(아미산상월여미), 濯錦江中霞似錦(탁금강중하사금): 아미산 위에 달이 눈썹 같고, 탁금강 중의 노을은 비단 같네. 낙빈왕 〈염정대곽씨답노조린〉의 시구다.

17 鸚鵡杯中浮竹葉(앵무배중부죽엽), 鳳凰琴裏落梅花(봉황금리낙매화): 앵무 잔 중의 떠도는 대나무 잎, 봉황 거문고 안에서 퍼지는 〈매화락〉 곡조. 낙빈왕 〈대여도사왕령비증도사이영代女道士王靈妃贈道士李榮〉의 시구다.

11

시는 먼저 체재를 갖춘 다음에 기교가 가미된다. 왕발, 노조린, 낙빈왕의 칠언고시는 대구가 비록 정교하지만 성조가 아직 순일하지 않고 시어가 아직 유창하지 않아 진실로 정종이 되지 못했으니, 이것은 자연적인 이치이자 바꿀 수 없는 논리다. 뭇 사람들의 의혹을 풀 수 없는 것은, 다만 그 정교하고 화려함을 취할 뿐 정변의 체재를 알지 못하기 때문이다. 그러므로 나는 초당의 칠언고시를 논하여 두 번째 관문을 파헤친다. 학자가 이것을 통과하여 의혹이 없다면, 다른 것은 분별하기가 어렵지 않을 것이다.

해제 초당 시기의 칠언고시에 관한 논의다. 칠언고시는 오언고시에 비해 늦게 출현했다. 따라서 초당시기에 이르러서도 칠언이 오언에 비해 체재를 갖추지 못한 것은 당연한 일이며, 문학적 기교도 뛰어날 수 없다. 칠언고시는 심전기와 송지문에 의해 다시 한 차례 변한다.

원문 詩, 先體製而後工拙[1]. 王·盧·駱七言古, 偶儷雖工, 而調猶未純, 語猶未暢, 實不得爲正宗, 此自然之理[2], 不易之論[3]. 然不能釋[4]衆人之惑[5]者, 蓋徒[6]取其工麗而不識正變之體故也. 故予論初唐七言古爲破第二關. 學者過此無疑, 其他不難辯矣.

주석
1 工拙(공졸): 기교가 능란함과 서투름.
2 自然之理(자연지리): 자연스러운 이치.
3 不易之論(불역지론): 바꿀 수 없는 논리.
4 釋(석): 풀다.
5 衆人之惑(중인지혹): 여러 사람의 의문.
6 徒(도): 다만.

12

왕발, 노조린, 낙빈왕의 칠언고시는 정교하게 기교를 부린 곳이 종종 도리어 졸렬하여 식상하다. 우리 집 책상에 몇 장이 오랫동안 소장

되어 있는데, 조탁이 매우 정교한데다 그 위에 다시 수식을 가미했으니 비속함에 가까움을 면할 수 없다.

내가 웃으면서 손님에게 말했다.

"이것이 초당의 칠언고시다."

손님이 크게 웃으면서 식견이 있는 말이라고 칭찬했다. 노조린의 다음 시구는 특히 졸속하다.

"기방에 해가 저물자 창기가 자줏빛 비단 치마 두르고, 청가淸歌가 울려 퍼지고 입가에 화기애애한 기운이 감도네.娼家日暮紫羅裙, 淸歌一囀口氤氳."

낙빈왕의 다음 시구도 특히 졸속하다.

"서로 그리워하니 고향 생각 갑절, 일생일대의 한 쌍이로다.相憐相念倍相親, 一生一代一雙人."

초당 시기에 칠언고시의 체재가 완성되지 않았음에도 불구하고, 왕발 등이 기교를 부려 오히려 졸렬하게 되었음을 비판하고 있다.

王·盧·駱七言古, 工巧處[1]往往反傷拙俗[2]. 予家舊藏几榻[3]數張, 雕刻甚工而復加五彩[4], 然不免近俗[5]. 予戱[6]謂客: "此初唐七言古." 客大噱[7], 賞爲知言[8]. 盧如"娼家日暮紫羅裙, 淸歌一囀口氤氳"[9] 駱如"相憐相念倍相親, 一生一代一雙人."[10] 則尤爲拙俗者也.

1 工巧處(공교처): 정교하게 기교를 부린 곳.
2 拙俗(졸속): 졸렬하다.
3 几榻(궤탑): 책상.
4 五彩(오채): 다섯 가지 색채, 곧 청靑·황黃·적赤·백白·흑黑을 가리킨다. 여기서는 화려한 수식을 비유하는 말이다.
5 近俗(근속): 비속함에 가깝다.
6 戱(희): 장난삼다.

7 大噱(대갹): 크게 웃다. '噱(갹)'은 입을 크게 벌리고 웃는 모양이다.

8 知言(지언): 식견이 있는 말.

9 娼家日暮紫羅裙(창가일모자라군), 淸歌一囀口氤氳(청가일전구인온): 기방에 해가 저물자 창기가 자줏빛 비단 치마 두르고, 청가淸歌가 울려 퍼지고 입가에 화기애애한 기운이 감도네. 노조린의 〈장안고의長安古意〉의 시구다. '氤氳(인온)'은 천지의 기가 화하고 성한 모양, 기분이 화평한 모양을 가리킨다.

10 相憐相念倍相親(상련상념배상친), 一生一代一雙人(일생일대일쌍인): 서로 그리워하니 고향 생각 갑절, 일생일대의 한 쌍이로다. 낙빈왕의 〈대여도사왕령비증도사이영代女道士王靈妃贈道士李榮〉의 시구다.

13

한위의 오언시는 마침내 변하여 율체가 되었고, 칠언은 마침내 변하여 고시가 되었다. 대개 오언은 측운과 환운이 적고 평운이 많은데, 측운과 전운은 비록 고시이지만 평운은 모두 율격에 맞다. 칠언은 평운이 적고 환운이 많은데, 평운은 비록 율격에 맞지만 환운은 고시와 같다. 초당의 칠언 가운데 환운이 없다면 고시와 율체가 섞인 것이다.

해제 오·칠언시의 변화에 대해 논했다. 오언이 칠언보다 먼저 율격화되었다. 오언에 비해 칠언의 율시화가 늦은 것은 칠언시의 발생이 오언시보다 늦기 때문이다. 오언은 남조 송나라 원가 시대에 이르러 이미 고시가 사라지고 점차 율체와 섞였다. 칠언고시는 남북조 시대 때 비로소 발생했다. 따라서 초당 시기의 칠언은 대부분 고시와 율체가 혼합된 양상을 띤다.

원문 漢魏五言終變而爲律·七言終變而爲古者, 蓋五言仄韻與轉韻者少, 而平韻者多, 仄韻轉韻者雖爲古, 而平韻者則皆入律矣. 七言平韻者少而轉韻者多, 平韻者雖入律, 而轉韻者則猶古也. 使初唐七言中無轉韻, 則亦古律混淆矣.

14

칠언사구는 포조, 유효위, 양나라 간문제, 유신, 강총에게서 비롯되었다. 왕발, 노조린, 낙빈왕 세 사람에게 이르러서도 성률이 아직 순일하지 않고 시어가 여전히 분방하지만, 그 웅장한 일면은 초당의 본모습이다.[18]

해제
허학이는 포조의 〈야청기夜聽妓〉를 칠언절구의 첫 시작으로 보고 있다.(제7권 제31칙 참조) 그러나 칠언사구의 초기 유형은 남북조 시대의 악부가사에서 보인다. 포조 역시 악부민가의 영향을 많이 받은 문인 중 한 사람이다. 칠언사구는 오언사구에 비해 늦게 발전하여 초당 시기에 이르러서도 체재가 완정하지 못했다. 그럼에도 불구하고 웅장한 풍격을 띠는 것은 초당 시기의 기상을 바탕으로 하기 때문이다. 위의 제5칙에서 육조의 본래 면모가 화려함이라면 초당의 본래 면모는 웅장함이라고 했다.

원문
七言四句始於[1]鮑明遠 · 劉孝威 · 梁簡文 · 庾信 · 江總.　　至王 · 盧 · 駱三子, 律猶未純, 語猶蒼莽[2], 其雄偉處則初唐本相也. [轉進至杜 · 沈 · 宋三子七言絶.]

주석
1 始於(시어): …에서 비롯되다.
2 蒼莽(창망): 분방하다.

15

두보의 시에서 다음과 같이 말했다.

"왕발, 양형, 노조린, 낙빈왕이 살았던 그 당시의 시체에 대해 경박하게 문장을 지었다고 비웃음이 그치지 않는다. 너희들의 몸과 이름

---

18) 두심언, 심전기, 송지문 세 사람의 칠언절구로 변천했다.

이 모두 다 없어질지라도 초당사걸의 이름은 장강과 황하 속에서 영원히 사라지지 않고 흐를 것이다."

이것은 대개 추론의 결과다. 네 사람으로 하여금 오언율체가 다 이루어지고 화려함이 다 고쳐지게 하며, 칠언고시의 성조가 모두 순일해지고 시어가 모두 유창하도록 한다면, 비록 심전기와 송지문을 능가하고 고적과 잠삼을 멸시한다고 할지라도 곤란하지 않을 것이다. 시대에 의해 제약이 되었으니 애석하도다! 두보가 말한 '그 당시의 시체'라는 뜻은 아주 곱씹을 만하다.

 초당사걸에 대한 종합적인 논평이다. 두보의 시평을 통해 초당사걸의 문학사적 위치에 대해 규명하고 있다. 초당사걸이 그 시대의 상황 속에서 오언율체와 칠언고시의 체재를 완비하여 이른바 '그 당시의 시체'를 이룰 수 있었던 것은 문학사에서 매우 깊은 의미를 차지한다. 특히 양진 이후의 화려하고 농염한 시풍에서 초당의 강건하고 힘찬 기상으로 발전시키는 데 있어 초당사걸의 역할을 결코 과소평가할 수 없다. 이런 점에서 호응린은 《보당서낙시어전補唐書駱詩御傳》에서 다음과 같이 말했다.

"당나라가 발전하고 양진의 기운이 쇠퇴한 후 시문이 섬약하고 쇠퇴해져 체재가 갈수록 비천해졌다. 낙빈왕이 먼저 왕발 등과 시풍을 진작시켰는데 비록 육조의 잔재를 갑자기 바꿀 수는 없었지만 시율이 정교해지고 문사가 웅장하여 거침없이 쏟아져 나와 유례없는 획을 그었다. 당 삼백 년의 풍아가 성행한 것은 초당사걸이 그 서막을 열었기 때문이다.唐起梁陳衰運後, 詩文纖弱委靡, 體日益下. 賓王首與勃等一振之, 雖末能驟革六朝餘習, 而詩律精嚴, 文辭雄放, 滔滔混混, 橫絶無前. 唐三百年風雅之盛, 以四人者爲之前導也."

왕세정 역시 《예원치언藝苑卮言》에서 다음과 같이 말했다.

"노조린, 낙빈왕, 왕발, 양형을 사걸이라고 부르는데, 문장이 화려한 것은 본디 진수의 전통을 이어받은 것이고, 의상이 경쾌하고 늘그막에 초연히 육조의 유폐를 물리쳤으니, 마침내 오언율시의 정시正始가 되었다.盧駱王楊, 號稱四傑, 詞旨華靡, 固沿陳隋之遺, 翩翩意象, 老境超然勝之, 五言遂爲律家正始."

그러나 아직 시대적 한계로 말미암아 초당사걸의 시에는 여전히 병폐가 있었다. 만약 그들이 율체가 좀 더 완정된 시대에 태어났더라면 더욱 뛰어난 작품을 창작할 수 있었을 것이라고 강조하며 그들의 타고난 재능을 높이 샀다.

 杜子美詩云: "王・楊・盧・駱當時體, 輕薄爲文哂[1]未休[2]. 爾曹[3]身與名俱滅, 不廢江河萬古流."[4] 此蓋推之至矣. 使四子五言律體盡成, 綺靡盡革, 七言古調皆就[5]純, 語皆就暢, 雖駕[6]沈宋而凌[7]高岑, 不難也. 乃爲時代所限, 惜哉! 杜"當時體"三字, 最宜詳味[8].

 1 哂(신): 비웃다.

2 未休(미휴): 그치지 않다.

3 爾曹(이조): 너희들

4 이상의 구는 두보의 〈희위육절구戱爲六絶句〉에서 인용한 것이다.

5 就(취): 이루다. 어떤 상태나 결과로 되게 하다.

6 駕(가): 능가하다.

7 凌(릉): 깔보다.

8 最宜詳味(최의상미): 아주 곱씹을 만하다.

제
13
권

詩源辯體

초당初唐

1

오언은 한위에서 원가로 나아가면서 고체가 사라졌다. 제·양에서 초당으로 나아가면서 고시와 율체가 섞이고 시어가 화려해졌다.

진자앙陳子昂[1]이 비로소 고체를 회복하고, 완적의 〈영회詠懷〉를 모방하여 〈감우感雨〉 38수를 지으니, 왕적王適이 그것을 보고서 "분명히 해내의 문종文宗이다"고 말했다.

그러나 이반룡이 다음과 같이 말했다.

"당시에는 오언고시가 없는데, 진자앙의 고시 〈감우〉가 있다. 진자 앙은 그 〈감우〉를 고시라고 했으나 취하지 않는다."

어째서인가? 대개 진자앙의 〈감우〉는 비록 거의 복고라 할지라도, 결국 당나라의 고시지 한위의 고시가 아니기 때문이다. 게다가 그 시 는 자주 율구를 잡용하고[2] 평운은 여전히 상미上尾를 꺼렸다.[3] 〈원앙

---

1) 자 백옥伯玉.
2) 율구를 잡용한 것은 수록하지 않았다.

편鴛鴦篇〉,〈수죽편脩竹篇〉등도 고시와 율체가 섞였으니 진실로 육조의 여폐이며, 바로 숙손통叔孫通이 예악禮樂을 흥하게 한 것과 같을 따름이다.

그러므로 유진옹劉辰翁이 말했다.

"진자앙은 음절에 있어서는 고시와 매우 비슷하지 않지만, 오직 번잡한 시어4)를 삭제하여 뜻이 깊으면서 말이 간단한 시어를 남겨 건안 이후에 독자적인 일가를 이루었다. 비록 지극히 유창하지는 못하지만 재능과 학식이 풍부하며 대체로 질박함이 있다. 주자의 〈재거감흥시齋居感興詩〉는 성조와 체재가 완전히 순일하여 그것을 능가하고 뜻이 더욱 깊어졌다."

진자앙의 시에 관한 논의다. 진자앙은 건안풍골의 우수한 전통을 계승하면서 자신의 개성을 비분강개의 풍격으로 표출했다. 그의 비분강개함은 조조의 영웅적 기개와는 다르게 슬픔이 묻어 있다. 즉 일생의 시련과 고통 속에서 느낀 감정을 대변한다. 특히 측천무후則天武后가 집권하면서 무고誣告의 기풍이 만연할 때 진자앙도 여러 차례 정치적 시련을 겪었다. 이러한 정신적 우울함이 작품 속에 반영된 것이다. 이것은 완적의 〈영회시〉에서 느낄 수 있는 비통함을 이어받았다고 볼 수 있으나 완적보다는 강개한 기질이 더 많다. 한마디로 그 당시 초당시풍이 육조의 여폐에서 완전히 벗어나지 못하고 있을 때 진자앙은 새로운 풍골을 열었다.

오언고시는 이미 원가 연간에서부터 율격화가 되었다. 초당 시대는 근체시가 더욱 발전함에 따라 점차 고시와 율체가 섞일 수밖에 없게 되었다. 진자앙의 고시도 예외가 아니어서 이미 율체가 섞여 있었다. 따라서 진자앙의 오언고시가 진정한 의미에서 한위 고시와 같다고 말할 수는 없을 것이다. 한편 주희는 〈재거감흥이십수서齋居感興二十首序〉에서 진자앙의 감우

---

3) 심약沈約에 관한 시론 중에 상세하게 보인다.
4) 원문의 '凡(범)'은 '繁(번)'자가 아닌가 한다.

시를 다음과 같이 칭송했다.

"시어의 뜻이 깊고, 음절이 호탕하다.詞旨幽邃, 音節豪宕."

 五言自漢魏流至元嘉, 而古體亡. 自齊梁流至初唐而古律混淆, 詞語綺靡. 陳子昻[字伯玉]始復古體, 倣阮公[1]詠懷爲感遇三十八首, 王適[2]見之, 曰: "是必爲海內文宗." 然李于鱗云: "唐無五言古詩, 而有其古詩. 陳子昻以其古詩爲古詩, 弗取也." 何耶? 蓋子昻感遇雖僅復古, 然終是唐人古詩, 非漢魏古詩也. 且其詩常雜用律句, [雜用律句者不錄], 平韻者猶忌上尾. [詳見沈約論中.] 至如鴛鴦篇‧脩竹篇等, 亦皆古律混淆, 自是六朝餘弊, 正猶叔孫通[3]之興禮樂耳. 故劉須溪[4]謂: "子昻於音節猶不甚近, 獨刊落[5]凡[疑作繁]語, 存之隱約[6], 在建安後自成一家[7], 雖未極暢達, 如金如玉[8], 槩[9]有其質矣. 朱元晦[10]齋居感興詩, 聲體完純過之, 而意見愈深."

 1 阮公(완공): 완적阮籍. 제3권 제20칙의 주석3 참조.

2 王適(왕적): 당나라 시기의 문인이다. 유주幽州 사람이다. 독서를 좋아했고 별난 기개가 있어 다른 사람에 의해 천거되기를 원하지 않았다. 헌종憲宗 원화 초에 네 차례 과거에 응시했지만 급제하지 못했다. 후일 이유간李惟簡을 따라 봉상鳳翔에 가서 관직을 지내다가 귀향했다.

3 叔孫通(숙손통): 한나라 시기의 문인이다. 호는 직사군稷嗣君이다. 고조를 도와 진법秦法을 폐지하고 조의朝儀를 제정했다.

4 劉須溪(유수계): 유진옹劉辰翁(1233~1297). 남송 말기의 저명한 애국시인이다. 자는 회맹會孟이고 별호가 수계이다. 경정景定 3년(1262) 진사에 급제했다. 일생동안 문학 창작과 비평 활동에 종사했다. 아들 유장손劉將孫이 그의 유작을 《수계선생전집須溪先生全集》으로 편찬했는데 이미 일실되었다.

5 刊落(간락): 오자 또는 틀린 부분을 삭제하다.

6 隱約(은약): 뜻은 깊으면서 말이 간단한 것을 가리킨다.

7 自成一家(자성일가): 독자적인 일가를 이루다.

8 如金如玉(여금여옥): 재능과 학식이 풍부하다.

9 槩(개): '概(개)'와 같은 자다. 대체로.

10 朱元晦(주원회): 주희朱熹. 제1권 제14칙의 주석6 참조.

2

진자앙의 오언근체[5]는 율체가 비록 완성되지 않았지만, 시어가 매우 웅장하여 무덕武德 이후의 화려한 창작 습관이 한꺼번에 다 씻겼다. "勿使燕然上(물사연연상), 獨有漢臣功(독유한신공)"[6]은 후인이 고쳐 성률에 맞게 된 것이 아닌가 하는데, 당시를 선록하는 사람들은 일단 그것에 따랐다.

진자앙의 오언 근체시에 관한 논의다. 초당의 오언은 고시와 율체가 섞인 가운데 근체시의 체재로 나아가는 과도기적 과정이었다. 이에 진자앙의 오언 근체시도 아직 율체가 완성되지 않았지만 그 풍격에는 이미 변화가 나타났음을 지적했다.

당고조 이래 초당의 화려한 시풍은 당태종을 비롯한 우세남, 왕적 등의 노력으로 점차 강건한 풍격으로 전환되었지만, 당고종이 즉위한 영휘永徽 이후 무후의 집권 시기에 이르기까지는 또 다시 화려한 수사적 기교가 중시되었다. 이때 진자앙이 한위풍골을 계승하고 초당의 문풍개혁론을 이어받아 그 당시의 시풍을 개혁하는 데 큰 공헌을 이루었다. 따라서 호응린은 《시수, 내편》 권2에서 다음과 같이 논했다.

"진자앙의 〈감우〉시는 화려한 시풍을 완전히 사라지게 하여 예스럽고 우아한 시풍을 진작시켰으니, 진실로 당나라 초기의 걸출이다.子昂感遇, 盡削浮靡, 一振古雅, 唐初自是傑出."

진자앙의 이러한 시풍은 후대에 많은 영향을 미쳤는데 그중 이백에게 끼친 영향이 매우 크다. 유극장劉克莊의 《후촌시화後村詩話, 전집前集》에서는 다음과 같이 평했다.

"이백의 〈고풍〉 68수는 진자앙의 〈감우〉와 서로 비견될 만한 작품으로, 당나라 여러 문인은 모두 이 아래의 수준에 있다.太白古風六十八首, 與陳拾遺感

---

5) 진자앙의 오언에는 이미 고시가 있기에 거의 성률에 맞는 것을 근체라고 부른다.
6) 다른 판본에는 '惟留漢將功(유류한장공)'이라고 된 곳도 있다.

遇之作, 筆力相上下, 唐諸人皆在下風."

또 명나라 양징楊澄이 교정한 《진백옥문집陳伯玉文集, 권수卷首》에서는 "장이, 이백, 위응물, 유종원이 뒤를 이어 나타났는데, 모두 진자앙의 높은 시풍을 뒤따랐다.張頤, 李太白, 韋蘇州, 柳柳州相繼而起, 皆踵伯玉之高風."고 평했다.

子昂五言近體[子昂五言既有古詩, 故其僅入律者稱近體], 律雖未成, 而語甚雄偉, 武德以還¹, 綺靡之習, 一洗頓盡². "勿使燕然上, 獨有漢臣功."³ [一作"惟留漢將功."] 疑後人改以入律, 選唐詩者姑從之.

1 以還(이환): '以來(이래)'와 같은 말이다.
2 一洗頓盡(일세돈진): 한꺼번에 다 씻기다.
3 勿使燕然上(물사연연상), 獨有漢臣功(독유한신공): 진자앙의 〈송위대送魏大〉의 시구다.

3

초당의 오언은 비록 진자앙에서부터 비로소 다시 고체로 돌아갔으나, 그것을 보좌하는 사람은 여전히 적었다. 심전기[7]와 송지문[8]의 고시는 여전히 대부분 율체를 잡용했고, 평운은 또 상미를 꺼렸는데, 설령 당고唐古라 할지라도 순일하지 않아 채록하지 않는다.

심전기와 송지문의 고시에 관한 논의다. 당나라 초기부터 지어진 고체시는 이미 율격이 적용되어 한위 고시의 체재와 같을 수 없게 되었으므로 '당고'라고 말하는 것이다. 《구당서, 문원전文苑傳》에 따르면 송지문은 약관에 이름이 났으며 오언시를 잘 지어 그 당시 따라올 사람이 아무도 없었다고 한다. 또 심전기는 문장을 잘 지었으며 칠언에 능했는데, 현존하는 시

---

7) 자 운경雲卿.
8) 자 연청延淸.

127수 중에는 고체시가 77수, 근체시가 50수로 고체시의 수가 적지 않다.

初唐五言, 雖自陳子昂始復¹古體, 然輔之者尙少. 沈佺期[字雲卿]·宋之問[字延淸], 古詩尙多雜用律體, 平韻者猶忌上尾, 卽²唐古而未純, 未可采錄也.

1 復(복): 돌아가다.
2 卽(즉): 설령 …라 할지라도.

4

초당의 칠언고시는 왕발, 노조린, 낙빈왕으로부터 다시 나아가 심전기, 송지문 두 문인의 시가 되었다. 송지문과 심전기는 성조가 점차 순일하고 시어가 점차 유창해졌으나, 구습을 제거하지 못했다. 이것이 칠언의 일곱 번째 변화다.⁹⁾ 자세하게 논하자면 심전기의 기세는 촉박하고, 송지문이 진실로 뛰어나다.

송지문, 심전기의 칠언고시에 관한 논의다.《구당서》에 따르면 송지문은 오언에 능했고, 심전기는 칠언에 능했다고 한다. 여기서 허학이는 심전기보다 송지문을 높게 평가하고 있다.

初唐七言古, 自王·盧·駱再進而爲沈宋二公. 宋沈調雖漸純, 語雖漸暢, 而舊習未除. 此七言之七變也. [轉進至高·岑·李頎¹七言古.] 然析而論之, 沈氣爲促², 宋實勝之.

1 李頎(이기): 성당 시기의 시인이다. 생몰년은 대략 690년~751년이며, 조군趙郡 즉 지금의 하북河北 조현趙縣 사람이다. 개원 23년(735) 진사가 되어, 신향위新鄕尉에 올랐다. 최호崔顥·왕유王維·왕창령 등과 시를 주고받으며 교류했다. 관

---

9) 고적, 잠삼, 이기의 칠언고시로 변천했다.

직이 더 이상 승진하지 못하여 귀향하여 은거했다. 왕창령과 함께 변새파 시인
으로 손꼽히며 호방하고 비분강개한 시풍을 지닌다. 오언고시와 칠언가행을
잘 지었다. 그의 시는 거침없는 재능을 발휘하여 사물의 특징을 잘 묘사했는데,
특히 인물을 읊는 데 뛰어났다.

2 促(촉): 촉박하다.

5

심전기의 칠언고시 중 다음과 같은 시구가 있다.

"수정 달린 주렴 밖에는 금빛 물결 흐르고, 운모의 창 앞에는 은하
수가 도네.水晶簾外金波下, 雲母牕前銀漢廻."

"연나라 미인은 비단 장막에서 부용의 빛을 드리우고, 진나라 여인
은 향로에서 난사향을 피우네.燕姬綵帳芙蓉色, 秦子金爐蘭麝香."

"등불 빛나고 작약이 온 거리를 비추니, 향기가 은은하고 모두 부드
럽네.燈華灼爍九衢映, 香氣氳氳百和然."

"아침노을이 광채를 흩어지게 하여 옷걸이를 부끄럽게 하고, 저녁
달이 빛을 나누어 경대를 힐책하네.朝霞散彩羞衣架, 晚月分光讓鏡臺."

"대모가 주연에서 또 다른 봄을 만들고, 산호가 창속에서 그림으로
바뀌었네.玳瑁筵中別作春, 琅玕牕裏翻成畫."

송지문의 칠언고시 중 다음과 같은 시구가 있다.

"원앙의 베틀 위에 희미한 반디가 지나고, 오작교 가에 한 마리 기
러기 날아가네.鴛鴦機上疏螢度, 烏鵲橋邊一鴈飛."

"여러 공후들이 안개를 헤치고 상봉翔鳳에서 조회하고, 천자가 봄을
맞이해 감용鑿龍에 행차하네.羣公拂霧朝翔鳳, 天子乘春幸鑿龍."

"탑 그림자가 아득하게 푸른 물결 위에 떠 있고, 별처럼 늘어선 감
실이 웅장하게 푸른 산자락에 서 있네.塔影遙遙綠波上, 星龕突突翠微邊."

"새가 그려진 깃발이 훨훨 날리더니 방초가 남았고, 용맹한 기병이 재빨리 지나더니 때늦은 꽃이 뒤덮네.鳥旗翼翼留芳草, 龍騎駸駸映晚花."

"새벽에 북궐에 들어가 장식된 말을 타고 이르고, 밤에 남궁을 나가 촛불을 들고 돌아가네.晨趨北闕鳴珂至, 夜出南宮把燭歸."

이상의 시구는 대구가 지극히 정교하고 시어가 모두 풍부하며 왕발, 노조린, 낙빈왕과 비슷하다.

해제 심전기와 송지문의 칠언고시 중 대구가 정교하고 시어가 풍부한 시구의 예를 들었다.

원문 七言古, 沈如"水晶簾外金波下, 雲母牕前銀漢廻."[1]"燕姬綵帳芙蓉色, 秦子金爐蘭麝香."[2]"燈華灼爍九衢映, 香氣氳氳百和然."[3]"朝霞散彩羞衣架, 晚月分光讓鏡臺."[4]"玳瑁筵中別作春, 琅玕牕裏翻成畫."[5]宋如"鴛鴦機上疎螢度, 烏鵲橋邊一鴈飛."[6]"羣公拂霧朝翔鳳, 天子乘春幸鑿龍."[7]"塔影遙遙綠波上, 星龕奕奕翠微邊."[8]"鳥旗翼翼留芳草, 龍騎駸駸映晚花."[9]"晨趨北闕鳴珂至, 夜出南宮把燭歸."[10]等句, 偶儷極工, 語皆富麗, 與王·盧·駱相類者也.

주석
1 水晶簾外金波下(수정렴외금파하), 雲母牕前銀漢廻(운모창전은한회): 수정 달린 주렴 밖에는 금빛 물결 흐르고, 운모의 창 앞에는 은하수가 도네. 심전기 〈고가古歌〉의 시구다.
2 燕姬綵帳芙蓉色(연희채장부용색), 秦子金爐蘭麝香(진자금로난사향): 연나라 미인은 비단 장막에서 부용의 빛을 드리우고, 진나라 여인은 향로에서 난사향을 피우네. 심전기 〈고가〉의 시구다.
3 燈華灼爍九衢映(등화작삭구구영), 香氣氳氳百和然(향기인온백화연): 등불 빛 나고 작약이 온 거리를 비추니, 향기가 은은하고 모두 부드럽네. 심전기 〈칠석폭의편七夕曝衣篇〉의 시구다.
4 朝霞散彩羞衣架(조하산채수의가), 晚月分光讓鏡臺(만월분광양경대): 아침노

을이 광채를 흩어지게 하여 옷걸이를 부끄럽게 하고, 저녁달이 빛을 나누어 경대를 힐책하네. 심전기 〈칠석폭의편〉의 시구다.

5 玳瑁筵中別作春(대모연중별작춘), 琅玕牕裏翻成畵(낭간창리번성화): 대모가 주연에서 또 다른 봄을 만들고, 산호가 창속에서 그림으로 바뀌었네. 심전기 〈칠석폭의편〉의 시구다.

6 鴛鴦機上疎螢度(원앙기상소형도), 烏鵲橋邊一鴈飛(오작교변일안비): 원앙의 베틀 위에 희미한 반디가 지나고, 오작교 가에 한 마리 기러기 날아가네. 송지문 〈명하편明河篇〉의 시구다.

7 羣公拂霧朝翔鳳(군공불무조상봉), 天子乘春幸鑿龍(천자승춘행착용): 여러 공후들이 안개를 헤치고 상봉翔鳳에서 조회하고, 천자가 봄을 맞이해 감용鑿龍에 행차하네. 송지문 〈용문응제龍門應制〉의 시구다.

8 塔影遙遙綠波上(탑영요요녹파상), 星龕奕奕翠微邊(성감혁혁취미변): 탑 그림자가 아득하게 푸른 물결 위에 떠 있고, 별처럼 늘어선 감실이 웅장하게 푸른 산자락에 서 있네. 송지문 〈용문응제〉의 시구다.

9 鳥旗翼翼留芳草(조기익익유방초), 龍騎駸駸映晚花(용기침침영만화): 새가 그려진 깃발이 훨훨 날리더니 방초가 남았고, 용맹한 기병이 재빨리 지나더니 때늦은 꽃이 뒤덮네. 송지문 〈용문응제〉의 시구다.

10 晨趨北闕鳴珂至(신추북궐명가지), 夜出南宮把燭歸(야출남궁파촉귀): 새벽에 북궐에 들어가 장식된 말을 타고 이르고, 밤에 남궁을 나가 촛불을 들고 돌아가네. 송지문 〈계주삼월삼일桂州三月三日〉의 시구다. 또는 〈계양삼일술회桂陽三日述懷〉라고도 한다.

6

오언은 왕발, 양형, 노조린, 낙빈왕으로부터 다시 나아가 심전기, 송지문 두 문인의 시가 되었다. 심전기와 송지문의 재주가 이미 커서 조예[10]가 비로소 순일해졌으므로, 그 체재가 완전히 정제되고 시어가 대부분 웅장하며 기상과 풍격이 크게 갖추어져 율시의 정종이 되

---

10) 여기에 이르러 비로소 조예를 거론한다. 범례에 설명이 보인다.

었다.[11] 이것이 오언의 일곱 번째 변화다.[12] 왕세정이 화려하고 정제된 것으로써 심전기와 송지문의 시를 귀결시켜 "오언은 심전기와 송지문에 이르러 비로소 율시라고 칭할 수 있게 되었다."고 한 것은 이를 두고 말한 것이다.

[해제] 오언시의 일곱 번째 변화, 즉 오언율시의 성립에 관한 논의다. 심전기, 송지문이 초당사걸을 이어받아 율시의 정종이 되었음을 강조하고 이후 고적, 왕유, 맹호연의 오언율시에 영향을 미쳤다고 말했다. 한마디로 심전기와 송지문에 의해 근체시의 율격이 완전하게 갖추어졌음을 강조한 것이다. 교연皎然도 《시식詩式》에서 "심전기와 송지문은 당시 율격의 귀감이 된다.沈宋爲有唐律之龜鑑"고 평했다.

[원문] 五言自王・楊・盧・駱, 又進而爲沈宋二公. 沈宋才力旣大, 造詣始純, [至此始言造詣, 說見凡例], 故其體盡整栗, 語多雄麗, 而氣象風格大備, 爲律詩正宗. [至此始爲律詩正宗.] 此五言之七變也. [轉進至高・岑・王・孟五言律.] 王元美以華藻整栗[1]歸沈・宋, 又云: "五言至沈宋, 始可稱律."是矣.

[주석] 1 整栗(정율): 정제되다.

7

두심언杜審言[13]의 오언은 율체가 이미 완성되었고, 완성되지 않은 것은 잡체시 두 편일 뿐이다. 지금 심전기와 송지문의 문집을 살펴보면, 여전히 네다섯 편이 완성되지 않았다. 그런즉 오언율체는 진실로 두심언, 심전기, 송지문에서 이루어졌는데, 후인들이 오직 심전기와

---

11) 여기에 이르러 비로소 율시의 정종이 되었다.
12) 고적, 잠삼, 왕유, 맹호연의 오언율시로 변천했다.
13) 자 필간必簡.

송지문에게서 완성되었다고 말하는 것은 어째서인가? 두심언은 심전기와 송지문에 비해 더욱 준일하다고 칭송되며, 체재가 진실로 정돈되고 시어가 진실로 웅장하며, 그 기상과 풍격이 자유로우니 역시 율시의 징종이다.

해제 두심언의 오언율시에 관해 논하며 그의 문학사적 위치를 평가했다. 두심언은 심전기, 송지문과 함께 초당 시기 율시의 확립에 큰 기여를 한 인물이다. 그러나 심전기, 송지문에 비해 그의 문학사적 역할이 제대로 평가받지 못하고 있음을 지적했다. 일찍이 호진형胡震亨은 《당음계첨唐音癸簽》에서 다음과 같이 논했다.

"당나라 초기에는 칠언율시이든 오언율시이든 간에 여전히 뛰어난 작품이 없었는데, 두 시체가 오묘하기로는 두심언이 실로 으뜸이다.唐初無七言律, 五言律亦未超然, 二體之妙, 杜審言實爲首倡."

실제 두심언은 두보의 증조부로 오언시 창작에 뛰어났다. 그러나 재주를 믿고 오만하여, 자신의 문장은 굴송屈宋을 하인으로 삼고 자신의 필적은 왕희지의 머리를 숙이게 한다고 방자하게 떠들었다. 이로 인해 여러 차례 정치적 어려움을 당했다. 그럼에도 불구하고 이교李嶠, 최융崔融, 소미도蘇味道와 함께 초당의 '문장사우文章四友'로 일컬어지며 이름을 크게 날렸다. 두보가 〈증여구사贈閭丘師〉에서 "내 할아버지는 시에서 옛사람 중 으뜸이셨다吾祖詩冠古"고 두심언을 칭송한 것이 터무니없는 말은 아니다.

원문 杜審言[1][字必簡]五言, 律體已成, 所未成者, 長短兩篇而已[2]. 今觀沈宋集中, 亦尙有四五篇未成者. 然則五言律體實成於杜‧沈‧宋, 而後人但言成於沈宋, 何也? 審言較沈宋復稱俊逸[3], 而體自整栗, 語自雄麗, 其氣象風格自在, 亦是律詩正宗.

주석 1 杜審言(두심언): 당나라 시기의 문인이다. 자는 필간必簡이고, 하남 공현鞏縣 사람이다. 서진 시기의 명장이자 학자였던 두예杜預의 자손이며, 두보의 조부다. 생졸년은 약 648년~708년이다. 고종 함형咸亨 원년(670) 진사에 급제했다. 오언시를 잘 지었고, 서한書翰에 능했다. 중종 신룡 초에 장역지 형제와 내왕한 것이 빌미가 되어 한때 베트남의 교지交阯에 유배당하기도 했다.

2 而已(이이): …할 뿐이다.

3 俊逸(준일): 뛰어나다.

8

고병이 말했다.

"오언의 흥기는 한나라에서 근원하여 위나라에서 집중적으로 발전하고 양진兩晉시대에 크게 퍼졌는데, 양梁나라와 진陳나라 시기에 혼탁해져 대아大雅의 음이 거의 떨쳐지지 못했다."

내가 생각건대 양나라와 진나라 시기에는 고시와 율체가 혼합되었는데, 초당에 이르러서도 역시나 그러했다. 진자앙에 이르러서 고체가 비로소 다시 회복되고, 두심언·심전기·송지문의 세 문인에 이르러서 율체가 비로소 완성되었으니, 또한 천지가 다시 구분되고 청탁이 비로소 나눠진 것과 비슷하다. 네 사람의 공로가 이에 크다 할 것이다.

해제 오언시의 발전 과정에 관해 언급하며 두심언의 문학사적 역할을 다시 한 번 주지시키고 있다. 오언시는 양진 시기에 이르러 시구의 조탁이 심해지고 대구가 중시되면서 고체의 풍격이 사라졌다. 초당 시기에도 그 여폐가 있었는데, 진자앙이 한위풍골을 다시 추구하고 두심언, 심전기, 송지문이 율체의 체재를 완성하면서 양진 시대의 화려한 시풍에서 완전히 벗어나게 되었다.

원문 高廷禮云: "五言之興, 源於漢, 注於魏, 汪洋乎兩晉, 混濁乎梁陳, 大雅之音, 幾於不振."愚按: 梁陳古律混淆, 迄於[1]唐初亦然. 至陳子昂而古體始復, 至杜·沈·宋三公, 而律體始成, 亦猶天地再判[2], 淸濁始分[3], 四子之功, 於是[4] 爲大矣.

1 迄於(흘어): …까지 이르다.

2 天地再判(천지재판): 천지가 다시 구분되다.

3 淸濁始分(청탁시분): 청탁이 비로소 나뉘다.

4 於是(어시): 그리하여. 이에.

9

초당의 오언율시에서 성률이 있는 것은 사람들이 쉽게 분별하지만, 격조가 있는 것은 사람들이 쉽게 분별하지 못한다.

심전기의 〈피시출새被試出塞〉, 〈조발평창도早發平昌島〉, 〈무산고巫山高〉, 〈악관嶽館〉, 〈행백록관응제幸白鹿觀應製〉, 〈낙성백학사樂城白鶴寺〉와 송지문의 〈호종등봉도중작扈從登封途中作〉, 〈호종등봉고성송扈從登封告成頌〉, 〈가출장안駕出長安〉, 〈춘일부용원시연응제春日芙蓉園侍宴應制〉, 〈도대유령度大庾嶺〉, 〈유소주광계사遊韶州廣界寺〉 등은 격조와 성률이 구비되어 사람들이 저절로 분별하기 쉽다.

심전기의 〈봉화낙양완설응제奉和洛陽玩雪應制〉, 〈이사인산원송방소李舍人山園送龐邵〉, 〈관산월關山月〉, 〈초달환주初達驩州〉와 송지문의 〈송이시어送李侍禦〉, 〈사왕천평군마약여진자앙신향위기급환이불상우使往天平軍馬約與陳子昻新鄕爲期及還而不相遇〉, 〈송사문홍경도준현장환형주응제送沙門泓景道俊玄奘還荊州應制〉, 〈송전도사사촉투룡送田道士使蜀投龍〉 등은 격조가 비록 우수하지만 성률이 다소 감소하여 학자들이 쉽게 분별하지 못한다.

진실로 이에 대해 자세히 읽어 깊이 음미하고 그 격조를 깨달을 수 있다면, 초·성·중·만당 시의 우열이 저절로 구별될 것이다.

초당시의 격조에 대해 심전기와 송지문의 시를 예로 들어 설명했다. 격조는 겉으로 드러나는 것이 아니어서 이해하기 쉽지 않다. 초당의 격조는 웅

장한 것에 있으니, 이른바 ‘성당기상’은 성당 시기인 현종 시기에 갑자기 생
겨난 것이 아니라, 초당 시기에 해당하는 무후 때 이미 그 조짐이 있었다.
이것은 그 당시의 사회, 정치적 배경과 어느 정도 관련이 되는데, 즉 당나
라 초기의 궁정문인들이 점차 자신의 인격에 대한 반성을 하고 자신의 운
명에 대한 이상적인 갈망을 하면서 나타난 변화라고 할 수 있다. 무후 집권
의 삼엄한 정치적 환경 속에서 그들은 무고하게 귀양을 가거나 아무 이유
없이 하루아침에 벼슬에서 쫓겨나기도 했다. 최근의 연구 결과에 의하면,
《구당서》의 열전에 기재된 초당의 대표 문인 25명은 모두 54번, 각 사람
마다 평균 2번 정도의 귀양살이를 겪었다고 한다. 바로 이러한 사회적 분
위기가 심전기와 송지문을 중심으로 한 초당의 궁정문인들로 하여금 굴원
과 송옥의 애원哀怨한 시풍을 계승하여 자신의 억울한 심정과 불평의 소리
를 드러내도록 했던 것이다. 이것은 용삭龍朔 연간의 화려한 시풍과 다른
방향으로 전개되어 성당시가의 풍골을 형성하는 데 큰 기여를 했다. 호응
린도《시수, 내편》권4에서 이교李嶠, 두심언, 심전기, 송지문의 오언율시
는 “기상이 장엄하고, 격조가 아름답다.氣象冠裳, 句格鴻麗.”고 평했다.

 初唐五言律, 有聲有色者人易識之, 有氣有格者人未易識也. 沈如“十年通大
漠”[1], “解纜春風後”[2], “巫山高不極”[3], “洞壑仙人館”[4], “紫鳳眞人刧”[5], “碧海開
龍藏”[6], 宋如“帳殿鬱崔嵬”[7], “複道開行殿”[8], “聖德超千古”[9], “芙蓉秦地沼”[10],
“度嶺方辭國”[11], “影殿臨丹壑”[12]等篇, 氣格聲色兼備, 人自易識; 沈如“周王
甲子旦”[13], “符傳有光輝”[14], “漢月生遼海”[15], “自昔聞銅柱”[16], 宋如“行李戀庭
闈”[17], “入衛期之子”[18], “三乘歸淨域”[19], “風馭忽泠然”[20]等篇, 氣格雖優而聲
色稍減, 學者未易識之. 苟能於此熟讀涵泳, 得其氣格, 則於初·盛·中·
晩唐, 高下自別[21]矣.

1 十年通大漠(십년통대막): 심전기의 〈피시출새被試出塞〉를 가리킨다.
2 解纜春風後(해람춘풍후): 심전기의 〈조발평창도早發平昌島〉를 가리킨다. 또는
 〈조발창평도早發昌平島〉라고도 한다.
3 巫山高不極(무산고불극): 심전기의 〈무산고巫山高〉를 가리킨다.
4 洞壑仙人館(동학선인관): 심전기의 〈악관嶽館〉을 가리킨다.

5 紫鳳眞人趿(자봉진인겁): 심전기의 〈행백록관응제幸白鹿觀應製〉를 가리킨다.

6 碧海開龍藏(벽해개용장): 심전기의 〈낙성백학사樂城白鶴寺〉를 가리킨다.

7 帳殿鬱崔嵬(장전울최외): 송지문의 〈호종등봉도중작扈從登封途中作〉을 가리킨다.

8 複道開行殿(복도개행전): 송지문의 〈호종등봉고성송扈從登封告成頌〉을 가리킨다.

9 聖德超千古(성덕초천고): 송지문의 〈가출장안駕出長安〉을 가리킨다. 일설에는 왕창령의 시라고도 한다.

10 芙蓉秦地沼(부용진지소): 송지문의 〈춘일부용원시연응제春日芙蓉園侍宴應制〉를 가리킨다.

11 度嶺方辭國(도령방사국): 송지문의 〈도대유령度大庾嶺〉을 가리킨다.

12 影殿臨丹壑(영전임단학): 송지문의 〈유소주광계사遊韶州廣界寺〉를 가리킨다.

13 周王甲子旦(주왕갑자단): 심전기의 〈봉화낙양완설응제奉和洛陽玩雪應制〉를 가리킨다.

14 符傳有光輝(부전유광휘): 심전기의 〈이사인산원송방소李舍人山園送龐邵〉를 가리킨다.

15 漢月生遼海(한월생요해): 심전기의 〈관산월關山月〉을 가리킨다.

16 自昔聞銅柱(자석문동주): 심전기의 〈초달환주初達驩州〉를 가리킨다.

17 行李戀庭闈(행이연정위): 송지문의 〈송이시어送李侍禦〉를 가리킨다.

18 入衛期之子(입위기지자): 송지문의 〈사왕천평군마약여진자앙신향위기급환이불상우使往天平軍馬約與陳子昂新鄕爲期及還而不相遇〉를 가리킨다.

19 三乘歸淨域(삼승귀정역): 송지문의 〈송사문홍경도준현장환형주응제送沙門泓景道俊玄奘還荊州應制〉를 가리킨다.

20 風馭忽泠然(풍어홀령연): 송지문의 〈송전도사사촉투룡送田道士使蜀投龍〉을 가리킨다.

21 高下自別(고하자별): 우열이 저절로 구별되다.

10

초당의 오언율시 중 두심언의 〈하일과정칠산재夏日過鄭七山齋〉, 〈여

우안남旅寓安南〉, 심전기의 〈농두수隴頭水〉, 〈자류마紫騮馬〉, 송지문의
〈도중한식제황매임강역기최융途中寒食題黃梅臨江驛寄崔融〉, 〈육혼산장
陸渾山莊〉 등은 체재가 원만하고 시어가 생동적으로 되어 점차 오묘한
경지로 들어갔다.

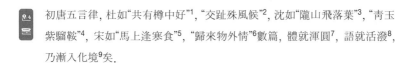

초당의 오언율시 중 체재가 원만하고 시어가 생동적인 시를 예로 들었다.
이것은 초당의 시가 점차 성당의 기상으로 발전해 갔음을 의미하기도 한
다. 일찍이 육기, 사령운 등에 의해 대구가 발전했고, 유협이 《문심조룡,
여사麗辭》에서 사대四對, 즉 언대言對·사대事對·반대反對·정대正對의 설
을 주장했다. 이것을 이어 제·양 시대 심약이 사성설四聲說을 정리하여 완
성하면서 시의 율격화가 본격적으로 발전했다. 이후 초당 시기 상관의上官
儀에 의해 육대六對, 팔대八對 등의 율격의 이론이 더욱 세밀해지고 심전기
와 송지문과 함께 두심언이 그 이론의 기초에서 창작을 실천하여 율체를
완성시켰다.

初唐五言律, 杜如"共有樽中好"[1], "交趾殊風候"[2], 沈如"隴山飛落葉"[3], "靑玉
紫騮鞍"[4], 宋如"馬上逢寒食"[5], "歸來物外情"[6]數篇, 體就渾圓[7], 語就活潑[8],
乃漸入化境[9]矣.

1 共有樽中好(공유준중호): 두심언의 〈하일과정칠산재夏日過鄭七山齋〉를 가리킨
   다.
2 交趾殊風候(교지수풍후): 두심언의 〈여우안남旅寓安南〉을 가리킨다.
3 隴山飛落葉(농산비낙엽): 심전기의 〈농두수隴頭水〉를 가리킨다.
4 靑玉紫騮鞍(청옥자류안): 심전기의 〈자류마紫騮馬〉를 가리킨다.
5 馬上逢寒食(마상봉한식): 송지문의 〈도중한식제황매임강역기최융途中寒食題黃
   梅臨江驛寄崔融〉을 가리킨다. 또는 〈초도황매임강역初到黃梅臨江驛〉이라고도 한
   다.
6 歸來物外情(귀래물외정): 송지문의 〈육혼산장陸渾山莊〉을 가리킨다.
7 渾圓(혼원): 원만하다.

8 活潑(활발): 생동적이다.
9 化境(화경): 오묘한 경지.

11

칠언율시는 양나라 간문제, 유신, 수양제에서부터 초당의 여러 문인에 이르기까지 여전히 양·진의 구습을 따랐다. 오직 두심언, 심전기, 송지문 세 문인에게서 체재가 대부분 정리되고 시어가 대부분 웅장하며 기상과 풍격이 비로소 갖추어져 칠언율시의 정종이 되었다.[14] 자세하게 논하자면, 두심언이 홀로 빼어나고 강건하여 당율의 시작이 되었다. 송지문은 간혹 화려한 성조를 지었으니, 여전히 육조의 여폐가 있었다.[15]

당초기의 칠언율시에 관한 논의다. 오언율시와 마찬가지로 칠언율시 역시 두심언, 심전기, 송지문이 그 체재를 완성했음을 지적했다. 그중 두심언의 칠언율시 풍격이 육조의 화려함에서 완전히 벗어나 강건한 힘이 있음을 강조하고 그 풍격이 왕발의 오언과 비슷하다고 평가했다. 왕발의 오언에 관해서는 제12권 제4칙을 참조하기 바란다.

七言律始於梁簡文·庾信·隋煬帝, 至唐初諸子, 尙沿梁陳舊習, 惟杜·沈·宋三公, 體多整栗, 語多雄偉, 而氣象風格始備, 爲七言律正宗. [轉進至高·岑·王·崔顥[1]七言律.] 然析而論之, 杜獨挺蒼骨[2], 是唐律之始; 宋間出靡

---

14) 고적, 잠삼, 왕유, 최호의 칠언율시로 변천했다.
15) 두심언의 시구인 "거문고 타서 음악을 연주하니 매화 바람 들어오고, 섣달 그믐날 맞이하여 바늘 찾는 놀이하며 측백나무 술 전하네.彈絃奏節梅風入, 對局探鉤柏酒傳."와 "매화 떨어진 곳에 잔설이 있는 듯하고, 버드나무 잎이 때를 알리며 바람을 맞이하네.梅花落處疑殘雪, 柳葉開時任好風."는 시어가 화려한 듯하지만 풍격이 진실로 뛰어나니 왕발의 오언과 비슷하다.

調, 猶是六朝之餘. [杜如"彈絃奏節梅風入, 對局探鉤柏酒傳."³ "梅花落處疑殘雪, 柳葉
開時任好風."⁴ 語雖近靡而風格自勝, 與王勃五言相若⁵.]

1 崔顥(최호): 성당 시기의 시인이다. 변주汴州 곧 지금의 하남성 개봉開封 사람이
  다. 현종 개원 11년(723)에 진사가 되었다. 이후 태복시승太僕寺丞과 사훈원외
  랑司勳員外郞을 지냈다. 일찍이 각지를 떠돌아다니며 넓은 지역에 자취를 남겼
  다. 시를 잘 지었고 특히 악부시에 뛰어났다. 민간의 가사를 즐겨 채용하기도
  했다. 현재 40여 수의 시가 전한다.
2 獨挺蒼骨(독정창골): 홀로 빼어나고 강건하다.
3 彈絃奏節梅風入(탄현주절매풍입), 對局探鉤柏酒傳(대국탐구백주전): 거문고
  타서 음악을 연주하니 매화 바람 들어오고, 섣달 그믐날 맞이하여 바늘 찾는 놀
  이하며 측백나무 술 전하네. 두심언 〈수세시연응제守歲侍宴應制〉의 시구다.
4 梅花落處疑殘雪(매화낙처의잔설), 柳葉開時任好風(유엽개시임호풍): 매화 떨
  어진 곳에 잔설이 있는 듯하고, 버드나무 잎이 때를 알리며 바람을 맞이하네.
  두심언 〈대포大酺〉의 시구다.
5 相若(상약): 서로 비슷하다.

12

두심언, 심전기, 송지문의 칠언율시는 비록 정종일지라도 오언율
시와 같이 순수하고 아름답지 않다. 대개 오언율체는 비록 두심언, 심
전기, 송지문에게서 완성되었으나 율구는 제·양 시대부터 시작되었
다. 오언율체의 기원이 이미 오래되었으므로 이 시기에 이르러 순수하
고 아름다워졌다. 칠언율시는 비록 양나라 간문제, 유신, 수양제에서
시작되었어도 당나라 초기의 여러 문인에게서 아직 많이 보이지 않는
다. 칠언은 실로 두심언, 심전기, 송지문 세 문인에게서 흥기되었으므
로 순수하고 아름다울 수 없었을 뿐이다. 이것은 자연스러운 이치이며
이상할 게 없다.

초당 오·칠언 율체의 발전 과정에 관해 정리했다. 칠언은 오언보다 늦게 발생했으므로 초당 시기의 오언시가 칠언시에 비해 더욱 완정되었음을 강조하고 있다. 따라서 오언율시와 같은 기준으로 칠언율시를 판단해서는 안 된다.

杜·沈·宋七言律雖爲正宗, 然未能如五言之純美[1]者, 蓋五言律體雖成於杜·沈·宋, 而律句則自齊梁始, 其來旣遠, 故至此而純美. 七言律雖權輿[2]於梁簡文·庾信·隋煬帝, 至唐初諸子, 尙不多見. 七言律之興, 實自杜·沈·宋三公始, 故未能純美耳. 此理勢之自然, 無足爲異[3].

1 純美(순미): 순수하고 아름답다.
2 權輿(권여): 사물의 시작. 시초.
3 無足爲異(무족위이): 이상할 것이 없다.

13

다음의 오언율시는 체재가 모두 정리되고 시어가 모두 뛰어나고 아름다우며, 그 기상과 풍격이 크게 갖추어졌다.

진자앙의 시를 예로 든다.
"안문산鴈門山은 대주의 북쪽에 가로놓여 있고, 호새狐塞는 구름 속에 닿아 있네.鴈山橫代北, 狐塞接雲中."
"바다의 기류가 남부를 침입하고, 변새의 바람이 북평을 휩쓰네.海氣侵南部, 邊風掃北平."
"파국巴國의 산천을 다하고, 형문산荊門山의 안개를 거두네.巴國山川盡, 荊門煙霧開."
"들판의 나무에 아득한 안개가 사라지고, 나루터의 누각에 저녁 기색이 외롭네.野樹蒼煙斷, 津樓晚氣孤."

"별과 달이 천진을 열고, 산천이 지영에 늘어섰다.星月開天陣, 山川列
地營."

두심언의 시를 예로 든다.
"초산楚山은 땅에 가로놓여 솟았고, 한수漢水는 하늘에 잇닿아 도네.
楚山橫地出, 漢水接天回."
"태양은 잔비를 머금고, 구름은 때늦은 우레를 보내네.日氣含殘雨, 雲
陰送晚雷."
"천막은 하궐河闕에 이어지고, 대장기는 낙성洛城을 뒤흔드네.祖帳連
河闕, 軍麾動洛城."
"강물 소리는 소나기와 이어지고, 태양은 남은 무지개를 감싸네.江
聲連驟雨, 日氣抱殘虹."
"떠도는 서리 멀리 바다를 건너고, 지는 달은 멀리 변방에 임해 있
네.飛霜遙度海, 殘月迥臨邊."

심전기의 시를 예로 든다.
"추운 날에 창과 검을 들고, 구름이 어둑하니 깃발을 떨치네. 굶주
린 새가 옛 성루에서 울고, 마른 말이 텅 빈 성에서 애태우네.寒日生戈
劍, 陰雲拂斾旌. 飢鳥啼舊壘, 疲馬戀空城."
"모아진 기운이 긴 섬으로 향하고, 떠오르는 빛이 큰 내에 넘치네.積
氣衝長島, 浮光溢大川."
"깊은 골짜기에 비바람이 내리는 듯하고, 그늘진 낭떠러지에 귀신
이 있는 듯하네.暗谷疑風雨, 陰崖若鬼神."
"구름이 출새의 말을 맞이하고, 바람이 강을 건너는 깃발을 말아 올
리네.雲迎出塞馬, 風捲渡河旗."
"얼음이 꽝꽝 얼어 여우가 추워하고, 서리가 짙어 기러기가 구슬피

우네.冰壯飛狐冷, 霜濃候鴈哀."

송지문의 시를 예로 든다.

"새벽 구름이 군마으로 이어저 말리고, 저녁 횃불이 별과 섞여 순회하네. 계곡이 어두워지자 수많은 깃발이 나가고, 산이 울리더니 수많은 수레가 오네.曉雲連幕捲, 夜火雜星回. 谷暗千旗出, 山鳴萬乘來."

"후발 기병이 천원天苑을 따라 돌고, 앞산이 어영御營에 들어오네.後騎迴天苑, 前山入御營."

"하늘이 도니 만상이 나오고, 수레가 움직이니 육룡이 나네.天回萬象出, 駕動六龍飛."

"번개 그림자가 강 앞에 떨어지고, 우레 소리가 삼협 밖으로 길게 나네.電影江前落, 雷聲峽外長."

"강이 고요한데 조수가 막 떨어지고, 숲이 어둑하니 풍토병이 사라지지 않네.江靜潮初落, 林昏瘴不開."

다음의 칠언율시도 체재가 모두 정리되고 시어가 모두 뛰어나고 아름다우며, 그 기상과 풍격이 크게 갖추어졌다.

두심언의 시를 예로 든다.

"궁궐의 은하수가 떨어져 나무를 떨치고, 전정의 등불이 타올라 하늘을 그을리네.宮闕星河低拂樹, 殿庭燈燭上熏天."

"북을 두드리고 종을 치니 바다가 놀라고, 막 현포를 단장하고 강동을 비추네.伐鼓撞鐘驚海上, 新粧袨服照江東."

심전기의 시를 예로 든다.

"연못이 은하수를 열어 황도黃道를 나누고, 용이 천문을 향하여 자미紫微에 들어가네.池開天漢分黃道, 龍向天門入紫微."

"한가漢家의 성궐은 천국인 듯하고, 진秦땅의 산천은 거울에 비치는 것 같네.漢家城闕疑天上, 秦地山川似鏡中."

"낙포洛浦의 풍광은 무엇과 같은가, 숭산崇山의 풍토병은 차마 들을 수 없네.洛浦風光何所似, 崇山瘴癘不堪聞."

"벽을 보니 건곤이 막 자리를 정하고, 제목을 보니 일월이 더욱 높이 걸렸네.見壁乾坤新定位, 看題日月更高懸."

"산이 명봉령鳴鳳嶺처럼 솟았고, 연못이 위하渭河에게 양보하지 않을 정도로 크네.山出盡如鳴鳳嶺, 池成不讓飮龍川."

"흰 이리는 하북의 편지가 끊기게 하고, 붉은 봉황은 성남의 가을밤을 길게 하네.白狼河北音書斷, 丹鳳城南秋夜長."

송지문의 시를 예로 든다.

"별이 북두성으로 옮겨가 천상天象을 이루고, 술이 남산 가까이서 수배壽杯가 되네.文移北斗成天象, 酒近南山作壽杯."

"새가 가연歌筵을 향해 와서 노래를 부르고, 구름이 장전帳殿에 의지하여 엉겨 누대가 되네.鳥向歌筵來度曲, 雲依帳殿結爲樓."

한편 두심언의 오언 중 "깃발이 조석으로 흩날리고, 피리 부니 변방의 밤소리 들리네.旌旆朝朔氣, 笳吹夜邊聲."는 시어가 뒤섞이지 않았다. 심전기의 칠언 중 "나루터 향해 배가 도니 부평초 이미 푸르고, 수풀을 나누어 궁궐을 덮었는데 무궁화가 막 붉게 피네.向浦迴舟萍已綠, 分林蔽殿槿初紅."는 더욱 섬약하나 시 전체가 전부 그렇지는 않으므로, 당시를 선록한 사람들이 일단 그것을 넣은 것은 그런대로 좋다.

초당의 오·칠언 율시 중 체재가 모두 정리되고 시어가 모두 뛰어나고 아름다우며, 그 기상과 풍격이 크게 갖추어진 시를 예로 들었다.

五言律, 陳如"鴈山橫代北, 狐塞接雲中."[1] "海氣侵南部, 邊風掃北平."[2] "巴國山川盡, 荊門煙霧開."[3] "野樹蒼煙斷, 津樓晚氣孤."[4] "星月開天陣, 山川列地營."[5] 杜如"楚山橫地出, 漢水接天回."[6] "日氣含殘雨, 雲陰送晚雷."[7] "祖帳連河闕, 軍麾動洛城."[8] "江聲連驟雨, 日氣抱殘虹."[9] "飛霜遙度海, 殘月迥臨邊."[10] 沈如"寒日生戈劍, 陰雲拂斾旌. 飢鳥啼舊壘, 疲馬戀空城."[11] "積氣衝長島, 浮光溢大川."[12] "暗谷疑風雨, 陰崖若鬼神."[13] "雲迎出塞馬, 風捲渡河旗."[14] "冰壯飛狐冷, 霜濃候鴈哀."[15] 宋如"曉雲連幕捲, 夜火雜星回. 谷暗千旗出, 山鳴萬乘來."[16] "後騎迴天苑, 前山入御營."[17] "天回萬象出, 駕動六龍飛."[18] "電影江前落, 雷聲峽外長."[19] "江靜潮初落, 林昏瘴不開."[20] 七言律, 杜如"宮闕星河低拂樹, 殿庭燈燭上熏天."[21] "伐鼓撞鐘驚海上, 新粧袨服照江東."[22] 沈如"池開天漢分黃道, 龍向天門入紫微."[23] "漢家城闕疑天上, 秦地山川似鏡中."[24] "洛浦風光何所似, 崇山瘴癘不堪聞."[25] "見闢乾坤新定位, 看題日月更高懸."[26] "山出盡如鳴鳳嶺, 池成不讓飲龍川."[27] "白狼河北音書斷, 丹鳳城南秋夜長."[28] 宋如"文移北斗成天象, 酒近南山作壽杯."[29] "鳥向歌筵來度曲, 雲依帳殿結爲樓"[30]等句, 體皆整栗, 語皆偉麗, 其氣象風格乃大備矣. 至如杜五言"旌旂朝朔氣, 笳吹夜邊聲"[31], 語非純雜, 沈七言"向浦迴舟萍已綠, 分林蔽殿槿初紅"[32], 更入纖靡[33], 皆於全篇不稱, 選唐詩者姑置之可也.

1 鴈山橫代北(안산횡대북), 狐塞接雲中(호새접운중): 안문산鴈門山은 대주의 북쪽에 가로놓여 있고, 호새狐塞는 구름 속에 닿아 있네. 진자앙 〈송위대종군送魏大從軍〉의 시구다.

2 海氣侵南部(해기침남부), 邊風掃北平(변풍소북평): 바다의 기류가 남부를 침입하고, 변새의 바람이 북평을 휩쓰네. 진자앙 〈송저작좌랑최융등종양왕동정送著作佐郞崔融等從梁王東征〉의 시구다.

3 巴國山川盡(파국산천진), 荊門煙霧開(형문연무개): 파국巴國의 산천을 다하고, 형문산荊門山의 안개를 거두네. 진자앙 〈도형문망초度荊門望楚〉의 시구다.

4 野樹蒼煙斷(야수창연단), 津樓晚氣孤(진루만기고): 들판의 나무에 아득한 안개가 사라지고, 나루터의 누각에 저녁 기색이 외롭네. 진자앙 〈현산회고峴山懷古〉의 시구다.

5 星月開天陣(성월개천진), 山川列地營(산천열지영): 별과 달이 천진을 열고, 산천이 지영에 늘어섰다. 진자앙 〈화육명부증장군중출새和陸明府贈將軍重出塞〉의 시구다.

6 楚山橫地出(초산횡지출), 漢水接天回(한수접천회): 초산楚山은 땅에 가로놓여 솟았고, 한수漢水는 하늘에 잇닿아 도네. 두심언 〈등양양성登襄陽城〉의 시구다.

7 日氣含殘雨(일기함잔우), 雲陰送晩雷(운음송만뢰): 태양은 잔비를 머금고, 구름은 때늦은 우레를 보내네. 두심언 〈하일과정칠산재夏日過鄭七山齋〉의 시구다.

8 祖帳連河闕(조장연하궐), 軍麾動洛城(군휘동낙성): 천막은 하궐河闕에 이어지고, 대장기는 낙성洛城을 뒤흔드네. 두심언 〈송최융送崔融〉의 시구다.

9 江聲連驟雨(강성연취우), 日氣抱殘虹(일기포잔홍): 강물 소리는 소나기와 이어지고, 태양은 남은 무지개를 감싸네. 두심언 〈도석문산度石門山〉의 시구다.

10 飛霜遙度海(비상요도해), 殘月迥臨邊(잔월형임변): 떠도는 서리 멀리 바다를 건너고, 지는 달은 멀리 변방에 임해 있네. 두심언 〈화이대부사진봉사존무하동和李大夫嗣眞奉使存撫河童〉의 시구다.

11 寒日生戈劍(한일생과검), 陰雲拂旆旌(음운불패정). 飢鳥啼舊壘(기조제구루), 疲馬戀空城(피마연공성): 추운 날에 창과 검을 들고, 구름이 어둑하니 깃발을 떨치네. 굶주린 새가 옛 성루에서 울고, 마른 말이 텅 빈 성에서 애태우네. 심전기 〈피시출새被試出塞〉의 시구다.

12 積氣衝長島(적기충장도), 浮光溢大川(부광일대천): 모아진 기운이 긴 섬으로 향하고, 떠오르는 빛이 큰 내에 넘치네. 심전기 〈조발평창도早發平昌島〉의 시구다.

13 暗谷疑風雨(암곡의풍우), 陰崖若鬼神(음애약귀신): 깊은 골짜기에 비바람이 내리는 듯하고, 그늘진 낭떠러지에 귀신이 있는 듯하네. 심전기 〈무산고巫山高〉의 시구다.

14 雲迎出塞馬(운영출새마), 風捲渡河旗(풍권도하기): 구름이 출새의 말을 맞이하고, 바람이 강을 건너는 깃발을 말아 올리네. 심전기 〈하일도문송사마원외일객손원외전북정夏日都門送司馬員外逸客孫員外佺北征〉의 시구다.

15 冰壯飛狐冷(빙장비호냉), 霜濃候鴈哀(상농후안애): 얼음이 꽝꽝 얼어 여우가 추워하고, 서리가 짙어 기러기가 구슬피 우네. 심전기 〈새북이수塞北二首〉 중 제2수의 시구다.

16 曉雲連幕捲(효운연막권), 夜火雜星回(야화잡성회). 谷暗千旗出(곡암천기출)

출), 山鳴萬乘來(산명만승래): 새벽 구름이 군막으로 이어져 말리고, 저녁 횃불이 별과 섞여 순회하네. 계곡이 어두워지자 수많은 깃발이 나가고, 새가 울자 수많은 수레가 오네. 송지문 〈호종등봉도중작扈從登封途中作〉의 시구다.

17 後騎迥天苑(후기회천원), 前山入禦營(전산입어영): 후발 기병이 천원天苑을 따라 돌고, 앞산이 어영禦營에 늘어오네. 송지문 〈호종등봉고성송扈從登封告成頌〉의 시구다.

18 天回萬象出(천회만상출), 駕動六龍飛(가동육룡비): 하늘이 도니 만상이 나오고, 수레가 움직이니 육룡이 나네. 송지문 〈가출장안駕出長安〉의 시구다. 왕창령의 작품으로 보기도 한다.

19 電影江前落(전영강전락), 雷聲峽外長(뇌성협외장): 번개 그림자가 강 앞에 떨어지고, 우레 소리가 삼협 밖으로 길게 나네. 송지문의 시구다. 그러나 《전당시》에는 왕적王績 〈영무산詠巫山〉의 시구로 기록되어 있다.

20 江靜潮初落(강정조초락), 林昏瘴不開(임춘장불개): 강이 고요한데 조수가 막 떨어지고, 숲이 어둑하니 풍토병이 사라지지 않네. 송지문 〈제대유령북역題大庾嶺北驛〉의 시구다.

21 宮闕星河低拂樹(궁궐성하저불수), 殿庭燈燭上熏天(전정등촉상훈천): 궁궐의 은하수가 떨어져 나무를 떨치고, 전정의 등불이 타올라 하늘을 그을리네. 두심언 〈수세시연응제守歲侍宴應制〉의 시구다.

22 伐鼓撞鐘驚海上(벌고당종경해상), 新粧袨服照江東(신장현복조강동): 북을 두드리고 종을 치니 바다가 놀라고, 막 현포를 단장하고 강동을 비추네. 두심언 〈대포大酺〉의 시구다.

23 池開天漢分黃道(지개천한분황도), 龍向天門入紫微(용향천문입자미): 연못이 은하수를 열어 황도黃道를 나누고, 용이 천문을 향하여 자미紫微에 들어가네. 심전기 〈용지편龍池篇〉의 시구다.

24 漢家城闕疑天上(한가성궐의천상), 秦地山川似鏡中(진지산천사경중): 한가漢家의 성궐은 천국인 듯하고, 진秦땅의 산천은 거울에 비치는 것 같네. 심전기 〈흥경지시연응제興慶池侍宴應制〉의 시구다.

25 洛浦風光何所似(낙포풍광하소사), 崇山瘴癘不堪聞(숭산장려불감문): 낙포洛浦의 풍광은 무엇과 같은가, 숭산崇山의 풍토병은 차마 들을 수 없네. 심전기 〈요동두원외심언과령遙同杜員外審言過嶺〉의 시구다.

26 見闢乾坤新定位(견벽건곤신정위), 看題日月更高懸(간제일월갱고현): 벽을

보니 건곤이 막 자리를 정하고, 제목을 보니 일월이 더욱 높이 걸렸네. 심전기
〈재입도장기사응제再入道場紀事應制〉의 시구다. 또는 〈승광선시僧廣宣詩〉라고도
한다.

27 山出盡如鳴鳳嶺(산출진여명봉령), 池成不讓飮龍川(지성불양음용천): 산이
명봉령鳴鳳嶺처럼 솟았고, 연못이 위하渭河에게 양보하지 않을 정도로 크네. 심
전기 〈시연안락공주신택응제侍宴安樂公主新宅應制〉의 시구다.

28 白狼河北音書斷(백랑하북음서단), 丹鳳城南秋夜長(단봉성남추야장): 흰 이
리는 하북의 편지가 끊기게 하고, 붉은 봉황이 성남의 가을밤을 길게 하네. 심
전기 〈고의정보궐교지지古意呈補闕喬知之〉의 시구다. 또는 〈고의古意〉, 〈독불견
獨不見〉이라고도 한다.

29 文移北斗成天象(문이북두성천상), 酒近南山作壽杯(주근남산작수배): 별이
북두성으로 옮겨가 천상天象을 이루고, 술이 남산 가까이서 수배壽杯가 되네. 송
지문 〈봉화춘초행태평공주남장응제奉和春初幸太平公主南莊應制〉의 시구다.

30 鳥向歌筵來度曲(조향가연래도곡), 雲依帳殿結爲樓(운의장전결위루): 새가
가연歌筵을 향해 와서 노래를 부르고, 구름이 장전帳殿에 의지하여 엉겨 누대가
되네. 송지문 〈삼양궁시연응제득유자三陽宮侍宴應制得幽字〉의 시구다.

31 旌旆朝朔氣(정전조삭기), 笳吹夜邊聲(가취야변성): 깃발이 조석으로 흩날리
고, 피리 부니 변방의 밤소리 들리네. 두심언 〈송최융送崔融〉의 시구다.

32 向浦迴舟萍已綠(향포회주평이록), 分林蔽殿槿初紅(분림폐전근초홍): 나루
터 향해 배가 도니 부평초 이미 푸르고, 수풀을 나누어 궁궐을 덮었는데 무궁화
가 막 붉게 피네. 심전기 〈흥경지시연응제興慶池侍宴應製〉의 시구다.

33 纖靡(섬미): 섬약하다. 미세하다.

14

《당시품휘唐詩品彙》에 실린 송지문의 오언절구16)에서 〈송두심언
送杜審言〉 1수는 율시의 전반부 4구이고, 〈조발소주早發韶州〉 1수는 배

---

16) 오언사구는 여기에 이르러서 비로소 절구라고 부르게 되었다. 범례에 설명이
보인다.

율의 후반부 4구인데, 모두 후인들이 가려 뽑아 절구라고 했을 뿐이다. 또 율시 〈도중한식제황매임강역기최융途中寒食題黃梅臨江驛寄崔融〉은 전반부 4구인데, 역시 절구로 가려 뽑았다.[17]

절구의 형식은 오언사구에서 기원했다. 호응린도 《시수》에서 다음과 같이 말했다.

"오·칠언 절구는 대개 오언의 단편 고시, 칠언의 단편 가행의 변형이다. 오언의 단편 고시는 한위 시중에 섞여 있는데 수를 셀 수 없다. 칠언의 단편 가행은 〈해하가〉에서 처음으로 비롯되어 양진 이후로 작자가 많아졌다. 五七言絶句, 蓋五言短古·七言短歌之變也. 五言短古, 雜見漢魏詩中, 不可勝數. 七言短歌, 始自垓下, 梁陳以降, 作者坌然."

또 오언사구는 남북조 시대에 '연구聯句'로 불리기도 했다. 왕사정의 《지북우담池北偶談》에 다음과 같은 기록이 있다.

"연구는 각기 4구로 짓는데 그것을 나누면 각기 절구가 되고 합하면 1편이 된다. 사조, 하손, 강혁 무리가 이 체재의 시를 많이 지었다. 聯句有各賦四句, 分之自成絶句, 合之乃爲一篇, 謝朓, 何遜, 江革輩多有此體."

이 논의는 근대에 들어와 이가언李嘉言의 《연구에서 절구가 기원했다는 설絶句起源於聯句說》, 나근택羅根澤의 《절구의 세 가지 근원絶句三源》에서 비교적 자세하게 논하고 있다.

그 외 오언사구는 단구短句, 잡구雜句, 이십자二十字 등의 명칭으로도 사용되었으며, 당나라 때 율격이 들어가고 평측과 대장이 중시되면서 '소율시小律詩'로 불리다가 그 이후로는 보편적으로 '절구絶句'라고 칭하게 되었다. 또한 원대 이후에는 율시에서 잘랐다는 설이 유행하면서 '절구截句'의 명칭이 사용되었는데, 여기서는 이 설에 부합되는 몇 개의 예를 들었다. 율시의 반을 자를 때는 앞의 4구 또는 뒤의 4구를 택할 때도 있지만 가운데 4구를 택할 때도 있다.

---

17) 총론의 《만수당인절구萬首唐人絶句》 1칙(제36권 제16칙)과 참조하여 보기 바란다.

品彙¹所載宋之問五言絶, [五言四句至此始名絶句, 說見凡例], 有"臥病人事絶"²一首, 乃律詩前四句; 有"綠樹秦京道"³一首, 乃排律後四句, 皆後人摘出⁴以爲⁵絶句⁶耳. 又律詩"馬上逢寒食"⁷前四句, 亦有摘爲絶句者. [與總論萬首唐人絶句一則參看.]

1 品彙(품휘): 명나라 고병高棅이 편찬한 《당시품휘唐詩品彙》를 가리킨다. 당나라 시인의 작품을 체재별로 분류하고, 작가별로 품평한 책이다. 모두 90권이며, 습유拾遺 10권이 있다. 전체 620명의 작품 5,769수를 수록했고, 각 체재에 속하는 작품을 정시正始·정종正宗·대가大家·명가名家·우익羽翼·접무接武·정변正變·여향餘響·방류旁流의 9격格으로 나누었다. 그 분류 근거는 대략 초당의 작품을 정시로, 성당의 작품을 정종·대가·명가·우익으로, 중당의 작품을 접무로, 만당의 작품을 정변·여향으로, 그리고 외국인의 작품을 방류로 귀속시켰다. 당나라 시기를 초·성·중·만의 4기로 나눈 방법은 남송 엄우의 영향을 받아 규정된 것으로, 오늘날까지 통용되고 있다.

2 臥病人事絶(와병인사절): 송지문의 〈송두심언送杜審言〉을 가리킨다.

3 綠樹秦京道(녹수진경도): 송지문의 〈조발소주早發韶州〉를 가리킨다.

4 摘出(적출): 가려 뽑다.

5 以爲(이위): 간주하다.

6 絶句(절구): 근체시의 일종으로 한 수가 4구로 이루어진 시를 가리킨다.

7 馬上逢寒食(마상봉한식): 송지문의 〈도중한식제황매임강역기최융途中寒食題黃梅臨江驛寄崔融〉을 가리킨다. 또는 〈초도황매임강역初到黃梅臨江驛〉라고도 한다.

15

칠언절구¹⁸⁾는 왕발, 노조린, 낙빈왕에서부터 다시 나아가 두심언, 심전기, 송지문 세 문인의 시가 되었다. 율체가 비로소 순일해지고 시어가 모두 웅장해져 칠언절구의 정종이 되었다.¹⁹⁾

---

18) 칠언사구는 여기에 이르러서 비로소 절구라고 부르게 되었다. 범례에 설명이 보인다.

초당 시기 칠언절구의 발전에 관해 말했다. 칠언절구는 칠언율시가 완정해진 다음에 체재가 완성되었음을 지적했다.

호응린의 《시수, 내편》에서 초당의 칠언절구에 대해 다음과 같이 말하고 있다.

"막 양·진의 시가 변화되어 음률이 조화롭지 않고 풍격이 여전히 부족했다. 두심언의 〈도상강渡湘江〉, 〈증소관贈蘇綰〉 2수가 결어에서 모두 대구를 이루고 기교가 천연스러워 풍미를 취할 만하다.初變梁陳, 音律未諧, 韻度尙乏. 惟杜審言渡湘江, 贈蘇綰二首, 結皆作對, 而工致天然, 風味可掬."

七言絶, [七言四句至此始名絶句, 說見凡例], 自王·盧·駱再進而爲杜·沈·宋三公, 律始就純, 語皆雄麗, 爲七言絶正宗. [轉進至太白·少伯¹·高·岑·王七言絶.]

1 少伯(소백): 왕창령王昌齡(698~756). 성당 시기의 시인이다. 자가 소백이고 산서 태원太原 사람이다. 변새 시인으로 손꼽히고 칠언절구에 뛰어나 '칠절성수七絶聖手'라고 칭송되었다. 어려서부터 가난하여 농사를 지으며 생활하다가 불혹의 나이가 다 되어 진사에 합격했다. 비서성교서랑秘書省校書郞, 박학굉사博學宏辭, 사수위汜水尉 등을 역임하다가 후일 정치적 사건에 연루되어 영남嶺南으로 유배되었다. 개원 말에 장안으로 돌아와 강녕승江寧丞에 제수되었다. '안사安史의 난'이 일어나자 자사刺史 여구효閭丘曉에 의해 살해되었다.

16

옛사람들은 시를 지으면서 고치는 것을 꺼리지 않았으므로 대부분이 전해질 수 있었다. 두보의 "새 시를 고쳐서 스스로 길게 읊는다新詩改罷自長吟", 위장韋莊의 "남산을 마주하고 누워 옛 시를 고친다臥對南山改舊詩" 구가 그런 경우다. 일찍이 당나라 사람들이 편찬한 여러 선집選集

---

19) 이백, 왕창령, 고적, 잠삼, 왕유의 칠언절구로 변천했다.

을 살펴보면 글자가 다르고 구절이 증가하거나 빠진 것이 있는데, 바로 시간이 지나면서 고친 것이 한결같지 않기 때문일 뿐이다.

예를 들어 심전기의 〈고의古意〉시의 첫 구 "盧家少婦鬱金堂(노가소부울금당)"을 살펴보자. 《수옥집搜玉集》을 금나라 시기의 판본과 비교하면 다만 "少婦(소부)"가 "小婦(소부)"로, "音書(음서)"가 "軍書(군서)"로 되어 있다. 반면 《재조집才調集》에서는 "盧家少婦(노가소부)"가 "織錦少婦(직금소부)"로 되어 있고, "白狼(백랑)"이 "白駒(백구)"로 되어 있고, "誰謂(수위)"가 "誰知(수지)"로 되어 있으며, "更教(갱교)"가 "使妾(사첩)"으로 되어 있는데, 공졸이 고르지 않을 뿐 아니라 그 어그러진 성조가 마침내 양ㆍ진 시기의 것과 같다. 《재조집》은 바로 당나라 말기의 사람이 선집한 것인데 여전히 개정본을 따르지 않은 것은, 아마 그 사람이 오직 초본만 보고 개정본은 보지 못한 까닭일 것이다.[20]

또 《국수집國秀集》에서는 왕만王灣의 〈차북고산하작次北固山下作〉을 다음과 같이 기록했다.

"나그네 길이 청산 밖으로 나 있고, 배가 푸른 물 앞으로 떠가네. 조수가 조용히 흐르고 두 눈이 넓게 트이는데, 바람이 온화하니 한 돛대가 걸리네.[21] 바다 해가 새벽녘에 떠오르고, 강에 봄이 오니 한 해가 작년이 되네. 客路靑山外, 行舟綠水前. 潮平兩眼闊, 風正一帆懸. 海日生殘夜, 江春入舊年."

〈하악영영집河嶽英靈集〉에서는 첫 2구를 "南國多新意(남국다신의), 東行伺早天(동행사조천)"이라고 기록했고, 제3구는 "潮平兩岸失(조평양안실)"이라고 기록했으며 마지막 2구는 "從來觀氣象(종래관기상), 惟

---

20) 또 최호에 관한 시론(제17칙 제5칙)에 보인다.
21) 2구에 대해 장열은 "嘗書政事堂(상서정사당), 爲後生楷法(위후생해법). 鄉書何處達(향서하처달), 歸鴈落陽邊(귀안낙양변)"이라고 말했다.

向此中偏(유향차중편)"이라고 기록하고서 〈강남의江南意〉라고 제목을
붙였으니 그 공졸이 더욱 천지차이다. 만약 후인이 고친 것이라고 한
다면 어찌 그 제목까지 아울러서 바꾸었겠는가?

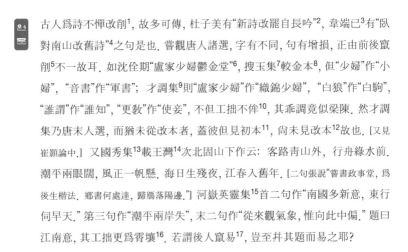

판본에 따라 각 시인의 작품에 글자의 차이가 있음을 지적했다. 그 까닭은
옛 시인들이 자신의 시를 고치는 것을 꺼리지 않았기 때문이라고 말했다.
이것은 전사자나 판각자의 실수에 의해 각 작품의 글자나 구절이 다른 것
이 아니라, 작자가 스스로 다르게 고친 것이 그때마다 각기 다르게 전래되
어 일어난 현상이라고 한 점에서 독특한 견해라고 할 수 있다. 그렇게 된다
면 앞선 시기의 판본보다는 뒤의 판본이 작자의 최종 수정본이 되므로, 후
일의 개정판이 작가의 참뜻과 가까운 것이 되는 셈이다. 이것은 앞선 시기
의 판본이 다른 사람들에 의해 실수나 고의로 고쳐지지 않은 원작에 가깝
다고 보는 일반적인 견해와 분명 다르기 때문에 생각해 볼 만한 문제인 듯
하다.

古人爲詩不憚改削[1], 故多可傳, 杜子美有"新詩改罷自長吟"[2], 韋端已[3]有"臥
對南山改舊詩"[4]之句是也. 嘗觀唐人諸選, 字有不同, 句有增損, 正由前後竄
削[5]不一故耳. 如沈佺期"盧家少婦鬱金堂"[6], 搜玉集[7]較金本[8], 但"少婦"作"小
婦", "音書"作"軍書"; 才調集[9]則"盧家少婦"作"織錦少婦", "白狼"作"白駒",
"誰謂"作"誰知", "更敎"作"使妾", 不但工拙不侔[10], 其乖調竟似梁陳. 然才調
集乃唐末人選, 而猶未從改本者, 蓋彼但見初本[11], 尚未見改本[12]故也. [又見
崔顥論中.] 又國秀集[13]載王灣[14]次北固山下作云: 客路靑山外, 行舟綠水前.
潮平兩眼闊, 風正一帆懸. 海日生殘夜, 江春入舊年. [二句張說"嘗書政事堂, 爲
後生楷法. 鄕書何處達, 歸鴈落陽邊."] 河嶽英靈集[15]首二句作"南國多新意, 東行
伺早天." 第三句作"潮平兩岸失", 末二句作"從來觀氣象, 惟向此中偏." 題曰
江南意, 其工拙更爲霄壤[16]. 若謂後人竄易[17], 豈至幷其題而易之耶?

1 不憚改削(불탄개삭): 고치는 것을 삼가지 않다.

2 新詩改罷自長吟(신시개파자장음): 두보 〈해민십이수解悶十二首〉의 제7수의 시

구다.

3 韋端已(위단이): 위장韋莊(약 836~910). 오대 전촉前蜀의 시인이다. 당초의 재
상 위견소韋見素의 후손이다. 어려서 부모를 여의고 집안이 가난했으나 학업에
힘썼다. 흔히 온정균溫庭筠과 제명하여 '온위溫韋'로 병칭된다. 소탈하면서 예의
에 구속되지 않았고 자유로운 성격을 지녔다. 광명廣明 원년(880) 45세에 장안
에서 과거에 응시하고자 했는데 황소黃巢의 군대가 침입해 전란에 빠져 형제와
헤어졌다. 48세 때 지은 〈진부음秦婦吟〉으로 이름이 났다. 58세에 다시 장안으
로 돌아와 이듬해 진사시에 합격하여 교서랑校書郎이 되었다. 이후 당나라가 망
하고 왕건王建을 도와 전촉을 건립하여 재상이 되었다.

4 臥對南山改舊詩(와대남산개구시): 위장 〈안기晏起〉의 시구다.

5 竄削(찬삭): 고치다.

6 盧家少婦鬱金堂(노가소부울금당): 심전기의 〈독불견獨不見〉을 가리킨다. 또는
〈고의古意〉, 〈고의정보궐교지지古意呈補闕喬知之〉라고도 한다.

7 搜玉集(수옥집): 《수옥소집搜玉小集》이라고도 한다. 모두 1권이며, 34명의 시
인의 작품 62수를 수록했다. 당나라 문인이 편찬한 당시선본으로 편찬자는 미
상인데, 당고종에서 무후까지가 가장 많이 수록된 것을 보아 이 무렵에 활동한
문인으로 추정된다. 편차가 복잡하고 어지럽다.

8 金本(금본): 금나라 때 판각된 서적을 가리킨다.

9 才調集(재조집): 오대五代 후촉後蜀의 위곡韋縠이 편찬한 당시선집이다. 모두 10
권이며, 매권마다 100수씩 수록했다.

10 工拙不侔(공졸불모): 공졸이 고르지 않다.

11 初本(초본): 초판본.

12 改本(개본): 개정본.

13 國秀集(국수집): 당나라 예정장芮挺章이 천보 3년(744)에 편찬한 당시선본이
다. 88명의 작가 218수가 수록되어 있으며 모두 3권이다. 이백과 잠삼 등은 1수
도 수록하지 않았으며 왕유의 시 7수도 유명한 시가 아니다. 대체로 유명하지
않은 시인들의 작품을 수록하고 예씨 본인의 시 2수도 수록되어 있다.

14 王灣(왕만): 당나라 초기의 북방 시인이다. 생졸년은 미상이며 낙양 사람으로
자는 위덕爲德이다. 오초吳楚 지역을 왕래하며 강남 산수에 매료되었다. 오중吳
中 시인의 청신한 시풍을 본받고 강남산수를 노래한 작품을 많이 썼다. 〈차북
고산하次北固山下〉는 그중 대표작이다. 그 당시 장열의 극찬을 받았다. 특히 호

응린은 "海日生殘夜(해일생잔야), 江春入舊年(강춘입구년)" 이 두 구가 성당이 초·중당과 구분되는 시구라고 말했다.

15 河嶽英靈集(하악영령집): 은번殷璠이 편찬한 당시선집이다. 개원 2년(714)에 서 천보 12년(753)까지의 시인 24명의 시를 수록하고 있는데, 현재 통행본에는 모두 228수의 시가 실려 있다. 당나라 시인이 편찬한 낭시선본 중 역대 가장 중 시를 받았다.

16 霄壤(소양): 하늘과 땅. 격차가 심함을 비유한다.

17 竄易(찬역): 고치다.

詩源辯體

초당初唐

1

당나라의 오언고시는 독자적인 당체唐體가 있다. 초당 시기에는 고시와 율체가 혼합되어 고시마다 대부분 율체를 잡용했다. 설직薛稷[1]의 〈추일환경섬서작秋日還京陝西作〉은 성조가 순일할 뿐 아니라 음조또한 웅혼하여 당고唐古의 으뜸이 되었다. 두보의 시에서 "설직이 고풍을 지녔음은 〈섬교편陝郊篇〉에서 알 수 있다少保有古風, 得之陝郊篇"고한 것은 이를 두고 말한 것이다.

해제 당나라의 오언고시에 관한 논의다. 당나라 때는 율시가 이미 갖추어져 근체시가 성립되었지만 여전히 고시가 창작되었다. 그러나 그 고시는 당 이전의 한위시와 같은 것이 아니라 이미 율격화된 고시여서 당나라 오언고시에는 독자적으로 당체가 있다고 말한 것이다. 그중 설직의 〈추일환경섬서작〉을 당고의 으뜸으로 손꼽았다.

---

1) 자 사통嗣通.

唐人五言古, 自有唐體. 初唐古律混淆, 古詩每多雜用律體. 惟薛稷¹[字嗣通] 秋日還京陝西作, 聲旣盡純, 調復雄渾, 可爲唐古之宗. 杜子美詩云"少保²有古 風, 得之陝郊篇"是也.

1 薛稷(설직): 당나라 초기에 활동한 문인이다. 생졸년은 649년~713년이다. 포주蒲州 분음汾陰 곧 지금의 산서성 만영萬榮 사람이다. 황문시랑黃門侍郎, 태자소보太子少保, 예부상서禮部尙書 등의 관직을 역임했으며 중종 시기 직학사直學士로 활동하며 천자의 연유 때 시를 창화한 중요 인물이다. 후일 감옥에서 사형을 받았다. 서예에도 뛰어나서, 우세남虞世南, 구양순歐陽詢, 저수량褚遂良과 함께 초당 사대 서예가로 손꼽힌다. 그림에도 조예가 깊었는데, 특히 학 그림을 잘 그렸다고 하나 현재 전해지는 것은 없다.

2 少保(소보): 설직을 가리킨다. 그는 태자소보를 역임했다.

2

장열張說²⁾과 소정蘇頲³⁾의 재주는 심전기, 송지문보다 한참 뒤진다. 오언고시의 평운은 모두 율체를 잡용하고 측운은 대부분 학슬을 꺼렸다.⁴⁾ 율시의 경우 장열은 오언이 약간 뛰어나고 소정은 칠언이 약간 뛰어나다. 그 당시 "연허대수필燕許大手筆"⁵⁾이라고 불린 것은 문장을 가리켜서 한 말이다.

장열과 소정에 관한 논의다. 장열은 오언시에 능하고, 소정은 칠언시에 능했으나 그 재주가 심전기와 송지문보다 한참 뒤지기 때문에 시로서는 크게 논할 것이 없다. 그러나 문장으로 이름이 나서 그 당시 '연허대수필燕許大手筆'이라고 칭송되었다.

2) 자 도제道濟.
3) 자 정석廷碩.
4) 하손에 관한 시론(제9권 제3칙)에 설명이 보인다.
5) 장열은 연국공에 봉해졌고, 소정은 허국공에 봉해졌다.

張說[字道濟]·蘇頲[字廷碩], 才藻²遠讓³沈宋, 五言古平韻者皆雜用律體, 仄
韻者多忌鶴膝. [說見何遜論中.] 律詩說五言稍勝, 而頲七言稍勝, 時稱"燕許大
手筆"⁴, [張說封燕國公, 蘇頲封許國公], 蓋指文章言也.

1 蘇頲(소정): 당나라 초기의 문인이다. 생졸년은 670년~727년이다. 자는 정석廷
    碩이다. 소괴蘇瓌의 아들이다. 어릴 때부터 재주가 비상하여 보는 사람마다 칭
    찬이 대단했다. 약관의 나이에 진사에 급제하고 이부시랑吏部侍郎, 감찰어사監察
    御史, 수문관학사修文館學士, 중서사인中書舍人 등의 주요 관직을 역임했다. 부자
    가 함께 금원禁苑에 있었으므로 조정에서 칭송했다. 허국공許國公에 습봉되었
    다. 사후에 상서우승상尙書右丞相에 추존되고 시호로 문헌文憲이 사사되었다.
2 才藻(재조): 재주.
3 遠讓(원양): 한참 뒤떨어지다.
4 燕許大手筆(연허대수필): '연허燕許'는 장열과 소정을 가리키는 말이다. 장열은
    연국공, 소정은 허국공에 봉해졌기 때문이다. 두 사람은 아정한 풍격을 추구하
    고 부화한 문장을 배척했으며 육조의 화려한 풍격을 바로잡고자 했다.

3

장열의 오언율시는 재주가 비록 심전기와 송지문에게 미치지 못하
나, 성운과 기세에는 여전히 취할 만한 것이 있다. 〈상주구일성북정
자湘州九日城北亭子〉 1편은 두보와 흡사하다. 배율은 여전히 실점한 것
이 많다. 칠언율시는 격조가 분방하여 본받을 만하지 않다. 〈언송편偃
松篇〉은 본디 5운인데, 《당시품휘》에서 마지막 2구를 삭제하여 율시
에 넣었을 뿐이다.

장열의 오·칠언 율시에 대해 논했다. 장열은 대정치가인 동시에 대문호
로서 측천무후에 의해 발탁된 후로 중종中宗, 예종睿宗, 현종 시기 동안 줄곧
주요 벼슬을 역임했다. 40년 동안 정계에 있으면서 실각해 쫓겨난 경우가
1번, 좌천된 경우가 2번 있었지만 좌우 승상에 3차례나 올랐다. 이것은 전

무후무한 영달이라고 해도 과언이 아니다. 《대당신어大唐新語》 권1에 다음과 같이 기록되어 있다.

"전후 3대에 걸쳐 정권을 장악하고 30년간을 문학을 맡았다. 문장에 사려가 깊고, 늙을수록 더욱 힘이 넘쳤으며, 특히 대문장가의 솜씨였다.前後三秉大政, 掌文學之任凡三十年. 爲文思精, 老而益壯, 尤工大手筆."

그는 현종을 도와 태평공주太平公主의 무리를 제거하는 데 힘썼고 개원 중에 오랫동안 재상의 지위에 있었으며, 많은 문치文治의 건의를 올려 현종의 두터운 신임을 받았다. 그러나 개원 13년 현종이 태산에 올라 봉선의 의식을 거행할 때 자신의 친당親黨만을 이끌고 산에 오르는 등 전횡이 심하여 반대파의 무고를 받아 개원 18년에 병으로 세상을 떠났다.

일반적으로 문학사에서는 장열의 칠언율시에 대해 많이 평가하는데, 여기서 허학이는 그의 오언율시를 높이 평가하고 있다. 즉 오언율시는 성운과 기세의 면에서 취할 것이 있지만 칠언율시는 격조가 분방하여 배우기에 부족하다고 말했다. 장열의 현존하는 시는 대략 200여 수 정도인데 그중 오언율시가 100수 남짓이고 오언배율이 60수 정도다. 초기에는 화려한 궁정시풍 지니고 있었으나 개원 초 국사에 연루되어 악주岳州로 유배되면서부터 처완悽惋의 풍격으로 변하였다. 후진 양성에도 많은 정성을 쏟아 장구령張九齡, 하지장賀知章, 왕한王翰, 왕만王灣, 손적孫逖 등이 그의 영향을 받았다.

張說五言律, 才藻雖不及沈宋, 而聲氣猶有可取. 至如"西楚茱萸節"[1]一篇, 則宛似[2]少陵[3]. 排律尙多有失黏[4]者. 七言律氣格蒼茫, 不足爲法. 偃松篇本五韻, 品彙刪[5]末二句, 遂入律詩耳.

1 西楚茱萸節(서초수유절): 장열의 〈상주구일성북정자湘州九日城北亭子〉를 가리킨다.
2 宛似(완사): 흡사하다. 비슷하다.
3 少陵(소릉): 두보.
4 失黏(실점): 시구의 평측平仄이 고르지 아니함. 이사부동이육대二四不同二六對 등에 맞지 않음.

5 刪(산): 삭제하다.

4

소정의 칠언율시는 심전기에 비해 매우 유창하지만, 정제되고 웅장하기로는 심전기보다 못하다.

"궁궐에서 내려다보니 남산이 보이고, 성 위에서 바라보니 북두칠성이 걸렸네.宮中下見南山盡, 城上平臨北斗懸."

"산 빛이 푸름을 더하여 멀리 있는 것이 가까운 듯하고, 물이 푸름을 품어 하늘과 가까운 듯하다.山光積翠遙疑逼, 水態含靑近若空."

이 두 구는 초당의 가구다.

소정의 칠언율시에 대해 논했다. 소정은 장열과 함께 초당에서 성당까지의 문단에서 중요한 위치에 놓인다. 소정은 신룡神龍 연간에 중서사인中書舍人으로 있었으나, 경운景雲 연간 부친이 사망하자 그 작위를 이어받아 허국공이 되었다. 개원 연간 송경宋璟과 함께 정치를 맡아 예부상서禮部尙書에 올랐고, 이후 익주도독장사益州都督長史로 자리를 옮겼다. 개원 13년 천자의 태산 봉선에 수행하고 개원 15년에 죽었다. 관직에 있는 동안 지극히 청렴결백하여 죽은 뒤에도 남아 있는 재산이 없었다고 한다.

蘇頲七言律較雲卿[1]雖甚流暢, 而整栗雄偉弗如[2]. 至如"宮中下見南山盡, 城上平臨北斗懸."[3] "山光積翠遙疑逼, 水態含靑近若空."[4] 亦初唐佳句也.

---

1 雲卿(운경): 심전기沈佺期.
2 弗如(불여): …와 같지 못하다.
3 宮中下見南山盡(궁중하견남산진), 城上平臨北斗懸(성상평임북두현): 궁궐에서 내려다보니 남산이 보이고, 성 위에서 바라보니 북두칠성이 걸렸네. 소정 〈봉화춘일행망춘궁응제奉和春日幸望春宮應制〉의 시구다.
4 山光積翠遙疑逼(산광적취요의핍), 水態含靑近若空(수태함청근약공): 산 빛이

푸름을 더하여 멀리 있는 것이 가까운 듯하고, 물이 푸름을 품어 하늘과 가까운 듯하다. 소정 〈홍경지시연응제興慶池侍宴應制〉의 시구다.

5

이교李嶠6)의 오언고시 중 평운은 오직 〈지봉조수변복止奉詔受邊服〉 1편만 성운이 고시에 가깝고 나머지는 모두 율체를 잡용했다. 측운은 학습을 꺼렸으며 시어가 저절로 정교하다. 칠언고시의 성조는 순일하지 않지만 시어가 또한 정교하다. 오언율시는 심전기와 송지문보다 못하지만 장열과 소정보다는 뛰어난데, 영물시 120수가 매우 정교하다. 칠언율시 2편은 약간 육조시에 가깝지만 자못 완미하다고 칭송된다.

 이교의 시에 관한 논의다. 오·칠언 고시와 오·칠언 율시를 나누어 간략하게 언급했다. 이교는 고종조에서 중종조까지 문단의 영수였다. 현종의 즉위와 함께 이전에 그가 예종의 자제를 장안에 두는 것에 반대한 상표上表가 발견되어 죽임을 당할 뻔했으나 장열의 도움으로 겨우 목숨을 구하고 건주虔州로 유배되었다.

이교는 왕발, 양형의 자취를 계승하고 두심언, 최융, 소미도와 이름을 나란히 하며 초당의 '문장사우文章四友'에 속했다. 그들 중 가장 오래 살았고 활동 범위도 가장 넓었다. 특히 무후 시기와 중종 때 궁정시인으로 많은 활약을 하며 시연응제侍宴應製의 작품을 많이 창작했다. 〈분음행汾陰行〉은 현종이 좋아한 작품인데, 안사의 난이 일어나 촉으로 피난 가던 현종은 백위령白衛嶺에 올라 이 시를 듣고서 눈물을 흘리며 이교를 칭송했다고 한다.

李嶠1[字巨山]五言古, 平韻者止奉詔受邊服一篇聲韻近古, 餘皆雜用律體, 仄

---

6) 자 거산巨山.

韻者雖忌鶴膝而語自工. 七言古調雖不純, 而語亦工. 五言律在沈宋之下,
燕許之上, 其詠物一百二十首中有極工者. 七言律二篇稍近六朝, 然頗稱完
美.

주석 1 李嶠(이교): 당나라 초기의 시인이다. 생졸년은 대략 645~714년이다. 자는 거
산巨山이고 근체시의 창시자로서 《삼교주영三敎珠英》 1300권의 편찬을 주관했
다. 시집으로 《이교잡영李嶠雜詠》이 있다.

6

장구령張九齡[7]의 오언고시 중 평운은 대부분 율체를 잡용했다. 〈감
우感遇〉 13수는 체재가 비록 고체에 가까우나 내용이 대부분 유창하
지 못해 진자앙보다 훨씬 뒤떨어진다. 오언율시에서는 재주가 심전
기·송지문보다 많이 뒤처지지만, 수록된 것은 거의 평담하다고 칭송
된다. 호응린이 "장구령은 처음으로 청담파를 개창했다"고 말했는데,
옳지 않다.

해제 장구령의 시에 관한 논의다. 오언고시와 오언율시의 특징에 대해 간략하
게 언급했다. 장구령은 중종 경룡 원년에 진사에 합격하여 장열이 정권을
장악했을 때 그의 조수가 되었다. 현종 개원 21년에 재상이 되었으나 개원
24년에 이임보李林甫의 참소로 재상의 자리에서 물러나 개원 25년에 형주
장사荊州長史로 폄직되었다가 개원 28년에 병으로 사망했다. 그는 권력에
아부하지 않는 재상으로서 이름이 났으며 장열의 뒤를 이어 문장의 영수
가 되어 장열처럼 후진 양성에 힘썼다. 왕유, 맹호연, 왕창령, 노상盧象, 기
무잠綦毋潛, 배적裴迪, 황보염皇甫冉 등이 그의 보살핌을 받았다.
    왕사진은 《고시선범례古詩選凡例》에서 장열의 시풍에 대해 다음과 같이
말했다.

7) 자 자수子壽.

"위진의 풍골을 탈취하고 제·양의 배구를 변화시키며, 진자앙의 기력이 가장 왕성했는데, 장구령이 그것을 계승했다. 奪魏晉之風骨, 變齊梁之俳優, 陳伯玉之力最多, 曲江公繼之."

그의 〈감우〉 12수, 〈잡시〉 5수는 진자앙의 시풍을 계승한 작품으로 유명하다. 현존하는 장구령의 시는 약 220수인데, 약간의 응제應制와 응수應酬의 작품 외에 산수, 기행, 서정시가 뛰어나다. 산수시는 많지는 않지만 대개 개원 15년~18년 홍주洪州, 계주桂州에 나갔을 때 지은 것이다. 이것은 후대 산수시의 흥성에 많은 영향을 미쳤다. 이에 호응린은 《시수, 내편》 권2에서 다음과 같이 말했다.

"장구령은 처음으로 청담파를 개창했다. 성당 시대에 맹호연, 왕유, 저광희, 상건, 위응물로 이어졌다. 곡강의 청담을 바탕으로 하여 풍격이 무르익었다. 張子壽首創清澹之派. 盛唐繼起, 孟浩然·王維·儲光羲·常建·韋應物, 本曲江之清澹, 而益以風神者也."

장구령은 오언에 뛰어나 그의 시는 대부분 오언시다. 즉 칠언고시와 칠언율시는 각 2수밖에 없으며 사언시 3수를 제외하고 모두 오언시다. 그중 오언율시가 80여 수에 이른다. 심덕잠의 《당시별재집唐詩別裁集》 권1에서 다음과 같이 말했다.

"당초의 오언고시는 점차 율격화되어 가면서 풍격이 강건하지 못했는데, 진자앙이 쇠미함을 일으켜 시품이 비로소 바르게 되었고, 장구령이 이어받아 시품이 곧 순일해졌다. 唐初五言古漸趨於律, 風格未遒, 陳正字起衰而詩品始正, 張曲江繼續而詩品乃醇."

張九齡[1][字子壽]五言古, 平韻者多雜用律體. 感遇十三首, 體雖近古而辭多不達, 去子昂遠甚. 五言律才藻遠讓沈宋, 故入錄者僅稱平淡. 胡元瑞謂"子壽首創[2]清淡之派", 非也.

1 張九齡(장구령): 당나라 초기의 시인이다. 생졸년은 678년~740년이다. 자는 자수子壽이고 일명 박물博物이라고 한다. 소주韶州 곡강曲江 곧 지금의 광동성 소관시韶關市 사람이다. 장안長安 연간에 진사가 되었으며, 개원 연간에 상서승상尙書丞相을 지냈다. 후일 재상을 그만두고 형주장사荊州長史가 되었다. 식견이 뛰

어나고 강직하며 직언을 잘 했다. 성품이 곧아 원칙에 따라 법을 집행하여 불의에 투쟁했다. 오언고시는 질박한 언어로 인생의 바람을 기탁했으며 초당에까지 이어진 육조의 화미한 시풍을 없애고자 노력했다. 영남제일인岭南第一人으로 칭송받는다.

2　首創(수창): 먼저 개창했다.

7

　당시의 오언배율은 그 규칙이 가장 엄격하여 성조가 4구마다 한 번씩 전환된다. 그러므로 쌍운은 있으나 단운은 없다. 초당의 심전기, 송지문은 비록 율시의 비조가 되었지만 아직 이 법칙을 따르지 않았다. 장열, 소정, 이교, 장구령의 여러 문인도 모두 그러하다. 이것은 육조의 여폐를 계승한 것이어서 본받을 만하지 않다.

　오언배율에 관한 논의다. 배율은 근체시의 일종으로 12구 또는 그 이상의 구로 이루어진 시로서, 대개 4구마다 한 번 환운된다. 그러나 초당의 여러 문인들은 그 규칙을 잘 지키지 않았는데, 그것은 육조의 여폐가 남아 있었기 때문이라고 지적했다.

　배율은 대체로 과거의 진사시에서 지어졌다. 당나라 때에는 진사과進士科에 시부詩賦의 과목을 두고 6운 12구의 오언배율을 부과했다. 이것을 특히 시율시試律詩라 하는데 율시의 정격이 엄격히 요구된 전형적인 배율이었다. 초당 시기에는 과거가 이미 시행되었지만 아직 초보적인 단계여서 성당의 배율시보다는 엄격하지 않았을 것이다. 따라서 초당의 배율은 완전히 그 법칙에 들어맞지 않았다고 볼 수 있다.

　唐人五言排律, 其法最嚴, 聲調四句一轉[1], 故有雙韻[2], 無單韻[3]. 初唐沈宋雖爲律祖[4], 然尙不循[5]此法, 張說 · 蘇頲 · 李嶠 · 張九齡諸公皆然. 此承六朝餘弊, 不可爲法.

1 四句一轉(사구일전): 4구마다 환운하다.

2 雙韻(쌍운): 운의 개수가 짝수인 것.

3 單韻(단운): 운의 개수가 홀수인 것.

4 律祖(율조): 율시의 비조.

5 循(순): 따르다.

8

초당의 오언고시 중 진자앙과 장구령의 〈감우〉, 설직의 〈섬교편〉 이외의 작품은 여전히 대부분 고시와 율체가 섞여 있어 고시라고 할 수 없을 뿐 아니라 율체라고도 할 수 없다. 양사홍楊士弘이 《당음唐 音》을 편찬하여 초당사걸을 '시음始音'으로 삼으면서 고시 또는 율체라 고 명명하지 않은 것은 진실로 옳다. 간혹 초당의 오언에서 성률이 다 소 조화롭지 못한 것을 고시로 열거하는데, 옳지 않다.

고병이 당시를 가려 뽑으며 진자앙 등 여러 문인의 잡체시를 고시 에 넣었다. 양신은 그것을 거짓말쟁이 중매쟁이가 막 과부가 된 사람 을 데리고 힘없고 멍청한 남자를 속인 것에 비유했는데, 좋은 비유라 고 말할 수 있다. 그러나 그중에서 간혹 성조가 완전히 순일한 것은 또 한 당고의 정종이라고 할 수 있다.[8]

초당시에 관한 총론이다. 초당의 고시는 율체가 섞여 있어서 체재의 구분 이 힘듦을 지적했다. 그로 인해 양사홍의 《당음》에서도 초당사걸의 시를 고시인지 율체인지를 명확하게 구분하지 않았음을 언급하고 그 타당성을 강 조했다.

---

8) 한위, 이백, 두보, 위응물, 유종원에 관한 논의는 먼저 총괄하고 뒤에 분석했다. 초 · 성 · 중당에 관한 논의는 먼저 분석하고 뒤에 총괄한다. 이하 5칙은 초당의 시를 총괄적으로 논한다.

원문

初唐五言古, 自陳張感遇‧薛稷陝郊而外, 尙多古律混淆, 旣不可謂古, 亦
不可謂律也. 楊伯謙[1]編唐音, 以初唐四子[2]爲"始音"而不名古律, 良是[3]. 或以
初唐五言聲律稍不諧[4]者列爲古詩, 非也. 高廷禮選唐詩, 以陳子昻諸公雜體
而列於古詩, 楊用修譬之盲妁[5]以新寡[6]誑孱壻[7], 可謂善喩[8]. 然其中亦間有聲
調盡純者, 抑亦可爲唐古之正宗也. [論漢‧魏‧李‧杜‧韋‧柳, 先總而後分, 論
初‧盛‧中唐, 先分而後總者, 說見凡例. 以下五則總論初唐之詩.]

주석

1 楊伯謙(양백겸): 양사홍楊士弘. 또는 양사굉楊士宏이라고도 한다. 원나라 문인이
   다. 자가 백겸이고 허창許昌 양성襄城 곧 지금의 하남성 사람이다. 문장에 능했
   으며 시를 잘 지었다. 10년의 노력을 들여 《당음唐音》을 지었다. 모두 15권으
   로 '시음始音', '정음正音', '유향遺響' 3부분으로 나눠져 있으며 도합 1341수를 수
   록했다.

2 初唐四子(초당사자): 초당사걸初唐四傑.

3 良是(양시): 진실로 옳다.

4 不諧(불해): 조화되지 않다.

5 盲妁(맹작): 거짓말쟁이 중매쟁이.

6 新寡(신과): 막 과부가 된 사람을 가리킨다.

7 孱壻(잔서): 힘없고 멍청한 사람을 가리킨다.

8 善喩(선유): 좋은 비유.

9

초당의 오언시는 고시와 율체가 섞여 있다. 고시는 대부분 율체를
잡용했을 뿐 아니라 배율에는 실점이 많다. 그중에 간혹 운도 밟지 않
고 대구도 쓰지 않는 산구散句가 있는데, 이것은 육조의 여패를 계승한
것이다. 대개 변화되면서 체재가 정해지지 않은 것이다. 서정경이 심
히 의도적으로 그것을 모방했는데 실로 취할 만한 게 없다.

나는 일찍이 그것을 비유하여 참새가 변하여 두꺼비가 되고, 까치
가 변해서 이무기가 된다고 했다. 그것이 변하지 않으면 참새이거나

까치다. 그것이 이미 변했으면 두꺼비가 되고 이무기가 되었다. 만약 변했으나 완성되지 못했다면 참새도, 두꺼비도, 까치도, 이무기도 아니니, 동물류가 될 수 없다.

일찍이 유기劉基의 《춘추명경春秋明經》을 살펴보니, 비록 그 당시의 의론에 가깝지만 처음과 결말이 다른데, 대개 변하면서 체재가 정해지지 않은 것이다. 지금 과거시험을 치는 사람들이 어찌 또 그것을 모방하리오? 그러므로 시는 비록 격조를 숭상하지만 체재를 우선으로 해야 한다. 이것이 나와 왕세정 등 여러 문인들의 논의가 다른 점이다.

해제
체재의 중요성에 관해 언급했다. 앞서 체재가 완성되지 않으면 기교를 부릴 수 없다고 했다. 초당 오언시가 고시와 율체가 혼용되어 그 시체가 분명하지 않은 것은 아직 체재가 완정하게 확립되지 않았기 때문이다. 엄우도 《창랑시화, 시변詩辨》에서는 시의 법도를 5가지(체제體制, 격력格力, 기상氣象, 흥취興趣, 음절音節)를 들었는데, 역시 그중에서 체재를 가장 먼저 손꼽고 있다.

원문
初唐五言, 古律混淆, 古詩旣多雜用律體, 而排律又多失黏, 中或有散句[1]不對者, 此承六朝餘弊, 蓋變而未定之體也. 徐昌穀酷意倣之, 而實無足取. 竊嘗譬之雀變而爲蛤, 雉變而爲蜃. 其未變也, 則爲雀・爲雉. 其旣變也, 則爲蛤・爲蜃. 若變而未成, 則非雀・非蛤・非雉・非蜃, 不成物類矣. 嘗觀劉伯溫[2]春秋明經, 雖近時義[3], 而首尾不同, 蓋亦變而未定之體也, 今擧業家[4]安得復倣之耶? 故詩雖尙氣格而以體製爲先, 此余與元美諸公論有不同也.

주석
1 散句(산구): 구식이 자유롭고 변화가 무쌍한 구를 가리킨다.
2 劉伯溫(유백온): 유기劉基(1311~1375). 자가 백온伯溫이다. 명나라 초기의 군사 전략가다. 명문대가의 자손으로 어려서부터 총명하고 신동이라고 불렸다. 경사에 능통하고 천문지식에 밝았으며 병법에 정통했다. 당시 사람들이 제갈량諸葛亮에 비견했다. 원통元統 원년(1333)에 진사에 급제하여 주요 관직을 지내다

가 사직하고 귀향했다. 후일 주원장에 의해 발탁되어 명나라의 부강을 위해 많은 지략을 펼쳤다.

3 時義(시의): 그 당시의 의론.

4 擧業家(거업가): 과거시험을 치는 사람들.

10

혹자가 나에게 물었다.

"그대는 일찍이 초당의 오·칠언 율시는 기상과 풍격이 모두 구비되었고, 성당의 여러 문인들에 이르러서는 융합되어 흔적이 없으며 입성入聖의 경지에 들어갔다고 했다. 그러나 오늘날 성당시를 배워 간혹 비슷하고, 초당시를 배워 도리어 비슷하지 않은 것은 무슨 까닭인가?"

내가 대답한다.

융합되어 흔적이 없는 것은 조예에서 얻었으므로 학자들이 할 수 있는 것이고, 기상과 풍격은 천부적으로 주어지는 것이므로 학자들이 쉽게 할 수 없다. 당나라 시는 조예를 귀하게 여기므로 한위시를 논하는 것과 다를 따름이다.

해설 초당의 오·칠언 율시의 기상과 풍격이란 양나라 이후의 섬세하고 화려한 문풍에서 막 벗어나 한위풍골을 추구하면서 나타나게 된 변화를 가리킨다. 이것은 후일 성당기풍의 형성에 좋은 문학적 밑거름이 되었다. 초당 시기의 이러한 변화는 재주가 있는 시인에 의해 나타난 결과이다. 그 재주는 천부적으로 주어진 것이므로 인위적으로 노력한다고 이룰 수 있는 것은 아니다. 따라서 초당의 시는 오랜 깨달음을 통해 예술적 깊이를 얻어 입성의 경지에 이른 성당의 시와는 다른 특징을 지닌다.

원문 或問予: "子¹嘗言初唐五七言律, 氣象風格大備, 至盛唐諸公則融化無跡²而

入於聖[3], 然今人學盛唐或相類, 而學初唐反不相類者, 何耶? 曰: 融化無跡
得於[4]造詣, 故學者猶可爲, 氣象風格得於天授[5], 故學者不易爲也. 唐人詩貴
造詣, 故與論漢魏異耳.

1 子(자): 그대.
2 融化無跡(융화무적): 융합되어 흔적이 없다.
3 聖(성): 예술의 지극한 경지를 비유한다.
4 得於(득어): …에서 얻다.
5 天授(천수): 천부적으로 주어지다.

11

나는 일찍이 다음과 같이 말했다.

학자가 당시를 살피는 것은 낡은 옷을 선택하는 것과 같다. 초당의
오·칠언 율시 중 격조가 두텁지만 화려하고 선명한 것은 승려복에
색을 물들여 입은 것이다. 중당의 시 중 화려함이 없고 격조가 실로 뛰
어난 것은 색이 비록 바랬지만 그래도 입을 수 있다. 만당의 시 중 화
려하고 선명하며 격조가 실로 쇠퇴한 것은 색이 비록 좋으나 입을 수
없다.

초당, 중당, 만당의 시를 의복에 비유해서 말했다. 학자가 당시를 살피는
것은 옷을 선택하는 것과 같다고 말한 것은 어떤 옷을 걸칠지를 생각하는
것처럼 어떤 시를 배울 것인지를 생각해야 한다는 의미다. 만당시는 색은
화려하나 아예 입을 수 없다고 폄하했다. 중당시는 격조만 뛰어나므로 색
은 바랬지만 그래도 입을 수는 있다고 했다. 초당의 시는 승려복에 색을 물
들린 옷이라고 했으니 어울리지 않아 어색하기 짝이 없다. 특히 초당의 시
가 고시와 율체가 어색하게 섞여 있음을 비유한 것이다. 재미있는 비유인
듯하다.

予嘗謂: 學者觀唐詩, 如擇取舊衣. 初唐五七言律, 氣格淳厚[1]·華藻鮮明[2]者, 是經衣[3]着有顏色之衣也; 中亦有無華藻而氣格實勝者, 是顏色雖故, 實堪衣着耳. 晚唐華藻鮮麗而氣格實衰, 則顏色雖好, 不堪衣着矣.

1 淳厚(순후): 두텁다.
2 華藻鮮明(화조선명): 화려하고 선명하다.
3 經衣(경의): 승려복.

12

초당, 성당, 중당, 만당의 시는 비록 각기 다르지만, 간혹 초당의 시이나 성당시 같고, 성당의 시이나 중당시 같고, 중당의 시이나 만당시 같은 것이 있다. 또 간혹 만당의 시이나 중당시 같고, 중당의 시이나 성당시 같고, 성당의 시이나 초당시 같은 것이 있다. 또 간혹 중당의 시이나 초당시 같고, 만당의 시이나 성당시 같은 것이 있으니, 반드시 그 대요를 논할 따름이다.

당시의 특징을 총괄했다. 당시는 크게 네 시기, 즉 초당, 중당, 성당, 만당으로 구분되는데 그 풍격이 모두 다르다. 그러나 각 시기별 풍격을 칼로 두부를 자르듯이 완전하게 구분하기 어렵다. 문학적 풍격은 시대마다 뚜렷한 특징을 보이기도 하지만, 작가·지역·학과 등도 그 풍격을 구성하는 주요한 요소가 되므로 절대적인 풍격의 구분이 어려움을 강조한 것이다.

初盛中晚唐之詩, 雖各不同, 然亦間有初而類盛·盛而類中·中而類晚者, 亦間有晚而類中·中而類盛·盛而類初者, 又間有中而類初·晚而類盛者, 要當[1]論其大槪[2]耳.

1 要當(요당): 반드시. 꼭.
2 大槪(대개): 대요.

성당盛唐

1

태종太宗의 체재는 진陳나라와 수隋나라의 시를 인습했고, 현종玄宗의 격조는 개원開元과 천보天寶에 들어갔다. 오늘날 태종을 기록하고 현종을 빠뜨리는 것은, 태종은 무덕武德·정관貞觀 연간에 우세남虞世南, 위징魏徵 등 여러 문인과 더불어 곧 당음唐音의 시작을 열었으나, 현종은 개원·천보 연간에 고적과 잠삼 등의 여러 문인과 비교하면 한참 뒤떨어지기 때문이다. 잠시 《현종집玄宗集》을 살펴보면 선록된 몇 편의 시는 진실로 훌륭하며, 나머지 작품도 고적高適, 잠삼岑參보다 열등하다고 할 수 없다.1)

성당 시기는 현종이 재위하던 시절이다. 개원(713~741), 천보(742~756) 동안은 중국의 봉건사회가 번영한 시기로 고전시가가 가장 빛났던 시대라고 할 수 있다. 이 시기에는 이백, 두보뿐만 아니라 고적, 잠삼, 맹호연孟浩

---

1) 체재의 변석과 시의 선록은 다르다. 범례에 설명이 보인다.

然, 왕유王維, 이기李頎, 왕창령 등의 걸출하고 우수한 시인이 많이 활동하여
고전 시가의 황금 시기를 이루었다.

그런데 대부분의 논자들이 당시를 논하면서 태종은 언급하면서 현종을
누락시키는 현상을 지적하고, 현종의 작품 또한 성당의 격조를 지니고 있
음을 강조하고 있다. 성당 시인 중에서 본권에서는 고적과 잠삼을 중점적
으로 논하고, 제16권에서는 맹호연과 왕유를 논하며, 제17권에서는 이기,
왕창령, 최호崔顥, 조영祖詠, 저광희儲光羲, 상건常建, 노상盧象, 원결元結 등을
논한다. 그리고 제18권에서는 이백, 제19권에서는 두보를 별도로 논한다.

太宗體襲陳隋, 玄宗[1]格入開寶. 今錄太宗而遺玄宗者, 蓋太宗當武德 · 貞觀
間, 與虞魏諸公, 卽唐音之始. 玄宗當開元[2] · 天寶間, 較高岑諸公, 則優劣懸
絶[3]. 試觀玄宗集, 入選者數篇誠佳, 餘不足當高岑下駟[4]也. [辭體與選詩不同,
說見凡例.]

1 玄宗(현종): 이융기李隆基. 예종睿宗의 셋째 아들로, 명황明皇이라고도 한다. 9세
  에 임치왕臨淄王으로 봉해졌다. 26세 때 위황후韋皇后가 딸 안락공주安樂公主와 짜
  고 중종을 암살했고, 중종의 아들 온왕溫王을 제위에 앉히고 정권을 농단하고자
  했다. 이후 위황후와 안락공주 일당을 제거한 뒤, 아버지 예종을 제위에 옹립
  하고 자신은 황태자가 되어 실권을 잡았다. 28세에 마침내 예종의 양위로 즉
  위했다. 태평공주太平公主 일파를 타도하고, 여러 재상의 도움을 얻어 개원 · 천
  보 시대 수십 년의 태평천하를 이루었다. 755년 '안사의 난'이 일어나 사천으로
  피난했다. 이듬해 아들 숙종肅宗에게 양위하고 상황上皇으로 물러났으며, 장안
  으로 돌아온 뒤 죽었다.
2 開元(개원): 당나라 현종 이융기의 첫 번째 연호로 713년 12월~741년 2월까지
  29년간 사용되었다.
3 懸絶(현절): 거리가 멀다.
4 下駟(하사): 사물의 조열함을 비유한다. 즉 하품과 하등을 말한다.

2

초당의 심전기, 송지문 두 문인의 고시와 율시는 다시 나아가 개원·천보 연간의 고적, 잠삼, 왕유, 맹호연 등 여러 문인의 시가 되었다. 고적2)과 잠삼은 재주가 커서 조예가 실로 뛰어나고 시석 흥취도 실로 심원하다. 그러므로 그 오·칠언 고시3)는 성조가 대부분 순일하고 시어가 모두 유창하게 되었으며, 기상과 풍격이 비로소 갖추어져4) 당나라 고시의 정종正宗이 되었다.5) 칠언은 이에 여덟 번째로 변화되었다.6) 오·칠언 율시는 체재가 대부분 원만하고 시어가 대부분 생동적이며 기상과 풍격이 자유로워, 대부분 입성의 경지에 들어갔다.7)

성당 시기의 오·칠언 고시와 율시의 변화에 관해 개괄하고, 고적과 잠삼의 문학사적 위치를 간략하게 지적했다. 초당 시기에는 고시와 율체가 섞여 당고唐古의 체재가 아직 확립되지 않았지만, 고적과 잠삼에 의해 점차 성조가 순일해지고 시어가 유창하게 되어 기상과 풍격이 비로소 갖추어졌다. 특히 칠언고시는 초당 때에는 풍격만 언급하는 데 그쳤으나, 이 시기에 이르러 기상이 겸비되었기 때문에 칠언고시의 여덟 번째 변화가 일어났음을 지적했다.

'성당기상'은 엄우의 《창랑시화》에서 가장 먼저 제기되었다. 혼후渾厚,

---

2) 자 달부達夫.
3) 가행의 통칭.
4) 칠언고시에 대해 초당 시기에는 오직 풍격만 언급했으나, 이 시기에 이르러서는 기상이 겸비되었다.
5) 당나라의 오·칠언 고시는 이 시기에 이르러 비로소 정종이 되었다.
6) 이백, 두보의 오·칠언 고시로 변천했고, 아래로 전기錢起, 유장경劉長卿의 오·칠언 고시로 나아갔다.
7) 율시는 이 시기에 이르러 비로소 입성의 경지가 되었고, 아래로 전기, 유장경 등 여러 문인의 오·칠언 율시로 나아갔다. 고적의 오언시는 전집을 통해 살펴보면 반드시 심전기, 송지문보다 정교한 것은 아니지만 선록된 작품을 보면 입성의 경지에 이른 것이 많다.

웅장雄壯 두 개념으로 포괄된다. '혼후'는 시가의 풍모가 순박하고 자연스러우며 자구의 조탁을 추구하지 않는다. '웅장'은 시가의 기세가 넓고 힘이 넘치는 것이다. 고적과 잠삼의 시에서 이와 같은 기상이 겸비될 수 있었던 것은 그들이 변새시파의 대표 시인인 것과 무관하지 않다.

初唐沈宋二公古律之詩, 再進而爲開元天寶間高·岑·王·孟諸公. 高[名適, 字達夫]岑[名參]才力旣大, 而造詣實高, 興趣實遠. 故其五七言古, [歌行總名古詩], 調多就純, 語皆就暢, 而氣象風格始備, [七言古, 初唐止言風格, 至此而氣象兼備], 爲唐人古詩正宗. [唐人五七言古, 至此始爲正宗.] 七言, 乃其八變也. [轉進至李杜五七言古, 下流至錢劉五七言古.] 五七言律, 體多渾圓, 語多活潑, 而氣象風格自在, 多入於聖矣. [律詩至此始爲入聖, 下流至錢劉諸子五七言律. 高五言以全集觀, 未必工於沈宋, 以入選者觀之, 則多有入聖者.]

3

당나라 오·칠언 고시에서는 고적과 잠삼이 정종이 된다. 자세하게 논하자면, 고적은 오언에서 정종이 될 수 없지만 칠언에서 정종이 될 뿐이다. 잠삼은 오언에서 정종이 되나8) 칠언에서는 바야흐로 거침없이 쓰게 되었다.

오언고시는 고적과 잠삼이 모두 호탕한데, 고적의 시어는 대부분 조잡하고 조화롭지 못하고,9) 잠삼의 시어는 비록 조화로우나 의미가 대부분 직설적으로 드러난다. 고적의 평운은 대부분 율체를 잡용했고,10) 측운은 대부분 학슬을 꺼렸다. 잠삼의 평운은 당고唐古 중에서 순일하고, 측운 역시 대부분 학슬을 꺼렸다. 호응린이 "잠삼은 재주와 조예가 고적보다 모두 뛰어나다."고 한 것은 이를 두고 말한 것이

---

8) 호응린이 "오언고시는 이백과 두보 외 오직 잠삼이 가장 적합하다"고 말했다.

9) 조화롭지 못한 것은 수록하지 않았다.

10) 율체를 사용한 것은 수록하지 않았다.

다.[11)]

칠언가행에서는 고적은 조화롭고 규범에 맞지만 잠삼의 체재는 대부분 자유롭다. 왕세정이 "잠삼은 웅장하고 빼어나며 고적은 곡절의 변화가 있는데, 이것을 취할 따름이니 마땅히 정종이 된다"고 말했다. 내가 생각건대 고적의 〈행로난行路難〉, 〈춘주가春酒歌〉, 〈화마가畵馬歌〉, 〈환산음還山吟〉 4편은 역시 거침없이 쓴 작품인데, 〈환산음〉은 결어가 누를 끼친다. 전체 문집을 살펴보면 마땅히 다 드러날 것이다.

 고적과 잠삼은 성당의 대표적인 변새시인으로 손꼽힌다. 여기서 허학이는 고적과 잠삼의 오·칠언 고시에 관해 비교했다. 고적은 칠언에 뛰어나고 잠삼은 오언에 뛰어나다고 지적하며, 두 시인의 오·칠언 작품의 특징을 간략하게 논했다.

요컨대 고적과 잠삼은 성당의 기상을 선도했는데, 그것은 근체시보다 가행체의 고시에서 더욱 잘 드러났다. 청나라 문인 모선서毛先舒는 《시변지詩辯坻》 권2에서 성당의 가행, 즉 고시에 대해 다음과 같이 말했다.

"성당의 가행으로 고적, 잠삼, 이기, 최호가 사대가四大家다. 그 높고 혼박한 기세는 성당의 음과 같다.盛唐歌行, 高適, 岑參, 李頎, 崔顥四家…其高蒼渾樸之氣, 則同乎爲盛唐之音也."

 唐人五七言古, 高岑爲正宗. 然析而論之, 高五言未得爲正宗, 七言乃爲正宗耳. 岑五言爲正宗, [胡元瑞云: "五言古李杜外惟岑嘉州[1]最合[2]."] 七言始能自劈矣. 五言古, 高岑俱豪蕩, 而高語多鹵率, 未盡調達; [未調達者不錄.] 岑語雖調達, 而意多顯直[3]. 高平韻者多雜用律體, [用律體者不錄.] 仄韻者多忌鶴膝. 岑平韻者於唐古爲純, 仄韻者亦多忌鶴膝. 胡元瑞云"岑質力[4]造詣皆出高上"

---

11) 두보가 고적에게 주는 시에서 말했다. "털끝만큼의 후회도 없으며, 문장의 기세가 웅장하고 문귀가 노련하네.毫髮無遺恨, 波瀾獨老成." 이것은 고적이 잠삼보다 뛰어날 뿐 아니라 이백 또한 그 아래에서 나왔음을 말하는 것으로, 오직 격조를 숭상한 것이다.

是也. [子美贈高詩云: "毫髮無遺恨, 波瀾獨老成."[5] 是不獨高加於岑, 而太白亦出其下矣, 是專尙氣格也.] 七言歌行, 高調合準繩[6], 岑體多軼蕩. 王元美云: "岑磊落奇俊[7], 高一起一伏[8], 取是而已, 猶爲正宗." 愚按: 高行路難·春酒歌·畫馬歌·還山吟四篇, 亦能自騁, 而還山則結語爲累, 以全集觀, 當盡見矣.

1　岑嘉州(잠가주): 잠삼岑參. 제3권 제55칙의 주석8 참조.

2　最合(최합): 가장 잘 들어맞다. '合(합)'은 '틀리거나 어긋남이 없다'는 뜻이다.

3　顯直(현직): 직설적이다.

4　質力(질력): 재주를 가리킨다.

5　毫髮無遺恨(호발무유한), 波瀾獨老成(파란독노성): 털끝만큼의 후회도 없으며 문장의 기세가 웅장하고 세련되네. 두보 〈경증정간의십운敬贈鄭諫議十韻〉의 시 구다. 즉 조금도 아쉬움이 없다는 의미다.

6　合準繩(합준승): 규칙에 부합하다.

7　磊落奇俊(뢰락기준): 웅장하고 빼어나다.

8　一起一伏(일기일복): 곡절의 변화가 있다.

4

　　한위의 오언은 체재가 대부분 완곡하고 시어가 대부분 부드럽다. 당시의 오언고시는 육조시에서 변화되었으니 성조가 순일하고 격조가 유창한 것을 위주로 한다. 고적과 잠삼의 시 중 호탕하여 감격스러운 것은 더욱 기상이 뛰어나다. 간혹 함축적이고 은은한 것으로써 그것을 비방하는데, 이것은 당고를 논한 것이 아니다. 가행은 말할 필요가 없다.

　　고적과 잠삼의 오언고시에 관한 논의다. 두 시인의 오언고시는 함축이 은은한 풍격이 아니라 호탕하고 기상이 뛰어난 특징이 있다. 이러한 시풍은 주로 변새시에서 두드러지는데, 고적과 잠삼은 성당의 대표적인 변새시인이다. 고적은 유주幽州, 하서河西 등지로 3차례 출새를 하였고, 잠삼 역시 천보 13년에 변경으로 나간 적이 있었다. 그러나 두 시인은 각기 다른 풍격을 지녔으니 이에 대해 호응린은 《시수, 내편》 권5에서 "고적은 구격이 장엄하고, 잠삼은 정취가 구성지다.句格壯麗, 情致纏綿."고 했다. 또한 왕사정王士禎도 《사우사전속록師友師傳續錄》에서 "고적은 비장하면서 온후하고, 잠삼은 빼어나면서 준엄하다.高悲壯而厚, 岑奇逸而峭."라고 평가했다. 옹방강翁方綱도 《석주시화石洲詩話》 권1에서 "고적은 웅혼하고, 잠삼은 기엄하다.高之渾厚, 岑之奇峭."고 평가했다.

　참고로 말하자면 심전기, 송지문 이전의 초당 시단에서는 오언고시가 존재하지 않았다. 고시의 개념은 금체시今體詩, 즉 근체시와 상대되는 말로 성당 시기에 생겨난 말이다. 오언금체(오언율시, 오언배율, 오언절구)의 형식이 확립되기 이전, 초당시인의 오언시는 형식상 한위육조의 오언시와 차별이 없다. 따라서 초당의 오언시는 고시와 율체가 섞여 아직 체재가 완성되지 않았다고 했다. 그러나 오언고시는 근체시가 확립되어도 사라지지 않고 여전히 창작되었으며 초당사걸, 진자앙 등이 점차 발전시켰다. 한마디로 오·칠언 금체나 칠언고시가 당나라 때 독자적으로 발전한 것과는 반대로 당나라의 오언고시는 특수한 시체라고 할 수 있다. 따라서 당고는 두 가지 부류로 나눌 수 있다. (1) 육조시와 제·양의 궁체시를 모방한 것이다. 당태종이 궁체를 모방하기 좋아하면서 지속적으로 발전했는데, 주로 포조나 수나라 시 등의 옛 형식을 모방했다. (2) 한위시 및 도연명을 모방한 것인데, 이에 해당하는 작품의 수량은 적다. 궁정에서 벗어나 있었던 왕적王績 등의 시인에게서 이런 시가 보인다. 따라서 당고는 대부분 (1)의 유형에 해당한다.

 漢魏五言, 體多委婉, 語多悠圓. 唐人五言古變於六朝, 則以調純氣暢爲主. 若高岑豪蕩感激, 則又以氣象勝; 或欲以含蓄醞藉[1]而少之, 非所以論唐古也. 歌行不必言矣.

 1 含蓄醞藉(함축온자): 함축적이고 은은하다.

5

오언고시 중 고적의 다음과 같은 시구가 있다.

"청해靑海에는 구름처럼 변화 다단한 군진이 넓게 드리워졌고, 흑산黑山에는 군대의 사기가 하늘을 찌르네. 전쟁이 무르익으니 태백성이 높고, 전쟁이 멈추니 깃대 끝에 깃발이 없네.靑海陣雲匝, 黑山兵氣衝. 戰酣太白高, 戰罷旄頭空."

"대장부가 동번東蕃을 공략하니, 곽거병霍去病의 명성이 덧붙여지네. 투구에 화살로 쏜 돌이 부딪치고, 철갑에 거센 바람이 일어나네.丈夫拔東蕃, 聲冠霍嫖姚. 兜鍪衝矢石, 鐵甲生風飆."

"북으로 가 형문衡門에 오르니, 아득히 사막이 보이네. 검을 짚고 풍진을 마주하니, 울컥 위청衛靑과 곽거병이 떠오르네.北上登衡門, 茫茫見沙漠. 倚劍對風塵, 慨然思衛霍."

오언고시 중 잠삼의 다음과 같은 시구가 있다.

"깃발을 날리며 곤륜산崑崙山을 떨치고, 북을 두드리며 포창蒲昌을 울리네. 태백성이 군관을 이끌고, 임금의 위광이 먼 땅까지 비추네.揚旗拂崑崙, 伐鼓震蒲昌. 太白引官軍, 天威臨大荒."

"나그네 귀밑 살이 오랑캐 땅의 먼지 속에 늙어가고, 옷이 변방의 바람에 헤지네. 홀연히 윤대輪臺 아래에서, 서로 만나 흉금을 털어놓네.客鬢老胡塵, 衣裳脆邊風. 忽來輪臺下, 相見披心胸."

"오랑캐 땅에서 살며 막 서로 알게 되었는데, 재능이 하늘의 구름을 능가하네. 시를 지어 조화를 부리고, 군막에 들어가 거센 바람을 일으키네.狄生新相知, 才調凌雲霄. 賦詩拆造化, 入幕生風飆."

칠언가행 중 고적의 다음과 같은 시구가 있다.

"여기저기서 도박을 하여도 집은 여전히 부유하고, 여러 곳에서 원수를 갚아도 몸은 죽지 않았네.千場縱博家仍富, 幾處報讎身不死."

"진심이 누구를 향한 것인지 알지 못하지만, 사람들로 하여금 평원군平原君을 생각하게 하네.未知肝膽向誰是, 令人却憶平原君."

"장부는 어린아이나 여자 같이 이별을 하지 않거늘, 기로에서 눈물을 흘리며 수건을 적시네.丈夫不作兒女別, 臨歧涕淚沾衣巾."

"성 꼭대기서 화각을 부는 소리 서너 번 울리고, 갑 속의 보검이 밤낮으로 우네.城頭畫角三四聲, 匣裏寶刀晝夜鳴."

"황금이 북두와 같으나 감히 아까워하지 않고, 짧은 말이 산과 같으니 버리지 않네.黃金如斗不敢惜, 片言如山莫棄捐."

〈화마가畫馬歌〉에서 읊었다. "잘라 떨쳐버리면 소용이 없지만, 둔마가 눈앞에 있는 것보다 낫다.縱令翦拂無所用, 猶勝駑駘在眼前."

칠언가행 중 잠삼의 다음과 같은 시구가 있다.

"넓은 바다가 종횡으로 교차되어 얼음이 백장이며, 먹구름에 참담하여 만 리 길이 엄하네.瀚海闌干百丈冰, 愁雲慘淡萬里凝."

"사방에서 북을 치니 눈 내린 바다가 울렁이고, 삼군이 크게 소리치니 깊은 산이 요동치네.四邊伐鼓雪海湧, 三軍大呼陰山動."

"강을 가로질러 바람이 거세며 눈이 넓게 펼쳐지고, 사막 입구에는 돌이 얼고 말의 굽이 벗겨지네.劍河風急雪片闊, 沙口石凍馬蹄脫."

"아무 일 없이 채찍을 휘두르며 말머리에 의지하고, 서쪽으로 와서 거의 지평선을 다 보고자 하네.無事垂鞭信馬頭, 西來幾欲窮天盡."

"검을 아끼지만 부질없이 다 사용하고, 말굽은 일이 없어도 오늘 이미 신겨졌네.劍鋒可惜虛用盡, 馬蹄無事今已穿."

〈적표가赤驃歌〉에서 읊었다. "그대를 기다려 동으로 가서 오랑캐 땅 먼지를 쓸고, 그대 위하여 오늘도 천리를 가네.待君東去掃胡塵, 爲君一日行

千里."

이것은 모두 호탕하고 감격스러워 기상이 뛰어난 것이다. 엄우가 "고적과 잠삼의 시는 비장하여, 그것을 읽으면 감개함을 느끼게 한다."고 한 것은 이를 두고 말한 것이다.

해제
고적과 잠삼의 시구를 예로 들어 그 기상과 풍격을 설명했다. 호탕하고 감격스러워 기상이 뛰어난 시구란 곧 '성당기상'을 말하는 것이라고 할 수 있다.

원문
五言古, 高如"靑海陣雲匝, 黑山兵氣衝. 戰酣太白高, 戰罷旄頭空."[1] "丈夫拔東蕃, 聲冠霍嫖姚. 兜鍪衝矢石, 鐵甲生風飇."[2] "北上登薊門, 茫茫見沙漠. 倚劍對風塵, 慨然思衛霍."[3] 岑如"揚旗拂崑崙, 伐鼓震蒲昌. 太白引官軍, 天威臨大荒."[4] "客鬢老胡塵, 衣裘脆邊風. 忽來輪臺下, 相見披心胸."[5] "狄生新相知, 才調凌雲霄. 賦詩拆造化, 入幕生風飇."[6] 七言歌行高如"千場縱博家仍富, 幾處報讎身不死,"[7] "未知肝膽向誰是, 令人却憶平原君"[8] "丈夫不作兒女別, 臨歧涕淚沾衣巾."[9] "城頭畫角三四聲, 匣裏寶刀晝夜鳴."[10] "黃金如斗不敢惜, 片言如山莫棄捐."[11] 畵馬歌云"縱令窮拂無所用, 猶勝駑駘在眼前."[12] 岑如"瀚海闌干百丈冰, 愁雲慘淡萬里凝."[13] "四邊伐鼓雪海湧, 三軍大呼陰山動."[14] "劍河風急雪片闊, 沙口石凍馬蹄脫."[15] "無事垂鞭信馬頭, 西來幾欲窮天盡."[16] "劍鋒可惜虛用盡, 馬蹄無事今已穿."[17] 赤驃歌云"待君東去掃胡塵, 爲君一日行千里"[18]等句, 皆豪蕩感激以氣象勝, 嚴滄浪云"高岑之詩悲壯, 讀之令人感慨"[19]是也.

주석
1 靑海陣雲匝(청해진운잡), 黑山兵氣衝(흑산병기충). 戰酣太白高(전감태백고), 戰罷旄頭空(전파모두공): 청해靑海에는 구름처럼 변화 다단한 군진이 넓게 드리워졌고, 흑산黑山에는 군대의 사기가 하늘을 찌르네. 전쟁이 무르익으니 태백성이 높고, 전쟁이 멈추니 깃대 끝에 깃발이 없네. 고적 〈새하곡塞下曲〉의 시구다.

2 丈夫拔東蕃(장부발동번), 聲冠霍嫖姚(성관곽표요). 兜鍪衝矢石(두무충시석),

제15권 319

鐵甲生風颷(철갑생풍표): 대장부가 동번東藩을 공략하니, 곽거병霍去病의 명성이 덧붙여지네. 투구에 화살로 쏜 돌이 부딪치고, 철갑에 거센 바람이 일어나네. 고적 〈휴양수별창대판관睢陽酬別暢大判官〉의 시구다.

3 北上登衡門(북상등형문), 茫茫見沙漠(망망견사막). 倚劍對風塵(의검대풍진), 慨然思衛霍(개연사위곽): 북으로 가 형문衡門에 오르니, 아득히 사막이 보이네. 검을 짚고 풍진을 마주하니, 울컥 위청衛靑과 곽거병이 떠오르네. 고적 〈기상수설삼거겸기곽소부미淇上酬薛三據兼寄郭少府微〉의 시구다. 일설에는 왕창령의 작품이라고도 한다.

4 揚旗拂崑崙(양기불곤륜), 伐鼓震蒲昌(벌고진포창). 太白引官軍(태백인관군), 天威臨大荒(천위임대황): 깃발을 날리며 곤륜산崑崙山을 떨치고, 북을 두드리며 포창蒲昌을 울리네. 태백성이 군관을 이끌고, 임금의 위광이 먼 땅까지 비추네. 잠삼 〈무위송유단관관부안서행영변정고개부武威送劉單判官赴安西行營便呈高開府〉의 시구다.

5 客鬢老胡塵(객빈노호진), 衣裘脆邊風(의구취변풍). 忽來輪臺下(홀래윤대하), 相見披心胸(상견피심흉): 나그네 귀밑 살이 오랑캐 땅의 먼지 속에 늙어가고, 옷이 변방의 바람에 헤지네. 홀연히 윤대輪臺 아래에서, 서로 만나 흉금을 털어 놓네. 잠삼 〈북정이종학사도별北庭貽宗學士道別〉의 시구다.

6 狄生新相知(적생신상지), 才調凌雲霄(재조릉운소). 賦詩拆造化(부시탁조화), 入幕生風颷(입막생풍표): 오랑캐 땅에서 살며 막 서로 알게 되었는데, 재능이 하늘의 구름을 능가하네. 시를 지어 조화를 부리고, 군막에 들어가 거센 바람을 일으키네. 잠삼 〈청산협구박주회적시어靑山峽口泊舟懷狄侍御〉의 시구다.

7 千場縱博家仍富(천장종박가잉부), 幾處報讎身不死(기처보수신불사): 여기저기서 도박을 하여도 집은 여전히 부유하고, 여러 곳에서 원수를 갚아도 몸은 죽지 않았네. 고적 〈한단소년행邯鄲少年行〉의 시구다.

8 未知肝膽向誰是(미지간담향수시), 令人却憶平原君(영인각억평원군): 진심이 누구를 향한 것인지 알지 못하지만, 사람들로 하여금 평원군平原君을 생각하게 하네. 고적 〈한단소년행〉의 시구다.

9 丈夫不作兒女別(장부부작아녀별), 臨歧涕淚沾衣巾(임기체루첨의건): 장부는 어린아이나 여자 같이 이별을 하지 않거늘, 기로에서 눈물을 흘리며 수건을 적시네. 고적 〈별위참군別韋參軍〉의 시구다.

10 城頭畫角三四聲(성두화각삼사성), 匣裏寶刀晝夜鳴(갑리보도주야명): 성 꼭

대기서 화각을 부는 소리 서너 번 울리고, 갑 속의 보검이 밤낮으로 우네. 고적
〈송혼장군출새送渾將軍出塞〉의 시구다.

11 黃金如斗不敢惜(황금여두불감석), 片言如山莫棄捐(편언여산막기연): 황금
이 북두와 같으나 감히 아까워하지 않고, 짧은 말이 산과 같으니 버리지 않네.
고적 〈행로난行路難〉의 시구다.

12 縱令翦拂無所用(종령전불무소용), 猶勝駑駘在眼前(유승노태재안전): 잘라
떨쳐버리면 소용이 없지만, 둔마가 눈앞에 있는 것보다 낫네. 고적 〈동선우낙
양어필원외택관화마가同鮮于洛陽於畢員外宅觀畵馬歌〉의 시구다.

13 瀚海闌干百丈冰(한해난간백장빙), 愁雲慘淡萬里凝(수운참담만리응): 넓은
바다가 종횡으로 교차되어 얼음이 백장이며, 먹구름에 참담하여 만 리 길이 엄
하네. 잠삼 〈백설가송무판관귀경白雪歌送武判官歸京〉의 시구다.

14 四邊伐鼓雪海湧(사변벌고설해용), 三軍大呼陰山動(삼군대호음산동): 사방
에서 북을 치니 눈 내린 바다가 울렁이고, 삼군이 크게 소리치니 깊은 산이 요
동치네. 잠삼 〈윤대가봉송봉대부출사서정輪臺歌奉送封大夫出師西征〉의 시구다.

15 劍河風急雪片闊(검하풍급설편활), 沙口石凍馬蹄脫(사구석동마제탈): 강을
가로질러 바람이 거세며 눈이 넓게 펼쳐지고, 사막 입구에는 돌이 얼고 말의 굽
이 벗겨지네. 잠삼 〈윤대가봉송봉대부출사서정〉의 시구다.

16 無事垂鞭信馬頭(무사수편신마두), 西來幾欲窮天盡(서래기욕궁천진): 아무
일 없이 채찍을 휘두르며 말머리에 의지하고, 서쪽으로 와서 거의 지평선을 다
보고자 하네. 잠삼 〈여독호점도별장구겸정엄팔시어與獨狐漸道別長句兼呈嚴八侍御〉
의 시구다.

17 劍鋒可惜虛用盡(검봉가석허용진), 馬蹄無事今已穿(마제무사금이천): 검을
아끼지만 부질없이 다 사용하고, 말굽은 일이 없어도 오늘 이미 신겨졌네. 잠삼
〈송비자귀무창送費子歸武昌〉의 시구다.

18 待君東去掃胡塵(대군동거소호진), 爲君一日行千里(위군일일행천리): 그대
를 기다려 동으로 가서 오랑캐 땅 먼지를 쓸고, 그대 위하여 오늘도 천리를 가
네. 잠삼 〈위절도적표마가卫节度赤驃马歌〉의 시구다.

19 高岑之詩悲壯(고잠지시비장), 讀之令人感慨(독지영인감개): 고적과 잠삼의
시는 비장하여 읽으면 감개를 느끼게 한다. 엄우의 《창랑시화, 시평詩評》에서
나온 말이다.

6

　오언율시에서 고적의 시어는 대부분 분방하고 잠삼의 시어는 대부분 화려하다. 그러나 선록된 고적의 시는 격조가 뛰어난 듯하고, 잠삼은 시구의 의미가 대부분 비슷하다. 칠언율시로는 잠삼이 진실로 정교하다.12)

[해제] 고적과 잠삼의 오·칠언 율시에 관해 비교하여 논했다.

[원문] 五言律, 高語多蒼莽, 岑語多藻麗; 然高入錄者氣格似勝, 岑則句意多同. 七言律岑實爲工. [詳見李頎論中.]

7

　오언율시로 고적의 시 중 〈송이시어부안서送李侍禦赴安西〉, 〈송동판관送董判官〉, 〈송배별장지안서送裵別將之安西〉와 잠삼의 시중 〈발임조장부북정유별發臨洮將赴北庭留別〉, 〈봉배봉대부연득정자시봉공겸홍려경奉陪封大夫宴得征字時封公兼鴻臚卿〉, 〈산수동점송당자귀숭양灤水東店送唐子歸嵩陽〉 등은 모두 한숨에 어우러져 가구를 가려낼 수 없을 뿐 아니라 시어를 가리는 것이 불가하다.13)

[해제] 고적과 잠삼의 오언율시의 예를 들어 논했다. 인용한 작품은 가구를 가려 뽑을 수 없고 시어를 선택할 수 없을 만큼 최고의 경지에 이르렀음을 강조하고 있다.

---

12) 이기에 관한 시론(제17권 제3칙)에 상세하게 보인다.
13) 오·칠언 율시에서 가구를 가려낸 것은 성당의 총론(제17권 제18칙)에 보인다.

五言律, 高如"行子對飛蓬"[1]·"逢君說行邁"[2]·"絶域眇難躋"[3], 岑如"聞說輪臺路"[4]·"西邊虜方盡"[5]·"野店臨官路"[6]等篇, 皆一氣渾成, 既未可以句摘, 亦未可以字求也. [五七言律摘句見盛唐總論.]

1 行子對飛蓬(행자대비봉): 고적의 〈송이시어부안서送李侍禦赴安西〉를 가리킨다.
2 逢君說行邁(봉군설행매): 고적의 〈송동판관送董判官〉을 가리킨다.
3 絶域眇難躋(절역묘난제): 고적의 〈송배별장지안서送裴別將之安西〉를 가리킨다.
4 聞說輪臺路(문설윤대로): 잠삼의 〈발임조장부북정유별發臨洮將赴北庭留別〉을 가리킨다.
5 西邊虜方盡(서변로방진): 잠삼의 〈봉배봉대부연득정자시봉공겸홍려경奉陪封大夫宴得征字時封公兼鴻臚卿〉을 가리킨다.
6 野店臨官路(야점임관로): 잠삼의 〈산수동점송당자귀숭양滻水東店送唐子歸嵩陽〉을 가리킨다.

8

일찍이 고적의 〈송이시어부안서送李侍御赴安西〉가 성당의 오언율시 중 으뜸이 된다고 여겼다. 그러나 첫 구인 "行子對飛蓬행자대비봉"의 "對飛蓬대비봉" 3자는 유달리 격조에 맞지 않으므로 "去從戎거종융"으로 바꾸면 거의 완전한 작품이 될 것이다. 잠삼의 〈발임조장부북정유별發臨洮將赴北庭留別〉은 그 오언율시의 체재 중에서 압권인데,《당시정성唐詩正聲》에 수록하지 않은 것을 이해할 수 없다.

오언율시 중 고적의 〈송이시어부안서〉, 잠삼의 〈발임조장부북정유별〉을 으뜸으로 손꼽았다.

嘗欲以高達夫[1]"行子對飛蓬"[2]爲盛唐五言律第一, 而"對飛蓬"三字殊氣餒不稱[3], 欲改作"去從戎", 庶爲全作. 岑"聞說輪臺路"[4]在厥體中爲壓卷[5], 正聲[6]不錄, 不可曉.

1 高達夫(고달부): 고적高適.

2 行子對飛蓬(행자대비봉): 고적 〈송이시어부안서送李侍御赴安西〉의 시구다.

3 氣餒不稱(기뇌불칭): 유달리 격조에 맞지 않다.

4 聞說輪臺路(문설윤대로): 잠삼 〈발임조장부북정유별發臨洮將赴北庭留別〉을 가리
킨다.

5 壓卷(압권): 많은 시문 가운데 가장 잘 된 작품. 으뜸가는 시문. 과거 때 장원급
제한 사람의 답안지를 딴 답안지 맨 위에 놓은 고사에서 나온 말.

6 正聲(정성):《당시정성唐詩正聲》을 가리킨다. 명대 고병이 자신이 편찬한 당시
선집 《당시품휘》에서 성정이 바르고, 성률이 완벽한 작품 1100수를 다시 골라
편찬한 책이다.

9

성당의 오언율시 중 오직 잠삼이 자간에 새로운 기교를 부렸다. 예
를 들면 다음과 같다.

"쓸쓸히 등불 비추어 나그네가 꿈속에 빠지고, 찬 방망이질 소리가
고향 생각에 젖게 하네.孤燈然客夢, 寒杵搗鄕愁"

"시냇물이 나무꾼의 길을 삼키고, 산꽃이 약초의 울타리에서 취하
네.澗水呑樵路, 山花醉藥欄."

"변새의 꽃이 나그네의 눈물을 날리게 하고, 변방의 버드나무가 고
향 생각을 떠올리게 하네.塞花飄客淚, 邊柳挂鄕愁."

대략 몇 개의 연聯에 지나지 않는다. 고적과 잠삼이 중시되는 것은
기상이 다르기 때문인데, 학자들이 그 기상을 이해하지 못하고 다만
그 새로운 기교를 본받으니, 끝내 만당의 시풍이 되었다.

잠삼이 시구에 기교를 부린 것이 있음을 지적했다. 앞서 잠삼의 시어는 화
려하고 정교하다고 했다. 그러나 잠삼이 기교를 부린 시구는 그다지 많지
않다. 잠삼은 고적과 함께 성당의 변새시풍을 열어 성당기상을 개막한 시

인으로 기상이 뛰어나다. 따라서 잠삼의 시를 이해하기 위해서는 기교가
아니라 기상을 중점에 두고 살펴야 할 것이다.

 盛唐五言律, 惟岑嘉州用字間有涉新巧者, 如"孤燈然客夢, 寒杵搗鄉愁."[1]
"澗水吞樵路, 山花醉藥欄"[2] "塞花飄客淚, 邊柳挂鄉愁"[3], 大約不過數聯. 然
高岑所貴, 氣象不同, 學者不得其氣象, 而徒法其新巧, 則終爲晚唐矣.

1 孤燈然客夢(고등연객몽), 寒杵搗鄉愁(한저도향수): 쓸쓸히 등불 비추어 나그
네가 꿈속에 빠지고, 찬 방망이질 소리가 고향 생각에 젖게 하네. 잠삼 〈숙관서
객사기동산엄허이산인시천보초칠월초삼일재내학견유고도거징宿關西客舍寄東
山嚴許二山人時天寶初七月初三日在內學見有高道擧徵〉의 시구다.

2 澗水吞樵路(간수탄초로), 山花醉藥欄(산화취약란): 시냇물이 나무꾼의 길을
삼키고, 산꽃이 약초의 울타리에서 취하네. 잠삼 〈초수관제고관초당初授官題高
冠草堂〉의 시구다.

3 塞花飄客淚(새화표객루), 邊柳挂鄉愁(변류괘향수): 변새의 꽃이 나그네의 눈
물을 날리게 하고, 변방의 버드나무가 고향 생각을 떠올리게 하네. 잠삼 〈무위
춘모문우문관관서사환이도진창武威春暮聞宇文判官西使還已到晉昌〉의 시구다.

10

고적과 잠삼의 오언에서 율법에 구속되지 않는 것은 두보의 칠언이
가행체에다 율격을 맞춘 것과 같다. 엄우가 말한 '고율古律'이란 이것이
다. 비록 변풍14)이지만 호탕하고 자유분방하다. 이에 재주가 뛰어나지
만 자유분방한 데로 빠진 것은 대개 넘치는 것이지 모자란 것이 아니다.

 고적과 잠삼의 오언시 중 율격에 구속되지 않고 자유분방한 작품이 있음
을 지적했다. 그것은 성당기상을 이루는 데 큰 공헌을 했다.

---

14) '변풍'의 2자는 두보에 관한 시론 중 왕세정의 말(제19권 제25칙)에 보인다.

원문

高岑五言不拘[1]律法者, 猶子美七言以歌行入律, 滄浪所謂"古律"是也. 雖是變風, [變風二字見子美論中元美語], 然豪曠磊落[2], 乃才大而失之於放, 蓋過而非不及也.

주석

1 不拘(불구): 구속되지 않다.
2 豪曠磊落(호광뇌락): 호탕하고 자유분방하다.

11

고적과 잠삼의 오언, 두보의 칠언 중 율법에 구속되지 않는 것은 모두 가행체다. 그러므로 숨기지 않고 모두 드러내는 것을 중시하고 함축적인 것을 중시하지 않는 데 의도가 있으니, 일반적인 격식으로 논할 수 없다.

해제

고적과 잠삼의 가행체는 함축미를 중시하는 것이 아니라 자유분방함을 중시함을 강조했다.

원문

高岑五言·子美七言不拘律法者, 皆歌行體也. 故意貴傾倒不貴含蓄, 未可以常格[1]論也.

주석

1 常格(상격): 일반적인 격식.

12

혹자가 물었다.

"당시의 오언 중 고시와 율체가 혼합된 것을 그대는 취하지 않으면서, 지금 오·칠언 중 율법에 구속되지 않는 것을 그대는 취하고 있는데, 무슨 까닭인가?"

내가 대답한다.

고시와 율체가 혼합된 것은 본디 본받을 만하지 않다. 오·칠언 중율법에 구속되지 않는 것은 이미 규칙에 부합하면서 율법에 구속되지 않을 따름이다. 이러한 지나침과 모자람의 차이를 학자들이 마땅히 변별해야 할 것이다.

해제 당시의 선시選詩 기준에 관한 논의다. 고시와 율체가 혼합된 것은 아직 체재가 완정하지 않은 시로서 초당 시기에 많이 나타난다. 그런데 성당의 오·칠언 중 율법에 구속되지 않는 것은 이미 율법의 형식을 초월하여 자유분방함의 경지에 이른 것이다.

원문 或問: "唐人五言古律混淆者, 子旣弗取, 今於五七言不拘律法者, 子又取之, 何也?" 曰: 古律混淆, 本¹不及乎法². 五七言不拘律法者, 則旣入乎法而不拘耳. 此過與不及之分, 學者所當辨也.

주석 1 本(본): 본디.
2 不及乎法(불급호법): 본받을 만하지 않다.

13

성당의 칠언절구 중 이백과 왕창령15) 이하로 고적, 잠삼, 왕유 또한 대부분 입성의 경지에 들어갔다. 잠삼의 〈헌봉대부파파선개가육수獻封大夫破播仙凱歌六首〉 중 제2수·제3수·제4수 세 편은 정제되고 웅장하여 진실로 당시의 정종이 되는데, 《당시정성》에 수록하지 않은 것을 이해할 수 없다.

---

15) 두 사람의 시는 이백에 관한 시론(제18권 제43칙~제45칙)에 설명이 보인다.

해제 성당의 칠언절구에 관해 간략하게 논했다. 칠언절구는 성당을 규범으로 삼는데, 그중 이백, 왕창령을 비롯하여 고적, 잠삼, 왕유가 대체로 뛰어나다고 손꼽았다.

원문 盛唐七言絶, 太白·少伯而下, [二公詩說見太白論中], 高·岑·摩詰亦多入於聖矣. 岑如"官軍西出"[1]·"鳴笳疊鼓"[2]·"日落轅門"[3]三篇, 整栗雄麗, 實爲唐人正宗, 而正聲不錄, 不可曉.

주석
1 官軍西出(관군서출): 잠삼 〈헌봉대부파파선개가육수獻封大夫破播仙凱歌六首〉 중 제2수를 가리킨다.
2 鳴笳疊鼓(명가첩고): 잠삼 〈헌봉대부파파선개가육수〉 중 제3수를 가리킨다.
3 日落轅門(일락원문): 잠삼 〈헌봉대부파파선개가육수〉 중 제4수를 가리킨다.

詩源辯體

성당盛唐

1

왕마힐王摩詰[1]과 맹호연은 재주가 고적, 잠삼에 미치지 못하나, 조예가 실로 깊고 흥취가 실로 심원하다. 그러므로 그 고시는 비록 부족하지만, 율시는 체재가 대부분 원만하고 시어가 대부분 생동적이며 기상과 풍격이 자유로워, 대부분 입성入聖의 경지에 들어갔다.[2]

왕유, 맹호연에 관한 논의다. 성당시는 재주보다 조예를 중시하고 흥취를 귀히 여긴다. 고적과 잠삼이 당나라 변새시풍을 개창했다면, 왕유와 맹호연은 산수전원 시풍을 개창했다. 저광희儲光羲, 배적裴迪, 기무잠綦毋潛, 구위丘爲, 조영祖詠 등이 그 일원이다.

성당기상은 엄우의 《창랑시화》에서 가장 먼저 제기되었다. 혼후渾厚, 웅장雄壯 두 개념으로 포괄된다. 혼후는 시가의 풍모가 순박하고 자연스러운

---

1) 이름 유維.
2) 아래로 전기, 유장경 등 여러 문인의 오·칠언 율시로 나아갔다.

것을 중시하며 자구의 조탁을 추구하지 않는다. 웅장은 시가의 기세가 넓고 힘이 넘치는 것이다. 고적과 잠삼의 시에서 이와 같은 웅장의 기상이 겸비될 수 있었던 것은 그들이 변새시파의 대표 시인인 것과 무관하지 않다. 그런데 이 혼후와 웅장의 개념 속에는 왕유와 맹호연의 산수전원시파의 수려, 우미, 청신한 풍격을 포괄하지 못한다. 따라서 홍취라는 개념으로 그것을 포괄하게 되었다.

 王摩詰[名維]·孟浩然才力不逮高岑, 而造詣實深, 興趣實遠, 故其古詩雖不足, 律詩體多渾圓, 語多活潑, 而氣象風格自在, 多入於聖矣. [下流至錢劉諸子五七言律.]

2

왕유의 오언고시에는 비록 가구가 있으나 산만하여 체재를 잃었다. 평운은 중간에 율체가 섞였고, 평측은 대부분 학슬을 꺼렸다. 단편은 뛰어나다. 《초사》에서 〈구가〉의 정취를 깊이 이해하는 것은 당나라의 시인이 어려워한 점이다.

칠언고시는 시어가 아름답지만, 기상이 부족하고 성조가 간혹 순일하지 못하다. 하경명이 "우승右丞3)은 다른 시는 매우 뛰어나지만 유독 고시가 미치지 못한다"고 한 것은 이를 두고 말한 것이다.

 왕유의 오·칠언 고시에 관한 논의다. 오언고시 중 단편은 뛰어나고 가구가 있지만 율시에 비해 뛰어나지 못함을 지적했다. 왕유는 청담의 시풍으로 산수전원시의 대표적인 시인으로 알려져 있지만 왕유의 시에 산수전원시만 있는 것은 아니다. 변새시도 있고 악부체도 적지 않다. 그러나 고적, 잠삼 등에 비해서 기상이 부족한 것은 사실이다. 그것은 변새시파와 산수

---

3) 왕유는 상서우승尙書右丞이었다.

시파가 지니는 각 장르의 풍격에서 비롯된 것일 수도 있겠으나 일반적으로 왕유의 정치적 좌절과 관련이 있다고 본다.

왕유는 정치 생활에서 3차례 좌절을 받았다. 첫 번째 좌절은 대략 개원 9년(721), 그가 21세의 젊은 나이에 진사에 급제하고 나서 얼마 되지 않아서다. 그는 음률에 정통해 대악승大樂丞이 되어 음악을 담당했다. 그런데 영인伶人이 오직 황제를 위해 추는 황사자무黃獅子舞를 삼가지 않고 추었기 때문에 황제가 왕유를 질책하고 제주濟州 곧 지금의 산동성 지역으로 귀양 보내 작은 관리로 지내게 했다. 두 번째 좌절은 개원 22년(734), 그가 34세 때 장구령이 재상이 되었을 때다. 장구령은 왕유를 좌습유右拾遺로 발탁했다. 그런데 개원 24년 장구령이 재상을 그만두고 그 이듬해 형주장사荊州長史로 좌천되면서 왕유는 변경 지방으로 나가 양주涼州에서 감찰어사監察御使를 지냈다. 이후 간신 이임보가 재상이 되었으며 개원 28년에 장구령이 죽고 친구인 맹호연도 죽게 되었다. 왕유는 이때 큰 상실감을 느끼며 40~44세 무렵에는 종남산에 은둔했고, 천보 7년인 48세경에는 이미 망천輞川 별장을 완성했다. 세 번째 좌절은 천보 15년(756), 그가 56세 때 장안이 안녹산의 난으로 함락되고 포로로 잡힌 것이다. 안녹산은 왕유의 재능을 알고 낙양으로 데려가 그에게 관직을 주었는데, 이 일로 인해 후일 안사의 난이 평정되고 나서 숙종으로부터 심한 문책을 받았다. 건원乾元 원년(758)에 동생 왕진王縉의 도움으로 복직하여 이듬해 상서우승尙書右丞이 되었지만 상원上元 2년(761) 망천으로 돌아가 곧 죽음을 맞이했다.

이렇게 정치적 좌절이 연이어지다 보니 왕유의 시풍에서 강건하고 힘찬 기상이 표출되기란 어려웠을 것이다. 실제 왕유의 충담한 시풍은 위에서 상술한 두 번째 좌절을 받은 이후 본격적으로 창작되었다.

한편 당나라 근체시의 엄격한 율격 속에서 표현하기 힘든 것을 고체시의 체재를 통해 표현하고자 한 것이 이른바 '당고'의 주요 특징이다. 이 점을 감안하면 당고는 근체시에 비해 대체로 자유롭고 호방한 시풍을 담기에 유리하다. 따라서 청담한 격조를 지향한 왕유가 고체시에 능하지 못하다고 평가받는 것은 어쩌면 당연하다고 할 것이다.

원문
摩詰五言古雖有佳句, 然散緩而失體裁, 平韻者間雜律體, 平仄者多忌鶴膝. 短篇爲勝. 楚辭深得九歌之趣, 唐人所難. 七言古語雖婉麗[1], 而氣象不足, 聲調間有不純者. 何仲黙云"右丞[摩詰爲尙書右丞], 他詩甚長, 獨古作不逮."是也.

주석
1 婉麗(완려): 아름답다.

3

왕유의 재주는 비록 고적과 잠삼에 미치지 못하지만 오·칠언 율시의 풍격은 일률적이지 않다. 오언율시 중에는 정제되고 웅장한 것, 한숨에 어우러진 것, 청담하고 정교한 것, 한적하고 자유로운 것이 있다.

〈송조도독부대주득청자送趙都督赴代州得靑字〉, 송장판관부하서送張判官赴河西〉, 〈송우문삼부하서충행군사마送宇文三赴河西充行軍司馬〉, 〈송평담연판관送平澹然判官〉 등은 정제되고 웅장한 것이다.

〈관렵觀獵〉, 〈송유사직부안서送劉司直赴安西〉, 〈동최원외추소우직同崔員外秋宵寓直〉, 〈송구위낙제귀강동送丘爲落第歸江東〉 등은 한숨에 어우러진 것이다.

〈추야독좌秋夜獨坐〉, 〈산거즉사山居即事〉, 〈만춘엄소윤여제공견과晚春嚴少尹與諸公見過〉, 〈동최흥종송형악원공남귀同崔興宗送衡嶽瑗公南歸〉, 〈과복선사난약過福禪師蘭若〉 등은 청담하고 정교한 것이다.

〈귀고산작歸嵩山作〉, 〈망천한거증배수재적輞川閑居贈裴秀才迪〉, 〈수장소부酬張少府〉, 〈여노상집주가與盧象集朱家〉, 〈대저광희부지待儲光義不至〉 등은 한적하고 자유로운 것이다.

한편 〈한강임범漢江臨汎〉은 매우 힘찰 뿐 아니라, 〈만춘귀사晚春歸思〉는 또한 부드럽다. 고적과 잠삼은 비록 재주가 크지만 끝내 일률적

인 것을 면치 못했을 따름이다.[4]

해제 왕유의 오언율시의 시구를 분석하고 크게 네 부류로 나누었다. 고적과 잠삼에 시에 비해 다양한 풍격을 지니고 있음을 강조하고 있다.

원문 摩詰才力雖不逮高岑, 而五七言律風體不一. 五言律有一種整栗雄麗者, 有一種一氣渾成者, 有一種澄淡精緻[1]者, 有一種閒遠自在[2]者. 如"天官動將星"[3], "單車曾出塞"[4], "橫吹雜繁笳"[5], "不識陽關路"[6]等篇, 皆整栗雄厚者也. 如"風勁角弓鳴"[7], "絶域陽關道"[8], "建禮高秋夜"[9], "憐君不得意"[10]等篇, 皆一氣渾成者也. 如"獨坐悲雙鬢"[11], "寂寞掩柴扉"[12], "松菊荒三逕"[13], "言從石菌閣"[14], "巖壑轉微逕"[15]等篇, 皆澄淡精緻者也. 如"淸川帶長薄"[16], "寒山積蒼翠"[17], "晩年惟好靜"[18], "主人能愛客"[19], "重門朝已啓"[20]等篇, 皆寒遠自在者也. 至如"楚塞三湘接"[21]旣甚雄渾[22], "新粧可憐色"[23]則又嬌嫩[24]. 若高岑才力雖大, 終不免一律耳. [王·孟五七言律摘句, 見盛唐總論.]

주석
1 澄淡精緻(징담정치): 청담하고 정교하다.
2 閒遠自在(한원자재): 한적하고 자유롭다.
3 天官動將星(천관동장성): 왕유의 〈송조도독부대주득청자送趙都督赴代州得靑字〉를 가리킨다.
4 單車曾出塞(단거증출새): 왕유의 〈송장판관부하서送張判官赴河西〉를 가리킨다.
5 橫吹雜繁笳(횡취잡번가): 왕유의 〈송우문삼부하서충행군사마送宇文三赴河西充行軍司馬〉를 가리킨다.
6 不識陽關路(불식양관로): 왕유의 〈송평담연판관送平澹然判官〉을 가리킨다.
7 風勁角弓鳴(풍경각궁명): 왕유의 〈관렵觀獵〉을 가리킨다.
8 絶域陽關道(절역양관도): 왕유의 〈송유사직부안서送劉司直赴安西〉를 가리킨다.
9 建禮高秋夜(건례고추야): 왕유의 〈동최원외추소우직同崔員外秋宵寓直〉을 가리킨다.

___

4) 왕유와 맹호연의 오·칠언 율시는 가구를 가려 뽑을 수 있는데, 성당의 총론(제17권 제18칙)에 보인다.

10 憐君不得意(연군부득의): 왕유의 〈송구위낙제귀강동送丘爲落第歸江東〉을 가리
    킨다.

11 獨坐悲雙鬢(독좌비쌍빈): 왕유의 〈추야독좌秋夜獨坐〉를 가리킨다.

12 寂寞掩柴扉(적막엄시비): 왕유의 〈산거즉사山居即事〉를 가리킨다.

13 松菊荒三逕(송국황삼경): 왕유의 〈만춘엄소윤여제공견과晚春嚴少尹與諸公見過〉
    를 가리킨다.

14 言從石菌閣(언종석균각): 왕유의 〈동최흥종송형악원공남귀同崔興宗送衡嶽瑗公
    南歸〉를 가리킨다.

15 巖壑轉微逕(암학전미경): 왕유의 〈과복선사난약過福禪師蘭若〉을 가리킨다.

16 淸川帶長薄(청천대장박): 왕유의 〈귀고산작歸嵩山作〉을 가리킨다.

17 寒山積蒼翠(한산적창취): 왕유의 〈망천한거증배수재적輞川閑居贈裴秀才迪〉을
    가리킨다.

18 晚年惟好靜(만년유호정): 왕유의 〈수장소부酬張少府〉를 가리킨다.

19 主人能愛客(주인능애객): 왕유의 〈여노상집주가與盧象集朱家〉를 가리킨다.

20 重門朝已啓(중문조이계): 왕유의 〈대저광희부지待儲光羲不至〉를 가리킨다.

21 楚塞三湘接(초새삼상접): 왕유의 〈한강임범漢江臨汎〉을 가리킨다.

22 雄渾(웅혼): 시문의 기세가 웅장하고 힘차다.

23 新粧可憐色(신장가련색): 왕유의 〈만춘귀사晚春歸思〉를 가리킨다.

24 嬌嫩(교눈): 부드럽다.

4

왕유의 칠언율시에도 세 종류가 있다. 크고 웅장한 것, 화려하고 아
름다운 것, 맑고 깨끗한 것이다.

〈대동전계산옥지용지상유경운신광조전백관공도성은변사연악감
서즉사大同殿桂産玉芝龍池上有慶雲神光照殿百官共覩聖恩便賜宴樂敢書即事〉, 〈출
새出塞〉, 〈화가사인조조대명궁지작和賈舍人早朝大明宮之作〉 등은 모두
크고 웅장한 것이다.

〈봉화성제종봉래향흥경각도중류춘우중춘망지작응제奉和聖製從蓬萊

向興慶閣道中留春雨中春望之作應制〉,〈화태상위주부오랑온탕우목지작和太
常韋主簿五郞溫湯寓目之作〉,〈송양소부폄침주送楊少府貶郴州〉 등은 모두 화
려하고 아름다운 것이다.

〈칙차기왕구성궁피서응교敕借岐王九成宮避暑應敎〉,〈수곽급사酬郭給
事〉,〈적우망천장작積雨輞川莊作〉 등은 모두 맑고 깨끗한 것이다.

이 또한 고적과 잠삼이 미치지 못한 부분이다.

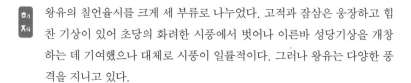

왕유의 칠언율시를 크게 세 부류로 나누었다. 고적과 잠삼은 웅장하고 힘
찬 기상이 있어 초당의 화려한 시풍에서 벗어나 이른바 성당기상을 개창
하는 데 기여했으나 대체로 시풍이 일률적이다. 그러나 왕유는 다양한 풍
격을 지니고 있다.

摩詰七言律亦有三種: 有一種宏贍雄麗[1]者, 有一種華藻秀雅[2]者, 有一種淘
洗澄淨[3]者. 如"欲笑周文"[4], "居延城外"[5], "絳幘雞人"[6]等篇, 皆宏贍雄麗者
也. 如"渭水自縈"[7], "漢主離宮"[8], "明到衡山"[9]等篇, 皆華藻秀雅者也. 如"帝
子遠辭"[10], "洞門高閣"[11], "積雨空林"[12]等篇, 皆淘洗澄淨者也. 是亦高岑之所
不及也.

1 宏贍雄麗(굉섬웅려): 크고 웅장하다.
2 華藻秀雅(화조수아): 화려하고 아름답다.
3 淘洗澄淨(도세징정): 맑고 깨끗하다.
4 欲笑周文(욕소주문): 왕유의 〈대동전계산옥지용지상유경운신광조전백관공
도성은변사연악감서즉사大同殿桂産玉芝龍池上有慶雲神光照殿百官共覩聖恩便賜宴樂敢書
即事〉를 가리킨다.
5 居延城外(거연성외): 왕유의 〈출새出塞〉를 가리킨다.
6 絳幘雞人(강책계인): 왕유의 〈화가사인조조대명궁지작和賈舍人早朝大明宮之作〉
을 가리킨다.
7 渭水自縈(위수자영): 왕유의 〈봉화성제종봉래향흥경각도중류춘우중춘망지
작응제奉和聖製從蓬萊向興慶閣道中留春雨中春望之作應制〉를 가리킨다.

8 漢主離宮(한주리궁): 왕유의 〈화태상위주부오랑온탕우목지작和太常韋主簿五郎溫
    湯寓目之作〉을 가리킨다.

9 明到衡山(명도형산): 왕유의 〈송양소부폄침주送楊少府貶郴州〉를 가리킨다.

10 帝子遠辭(제자원사): 왕유의 〈칙차기왕구성궁피서응교敕借岐王九成宮避暑應教〉
    를 가리킨다.

11 洞門高閣(동문고각): 왕유의 〈수곽급사酬郭給事〉를 가리킨다.

12 積雨空林(적우공림): 왕유의 〈적우망천장작積雨輞川莊作〉을 가리킨다.

5

혹자가 물었다.

"왕유의 오·칠언 율시 중에는 성운과 기세가 간혹 대력체와 비슷
한 것이 있는데, 왜 그런가?"

내가 대답한다.

대력의 여러 문인들은 시대가 점차 바뀌면서 기풍이 바야흐로 흩어
졌다. 왕유는 선학禪宗에 깨달음이 있어서 그 뛰어난 기세가 점차 소
실되었는데, 성운과 기세는 비록 같을지라도 풍격은 진실로 다를 따
름이다. 사공도司空圖가 "왕우승은 청담하고 정교한데, 격조가 그 가운
데 있다."고 한 것은 이를 두고 말한 것이다.

왕유의 오·칠언 율시 중 선학의 시풍이 있는 것에 대해 논했다. 허학이는
여기서 왕유의 뛰어난 재주가 선학적 깨달음으로 인해 소실되었다고 지적
하고 있는데, 이 말은 곧 고적과 잠삼으로부터 시작된 성당의 강건한 시풍
과 굳센 기상이 왕유에게서 사라지게 된 것을 두고 한 말이다. 그러나 왕유
의 풍격은 다양하여 일률적이지 않음을 여기서도 재차 강조하고 있다.

한편 왕유의 율시 중 대력체와 비슷하다고 하는 일부 견해는 대력체가
화려하지 않은 수사적 기교를 사용하면서 섬세하게 정서를 표현했기 때문
이라고 할 것이다. 특히 대력십재자大歷十才子로 활동한 전기錢起는 남전위
藍田尉로 있을 때 종남산에 은거한 왕유와 교류가 긴밀했다. 전기는 산수전

원의 주제 외에도 격조가 새로운 시풍을 창작하기 위해 왕유를 많이 모방하고자 했다. 실제 그의 시 〈남전계잡영藍田溪雜咏〉 22수에는 왕유의 《망천집》을 모의한 흔적이 그대로 드러난다.

마지막으로 한 가지 더 언급하자면 왕유는 독실한 불교 집안에서 태어났다. 왕유는 어려서 부친을 여의고 홀어머니 밑에서 자랐다. 어머니 최씨는 30년간 불교를 신봉했다. 그는 어머니의 영향으로 일찍부터 불교에 저절로 관심을 가지게 되었으며, 이후 불학에 정통하여 〈찬불문讚佛文〉, 〈서방변화찬병서西方變畫贊并序〉 등의 시문을 썼으며 시 작품 속에도 불교적 색채가 많이 반영되어 있다. 이 때문에 왕유는 후일 '시불詩佛'로 칭송되었다.

或問: "摩詰五七言律, 聲氣或有類大歷者, 何耶?" 曰: 大歷諸子, 時代漸移, 而風氣始散. 摩詰於禪學[1]有悟, 其英氣[2]漸消, 聲氣雖同, 而風格自異耳. 司空圖[3]云 "王右丞澄淡精緻, 格在其中." 是也.

1 禪學(선학): 선종의 교리를 구명하는 학문
2 英氣(영기): 기세.
3 司空圖(사공도): 만당 시기의 시인이자 시론가다. 자는 표성表聖이고 자호는 지비자知非子, 또는 내욕거사耐辱居士다. 하중河中 우향虞鄕 곧 지금의 산서성 영제永濟 사람이다. 함통咸通 말에 진사가 되어 왕응王凝에게 인정을 받았고 노휴盧攜의 눈에 들어 여러 관직을 거친 뒤 예부낭중禮部郞中이 되었다. 후일 병을 핑계로 관직을 사양하고 중조산中條山 왕관곡王官谷에 은거하며 스스로 유유자적했다. 주전충朱全忠이 당조唐祚를 찬탈한 후 그를 불렀으나 출사하지 않고, 908년 애제哀帝가 살해되었다는 소식을 듣고는 식음食飮을 전폐하고 죽었다. 그의 대표작인 《이십사시품二十四詩品》은 시의 의경意境을 24품으로 나누어, 각각 4언 12구의 상징적인 해설을 담고 있다.

6

왕유의 문집에는 칠언율시가 도합 20수 있는데, 《당시품휘》에는 13수가 선록되었다. 오늘날의 《당시품휘》에서는 〈화가사인조조대

명궁지작和賈舍人早朝大明宮之作〉이하 4수가 왕유의 시에 속하고, 〈봉화
성제종봉래향흥경각도중응제奉和聖制從蓬萊向興慶閣道中應制〉이하 10수
는 이징의 시에 속한다고 한다. 대개 〈봉화성제종봉래향흥경각도중
응제〉 1수는 본디 이징의 시지만, 그 이래 9수는 곧 왕유의 시다. 마땅
히 죽간이 잘못 끼워졌기 때문일 따름이다. 혹자가 이반룡이 시를 선
록했다고 새긴 것은 참으로 우습다.[5] 《당시정성》을 살펴보니 〈수곽
급사酬郭給事〉, 〈적우망천장작積雨輞川莊作〉, 〈송양소부폄침주送楊少府
貶郴州〉 3수는 왕유시에 속하는 것이 진실로 분명하다.[6] 또 구본 첫 권
에서 왕유 13수, 이징 1수라고 분명하게 주석했다.[7]

《당시품휘》에 수록된 왕유시에 관한 논의다. 모두 13편이 왕유의 시인데
착간으로 인해 이징의 시로 잘못 선록되었다고 논증했다. 고대에는 서책
이 판각되는 과정에서 순서가 뒤바뀌거나 글자가 탈오되는 등 여러 가지
문제점이 발생하면서 초판본과 다른 모습의 판본이 간행되기도 하였는데,
이러한 과정에서 《당시품휘》도 여러 판본이 어지럽게 유통되었음을 알
수 있다.

摩詰集七言律凡二十首，品彙所選十三首．今品彙以“絳幘雞人”[1]以下四首
屬摩詰，以“別館春還”[2]以下十首屬李憕[3]，蓋“別館”一首本李憕詩，其下九首
乃摩詰詩也，當是簡帙錯亂[4]耳．或刻于鱗選詩，因之可笑．[今刻本已改正．] 觀
正聲以“洞門”[5]，“積雨”[6]，“明到”[7]三首屬摩詰，便自了然．[品彙正聲皆高廷禮選．]
又舊本卷首明註王維十三首，李憕一首．[或疑此書乃書肆[8]因品彙簡帙錯亂改刻，
非于鱗之舊，不然，王維四首，李憕五首，于鱗序中安得無李憕?]

<hr>

5) 오늘날의 판각본은 이미 개정되었다.
6) 《품휘정성》은 모두 고병이 선록한 것이다.
7) 혹자는 이 책은 서점에서 《당시품휘》의 서책이 뒤엉켰기에 다시 판각한 것으로
이반룡의 구책이 아니라고 의심한다. 그렇지 않고 왕유 4수, 이징 5수라고 한다
면 이반룡의 서문 중에 어찌 이징에 대한 언급이 없는가?

주석

1 絳幘雞人(강책계인): 왕유 〈화가사인조조대명궁지작和賈舍人早朝大明宮之作〉을 가리킨다.

2 別館春還(별관춘환): 이징 〈봉화성제종봉래향흥경각도중응제奉和聖制從蓬萊向興慶閣道中應制〉를 가리킨다.

3 李憕(이징): 당나라 문인이다. 병주並州 문수文水 곧 지금의 산서성 사람이다. 장열이 병주장사태평군대사並州長史太平軍大使일 때 이징을 막하에 두었다. 후일 주요 관직을 두루 역임했다. 생년은 미상이나 안녹산이 장안을 함락했을 때 천보14년(755)에 죽었다.

4 簡帙錯亂(간질착란): 죽간이 뒤섞여 책장 또는 편, 장의 순서가 잘못되다. 즉 착간(錯簡)을 말한다.

5 洞門(동문): 왕유의 〈수곽급사酬郭給事〉를 가리킨다.

6 積雨(적우): 왕유의 〈적우망천장작積雨輞川莊作〉을 가리킨다.

7 明到(명도): 왕유의 〈송양소부폄침주送楊少府貶郴州〉를 가리킨다.

8 書肆(서사): 서점. 책방.

7

오언절구에서 이백과 왕유는 대부분 입성의 경지에 들어갔다. 호응린이 "오언의 절구는 두 부류가 있다. 왕유의 고요함, 이백의 초일함이다."고 한 것은 이를 두고 말한 것이다.8)

해제

당시의 오언절구 중에서 이백과 왕유의 시를 으뜸으로 손꼽았다. 그러나 두 시인의 시풍은 확연하게 다르니 왕유가 고즈넉함, 이백이 초일함으로 귀납된다. 당나라의 뛰어난 시인은 대부분 독자적인 시풍이 있다. 이백이 호방하고 자유롭다면, 두보는 문장이 무게가 있고 함축적이며 기세의 변화가 많다. 왕유의 시풍은 고요함으로 대변되면서도 다양하다. 왕유는 〈종군행從軍行〉, 〈연기행燕支行〉, 〈노장행老將行〉과 같은 호방한 시가 있으

---

8) 위로는 왕발, 양형, 노조린, 낙빈왕의 오언사구를 계승하고, 아래로 전기, 유장경 등 여러 문인의 오언절구로 나아갔다.

나 이백에 미치지 못하고, 또 〈농두음隴頭吟〉, 〈탄백발嘆白髮〉, 〈기형주장
승상寄荊州張丞相〉, 〈응벽시凝碧詩〉 등과 같은 침울한 시가 있으나 두보만 못
하다. 그러나 고요함은 왕유의 독자적인 풍격이라고 할 수 있다.

五言絶, 太白·摩詰多入於聖矣. 胡元瑞云"五言絶二途: 摩詰之幽玄[1], 太白
之超逸[2]"是也. [上承王·楊·盧·駱五言四句, 下流至錢·劉諸子五言絶.]

1 幽玄(유현): 고요하다.
2 超逸(초일): 풍모나 뜻 따위가 초탈해 있다.

8

왕유의 오언절구는 의취가 고요하며 오묘함이 문자 밖에 있다. 왕
유는 〈여배적서與裴迪書〉에서 대략 말했다.
"밤에 화자강華子岡에 오르니, 망천輞川의 물이 잔잔히 흐르고, 달과
더불어 넘실거리며, 한산의 먼 불빛이, 수풀 밖에서 밝았다 꺼졌다 하
네. 깊은 항구의 추위에 떠는 개는, 짓는 소리가 표범 같네. 촌의 빈 터
에서 밤에 쌀을 찧는데, 또 드물게 들리는 종소리와 뒤섞이네. 이때
홀로 앉았으니, 시종은 고요하게 침묵하고, 매번 지난 번 손잡고 시를
지은 것을 그리워하는데, 혹시 나를 따라 노닐 수 있겠는가?夜登華子岡,
輞水淪漣, 與月上下, 寒山遠火, 明滅林外; 深巷寒犬, 吠聲如豹; 村墟夜春, 復與疎鐘相
間. 此時獨坐, 僮僕靜黙, 每思曩昔携手賦詩, 倘能從我遊乎."
왕유는 가슴 속의 더러움을 씻어 완전히 깨끗하게 하고 의경과 의
취를 결합시켰으므로 그 시의 오묘함이 이 경지에까지 이르게 되었을
따름이다.
호응린이 말했다.
"왕유의 망천輞川 시 여러 편은 독자적으로 새로운 풍격을 창작해

내었고 명분과 언어를 잊어 일체의 형상이 다 사라졌다."

또 다음과 같이 말했다.

"오언절구에서 왕유는 도리어 선종禪宗에 들어갔다.〈조명간鳥鳴澗〉,〈신이오辛夷塢〉와 같은 시를 읽으면 자아와 세계를 둘 다 망각하고 온갖 사념이 모두 고요해지니 성률 중에 이러한 오묘함이 있을 줄은 생각지도 못했다."

왕유의 오언절구 중 의취가 고요하고 오묘함이 문자 밖에 있는 시구를 예로 들었다. 이것은 일종의 참선과 같이 물아일체의 경지에 이르렀음을 의미한다. 앞서 허학이는 왕유의 이러한 시풍으로 인해 기상이 약해졌다고 지적했다.

왕유 시에서 느낄 수 있는 이와 같은 선종의 오묘함은 현리적 철학을 말하거나 단순히 신비한 색채를 그려내는 데에서 나타난 것이 아니다. 이것은 마치 그림 속에서 느낄 수 있는 자연스러운 형상과 같이 말로 형언할 수 없다. 따라서 다음 제9칙에서 말하는 바와 같이 왕유의 시는 그림과 같다고 하는 것이다. 사공도는《이십사시품》에서 충담에 대해 다음과 같이 말했다.

"조용하게 생활하고 그 오묘함이 지극함에 달한다. 천지간의 충화의 기를 마시고 홀로 학이 비상하는 것 같다.素處以默, 妙機其微, 飮之太和, 獨鶴與飛."

이것은 왕유의 오언절구에서 나타나는 풍격을 잘 대변해 주는 말이다.

摩詰五言絶, 意趣[1]幽玄, 妙在文字之外. 摩詰與裴迪[2]書略云: "夜登華子岡, 輞水淪漣, 與月上下, 寒山遠火, 明滅林外; 深巷寒犬, 吠聲如豹; 村墟夜舂, 復與疎鐘相間. 此時獨坐, 僮僕靜黙, 每思曩昔携手賦詩, 倘能鐘我遊乎?" 摩詰胸中滓穢淨盡[3], 而境與趣合, 故其詩妙至此耳. 胡元瑞云: "右丞輞川諸作[4], 自出機軸, 名言兩忘[5], 色相俱泯[6]." 又云: "五言絶, 右丞却入禪宗[7]. 如 '人間桂花落'[8], '木末芙蓉花'[9], 讀之身世兩忘[10], 萬念皆寂[11], 不謂[12]聲律之中有此妙詮[13]."

주석

1 意趣(의취): 의지와 취향을 가리킨다.
2 裴迪(배적): 당나라 시기의 시인이다. 하동河東 곧 지금의 산서성 사람이다. 촉
  주자사蜀州刺史 및 상서성랑尙書省郎을 지냈다. 시문으로 이름이 났는데 성당시
  기의 산수전원시파의 대표 작가다. 일찍이 왕유와 친밀하게 교류했고 만년에
  망천, 종남산에 은거하며 빈번하게 왕래했다. 이에 왕유와 창화한 시가 많다.
  왕유의 영향을 많이 받았고 오언절구가 많으며 경물묘사가 뛰어나다.
3 滓穢淨盡(재예정진): 더러움을 완전히 씻다.
4 右丞輞川諸作(우승망천제작): 왕유가 망천별장에서 지은 여러 작품을 말한다.
5 名言兩忘(명언양망): 명분과 언어를 둘 다 망각하다.
6 色相俱泯(색상구민): 일체의 형상이 다 사라지다. 색상色相은 모든 사물의 형상
  을 가리킨다.
7 禪宗(선종): 불교의 일파다. 좌선坐禪의 수도에 의해서 직접 불교의 진리를 체
  득하는 것을 으뜸으로 삼는다. 불립문자不立文字, 직지인심直指人心, 견성성불見
  性成佛을 표방한다. 시조는 달마대사達摩大師다.
8 人間桂花落(인간계화락): 왕유의 〈조명간鳥鳴澗〉을 가리킨다.
9 木末芙蓉花(목말부용화): 왕유의 〈신이오辛夷塢〉를 가리킨다.
10 身世兩忘(신세양망): 자아와 세계를 둘 다 망각하다.
11 萬念皆寂(만념개적): 온갖 사념이 모두 고요해지다.
12 不謂(불위): '不意(불의)', '不料(불료)'와 같은 말이다. 뜻밖에도.
13 妙詮(묘전): 오묘함.

9

소식이 말했다.

"왕유의 시를 음미하면 시 중에 그림이 있고, 왕유의 그림을 감상하
면 그림 중에 시가 있다."

생각건대 왕유의 시 중 다음과 같은 것은 모두 시중에 그림이 있는
것이다.

"바람이 불더니 성 서쪽에 비가 내리고, 노을이 들판의 마을을 비추

네.回風城西雨, 返景原上村."

"비가 조금씩 내리는데 해가 기울며 비추고, 저녁의 산바람 부니 날던 새가 돌아오네.殘雨斜日照, 夕嵐飛鳥還."

"해가 지는 소원小苑의 성, 은은하게 비추는 위천渭川의 나무.陰盡小苑城, 微明渭川樹."

"물이 굽이치는 곳에 이르러, 앉아서 구름이 일어나는 때를 바라보네.行到水窮處, 坐看雲起時."

"산 중에 밤새도록 비 내리고, 나뭇가지 끝에서 깊은 샘물이 흘러내리네.山中一夜雨, 樹杪百重泉."

"우는 새가 홀연히 계곡에 앉고, 돌아가는 구름이 때때로 봉우리를 감싸네.啼鳥忽臨澗, 歸雲時抱峯."

"석양이 깊은 산림에 들어가, 다시 푸른 이끼를 비추네.返影入深林, 復照靑苔上."

"고운 비취가 가끔씩 뚜렷하게 빛이 나고, 저녁 산바람이 사람 없는 곳에 부네.彩翠時分明, 夕嵐無處所."

"남천의 물이 굽이굽이 흐르니, 푸른 산림의 끝자락이 밝았다 어두웠다 하네.透迤南川水, 明滅靑林端."

"시냇가의 인가가 몇 집이런가, 꽃이 반쯤 떨어지고 물이 동으로 흐르네.溪上人家凡幾家, 落花半落東流水."

"폭포가 삼나무와 소나무에 항상 비를 내리게 하고, 석양의 고운 비취가 홀연히 산바람을 만드네.瀑布杉松常帶雨, 夕陽彩翠忽成嵐."

"구름 속 제성帝城에 쌍봉궐雙鳳闕이 있고, 빗속의 봄 나무 사이에 만인의 집이 있네.雲裏帝城雙鳳闕, 雨中春樹萬人家."

"신풍新豐의 나무 사이로 행인들 지나고, 소원小苑의 성 주변에 사냥말이 돌아가네.新豐樹裏行人度, 小苑城邊獵騎廻."

황정견이 말했다.

"나는 왕년에 산에 오르고 강가에서 노닐면서 일찍이 왕유의 시를 읽지 않은 것이 없었으니, 그러므로 이 늙은이의 가슴에 반드시 산수를 즐기는 고질병이 있음을 알겠나."[9]

해
제

왕유의 시 중 그림과 같은 시구의 예를 들었다. 소식은 〈서마힐남전연우도書摩詰藍田烟雨圖〉에서 "왕유의 시를 음미하면 시 중에 그림이 있고, 왕유의 그림을 감상하면 그림 중에 시가 있다."고 그의 시와 그림을 극찬했다. 또한 소문蘇門의 학사인 조보지晁補之도 "왕유는 시에 절묘하므로 그림 속에 여운이 있다고 하지만, 나는 왕유가 그림에 뛰어나기에 시의 형상이 정교하게 변했다고 말한다.右丞妙於詩, 故畵意有餘; 余謂右丞精于畵, 故詩態轉工.(劉士鏻, 《古今文致》)"

왕유는 시인일 뿐 아니라 화가로서도 이름이 났다. 당대에는 이사훈李思訓 부자를 대표하는 북종화파北宗畵派가 있었다. 북종화파는 화려한 색채가 특색이다. 궁정시풍과 호응하면서 크게 발전했다. 이에 반해 왕유는 산수, 꽃, 새를 그렸으며 청담한 기풍을 지니며 북종화파에 맞선 남종화파의 선두자가 되었다. 송대의 미불米芾, 원대의 황공망黃公望, 명대의 동기창董其昌 등이 모두 왕유의 영향을 받았다. 송나라의 궁중에서 왕유의 그림 126본을 소장하고 있었을 만큼 그의 그림은 인기가 있었다. 대부분 산수, 특히 수묵의 설경雪景이다. 이에 송대의 《선화화보宣和畵譜》에는 다음과 같이 기록했다.

"왕유는 그림을 잘 그렸는데 특히 산수에 뛰어났다. 그 당시의 화가 부류들이 천기가 이르렀다고 말했으며 배우는 사람들이 모두 따라갈 수 없었다. 그 사유의 높음을 살펴보면 애초 단청에서는 드러나지 않지만, 언제나 시편 속에 저절로 화의畵意가 있다. 이로써 왕유의 그림은 천연스러움에서 나왔지, 반드시 그림에 얽매이지 않았다는 것을 알겠다. 대개 나면서 안 사

---

9) 이상은 황정견의 말이다.

람이다.維善畫, 尤精山水, 當時之畫家者流, 以謂天機所到, 而所學者皆不及. 觀其思致高遠, 初末見於丹靑, 時時詩篇中已自有畫意. 由是知維之畫, 出於天性, 不必以畫拘. 蓋生而知之者."

東坡云: "味摩詰之詩, 詩中有畫; 觀摩詰之畫, 畫中有詩." 愚按: 摩詰詩如 "回風城西雨, 返景原上村."[1] "殘雨斜日照, 夕嵐飛鳥還."[2] "陰盡小苑城, 微明渭川樹."[3] "行到水窮處, 坐看雲起時."[4] "山中一夜雨, 樹杪百重泉."[5] "啼鳥忽臨澗, 歸雲時抱峯."[6] "返影入深林, 復照靑苔上."[7] "彩翠時分明, 夕嵐無處所."[8] "逶迤南川水, 明滅靑林端."[9] "溪上人家凡幾家, 落花半落東流水."[10] "瀑布杉松常帶雨, 夕陽彩翠忽成嵐."[11] "雲裏帝城雙鳳闕, 雨中春樹萬人家."[12] "新豐樹裏行人度, 小苑城邊獵騎廻"[13]等句, 皆詩中有畫者也. 山谷云: "予頃年[14]登山臨水, 未嘗不[15]讀摩詰詩, 故知此老胸次[16]定[17]有泉石膏肓[18]之疾."[以上四句皆山谷語.]

1 回風城西雨(회풍성서우), 返景原上村(반경원상촌): 바람이 불더니 성 서쪽에 비가 내리고, 노을이 들판의 마을을 비추네. 왕유 〈과원시瓜園詩〉의 시구다.

2 殘雨斜日照(잔우사일조), 夕嵐飛鳥還(석람비조환): 비가 조금씩 내리는데 해가 기울며 비추고, 저녁의 산바람 부니 날던 새가 돌아오네. 왕유 〈최복양형계중전산흥崔濮陽兄季重前山興〉의 시구다.

3 陰盡小苑城(음진소원성), 微明渭川樹(미명위천수): 해가 지는 소원小苑의 성, 은은하게 비추는 위천渭川의 나무. 왕유 〈정우전가유증丁寓田家有贈〉의 시구다.

4 行到水窮處(행도수궁처), 坐看雲起時(좌간운기시): 물이 굽이치는 곳에 이르러, 앉아서 구름이 일어나는 때를 바라보네. 왕유 〈종남별업終南別業〉의 시구다.

5 山中一夜雨(산중일야우), 樹杪百重泉(수초백중천): 산 중에 밤새도록 비 내리고, 나뭇가지 끝에서 깊은 샘물이 흘러내리네. 왕유 〈송재주이사군送梓州李使君〉의 시구다.

6 啼鳥忽臨澗(제조홀임간), 歸雲時抱峯(귀운시포봉): 우는 새가 홀연히 계곡에 앉고, 돌아가는 구름이 때때로 봉우리를 감싸네. 왕유 〈위시랑산거韋侍郞山居〉의 시구다.

7 返影入深林(반영입심림), 復照靑苔上(복조청태상): 석양이 깊은 산림에 들어

가, 다시 푸른 이끼를 비춘다. 왕유 〈녹채鹿柴〉의 시구다.

8 彩翠時分明(채취시분명), 夕嵐無處所(석람무처소): 고운 비취가 가끔씩 뚜렷하게 빛이 나고, 저녁 산바람이 사람 없는 곳에 부네. 왕유 〈목란채木蘭柴〉의 시구다.

9 逶迤南川水(위이남천수), 明滅青林端(명멸청림단): 남천의 물이 굽이굽이 흐르니, 푸른 산림의 끝자락이 밝았다 어두웠다 하네. 왕유 〈북타北坨〉의 시구다.

10 溪上人家凡幾家(계상인가범기가), 落花半落東流水(낙화반락동유수): 시냇가의 인가가 몇 집이런가, 꽃이 반쯤 떨어지고 물이 동으로 흐르네. 왕유 〈한식성동즉사寒食城東卽事〉의 시구다.

11 瀑布杉松常帶雨(폭포삼송상대우), 夕陽彩翠忽成嵐(석양채취홀성람): 폭포가 삼나무와 소나무에 항상 비를 내리게 하고, 석양의 고운 비취가 홀연히 산바람을 만드네. 왕유 〈송방존사귀숭산送方尊師歸嵩山〉의 시구다.

12 雲裏帝城雙鳳闕(운리제성쌍봉궐), 雨中春樹萬人家(우중춘수만인가): 구름 속 제성帝城에 쌍봉궐雙鳳闕이 있고, 빗속의 봄 나무 사이에 만인의 집이 있네. 왕유 〈봉화성제종봉래향흥경각도중류춘우중춘망지작응제奉和聖制從蓬萊向興慶閣道中留春雨中春望之作應制〉의 시구다.

13 新豐樹裏行人度(신풍수리행인도), 小苑城邊獵騎廻(소원성변렵기회): 신풍의 나무 사이로 행인들 지나고, 소원의 성 주변에 사냥 말이 돌아가네. 왕유 〈화태상위주부오랑온탕우목지작和太常韋主簿五郎溫湯寓目之作〉의 시구다.

14 頃年(경년): '往年(왕년)'과 같은 말이다. 지난날.

15 未嘗不(미상불): 일찍이 …하지 않은 적이 없다.

16 胸次(흉차): '胸間(흉간)', '胸懷(흉회)'와 같은 말이다. 《장자, 전자방田子方》: "행동에 작은 변화가 있을 뿐이지 그 커다란 규칙은 잃지 않고, 희로애락이 마음속에 스며들지 않는다. 行小變而不失其大常也, 喜怒哀樂不入於胸次." 라는 말이 보인다.

17 定(정): 반드시.

18 泉石膏肓(천석고맹): '천석'은 산수山水를 가리킨다. 또 심장의 지방을 '고'라하고 심장과 횡격막 사이를 '맹'이라고 불렀다. 이것은 약 효과가 미치지 못하는 곳이다. 즉 산수를 좋아하는 것이 병이 됨을 가리킨다.

맹호연의 고율은 오언이 뛰어나다. 오언 중에서는 단편이 뛰어나다. 고시 장편 중에서 평운은 모두 율체를 잡용했고 측운은 대부분 학슬을 꺼렸다.

두보는 그것에 대해 다음과 같이 칭송했다.

"시를 지음이 하필 많아야 하는가, 종종 포조와 사령운을 능가한다."

바로 그의 고율 단편이 뛰어남을 말할 따름이다.

왕세정 또한 말했다.

"맹호연의 시구는 5자를 넘지 않고, 전체 시편은 40자를 넘지 않는데, 이것이 그의 단점이다."

맹호연의 시에 대해 깊이 깨달은 것이다.

해제 맹호연의 시에 관한 논의다. 오언단편이 뛰어남을 지적했다. 맹호연은 왕유보다 12세가 많지만 서로 '망년지교忘年之交'를 맺어 왕래가 깊었다. 더욱이 일생토록 속세의 부침에 휩쓸리지 않고 산수를 통해 자신의 성정을 표출하여 왕유의 존경을 받았다. 40세 이전까지 녹문산鹿門山에 은거하다가 40세에 장안에 가 과거를 보았으나 낙제했다. 성품이 정직하고 고상해서 시가를 등용의 수단으로 삼고자 하지 않았기에, 과거에 연연하기는커녕 황제 앞에서도 벼슬을 구하지 않는 베짱이 있었다. 이와 관련하여 《신당서, 맹호연전》에는 다음과 같은 일화가 기록되어 있다.

"맹호연이 왕유에 의해 사사로이 내서內署에 초청되었다. 잠시 후 현종이 이르자 호연이 침대 밑에 숨었는데 왕유가 사실대로 아뢰었다. 황제가 기뻐하며 말하길, 그 사람을 들어본적 있지만 만나 보지 못했는데 어찌 두려워 숨는가? 호연을 불러 나오게 했다. 황제가 그의 시에 대해 물으니 호연이 재배하고 스스로 한 수를 낭독했다. '재주가 없어 임금이 버리네不才明主棄'의 시구에 이르자 황제가 경은 벼슬을 구하지 않았고 짐은 경을 버린 적이 없는데 나를 어찌 모함하는가라고 했다.維私邀入內署, 俄而玄宗至, 浩然匿床下, 維以實對, 帝喜曰: 朕聞其人而未見也, 何懼而匿. 詔浩然出. 帝問其詩, 浩然再拜, 自誦所爲, 至不 才明主棄之句, 帝曰: 卿不求仕, 而朕未嘗棄卿, 奈何誣我."

맹호연의 시는 260여 수인데, 오언시가 대부분을 차지한다. 또 오언시 중 오언율시와 배율이 가장 많다. 이에 맹호연은 오언단편에 뛰어났다고 하는 것이다. 엄우는《창랑시화, 시평詩評》에서 "맹호연의 시를 오래 읊조 리면 악기의 음률이 있다.諷咏久之, 有金石宮商之聲."고 높이 평가했다. 그러나 시의 체재가 다양하지 못하다 보니 시의 제재나 풍격도 제한적이라는 비 판을 받는다.《후산시화後山詩話》에서 소식은 맹호연의 시에 대해 "운은 뛰 어나지만 재주가 모자란 것이 마치 궁중의 법도에 따라 술을 빚지만 재료 가 없는 것과 같다.韻高才短, 如造內法酒手, 而無材料."고 하면서 맹호연 시의 부 족한 점을 꼬집었다.

孟浩然古律之詩, 五言爲勝. 五言則短篇爲勝. 古詩長篇, 平韻者皆雜用律 體, 仄韻者亦多忌鶴膝. 子美稱其"賦詩[1]何必多, 往往凌鮑謝." 正謂其古律 短篇勝耳. 元美亦謂: "浩然句不能出五字外, 篇不能出四十字外, 此其所 短." 深得之矣.

1 賦詩(부시): 시를 짓다.

11

맹호연은 재주가 비록 작지만 단편을 짓기에는 충분하다. 이백, 두 보, 왕유가 서로 추종했다.[10] 오늘날 사람들이 마음속으로는 그것이

---

10) 이백의 시에서 "유수운이 아님이 부끄러우나, 외람되이 백아의 거문고 연주에 맞먹네.愧非流水韻, 叨入伯牙絃."라고 했다. 두보가 말했다. "시를 지음이 하필 많 아야 하는가, 종종 포조와 사령운을 능가한다.賦詩何必多, 往往凌鮑謝." 또 두보가 다음과 같이 말했다. "다시 맹양의 맹호연을 생각하니, 맑은 시의 구절구절이 다 전할 만하구나.復憶襄陽孟浩然, 淸詩句句盡堪傳." 왕유는 그의 시를 좋아하여 일찍

아름다운 줄 알면서도 감히 찬탄의 말을 드러내지 못하는 것은, 아마 세상의 대부분 과장을 하는 문인들이 걸핏하면 광대하고 성대한 것에 힘쓰는 까닭에 자칫 다른 사람들에게 협소하다고 비춰질까 두려워서 일 뿐이다. 이것은 자신을 믿지 못하는 잘못이다.

왕세정이 다음과 같이 말했다.

"시에는 반드시 버릴 수 없는 것이 있으니, 비록 여러 체재가 갖추어지지 않았어도 오직 한 곳에 뛰어난 장점이 있다. 예를 들면 맹호연은 아름다움을 다 하여 오직 오언에 빼어났으니, 천년 동안 '왕맹王孟'이라고 병칭된다."

맹호연의 오언단편에 관해 칭송했다. 이백, 두보, 왕유는 모두 맹호연을 추종했다. 이백은 안륙安陸, 현재 호북에 거주하던 청년 시기에 맹호연을 존경하여 그가 양양襄陽에 있을 때 방문하여 〈증맹호연贈孟浩然〉 시를 지었다. 또한 이백의 시 중에 〈황학루송맹호연지광릉黃鶴樓送孟浩然之廣陵〉이 있는데, 이 시는 맹호연이 경사에 올라갔을 때 지은 것인지 아니면 경사에서 물러나 양주에서 노닐 때 지은 것인지는 확실하지 않지만, 서로 교류가 있었음을 알 수 있다.

두보 역시 맹호연을 칭송했는데 먼저 〈견흥遣興〉에서 "나는 맹호연을 좋아하건만, 헤진 옷 입고 불우하게 세상을 떠나고 말았네.吾憐孟浩然, 短褐卽長夜."라고 칭송했다. 또 〈해민解悶〉이라는 시에서는 "재차 양양의 맹호연을 기억하나니, 그의 청신한 시는 한 구 한 구 후세에 전하기에 충분하네.復憶襄陽孟浩然, 新詩句句盡堪傳."라고 말했다.

한편 맹호연은 왕유와 함께 청담한 시풍을 발전시켜 흔히 '왕맹王孟'으로 병칭된다. 그러나 그 풍격상에서 약간의 차이가 있으니, 호응린은 《시수詩藪, 외편外篇》 권4에서 "맹호연은 청담하면서 넓고, 왕유는 청담하면서 빼

이 영주郢州를 지나면서 자사정刺史亭에 그의 초상화를 그렸는데, 이로 인해 '호연정浩然亭'이라고 부른다.

어나다. 浩然淸而曠, 王維淸而秀."고 평했다.

浩然才力雖小, 然爲短篇則有餘[1]. 李杜摩詰並相推重[2]. [李詩云: "愧非流水韻, 叩入伯牙絃."[3] 杜云: "賦詩何必多, 往往凌鮑謝."[4] 又云: "復憶襄陽孟浩然, 淸詩句句盡堪 傳."[5] 摩詰愛其詩, 嘗過郢州[6], 畵其像于刺史亭, 因曰浩然亭.] 今人心知其美而未敢 顯言贊之者, 蓋緣[7]世多夸大之士[8], 動以崢嶸浩瀚[9]爲務, 恐人以狹小視之耳. 此不自信之過[10]也. 王敬美云: "詩有必不能廢者, 雖衆體未備, 而獨擅一家 之長[11]. 如孟浩然佻佻[12]易盡, 止以五言雋永[13], 千載[14]並稱'王孟'云."

1 有餘(유여): 남음이 있다. 충분하다.

2 並相推重(병상추중): 서로 추종하다.

3 愧非流水韻(괴비유수운), 叩入伯牙絃(도입백아현): 유수운이 아님이 부끄러우 나, 외람되이 백아의 거문고 연주에 맞먹네. 이백의 〈춘일귀산기맹호연春日歸山 寄孟浩然〉의 시구다.

4 賦詩何必多(부시하필다), 往往凌鮑謝(왕왕릉포사): 시를 지음이 하필 많아야 하는가, 종종 포조와 사령운을 능가한다. 두보 〈견흥오수遣興五首〉 중 제5수의 시구다.

5 復憶襄陽孟浩然(부억양양맹호연), 淸詩句句盡堪傳(청시구구진감전): 다시 맹 양의 맹호연을 생각하니, 맑은 시의 구절구절이 다 전할 만하구나. 〈해민십이 수解悶十二首〉 중 제6수의 시구다.

6 郢州(영주): 그 행정 중심지가 지금의 무한시武漢市 무창武昌에 있었다.

7 緣(연): 때문에.

8 夸大之士(과대지사): 과장을 하는 문인

9 崢嶸浩瀚(쟁영호한): 광대하고 성대하다.

10 不自信之過(부자신지과): 자신을 믿지 못하는 잘못.

11 擅一家之長(천일가지장): 한 곳에 뛰어난 장점이 있다.

12 佻佻(도도): 아름다운 모양을 가리킨다.

13 雋永(준영): 빼어나다.

14 千載(천재): 천년.

호응린이 말했다.

"맹호연의 시는 담백하나 그윽하지 못하고 여유로우나 심원하지 않지만, 취할 만한 것에는 자연스러운 맛이 있다."

생각건대 당나라 사람의 율시는 흥상을 위주로 하고 풍격을 으뜸으로 한다. 맹호연의 오언율시는 흥상이 영롱하고 풍격이 초탈하니 곧 호응린이 말한 '근본을 먼저 세운 것이다'.[11] 이에 성당의 시 중에서 최상선이므로 한산하고 그윽함에서 구하는 것에 치우쳐서는 안 된다. 그중 〈세모귀남산歲暮歸南山〉,〈세제야유회歲除夜有懷〉,〈여제자등현산與諸子登峴山〉,〈조한강상유회早寒江上有懷〉 등은 모두 한숨에 어우러져, 고적의 〈송이시어부안서送李侍禦赴安西〉, 잠삼의 〈발임조장부북정유별發臨洮將赴北庭留別〉, 왕유의 〈관렵觀獵〉 등과 비슷하다.[12] 시구를 가려 뽑을 수 없을 뿐 아니라 시어를 가릴 수도 없다. 피일휴皮日休가 맹호연의 가구를 가려서 육조의 여러 문인들과 견준 것이 어찌 맹호연을 이해했다고 하겠는가!

해제 맹호연의 풍격에 관한 논의다. 허학이는 맹호연의 시가 성당시 중 최상선이라고 했다. 그런데 맹호연의 시가 한산하고 그윽하다는 특징에만 치중하여 한숨에 어우러진 시구를 놓치는 경우가 있다. 따라서 허학이는 한숨에 어우러진 시편을 예로 들어 맹호연의 시풍이 오직 한산하고 그윽하다고 생각하는 편견을 버릴 것을 제기하고 있다.

한편 호응린이 말한 맹호연의 자연스러움은 당시의 흥취에 다름 아니다. 흥취는 인위적인 수식을 넘어서서 흥상을 위주로 하고 풍격을 으뜸으로 할 때 저절로 생겨나는 것이다. 따라서 육조의 가구처럼 가려 뽑을 수

---

11) 사령운에 관한 시론 중에 보인다.
12) 모두 앞에서 예를 들었다.

있는 것이 아님을 강조하고 있다. 피일휴는 만당의 시인으로 시구의 조탁을 중시하며 유미주의의 시풍을 추구했다. 이러한 시파는 글자마다 조탁을 중시했는데 그 결과 흥취에 도달하지 못하게 되었다. 흥취는 조탁의 흔적을 초탈할 때 얻을 수 있는 것이다.

 胡元瑞云: "孟詩淡而不幽[1], 閒而匪遠[2], 可取者一味自然[3]." 愚按: 唐人律詩以興象爲主, 風神爲宗. 浩然五言律興象玲瓏[4], 風神超邁[5], 卽元瑞所謂"大本先立", [見謝靈運論中], 乃盛唐最上乘[6], 不得偏於[7]閒淡幽遠[8]求之也. 中如 "北闕休上書"[9], "迢遞三巴路"[10], "人事有代謝"[11], "木落鴈南度"[12]等篇, 皆一氣渾成, 與高適"行子對飛蓬"[13], 岑參"聞說輪臺路"[14], 摩詰"風勁角弓鳴"[15]等篇相類, [皆擧見前], 旣未可以句摘, 亦未可以字求也. 皮日休[16]摘浩然佳句, 以配[17]六朝諸子, 是豈足以知浩然哉!

1 淡而不幽(담이불유): 담백하나 그윽하지 못하다.

2 閒而匪遠(한이비원): 여유로우나 심원하지 않다.

3 一味自然(일미자연): 자연스러운 맛이 있다.

4 玲瓏(영롱): 정교하고 아름답다.

5 超邁(초매): 초탈하다.

6 最上乘(최상승): 일체의 번뇌를 버리고 진리를 깨달음. 최고의 교법敎法을 말한다.

7 偏於(편어): …에 치우치다.

8 閒淡幽遠(한담유원): 한산하고 그윽하다.

9 北闕休上書(북궐휴상서): 맹호연의 〈세모귀남산歲暮歸南山〉을 가리킨다.

10 迢遞三巴路(초체삼파로): 맹호연의 〈세제야유회歲除夜有懷〉를 가리킨다.

11 人事有代謝(인사유대사): 맹호연의 〈여제자등현산與諸子登峴山〉을 가리킨다.

12 木落鴈南度(목락안남도): 맹호연의 〈조한강상유회早寒江上有懷〉를 가리킨다.

13 行子對飛蓬(행자대비봉): 고적의 〈송이시어부안서送李侍禦赴安西〉를 가리킨다.

14 聞說輪臺路(문설윤대로): 잠삼의 〈발임조장부북정유별發臨洮將赴北庭留別〉을 가리킨다.

15 風勁角弓鳴(풍경각궁명): 왕유의 〈관렵觀獵〉을 가리킨다.

16 皮日休(피일휴): 만당 시기의 시인이다. 자는 일소逸少 또는 습미襲美고, 자호自
號는 취음선생醉吟先生이다. 호북성 양양襄陽 사람으로, 생몰년은 명확하지 않
다. 일찍이 고향 가까이의 녹문산鹿門山에 은거하여 시와 술을 벗 삼았다. 함통
8년(867)에 진사가 되었다. 저작랑著作郎, 태상박사太常博士 등을 역임했다. 시와
소품문에 뛰어났으며, 그 당시의 정치를 비판하고 풍자한 작품이 많다. 시는 육
구몽陸龜蒙과 이름을 나란히 하여 피육皮陸이라 병칭되었다.

17 配(배): 견주다. 필적하다.

13

고인이 지은 시에는 글자마다 조탁한 것이 있고 한숨에 어우러진
것이 있다. 글자마다 조탁한 것은 정교하다고 칭송되지만, 한숨에 어
우러진 것은 지극한 경지에 오른 것이다. 글자마다 조탁한 시 중 비슷
한 것은 답습한 것으로 의심된다. 한숨에 어우러진 시는 흥취가 도달
함이 홀연히 와서 저절로 이루어지니, 형사로써 그것을 취하는 것은
마땅하지 않다.

잠시 맹호연의 오언율시를 살펴보면, 선록된 작품 중에는 다른 사
람이 말할 수 있는 시구가 하나도 없고, 다른 사람이 쉽게 말할 수 있
는 시편도 하나도 없다. 후인 중 재주가 작은 사람들이 번번이 맹호연
을 사모하는데, 오직 그 평이함만 깨달았을 뿐이다.

해제 맹호연의 시구에 관한 논평이다. 맹호연의 오언율시에는 다른 사람이 말
할 수 있는 시구나 쉽게 말할 수 있는 시편이 하나도 없을 만큼 독창적이라
고 할 수 있는데, 이것은 한숨에 어우러져 흥취에 이르렀기 때문에 가능한
것이다.

원문 古人爲詩¹, 有語語琢磨²者, 有一氣渾成者. 語語琢磨者稱工, 一氣渾成者爲

聖. 語語琢磨者, 一有相類, 疑爲盜襲. 一氣渾成者, 興趣所到, 忽然而來[3], 渾然而就[4], 不當以形似求之. 試觀浩然五言律, 入錄者無一句人不能道, 然未有一篇人易道也. 後人才小者輒慕浩然, 然但得其淺易耳.

주석

1 爲詩(위시): 시를 짓다.

2 語語琢磨(어어탁마): 글자마다 조탁하다.

3 忽然而來(홀연이래): 홀연히 오다.

4 渾然而就(혼연이취): 저절로 이루다.

14

이백과 두보 두 시인의 시는 매우 많으나 맹호연의 시는 매우 적다. 대개 두 시인은 재주가 심히 커서 생각한 대로 얻지 못하는 것이 없었다. 맹호연은 생각을 매우 깊게 하여 반드시 자득했으므로, 오언율시가 모두 홀연히 와서 저절로 이루어지며 원활하고 초탈하여 대부분 입성의 경지에 들어갔다. 유진옹이 "맹호연은 그림을 그리지 않고 오직 흥을 탔다"고 말했고, 엄우가 "맹호연의 시는 한 번 맛을 보면 오묘하다"고 말했는데, 모두 맹호연의 시를 잘 깨달은 것이다.

해제

맹호연은 이백과 두보에 비해 그 작품 수가 매우 적다. 이백과 두보에 비해 재주가 떨어져서 많은 작품을 창작하지 못했다고도 할 수 있으나, 오히려 두보는 "시를 지음이 하필 많아야 하는가, 종종 포조와 사령운을 능가한다"고 극찬했다. 꼭 많은 작품을 창작해야만 훌륭한 시인이 아니니, 그는 반드시 흥취가 일어나야만 시를 지었다.

원문

李杜二公詩甚多, 而浩然詩甚少. 蓋二公才力甚大, 思無不獲[1]. 浩然造思極深[2], 必特自得, 故其五言律皆忽然而來, 渾然而就, 而圓轉超絶[3], 多入於聖矣. 須溪謂"浩然不刻畵, 祇似乘興[4]", 滄浪謂"浩然一味妙悟[5]", 皆得之矣.

1 思無不獲(사무불획): 생각한 대로 얻지 못하는 것이 없다.

2 造思極深(조사극심): 생각을 매우 깊게 하다.

3 圓轉超絶(원전초절): 원활하고 초탈하다.

4 乘興(승흥): 흥을 타다.

5 一味妙悟(일미묘오): 한 번 맛을 보면 오묘하다.

15

두보의 〈제왕재산수가題王宰山水歌〉에서 말했다.

"열흘에 물 하나 그리고, 닷새에 돌 하나 그리네. 일에 능하여 재촉을 받지 않고, 왕재王宰가 비로소 진짜 자취를 남기고자 하네."

대개 물과 돌을 그리는데 어찌 반드시 열흘이나 닷새가 필요하리오. 다만 흥이 와야 붓을 들 따름이다. 맹호연이 시를 짓는 것도 또한 그러했다.

맹호연의 시가 흥을 다했음을 강조했다. 앞서 작품의 수가 적은 것도 흥취를 다하기 때문이라고 했다. 물과 돌을 그리는 데 어찌 오랜 시간이 필요하겠는가? 오직 흥이 일어날 때까지 기다린다는 의미다. 정말 매일 흥이 나면 좋을 법한데, 맹호연의 재주가 그만큼은 아니었던 모양이다.

杜子美題王宰山水歌云: "十日畫一水, 五日畫一石. 能事不受相促迫[1], 王宰[2]始肯留眞跡." 夫[3]一水一石, 寧必十日五日哉? 直是興到方始下筆[4]耳. 浩然爲詩亦然.

1 促迫(촉박): 재촉하다.

2 王宰(왕재): 당나라 시기의 화가다. 산수와 나무, 돌을 잘 그렸다. 두보는 성도成都에 거주할 때 왕재와 친분을 쌓았으며, 〈희제왕재화산수도가戲題王宰畵山水圖歌〉에서 그를 칭찬했다. 그러나 아쉽게도 그 그림은 현재 전하지 않는다.

3 夫(부): 대개.

4 下筆(하필): 붓을 들다. 시나 글을 짓다는 의미다. 여기서는 그림을 그리다는 뜻으로 사용되었다.

16

오언율시에서 왕유는 풍격이 일률적이지 않고, 맹호연은 구조를 잘 변화시켰다. 그런데 왕유의 시는 배울 수 있으나, 맹호연의 시는 배우기 쉽지 않다.

맹호연의 시중 〈제야낙성봉장소부除夜樂城逢張少府〉, 〈남환주중기원태축南還舟中寄袁太祝〉, 〈광릉별설팔廣陵別薛八〉, 〈경환증장유京還贈張維〉, 〈배사사원사호견심裴司士員司戶見尋〉, 〈간남즉사이교상인澗南卽事眙皎上人〉, 〈제이십사장겸증기무교서題李十四莊兼贈綦毋校書〉, 〈제장야인원려題張野人園廬〉, 〈구일회양양九日懷襄陽〉, 〈상현산운표관주峴山雲表觀主〉, 〈주중효망舟中曉望〉, 〈자락지월自洛之越〉, 〈도하송신대지악都下送辛大之鄂〉, 〈영가별장자용永嘉別張子容〉, 〈춘중희왕구상심春中喜王九相尋〉 등은 격조가 다소 자유로워 소변小變에 들어갔지만, 모두 신운이 모이고 흥기가 도달하여 어느 부분에서나 변화를 이루니, 머리를 써 노력한다고 해서 얻을 수 없다.

또한 〈배이시어방총상인선거陪李侍御訪聰上人禪居〉, 〈제대우사의공선방題大禹寺義公禪房〉, 〈숙입공방宿立公房〉, 〈유경공사난약遊景空寺蘭若〉 등은 모두 그윽하면서 드넓은 까닭에 언덕과 구릉의 묘사가 뛰어나게 되었다. 호응린이 "맹호연의 시는 담백하나 그윽하지 않고, 여유로우나 심원하지 않다"고 말했는데, 나는 이 말을 이해할 수가 없다.

맹호연의 오언율시가 구조의 변화에 뛰어나다는 것은 다양한 변화를 느낄 수 있음을 의미한다. 따라서 맹호연의 시를 제대로 알기 위해서는 평이한 자구에 얽매여서는 안 될 것이다.

五言律, 摩詰風體不一, 浩然機局善變. 然摩詰可學, 而浩然不易學也. 浩然
如"雲海訪甌閩"[1], "沿泝非便習"[2], "士有不得志"[3], "拂衣去何處"[4], "府寮能枉
駕"[5], "敞廬在郭外"[6], "聞君息陰地"[7], "與君園廬並"[8], "去國已如昨"[9], "少小學
書劍"[10], "挂席東南望"[11], "遑遑三十載"[12], "南國幸居士"[13], "舊國余歸楚"[14],
"二月湖水清"[15]等篇, 格雖稍放而入小變, 然皆神會興到[16], 隨地化生[17], 未可
以智力求之. 至如"欣逢栢臺舊"[18], "義公習禪寂"[19], "支遁初求道"[20], "龍象經
行處"[21]等篇, 則皆幽遠清曠[22], 以丘壑勝者也. 元瑞謂: "孟詩淡而不幽, 閒而
匪遠." 予未敢信.

1 雲海訪甌閩(운해방구민): 맹호연의 〈제야낙성봉장소부除夜樂城逢張少府〉를 가
리킨다.

2 沿泝非便習(연소비변습): 맹호연의 〈남환주중기원태축南還舟中寄袁太祝〉을 가
리킨다.

3 士有不得志(사유부득지): 맹호연의 〈광릉별설팔廣陵別薛八〉을 가리킨다. 또는
〈송우동귀送友東歸〉라고도 한다.

4 拂衣去何處(불의거하처): 맹호연의 〈경환증장유京還贈張維〉를 가리킨다. 또는
〈경환증왕유京還贈王維〉라고도 한다.

5 府寮能枉駕(부료능왕가): 맹호연의 〈배사사원사호견심裴司士員司戶見尋〉을 가
리킨다. 또는 〈배사사견방裴司士見訪〉이라고도 한다.

6 敞廬在郭外(창려재곽외): 맹호연의 〈간남즉사이교상인澗南卽事貽皎上人〉을 가
리킨다.

7 聞君息陰地(문군식음지): 맹호연의 〈제이십사장겸증기무교서題李十四莊兼贈綦母
校書〉를 가리킨다.

8 與君園廬並(여군원려병): 맹호연의 〈제장야인원려題張野人園廬〉를 가리킨다.

9 去國已如昨(거국이여작): 맹호연의 〈구일회양양九日懷襄陽〉을 가리킨다.

10 少小學書劍(소소학서검): 맹호연의 〈상현산운표관주傷峴山雲表觀主〉를 가리킨
다.

11 挂席東南望(괘석동남망): 맹호연의 〈주중효망舟中曉望〉을 가리킨다.

12 遑遑三十載(황황삼십재): 맹호연의 〈자락지월自洛之越〉을 가리킨다.

13 南國幸居士(남국행거사): 맹호연의 〈도하송신대지악都下送辛大之鄂〉을 가리킨다.

14 舊國余歸楚(구국여귀초): 맹호연의 〈영가별장자용永嘉別張子容〉을 가리킨다.

15 二月湖水淸(이월호수청): 맹호연의 〈춘중희왕구상심春中喜王九相尋〉을 가리킨다. 또는 〈만춘晩春〉이라고도 한다.

16 神會興到(신회흥도): 신운이 모이고 흥기가 도달하다.

17 隨地化生(수지화생): 어느 부분에서나 변화를 이루다.

18 欣逢栢臺舊(흔봉백대구): 맹호연의 〈배이시어방총상인선거陪李侍御訪聰上人禪居〉를 가리킨다. 또는 〈배백대우방총상인陪柏臺友訪聰上人〉이라고도 한다.

19 義公習禪寂(의공습선적): 맹호연의 〈제대우사의공선방題大禹寺義公禪房〉을 가리킨다.

20 支遁初求道(지둔초구도): 맹호연의 〈숙입공방宿立公房〉을 가리킨다.

21 龍象經行處(용상경행처): 맹호연의 〈유경공사난약遊景空寺蘭若〉을 가리킨다.

22 幽遠淸曠(유원청광): 그윽하면서 넓고 탁 트였다.

17

맹호연의 오언율시 중 〈상현산운표관주傷峴山雲表觀主〉, 〈주중효망舟中曉望〉 등은 명백히 수미가 맞지 않다. 그러나 신운이 모이고 흥기가 도달하여 한번 붓을 대면 시가 이루어지니, 의도적으로 창작한 것이 아니다. 이백 역시 그러하다.

해설 맹호연의 오언율시 중 수미가 맞지 않는 시를 지적했다. 율시를 지을 때는 보통 함련頷聯과 경련頸聯에서 엄격한 대구를 지켜야 한다. 그러나 맹호연이 이러한 규율을 벗어났음에도 불구하고 신운이 모이고 흥기가 도달하여 뛰어난 작품을 창작할 수 있었으니, 그것은 재주가 뛰어나야 가능한 일이다. 한마디로 맹호연의 몇몇 작품은 이백과 같은 최고의 경지에 이르렀음을 강조하고 있다.

원문 浩然五言律, 如"少小學書劍"[1], "挂席東南望"[2]等篇, 徹[3]首尾不對, 然皆神會興到, 一掃而成[4], 非有意創別也. 李太白亦然.

주석

1 少小學書劍(소소학서검): 맹호연의 〈상현산운표관주傷峴山雲表觀主〉를 가리킨다.

2 挂席東南望(괘석동남망): 맹호연의 〈주중효망舟中曉望〉을 가리킨다.

3 徹(철): 명백히.

4 一掃而成(일소이성): 순식간에 이루다.

18

왕사원王士源이 말했다.

"맹호연의 문장은 고문에 얽매이지 않고 독창적인 경지에 이르러 오묘하며, 오언시는 천하에서 독보적이라고 칭송된다."

내가 생각건대 맹호연의 오언율시, 최호의 칠언율시는 비록 모두 독창적으로 다듬었으나 체재와 성조가 천연스러움에 맞지 않은 것이 없으니, 이른바 "마음대로 하고자 하나 법도를 넘지 않는다."고 한 것은 이를 두고 말한 것이다. 잠시 백거이의 칠언시 〈팔월십오일야분정망월八月十五日夜盜亭望月〉, 〈지상한음이수池上閒吟二首〉 중 제2수, 〈십이월이십삼일작겸정회숙十二月二十三日作兼呈晦叔〉 등을 살펴보면,13) 어찌 법도를 넘지 않았다고 말하리오?

해제

맹호연의 오언율시가 독창적이면서도 체재나 성조가 자연스럽지 않은 것이 없음을 강조했다. 이와 아울러 최호의 칠언율시도 이러한 경지에 이르렀음을 언급하고 있는데, 최호에 관해서는 제17권 중에서 논한다.

원문

王士源[1]云: "浩然文不按古, 匠心獨妙, 五言詩天下稱其獨步." 愚按: 浩然五言律, 崔顥七言律, 雖皆匠心, 然體製聲調靡不合於天成, 所謂 "從心所欲不踰矩"[2]是也. 試觀樂天七言 "昔年八月"[3], "非莊非宅"[4], "案頭曆日"[5]等篇, [說見

---

13) 백거이에 관한 시론 중에 설명이 보인다.

樂天論中], 是豈可謂不踰矩耶?

1 王士源(왕사원): 당나라 시기의 문인이다. 선성宜城 곧 지금의 호북성 양양襄陽
사람이다. 어릴 때부터 명산을 좋아했다. 18세에 항산恒山에 들어가 도를 구했
고, 개원 말년에《장자, 경상초庚桑楚》를 바탕으로 제자서를 참고하여《항창자
亢倉子》를 지었다. 또 천보 4년(745)에《맹호연시집孟浩然詩集》을 편찬했다.

2 從心所欲不踰矩(종심소욕불유구): 마음대로 하고자 하나 법도를 넘지 않는다.
《논어, 위정》에 나오는 말이다.

3 昔年八月(석년팔월): 백거이의〈팔월십오일야분정망월八月十五日夜湓亭望月〉을
가리킨다.

4 非莊非宅(비장비택): 백거이의〈지상한음이수池上閑吟二首〉중 제2수를 가리킨
다.

5 案頭曆日(안두역일): 백거이의〈십이월이십삼일작겸정회숙十二月二十三日作兼呈
晦叔〉을 가리킨다.

19

맹호연의〈망동정호증장승상望洞庭湖贈張丞相〉한 편의 경우, 전반부
4구는 심히 웅장하나 뒷부분은 다소 칭송할 만하지 않다. 게다가 '舟楫
주즙', '聖明성명'을 대비시켜 시를 지었으니 또한 정교하지 않다. 혹자
가 이 시를 맹호연 시의 압권이라고 여기므로, 분명하게 밝힌다.

맹호연의 시〈망동정호증장승상〉에 관한 논의다. 이 시를 맹호연의 시중
으뜸으로 여기는 일부 관점에 대해서 주의를 환기시키고 있다.

浩然"八月湖水平"[1]一篇, 前四句甚雄壯, 後稍不稱, 且"舟楫", "聖明"[2]以賦[3]
對比, 亦不工. 或以此爲孟詩壓卷[4], 故表明[5]之.

1 八月湖水平(팔월호수평):〈망동정호증장승상望洞庭湖贈張丞相〉또는〈임동정臨

洞庭〉

2 여기서 말하는 시구의 원문은 다음과 같다. "欲濟無舟楫(욕제무주즙), 端居恥
聖明(단거치성명)."

3 賦(부): 짓다.

4 壓卷(압권): 많은 시문 가운데 가장 잘된 작품. 으뜸가는 시문. 과거 때 장원급
제한 사람의 답안지를 딴 답안지 맨 위에 놓은 고사에서 나온 말.

5 表明(표명): 분명하게 밝히다.

20

맹호연의 〈별장자용시別張子容詩〉에서 읊었다.

"언제 술 한 잔 하겠나, 다시 이응李膺과 술잔을 기울이네.何時一杯酒,
重與李膺傾"

여러 판본이 모두 같다. 내가 생각건대 '이응'은 필시 '季鷹계응'이라
고 해야 하니, 장계응張季鷹이 다음과 같이 말했기 때문이다.

"내가 죽어서 천년 동안 이름을 얻는 것은, 제때에 한 잔 술을 즐기
는 것만 못하다."

이것은 바로 장계응의 일화로써 자용子容을 빗댄 것이다.

맹호연의 시 〈별장자용시〉의 시구에 대한 교감이다. 여러 판본에서 '이응'
이라고 한 것은 반드시 '계응'이라고 고쳐야 함을 지적하고 있다.

浩然別張子容詩"何時一杯酒, 重與李膺傾", 諸本[1]皆同. 愚按: "李膺"當作
"季鷹", 張季鷹[2]云: "使我有身後[3]千載名, 不如卽時[4]一杯酒." 此正用姓張事
以比子容也.

1 諸本(제본): 여러 판본
2 張季鷹(장계응): 장한張翰. 서진 시기의 저명한 문학가로서 자가 계응이다. 오
군吳郡 오현吳縣 사람이다. 혹자가 그에게 왜 벼슬하여 죽은 뒤에 명성을 구하지

않느냐고 묻자, 그는 "내가 죽어서 천년 동안 이름을 얻는 것은, 제때에 한 잔 술을 즐기는 것만 못하다.使我身後有名, 不如即時一杯酒."라고 대답했다. 완적과 성격이 비슷하여 강동보병江東步兵이라고 불렸다.

3 身後(신후): 사후.

4 即時(즉시): 그 당시. 제때에.

21

오언절구에서 이백, 왕유 외에 맹호연의 여러 시편이 또한 대부분 입성의 경지에 들어갔다.

> 맹호연의 오언절구에 관한 논의다. 이백, 왕유와 함께 견줄 수 있는 경지에 올랐음을 지적했다.

> 五言絶, 太白摩詰而外, 浩然諸篇亦多入於聖矣.

22

맹호연의 칠언절구 〈양주사涼州詞〉 2수는 성당의 여러 문인의 시어와 비슷하나 결코 맹호연의 작품이 아니다. 《당시품휘》에서 수록하지 않은 것은 아마 그 당시에 없었기 때문일 것이다.

> 맹호연의 칠언절구에 관한 논의다. 〈양주사〉 2수가 맹호연의 작품이 아니라, 후인의 위작일 가능성이 있음을 제기하고 있다.

> 浩然七言絶有涼州詞二首, 類盛唐諸家語, 決非浩然作. 品彙不錄, 蓋當時未有也.

고적과 잠삼의 시는 재주가 조예보다 뛰어나다. 왕유와 맹호연의
시는 조예가 재주보다 뛰어나다.

고적과 잠삼, 왕유와 맹호연을 종합적으로 비교했다.

高岑之詩, 才力勝於造詣; 王孟之詩, 造詣勝於才力.

고적과 잠삼의 시는 강개한 유협의 기세가 있으나, 왕유와 맹호연
의 시에는 구릉과 계곡의 풍격이 있다.

고적과 잠삼, 왕유와 맹호연의 시풍을 비교했다. 고적과 잠삼은 성당기상
을 개창한 시인이다. 주로 변새시를 통해 강건한 풍격을 완성했다. 반면
왕유와 맹호연은 산수시파를 개창한 시인이다. 다만 왕유가 정적이면서
자연을 초월한 경지를 노래한다면, 맹호연은 동적이면서 번뇌가 많은 심
정을 자연에 기탁했다.

高岑之詩有慷慨俠烈之氣, 王孟之詩有一丘一壑之風.

오언배율에는 쌍운이 있으나 단운은 없다. 성당에서 이백, 두보, 고
적, 잠삼, 맹호연이 이 법칙을 매우 지켰다. 그러나 맹호연은 사실 엄
정하게 지키지는 않았다. 또 왕유 이외는 대부분이 단운의 오언배율
이 있다. 《당시정성》에는 배율이 단운인 시를 수록하지 않았는데, 타

당하다.

五言排律, 有雙韻, 無單韻. 盛唐惟李・杜・高・岑・孟浩然, 極守此法, 而浩然實不嚴整. 摩詰而外, 復多有單韻者矣. 正聲於排律單韻者不錄, 得之.

詩源辯體

성당盛唐

1

이기의 오언고시에서 평운은 대부분 율체를 잡용하고, 측운은 대부분 학슬을 꺼렸다. 칠언고시는 고적에 버금가는 수준에 있으며 역시 당시의 정종正宗이다. 오·칠언 율시는 대부분 입성의 경지에 들어갔다.

해제 이기의 시에 관한 논의다. 현존하는 이기의 시는 120여 수다. 그중 칠언시의 성취가 가장 뛰어난데, 특히 그의 칠언고시는 자유롭고 유창한 것으로 정평이 나 있다. 대표적인 작품으로 〈고종군행古從軍行〉, 〈고의古意〉, 〈송진장보送陳章甫〉, 〈별양굉別梁鍠〉 등을 손꼽을 수 있다. 칠언율시는 문장이 간결하여 비록 7수밖에 없지만 모두 역대로 칭송되는 작품이다. 그중 〈송위만지경送魏萬之京〉은 보기 드문 작품으로 알려져 있다. 또한 이기의 작품 속에는 인물형상이 뛰어난데, 인물의 특징을 포착하여 잘 그려냈으며 현실감 있는 시어가 돋보인다.

원문 李頎五言古, 平韻者多雜用律體, 仄韻者亦多忌鶴膝; 七言古在達夫之亞[1],

亦是唐人正宗; 五七言律多入於聖矣.

 1 亞(아): 버금가다.

2

　고적과 잠삼의 오언 중 율법에 구속되지 않는 것은 매번 자유분방한 데로 빠졌다. 이기의 오언 중 율법에 구속되지 않는 것은 글자마다 다듬었으므로 더욱 깊은 맛이 있다. 대개 이기의 칠언율시는 성조가 순일하여 후인이 진실로 그것을 모방할 수 있다. 오언은 성조가 약간 편협하여 개원과 천보에서부터 지금까지 결코 비슷한 것이 없는데, 나는 매번 그것을 수차례 읽어도 이해할 수가 없다.

이기의 오·칠언 율시에 관한 논의다. 이기는 왕창령, 왕유, 고적 등의 시인 및 그 당시의 많은 승려와 교유했다. 도술과 연단을 좋아하여 왕유가 그에게 써 준 시에서 "그대는 연단을 먹는다고 들었는데, 안색이 몹시 좋구나.聞君餌丹砂, 甚有好顏色."라고 했다. 또한 그는 선시禪詩도 적지 않게 지었는데, 이것은 왕유와 비슷한 점이다. 그 외에도 이기는 의협심이 강한 영웅인물을 잘 묘사함으로써 호방한 시풍을 지니고 있는데, 이것은 이백과 비슷한 점이기도 하다. 이와 같이 이기는 다양한 풍격을 지닌 시인으로 시적 변화가 무쌍하다.

高岑五言不拘律法者, 每失之於放. 李頎五言不拘律法者, 則字字洗練[1], 故更有深味. 蓋李七言律聲調雖純, 後人實能爲之; 五言調雖稍偏, 然自開寶至今, 絶無有相類者, 予每讀之數過, 不可了.

1 字字洗練(자자세련): 글자마다 다듬다.

3

성당의 오언율시는 대부분 융합되어 흔적이 없으며 입성의 경지에 들어갔다. 칠언은 자수가 약간 많아 시를 짓기가 다소 어렵기에 조화로움, 타당함, 맑고 밝음, 유창함을 종종 겸비할 수 없다.

왕세정이 말했다.

"칠언율시에서 이기는 풍격이 있으나 그다지 아름답지 못하고, 잠삼은 재주가 심히 아름다우나 흥취가 부족한데, 왕유가 거의 겸비했다."

내가 생각건대 잠삼의 〈봉화중서사인가지조조대명궁奉和中書舍人賈至早朝大明宮〉, 〈서액성즉사西掖省即事〉, 〈화사부왕원외설후조조즉사和祠部王員外雪後早朝即事〉, 〈수춘위서교행정남전장이주부首春渭西郊行呈藍田張二主簿〉, 왕유의 〈출새出塞〉, 〈봉화성제종봉래향흥경각도중류춘우중춘망지작응제奉和聖製從蓬萊向興慶閣道中留春雨中春望之作應制〉, 〈화태상위주부온탕우목지작和太常韋主簿溫湯寓目之作〉, 〈수곽급사酬郭給事〉, 이기의 〈기사훈노원외寄司勳盧員外〉, 〈송위만지경送魏萬之京〉, 〈제선공산지題璿公山池〉, 〈숙형공선방문범宿瑩公禪房聞梵〉 등은 완전한 작품이라고 할 만하다.

그러나 이기를 잠삼과 왕유에 비교하면 시어는 비록 잘 융합되었으나 기세가 약간 졸렬한 듯하다. 후인들이 매번 대부분 그를 추존한 것은, 성당의 체제에는 실점이 많기에 풍자를 하면 조화가 어렵기 때문이다. 이기의 시편은 비록 수량이 적으나 각 편마다 율격이 맞다. 이기의 〈송이회送李回〉 1편은 서두와 결말이 초당과 비슷하고 중간의 2연은 시구가 정교하다.

이기의 칠언시를 잠삼과 왕유에 비교했다. 이기의 칠언율시는 기세가 다소 떨어지나 율격이 잘 맞아 배울 만하다고 지적했다.

盛唐五言律, 多融化無跡而入於聖; 七言字數稍多, 結撰稍艱, 故於穩帖[1]·
勻和[2]·溜亮[3]·暢達[4], 往往不能兼備. 于元美云: "七言律, 李有風調[5]而不甚
麗, 岑才甚麗而情不足, 王差[6]備美." 愚按: 岑"鷄鳴紫陌"[7], "西掖重雲"[8], "長
安雪後"[9], "回風度雨"[10], 王"居延城外"[11], "渭水自縈"[12], "漢主離宮"[13], "洞門
高閣"[14], 李"流澌臘月"[15], "朝聞遊子"[16], "遠公遁迹"[17], "花宮仙梵"[18]諸篇, 亦
可稱全作. 但李較岑王, 語雖鎔液而氣若稍劣, 後人每多推之[19]者, 蓋由盛唐
體多失黏, 諷之則難諧協[20], 李篇什雖少, 則篇篇合律矣. 李"知君官屬"[21]一
篇, 起結[22]有類初唐, 而中二聯爲工.

1 穩帖(온첩): 타당하다.

2 勻和(균화): 조화롭다.

3 溜亮(유량): '瀏亮(유량)'과 같은 말이다. 맑고 밝다.

4 暢達(창달): 언어나 문장 따위가 유창하다. 명확하게 뜻이 통하다.

5 風調(풍조): 풍격.

6 差(차): 거의.

7 鷄鳴紫陌(계명자맥): 잠삼의 〈봉화중서사인가지조조대명궁奉和中書舍人賈至早朝
大明宮〉을 가리킨다.

8 西掖重雲(서액중운): 잠삼의 〈서액성즉사西掖省即事〉를 가리킨다.

9 長安雪後(장안설후): 잠삼의 〈화사부왕원외설후조조즉사和祠部王員外雪後早朝即
事〉를 가리킨다.

10 回風度雨(회풍도우): 잠삼의 〈수춘위서교행정남전장이주부首春渭西郊行呈藍田
張二主簿〉를 가리킨다.

11 居延城外(거연성외): 왕유의 〈출새出塞〉를 가리킨다.

12 渭水自縈(위수자영): 왕유의 〈봉화성제종봉래향흥경각도중류춘우중춘망지
작응제奉和聖製從蓬萊向興慶閣道中留春雨中春望之作應制〉를 가리킨다.

13 漢主離宮(한주리궁): 왕유의 〈화태상위주부온탕우목지작和太常韋主簿溫湯寓目
之作〉을 가리킨다.

14 洞門高閣(동문고각): 왕유의 〈수곽급사酬郭給事〉를 가리킨다.

15 流澌臘月(유시랍월): 이기의 〈기사훈노원외寄司勳盧員外〉를 가리킨다.

16 朝聞遊子(조문유자): 이기의 〈송위만지경送魏萬之京〉을 가리킨다.

17 遠公遁迹(원공둔적): 이기의 〈제선공산지題璿公山池〉를 가리킨다.

18 花宮仙梵(화궁선범): 이기의 〈숙형공선방문범宿瑩公禪房聞梵〉을 가리킨다.

19 推之(추지): 추존하다.

20 諧協(해협): 조화되다. 어울리다.

21 知君官屬(지군관속): 이기의 〈송이회送李回〉를 가리킨다.

22 起結(기결): 서두와 결말.

4

최호의 오언고시에서 평운은 중간에 율체가 섞였고, 측운은 대부분 학슬을 꺼렸다. 칠언고시는 시어가 대부분 화려하나 성조가 순일하지 않으니, 마땅히 왕유보다 아래다. 오언율시 중 〈송단어배도호부서하送單於裴都護赴西河〉, 〈증양주장도독贈梁州張都督〉, 칠언율시 중 〈안문호인가雁門胡人歌〉, 〈황학루黃鶴樓〉는 모두 입성의 경지에 들어갔다.

최호의 시에 관한 논의다. 오·칠언 고시와 율시에 대한 전반적인 설명이다. 당나라 두기竇臮의 〈술서부述書賦〉에서 "그 당시 사람들의 평론에서 시를 논하면 왕유와 최호를 말한다.時議論詩, 則曰王維崔顥."고 한 것을 보면 최호의 시는 여러 사람들의 입에 오르내렸다고 볼 수 있다.

현존하는 시는 모두 42수가 있는데 그중 부녀생활에 대한 묘사가 많다. 궁인宮人의 고독하고 적막한 심경을 완곡하게 잘 표현한 것으로 정평이 나 있다.

崔顥五言古, 平韻者間雜律體, 仄韻者亦多忌鶴膝. 七言古語多靡麗而調有不純, 當在摩詰之下. 律詩五言如"征馬去翩翩"[1], "聞君爲漢將"[2], 七言如"高山代郡"[3], "昔人已乘"[4], 皆入於聖矣.

1 征馬去翩翩(정마거편편): 최호의 〈송단어배도호부서하送單於裴都護赴西河〉를 가리킨다.

2 聞君爲漢將(문군위한장): 최호의 〈증양주장도독贈梁州張都督〉을 가리킨다.

3 高山代郡(고산대군): 최호의 〈안문호인가雁門胡人歌〉를 가리킨다.

4 昔人已乘(석인이승): 최호의 〈황학루黃鶴樓〉를 가리킨다.

5

최호의 칠언율시 중 〈황학루黃鶴樓〉는 당시 중에서 가장 탁월하다. 이백이 일찍이 〈앵무주鸚鵡洲〉, 〈봉황대鳳凰臺〉를 지어 그것을 모의했으나 끝내 미칠 수 없었다. 그러므로 엄우가 다음과 같이 말했다.

"당시 중 칠언율시로는 마땅히 최호의 〈황학루〉가 제일이다."

하경명과 설혜는 심전기의 〈독불견獨不見〉을 본받아 역시 성률이 크게 어긋나지 않았다.

왕세정이 말했다.

"두 시는 진실로 매우 뛰어난데, 보기 드물게 훌륭한 작품으로 유독 뛰어나지만 그 체재 중 제일로 받들 수 없다. 심전기의 마지막 구는 제·양의 악부체 시어고, 최호의 서두 창작은 성당의 가행체 시어다. 매우 아름다운 비단을 짜면서 한 자만 아름답게 수놓는다면 비단은 비단일 것이나 어찌 전체 폭이 아름답겠는가!"

내가 생각건대 심전기의 마지막 구는 비록 악부의 시어이지만 율체에다 사용해도 저해되지 않는데, 다만 그 시어가 끝내 유창하지 못할 뿐이다. 최호의 처음 4구는 성당의 가행어가 되었다고 하겠지만 역시 어긋나지 않는다.

호응린이 말했다.

"〈황학루〉, 〈울금당鬱金堂〉1)은 감흥이 모여 진실로 초탈했지만 체재가 주밀하지 않고, 풍격이 진실로 아름답지만 시를 짓는 것이 어렵지 않다."

그 시론의 병폐가 이 정도까지인 줄은 알지 못했다.[2]

현재 최호의 〈황학루〉에 관한 논의다. 여기서 허학이는 최호를 칠언율시 중 가장 으뜸으로 놓고, 왕세정과 호응린의 견해에 대해 비판하고 있다. 최호의 시에는 몇 편의 경물을 묘사한 시가 있는데 〈황학루〉가 가장 유명하다. 역대로 이 시는 칠언율시 중 으뜸이라고 평가된다. 《당시기사唐詩紀事》권21에 의거하면 이백이 황학루에 올라 이 시를 보고 다음과 같이 감탄했다고 한다.

"눈앞에 경치를 말로 표현할 수 없는데, 최호가 지은 시가 머리 위에 있구나.眼前有景道不得, 崔顥題詩在上頭."

참고로 황학루는 삼국 시대 오나라 황무黃武 2년(223)에 건립된 강남의 대표적인 누각으로 현재 무한시에 있다.

원문 崔顥七言律有黃鶴樓, 於唐人最爲超越. 太白嘗作鸚鵡洲 · 鳳凰臺以擬之, 終不能及, 故滄浪謂: "唐人七言律, 當以崔顥黃鶴樓爲第一." 而何仲黙薛君采[1]取沈佺期"盧家少婦"[2], 亦未甚離. 王元美云: "二詩固甚勝, 百尺無枝, 亭亭獨上[3], 在厥體中, 要不得[4]爲第一. 沈末句是齊梁樂府語, 崔起法是盛唐歌行語, 如織宮錦間一尺繡, 錦則錦矣, 如全幅何!"[5] 愚按: 沈末句雖樂府語, 用之於律無害, 但其語則終未暢耳. 謂崔首四句爲盛唐歌行語, 亦未爲謬. 胡元瑞謂: "黃鶴樓 · 鬱金堂[卽"盧家少婦"], 興會誠超, 而體裁未密, 丰神[6]固美, 而結撰非艱." 其不識痛癢[7]至此. [元瑞論律詩, 於盛唐化境, 往往失之.]

주석 1 薛君采(설군채): 설혜薛蕙. 제7권 제9칙 주석1 참조.

2 盧家少婦(노가소부): 심전기의 〈독불견獨不見〉을 가리킨다.

3 百尺無枝(백척무지), 亭亭獨上(정정독상): 보기 드물게 훌륭한 작품으로 홀로

1) 〈독불견〉을 가리킨다.
2) 호응린의 율시에 관한 시론은 성당시의 최고 경지에 대해 종종 오류를 범한다.

뛰어나다.

4 要不得(요부득): 받들 수 없다.

5 如織宮錦間一尺繡(여직궁금간일척수), 錦則錦矣(금즉금의), 如全幅何(여전폭
하): 매우 아름다운 비단을 짜면서 한 자만 아름답게 수놓는다면 비단은 비단일
것이나 어찌 전체 폭이 아름답겠는가. 이 말은 명내 왕세징의 《예원치언》 권4
에서 심전기의 〈독불견〉에 대해 평가하면서 나온 말이다. 왕세정은 엄우가 최
호의 〈황학루〉를 제일로 뽑은 것에 대해 반대했다. 또 하경명과 설군 역시 이
시를 제일로 뽑은 데에 대해서 반대의 입장을 보이며 심전기의 작품을 더 높이
평가했다.

6 丰神(봉신): '풍격'과 같은 말이다.

7 痛癢(통양): 병폐.

6

이동양李東陽이 말했다.

"율시에서는 여전히 간혹 옛뜻을 드러낼 수 있으나, 고시에서는 율
격을 사용할 수 없다. 최호의 '황학은 한 번 가서 돌아오지 않고, 흰 구
름은 천년 동안 부질없이 떠있네.黃鶴一去不復返, 白雲千載空悠悠.'는 바로
율시에서 고의가 드러난 것으로 한마디로 저절로 싫증나지 않는다."

고린顧璘이 말했다.

"이 시는 한숨에 어우러져 이백이 탄복하여 굴복했으니, 바로 올라
가 흥을 뽑아내고 싶지만 반드시 이러한 작품이 나올 리 없다."

내가 생각건대 〈황학루〉는 이백이 앞에서 탄복하고 엄우가 뒤에서
추존한 것으로, 명나라에 이르러서도 여러 선배들이 칭송하여 탄복하
지 않음이 없었다. 설령 왕세정에게 다른 의론이 없지 않았지만, 또한
"보기 드물게 훌륭한 작품으로 유독 뛰어나다"고 평한 말이 있다. 나
는 매번 사람들에게 예를 들어 보였으나 번번이 깨닫지 못하고, "여러
작품과 병칭할 수 없다"고 하거나 혹은 "전반부를 절구로 할 수 있다"

고 말한다. 고금의 사람들의 지취가 매우 다르다지만 이 정도까지 이르렀다는 말인가! 이반용은 평소에 매번 심전기의 〈용지편〉을 낭송했다. 〈용지편〉은 비록 〈황학루〉가 저절로 나온 연원이지만 어조가 무겁고 신운이 유창하지 못한데, 이반용은 다만 그 격조를 본받았을 뿐이다.

해제
최호의 〈황학루〉에 대한 역대의 평가에 관한 논의다. 허학이는 〈황학루〉를 칠언율시 중 가장 뛰어난 작품으로 손꼽았으며, 명대의 여러 학자들이 〈황학루〉에 대해 제대로 이해하지 못하고 있음을 한탄하고 있다.

원문
李賓之¹云: "律猶可間出古意², 古不可涉律調. 如崔顥'黃鶴一去不復返, 白雲千載空悠悠'³, 乃律間出古, 要自不厭." 顧華玉⁴云: "此篇一氣渾成, 太白所以見屈, 想是一時登臨, 高興流出, 未必常有此作." 愚按: 黃鶴樓, 太白欽服⁵於前, 滄浪推尊於後, 至國朝諸先輩, 亦靡不稱服⁶, 卽元美不無異同⁷, 而亦有"百尺無枝, 亭亭獨上"之語. 予每擧⁸以示人, 輒無領解⁹, 至有"不得與衆作並稱", 又或謂"前半篇可作一絶句". 古今人識趣懸絶¹⁰, 抑¹¹至於此! 于鱗居恒每誦沈佺期龍池篇. 龍池篇雖黃鶴所自出, 而調沉語重, 神韻未揚, 于鱗蓋徒取其氣格耳.

주석
1 李賓之(이빈지): 이동양李東陽(1447~1516). 명나라 시기의 문인이다. 자가 빈지이고 호는 서애西涯다. 18세에 진사가 되었으며 예부시랑禮部侍郎, 이부상서吏部尙書, 문연각대학사文淵閣大學士 등 주요 관직을 역임했다. 이동양은 그 당시 문단에 유행하고 있었던 대각체臺閣體에 대한 불만으로 이백, 두보를 숭상하면서 심오하고 기백이 있는 시를 지을 것을 제창했다. 다릉시파茶陵詩派의 핵심 인물로, 특히 악부시에 뛰어났다.

2 古意(고의): 옛뜻.

3 黃鶴一去不復返(황학일거불부반), 白雲千載空悠悠(백운천재공유유): 최호 〈황학루〉의 시구다.

4 顧華玉(고화옥): 고린顧璘(1476~1545). 명나라 시기의 시인이다. 자가 화옥이

고, 호는 동교거사東橋居士 또는 식원息園이다. 소주 오현吳縣 사람으로, 젊을 때
부터 시에 능했고, 홍치 9년(1496)에 진사에 합격했다. 정덕正德 연간에는 개봉
지부開封知府를 지냈는데, 태감太監 요당廖堂의 눈 밖에 나서 체포되어 금의옥錦衣
獄에 갇혔다가 전주지주全州知州로 쫓겨났다. 나중에 남경형부상서南京刑部尙書에
올랐다가 파직된 뒤 귀향했다. 만년에는 은퇴하여 친구들과 시문을 즐기며 여
생을 보냈다.

5 欽服(흠복): 탄복하다.

6 靡不稱服(미불칭복): 칭송하여 탄복하지 않음이 없다.

7 異同(이동): 다른 의론

8 擧(거): 예를 들다.

9 輒無領解(첩무영해): 문득 이해하지 못하다.

10 懸絶(현절): 거리가 멀다.

11 抑(억): 게다가. 또한.

7

이백의 〈앵무주鸚鵡洲〉는 〈황학루〉를 가장 비슷하게 모의했는데,
〈황학루〉는 시어가 정련되지 않은 것이 없지만 〈앵무주〉는 너무 경
박하다. "안개 걷히고 난초 잎에 향기로운 바람 불고, 양 언덕의 복사
꽃에 비단 물결이 이는구나.煙開蘭葉香風暖, 岸夾桃花錦浪生."의 경우, 아래
로 이적李赤의 시와 비교하면 별다른 것이 보이지 않을 뿐이다. 세 수
의 시를 비교하면 〈용지편龍池篇〉은 넘치고 〈앵무주〉는 모자라며 〈황
학루〉가 적당하다.3) 〈봉황대鳳凰臺〉의 '吳宮오궁', '晉代진대' 2구는 또
한 직접 지은 것이 아니다.

 최호의 〈황학루〉와 이백의 〈앵무주〉를 비교하여, 이백의 〈앵무주〉가 최

---

3) 이 과함과 모자람은 오직 격조를 중심으로 말한 것이며 고적, 잠삼, 이백, 두보
가 율법에 구속되지 않은 것과 다르다.

호의 〈황학루〉를 모의한 것 중 가장 비슷하다고 지적했다. 이와 아울러 이백의 〈봉황대〉 시구에 대한 작자 문제를 언급했다. 역대로 이백의 〈봉황대〉는 대구가 정교하고 기상이 뛰어나지만, 최호의 〈황학루〉만 못하다는 평가를 받는다.

太白鸚鵡洲擬黃鶴樓爲尤近, 然黃鶴語無不鍊, 鸚鵡則太輕淺[1]矣. 至"煙開蘭葉香風暖, 岸夾桃花錦浪生"[2], 下比李赤[3], 不見有異耳. 以三詩等之, 龍池爲過, 鸚鵡不及, 黃鶴得中. [此過不及, 專主氣格言, 與高・岑・李・杜不拘律法者不同.] 鳳凰臺"吳宮"[4]・"晉代"[5]二句, 亦非作手[6].

1 輕淺(경천): 경박하다.
2 煙開蘭葉香風暖(연개난엽향풍난), 岸夾桃花錦浪生(안협도화금낭생): 안개 걷히고 난초 잎에 향기로운 바람 불고, 양 언덕의 복사꽃에 비단 물결이 이는구나. 이백 〈앵무주〉의 시구다.
3 李赤(이적): 당나라 시인이다. 시풍이 이백과 비슷하여 자호를 이적이라고 했다.
4 吳宮(오궁): 삼국시기 손오孫吳는 금릉金陵 곧 지금의 강소성 남경에 궁궐을 세웠다.
5 晉代(진대): 동진東晉을 가리킨다. 동진은 양자강을 건너 금릉에 도읍했다.
6 作手(작수): 직접 짓다.

8

최호의 칠언 중 〈안문호인가〉는 〈황학루〉와 성운을 비교하면 더욱 율격에 맞다. 호응린과 풍시가가 모두 "〈안문호인가〉는 율시다."라고 한 것은 이를 두고 말한 것이다. 《당음唐音》과 《당시품휘》에서는 모두 칠언고시에 수록했는데, 아마 제목 아래 '가歌'자가 있기 때문일 것이다. 그러나 이백의 〈추포가秋浦歌〉는 오언율시에 수록했고, 〈아미산월가峨眉山月歌〉는 칠언절구에 수록했다. 최호의 시 〈황학루〉

의 처음 4구는 진실로 가행체의 시어이므로, 〈안문호인가〉가 사실상 당나라의 칠언율시 중 제일이라고 해야 마땅하다.

해지 최호의 〈안문호인가〉에 관한 논의나. 〈황학루〉에는 가행체의 시어가 있으므로 당나라 칠언율시 중 제일은 〈황학루〉가 아니라 〈안문호인가〉라고 좀 더 엄격히 구분했다.

원문 崔顥七言有鴈門胡人歌, 聲韻較黃鶴尤爲合律¹. 胡元瑞馮元成俱²謂"鴈門是律", 是也. 唐音³品彙俱收入七言古者, 蓋以題下有"歌"字故耳. 然太白秋浦歌有五言律, 峨眉山月歌乃七言絶也. 崔詩黃鶴首四句誠爲歌行語, 而鴈門胡人實當爲唐人七言律第一.

주석
1 尤爲合律(우위합율): 더욱 율격에 들어맞다.
2 俱(구): 모두. 전부. 다.
3 唐音(당음): 원나라 양사홍楊士弘이 편찬한 당시선집이다. 모두 15권으로 '시음始音', '정음正音', '유향遺響' 세 부분으로 구성되어 있으며 전체 1341수가 수록되어 있다. 〈범례〉에서 이백, 두보, 한유의 전집은 세간에 많은 까닭에 그들의 시는 수록하지 않았다고 밝힌 점이 눈에 띈다.

9

성당의 칠언율시는 대부분 자연스러움에서 창작되었지만, 최호의 〈황학루〉와 〈안문호인가〉는 모두 천연스러움에서 창작되어 나왔다. 대개 자연스러움은 여전히 노력으로 구할 수 있지만, 천연스러움은 인간의 힘으로 이루어낼 수 있는 것이 아니다.

나는 일찍이 말했다.

맹호연의 오언, 최호의 칠언은 쟁반에 굴러다니는 구슬 같아서 두보의 율시처럼 말로 설명되는 오묘함과 같지 않을 따름이다.⁴⁾

해제 최호의 〈황학루〉, 〈안문호인가〉는 천연스러움에서 창작된 시라고 극찬했다. 그것은 누구나 노력한다고 해서 도달할 수 있는 경지가 아님을 강조한 것이다.

원문 盛唐七言律, 多造於自然, 而崔顥黃鶴·鴈門又皆出於天成. 蓋自然尙有功用[1] 可求, 而天成則非人力可到也. 予嘗謂: 浩然五言·崔顥七言如走盤之珠[2], 非 若子美之律以言解爲妙耳. [與論子美五七言律第六則參看.]

주석
1 功用(공용): 인위적인 노력.
2 走盤之珠(주반지주): 쟁반에 굴러다니는 구슬.

10

은번殷璠이 말했다.

"최호는 젊을 때 시를 지으면 경박하다고 비난을 받았으나 나이가 들면서 홀연히 일반적인 성조로 바뀌더니 풍골이 늠연해졌다.

내가 생각건대 최호의 〈황학루〉, 〈안문호인가〉는 읽으면 악기 음률의 소리가 있으니 아마 만년의 작품일 것이다. 그러므로 은번은 《하악영영집》에 특별히 수록했다. 시의 체재가 완곡하나 시어에 풍골이 없으면 경박하게 되어 입성의 경지에 들어가지 못한다.

해제 최호의 〈황학루〉, 〈안문호인가〉의 창작 시기에 대해 논했다. 은번의 평론에 의거하여 두 작품이 그의 만년에 지어진 것이라고 추정했다.

원문 殷璠[1]云: "顥年少爲詩, 名陷輕薄, 晩節[2]忽變常調, 風骨凜然[3]." 愚按: 崔黃

---

4) 두보의 오·칠언 율시에 관한 논의 중 제6칙(제19권 제19칙)과 참조하여 보기 바란다.

鶴·鴈門, 讀之有金石宮商之聲[4], 蓋晩年作也, 故璠於何嶽英靈特錄之. 使體就渾圓而語無風骨, 斯爲輕薄, 不得入聖境矣.

1 殷璠(은번): 당나라 시기의 문학가다. 신사 출신으로 후일 사직하고 은거했다. 그 사정은 상세하지 않다. 《하악영령집河嶽英靈集》 2권을 편찬했는데, 후일 통행본은 3권으로 전한다.

2 晩節(만절): 만년.

3 凜然(늠연): 늠연하다. 위엄이 있다.

4 金石宮商之聲(금석궁상지성): 악기 음률의 소리.

11

엄우의 〈답오경선서答吳景仙書〉에서 말했다.

"시를 논하면서 '健(건)'자를 사용해서는 안 된다."

내가 생각건대, 이것은 당시의 율격 중 화평의 성조를 논할 때는 가능하다. 심전기의 〈독불견〉, 최호의 〈황학루〉, 〈안문호인가〉는 필경 '圓(원)', '健(건)' 2자로써 개괄하기에 합당하다고 할 만하다. 고적과 잠삼의 오언, 두보의 칠언 중 고시에 율체를 넣은 것은 말할 필요가 없다.

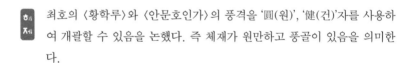

최호의 〈황학루〉와 〈안문호인가〉의 풍격을 '圓(원)', '健(건)'자를 사용하여 개괄할 수 있음을 논했다. 즉 체재가 원만하고 풍골이 있음을 의미한다.

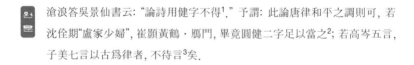

滄浪答吳景仙書云: "論詩用健字不得[1]." 予謂: 此論唐律和平之調則可, 若沈佺期"盧家少婦", 崔顥黃鶴·鴈門, 畢竟圓健二字足以當之[2]; 若高岑五言, 子美七言以古爲律者, 不待言[3]矣.

1 不得(부득): 안 된다.

2 足以當之(족이당지): 합당하다고 할 만하다.

3 不待言(부대언): 말할 필요가 없다.

12

조영祖詠의 시는 매우 적은데, 오언고시는 겨우 몇 편에 불과한데다 모두 정교하지 않다. 오언율시는 성조가 높을 뿐 아니라 시어도 매우 화려하다. 칠언의 〈망계문望薊門〉 1편은 진실로 이반룡 등 여러 문인 들이 비조로 삼는다.

조영의 시에 관한 논의다. 오언고시는 뛰어나지 않으나 율시에 성취가 있 음을 말하고 있다. 특히 칠언시 〈망계문〉의 뛰어남을 지적했다. 조영은 개 원 13년에 진사에 급제했으나 벼슬길이 순탄하지 못해 사직하고 전원에 은거 했다. 시로써 이름을 날렸으나 현존하는 시는 30여 수 정도에 불과하다.

祖詠[1]詩甚少, 五言古僅數篇, 俱不爲工. 五言律, 聲調旣高, 語亦甚麗. 七言 "燕臺一去"[2]一篇, 實爲于鱗諸子鼻祖[3].

1 祖詠(조영): 당나라 시기의 시인이다. 낙양 사람으로, 생졸년은 미상이다. 어릴 때부터 시가 창작에 뛰어나 이름이 났다. 왕유와 친밀히 교류했다. 개원 12년 (724)에 진사에 급제했지만 장기간 관직을 받지 않았다. 후일 벼슬해서도 다시 펌직되었으며 만년에는 여수汝水 일대에서 은거했다.

2 燕臺一去(연대일거): 조영의 〈망계문〉을 가리킨다.

3 鼻祖(비조): 시조.

13

왕창령5)의 오언고시는 그 당시에 고체로 꼽혔으며 풍격 역시 높았 다. 그러나 훌륭하다고 말하기에는 부족하다. 평운은 중간에 율체가 섞였고, 측운은 대부분 학슬을 꺼렸다.

은번이 말했다.

"원가 이래 400년 동안 조식, 유정, 육기, 사령운의 풍격이 갑자기 사라졌다. 근래 태원太原의 왕창령, 노국魯國의 저광희儲光義가 자못 그 종적을 따른다."

대개 당나라 시인들에게서 오래도록 이러한 체재가 없었던 까닭에 처음으로 발견하여 과장되게 그것을 칭찬한 것이다.[6] 칠언절구는 대부분 입성의 경지에 들어갔는데, 왕세무와 호응린이 상세하게 논했다.[7]

해제 왕창령의 시에 관한 논의다. 오언고시가 고체의 풍격을 잘 계승하고 있다고 지적하면서 칠언절구가 가장 뛰어남을 언급하고 있다.

왕창령의 현존하는 시는 모두 180여수인데, 대체로 두 가지의 주제에 뛰어나다. 하나는 변새의 생활에 관한 작품이고, 다른 하나는 부녀의 생활을 다양한 각도에서 묘사한 작품이다. 그중 왕창령의 절구는 모두 80수 남짓인데, 칠언절구의 성취가 가장 높다. 그의 절구는 내용이 풍부하고 시어가 유창하며, 음절이 명랑하고 격조가 천연하다고 평가될 뿐 아니라, 이백과 비견된다.

원문 王昌齡[字少伯]五言古, 時入古體, 而風格亦高. 然未盡稱善. 平韻者間雜律體, 仄韻者亦多忌鶴膝. 殷璠云:"元嘉以還, 四百年內, 曹·劉·陸·謝風格頓[1]盡. 頃[2]有太原王昌齡, 魯國儲光義[3], 頗從厥跡." 蓋唐人久無此體, 故創見[4]而誇[5]美之也. [餘見總論殷璠選詩中.] 七言絶多入於聖, 敬美·元瑞言之備矣. [詳見太白七言絶論中.]

---

5) 자 소백少伯.
6) 총론 중 은번의 선시(제36권 제7칙)에 여론이 보인다.
7) 이백의 칠언절구에 관한 시론(제18권 제43칙~제44칙)에 상세하게 보인다.

1 頓(돈): 갑자기.

2 頃(경): 근래. 요사이.

3 儲光羲(저광희): 당나라의 시기의 관인이자 전원산수시파의 대표 시인이다. 개원 14년(726)에 진사가 되어 풍익현위馮翊縣尉에 제수되었고 사수汜水, 안선安宜, 하규下邽 등지의 현위를 맡았다. 벼슬에서 실의하여 후일 종남산終南山에 은거했다. 후일 다시 태축太祝이 되었기에 '저태축儲太祝'이라고도 칭한다. 안사의 난 때 포로가 되어 일했는데, 후일 그 일로 하옥되었다. 영남에서 귀양살이 하다가 죽었다.

4 創見(창견): 처음으로 발견하다.

5 誇(과): 과장하다.

14

저광희는 오언고시가 가장 많다. 평운은 대부분 율체를 잡용하고 또 상미를 꺼렸으며, 측운은 대부분 학슬을 꺼렸는데, 평운에서도 학슬을 꺼린 것이 있다. 대개 당나라 시인들의 고질병일 뿐이다. 〈초부樵父〉, 〈어부漁父〉 등의 시는 격조가 뛰어나지만 고체에 맞지 않을 뿐 아니라 일가를 이루지도 못했으니, 정격과 변격 둘 다 잃었다.[8] 전원의 여러 시편에서는 그래도 가려 뽑을 만한 것이 있다. 율시 또한 정교하지 않아서 오언절구가 비로소 많이 수록되었다.

저광희의 시에 관한 논의다. 오언고시를 가장 많이 창작했으나, 율체가 많이 섞여 있고 성률을 어겼음을 지적했다. 저광희는 전원시의 대표 시인이다. 그는 개원 14년에 진사에 급제했으나, 개원 21년에 그만두고 고향으로 돌아갔다. 현존하는 200여 수 중 오언절구가 뛰어나 볼 만한 작품이 많음을 강조했다.

---

8) 총론 은번의 선시(제36권 제7칙)에 여론이 보인다.

儲光羲五言古最多, 平韻者多雜用律體, 亦忌上尾, 仄韻者多忌鶴膝, 而平
韻亦有之, 蓋唐人痼疾[1]耳. 其樵父・漁父等詞, 格調雖奇, 然旣不合古, 又不
成家[2], 正變兩失. [餘見總論殷璠選詩中.] 若田家諸詩, 則猶有可采者. 律詩亦
未爲工, 五言絶始多入錄.

1 痼疾(고질): 고치기 어려운 질병.
2 不成家(불성가): 일가를 이루지 못하다.

15

저광희의 〈초부〉, 〈어부〉 등의 시는 여러 논자들이 대부분 채록하
는데, 은번은 그 "격조가 높고 성조가 자유로우며, 의취가 심원하고
정감이 깊다"고 했다. 유진옹 또한 그 작품에 대해 매우 칭송했다. 대
체로 깨달은 듯하지만, 실증하여 깨달은 것이라고는 말할 수 없다.

저광희의 〈초부〉, 〈어부〉에 관한 논평이다. 저광희는 농촌에 대한 묘사가
뛰어나다. 어부, 목동, 채련, 사냥 등 다양한 제재를 사용하여 시를 썼다.
이에 역대로 여러 비평가들이 그것을 칭송했다. 그러나 위의 제14칙에서
와 같이 허학이는 이 시들에 대해 "격조가 뛰어나지만 고체에 맞지 않을 뿐
아니라 일가를 이루지도 못했으니, 정격과 변격 둘 다 잃었다."고 평하고
있다.

儲光羲樵父・漁父等詞, 諸家多采錄之, 殷璠謂其"格高調逸[1], 趣遠情深[2]",
至須溪亦甚稱焉. 蓋得之於彷彿, 而非所謂實證實悟[3]者也.

1 格高調逸(격고조일): 격조가 높고 성조가 자유롭다.
2 趣遠情深(취원정심): 의취가 심원하고 정감이 깊다.
3 實證實悟(실증실오): 실증하여 깨닫다.

16

상건常建의 오언고시는 풍격이 높을 뿐 아니라 의취 또한 심원하다. 그러나 아직 만족스럽다고 말할 수는 없고, 단편이 수록할 만할 뿐이다.

해제 상건의 시에 관한 논의다. 현존하는 시는 57수 정도가 있는데 그중 산수시가 제일 많다. 은번은 《하악영령집》에서 상건의 시를 15수 수록하여 중요 시인으로 손꼽았다.

원문 常建¹五言古, 風格旣高, 意趣亦遠, 然未盡稱快², 惟短篇堪入錄耳.

주석 1 常建(상건): 당나라 시기의 문인이다. 개원 15년 왕창령과 함께 진사가 되었다. 벼슬길에서 뜻을 얻지 못했고, 산수 명승지를 왕래하며 장기간 떠돌아 다녔다. 후일 악저鄂渚에서 은거했다. 산수, 전원을 소재로 시를 많이 지었고 왕유, 맹호연과 풍격이 비슷하다.
2 快(쾌): 뜻대로 잘 되어 만족스러움을 가리킨다.

17

노상盧象의 오언율시 중 〈잡시이수雜詩二首〉 1수가 있다. 성당의 최고의 경지에 이르렀기에 특별히 수록했다. 초당의 설직과 같은 경우다.

해제 노상의 시에 관한 논의다. 〈잡시이수〉 1수가 특별히 뛰어나다고 보았다.

원문 盧象¹五言律, 有"家居五原上"²一首, 乃盛唐化境³, 故特錄之, 與初唐薛稷同例.

주석 1 盧象(노상): 당나라 시기의 문인이다. 자는 위경緯卿이고 문수汶水 사람이다. 생졸년은 미상이나, 대략 현종 개원 말에 살았던 것으로 본다. 강동江東에서 살았고 왕유와 제명했다. 비서랑秘書郞을 지냈고 장구령의 총애를 받아 여러 벼슬을 지냈다. 안녹산의 난 때 투항했기에 후일 영주사호永州司戶로 폄직되었다가 디시 주객원외랑主客員外郞이 되었다.

2 家居五原上(가거오원상): 노상의 〈잡시이수雜詩二首〉 중 제1수를 가리킨다.

3 化境(화경): 입성의 경지, 즉 최고 경지의 단계를 가리킨다.

18

성당의 율시는 본디 가구를 가려 뽑을 수 없다. 그러나 초당, 중당, 만당의 시에서 가구를 뽑았으니, 성당에서 가려 뽑지 않으면 성쇠를 비교할 수 없다. 지금 잠시 수십 개의 연을 뽑아 그 대략을 살펴본다.

고적의 오언율시 중 다음과 같은 시구가 있다.

"공명을 만 리 밖에 떨쳤지만, 걱정이 한 잔 술에 있네. 오랑캐 장막이 연지燕支의 북쪽에 있고, 진나라 성이 태백성의 동쪽에 있네.功名萬里外, 心事一杯中. 虜障燕支北, 秦城太白東."

"막부가 재자가 되고, 장군이 주인이 되네. 관새 가까워지니 비와 눈이 많고, 변방에 나가니 먼지가 있네.幕府爲才子, 將軍作主人. 近關多雨雪, 出塞有風塵."

"먼지 맞으며 길이 험난함에 놀라고, 쇠락하여 서로 헤어짐을 원망하네. 땅은 사막 너머로 나 있고, 하늘은 끝없이 서쪽으로 뻗었네.風塵驚跋涉, 搖落怨暌攜. 地出流沙外, 天長甲子西."

잠삼의 오언율시 중 다음과 같은 시구가 있다.

"춘풍이 불지 않고, 한나라 사신 또한 드물게 오가네. 백초가 소륵疏勒으로 통하고, 청산이 무위武威를 지나네.春風不曾到, 漢使亦應稀. 白草通疏

勒, 靑山過武威."

"막하의 사람들 아무 일 없고, 군대의 정무가 이미 이뤄지네. 섞여 앉으니 속어가 다르고, 음악이 섞으니 지방의 가락이 다르네.幕下人無事, 軍中政已成. 坐參殊俗語, 樂雜異方聲."

"산이 패수灞水 북쪽에서 솟았고, 비가 두릉杜陵의 서쪽을 지나네. 귀향의 꿈에 수심이 일어나고, 고향 편지에 술 취해 게으르게 답하네. 山開灞水北, 雨過杜陵西. 歸夢愁能作, 鄕書醉嬾題."

왕유의 오언율시 중 다음과 같은 시구가 있다.

"풀이 마르니 매의 눈이 빠르고, 눈이 그치니 말발굽이 가볍네. 어느새 신풍시新豐市를 지나, 다시 세류영細柳營으로 돌아왔네.草枯鷹眼疾, 雪盡馬蹄輕. 忽過新豐市, 還歸細柳營."

"봄 내도록 가끔 기러기 지나고, 만 리 길에 행인이 드무네. 거여목이 천마에 실리고, 포도가 한나라 사신을 따라 들어가네.三春時有鴈, 萬里少行人. 苜蓿隨天馬, 蒲萄逐漢臣."

"구문九門에 차가운 물시계 소리 들리고, 수많은 우물에 새벽 종소리 많네. 달이 북두칠성을 비췄다 감추고, 구름이 은하수를 나오게 했다 사라지게 하네.九門寒漏徹, 萬井曙鐘多. 月迥藏珠斗, 雲消出絳河."

"나그네 되어서 돈을 다 쓰고, 집에 돌아오니 백발이 새로 나네. 오호五湖에 세 묘의 택지가 있고, 만 리 길에 귀향하는 한 사람 있네.爲客黃金盡, 還家白髮新. 五湖三畝宅, 萬里一歸人."

맹호연의 오언율시 중 다음과 같은 시구가 있다.

"재주가 없어 군주가 버리고, 병이 많아 옛 친구들이 소원하네. 백발이 늙기를 재촉하고, 봄이 섣달 그믐날을 몰아세우네.不才明主棄, 多病故人疎. 白髮催年老, 靑陽逼歲除."

"어지러운 산에 잔설이 내리는 밤, 외로운 등대 밑에 이방인. 점차 골육과 멀어지고, 더욱더 어린 종과 가까워지네.亂山殘雪夜, 孤燭異鄕人. 漸與骨肉遠, 轉於僮僕親."

"강산에 승리의 흔적이 남아, 우리가 다시 올라 서네. 물이 떨어지니 어량漁梁이 얕고, 날씨가 차니 몽택夢澤이 깊네.江山留勝跡, 我輩復登臨. 水落漁梁淺, 天寒夢澤深."

"우리 집을 도는 양수곡襄水曲, 멀리 떨어진 초산 구름의 끝자락. 향수의 눈물을 나그네가 흘리고, 외로운 돛단배가 수평선 너머 보이네. 我家襄水曲, 遙隔楚雲端. 鄕淚客中盡, 孤帆天際看."

최초의 오언율시 중 다음과 같은 시구가 있다.

"선우單于가 요새 근처에 없고, 도호都護가 변방을 지키고자 하네. 한군의 요도에 봉화가 통하고, 오랑캐 사막에 우물이 부족하네.單于莫近塞, 都護欲臨邊. 漢驛通煙火, 胡沙乏井泉."

"출새하여 사막을 평정하고, 집으로 돌아가 우림羽林의 벼슬을 받네. 풍상에 신하의 절개를 지켜 고생하고, 세월이 갈수록 임금의 은혜가 깊네.出塞淸沙漠, 還家拜羽林. 風霜臣節苦, 歲月主恩深."

상건의 오언율시 중 다음과 같은 시구가 있다.

"밤이 깊으니 조수가 해안에 몰아치고, 날씨가 차가운데 달이 성 바로 위에 떴네. 모래 위에 기러기가 쉬고, 역참에서 닭 우는 소리를 듣네.夜久潮侵岸, 天寒月近城. 平沙依鴈宿, 候館聽雞鳴."

노상의 오언율시 중 다음과 같은 시구가 있다.

"홀로 산서山西의 용맹을 맡았으니, 누가 변방의 명성을 당하리오. 생사가 요해遼海의 싸움에 있는데, 비와 눈이 계문薊門으로 가는 길에 내리네.獨負山西勇, 誰當塞下名. 死生遼海戰, 雨雪薊門行."

고적의 칠언율시 중 다음과 같은 시구가 있다.

"무협에서 우는 원숭이 소리에 길에서 수차례 눈물을 흘리고, 형양
衡陽의 돌아가는 기러기 몇 통의 편지를 실었는가.巫峽啼猿數行淚, 衡陽歸
鴈幾封書."

"황하의 물줄기 속에 흐르는 모래가 해안이 되고, 백마진白馬津 가에
서 있는 버드나무가 성을 향해 있네.黃河曲裏沙爲岸, 白馬津邊柳向城."

"구름이 문수汶水를 제치고 외로운 돛단배 멀어지는데, 길이 양산梁
山을 에워싸니 필마가 느리게 달리네.雲開汶水孤帆遠, 路遶梁山匹馬遲."

잠삼의 칠언율시 중 다음과 같은 시구가 있다.

"금궐의 새벽 종소리가 수많은 민가를 깨우고, 옥계의 선장이 수많
은 관리에게 들려지네. 꽃이 검패를 맞이하고 별이 막 떨어지며, 버드
나무가 깃발을 떨치고 이슬이 마르지 않네.金闕曉鐘開萬戶, 玉階仙仗擁千
官. 花迎劍珮星初落, 柳拂旌旗露未乾."

"천문千門의 버드나무 빛깔이 푸른 옥 소리에 이어지고, 삼전三殿의
꽃향기 자미에 들어가네.千門柳色連靑瑣, 三殿花香入紫微."

"서산의 떨어지는 달이 천장天仗에 임하고, 북궐의 맑은 구름이 금
위禁闈를 받드네.西山落月臨天仗, 北闕晴雲捧禁闈."

왕유의 칠언율시 중 다음과 같은 시구가 있다.

"난여鑾輿가 멀리서 천문의 버드나무에서 나오고, 궁궐에서 상원上
苑의 꽃을 돌아보네. 구름 속에 제성帝城의 쌍봉궐雙鳳闕 있고, 빗속에
봄 나무가 만인의 집에서 자라네.鑾輿迥出千門柳, 閣都迴看上苑花. 雲裡帝城
雙鳳闕, 雨中春樹萬人家."

"청산은 온통 붉은 깃발로 에워싸이고, 푸른 시냇물이 옥전을 따라 흐르네. 신풍의 나무속으로 행인이 건너가고, 소원의 성 주변에 사냥 말이 돌아가네.青山盡是朱旗繞, 碧澗翻從玉殿來. 新豐樹裡行人度, 小苑城邊獵騎回."

"궁금의 관사에서 조용히 울리는 저녁 종소리, 문하성에서 우는 새 소리 들리고 관리가 드무네. 새벽에 옥패를 흔들고 금전을 넘고, 저녁에 천서를 받들고 쇄위에서 헤어지네.禁裡疎鐘官舍晚, 省中啼鳥吏人稀. 晨搖玉珮趨金殿, 夕奉天書拜瑣闈."

이기의 칠언율시 중 다음과 같은 시구가 있다.

"진땅의 입춘을 태사에 전하고, 한궁의 제주는 선랑을 기억하네. 돌아가는 기러기 눈 내린 천문을 건너려 하고, 시녀는 새로 오야의 향수를 뿌리네.秦地立春傳太史, 漢宮題柱憶仙郎. 歸鴻欲度千門雪, 侍女新添五夜香."

"기러기 소리를 수심 가득 찬 사람이 들을 수 없고, 구름 덮인 산을 하필 나그네가 지나네. 동관潼關의 새벽빛은 추위가 경성에 가까워지기를 재촉하고, 경성의 방망이질 소리는 저녁이 될수록 많아지네.鴻鴈不堪愁裡聽, 雲山況是客中過. 關城曙色催寒近, 御苑砧聲向晚多."

최호의 칠언율시 중 다음과 같은 시구가 있다.

"무제사 앞에서 구름이 흩어지고, 선인장 위에 내리는 비 막 개이네. 하산의 북쪽은 진관의 험난한 요새에 접해 있고, 역로의 서쪽은 장안의 한치漢時로 평평하게 이어지네.武帝祠前雲欲散, 仙人掌上雨初晴. 河山北枕秦關險, 驛路西連漢時平."

"묶여 있던 오랑캐 매가 풀려나 변새의 말을 쫓고, 준마를 타고 달려 가을밭을 사냥하네.解放胡鷹逐塞馬, 能騎代馬獵秋田."

"맑은 강에는 한양의 나무가 뚜렷하게 비치고, 앵무주에는 향기로운 풀이 무성하네.晴川歷歷漢陽樹, 芳草萋萋鸚鵡洲."

조영의 칠언율시 중 다음과 같은 시구가 있다.

"만리의 찬 빛이 쌓인 눈을 비추고, 변방의 새벽빛이 위태로운 깃발을 일렁이네. 모래사장의 봉화는 오랑캐 땅의 달과 가깝게 마주하고, 해변의 운산은 계성薊城을 삼키네.萬里寒光生積雪, 三邊曙色動危旌. 沙場烽火侵胡月, 海畔雲山擁薊城."

이상은 모두 완곡하고 생동적이며 기상과 풍격이 자유롭다. 대개 초당의 격조는 매우 뛰어나지만 천기天機가 원활하지 않다. 대력의 시는 지나치게 완곡하여 격조가 갑자기 쇠약해졌다. 성당의 시는 완곡하고 생동적이며 기상과 풍격이 자유로우니, 이것이 조예가 지극하다고 하는 까닭이다.

해제 성당의 오·칠언 율시 중 완곡하고 생동적이며 기상과 풍격이 자유로운 시구의 예를 들었다. 성당시는 조예가 극진하여 가려 뽑기 어렵지만 초당, 중당, 만당과 비교를 위해 가려 뽑았다. 상호 비교를 통해 각 시기별 문학의 풍격을 명확하게 이해할 수 있기 때문이다.

원문 盛唐律詩本未可以句摘, 但初唐中晚旣有摘句, 而盛唐無摘不足以較盛衰, 今姑摘數十聯以見大略. 五言高適如"功名萬里外, 心事一杯中. 虜障燕支北, 秦城太白東."[1] "幕府爲才子, 將軍作主人. 近關多雨雪, 出塞有風塵."[2] "風塵驚跋涉, 搖落怨晻攜. 地出流沙外, 天長甲子西."[3] 岑參如"春風不曾到, 漢使亦應稀. 白草通疏勒, 靑山過武威."[4] "幕下人無事, 軍中政已成. 坐參殊俗語, 樂雜異方聲."[5] "山開灞水北, 雨過杜陵西. 歸夢愁能作, 鄕書醉嬾題."[6] 王維如"草枯鷹眼疾, 雪盡馬蹄輕. 忽過新豐市, 還歸細柳營."[7] "三春時有鴈, 萬里少行人. 苜蓿隨天馬, 蒲萄逐漢臣."[8] "九門寒漏徹, 萬井曙鐘多. 月迥藏

珠斗, 雲消出絳河."⁹ "爲客黃金盡, 還家白髮新. 五湖三畝宅, 萬里一歸人."¹⁰ 孟浩然如"不才明主棄, 多病故人疏. 白髮催年老, 靑陽逼歲除."¹¹ "亂山殘雪夜, 孤燭異鄕人. 漸與骨肉遠, 轉於僮僕親."¹² "江山留勝跡, 我輩復登臨. 水落漁梁淺, 天寒夢澤深."¹³ "我家襄水曲, 遙隔楚雲端. 鄕淚客中盡, 孤帆天際看."¹⁴ 崔顥如"單于莫近塞, 都護欲臨邊. 漢驛通煙火, 胡沙乏井泉."¹⁵ "出塞淸沙漠, 還家拜羽林. 風霜臣節苦, 歲月主恩深."¹⁶ 常建如"夜久潮侵岸, 天寒月近城. 平沙依鴈宿, 候館聽雞鳴."¹⁷ 盧象如"獨負山西勇, 誰當塞下名. 死生遼海戰, 雨雪薊門行."¹⁸ 七言高適如"巫峽啼猿數行淚, 衡陽歸鴈幾封書."¹⁹ "黃河曲裏沙爲岸, 白馬津邊柳向城."²⁰ "雲開汶水孤帆遠, 路遶梁山匹馬遲."²¹ 岑參如"金闕曉鐘開萬戶, 玉階仙仗擁千官. 花迎劍珮星初落, 柳拂旌旗露未乾."²² "千門柳色連靑瑣, 三殿花香入紫微."²³ "西山落月臨天仗, 北闕晴雲捧禁闈."²⁴ 王維如"鑾輿迥出千門柳, 閣道迴看上苑花. 雲裏帝城雙鳳闕, 雨中春樹萬人家."²⁵ "靑山盡是朱旗繞, 碧澗翻從玉殿來. 新豐樹裡行人度, 小苑城邊獵騎迴."²⁶ "禁裡疎鐘官舍晚, 省中啼鳥吏人稀. 晨搖玉珮趨金殿, 夕奉天書拜瑣闈."²⁷ 李頎如"秦地立春傳太史, 漢宮題柱憶仙郞. 歸鴻欲度千門雪, 侍女新添五夜香."²⁸ "鴻鴈不堪愁裡聽, 雲山況是客中過. 關城曙色催寒近, 御苑砧聲向晚多."²⁹ 崔顥如"武帝祠前雲欲散, 仙人掌上雨初晴. 河山北枕秦關險, 驛路西連漢時平."³⁰ "解放胡鷹逐塞馬, 能騎代馬獵秋田."³¹ "晴川歷歷漢陽樹, 芳草萋萋鸚鵡洲."³² 祖詠如"萬里寒光生積雪, 三邊曙色動危旌. 沙場烽火侵胡月, 海畔雲山擁薊城."³³等句, 皆渾圓活潑, 而氣象風格自在. 蓋初唐氣格甚勝, 而機未圓活; 大歷過於流婉, 而氣格頓衰; 盛唐渾圓活潑, 而氣象風格自在, 此所以爲詣極也.

1 功名萬里外(공명만리외), 心事一杯中(심사일배중). 虜障燕支北(노장연지북), 秦城太白東(진성태백동): 공명을 만 리 밖에 떨쳤지만, 걱정이 한 잔 술에 있네. 오랑캐 장막이 연지燕支의 북쪽에 있고, 진나라 성이 태백성의 동쪽에 있네. 고적 〈송이시어부안서送李侍御赴安西〉의 시구다.

2 幕府爲才子(막부위재자), 將軍作主人(장군작주인). 近關多雨雪(근관다우설), 出塞有風塵(출새유풍진): 막부가 재자가 되고, 장군이 주인이 되네. 관새 가까

워지니 비와 눈이 많고, 변방에 나가니 먼지가 있네. 고적 〈송동판관送董判官〉의 시구다.

3 風塵驚跋涉(풍진경발섭), 搖落怨暌攜(요락원규휴). 地出流沙外(지출유사외), 天長甲子西(천장갑자서): 먼지 맞으며 길이 험난함에 놀라고, 쇠락하여 서로 헤어짐을 원망하네. 땅은 사막 너머로 나 있고, 하늘은 끝없이 서쪽으로 뻗었네. 고적 〈송배별장지안서送裴別將之安西〉의 시구다.

4 春風不曾到(춘풍부증도), 漢使亦應稀(한사역응희). 白草通疏勒(백초통소륵), 靑山過武威(청산과무위): 춘풍이 불지 않고, 한나라 사신 또한 드물게 오가네. 백초가 소륵疏勒으로 통하고, 청산이 무위武威를 지나네. 잠삼 〈발임조장부북정유별發臨洮將赴北庭留別〉의 시구다.

5 幕下人無事(막하인무사), 軍中政已成(군중정이성). 坐參殊俗語(좌참수속어), 樂雜異方聲(악잡이방성): 막하의 사람들 아무 일 없고, 군대의 정무가 이미 이뤄지네. 섞여 앉으니 속어가 다르고, 음악이 섞으니 지방의 가락이 다르네. 잠삼 〈봉배봉대부연득정자시봉공겸홍려경奉陪封大夫宴得征字時封公兼鴻臚卿〉의 시구다.

6 山開灞水北(산개파수북), 雨過杜陵西(우과두릉서). 歸夢愁能作(귀몽수능작), 鄕書醉嬾題(향서취란제): 산이 패수灞水 북쪽에서 솟았고, 비가 두릉杜陵의 서쪽을 지나네. 귀향의 꿈에 수심이 일어나고, 고향 편지에 술 취해 게으르게 답하네. 잠삼 〈산수동점송당자귀숭양滻水東店送唐子歸嵩陽〉의 시구다.

7 草枯鷹眼疾(초고응안질), 雪盡馬蹄輕(설진마제경). 忽過新豐市(홀과신풍시), 還歸細柳營(환귀세류영): 풀이 마르니 매의 눈이 빠르고, 눈이 그치니 말발굽이 가볍네. 어느새 신풍시新豐市를 지나, 다시 세류영細柳營으로 돌아왔네. 왕유 〈관렵觀獵〉의 시구다.

8 三春時有鴈(삼춘시유안), 萬里少行人(만리소행인). 苜蓿隨天馬(목숙수천마), 蒲萄逐漢臣(포도축한신): 봄 내도록 가끔 기러기 지나고, 만 리 길에 행인이 드무네. 거여목이 천마에 실리고, 포도가 한나라 사신을 따라 들어가네. 왕유 〈송유사직부안서送劉司直赴安西〉의 시구다.

9 九門寒漏徹(구문한루철), 萬井曙鐘多(만정서종다). 月逈藏珠斗(월형장주두), 雲消出絳河(운소출강하): 구문九門에 차가운 물시계 소리 들리고, 수많은 우물에 새벽 종소리 많네. 달이 북두칠성을 비췄다 감추고, 구름이 은하수를 나오게 했다 사라지게 하네. 왕유 〈동최원외추소우직同崔員外秋宵寓直〉의 시구다.

10 爲客黃金盡(위객황금진), 還家白髮新(환가백발신). 五湖三畝宅(오호삼무

택), 萬里一歸人(만리일귀인): 나그네 되어서 돈을 다 쓰고, 집에 돌아오니 백발이 새로 나네. 오호五湖에 세 묘의 택지가 있고, 만 리 길에 귀향하는 한 사람 있네. 왕유 〈송구위낙제귀강동送丘爲落第歸江東〉의 시구다.

11 不才明主棄(불재명주기), 多病故人疎(다병고인소). 白髮催年老(백발최연로), 靑陽逼歲除(청양핍세제): 재주가 없어 군주가 버리고, 병이 많아 옛 친구들이 소원하네. 백발이 늙기를 재촉하고, 봄이 섣달 그믐날을 몰아세우네. 맹호연 〈세모귀남산歲暮歸南山〉의 시구다.

12 亂山殘雪夜(난산잔설야), 孤燭異鄕人(고촉이향인). 漸與骨肉遠(점여골육원), 轉於僮僕親(전어동복친): 어지러운 산에 잔설이 내리는 밤, 외로운 등대 밑에 이방인. 점차 골육과 멀어지고, 더욱더 어린 종과 가까워지네. 맹호연 〈세제야유회歲除夜有懷〉의 시구다.

13 江山留勝跡(강산유승적), 我輩復登臨(아배부등림). 水落漁梁淺(수락어양천), 天寒夢澤深(천한몽택심): 강산에 승리의 흔적이 남아, 우리가 다시 올라서네. 물이 떨어지니 어량漁梁이 얕고, 날씨가 차니 몽택夢澤이 깊네. 맹호연 〈여제자등현산與諸子登峴山〉의 시구다.

14 我家襄水曲(아가양수곡), 遙隔楚雲端(요격초운단). 鄕淚客中盡(향루객중진), 孤帆天際看(고범천제간): 우리 집을 도는 양수곡襄水曲, 멀리 떨어진 초산 구름의 끝자락. 향수의 눈물을 나그네가 흘리고, 외로운 돛단배가 수평선 너머 보이네. 맹호연 〈조한강상유회早寒江上有懷〉의 시구다.

15 單于莫近塞(선우막근새), 都護欲臨邊(도호욕임변). 漢驛通煙火(한역통연화), 胡沙乏井泉(호사핍정천): 선우單于가 요새 근처에 없고, 도호都護가 변방을 지키고자 하네. 한군의 요도에 봉화가 통하고, 오랑캐 사막에 우물이 부족하네. 최호 〈송단어배도호부서하送單於裴都護赴西河〉의 시구다.

16 出塞淸沙漠(출새청사막), 還家拜羽林(환가배우림). 風霜臣節苦(풍상신절고), 歲月主恩深(세월주은심): 출새하여 사막을 평정하고, 집으로 돌아가 우림拜羽의 벼슬을 받네. 풍상에 신하의 절개를 지켜 고생하고, 세월이 갈수록 임금의 은혜가 깊네. 최호 〈증양주장도독贈梁州張都督〉의 시구다.

17 夜久潮侵岸(야구조침안), 天寒月近城(천한월근성). 平沙依鴈宿(평사의안숙), 候館聽雞鳴(후관청계명): 밤이 깊으니 조수가 해안에 몰아치고, 날씨가 차가운데 달이 성 바로 위에 떴네. 모래 위에 기러기가 쉬고, 역참에서 닭 우는 소리를 듣네. 상건 〈박주우이泊舟盰眙〉의 시구다.

18 獨負山西勇(독부산서용), 誰當塞下名(수당새하명). 死生遼海戰(사생요해전), 雨雪薊門行(우설계문행): 홀로 산서山西의 용맹을 맡았으니, 누가 변방의 명성을 당하리오. 생사가 요해遼海의 싸움에 있는데, 비와 눈이 계문薊門으로 가는 길에 내리네. 노상 〈잡시이수雜詩二首〉 중 제1수의 시구다.

19 巫峽啼猿數行淚(무협제원수행루), 衡陽歸鴈幾封書(형양귀안기봉서): 무협에서 우는 원숭이 소리에 길에서 수차례 눈물을 흘리고, 형양衡陽의 돌아가는 기러기 몇 통의 편지를 실었는가. 노상 〈송이소부폄협중왕소부폄장사送李少府貶峽中王少府貶長沙〉의 시구다.

20 黃河曲裏沙爲岸(황하곡리사위안), 白馬津邊柳向城(백마진변류향성): 황하의 물줄기 속에 흐르는 모래가 해안이 되고, 백마진白馬津 가에 서 있는 버드나무가 성을 향해 있네. 노상 〈야별위사사득성자夜別韋司士得城字〉의 시구다.

21 雲開汶水孤帆遠(운개문수고범원), 路遶梁山匹馬遲(노요양산필마지): 구름이 문수汶水를 제치고 외로운 돛단배 멀어지는데, 길이 양산梁山을 에워싸니 필마가 느리게 달리네. 노상 〈동평별전위현이채소부東平別前衛縣李寀少府〉의 시구다.

22 金闕曉鐘開萬戶(금궐효종개만호), 玉階仙仗擁千官(옥계선장옹천관). 花迎劍珮星初落(화영검패성초락), 柳拂旌旗露未乾(류불정기로미건): 금궐의 새벽 종소리가 수많은 민가를 깨우고, 옥계의 선장이 수많은 관리에게 들려지네. 꽃이 검패를 맞이하고 별이 막 떨어지며, 버드나무가 깃발을 떨치고 이슬이 마르지 않네. 잠삼 〈봉화중서사인가지조조대명궁奉和中書舍人賈至早朝大明宮〉의 시구다.

23 千門柳色連靑瑣(천문류색련청쇄), 三殿花香入紫微(삼전화향입자미): 천문千門의 버드나무 빛깔이 푸른 옥 소리에 이어지고, 삼전三殿의 꽃향기 자미에 들어가네. 잠삼 〈서액성즉사西掖省即事〉의 시구다.

24 西山落月臨天仗(서산낙월임천장), 北闕晴雲捧禁闈(북궐청운봉금위): 서산의 떨어지는 달이 천장天仗에 임하고, 북궐의 맑은 구름이 금위禁闈를 받드네. 잠삼 〈화사부왕원외설후조조즉사和祠部王員外雪後早朝即事〉의 시구다.

25 鑾輿迥出千門柳(난여형출천문류), 閣道迴看上苑花(각도회간상원화). 雲裡帝城雙鳳闕(운리제성쌍봉궐), 雨中春樹萬人家(우중춘수만인가): 난여가 멀리서 천문의 버드나무에서 나오고, 궁궐에서 상원上苑의 꽃을 돌아보네. 구름 속에 제성帝城의 쌍봉궐雙鳳闕 있고, 빗속에 봄 나무가 만인의 집에서 자라네. 왕유

〈봉화성제종봉래향흥경각도중류춘우중춘망지작응제奉和聖製從蓬萊向興慶閣道中
留春雨中春望之作應制〉의 시구다.

26 靑山盡是朱旗繞(청산진시주기요), 碧澗翻從玉殿來(벽간번종옥전래). 新豐
樹裡行人度(신풍수리행인도), 小苑城邊獵騎迴(소원성변렵기회): 청산은 온통
붉은 깃발로 에워싸이고, 푸른 시냇물이 옥전을 따라 흐르네. 신풍의 나무속으
로 행인이 건너가고, 소원의 성 주변에 사냥말이 돌아가네. 왕유 〈화태상위주
부오랑온탕우목지작和太常韋主簿五郎溫湯寓目之作〉의 시구다.

27 禁裡疎鐘官舍晚(금리소종관사만), 省中啼鳥吏人稀(성중제조리인희). 晨搖
玉珮趨金殿(신요옥패추금전), 夕奉天書拜瑣闈(석봉천서배쇄위): 궁금의 관사
에서 조용히 울리는 저녁 종소리, 문하성에서 우는 새 소리 들리고 관리가 드무
네. 새벽에 옥패를 흔들고 금전을 넘고, 저녁에 천서를 받들고 쇄위에서 헤어지
네. 왕유 〈수곽급사酬郭給事〉의 시구다.

28 秦地立春傳太史(진지입춘전태사), 漢宮題柱憶仙郞(한궁제주억선랑). 歸鴻
欲度千門雪(귀홍욕도천문설), 侍女新添五夜香(시녀신첨오야향): 진땅의 입춘
을 태사에 전하고, 한궁의 제주는 선랑을 기억하네. 돌아가는 기러기 눈 내린
천문을 건너려 하고, 시녀는 새로 오야의 향수를 뿌리네. 이기 〈기사훈노원외
寄司勳盧員外〉의 시구다.

29 鴻鴈不堪愁裡聽(홍안불감수리청), 雲山況是客中過(운산황시객중과). 關城
曙色催寒近(관성서색최한근), 御苑砧聲向晚多(어원침성향만다): 기러기 소리
를 수심 가득 찬 사람이 들을 수 없고, 구름 덮인 산을 하필 나그네가 지나네. 동
관潼關의 새벽빛은 추위가 경성에 가까워지기를 재촉하고, 경성의 방망이질 소
리는 저녁이 될수록 많아지네. 이기 〈송위만지경送魏萬之京〉의 시구다.

30 武帝祠前雲欲散(무제사전운욕산), 仙人掌上雨初晴(선인장상우초청). 河山
北枕秦關險(하산북침진관험), 驛路西連漢時平(역로서련한치평): 무제사 앞에
서 구름이 흩어지고, 선인장 위에 내리는 비 막 개이네. 하산의 북쪽은 진관의
험난한 요새에 접해 있고, 역로의 서쪽은 장안의 한치漢畤로 평평하게 이어지
네. 최호 〈행경화음行經華陰〉의 시구다.

31 解放胡鷹逐塞馬(해방호응축새마), 能騎代馬獵秋田(능기대마렵추전): 묶여
있던 오랑캐 매가 풀려나 변새의 말을 쫓고, 준마를 타고 달려 가을밭을 사냥하
네. 최호 〈안문호인가雁門胡人歌〉의 시구다.

32 晴川歷歷漢陽樹(청천역력한양수), 芳草萋萋鸚鵡洲(방초처처앵무주): 맑은

강에는 한양의 나무가 뚜렷하게 비치고, 앵무주에는 향기로운 풀이 무성하네. 최호 〈황학루黃鶴樓〉의 시구다.

33 萬里寒光生積雪(만리한광생적설), 三邊曙色動危旌(삼변서색동위정). 沙場烽火侵胡月(사장봉화침호월), 海畔雲山擁薊城(해반운산옹계성): 만리의 찬 빛이 쌓인 눈을 비추고, 변방의 새벽빛이 위태로운 깃발을 일렁이네. 모래사장의 봉화는 오랑캐 땅의 달과 가깝게 마주하고, 해변의 운산이 계성薊城을 삼키네. 조영 〈망계문望薊門〉의 시구다.

19

원결元結9)의 오언고시는 성조와 체재가 다 순일하고, 이백·두보·잠삼 외에 별도로 일가를 이루었다. 원결의 〈여유시어연회시與劉侍御讌會詩〉의 서문에서 다음과 같이 말했다.

"문장의 도가 사라진 지 오래되었다. 오늘날의 작자는 번잡함이 지나치게 많고, 노래꾼과 춤추는 여인이 서로 사랑하는 내용인데, 풍아를 계승했다고 누가 말하겠는가?"

그러므로 그의 시는 사건이 절실하지 않으면서 관계가 실로 복잡하다. 다만 그 품격이 높고 성정이 깨끗하지만 지나치게 격앙되므로 종종 직설적이어서 식상하다. 그중 〈전사음賤士吟〉, 〈빈부사貧婦詞〉, 〈하객요下客謠〉 등이 질박하고 실로 화려하지 않아 가장 순박하고 예스럽다. 기타 작품은 공들여서 다듬는 데에 의미를 두었으므로 대부분 유유자적하여 독특한 의취가 있다. 대체로 위로는 도연명에서 연원하고 아래로 백거이와 소식의 문호를 열었다. 성조가 대부분 일률적인 것이 애석할 따름이다.

---

9) 자 차산次山.

원결의 시에 관한 논의다. 대체로 독자적인 세계를 이루었다고 평가하고 있다. 그의 시풍이 도연명에서 근원한다고 한 것은 솔직하다는 특징을 염두에 두고 한 말이다. 원결은 17세에 사촌형 원덕수元德秀를 따라 배우고 다시 소영사蕭穎士를 따랐다. 천보 13년에 진사에 합격하고 다시 제과制科에 합격했다. 대력 4년에 모친상으로 벼슬을 그만두었다가 7년 후 입조했으나 갑자기 병으로 사망했다. 중당 시기의 고문운동과 신악부 창작의 선두자라고 평가되며, 후일 한유, 유종원, 원진, 백거이 등에게 영향을 미쳤다. 또한 건원 3년(760)에는 친구 7명의 시 24수를 《협중집篋中集》으로 편성하여 그 당시의 시단에 유행하는 풍상을 바로잡고자 했다. 그러나 《협중집》은 모두 고체 작품을 수록하여 편향된 경향을 보인다. 근본적으로 성률의 아름다움을 부정하고 일률적으로 근체를 배척한 점이 아쉽다.

元結[1][字次山]五言古, 聲體盡純, 在李·杜·岑參外另成一家. 結與劉侍御諶會詩序云: "文章道喪久矣. 時之作者, 煩雜過多, 歌兒舞女, 且相喜愛, 系之風雅, 誰道是耶?"故其詩不爲浮泛[2], 關係實多; 但其品高性潔[3], 激揚太過, 故往往傷於訐直[4]. 中如賤士吟·貧婦詞·下客謠等, 質實無華, 最爲淳古. 其他意在匠心[5], 故多遊戲自得而有奇趣. 蓋上源淵明, 下開白蘇之門戶矣. 惜調多一律耳.

1 元結(원결): 당나라 시기의 시인이다. 자는 차산次山이고 호는 만수漫叟, 오수聱叟다. 하남 노산魯山 사람으로, 천보 6년(747)에 과거에 실패한 후 상여산商余山에 은거했다. 후일 천보 12년에 진사에 급제했다. 안녹산의 난 때 가족을 데리고 의우동猗玕洞 곧 지금의 호북성 지역으로 피난했기에 의우자猗玕子라고도 불린다. 건원 2년(759)에 숙종肅宗의 부름을 받아 우금오병조참군右金吾兵曹參軍이 되어 반란군을 토벌하여 공을 세웠다. 성품이 고결하고 우국의 충정이 넘쳐, 전란으로 인한 인민의 고통과 사회상에 눈길을 돌린 침통한 작품을 많이 지었다.

2 浮泛(부범): 일의 절실하지 않은 것을 가리킨다.

3 品高性潔(품고성결): 품격이 높고 성정이 깨끗하다.

4 訐直(알직): 직설적이다.

5 匠心(장심): 공들여 다듬다.

20

원결의 오언고시 중 다음의 시구는 모두 유유자적하여 독특한 의취가 있다.

"왕년에 양빈濱濱에 있었더니, 양 지역 사람들 모두 감정에 북받치네. 오늘 양 마을에 와서 노니니, 양 지역 사람들 나를 보고 놀라네, 내 마음과 양 지역 사람 사이에, 어찌 영욕이 있으리오. 양 지역 사람 그 마음이 달라져, 나를 벼슬아치로 여기네.往年在濱濱, 濱人皆忘情. 今來遊濱鄉, 濱人見我驚. 我心與濱人, 豈有辱與榮. 濱人異其心, 應爲我冠纓."

"소나무와 대나무 사이를 굽어보니, 돌과 물이 어찌 이렇게도 그윽하고 맑은가. 온 집안을 깊이 비추고, 거울을 비추는 것 같이 맑구나. 누가 병이 깊어서, 세월이 오래되어도 깨어나지 못하는가. 나와 더불어 백운정白雲亭에 올라, 그대의 마음을 편히 하세나.俯視松竹間, 石水何幽淸. 涵映滿軒戶, 娟娟如鏡明. 何人病惛濃, 積歲且未醒. 與我一登臨, 爲君安性情."

"취한 사람이 배의 그림자를 이상하게 여겨, 소리쳐 가리키며 부르면서 놀라네. 무슨 까닭으로 쌍어가 있고, 나를 따라 배에 왔는가. 취한 사람이 괴상한 말을 하고, 술을 권하며 감정에 북받치네. 앉아서 다른 사람 꺼리지 않고, 취했는지 깨었는지 따지지 말라.醉人疑舫影, 呼指遞相驚. 何故有雙魚, 隨吾酒舫行. 醉人能誕語, 勸醉能忘情. 坐無拘忌人, 勿限醉與醒."

"호수의 물새는, 사람을 보아도 날아가지 않네. 골짜기의 산짐승이, 종종 사람을 따라 다니네. 거마는 오지 말지니, 우리 마을의 조수가 놀라니.湖上有水鳥, 見人不飛鳴. 谷口有山獸, 往往隨人行. 莫將車馬來, 令我鳥獸驚."

해제 원결의 오언고시 중 유유자적하여 독특한 의취가 있는 시구를 예로 들었다.

元結五言古, 如"往年在瀼濱, 瀼人皆忘情. 今來遊瀼鄉, 瀼人見我驚. 我心
與瀼人, 豈有辱與榮. 瀼人異其心, 應爲我冠纓."¹"俯視松竹間, 石水何幽
淸. 涵映滿軒戶, 娟娟如鏡明. 何人病悟濃, 積歲且未醒. 與我一登臨, 爲君
安性情."²"醉人疑舫影, 呼指遞相驚. 何故有雙魚, 隨吾酒舫行. 醉人能誕
語, 勸醉能忘情. 坐無拘忌人, 勿限醉與醒."³[夜宴石魚湖]"湖上有水鳥, 見人
不飛鳴. 谷口有山獸, 往往隨人行. 莫將車馬來, 令我鳥獸驚."⁴等句, 皆遊戲
自得而有奇趣者也.

1 이상은 원결 〈유양계향구유瀼溪鄉舊遊〉의 시구다.
2 이상은 원결 〈등백운정登白雲亭〉의 시구다.
3 이상은 원결 〈야연석어호夜宴石魚湖〉의 시구다.
4 이상은 원결 〈초맹무창招孟武昌〉의 시구다.

21

원결의 《협중집篋中集》 서문에서 다음과 같이 말했다.

"근세의 작자는 더욱 서로 답습하고 성률의 병폐에서 자유롭지 못
하다."

그러므로 그 오언고시는 지극히 깨끗하게 하고자 하여 성조와 체재
가 순일하며 저광희의 여러 문인들보다 훨씬 뛰어나다. 그러나 굽은
것을 바로잡으려고 함이 너무 지나쳐서 종종 순박함을 손상시키는 구
절이 있다.

다음과 같은 시구는 모두 순박함을 손상시키는 구절인데, 대개 넘
치는 것이지 모자란 것이 아니다.¹⁰⁾

"언제 부주府主를 보려나, 오래도록 무릎을 꿇고 그를 향해 우네.何
時見府主, 長跪向之啼."

---

10) 좌사에 관한 시론의 주(제5권 제15칙의 원주)에 설명이 보인다.

"나그네 말이 황금을 이기니, 주인이 그런 듯하면서 아닌 듯하다.客言勝黃金, 主人然不然."

"사신이 왕명을 들었는데, 어찌 도적만 못한가.使臣將王命, 豈不如賊焉."

[해제] 원결의 시 중에서 굽은 것을 바로잡으려고 함이 너무 지나쳐 순박함을 손상시킨 구절의 예를 들었다. 그것은 과도하게 시의 아정함을 추구한 데서 비롯된 결과다.

[원문] 元結篋中集[1]序謂: "近世作者, 更相沿襲[2], 拘限聲病[3]." 故其五言古極意洗削[4], 聲體之純, 遠勝光義諸子. 但矯枉[5]太過, 往往有椎朴顲直[6]之句. 如"何時見府主, 長跪向之啼."[7] "客言勝黃金, 主人然不然."[8] "使臣將王命, 豈不如賊焉."[9]等句, 皆椎朴顲直者, 蓋過而非不及也. [說見左太沖[10]論註中.]

[주석]
1 篋中集(협중집): 원결이 심천운沈千運·왕휘王徽·우적于逖·맹운경孟雲卿·장표張彪·조미명趙微明·원륭元隆 등의 시 24수를 수록한 당시선집이다. 대체로 그들의 시는 성당의 강개하고 호방한 정조가 없고 비분한 심정으로 인생의 질고를 묘사했다. 이후 백거이의 신악부에 영향을 주었다.
2 沿襲(연습): '因襲(인습)'과 같은 말이다.
3 聲病(성병): 성률의 병폐.
4 洗削(세삭): 깨끗하게 하다.
5 矯枉(교왕): 굽은 것을 바로잡다.
6 椎朴顲直(추박공직): 순박함을 손상시키다.
7 何時見府主(하시견부주), 長跪向之啼(장궤향지제): 언제 부주를 보려나, 오래도록 무릎을 꿇고 그를 향해 우네. 원결 〈빈부사貧婦詞〉의 시구다.
8 客言勝黃金(객언승황금), 主人然不然(주인연불연): 나그네 말이 황금을 이기니 주인이 그런 듯하면서 아닌 듯하다. 원결 〈계악부십이수系樂府十二首, 하객요下客謠〉의 시구다.
9 使臣將王命(사신장왕명), 豈不如賊焉(기불여적언): 사신이 왕명을 들었는데,

어찌 도적만 못한가. 원결 〈적퇴시관리賊退示官吏〉의 시구다.

10 左太沖(좌태충): 좌사左思. 제5권 제1칙의 주석5 참조.

22

황정견의 시에서 말했다.

"건안은 재자オ子가 예닐곱 명이고, 개원은 두세 명을 들 수 있다."

재주를 지니기 어려운 것은 당연하지 않는가! 그러므로 성당에는 이백과 두보 이외, 체재를 갖춘 시인으로 겨우 고적과 잠삼을 손꼽을 수 있는데, 고적은 또 잠삼보다 뒤떨어진다. 왕유와 맹호연은 율시에서 비록 뛰어나지만 고체는 뒤떨어진다. 기타 여러 문인은 겨우 한둘의 체재를 얻었을 뿐이며 또한 완전히 정교하지 못했다. 오늘날의 초학자들은 잘 모르고서 성당의 여러 문인들은 여러 체재에 정통하지 않음이 없으며 여러 체재에 다 뛰어나지 않은 것이 없다고 생각하는데, 이것은 옛 사람을 부질없이 흠모하여 그 실체를 깨닫지 못한 것이다.

성당의 시인 중 재주가 뛰어난 이로 이백과 두보 이외 고적과 잠삼이 있음을 강조했다. 재주란 타고난 것을 가리키는데 성당 시인의 시는 천성적인 재능이 아니라 갈고 닦은 노력으로 이룬 자연스러움의 산물이다. 따라서 성당의 여러 문인들은 이백과 두보같이 뛰어난 재주를 타고나서 모든 분야에 정통한 것이 아니라 각기 뛰어난 분야가 있을 따름이다.

山谷詩云: "建安才六七子, 開元數[1]兩三人." 才難, 不其然乎! 故盛唐李杜而外, 其體僅稱高岑, 而高則又亞於[2]岑矣. 王孟律詩雖勝, 而古則不逮, 其他諸公, 僅得一體兩體, 而亦不能盡工也. 今初學不知, 以爲盛唐諸公, 諸體靡不皆攻[3], 而諸體靡不盡善, 是虛慕[4]古人而不得其實[5]者也.

1 數(수): 들어 말하다.

2 亞於(아어): …에 버금가다.

3 攻(공): 정통하다.

4 虛慕(허모): 부질없이 사모하다.

5 不得其實(부득기실): 그 실체를 깨닫지 못하다.

23

오언고시는 당나라에 이르러 고체가 다 사라지고 당체唐體가 비로소 흥기했다. 성당의 오언고시로는 이백과 두보 이하로 오직 잠삼이 있으며, 원결은 당체에서 순일하여 여전히 배울 만하다. 고적, 맹호연, 이기, 저광희 등의 여러 문인은 대부분 율격을 잡용했는데, 다시 말해 당체가 순일하지 않으므로 이것은 반드시 배울 만하지 않다.

왕세정이 말했다.

"근체는 결코 고시에 넣을 수 없다."

이유정李維楨이 말했다.

"초당의 여러 문인은 육조의 여폐가 남아 있어서 고시로 선록되는데, 논할 만하지 않다."

모두 맞는 말이다. 오늘날 사람들은 산문을 지으면서 사육四六의 변려문騈儷文을 잡용하는데, 역시 문체가 순일하지 않다.[11]

당나라 때는 율체가 성립하여 고시가 사라졌다. 그러나 그 과도기인 초당 시기에는 고시에 율체가 섞여 그 체재가 아직 순일하지 않았다. 성당에 이르러 점차 율시의 체재가 갖추어지기 시작했는데, 이백, 두보, 잠삼, 원결의 오언고시가 배울 만함을 지적했다.

11) 이하 30칙에서는 성당의 시에 대해 총괄적으로 논한다.

五言古至於唐, 古體盡亡, 而唐體始興矣. 然盛唐五言古, 李杜而下惟岑
參·元結於唐體爲純, 尙可學也; 若高適·孟浩然·李頎·儲光羲諸公, 多
雜用律體, 卽唐體而未純, 此必不可學者. 王元美謂"惟近體必不可入古", 李
本寧[1]謂"初盛諸子, 啜六朝餘瀝[2]爲古選, 不足論", 皆得之矣. 若今人作散文
而雜用四六俳偶[3], 亦是文體之不純也. [以下三十則總論盛唐之詩.]

1 李本寧(이본녕): 이유정李維楨(1570~1624). 명나라 시기의 문인이다. 자가 본
녕이고, 융경 2년(1568)에 진사에 급제했다. 박학다식하고 기억력이 뛰어나다.
성품이 활달하여 문장이 시원하다.
2 餘瀝(여력): 여폐.
3 四六俳偶(사륙배우): 네 글자와 여섯 글자를 기본으로 하고 대구법을 쓰며, 압
운이 많은 변려문騈儷文이다.

24

당나라 시인들은 육조시를 따라 익혔지만 어릴 때부터 더욱 대구와
성운에 구속받았다. 그러므로 성당의 오언고시는 이백, 두보, 잠삼,
원결 이하로 대부분 율체를 잡용하여 초당의 시와 비슷하다. 그 측운
이 그래도 볼 만한 것은 대개 측운은 대부분 학슬을 꺼리고 성조가 4
구마다 한 차례 변하여서 고성古聲이 비록 사라졌어도 음절을 읊조릴
수 있기 때문일 뿐이다. 평운은 비록 두보의 〈봉증위좌승장이십이운
奉贈韋左丞丈二十二韻〉, 〈장유壯遊〉일지라도 역시나 약간 율체를 잡용했
음을 면치 못한다. 이백의 측운 여러 시편은 대부분 학슬을 꺼렸지만
다른 시인은 말할 필요가 없다.

성당 시기의 오언고시에 관해 논하고 있다. 오언고시의 연원은 아주 오래되
었다. 그러나 당나라에 이르러서 성률의 영향을 받아 오언고시에는 이미 율
체가 섞여질 수밖에 없었다. 두보, 이백일지라도 예외가 아님을 지적했다.

唐人沿襲六朝, 自幼便爲俳偶聲韻所拘, 故盛唐五言古, 自李‧杜‧岑參‧
元結而下, 多雜用律體, 與初唐相類. 其仄韻猶可觀者, 蓋仄韻多忌鶴膝, 聲
調四句一轉, 故古聲雖沒而音節猶可歌詠耳. 平韻者雖杜子美"紈袴不餓死"[1],
"往者十四五"[2], 亦未免[3]稍雜律體. 太白仄韻諸篇又多忌鶴膝, 他人不足言[4]矣.

1 紈袴不餓死(환고불아사): 두보의 〈봉증위좌승장이십이운奉贈韋左丞丈二十二韻〉
   을 가리킨다.
2 往者十四五(왕자십사오): 두보의 〈장유壯遊〉를 가리킨다.
3 未免(미면): 면치 못하다.
4 不足言(부족언): 말할 만하지 않다.

25

　성당의 칠언가행은 이백과 두보 이하 오직 고적, 잠삼, 이기가 정종
이 될 수 있다. 왕유, 최호는 곧 그 다음이다. 그런데 오늘날 사람들이
재주가 반드시 고적, 잠삼에 능가하지 못하면서 열심히 노력하여 매
번 그들을 능가한다고 하는 것은, 대개 가행은 이백, 두보로부터 자유
롭고 필력을 다 해서 후인들이 종종 이백과 두보를 사모하고 고적과
잠삼을 경시하기 때문이다. 그러므로 대부분 억지로 창작한 것에 가
깝고, 고적과 잠삼 등 여러 문인들이 자연스러운 재주로써 창작한 것
과는 다르다. 잠시 전체 문집을 살펴보면 고적과 잠삼 등 여러 문인들
은 비록 지극히 자유롭지는 않지만 많은 작품이 볼 만하다. 오늘날 사
람들은 비록 간혹 자유로울지라도, 그 작품은 옛 자취를 잃어버린 것
에 가깝다.

성당의 칠언가행에 관한 논의다. 가행은 악부의 시체다. 이백과 두보가 최
고의 경지에 올라 후대 사람들은 이백 두보 외에 잠삼, 고적 등의 가행에
대해서는 경시하고 있지만, 사실 고적, 잠삼 등의 가행도 정종으로 손꼽힐

만큼 뛰어난 경지에 올랐음을 강조했다.

 盛唐七言歌行, 李杜而下, 惟高·岑·李頎得爲正宗, 王維·崔顥抑又次之[1]. 然今人才力未必能勝高岑而馳騁[2]每過之者, 蓋歌行自李杜縱橫軼蕩[3], 窮極筆力[4], 後人往往慕李杜而薄高岑, 故多不免於强致[5], 非若[6]高岑諸公出於才力之自然也. 試以全集觀之, 高岑諸公雖未極縱橫, 而衆作可觀; 今人雖或縱橫, 而他不免於失故步[7]矣.

1 次之(차지): 다음 차례다.
2 馳騁(치빙): 열심히 노력하다. 어떤 영역에서 자유자재로 충분히 재능을 발휘하다.
3 縱橫軼蕩(종횡질탕): 막힘없이 자유롭다.
4 窮極筆力(궁극필력): 필력을 다하다.
5 强致(강치): 억지로 이르다.
6 非若(비약): …와 다르다.
7 故步(고보): 옛 자취.

26

혹자가 물었다.

"재주는 천부적인 것을 바탕으로 하는데 억지로 이르는 것이 가능한가?"

내가 대답한다.

"가능하다. 힘쓰는 것에 비유하면 시장의 장사꾼이 짐을 지는 것은 열 말 너 되를 넘지 못하나 농사꾼은 돌덩이를 짊어진다. 대개 아동 때부터 익혔기에 애써 도달할 수 있었을 따름이다. 농사꾼의 아들로 하여금 시장의 장사꾼을 따르게 하면 죽는 날까지 어찌 돌덩이를 짊어질 수 있겠는가!"

시인의 재주는 타고나는 것이지만, 그것은 한위시의 천연스러움에서 크게 작용한다. 반면 당시의 자연스러움은 천부적인 재능에서 비롯되기 보다는 끊임없는 노력으로 인해 도달할 수 있는 지고至高의 경지다. 따라서 당나라 시인의 재주는 꾸준히 오랫동안 연마하면 애써 도달할 수 있음을 재미있는 비유를 통해 강조하고 있다.

或問: "才力本於天賦¹, 可强致乎?" 曰: 可. 譬之筋力一也, 市井逐末之人², 負擔不逾³區釜⁴, 而田野之夫⁵, 負擔則一石也. 蓋由童而習之, 强致然耳. 使田野之子而從市井之人, 終身⁶豈能負一石哉!

1 天賦(천부): 천부적이다.
2 市井逐末之人(시정축말지인): 시장의 장사꾼. '逐末(축말)'은 '장사하다'는 뜻이다.
3 不逾(불유): 넘지 않다.
4 區釜(구부): 열 말 너 되.
5 田野之夫(전야지부): 농사꾼.
6 終身(종신): 죽는 날까지. 일생토록.

27

고시와 율체의 시에는 비록 각기 정해진 체재가 있지만, 고시로써 율체를 짓는 것은 넘치는 데로 빠진 것이고, 율체로써 고시를 짓는 것은 미치지 못한 데로 빠진 것이다. 당나라 시인들은 율체에 능하고 고시에 부족하므로, 대부분 고시로써 율체를 지을 뿐 아니라 또한 대부분 율체로써 고시를 짓는다.

당나라에 이르러 율시의 체재가 점차 갖추어지면서 근체시가 생겨나게 되자 고체시와 구별되게 되었다. 그러나 당나라 초기부터 고시와 율체가 섞여 분간하기 힘든 경우가 초래되었는데, 그것은 점차 율체에 익숙해지면서 나타난 현상이다.

古律之詩雖各有定體, 然以古爲律者失之過, 以律爲古者失之不及. 唐人長於[1]律而短於[2]古, 故旣多以古爲律, 而又多以律爲古也.

1 長於(장어): …에 뛰어나다.
2 短於(단어): …에 부족하다.

28

한위의 고시는 천연스러움에서 인위적인 수식으로 발전했으니 위나라가 한나라보다 더 수준이 떨어진다. 초당, 성당의 율시는 대청에서부터 방으로 들어가듯 나아가므로 성당이 초당보다 더 발전했다.

한위와 초·성당은 시를 논하는 기준이 다르다. 한에서 위로 갈수록 고시의 천연스런 자연스러움이 쇠퇴하게 되었다. 반면 초당에서 성당으로 갈수록 율시의 흥취는 더욱 발전하게 되었다.

漢魏古詩由天成以至作用, 故魏爲降於[1]漢. 初盛唐律詩由升堂而入於室, 故盛爲深於[2]初.

1 降於(강어): …보다 뒤떨어지다.
2 深於(심어): …보다 심오하다.

29

당나라 율시는 심전기와 송지문을 정종으로 삼는데, 성당의 여러 문인에 이르면 융화되어 흔적이 없으며 입성의 경지에 들어갔다. 심전기와 송지문은 재주가 이미 커서 조예가 비로소 순일해졌기에 체재

가 다 정돈되고 시어가 대부분 웅장하다. 성당의 여러 문인은 조예가
실로 깊고 홍취가 실로 심원하기에 체재가 대부분 완곡하고 시어가
대부분 생동적일 따름이다. 후대 율시를 논하는 사람들은 모두 성당
을 본받는데, 왕세정이 심전기와 송지문에게 뜻을 집중시켜 고인이
말한 "탄환이 손에서 벗어났다"고 한 것은 합당하지 않으며, 어찌 함
께 입성의 경지에 들어가겠는가?

해제 심전기, 송지문이 당시의 율시를 완비하는 데 크게 기여한 시인임에는 틀
림없지만 왕세정이 그 두 사람에게 지나치게 주의한 것은 옳지 못하다고
지적하고 있다. 두 사람은 초당 시기의 율시를 개창하는 데 중요한 역할을
했지만 성당의 여러 문인에 비해 완정하지는 않기 때문이다.

원문 唐人律詩, 沈宋爲正宗, 至盛唐諸公, 則融化無跡而入於聖. 沈宋才力旣大,
造詣始純, 故體盡整栗, 語多雄麗. 盛唐諸公, 造詣實深, 而興趣實遠, 故體
多渾圓, 語多活潑耳. 後之論律詩者, 皆宗盛唐, 而元美之意主於[1]沈宋, 則於
古人所稱"彈丸脫手"[2]者無當也, 安可與入化境乎?

주석 1 主於(주어): …에 집중하다.
2 彈丸脫手(탄환탈수): 탄환이 손에서 벗어났다. 시를 지음에 원만하고 아름다
우며 민첩하고 유창함을 비유한다.

30

　성당 시기 여러 문인들의 율시는 대부분 융합되어 흔적이 없고 입
성의 경지에 들어갔는데, 혈기가 막 강성할 때는 그 오묘한 곳을 살피
기가 쉽지 않다.
　이유정이 말했다.
　"엄주弇州 선생12)은 일찍이 두보는 마치 열 명의 왕유가 있는 것 같

다고 했는데, 삼가 말하건대 우열이 너무 지나친 말이라고 하겠다. 후일 선생이 만년에 쓴 정론을 보면, 특별히 왕유를 잠시도 잊지 않았다.13)

곧 이로써 추론하자면 왕세정이 심전기와 송지문에게 집중한 것은 역시 혈기가 막 강성할 때의 견해일 것이다.

[해제] 시를 논할 때는 객관적인 태도를 유지해야 한다. 젊을 때는 혈기가 왕성하여 시의 전체를 객관적으로 파악하지 못할 경우가 있음을 왕세정의 경우를 예로 들어 설명하고 있다.

[원문] 盛唐諸公律詩, 多融化無跡而入於聖, 血氣方剛時[1]未易窺其妙境[2]. 李本寧云: "弇州先生[3][元美], 嘗謂杜子美不啻[4]有十王摩詰, 語竊謂[5]軒輊[6]太過. 後見先生晩年定論[7], 殊服膺[8]摩詰." [已上本寧語.] 卽此而推, 則元美之主於沈宋者, 亦血氣方剛時見也.

[주석]

1 血氣方剛時(혈기방강시): 혈기가 막 강성할 때. 즉 젊은 시절을 가리킨다.
2 妙境(묘경): 오묘한 경지.
3 弇州先生(엄주선생): 왕세정王世貞. 호가 엄주산인弇州山人이다.
4 不啻(불시): 마치 …와 같다.
5 竊謂(절위): 삼가 말하자면.
6 軒輊(헌지): 고저, 상하, 대소, 경중, 우열이 있음을 이르는 말. '헌'은 수레의 앞이 높은 것을 가리키고, '지'는 수레의 앞이 낮은 것을 가리킨다.
7 定論(정론): 정설. 정확하여 움직일 수 없는 의론.
8 服膺(복응): 잠시도 잊지 않다.

---

12) 왕세정.
13) 이상은 이유정의 말이다.

혹자가 물었다.

"수록된 시를 통해 심전기와 송지문의 오언율시를 살펴보면 창작이 실로 정교한데, 후인이 유독 성당을 추존하는 것은 무슨 까닭인가?"

내가 대답한다.

"성당의 오언율시 중 입성의 경지에 들어간 것은 비록 시인마다 몇 편 정도에 그치지만, 천기의 흐름이 도처에 있다. 심전기와 송지문의 창작은 비록 정교하나 천기가 여전히 천하니, 이것이 승당升堂과 입실入室의 구분이다."

심전기, 송지문의 시는 율시의 정종이 되지만 성당의 여러 문인들과 근본적으로 다른 까닭은 천기가 부족하기 때문이다. 천기란 마음, 소질, 능력 따위를 가리키는데, 한마디로 성당의 여러 문인들은 인위적인 수식의 흔적이 없이 자연스러운 경지에 이르렀지만 심전기와 송지문은 여전히 그 단계에 들어가지 못했음을 지적한 것이다.

或問: "以入錄觀沈宋五言律, 制作[1]實工, 而後人獨推盛唐, 何耶?" 曰: 盛唐五言律入聖者, 雖人止[2]數篇, 然化機[3]流行, 在在而是[4]. 沈宋制作雖工, 而化機尙淺, 此升堂·入室之分也.

1 制作(제작): 창작하다.
2 止(지): 다만.
3 化機(화기): 천기天機.
4 在在而是(재재이시): 도처에 있다.

호응린이 말했다.

"율시의 주요 사항은 체재, 성조, 흥상, 풍격일 따름이다. 체재와 성조는 법칙이 있어 따를 만하나, 흥상과 풍격은 잡을 수 있는 방도가 없다. 그러므로 작가는 오직 체재가 바르고 격조가 높으며 소리가 웅장하고 성조가 풍부한 것을 구하고자 하니, 오래도록 연습하며 스스로 꾸밈이 극도에 이르면 흔적이 모두 융합되어 흥상과 풍격이 이로부터 초월하게 된다."

내가 생각건대 이것은 초당에서 성당으로 들어가는 단계다. "오래도록 연습하여 스스로 꾸밈이 극도에 이르면 흔적이 모두 융합된다"고 한 말은 조예의 공력이다. 하경명이 "재주가 풍부하게 쌓이면 영감이 만나고 경물이 조화되어 자취를 모방하지 않는다"고 말했으니, 그와 더불어 성당의 변화를 논할 만하다.

해제 초당에서 성당의 시로 들어가는 변화에 대해 말하고 있다. 오랜 공력을 쌓으면 시에 자연스러운 경지에 도달할 수 있음을 지적했다.

원문 胡元瑞云: "律詩大要[1], 體格 · 聲調 · 興象 · 風神而已. 體格 · 聲調, 有則可循[2]; 興象 · 風神, 無方可執[3]. 故作者但求體正格高, 聲雄調鬯[4], 積習之久[5], 矜持盡化[6], 形跡俱融, 興象 · 風神自爾超邁[7]." 予謂: 此由初入盛之階也, 所云"積習之久, 矜持盡化, 形跡俱融", 則造詣之功也. 何仲黙謂: "富於才積, 領會神情, 臨景構結, 不倣形跡." 斯可與論盛唐之化矣.

주석
1 大要(대요): 주요 사항.
2 有則可循(유칙가순): 법칙이 있어 따를 만하다.
3 無方可執(무방가집): 잡을 수 있는 방도가 없다.
4 鬯(창): 풍부하다.

5 積習之久(적습지구): 오래도록 연습하다.
6 矜持盡化(긍지진화): 스스로 꾸밈이 극도에 이르다.
7 自爾超邁(자이초매): 이로부터 초월하다.

33

성당 시기 여러 문인들의 율시는 모두 깨달음에 따르는데 깨달음은 곧 수련 속에서 나온다.

여본중呂本中이 말했다.

"깨달음의 이치는 바로 수련 속에서 연마하는 데 있다. 장욱張旭이 공손대낭의 무검을 보고 필법을 깨달았다. 장욱은 이 일에 뜻을 집중시켜 조금이라도 마음을 망각한 적이 없으므로, 어떤 상황에 부딪히면 깨달음을 얻게 되어 마침내 오묘함을 창출했다. 다른 사람으로 하여금 무검을 보게 하면 얼마나 이루겠는가?"14)

 깨달음이 수련을 통해 나온다는 사실을 장욱의 일화를 통해 설명하고 있다. 공손대낭의 춤을 보고서 필법을 깨닫기 위해 한순간도 쉬지 않고 노력하여 오묘한 경지에 이른 장욱의 예와 같이 끊임없는 수련을 통해 시의 오묘함에 이를 수 있음을 강조했다.

盛唐諸公律詩, 皆從悟入[1], 而悟入乃自功夫中來[2]. 呂居仁[3]云: "悟入之理, 正在功夫動惰間. 張長史[4]見公孫大娘舞劍[5], 頓悟筆法[6]; 如張者, 專意此事, 未嘗少忘胸中, 故能遇事[7]有得, 遂造神妙. 使他人觀舞劍, 有何干涉也[8]?" [已上十一句皆居仁語.]

1 悟入(오입): 깨달음.

14) 이상은 모두 여본중의 말이다.

2 自功夫中來(자공부중래): 수련 중에서 나오다.

3 呂居仁(여거인): 여본중呂本中. 자가 거인이고 송나라 원우 시기의 재상이다. 여
공저呂公著의 증손자이며 여호문呂好問의 아들이다. 어려서부터 영민하여 집안
에서 특별히 총애했다.

4 張長史(장장사): 장욱張旭. 당나라 시기의 서예가다. 자는 백고伯高다. 이백, 하
지장賀知章 등과 함께 음중팔선飮中八仙에 속한다. 당문종唐文宗이 일찍이 조서를
내려 이백의 시가, 배민裴旻의 검무劍舞와 함께 장욱의 초서草書를 '삼절三絶'이라
고 했다.

5 公孫大娘舞劍(공손대낭무검): 공손대낭의 〈무검〉. 공손대낭은 개원 때의 궁정
무용가다. 검무를 잘 추어서 천하를 놀라게 할 정도였다. 〈검기劍器〉가 그의 춤
이름이다. 두보는 어릴 때 그 춤을 보고 〈검기행劍器行〉을 지었다. 이후 안사의
난으로 당왕조가 몰락한 뒤 두보는 백제성白帝城에서 공손낭자의 제자들이 추
는 '이십이낭무검기李十二娘舞劍器'를 보며 격세지감을 느꼈다.

6 頓悟筆法(돈오필법): 필법을 깨닫다.

7 遇事(우사): 어떤 변화나 상황에 부딪치다.

8 有何干涉也(유하간섭야): 얼마나 이루겠는가?

34

성당 시기 여러 문인의 율시는 재주를 부리는 것이 어려운 게 아니
라 깨달음에 들어가는 것이 어렵다. 깨닫게 되면 조예가 쉬워질 따름
이다.

엄우가 말했다.

"맹양양孟襄陽15)의 학식은 한유보다 한참이나 아래인데, 그 시가 한
유보다 특별나게 뛰어난 것은 오로지 깨달았기 때문일 따름이다."16)

오늘날의 학자들은 대부분 성당시를 배우고자 하지 않는데, 그 재

---

15) 맹호연은 양양襄陽 사람이다.
16) 이상은 엄우의 말이다.

주가 미치지 못하는 것이 아니라 대개 깨달음이 미치지 못하여 성당시가 평이해서 창작할 만하지 않다고 여길 따름이다.

성당시의 오묘한 경지에 이르기 어려운 까닭은 재주가 부족하기보다 깨달음이 부족하기 때문이라고 지적했다.

盛唐諸公律詩, 不難於才力, 而難於悟入; 悟則造詣斯易耳. 嚴滄浪云: "孟襄陽學力[孟浩然, 襄陽人], 下韓退之遠甚, 而其詩獨出退之上者, 一味妙悟而已."[以上滄浪語.] 今之學者多不欲爲盛唐, 非其才力不逮, 蓋悟有未至, 以盛唐爲平易, 不足造耳.

35

엄우가 말했다.

"시도는 오직 깨달음에 있다. 그러나 투철한 깨달음이 있고, 수박 겉핥기의 깨달음이 있다. 성당의 여러 문인들은 투철한 깨달음이다."

내가 생각건대 한위의 천연함은 본디 깨달음에 가탁하지 않는다. 육조의 조탁과 화려함은 또한 말로써 깨달을 수 없다. 초당의 심전기, 송지문의 율시는 조예가 비록 순일하나 천기가 여전히 천하므로 역시 투철한 깨달음이 아니다. 오직 성당의 여러 문인들이 영감을 얻어 흔적을 모방하지 않았으므로, 홀연히 와서 저절로 이루어져, 마치 구슬이 예쁘고 가을이 아름다우며 공손이 검무를 추는 것과 같으니, 이것이야말로 투철한 깨달음이다.

성당의 시를 투철한 깨달음이라고 한 엄우의 말에 관한 논의다. 성당의 시는 깨달음을 통해 최고의 경지에 이르렀다. 이것은 한위의 타고난 재주를 통해 얻은 천연스러움과는 다르지만, 흥취가 자연스럽게 이르러야 도달할 수 있는 오묘한 경지다.

원문 嚴滄浪云: "詩道¹惟在妙悟². 然有透徹之悟, 有一知半解³之悟. 盛唐諸公,
透徹之悟也." 愚按: 漢魏天成, 本不假⁴悟; 六朝刻雕綺靡, 又不可以言悟; 初
唐沈宋律詩, 造詣雖純, 而化機尙淺, 亦非透徹之悟. 惟盛唐諸公, 領會神情,
不倣形跡, 故忽然而來, 渾然而就, 如像之於丸, 秋之於奕, 公孫之於劍舞,
此方⁵是透徹之悟也.

주석 1 詩道(시도): 시의 이치

2 妙悟(묘오): 오묘한 깨달음.

3 一知半解(일지반해): 깊이 알지 못하다. 수박 겉핥기.

4 不假(불가): 기탁하지 않다.

5 方(방): 바야흐로.

36

성당 시기 여러 문인들의 율시는 조예가 정련되었기에 지극한 경지
에 이르렀다. 맹자가 "오곡은 익지 않으면 잡초보다 못하다"고 한 것
은 바로 성당의 율시를 두고 한 말인 듯하다.

허호許浩가 한구韓駒의 다음 말을 서술했다.

"시 창작은 너무 가다듬어서는 안 되고 또한 반드시 살아 있게 해야
한다."

그 인용한 구를 살펴보면 아마도 상투적인 것을 다듬는다는 것이지
고인이 "탄환이 손에서 벗어나다"고 말한 것은 아니다. 비록 그러하나
상투적인 것을 가다듬는다면 그 의혹이 쉽게 풀리지만, 가다듬은 것
을 상투적으로 하면 그 의혹이 쉽게 풀리지 않는다. 지금 학자들이 성
당의 시를 창작할 만하지 않다고 여기는 것은 아마도 가다듬은 것을
상투적으로 여기기 때문일 따름이다.

성당시의 최고 경지에 이르기 위해서는 충분한 연마를 통해 깨달음을 얻어야 함을 다시 한 번 강조하고 있다.

盛唐諸公律詩, 造詣精熟[1], 故爲極至[2]. 孟子云"五穀不熟, 不如荑稗"[3]是也. 復齋[4]述韓子蒼[5]言"作詩不可太熟, 亦須令生", 觀其所引之句, 蓋以庸套爲熟耳, 非古人"彈丸脫手"之謂也. 雖然, 以庸套爲熟者, 其惑易釋, 以熟爲庸套者, 其惑未易釋也. 今之學者以盛唐爲不足造, 蓋以熟爲庸套耳.

1 精熟(정숙): 정련되다.
2 極至(극지): 지극한 경지.
3 五穀不熟(오곡불숙), 不如荑稗(불여이패): 《맹자, 고자장구상告子章句上》의 "오곡은 종자 중에 좋은 것이나, 만약 무르익지 않으면 잘 익은 피보다 못하다. 五穀者, 種之美者也. 苟爲不熟, 不如荑稗."에서 나온 말이다.
4 復齋(복재): 허호許浩. 명나라 시기의 문인이다. 생졸년은 미상인데 대략 1488년 전후로 활동한 것으로 보인다. 자가 복재이고, 절강 여요余姚 사람이다.
5 韓子蒼(한자창): 한구韓駒(1080~1135). 북송 말 남송 초기 강서시파의 시인이자 시론가다. 자가 자창이고 호는 모양牟陽이다. 능양陵陽 선정仙井 곧 지금의 사천성 인수仁壽 사람이어서 능양선생陵陽先生이라고도 불렸다. 어릴 때 소식시를 좋아했다. 휘종徽宗 정화政和 초에 조정에 불려가 비서성정자秘書省正字에 제수되고 주요 요직에 있었다.

37

　성당 시기 여러 문인들의 율시는 흔적이 다 융합되고 풍격이 초탈한데, 이것은 비록 조예의 공력일지라도 또한 흥취를 얻은 것일 따름이다.
　엄우가 말했다.
　"성당의 여러 문인들은 오직 흥취를 중시하니, 영양이 나뭇가지에 뿔을 걸어 자취를 찾을 수 없는 것과 같다. 그러므로 오묘한 곳은 투철하고 영롱하며 머물러 있지 않는다. 공중의 소리, 상중의 색, 물 속의 달, 거울 속의 상이며, 말은 다했어도 의미가 무궁하다."17)

사진 또한 말했다.

"시는 의도하여 시구를 만들 수 없고, 홍을 위주로 하면 저절로 작품이 완성된다."

이것이 시가 입성의 경지에 들어간 것이다.

성당의 시가 입성의 경지에 들어가기 위해서는 홍취가 있어야 한다. 그 홍취는 오랜 깨달음을 통해 저절로 찾아오는 것이다.

盛唐諸公律詩, 形跡俱融, 風神超邁[1], 此雖造詣之功, 亦是興趣所得耳. 嚴滄浪云: "盛唐諸人惟在興趣, 羚羊挂角, 無跡可求. 故其妙處, 透徹玲瓏, 不可湊泊, 如空中之音, 相中之色, 水中之月, 鏡中之象, 言有盡而意無窮也."[2] [李獻吉云: "詩妙在形容, 所謂水月鏡花, 言外之象."] 謝茂秦亦云: "詩有不立意造句, 以興爲主, 漫然成篇." 此詩之入化也.

1 風神超邁(풍신초매): 풍격이 초탈하다.
2 이상의 구절은 《창랑시화, 시변詩辨》 참조.

38

사공도의 시론에서 말했다.

"매화는 시고 소금은 짜지만 음식 속에는 소금과 매실이 없을 수 없으니, 그 맛이 항상 시고 짠 것 밖에 있다."

이것은 당나라의 율시는 문자의 바깥에서 깨달을 수 있다는 것을 말한다. 그러나 사공도는 당시가 당시가 되는 것을 알면서도 당율이

17) 이몽양은 "시의 오묘함은 형용하는 데 있는데, 소위 물 속의 달이요, 거울 속의 꽃이요, 언어 밖의 형상이다."고 말했다.

국풍에서 근원한다는 것은 몰랐다.

양신이 말했다.

"이남二南은 수신제가修身齊家가 그 주제이나, '금과 슬琴瑟', '종과 북 鐘鼓', '마름풀荇菜', '질경이芣苢', '아름다운 복숭아나무夭桃', '무성한 오 얏나무穠李'를 말하였지 어디에 '수신제가'라는 글자가 있는가? 모두 뜻이 언어 밖에 있어 사람들이 스스로 깨닫도록 한다."18)

이것으로써 당율을 구하면 더욱 쉽게 이해할 수 있다.

해제 당시의 깨달음이 언어 밖에 있는 경지에 대해 설명했다. 그 경지에 도달하기 위해서는 글자에 얽매이지 말아야 하며, 율격에도 얽매이지 말아야 한다. 이 와 아울러 당율의 근원이 국풍에 있음을 지적했다.

원문 司空圖論詩云: "梅止於酸, 鹽止於醎, 飮食不可無鹽梅, 而其美常在醎酸之 外." 此言唐人律詩, 有得於文字之表1也. 然圖知唐之爲唐, 而不知唐律本於 國風. 楊用修云: "二南者, 修身齊家其旨也. 然其言'琴瑟', '鐘鼓', '荇菜', '芣 苢', '夭桃', '穠李', 何嘗有修身齊家字, 皆意在言外, 使人自悟." [已上用修語.] 以此求唐律, 益易曉矣.

주석 1 文字之表(문자지표): 문자의 바깥. 즉 언어지외言語之外와 같은 말이다.

39

호응린이 말했다.

"율시는 모든 것이 음절에 있으니 격조, 풍격이 다 음절 중에 갖추 어졌다. 이몽양, 하경명이 서로 반박하는 서신에서 말한 밝고 침착함, 금석과 비탁 등의 비유는 모두 이 음절을 말한다."

---

18) 이상은 양신의 말이다.

내가 생각건대 조이광은 일찍이 "국풍의 음절은 즐길 만하다"고 했는데, 당율은 곧 국풍의 정파이므로 후인들이 당시를 당음唐音, 당향唐響이라고 칭한 것은 바로 이러한 까닭이다. 초·성·중·만당의 음절은 비록 고하가 있지만 즐길 수 없는 것이 없는데, 원화의 여러 문인 및 두목, 피일휴, 육구몽에 이르러서 전부 쓸모가 없게 되었다.

해제 당시의 음절에 관한 논의다. 당율이 국풍의 음절에서 연원한다고 보았으며, 원화 이후로는 시의 음절이 쓸모없게 되었음을 지적했다. 다시 말해 원화 이후로는 시의 뜻이 강조되고 수사적 기교가 중시되면서 시의 음절이 점차 쇠퇴했다.

원문 胡元瑞云: "律詩全在音節, 格調·風神盡具音節中. 李何相駁書所謂俊亮沈着[1], 金石韗鐸等喩, 皆是物也." 愚按: 趙凡夫嘗謂"國風音節可娛", 唐律乃國風正派也, 後人稱唐詩爲唐音·唐響, 正以此[2]耳. 初盛中晚, 音節雖有高下, 而靡不可娛, 至元和諸子以及杜牧·皮·陸[3], 則全然用不着矣.

주석
1 俊亮沈着(준량침착): 밝고 침착하다.
2 以此(이차): 이러한 까닭이다.
3 陸(육): 육구몽陸龜蒙. 만당 시기의 시인이다. 자는 노망魯望이다. 호는 천수자天隨子 또는 보리선생甫里先生, 강호산인江湖散人이다. 오군吳郡 장주長洲 곧 지금의 강소성 소주 사람이다. 생몰년은 명확하지 않다. 진사시험에 추천되었지만 합격하지 못하고 송강松江의 보리甫里에서 은거했다. 피일휴와 친분이 두터워 창화한 시가 아주 많으며, '피육皮陸'이라 병칭되었다. 피일휴와 육구몽의 잡언과 칠언고시는 한유 등의 시풍을 흡수하여 기험奇險함을 추구한 면이 있는데, 특히 육구몽은 온정균溫庭筠·이상은李商隱 시의 청신하고 유창한 면을 발전시켜 자신의 풍격을 이루었다.

성당의 율시는 두보가 크게 믿을 만한데, 입성의 경지에 들어간 여러 문인들 역시 조예가 지극하다.

엄우가 말했다.

"시는 크게 둘로 구분할 수 있다. 여유롭고 한적한 것과 침착하며 통쾌한 것이다. 이것이 바로 여러 문인과 두보의 경계다."

또 말했다.

"성당의 여러 문인들은 오직 흥취를 중시하니, 영양이 나뭇가지에 뿔을 걸어 자취를 찾을 수 없는 것과 같다."

이러한 즉 여러 문인의 경계가 어찌 또 지극하지 못하겠는가? 왕세정은 반드시 두보를 지극히 높이고자 하여 여러 문인들이 미치지 못한다고 했는데, 그 주장은 본디 원진元稹 및 송나라의 여러 문인에게서 나온 것으로 개원·대력 연간에는 이런 주장이 들리지 않았다. 그러므로 나는 성당의 율시를 논하여 세 번째 관문을 파헤친다. 학자들이 이 관문을 넘으면 의혹이 없어져서 순조롭게 이해할 수 있을 것이다. 호응린은 실제 세 관문을 파헤쳤다.[19]

이 책이 만약 유행한다면, 10년 후에 반드시 천자를 끼고서 제후를 호령하는 자가 학자들의 조예가 어떠한지를 살펴볼 것이다. 조예가 확정되면 식견에 저절로 의혹이 없게 될 것이다.

---

19) 호응린이 "오언은 한나라에서 성행하고 위나라에서 발전하여, 진·송에서 쇠퇴하고 제·양에서 사라졌다."고 말했는데, 사령운에 관한 시론 중에 보이며 첫 번째 관문을 파헤친 것이다. 또 "초당사걸은 시어가 지극히 화려하여 양진의 시에서 벗어나지 못했다."고 말했는데, 이두李杜에 관한 시론 중에 보이며 두 번째 관문을 파헤친 것이다. 또한 두보의 오언율시 및 두보의 칠언율시 〈등고登高〉에 관한 1칙은 세 번째 관문을 파헤친 것이다.

두보의 시만 성당의 으뜸으로만 존숭하는 것은 옳지 못하다. 즉 두보뿐 아니라 여러 문인들도 입성의 경지에 이르렀으며 각기 조예가 있음을 주장하고 있다. 성당 시기의 여러 문인들은 각자 저마다의 독특한 장기가 있었다.

盛唐律詩, 子美信大, 而諸家入聖者, 亦是詣極. 嚴滄浪云: "詩之大槪有二, 曰: 優游不迫[1], 沉着痛快[2]." 此正諸家與子美境界也. 又云: "盛唐諸人惟在興趣, 羚羊挂角, 無跡可求.[3]"云云, 則諸家境界, 寧復有未至耶? 元美必欲以子美爲極至, 諸家爲不及, 其說本於元微之及宋朝諸公, 開元大歷不聞有是論也. 故予論盛唐律詩爲破第三關. 學者過此無疑, 斯順流而下矣. 元瑞實破三關. [元瑞云: "五言盛於漢, 暢於魏, 衰於晉宋, 亡於齊梁." 見靈運論中, 爲破第一關. 又云: "初唐四子, 詞極藻豔, 然未脫梁陳也." 見李杜論中, 爲破第二關. 又論子美五言律及子美七言律"風急天高"[4]一則, 爲破第三關.] 然是書苟[5]行, 十年之後必有挾天子以令諸侯者[6], 顧[7]學者造詣何如耳. 造詣定, 則識見自不惑也.

1 優游不迫(우유불박): 여유롭고 한적하다.
2 沉着痛快(침착통쾌): 침착하고 통쾌하다.
3 羚羊挂角(영양괘각), 無跡可求(무적가구): 영양이 나뭇가지에 뿔을 걸어 자취를 찾을 수 없다.
4 風急天高(풍급천고): 두보의 〈등고登高〉를 가리킨다.
5 苟(구): 만약.
6 挾天子以令諸侯者(협천자이령제후자): 천자를 끼고서 제후를 호령하는 자. 상관의 명의를 이용하여 자신의 생각에 따라 다른 사람을 지휘하는 것을 비유한다.
7 顧(고): 돌아보다. 살펴보다.

41

성당 시기 여러 문인의 율시는 국풍의 아취를 얻었으므로, 홍을 중시하고 뜻을 중시하지 않으며, 완곡함을 귀하게 여기고 심오함을 귀하게 하지 않는다.[20] 풍시가가 "국풍의 지취를 얻었으며 사인詞人의 우수함을 겸했다."고 한 것은 이를 두고 말한 것이다.

두보는 재주가 크고 규범이 있는데, 한마디로 뜻을 중시하여 엄밀함을 숭상했기에 아에 가깝다. 두보와 성당의 여러 문인들은 각기 뛰어난 것이 있으니, 우열을 논할 수 없다.

🔵 성당의 일반적인 율시에 비교하여 두보의 특징에 대해 논했다. 성당의 율시가 국풍의 흥취를 얻었다면 두보는 아에 가깝다고 지적했다. 두보는 제19권에서 독립적으로 논한다.

🔵 盛唐諸公律詩, 得風人之致, 故主興不主意, 貴婉不貴深. [謂用意深, 非情深也.] 馮元成謂"得風人之旨而兼詞人之秀"是也. 子美雖大而有法, 要皆主意而尙嚴密, 故於雅爲近, 此與盛唐諸公, 各自爲勝, 未可以優劣論也.

42

엄우가 말했다.

"시에는 사리詞理와 의흥意興이 있다. 남조인은 시어를 숭상하여 의리義理에는 흠이 있었다. 시어가 대부분 음탕하고 농염하여 의리를 따르지 않았음을 말한다. 우리 송나라 사람은 의리를 숭상하여 의흥에 흠이 있다. 당나라 사람은 의흥을 숭상하여 의리가 그 가운데 있었다."

몇 마디의 말은 딱 들어맞다. 앞에서 말한 '흥취'가 여기서 말하는 의흥인데, 바로 여러 문인과 두보를 겸하여 논한 것이다. 송나라 시인이 뜻을 숭상한 것에 대해 여기서는 "의흥에 흠이 있다"고 말했는데, 대개 두보의 뜻은 심원하고 송나라 사람의 뜻은 얕다.

---

20) 뜻을 가다듬는 것이 심오하다는 것을 말하지 성정이 심오하다는 것이 아니다.

성당시는 의흥, 즉 흥취를 중시한다. 반면 송시는 의리를 중시한다. 두보 역시 의리를 중시했지만, 그것은 송시와 차이가 있음을 지적했다.

嚴滄浪云:"詩有詞理意興. 南朝人尙詞而病於理; 謂語多淫艶, 不循義理也. 本朝人宋人. 尙理而病於意興; 唐人尙意興而理在其中." 數語言言中竅[1]. 然前言"興趣", 而此言"意興", 正兼諸家與子美論也; 宋人尙意, 而此言"病於[2] 意興", 蓋子美之意深而宋人之意淺也.

1 中竅(중관): 딱 들어맞다.
2 病於(병어): …에 흠이 있다.

43

성당 시기 여러 문인의 율시는 흥취가 지극히 심원하여 비록 일찍이 재주를 마음껏 부리고 화려함을 뽐내지 않았으나 융합되어 여운을 얻었다. 만당의 허혼許渾 등 여러 문인은 흥취가 이미 부족하므로 비록 재주 있게 창작하고 새로운 기교를 부렸으나, 스스로 꾸미고 구속되어 매우 궁박하다.[21]

조이광이 말했다.

"시가 글자마다 감상할 만한 것은 저품이고, 점을 찍을 수 없는 것이 고품이다."

믿을 만한 말이다![22]

만당과 비교하여 성당의 특징을 논했다. 만당시는 흥취가 쇠퇴하여 기교

---

21) 허혼은 만당 시기 정변의 으뜸이기에 오직 예를 들어 말한 것이지, 허혼이 유독 만당의 여러 문인보다 낮음을 말하는 것이 아니다.
22) 범례 제26조와 참조하여 보기 바란다.

를 부렸다. 허혼이 만당시의 대표가 되기 때문에 허혼의 시를 예로 들어 만당시의 정변을 말하고자 했다.

盛唐諸公律詩, 興趣極遠, 雖未嘗騁才華[1]·炫葩藻[2], 而沖融渾涵[3], 得之有餘. 晚唐許渾[4]諸子, 興趣旣少, 故雖作聰明, 構新巧[5], 而矜持局束[6], 得之甚窘[7]. [許渾爲晚唐正變之首, 故獨擧而言之, 非謂渾獨卑於[8]晚唐諸子也.] 趙凡夫謂: "詩有字字可賞而爲低品, 有不可加點[9]而爲高格." 信哉! [與凡例第二十六條參看.]

1 騁才華(빙재화): 재주를 마음껏 발휘하다.
2 炫葩藻(현파조): 화려함을 뽐내다.
3 沖融渾涵(충융혼함): 융합하여 포용하다.
4 許渾(허혼): 만당의 대표 시인이다. 자는 용회用晦이고 윤주潤州 단양丹陽 곧 지금의 강소 단양丹陽 사람이다. 생몰년은 정확하게 알려져 있지 않다. 대화大和 6년(832)에 진사가 되어 여러 관직을 역임했다. 두목·이상은과 동시대 시인으로 율시에 뛰어났는데, 자연을 노래하거나 회고懷古의 내용을 담은 시가 많다.
5 構新巧(구신교): 새로운 기교를 부리다.
6 矜持局束(긍지국속): 스스로 꾸미고 구속되다.
7 甚窘(심군): 매우 궁박하다.
8 卑於(비어): …보다 낮다.
9 加點(가점): 문장을 다듬다는 의미다.

44

성당 시기 여러 문인의 율시는 대구가 자연스럽고 뜻이 저절로 합치되며, 성운이 화평하고 성조가 진실로 고상하다. 만당의 허혼 등 여러 문인은 대구가 정교하고 뜻이 대부분 억지스러우며, 성운이 급박하고 성조가 더욱더 비천하다.

만당과 비교하여 성당의 특징을 논했다.

盛唐諸公律詩, 偶對自然, 而意自吻合[1], 聲韻和平, 而調自高雅[2]. 晚唐許渾諸子, 偶對工巧[3], 而意多牽合[4], 聲韻急促[5], 而調反[6]卑下[7]矣.

1 吻合(문합): 합치되다.
2 高雅(고아): 고상하다.
3 工巧(공교): 정교하다.
4 牽合(견합): 억지스럽다.
5 急促(급촉): 급박하다.
6 反(반): 더욱더.
7 卑下(비하): 비천하다.

45

성당 시기 여러 문인의 율시는 비슷한 듯 비슷하지 않고, 그 경지에 도달할 수 있는 것 같지만 도달하기 쉽지 않다. 만당의 허혼 등 여러 문인들은 마음을 졸여 다듬고자 했으나 갈수록 어렵고 갈수록 수준이 떨어졌다. 대개 흥성한 시기를 쇠퇴한 시기에 비교해보면, 오직 광달함과 심원함 두 갈래가 있을 뿐이다.

성당시를 만당시와 비교해 보면 광달함과 심원함을 느낄 수 있음을 지적했다.

盛唐諸公律詩, 皆似近非近, 可及而未易及. 晚唐許渾諸子, 則刻意求工[1], 愈難而愈下[2]矣. 大抵[3]盛之與衰, 只是[4]寬裕 · 深刻二途.

1 刻意求工(각의구공): 마음을 졸이며 다듬다.
2 愈難而愈下(유난이유하): 갈수록 어렵고 갈수록 수준이 떨어진다.
3 大抵(대저): 대개.
4 只是(지시): 오직 …이다.

성당 시기 여러 문인의 율시는 경물을 보고서 성정이 일어나므로 반드시 제목에 구애되어 갖다 천착할 필요가 없다. 후인의 시는 구절마다 제목에 부합하고 시어마다 주제에 마땅하여 거의 과거시험과 다르지 않다.

호응린이 말했다.

"소식의 두 마디의 말은 오묘한 도리를 깨달았다. '시를 창작하면서 반드시 이와 같은 시가 되도록 하는 것은 결코 시를 깨달은 사람이 아니다.' 대체로 시에서 사물을 노래할 때는 산만해서는 안 되는고, 등반·모임·그리움·증여의 시에서는 오직 신운을 위주로 하고 구법이 이어지도록 하면 상승上乘이 된다. 오늘날 등반시에서는 반드시 그 천석泉石을 명명하고, 모임시에서는 반드시 그 원림園林을 기록하며, 그리움의 시에서는 반드시 그 성명姓名을 전하는데, 진실로 장원莊園의 중개상이 고인의 이름을 따다가 적은 것으로 정확하고 명확하지 못하다고 할 수 있으니, 한당의 시인들이 어찌 이와 같았겠는가? 시인 중 가장 하품의 자질한 방법이다. 설령 한두 명의 대가가 훌륭한 시를 창작했다고 할지라도 또한 우연일 따름인데 본받을 만하겠는가!"

또 다음과 같이 말했다.

"'푸른 빛이 사람을 즐겁게 하고 그대와 노니다가 돌아갈 것을 잊네.清暉能娛人, 遊子憺忘歸.'[23]는 대체로 유람시에 사용할 만하다. '옅은 구름이 강수와 한수를 담담하게 하고, 가는 비가 오동을 적시네.微雲淡河漢, 疎雨滴梧桐.'[24]는 대개 모임시에 기록할 만하다. '바다 해가 새벽녘에 떠오르고, 강에 봄이 오니 한 해가 작년이 되네.海日生殘夜, 江春入舊

---

23) 사령운의 시다.
24) 맹호연의 연구聯句다.

年.'25)에서 '북고北固'의 이름이 어찌 함께 하는가? '천궐은 일월과 오성에 가깝고, 운무 속에 누우니 옷이 차갑네.天闕象緯逼, 雲臥衣裳冷.'26)에서 '봉선奉先'의 의미가 어디에 있는가? 모두 천고의 절창이니 시가 숭상되는 이유를 알 수 있다."

내가 생각건대 맹호연의 〈망동정호증장승상望洞庭湖贈張丞相〉에는 실제로 '운몽雲夢', '악양岳陽'의 글자를 사용했고, 최호의 〈황학루黃鶴樓〉에서도 '한양漢陽', '앵무鸚鵡'의 글자를 사용했다. 이 큰 경물이 대개 쓰이지 않을 수 없는 것은, 후인이 의도적으로 사용한 것과는 다르다.

해제 경물을 보고 성정에 따라 시를 짓는다는 것은 시흥이 자연스럽게 일어나 시가 창작됨을 가리킨다. 그런데 후대 사람들은 제목을 미리 정하고 그에 맞추어 시를 창작하니 자연스러운 감흥이 생기지 않는다. 의도적인 창작은 시적 흥취를 감소시키게 마련이므로, 성당시의 자연스러운 흥취를 강조했다.

원문 盛唐諸公律詩, 卽景緣情[1], 不必泥題牽帶[2]. 後人之詩, 必句句切題[3], 言言當旨[4], 殆與擧業[5]無異矣. 胡元瑞云: "蘇長公[6]二語絶得三昧[7], 曰: '作詩必此詩, 定非知詩人.' 蓋詩惟詠物不可汗漫[8], 至於登臨·燕集·寄憶·贈送, 惟以神韻爲主, 使句格可傳, 乃爲上乘. 今於登臨則必名其泉石, 燕集則必紀其園林, 寄贈則必傳其姓字, 眞所謂田莊[9]牙人[10], 點鬼簿[11], 黏皮骨[12]者, 漢唐人何嘗如此? 最ství家下乘小道[13]. 卽一二大家有之, 亦偶然耳, 可爲法乎!" 又云: "'淸暉能娛人, 遊子憺忘歸'[14][謝靈運詩], 凡登覽皆可用. '微雲淡河漢, 疎雨滴梧桐'[15][孟浩然聯句], 凡燕集皆可書. '海日生殘夜, 江春入舊年'[16][王灣詩], 北固之名奚與? '天闕象緯逼, 雲臥衣裳冷'[17][杜子美詩], 奉先之義奚存? 而皆妙絶千古[18], 則詩之所尙可知." 愚按: 浩然洞庭實用雲夢·岳陽, 崔顥黃鶴

---

25) 왕만王灣의 시다.
26) 두보의 시다.

亦用漢陽·鸚鵡, 此大景槪所不可無者, 非若後人有意必爲之也.

1 卽景緣情(즉경연정): 경물을 보고서 성정이 일어나다.

2 泥題牽帶(니제견대): 제목에 구애되어 갖다 천착하다.

3 句句切題(구구절제): 구절마다 제목에 부합하다.

4 言言當旨(언언당지): 시어마다 주제에 마땅하다.

5 擧業(거업): 과거시험을 위한 공부.

6 蘇長公(소장공): 소식蘇軾. 제3권 제51칙의 주석21 참조.

7 三昧(삼매): 학문, 기예 등의 오묘한 경지. 극치.

8 汗漫(한만): 산만하여 매조짐이 없음. 들떠 있어 실속이 없음.

9 田莊(전장): 장원莊園.

10 牙人(아인): '牙儈(아쾌)'라고도 한다. 물건의 흥정을 붙이는 사람. 거간꾼. 중
매인仲買人.

11 點鬼簿(점귀부): 고인의 이름을 따다가 적은 시를 가리킨다.

12 黏皮骨(점피골): '黏皮帶骨(첨피대골)'과 같은 말이다. 장황하고 명확하지 못
하다.

13 下乘小道(하승소도): 하품의 자질한 방법.

14 淸暉能娛人(청휘능오인), 遊子澹忘歸(유자담망귀): 푸른 빛이 사람을 즐겁게
하고 그대와 노니다가 돌아갈 것을 잊네. 사령운 〈석벽정사환호중작石壁精舍还
湖中作〉의 시구다.

15 微雲淡河漢(미운담하한), 疎雨滴梧桐(소우적오동): 옅은 구름이 강수와 한수
를 담담하게 하고, 가는 비가 오동을 적시네. 맹호연 〈구句〉의 시구다.

16 海日生殘夜(해일생잔야), 江春入舊年(강춘입구년): 바다 해가 새벽녘에 떠오
르고, 강에 봄이 오니 한 해가 작년이 되네. 왕만王灣 〈차북고산하次北固山下〉의
시구다.

17 天闕象緯逼(천궐상위핍), 雲臥衣裳冷(운와의상랭): 천궐은 일월과 오성에 가
깝고, 운무 속에 누우니 옷이 차갑네. 두보 〈유용문봉선사遊龍門奉先寺〉의 시구
다.

18 妙絕千古(묘절천고): 천고의 절창이다.

47

성당 시기 여러 문인의 율시는 창작하기는 어렵지 않지만, 쉽게 깨달을 수가 없다. 나는 이유정과 왕세무의 주장에서 깨달음을 얻었다.

이유정이 말했다.

"오늘날의 시는 당시를 배우지 않는 것을 근심하지 않고, 배우는 것을 근심함이 너무 지나치다. 사물을 대하여 성정과 경물을 융합하여 말하는 것은 풍골을 바탕으로 하여 채색을 꾸민 것이니 당시가 이와 같을 따름이다. 사물과 정경을 굳이 당나라 시인들이 말하지 않는 것에서 찾아 그것을 칭송하고, 기괴한 것을 훌륭하다 하며 새로운 것을 자랑하는 것은 지나침이다. 산림에서 모임을 열면 흥기가 맑고 심원하며, 조정의 연회에서 시중들면 엄중함이 서려 있으며, 변새의 정벌에서는 처량하고 비장하며, 이별을 걱정하면 심통하고 강개하니, 기세에 따라 변화하고 각기 그 마땅함에 따른다. 당시의 오묘함은 이것으로 인해서다. 지금 그 격조가 낮은 것을 두려워하여 처량, 비장, 심통, 감개한 것을 편벽되게 찾는 것은 지나치다."

왕세무가 말했다.

"당초 한 수의 시제를 내리면 성정이 모이지 않으므로, 바로 일종의 응대하는 시어가 있게 되고, 어려운 것을 두려워하고 생각하는 것을 무서워한다. 다시 말해 시켜서 지으므로 매번 좋은 시를 얻지 못한다. 내가 웃으면서 '황하의 아래에서 수레와 노예를 반드시 없애버리고 별도로 자기 자신을 바꾸어야 한다. 능히 이 관문을 파혜칠 수 있다면, 깊은 생각이 홀연히 와서 종종 참모습이 드러나게 된다'고 했다."

두 사람의 말을 참고하여 살펴보면 성당시를 배워야 하는 까닭을 알 수 있다.

성당시를 배워야 하는 까닭에 대해 언급했다.

盛唐諸公律詩, 旣未可以難求, 亦未可以易得. 予於本寧·敬美之說有取焉.
李本寧云: "今之詩不患不學唐, 而患學之太過. 卽事對物[1], 情與景合[2]而有
言, 幹之以風骨, 文之以丹彩, 唐詩如是止耳. 事物情景, 必求唐人所未道者
而稱之, 弔詭蒐隱[3], 誇新示異[4], 過也. 山林宴遊則興寄淸遠[5], 朝饗侍從[6]則
制存莊麗[7], 邊塞征伐則悽惋悲壯[8], 睽離患離[9]則沈痛感慨, 緣機觸變[10], 各適
其宜[11], 唐人之妙以此. 今懼其格之卑也, 而偏求之於悽惋·悲壯·沈痛·
感慨, 過也." 王敬美云: "初命一題, 神情不屬, 便有一種供給應付之語, 畏難
怯思[12], 卽以充役[13], 故每不得佳. 余戲[14]謂: 河下[15]興隸[16]須驅遣[17], 另換正身[18].
能破此一關, 沈思忽至, 種種眞相見矣." 參二子之說觀之, 斯知所以學盛唐
也.

1 卽事對物(즉사대물): 사물을 대하다.

2 情與景合(정여경합): 정경융합.

3 弔詭蒐隱(조궤수은): 기괴하다.

4 誇新示異(과신시이): 새로운 것을 자랑하다.

5 興寄淸遠(흥기청원): 흥취가 심원하다.

6 朝饗侍從(조향시종): 조정의 연회에서 시중들다.

7 莊麗(장려): 엄중하다.

8 悽惋悲壯(처완비장): 처량하고 비장하다.

9 睽離患離(규리환리): 이별을 걱정하다.

10 緣機觸變(연기촉변): 기세에 따라 변화하다.

11 各適其宜(각적기의): 각기 그 마땅함에 따른다.

12 畏難怯思(외난겁사): 어려움을 두려워하고 생각함을 무서워하다.

13 卽以充役(즉이충역): 시켜서 짓다.

14 戲(희): 웃다. 장난삼다.

15 河下(하하): 황하 아래.

16 興隸(여예): 수레와 노예.

17 驅遣(구견): 없애버리다.

18 正身(정신): 자기 자신. '替身(체신)'과 상대되는 말이다.

48

호응린이 말했다.

"만당의 오언율시는 제3구와 제4구가 대부분 엮여 있다. 비록 역동적이나 종종 경박한 데로 빠졌다. 오직 심전기, 송지문, 이백, 왕유 등 여러 문인들이 격조가 장엄하고 기상이 커서 가장 배울 만하다."

내가 생각건대 호응린은 박학다식하여 살피지 않은 것이 없다. 그러나 오직 이 견해는 초·성당의 여러 문인에 대해서 비슷하게 말한 듯하나, 완벽하게 탐구하지 못했다. 성당의 여러 문인들이 제3구와 제4구를 하나로 일관되게 엮은 것이 가장 많다. 그러므로 그 체재가 매우 완곡하다. 초당의 심전기, 송지문 등 여러 문인들도 하나로 일관되게 엮은 것이 많지만, 천기가 그다지 생동적이지 않다. 만당에 이르러서는 간혹 경박한 데로 빠지게 되었다. 호응린은 당율에서 완곡함을 중시하지 않고 엄정함을 중시했으므로 짐짓 만당을 경계해야 한다고 생각했다. 초·성당의 여러 문인들의 전체 문집이 모두 갖추어 있는데 어찌 후인의 이목을 어지럽힐 수 있겠는가.27)

당나라 오언율시에 관한 호응린의 견해에 대해 반론을 제기했다.

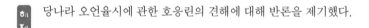
胡元瑞云: "五言律, 晚唐第三四句多作一串, 雖流動¹, 往往失之輕儇². 惟沈宋李王諸子, 格調莊嚴, 氣象閎麗, 最爲可法." 愚按: 元瑞宏博³, 靡所不窺⁴, 惟此論似於初盛諸家, 未盡究心⁵. 盛唐諸公, 第三四句一串者最多, 故其體

27) 호응린이 앞서 흥상, 풍격을 말했지만 반드시 실제로 깨달았다고는 할 수 없다. 총론의 엄우에 관한 시론(제35권 제21칙)에 설명이 보인다.

甚圓. 初唐沈宋諸公, 一串者亦多, 而機則不能甚活也. 至於晚唐, 或失之輕
儇者有矣. 元瑞於唐律不貴渾圓, 而貴嚴整, 故假⁶晚唐以爲戒. 然初盛唐諸
公全集具在, 安能塗⁷後人耳目耶? [元瑞前言興象·風神, 未必實有所得也. 說見總
論嚴滄浪論詩中.]

주
석

1 流動(유동): 역동적이다.

2 輕儇(경환): 경박하다.

3 宏博(굉박): 박학다식하다.

4 靡所不窺(미소불규): 살피지 않은 것이 없다.

5 究心(구심): 탐구하다.

6 假: 짐짓.

7 塗(도): 어지럽히다.

49

칠언율시는 오언율시에 비교하면 어렵다. 성당의 오언은 대개 대
부분 입성의 경지에 이르렀다. 칠언은 오직 최호의 〈안문호인가〉와
〈황학루〉가 조예가 지극하다. 고적, 잠삼, 왕유, 이기는 비록 입성의
경지에 들어갔지만 우수하지 않다. 이반룡이 "칠언율시는 여러 문인
들이 짓기 어려워한 것이다."고 한 것은 이를 두고 말한 것이다.

해
제

칠언율시에 관한 논의다. 칠언은 오언에 비해 늦게 발생하여 근체의 율격과
함께 발전했다. 그중 허학이는 칠언율시의 으뜸으로 최호를 손꼽고 있다.

원
문

七言律較五言爲難. 五言, 盛唐槪多入聖. 七言, 惟崔顥鴈門·黃鶴爲詣極,
高適·岑參·王維·李頎雖入聖而未優, 李于鱗云"七言律體諸家所難"是也.

50

　근대의 평론가들은 칠언율시에 대해 대부분 자유롭지만 절박하지 않고, 광범위하지만 요점이 적다고 한다. 나는 유독 왕세정, 사진의 견해에서 깨달음을 얻었다.

　왕세정이 말했다.

　"칠언율시에는 편장의 법칙이 오묘하여 구법이 보이지 않는 것이 있고, 구법이 오묘하여 자법이 보이지 않는 것이 있다."

　사진이 말했다.

　"근체시는 노래하면 흘러가는 구름과 흐르는 물과 같고, 듣노라면 쟁반에 옥이 굴러가는 소리가 같다. 또 눈으로 보면 붉은 노을이 하늘을 물들이는 것 같고, 강론하면 누에고치가 실을 뽑아내는 것 같다."

　이것을 이해하면 중당과 만당의 시는 칭송할 수 없을 뿐 아니라, 설령 초당과 성당의 시라고 할지라도 두세 편의 시 외에는 얻을 게 많지 않다.

해제 칠언율시에 관한 논의다. 왕세정과 사진의 평론을 통해 칠언율시의 창작이 어려움을 말하고 있다.

원문 七言律, 近代論者多浮而不切[1], 泛而寡要[2], 予獨於元美・茂秦之說有取焉. 元美云: "七言律, 篇法[3]之妙有不見句法者, 句法之妙有不見字法者." 茂秦云: "近體: 誦之, 行雲流水; 聽之, 金聲玉振; 觀之, 明霞散綺; 講之, 獨繭抽絲." 知此, 不惟中晚無可稱述[4], 即初盛唐二三篇而外, 亦不多得矣.

주석
1 多浮而不切(다부이부절): 자유스러운 것이 많지만 절박하지 않다.
2 泛而寡要(범이과요): 넓지만 요점이 적다.
3 篇法(편법): '章法(장법)'과 같은 말이다. 작자가 전편의 장절을 적절하게 배치할 때 쓰는 방법을 가리킨다.
4 稱述(칭술): 칭송하다.

51

호응린이 말했다.

"칠언율시의 56자는 의미가 구슬을 꿰는 듯하고 시어가 구슬이 합치된 것 같다. 그 구슬을 꿴 것은 빛이 쟁반에 굴러다니고, 선회하며 굴절하는 오묘함을 잃지 않는다. 그 구슬과 합치된 것은 옥갑에 뚜껑이 있는 것과 같아 결코 이리저리 망설인 흔적이 없다. 비단에 놓은 수는 서로 깨끗해야 아름다운 색이 되고, 궁상각치우는 서로 합해야 소리가 난다. 심후한 여운이 있고자 한다면 애매한 데로 빠져서는 안 되고, 성정이 얽히지 않으려면 거침없는 데로 빠져서는 안 된다. 내용이 형식을 능가하도록 해서는 안 되고, 형식 또한 너무 노골적으로 드러나서는 안 된다. 시어가 기세를 능가하도록 해서는 안 되고, 기세 또한 지나치게 발휘되어서는 안 된다. 엄숙하면 청묘淸廟와 명당明堂이 되고, 침착하면 지극히 무거운 구정九鼎이 된다. 크게 빛나는 것은 밝은 달과 수많은 별이고, 웅대한 것은 태산의 바위다. 막힘이 없는 것은 흐르는 물과 흘러가는 구름이요, 변화무쌍한 것은 거친 바람과 세찬 비다. 한 편 중에 여러 가지를 겸비하면 곧 완미하다고 칭송된다."

내가 생각건대 호응린의 이 주장은 본디 여러 평론의 좋은 점을 겸하여 집대성하였으나 진실로 세상 사람들을 기만했음을 면치 못한다. 작자가 이미 조예가 깊고 흥취가 심원하면 시를 지을 때 완곡하면서 여러 장점을 겸비하게 되니, 곧 자연스럽게 그렇게 되는 것이다. 반드시 의도적으로 일일이 법도에 맞게 하고자 한다면 초학자가 속수무책일 뿐 아니라 설령 학식이 깊은 학자라 할지라도 또한 시를 짓기 어려울 것이다. 그러므로 공자 학파의 '일관一貫'의 이론에 대해서는 오직 증자曾子만이 깨달았고, 다른 제자들은 깨닫지 못했다. 후대에 필시 내가 다른 사람의 말을 잘 분별했다고 말할 사람이 있을 것이다.

칠언율시에 대한 호응린의 비평에 대해 분석하고 있다. 훌륭한 칠언율시는 법도에 맞추어 의도적으로 아름답게 꾸미려고 해서 완성되는 것이 아니라 조예가 깊고 흥취가 심원하면 저절로 자연스럽게 완성됨을 강조했다.

胡元瑞云: "七言律, 五十六字之中, 意若貫珠[1], 言如合璧[2]. 其貫珠也, 如夜光走盤[3], 而不失廻旋曲折[4]之妙; 其合璧也, 如玉匣有蓋, 而絶無參差[5]扭捏[6]之痕. 綦組錦繡[7], 相鮮之爲色; 宮商角徵[8], 互合以成聲. 思欲深厚有餘, 而不可失之晦; 情欲纏綿不迫[9], 而不可失之流. 肉不可使勝骨, 而骨又不可太露; 詞不可使勝氣, 而氣又不可太揚. 莊嚴[10], 則淸廟明堂; 沈着, 則萬鈞九鼎[11]; 高華[12], 則朗月繁星[13]; 雄大, 則泰山喬嶽[14]; 圓暢[15], 則流水行雲; 變幻[16], 則凄風急雨. 一篇之中, 必數者兼備, 乃稱全美." 愚按: 元瑞此論, 本欲兼衆善, 集大成, 而實不免於罔世[17]. 作者造詣旣深, 興趣旣遠, 則下筆悠圓而衆善兼備[18], 乃不期然而然[19]者. 若必有意事事合法[20], 則不惟[21]初學無可措手[22], 卽深造之士[23]亦難於結撰矣. 故孔門[24]"一貫"之說[25], 惟曾子[26]得之, 而他不及也. 後之君子, 必有謂予知言[27]者.

1 意若貫珠(의약관주): 의미가 구슬을 꿰는 듯하다.

2 言如合璧(언여합벽): 시어가 구슬과 합치된 것 같다.

3 夜光走盤(야광주반): 빛이 쟁반에 굴러다니다.

4 廻旋曲折(회선곡절): 선회하며 굴절하다.

5 參差(참치): 이리저리 섞이다.

6 扭捏(뉴열): 머뭇머뭇하다. 우물쭈물하다.

7 綦組錦繡(기조금수): 비단에 놓은 수.

8 宮商角徵(궁상각치): 중국의 고대 음계 궁상각치우宮商角徵羽를 가리킨다.

9 纏綿不迫(전면불박): 성정이 얽히지 않다.

10 莊嚴(장엄): 엄숙하다.

11 萬鈞九鼎(만균구정): 지극히 무거운 구정.

12 高華(고화): 크게 빛나다.

13 朗月繁星(낭월번성): 밝은 달과 수많은 별.

14 喬嶽(교악): 큰 바위.

15 圓暢(원창): 막힘이 없다.

16 變幻(변환): 변화무쌍하다.

17 罔世(망세): 세상 사람들을 기만하다.

18 衆善兼備(중선겸비): 여러 가지 장점을 겸비하다.

19 不期然而然(불기연이연): 자연스럽게 그렇게 되는 것이다

20 事事合法(사사합법): 일일이 법도에 맞게 하다.

21 不惟(불유): …할 뿐 아니라.

22 無可措手(무가조수): 속수무책이다.

23 深造之士(심조지사): 깊이 연구한 학자. 학식이 깊은 학자.

24 孔門(공문): 공자의 문하. '孔門弟子(공문제자)'의 줄임말.

25 一貫之說(일관지설): 공자가 제자들을 모아 놓고 "나의 도는 하나로써 일관한
다.吾道一以貫之"고 말했을 때 다른 제자들은 그 말의 참뜻을 몰라 생각에 잠겼으
나, 증자는 선뜻 '부자夫子의 도는 충서忠恕뿐'이라고 해설하여 다른 제자들을 놀
라게 했다.

26 曾子(증자): 증삼曾參(B.C. 506~B.C. 436). 공자의 제자. 자는 자여子輿이며,
산동성에서 출생했다. 효심이 두텁고 내성궁행內省躬行에 힘썼으며, 노魯나라
지방에서 제자들의 교육에 주력했다.

27 知言(지언): 다른 사람의 말을 잘 분별함.

52

호응린이 말했다.

"칠언율시가 오언율시보다 어렵다고 하는데, 옳은 말이다. 오언절
구가 칠언절구보다 어렵다28)고 하는데, 다 그렇지 않다. 오언절구는
성조가 예스럽기 쉽고, 칠언절구는 성조가 비천하기 쉽다. 오언절구
는 가다듬는 것이 숨기는 것보다 쉽고, 칠언절구는 비록 고수일지라
도 적중하기 어렵다."

양신이 말했다.

---

28) 엄우와 왕세정의 말이다.

"당악부는 본디 고시에서 비롯되어 뜻이 더욱 고시와 가깝지만, 칠언절구는 본디 근체를 바탕으로 하지만 뜻이 도리어 근체시에서 멀어졌다. 대개 당나라 시인들은 한 가지 방면의 특기에 독자적이어서 후인이 힘써 추구하나 계승할 수가 없다."

절구에 대한 논의는 호응린과 양신 두 사람이 아주 잘 이해했다.[29]

 오·칠언 절구의 장단점을 밝히고 그 창작의 어려움에 대해 논했다.

 胡元瑞云: "謂七言律難於五言律, 是也; 謂五言絶難於七言絶, [滄浪·元美之言], 則亦未然. 五言絶, 調易古; 七言絶, 調易卑. 五言絶, 卽拙匠[1]易於[2]掩瑕[3]; 七言絶, 雖高手[4]難於[5]中的[6]." 楊用修云: "唐樂府本自古詩而意反近, 七言絶本於近體而意反遠. 蓋唐人偏長獨至[7], 而後人力追莫嗣[8]者也." 絶句之論, 二子乃深得之. [餘見太白絶句論中.]

1 拙匠(졸장): 가다듬다.
2 易於(이어): …보다 쉽다.
3 掩瑕(엄하): 숨기다.
4 高手(고수): 어떤 한 방면에서 특별이 높은 경지에 도달한 사람을 가리킨다.
5 難於(난어): …하기에 어렵다.
6 中的(중적): 적중.
7 偏長獨至(편장독지): 한 가지 방면의 특기가 독자적이다.
8 力追莫嗣(역추막사): 힘써 추구하여 계승할 것이 없다.

29) 이백의 절구에 관한 논의(제18권 제44칙)에 여론이 보인다.

제18권

詩源辨體

성당盛唐

1

개원·천보 연간에 고적과 잠삼 두 시인의 오·칠언 고시는 다시 나아가 이백1)과 두보2) 두 시인의 시가 되었다. 이백과 두보는 재주가 매우 커서 조예가 지극히 뛰어나고 흥취가 지극히 심원하다.3) 그러므로 그 오·칠언 고시4)는 체재의 변화가 많고 시구가 뛰어나게 훌륭한 것이 많으며 기상과 풍격이 모두 갖추어져 대부분 입성의 경지에 이르렀다.5)

엄우가 말했다.

"시가 입성의 경지가 되면 지극하고 완전하여 더 보탤 것이 없다.

---

1) 자 태백太白.
2) 자 자미子美.
3) 이백은 흥을 중시하고 두보는 뜻을 중시한다.
4) 가행, 잡언을 겸하여 말한다.
5) 당나라의 오·칠언 고시는 이때에 이르러서야 비로소 입성의 경지에 들어가게 되었다.

오직 이백과 두보가 그것을 얻었고, 다른 시인들은 얻었으나 대개 부
족하다."⁶⁾

　자세하게 논하자면 두 시인의 오언고시는 진실로 자신의 생각대로
시를 창작하여 입성의 경지보다 우수하다. 칠언고시는 변화를 예측할
수 없으나 신성의 경지에 이르렀다. 이것은 격조에 제한이 있기 때문
이므로 오언이 못하다는 것이 아니다.⁷⁾

해제 이백과 두보의 오·칠언 고시에 관한 논의다. 두 시인 모두 재주가 매우 커
서 조예와 흥취가 지극하여 입성의 경지에 이르렀음을 강조했다.

원문 開元·天寶間, 高岑二公五七言古, 再進而爲李[名白, 字太白]杜[名甫, 字子美]
二公. 李杜才力甚大, 而造詣極高, 意興¹極遠[李主興, 杜主意], 故其五七言古
[兼歌行·雜言言之], 體多變化, 語多奇偉², 而氣象風格大備, 多入於神矣. [唐
人五七言古, 至此始爲入神.] 嚴滄浪云: "詩而入神, 至矣, 盡矣, 蔑以加矣³! 惟李
杜得之, 他人得之蓋寡⁴也." [已上滄浪語.] 然詳而論之⁵: 二公五言古, 實所向
如意, 而優於⁶聖; 七言古, 則變化不測⁷, 而入於神矣. 此格有所限, 非五言有
未至也. [以下十二則總論李杜五七言古, 以後專論太白, 下卷專論子美.]

주석 1 意興(의흥): 흥취.
2 奇偉(기위): 뛰어나게 훌륭하다.
3 蔑以加矣(멸이가의): 더 보탤 것이 없다.
4 寡(과): 부족하다. 모자라다.
5 詳而論之(상이논지): 상세하게 논하다.
6 優於(우어): …보다 우수하다.
7 變化不測(변화불측): 변화무쌍하다.

---

6) 이상은 엄우의 말이다.
7) 이하 12칙에서 이백과 두보의 오·칠언 고시를 총괄적으로 논한 다음 전문적으
로 이백을 논하고, 다음 권에서 전문적으로 두보를 논한다.

2

혹자가 물었다.

"이백과 두보의 두 사람의 시는 성정을 바탕으로 생겨나 당초 깨달음에 가탁하지 않았는데, 어찌 또 조예가 있겠는가?"

내가 대답한다.

이백은 〈대붕부大鵬賦〉 서문에서 "나는 옛날에 〈대붕우희유조부大鵬遇希有鳥賦〉를 지었는데 세상에 전해져 종종 사람들이 그것을 보았다. 그 졸작을 후회하는 것은 광대한 뜻을 다 펼치지 못했기 때문이다. 따라서 다시 생각을 적는다."고 말했다. 그런즉, 두 시인의 시가 성정에서 나왔다고 말할지라도 어찌 바로 입성의 경지에 들어갈 수 있었겠는가? 다만 다른 사람들이 적은 공을 들여서 하찮은 시를 지은 것과는 다를 따름이다.

이백과 두보의 시는 성정에서 나와 깨달음을 통달하여 입성의 경지에 올라갔다. 그러나 그 두 시인이 태어나면서 입성의 경지에 오른 것은 아니다. 〈대붕부〉의 서문에서와 같이 이백도 여러 차례 공을 들어 시를 창작했음을 강조하고 있다. 두보 역시 "시어가 사람들을 놀라게 하지 않으면 죽어도 그만두지 않겠다.語不驚人死不休"고 말한 것처럼, 끊임없는 창작의 수련을 통해 입성의 경지에 올랐다.

或問: "李杜二公詩, 本乎性生, 初不假悟入, 豈復有造詣耶?" 曰: 太白大鵬賦序云: "余昔著大鵬遇希有鳥賦, 傳於世, 往往人間見之. 悔其少作, 未窮宏達之旨. 遂更記憶"云云. 然則二公之詩雖曰性生, 豈能卽入神化[1]耶? 但不若[2]他人尺寸而進[3], 錙銖而成[4]耳.

1 入神化(입신화): 입성의 경지에 이르렀음을 가리킨다.
2 不若(불약): …만 못하다.

3 尺寸而進(척촌이진): 적은 공을 들이다. '尺寸(척촌)'은 1자와 1치를 뜻하며, 적고 사소한 것을 비유한다.

4 錙銖而成(치수이성): 하찮은 시를 창작하다.

3

한위의 오언 및 악부잡언은 진한의 문장과 같다. 이백과 두보의 오언고시 및 칠언가행은 한유, 유종원, 구양수, 소식의 문장과 같다. 진한과 네 사람은 각기 그 지극함을 다했다. 한위시와 이백, 두보 또한 각기 그 지극함을 다했다. 왜 그러한가? 시대가 다르기 때문이다. 시를 논하는 자가 한위시를 지극하다 하고 이백과 두보의 시를 지극하지 않다고 하는 것은, 문장을 논하는 자가 진한의 문장을 지극하다 하고 네 사람의 문장을 지극하지 않다고 하는 것과 같다. 모두 옛날의 명망을 흠모하고 통변의 도를 알지 못한 것이다. 대개 진한, 한위는 모방하여 얻을 수 있다. 네 문인과 이백, 두보는 모방하여 지을 수 없다. 모방하여 지을 수 없다고 지극하지 못하다고 말하기를 꺼리는 것은 다른 사람을 기만한 것이 아니라 진실로 자기 자신을 기만하는 것일 따름이다.[8]

 통변의 시론을 강조하며 이백과 두보 시의 문학사적 지위를 가늠했다. 한위, 악부잡언이 진한문에 해당한다면 이백과 두보의 오언고시와 칠언가행은 한유, 유종원, 구양수, 소식의 문장에 해당한다고 말할 수 있는 것은 자유로운 변화를 이루어서 독자적인 체재를 완성했기 때문이다.

---

8) 오늘날 사람들은 오늘날의 의론을 금문으로 여기므로 네 문인의 문장은 고문이라고 생각하는데, 사실은 네 문인이 금문이고 진한이 고문이다. 제35권의 소식에 관한 시론(제15칙)과 참조하여 보기 바란다.

漢魏五言及樂府雜言, 猶秦漢之文也. 李杜五言古及七言歌行, 猶韓·柳·歐·蘇之文也. 秦漢, 四子各極其至¹; 漢魏, 李杜亦各極其至焉. 何則? 時代不同也. 論詩者以漢魏爲至, 而以李杜爲未極, 猶論文者以秦漢爲至, 而以四子爲未極, 皆慕好古之名而不識通變之道²者也. 夫秦漢·漢魏, 猶可摹擬而得; 四子·李杜, 未可摹擬而得也. 不能摹擬而諱言³未極, 此非欺人⁴, 適自欺⁵耳. [今人以時義⁶爲今文, 故以四子爲古文, 其實四子爲今文, 秦漢爲古文也. 與三十五卷東坡論詩一則參看.]

1 各極其至(각극기지): 각기 지극함을 다하다.

2 通變之道(통변지도): 복고와 신변의 대립 속에서 변증법적으로 변화하고 발전한다는 문학 이론. 유협에 의해 본격적으로 제기되어 교연皎然, 당송팔대가唐宋八大家, 섭섭葉燮 등 후대 문학론의 발전에 많은 영향을 미쳤다. 이 이론은 한마디로 《주역》의 "궁하면 변화하게 되고, 변화하면 통하게 되며, 통하면 오래갈 수 있게 된다.窮則變, 變則通, 通則可久."라는 사상을 문학 이론에 접목시킨 것이다.

3 諱言(휘언): 말하기를 꺼림.

4 欺人(기인): 다른 사람을 기만하다.

5 自欺(자기): 자신을 기만하다.

6 時義(시의): 그 당시의 의론.

4

오언고시와 칠언가행은 그 원류가 다르고 경계 또한 다르다. 오언고시는 국풍에서 연원하고 그 체재가 바른 것을 중시한다. 칠언가행은 〈이소〉에 바탕을 두고 그 체재가 기이한 것을 숭상한다. 이백과 두보의 오언고시는 비록 진한시와 같이 매우 완곡하지는 않지만 당시의 정체正體로 간주할 수 있다. 이 시기를 지나면 변화가 무쌍해져 원화와 송나라의 시로 변화되어 정체를 얻을 수 없게 되었다.

오·칠언 고시의 연원에 대해 설명하고, 이백과 두보의 오언고시가 당시의 정체가 됨을 강조했다.

五言古, 七言歌行, 其源流不同, 境界[1]亦異. 五言古源於[2]國風, 其體貴正; 七言歌行本乎離騷, 其體尙奇. 李杜五言古雖不能如漢魏之深婉, 然不失爲[3]唐體之正. 過此則變幻百出[4], 流爲元和·宋人, 不得爲正體矣.

1 境界(경계): 한 표준에 의하여 분간되는 한계.
2 源於(원어): …에서 기원하다.
3 不失爲(불실위): 간주할 수 있다.
4 變幻百出(변환백출): 갖가지로 모양을 바꾸다.

5

칠언가행은 체재가 비록 자유분방하지만, 후진 중 재주가 있는 사람은 종종 그 경계를 엿볼 수 있다. 오언고시는 체재가 비록 평담하지만, 개원과 천보의 9백년 이래로 잠삼의 시에서 배우고자 하는 사람들은 이미 많지 않고, 이백과 두보의 시에서 배우고자 하는 사람들은 더욱 적어졌다.

대개 가행은 길이의 장단이 다르고 개폐가 복잡하며 그 기세가 자연스럽고 초탈하다. 오언고시는 체재에 정해진 법칙이 있어 진실로 마음대로 할 수 없으므로, 장편의 광운廣韻은 자신의 생각대로 창작되는 것이 없다. 오늘날 사람들은 오언고시를 마음대로 운용할 수 없어 번번이 저절로 한위시에 의지한다. 대개 "서한과 건안의 시는 대부분 완전히 변화시킬 수 없다"는 주장에 어두운 것이다.[9]

---

9) 한위시의 배움을 논한 제3권 제19칙에 설명이 보인다. 당고와 한위시의 다름을 논한 것은 고적과 잠삼에 관한 시론(제15권 제4칙)에 상세하게 보인다.

해제 잠삼, 이백, 두보는 오언고시에 뛰어나다. 오언고시를 짓고자 하면서 그들에게서 배우지 않고 한위시를 모방하는 것에 대해 비판했다. 당고唐古의 체재에는 정해진 법칙이 있어 마음대로 할 수 없기에 어렵다고 느끼면서, 한위시의 천연스러움이 지극히 오래 익혀야만 깨달을 수 있는 것임을 알지 못하기 때문이다. 아래 제6칙에서도 이에 관한 논의가 이어지고 있다.

원문 七言歌行, 體雖縱橫[1], 然後進有才者, 往往能窺其域[2]. 五言古, 體雖平典[3], 然自開元天寶九百年來, 求爲岑嘉州者已不多得, 求爲李杜者則益寡矣. 蓋歌行大小短長[4], 錯綜闔闢[5], 其勢自然超逸[6]; 五言古, 體有常法[7], 苟非天縱[8], 則長篇廣韻[9], 未有所向而如意者. 今人於五言古不能自運[10], 輒自託於漢魏, 蓋昧於[11]"西京建安多不足以盡變"之說也. [說見論學漢魏第三則. 論唐古與漢魏不同, 詳見高岑論中.]

주석
1 縱橫(종횡): 자유분방하다.
2 域(역): 경계境界를 가리킨다.
3 平典(평전): 평담하다.
4 大小短長(대소장단): 길이의 장단이 다르다.
5 錯綜闔闢(착종합벽): 개폐가 복잡하다.
6 自然超逸(자연초일): 자연스럽고 초탈하다.
7 常法(상법): 정해진 법칙.
8 天縱(천종): 하늘이 용납하여 마음대로 하게 함.
9 廣韻(광운): '叶韻(협운)'과 같은 말이다. 제1권 제63칙의 주석1 참조.
10 自運(자운): 마음대로 운용하다.
11 昧於(매어): …에 어둡다.

6

이백과 두보의 오언고시는 진실로 가행과 필적한다. 오늘날 사람들이 가행체에서는 이백과 두보를 숭상하지만 오언고시에서 반드시 한위를 숭상하는 것은, 당고唐古에는 사실상 얻을 게 없기 때문이다.

그러므로 나는 부득이 명나라 여러 문인들의 평론을 잠시도 잊지 않을 수밖에 없다.[10]

해제
이백과 두보의 오언고시는 가행과 필적하여 배울 만하나 명대 사람들은 그 점에 대해 깨닫지 못하고 한위시를 숭상했다. 사실 이백과 두보는 칠언 가행보다 오언고시에 뛰어나 당고의 정체가 되었다.

원문
李杜五言古, 正與歌行相匹. 今人於歌行知宗李杜而於五言古必宗漢魏者, 是於唐古實無所得也. 故予不得不[1]服膺[2]國初諸子. [高季迪[3], 張來儀[4], 楊東里[5] 諸子.]

주석
1 不得不(부득불): …하지 않으면 안 된다. 반드시 해야 한다.
2 服膺(복응): 잘 기억하여 잠시도 잊지 않음.
3 高季迪(고계적): 고계高啓(1336~1373). 원말명초의 저명한 시인이다. 자가 계적이고 호는 사헌槎軒이다. 양기楊基, 장우張羽, 서분徐賁과 함께 오중사걸吳中四傑이라고 칭송되었다. 당시 시론자들은 그들을 초당사걸과 비교했다. 홍무 초에 《원사元史》를 수찬하는 데 참여했다.
4 張來儀(장래의): 장우張羽(333~1385). 원말명초의 시인이자 화가다. 자는 내의 또는 부봉附鳳이다. 강서 구강九江 사람이다. 고계, 왕행王行, 서분 등과 함께 북곽십재자北郭十才子로 불렸다. 아버지를 따라 강소, 절강에 왔다가 병란으로 돌아가지 못해 친구 서분과 함께 오흥吳興 곧 지금의 절강성 호주시湖州市에 살게 되었다. 원나라 말에 안정서원산장安定書院山長에 임명되었다. 명나라 홍무 4년(1371)에 태상시승太常侍丞에 올라 한림원동장문연각사翰林院同掌文淵閣事를 겸했다. 이후 정치적 사건에 연루되어 영남으로 좌천되었는데, 그곳으로 가는 도중에 복직되었지만 그런 사실도 모른 채 용강龍江에서 투신자살했다. 가행에 가장 뛰어나고 시풍이 웅혼하며 음절이 조화롭다는 평가를 받는다.
5 楊東里(양동리): 양사기楊士奇(365~1444). 명나라 시기의 대신이자 학자다. 이름은 우寓고, 자는 동리다. 강서 태화泰和 사람으로, 집안은 가난했지만 학문에

---

10) 고계高啓, 장우張羽, 양사기楊士奇 등의 여러 문인이다.

힘써 학생을 가르치며 생계를 꾸렸다. 혜제惠帝 건문建文 초에 천거를 받아 한림翰林에 들어가 《태조실록太祖實錄》을 편찬했다. 영락제永樂帝가 즉위한 뒤 편수編修에 임명되고, 내각제도가 정착되자 양영楊榮과 함께 입각하여 정무에 참여했다. 이후 예부시랑禮部侍郎 등의 관직을 역임하며, 청렴함과 유능함으로 천하의 칭송을 들었다. 사람을 잘 판별해 우겸于謙과 주침周忱, 황종지況鍾之 등이 모두 그의 천거로 기용되었다.

7

오언고시를 배우고자 하면서 한위시에서 배우면 어지럽지만 당시에서 배우면 순조롭다. 왜 그런가? 풍격이 서로 비슷하기 때문이다. 오늘날 사람들이 만약 당고를 읽는다면 시어가 당나라의 말에서 나온 것이지만, 한위시를 배움에 있어서는 오래 익혀 깨닫지 않으면 이해할 수 없을 따름이다.

해제 오언고시를 한위가 아니라 당나라의 고시에서 배워야 하는 까닭에 대해 논했다.

원문 五言古, 學漢魏則逆1, 學唐人則順2, 何則3? 風氣相近也. 今人苟讀唐古, 則出語自唐; 學漢魏, 非專習凝領, 不能得4耳.

주석
1 逆(역): 어지럽다. 불순하다.
2 順(순): 만족하다. 순조롭다.
3 何則(하즉): 왜 그러한가.
4 不能得(불능득): 이해할 수 없다.

8

사령운 등 여러 문인의 오언고시에서는 고시의 체재가 이미 사라졌으나, 이백과 두보 두 사람의 오언고시에서는 당시의 체재가 순일하다. 그런데 사령운 등의 여러 문인은 체재가 사라졌음에도 간혹 지극한 경지에 이르렀다고 하고, 이백과 두보 두 시인은 체재가 순일한데도 간혹 미치지 못한다고 한다. 이것은 옛 사람을 부질없이 흠모하여 그 실체를 깨닫지 못한 것이다.

왕세정이 말했다.

"선체選體[11])에서 이백은 암시하는 말이나 제멋대로의 말이 많고, 두보는 유치한 말이나 군더더기 말이 많은데, 도연명과 사령운 사이에 두었으니 시골뜨기의 안목임을 알겠다."

지금 그 체재를 막론하고 사령운의 졸구[12])에는 추악한 것이 실제로 들어 있는데, 왕세정은 어찌 다 고상한 시어라고 보는 것인가? 대개 명나라 학자들의 단점은 육조시를 으뜸으로 하고 당시를 뒤로 하는 것이다.

이백과 두보의 오언고시를 사령운과 비교하여 논했다. 오언고시는 일찍이 성숙했다. 당나라 때는 근체의 율격이 더해져 이미 체재가 순일해졌다. 사령운 등의 시에서 고체가 사라졌다고 한 것은 인위적인 조탁과 대구가 많아졌다는 말이다. 즉 시를 배울 때는 체재를 우선으로 해야 함을 강조하고 있다.

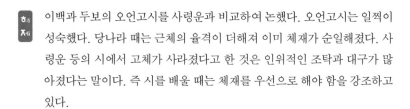

五言古, 靈運諸子於古體旣亡, 李杜二公於唐體爲純. 靈運諸子體亡而或以爲至, 李杜二公體純而或以爲不及, 是虛慕古人而不得其實者也. 王元美云: "選體, [選體者, 昭明選詩之體也. 今人例謂唐人五言古爲選體, 非矣.] 太白多露語[1]·率語[2], 子美多稺語[3]·累語[4], 置之陶謝間, 便覺傖父面目[5]." 今無論其體製,

---

11) 소명태자의 선시選詩 체재를 가리킨다. 오늘날 사람들이 대부분 당나라 시인의 오언고시를 일컬어 선체라고 하는 것은 잘못되었다.
12) 사령운에 관한 시론(제7권 제10칙)에 발췌가 보인다.

卽靈運拙句[摘見靈運論中], 醜惡實具, 元美豈皆視爲雅語[6]耶? 大抵國朝人之失[7], 在宗六朝而後唐人耳.

주석

1 露語(노어): 암시하는 말.

2 率語(율어): 제멋대로 한 말.

3 稚語(치어): 유치한 말.

4 累語(누어): 군더더기의 말.

5 傖父面目(창부면목): 시골뜨기의 안목. '傖父(창부)'는 비천한 사람, 시골뜨기를 가리키는 사람을 천하게 이르는 말이다.

6 雅語(아어): 고상한 시어.

7 失(실): 잘못. 단점.

9

오언고시는 한위에서 번갈아 변하여 육조에 이르러서 고시와 율체가 섞였고, 이백·두보·잠삼에 이르러 독자적으로 당고唐古가 되었는데, 이백과 두보는 자신의 생각대로 창작하여 또한 당고의 으뜸이되었다. 그러므로 간혹 이백과 두보가 한위에 미치지 못한다고 하는것은 지나침에 빠졌을 뿐 아니라, 또한 간혹 이백과 두보가 육조에 미치지 못한다고 하는 것은 더욱더 잘못되었다.

해제

이백과 두보의 오언고시가 독립된 체재를 이루었음을 강조했다.

원문

五言古, 自漢魏遞變[1]以至六朝, 古律混淆, 至李·杜·岑參始別爲唐古, 而李杜所向如意, 又爲唐古之壺奧[2]. 故或以李杜不及漢魏者, 旣失之過; 又或以李杜不及六朝者, 則愈謬也.

주석

1 遞變(체변): 번갈아 변하다.

2 壺奧(호오): 으뜸.

10

호응린이 말했다.

"고시는 격조에서 막히고 근체는 성률에 구속된다. 오직 가행이 장단이 다르고 개폐가 복잡하여 본디 정해진 체재가 없으므로 지극히 사람들의 재주를 발휘하게 할 수 있다. 이백과 두보의 재주는 고시가 아니라 가행에서 정성을 다했다. 맹호연 등은 재주가 부족해서 가행체가 더 이상 아름답지 않다."13)

그러므로 나는 이백과 두보의 고시는 성인의 경지가 되었고, 가행은 신성의 경지가 되었다고 말하는 것이다.14)

해제 이백과 두보의 가행체가 지극히 뛰어남을 강조했다. 가행체는 재주가 뛰어난 시인만이 능할 수 있는 시체다. 정해진 체재가 없으니 어떻게 창작해야 할지에 대한 규정도 없으므로 그만큼 창작이 어렵다는 말이다. 따라서 이백과 두보의 가행은 성인의 경지를 넘어서서 신의 경지에 이르렀다고 평하고 있다.

원문 胡元瑞云: "古詩窘於¹格調, 近體²束於³聲律, 惟歌行大小長短, 錯綜闔闢, 素⁴無定體, 故極能發人才思⁵. 李杜之才不盡於古詩, 而盡於歌行. 孟襄陽⁶輩才短, 故歌行無復佳者."[以上元瑞語.] 故予謂其古詩爲聖, 歌行爲神也. [與第四則參看.]

주석
1 窘於(군어): …에서 막히다.
2 近體(근체): 근체시近體詩. 당대에 형성된 율시와 절구의 통칭으로 구수, 자수와 평측, 용운 등에 비교적 엄격한 규정이 있다.
3 束於(속어): …에 구속된다.

---

13) 이상은 호응린의 말이다.
14) 본권 제4칙과 참조하여 보기 바란다.

4 素(소): 본디. 본래.

5 才思(재사): 재주

6 孟襄陽(맹양양): 맹호연孟浩然. 제12권 제8칙의 주석1 참조.

11

혹자가 나에게 물었다.

"그대는 일찍이 초당의 칠언고시는 대구가 지극히 정교하고, 농염한 것을 풍부한 것으로 변화시켰으나, 성조가 순일하지 않고 시어가 유창하지 않으며, 그 풍격은 뛰어나지만 기상이 부족하여, 반드시 고적과 잠삼에 이르러서 정종이 되었고, 이백과 두보에 이르러 변화무쌍하여 신성의 경지에 들어갔다고 말했다. 그런데 하경명은 '칠언시가에서 초당사걸은 비록 정교하지만 풍부함이 고시에 비해 한참 멀어졌고, 그 음절은 종종 노래할 수 있다. 이에 두보의 시어는 진실로 침착하지만 성조가 지나치게 변하여, 비록 일가를 이루었어도 사실은 시가의 변체임을 알겠다.'[15]고 말했으니, 그대의 말과 매우 어긋나지 않는가?"

내가 대답한다.

칠언고시의 정변은 오언과 비슷하다. 장형의 〈사수시四愁詩〉, 조비의 〈연가행燕歌行〉은 성조가 어우러져 융합되고 시어가 모두 순박하고 예스러워 그 체재가 정격이 된다. 양·진 이하로 성조가 모두 순일하지 못하고 시어가 대부분 농염하여 그 체재가 변격이 되었다. 대개 고시의 성조는 융합을 중시하지만 조화를 중시하지 않는다. 다만 한위의 시편은 많지 않고 체재도 방대하지 않아 그것을 배우는 사람들

15) 하경명은 후일 《원해수집서袁海叟集序》를 지었는데, 가행은 이백과 두보를 본받고자 했다.

이 완전히 변화시킬 수 없는 까닭에, 진실로 고적과 잠삼이 정종이 되고 이백과 두보가 신품神品이 되었을 따름이다. 제·양 이후 초당까지는 성조가 다 조화를 이루었으므로 그 시구가 대부분 율격에 맞아 노래할 수 있게 되었다. 소위 성조가 순일하지 못한 것은 시구에 이미 율격이 들어가서 대구가 조화롭고 환운의 평측이 서로 번갈아 뒤섞였기 때문인데, 비록 옛 성조에는 맞지 않지만 거의 배조俳調가 되었다. 오늘날의 시구는 율격이 순일하지만, 대구가 더 이상 조화롭지 않고 환운 또한 대부분 평측이 첩용되기에 그 성조가 순일하지 못할 따름이다.

호응린이 다음과 같이 말했다.

"칠언가행에서 초당사걸은 시어가 지극히 아름답지만 양진을 벗어나지 못했다. 심전기와 송지문은 조금씩 화려함을 썼고 점점 질박함으로 나아가 당체의 시작이 되었지만 유창하지는 않다. 고적, 잠삼, 왕유, 이기는 음절이 선명하고 정취가 곡절하며 유창한데, 방대하지는 않다. 이백과 두보가 크게 변화시켜서 가행체를 완성할 수 있었다."

호응린은 또 다음과 같이 말했다.

"초당은 재주가 뛰어나고 성당은 풍격이 뛰어난데, 이백과 두보는 기개가 뛰어나고 재주와 풍격이 칭송할 만하며, 게다가 변화무쌍하여 대가가 되었다."

이 주장은 매우 타당하다. 하경명의 평론은 비단 입성의 경지가 있음을 이해하지 못했을 뿐 아니라 정변의 체재를 이해하지 못했다. 그러므로 그의 율시는 뛰어나지만 가행은 명나라의 여러 문인들보다 훨씬 뒤떨어진다.

 이백과 두보의 칠언고시에 관한 논의다. 하경명의 견해가 잘못되었음을 지적하면서 칠언가행에서 이백과 두보가 일가를 이루었음을 강조하고 있다.

或問予: "子嘗言初唐七言古, 偶儷極工, 綺艶變爲富麗, 然調猶未純, 語猶未暢, 其風格雖優, 而氣象不足, 必至高岑乃爲正宗, 逮乎[1]李杜, 則變化不測而入於神. 何仲黙乃云: '七言詩歌, 唐初四子雖工, 富麗去古遠甚, 至其音節, 往往可歌. 乃知子美識固沈着, 而調失流轉[2], 雖成一家語[3], 實則詩歌之變體也.'[仲黙後作袁海叟集序, 歌行又欲取法李杜.] 與子言不甚相戾[4]耶?" 曰: 七言古, 正變與五言相類. 張衡四愁 · 子桓燕歌, 調出渾成, 語皆淳古, 其體爲正. 梁陳而下, 調皆不淳, 語多綺艶, 其體爲變. 蓋古詩調貴渾成, 不貴諧切[5], 但漢魏篇什不多, 而體未宏大, 學之者不足以盡變, 故直以高岑爲正宗 · 李杜爲神品[6]耳. 自梁陳以至初唐, 聲俱諧切, 故其句多入律而可歌. 然所謂不淳者, 蓋句旣入律, 則偶對宜諧, 轉韻宜平仄相間[7], 雖不合古聲, 庶成俳調[8]; 今句則純乎律矣, 而偶對復有不諧, 轉韻又多平仄疊用, 故其調爲不純耳. 胡元瑞云: "七言歌行, 四子詞極藻艶[9], 然未脫梁陳也. 沈宋稍汰[10]浮華, 漸趨平實[11], 唐體肇[12]矣, 然而未暢也. 高 · 岑 · 王 · 李, 音節鮮明, 情致委折[13], 暢矣, 然而未大也. 太白少陵大而化矣, 能事畢矣." 又云: "初唐以才藻勝, 盛唐以風神勝, 李杜以氣槪勝, 而才藻風神稱之, 加以變化靈異[14], 遂爲大家." 此論甚當. 若仲黙之論, 非但[15]不知有神境[16]在, 且不識正變之體, 故其律詩雖勝, 而歌行遠遜國朝諸子耳.

1 逮乎(체호): …에 이르다.

2 流轉(유전): 새로 만든 어구가 영동靈動하고 있는 일을 가리킨다.

3 成一家語(성일가어): 일가를 이루다.

4 相戾(상려): 어긋나다.

5 諧切(해절): 조화되다.

6 神品(신품): 인공으로서는 만들 수 없는 썩 훌륭한 물품. 고상한 품격.

7 相間(상간): 서로 뒤섞이다. 갈마들다.

8 俳調(배조): '古調(고조)'와 상대되는 개념으로, 대구를 쓰는 시체를 가리킨다.

9 藻艶(조염): 아름답다.

10 汰(태): 없애다.

11 平實(평실): 질박하다. 소박하다.

12 肇(조): 시작되다.

13 情致委折(정치위절): 정취가 곡절하다.

14 變化靈異(변화영이): '變化無雙(변화무쌍)'과 같은 말이다.

15 非但(비단): …할 뿐 아니라.

16 神境(신경): 입성의 경지.

12

오·칠언 율시로는 심전기와 송지문이 정종이 되고, 성당의 여러 문인에 이르러 입성의 경지에 들어갔다. 오·칠언 고시는 고적과 잠삼이 정종이 되고, 이백과 두보에 이르러 신성의 경지에 들어갔다. 그러나 심전기와 송지문은 성당의 여러 문인과 비교하면 재주가 미치지 못하는 것이 아니라, 대개 시대에 의해 제약되었을 뿐이다. 고적과 잠삼은 이백과 두보 두 시인과 비교하면 시대가 다르기 때문이 아니라, 실로 재주에 의해 제약되었다. 그러므로 고시는 재주를 위주로 하고, 율시는 조예를 우선으로 한다.

고시와 율시를 평가하는 기준에 대해 논했다. 고시는 재주가 뛰어나야 최고의 경지에 이를 수 있다. 따라서 당고의 으뜸인 고적·잠삼과 이백·두보를 비교해 정종과 입성의 경지를 구분했다. 반면 율시는 재주가 아니라 조예에 따라 평가되므로 심전기와 송지문이 성당의 여러 문인들에 비해 낮게 평가될 수밖에 없다. 그것은 심전기와 송지문이 재주가 모자라기 때문이 아니라 그 당시의 시대적인 한계로 인해 제약을 받았기 때문이다. 즉 초당이 마루에 오르는 단계라면 성당은 방에 들어가는 단계에 해당하므로, 심전기와 송지문은 시대적인 제약에서 벗어날 수 없었던 것이다.

五七言律, 沈宋爲正宗, 至盛唐諸公而入於聖. 五七言古, 高岑爲正宗, 至李

杜而入於神. 然沈宋之於盛唐諸公, 非才力不逮, 蓋爲時代所限[1]耳. 若高參
之於李杜二公, 非時代不同, 實爲才力所限也. 故古詩以才力爲主, 律詩以
造詣爲先.

 1 限(한): 제약되다.

13

한유의 시에서 말했다.

"이백과 두보의 문장은, 광염이 만장으로 길다."

두 사람의 시는 또한 각기 다르다. 이백은 타고난 재주로써 뛰어났
고 두보는 노력으로써 뛰어났다. 이백의 광염을 밖에서 찾을 수 있다
면 두보의 광염은 안에서 찾을 수 있다.

왕세정이 말했다.

"오언고시 및 칠언가행에서 이백은 기氣를 위주로 하기에,16) 자연
스러움을 으뜸으로 삼으며 뛰어나고 유창한 것을 중시한다. 두보는
뜻을 위주로 하기에, 독창적인 것을 으뜸으로 삼으며 기발하고 웅장
한 것을 중시한다. 그 가행이 오묘하여서 노래하면 사람들이 날아올
라 신선이 되고자 하는 것은 이백의 시요, 사람들이 격분하고 격앙하
여 울먹이며 정신을 잃게 되는 것은 두보의 시다."

내가 생각건대 이백의 가행은 아득하고 황홀하며, 만연하고 자유로
워 천재의 극치에 이르렀다. 두보의 가행은 뛰어나게 특출나며, 호방
하고 화려하여 시인의 능력을 다 쏟았다. 이것은 모두 변화무쌍하여
신성의 경지에 들어간 것이다. 왕세정의 평론은 비록 훌륭하나 이백

16) '흥興'자로써 '기氣'자를 바꾸는 것이 더욱 타당하다. '유창함高暢'이라는 글자 속
에는 '기'의 의미가 있다.

의 신비스러운 점에 대해 깨닫지 못했음을 면치 못한다. 그러나 오늘
날 사람들은 두보를 배우면 약간 비슷하지만 이백을 배우면 대부분
비슷하지 못한데, 대개 인위적인 노력은 억지라도 할 수 있으나 천부
적인 재능은 쉽게 미칠 수 없기 때문이다.17)

해제 이백과 두보의 차이점에 대해 논했다. 두 시인의 가장 두드러진 차이점은
이백이 천재적인 시인이라면 두보는 노력형의 시인이라는 점이다. 따라서
이백의 시가 두보의 시에 비해 더 배우기 힘든 까닭을 이 차이점에서 찾았
다. 결국 인위적인 노력은 지속적인 연마를 통해 도달할 수 있으나 천부적
인 재능은 아무나 쉽게 가질 수 있는 것이 아니다.

원문 韓退之詩云: "李杜文章在, 光燄萬丈長."¹ 然二公之詩又各不同. 太白以天
才勝, 子美以人力勝. 太白光燄在外, 子美光燄在內. 王元美云: "五言古及
七言歌行, 太白以氣爲主, [以興字易氣字, 更爲妥貼². 且高暢二字, 氣在其中矣], 以
自然爲宗, 以俊逸高暢爲貴; 子美以意爲主, 以獨造³爲宗, 以奇拔沈雄⁴爲
貴. 其歌行之妙, 詠之使人飄揚欲仙⁵者, 太白也; 使人慷慨激烈⁶, 歔欷欲絶⁷
者, 子美也." 愚按: 太白歌行, 窈冥恍惚⁸, 漫衍縱橫⁹, 極¹⁰才人¹¹之致. 子美
歌行, 突兀崢嶸¹², 傀儡瑰瑋¹³, 盡作者之能. 此皆變化不測而入於神者也.
元美之論雖善, 不免於太白神奇處失之. 然今人學子美或相類, 而學太白多
不相類者, 蓋人力可强¹⁴, 而天才未易及也. [以下十則論李杜之不同.]

주석 1 李杜文章在(이두문장재), 光燄萬丈長(광염만장장): 이백과 두보의 문장은, 광
　염이 만장으로 길다. 한유 〈조장적調張籍〉의 시구다.
　2 妥貼(타첩): 타당하다.
　3 獨造(독조): 독창적이다.
　4 奇拔沈雄(기발심웅): 기발하고 웅장하다.
　5 飄揚欲仙(표양욕선): 날아올라 신선이 되고자 한다.

17) 이하 10칙은 이백과 두보의 다른 점을 논한다.

6 慷慨激烈(강개격렬): 격분하고 격앙하다.

7 歔欷欲絶(허희욕절): 울먹이며 정신을 잃게 되다.

8 窈冥恍惚(요명황홀): 아득하고 황홀하다.

9 漫衍縱橫(만연종횡): 만연하고 자유롭다.

10 極(극): 이르다. 닿다. 미치다. 동사로 사용되었다.

11 才人(재인): '才子(재자)'와 같은 말이다. 천재.

12 突兀崢嶸(돌올쟁영): 뛰어나게 특출나다.

13 俶儻瑰瑋(숙당괴위): 호방하고 화려하다. '숙당'은 '倜儻(척당)'과 같은 말이며 '호방하다', '뜻이 크고 기개가 있다'는 의미다.

14 可强(가강): 억지로 하다.

14

오언고시와 칠언가행에서 이백은 흥을 위주로 하고 두보는 뜻을 위주로 한다. 두보는 흥으로써 뜻을 제어하기에 흥은 드러나나 뜻은 드러나지 않는다. 원화의 여러 문인들은 기교로써 뜻을 수식하여서 뜻이 갈수록 절박하고 이치가 갈수록 주밀해졌다. 이것이 정변이 구분되는 이유다.

이백과 달리 두보는 뜻을 중시하나, 흥으로써 그 뜻을 제어하기에 뜻이 드러나지 않는다고 지적했다. 이것은 두보가 원화의 여러 문인과 구별되는 근본적인 까닭임을 강조했다.

五言古, 七言歌行, 太白以興爲主, 子美以意爲主. 然子美能以興御意[1], 故見興不見意. 元和諸公, 則以巧飾意, 故意愈切而理愈周. 此正變之所由[2]分也.

1 御意(어의): 뜻을 제어하다.

2 所由(소유): 이유.

15

　오언고시, 칠언가행 중 이백의 시어는 자연스러우며 풍격이 저절로 높고, 두보의 시어는 독창적이며 천기가 저절로 융합되었다. 학자들이 실로 그 자연스러움을 얻으나 그 풍격을 얻기 어려운 것은 경솔하여 거침없는 잘못에 빠졌기 때문이고, 독창적인 것을 얻으나 천기를 얻지 못하는 것은 신중하여 경직된 잘못에 빠졌기 때문이다.

> **해시** 오언고시와 칠언가행에서 나타난 이백과 두보의 시어를 비교하고 그것을 배우는 방법을 제시하고 있다. 두 시인이 도달한 경지에 이르기 위해서는 경솔하게 지나치지 말아야 할 뿐 아니라 너무 신중하여 경직되어서도 안 된다.

> **원문** 五言古, 七言歌行, 太白語雖自然而風格自高, 子美語雖獨造而天機自融. 學者苟得其自然而不得其風格, 則失之輕而流; 苟得其獨造而不得其天機, 則失之重而板.

16

　나는 일찍이 고시와 가행은 반드시 이백과 두보를 겸해서 배워야 잘 배울 수 있다고 말했다.
　혹자가 물었다.
　"고시와 가행으로는 이백과 두보가 이미 그 지극함에 이르렀는데, 후인들이 도리어 그것을 겸할 수 있겠는가?"
　내가 대답한다.
　"그렇지 않다. 이백은 타고난 재주가 뛰어난데, 사람들에게는 이백만한 재주가 없다. 두보는 노력으로 뛰어난데, 사람들에게는 두보 만한 힘이 없다. 그러므로 반드시 이백과 두보를 겸해 배움으로써 각기 부족한 점을 보완할 수 있으니, 어찌 반드시 두 사람의 지극한 바를 겸해야만 비로소 완전히 훌륭하다고 하겠는가."

호응린이 말했다.

"근세의 작자 중 간혹 두 사람의 체재를 다 갖추었지만, 두 사람의 장점을 융합한 경우는 보지 못했다."

심히 일리가 있는 말이다.

해제 오언고시와 칠언가행을 배울 수 있는 방법으로써 이백과 두보가 지닌 장점을 두루 겸할 것을 제시했다.

원문 予嘗謂: 古詩, 歌行, 必李杜兼法, 乃爲善學[1]. 或曰: "古詩, 歌行, 李杜旣極其至矣, 後人顧反[2]能兼之乎?" 予曰: 不然. 太白以天才勝, 而人無太白之才; 子美以人力勝, 而人無子美之力. 故必李杜兼法, 乃能相濟[3], 豈必盡兼二公所至, 始爲盡善哉. 胡元瑞云: "近時作者, 間能具備兩公之體, 至鎔液二子之長[4], 則未覩[5]也." 語甚有見[6].

주석
1 善學(선학): 잘 배우다.
2 顧反(고반): 도리어. 오히려.
3 相濟(상제): 보완하다.
4 長(장): 장점.
5 未覩(미도): 보지 못하다.
6 有見(유견): 일리가 있다.

17

오언고시, 칠언가행 중 이백의 시어는 대부분 호방하고, 두보의 시어는 대부분 침착하다.

이백의 오언고시 중 다음의 시구는 시어가 모두 호방하다.

"술 마신 후 풍채를 뽐내고, 석 잔을 마시고 보검을 휘두르네. 살인이 풀을 자르듯 하며, 극맹劇孟이 함께 노니는 것 같네.酒後競風采, 三杯弄寶刀. 殺人如剪草, 劇孟同遊遨."

"큰 소리 지르며 수많은 전쟁에 나아가니, 흉노가 다 도망갔네. 돌아와 취기를 부리며, 소하蕭何와 조삼曹參에게 참배하지 않네.叱咤萬戰場, 匈奴盡奔逃. 歸來使酒氣, 未肯拜蕭曹."18)

"구슬 달린 옷에 비단 띠를 끌고, 비수를 보검에 꽂네. 옛부터 수많은 장수 용맹하고, 이것을 끼고 영웅의 기세를 일으키네.珠袍曳錦帶, 匕首揷吳鴻. 由來萬夫勇, 挾此生雄風."19)

"안장 찬 말은 나는 용처럼 빠르고, 황금 깁을 말 머리에 씌우네. 행인이 모두 놀라서 뒤로 물러서고, 기개가 숭산 언덕을 가로지르네.鞍馬如飛龍, 黃金絡馬頭. 行人皆辟易, 志氣橫嵩丘."

"집에 돌아오니 술 빚이 많은데, 문객이 정미를 들고 성행을 이루네. 고담으로 사방의 자리가 가득 차고, 하루에 천 잔을 기울이네.歸家酒債多, 門客粲成行. 高談滿四座, 一日傾千觴."

"장사가 풀밭에 엎드려, 깊은 근심에 이리저리 나뒹구네. 표표히 뜻을 얻지 못하고, 어제 남도성南都城으로 출발했네. 준마가 말구유에서 울고, 보검이 갑 속에서 우네. 몸을 던져 천하에 의지하고, 긴 피리를 불며 호걸을 찾네.壯士伏草間, 沈憂亂縱橫. 飄飄不得意, 昨發南都城. 紫燕櫪上嘶, 青萍匣中鳴. 投軀寄天下, 長嘯尋豪英."

"가끔 홀연히 슬퍼하며, 정좌하여 밤을 새네. 하늘이 밝아 부질없이 큰 소리 치며, 세상의 번뇌를 풀고자 하네. 마음이 장풍을 따라 가서,

---

18) 이상은 〈백마편白馬篇〉이다.
19) 〈결객소년장행結客少年場行〉.

만리의 구름을 불어 흩어지게 하네.有時忽惆悵, 匡坐至夜分. 平明空嘯咤, 思欲解世紛. 心隨長風去, 吹散萬里雲."

이백의 칠언가행 중 다음의 시구는 시어가 모두 호방하다.

"말을 타고 말채찍으로 읍하며 인사하고, 타향에서 서로 만나니 애처로운 심정이구나. 축을 두드리며 슬픈 노래 부르며 술 마시고 싶지만, 때마침 집을 다 털어도 술 살 돈이 없네.馬上相逢揖馬鞭, 客中相見客中憐. 欲邀擊筑悲歌飮, 正値傾家無酒錢."

"갑중의 반검에 작어鰳魚가 장식되어 있지만, 부질없이 허리춤에서 쓰일 데가 없네. 술로 바꾸어 그대와 취하도록 마시고서, 오나라 협객 전저專諸의 집에서 묵으리라.匣中盤劍裝鰳魚, 閑在腰間未用渠. 且將換酒與君醉, 醉歸託宿吳專諸."

"천금의 준마를 소첩과 바꾸고, 웃으면서 앉아 안장을 꾸미고 '낙매가落梅歌'를 노래하네. 수레 옆에 술병을 걸고, 생황과 피리를 연주하며 서로 술을 권하네.千金駿馬換小妾, 笑坐雕鞍歌落梅. 車傍側掛一壺酒, 鳳笙龍管行相催."

"나 또한 그대 위해 황학루를 던져 부수고, 그대 또한 나를 위해 앵무주를 엎었네. 적벽에서 용맹을 다툰 것이 꿈 속 같고, 또 취해 춤추며 헤어짐의 슬픔을 달래네.我且爲君搥碎黃鶴樓, 君亦爲吾倒却鸚鵡洲. 赤壁爭雄如夢裏, 且須醉舞寬離憂."

"흥에 겨워 붓을 들면 오악五嶽을 흔들고, 시를 짓고 피리 불며 창주滄洲를 내려다보네. 공명과 부귀가 길다고 한다면, 한수漢水가 서북으로 흐를 것이라네.興酣落筆搖五嶽, 詩成嘯傲凌滄洲. 功名富貴若長在, 漢水亦應西北流."

"칼을 뽑아 물을 베도 물이 다시 흐르고, 술잔을 들고 근심을 달래도 근심이 다시 일어나네. 인생살이가 세상과 뜻이 맞지 않아, 내일

아침 산발한 채로 조각배를 띄우리다.抽刀斷水水更流, 擧杯消愁愁復愁. 人生
在世不稱意, 明朝散髮弄扁舟."

두보의 오언고시 중 다음의 시구는 시어가 모두 침착하다.

"중천에 명월이 걸렸고, 깊은 밤을 적막하게 하네. 슬픈 피리 소리
여러 번 울리고, 장사가 비통해하며 교만하지 않네.中天懸明月, 令嚴夜寂
寥. 悲笳數聲動, 壯士慘不驕."

"백천이 날마다 동으로 흐르고, 그대 가면 또한 소식이 없으리다.
내 생이 부침하는 것 같으니, 어느 때에 끝남이 있으랴.百川日東流, 客去
亦不息. 我生若飄蕩, 何時有終極."

"어찌 만장의 사다리를 얻어, 임금을 위해 꼭대기에 오르리오. 어미
가 없는 병아리라, 굶주림과 추위에 날마다 울부짖네. 나는 심혈을 도
려내어, 쪼아 마시며 외로움을 달래리.安得萬丈梯, 爲君上上頭. 恐有無母雛,
飢寒日啾啾. 我能剖心血, 飮啄慰孤愁."20)

"진산秦山이 갑자기 무너지고, 경수涇水와 위수渭水를 구분할 수 없
네. 굽어보니 오직 하나의 기세인데, 어찌 황주皇州를 변별할 수 있으
리오.秦山忽破碎, 涇渭不可求. 俯視但一氣, 焉能辨皇州."21)

"백수가 저물녘 동으로 흘러가고, 청산에는 아직도 우는 소리 들리
네. 울어서 눈을 건조하게 하지 말고, 하염없이 흐르는 눈물을 거두어
라.白水暮東流, 靑山猶哭聲. 莫自使眼枯, 收汝淚縱橫. 眼枯却見骨, 天地終無情."

"책을 바쳐 황제를 뵙고, 뜻이 이미 풍진을 맑게 하네. 흐르는 눈물
을 궁전의 붉은 기둥에 뿌리고, 만승의 수레가 괴롭네.獻書謁皇帝, 志已
淸風塵. 流涕灑丹極, 萬乘爲酸辛."

---

20) 〈봉황대鳳凰臺〉.
21) 〈등자은탑登慈恩塔〉.

"적수가 삼협을 타고 흐르고, 부룡이 긴 나루터에 기대네. 닻을 날리는 작은 배가 큰 파도 속에 떠 있고, 그대를 의지해 몸을 구하네.積水駕三峽, 浮龍倚長津. 揚舡洪濤間, 仗子濟物身."

두보의 칠언가행 중 다음의 시구는 시어가 모두 침착하다.

"작년 강남에서 광적을 토벌하고, 강가에서 팔을 벌리니 다시 얻기 어렵네. 이별할 때의 외로운 구름이 지금 날지 않는데, 가끔 혼자 구름을 보면 눈물이 가슴을 파고드네.去年江南討狂賊, 臨江把臂難再得. 別時孤雲今不飛, 時獨看雲淚橫臆."

"고제의 자손은 모두 콧대가 높고, 황제의 자손은 진실로 보통 사람과 다르네. 이리가 성에 있고 용이 들에 있으니, 왕손이여, 천금의 몸을 잘 보존하오.高帝子孫盡降準, 龍種自與常人殊. 豺狼在邑龍在野, 王孫善保千金軀."22)

"밝은 눈동자 하얀 치아는 지금 어디에 있는가, 피에 더러워지고 떠도는 영혼은 돌아오지 않네. 맑은 위수는 동으로 흐르고 검각은 깊은데, 떠나고 머무름에 피차 소식이 없네.明眸皓齒今何在, 血汙遊魂歸不得. 淸渭東流劍閣深, 去住彼此無消息."23)

"세월이 많이 지나 물건이 변화해 형체가 사라졌으니, 오호라, 건보健步가 달릴 만한 여력이 없네. 지금 어찌 요뇨褭裊와 화류驊騮 같은 명마가 없겠냐만, 이때에 왕량王良과 백락伯樂이 없으니 죽으면 그만이라.年多物化空形影, 鳴呼健步無由騁. 如今豈無褭裊與驊騮, 時無王良伯樂死卽休."24)

"보물을 바치며 하백河伯을 뵌 이후, 다시는 강에서 교룡을 잡지 않았네. 그대는 보지 못했는가, 계수나무 꽃이 남송백 속에 쌓인 것을,

---

22) 〈애왕손哀王孫〉.
23) 〈애강두哀江頭〉.
24) 〈표기가驃騎歌〉.

준마가 다 사라지고 새가 바람 속에서 우네.自從獻寶朝河宗, 無復射蛟江水中. 君不見金粟堆南松柏裏, 龍媒去盡鳥呼風."25)

"그대는 보지 못했는가, 청해의 언저리. 예로부터 백골을 거두는 사람이 없구나. 새 귀신이 원통해하고 옛 귀신이 통곡하니, 음산하고 비가 내리면 구슬피 우는 소리가 들리네.君不見靑海頭, 古來白骨無人收. 新鬼煩寃舊鬼哭, 天陰雨濕聲啾啾."

두 사람이 자신의 생각대로 시를 창작하여 변화가 무쌍한 것은 더욱 시구를 가려 뽑을 수 없다.

오언고시와 칠언가행 중 이백과 두보의 시어가 지닌 특징을 구체적인 예를 들어 설명했다. 이백의 시어는 호방하고 두보의 시어는 대부분 침착하다는 것은 비교를 통해 충분히 짐작할 수 있다.

五言古, 七言歌行, 太白語多豪放, 子美語多沈着. 太白五言古, 如"酒後競風采, 三杯弄寶刀. 殺人如剪草, 劇孟同遊遨."[1] "叱咤萬戰場, 匈奴盡奔逃. 歸來使酒氣, 未肯拜蕭曹."[2][以上白馬篇] "珠袍曳錦帶, 匕首揷吳鴻. 由來萬夫勇, 挾此生雄風."[3][結客少年場行] "鞍馬如飛龍, 黃金絡馬頭. 行人皆辟易, 志氣橫嵩丘."[4] "歸家酒債多, 門客粲成行. 高談滿四座, 一日傾千觴."[5] "壯士伏草間, 沈憂亂縱橫. 飄飄不得意, 昨發南都城. 紫燕櫪上嘶, 靑萍匣中鳴. 投軀寄天下, 長嘯尋豪英."[6] "有時忽惆悵, 匡坐至夜分. 平明空嘯咤, 思欲解世紛. 心隨長風去, 吹散萬里雲."[7] 歌行, 如"馬上相逢揖馬鞭, 客中相見客中憐. 欲邀擊筑悲歌飮, 正値傾家無酒錢."[8] "匣中盤劍裝鰐魚, 閒在腰間未用渠. 且將換酒與君醉, 醉歸託宿吳專諸."[9] "千金駿馬換小妾, 笑坐雕鞍歌落梅. 車傍側掛一壺酒, 鳳笙龍管行相催."[10] "我且爲君搥碎黃鶴樓, 君亦爲吾倒却鸚鵡洲. 赤壁爭雄如夢裏, 且須醉舞寬離憂."[11] "興酣落筆搖五嶽, 詩成

25) 〈화마도인畵馬圖引〉.

嘯傲凌滄洲. 功名富貴若長在, 漢水亦應西北流."12 "抽刀斷水水更流, 擧杯消愁愁復愁. 人生在世不稱意, 明朝散髮弄扁舟."13等句, 語皆豪放. 子美五言古, 如"中天懸明月, 令嚴夜寂寥. 悲笳數聲動, 壯士慘不驕."14 "百川日東流, 客去亦不息. 我生若飄蕩, 何時有終極."15 "安得萬丈梯, 爲君上上頭. 恐有無母雛, 飢寒日啾啾. 我能剖心血, 飮啄慰孤愁."16[鳳凰臺] "秦山忽破碎, 涇渭不可求. 俯視但一氣, 焉能辨皇州."17[登慈恩塔] "白水暮東流, 靑山猶哭聲. 莫自使眼枯, 收汝淚縱橫. 眼枯却見骨, 天地終無情."18 "獻書謁皇帝, 志已淸風塵. 流涕灑丹極, 萬乘爲酸辛."19 "積水駕三峽, 浮龍倚長津. 揚舲洪濤間, 仗子濟物身."20 歌行如"去年江南討狂賊, 臨江把臂難再得. 別時孤雲今不飛, 時獨看雲淚橫臆."21 "高帝子孫盡降準, 龍種自與常人殊. 豺狼在邑龍在野, 王孫善保千金軀."22[哀王孫] "明眸皓齒今何在, 血污遊魂歸不得. 淸渭東流劍閣深, 去住彼此無消息."23[哀江頭] "年多物化空形影, 嗚呼健步無由騁. 如今豈無騕褭與驊騮, 時無王良伯樂死卽休."24[驃騎歌] "自從獻寶朝河宗, 無復射蛟江水中. 君不見金粟堆南松柏裏, 龍媒去盡鳥呼風."25[畫馬圖引] "君不見靑海頭, 古來白骨無人收. 新鬼煩寃舊鬼哭, 天陰雨濕聲啾啾"26等句, 語皆沈着. 至若二公所向如意, 變化無測者, 則又未可以句摘也.

주석

1 酒後競風采(주후경풍채), 三杯弄寶刀(삼배농보도). 殺人如剪草(살인여전초), 劇孟同遊遨(극맹동유오): 술 마신 후 풍채를 뽐내고, 석 잔을 마시고 보검을 휘두르네. 살인이 풀을 자르듯 하며, 극맹劇孟이 함께 노니는 것 같네. 이백 〈백마편白馬篇〉의 시구다. '극맹'은 한량들과 노름을 즐겨하면서 자신의 포부를 감추었던 협객을 가리킨다.

2 叱咤萬戰場(질타만전장), 匈奴盡奔逃(흉노진분도). 歸來使酒氣(귀래사주기), 未肯拜蕭曹(미긍배소조): 큰 소리 지르며 수많은 전쟁에 나아가니, 흉노가 다 도망갔네. 돌아와 취기를 부리며, 조하蕭何와 조삼曹參에게 참배하지 않네. 이백 〈백마편白馬篇〉의 시구다.

3 珠袍曳錦帶(주포예금대), 匕首揷吳鴻(비수삽오홍). 由來萬夫勇(유래만부용), 挾此生雄風(협차생웅풍): 구슬 달린 옷에 비단 띠를 끌고, 비수를 보검에 꽂네. 옛부터 수많은 장수 용맹하고, 이것을 끼고 영웅의 기세를 일으키네. 이백 〈결객소년장행結客少年場行〉의 시구다. '吳鴻(오홍)'은 춘추시대 오왕吳王 합려閤閭가

명검을 구하던 중 한 사람이 칼 두 자루를 바쳤는데 오홍과 호계扈稽 두 아들을 죽여 그 피를 바른 칼이라고 했다.

4 鞍馬如飛龍(안마여비용), 黃金絡馬頭(황금락마두). 行人皆辟易(행인개벽역), 志氣橫嵩丘(지기횡숭구): 안장 찬 말은 나는 용처럼 빠르고, 황금 깁을 말 머리에 씌우네. 행인이 모두 놀라서 뒤로 물러서고, 기개가 숭산 언덕을 가로지르네. 이백 〈고풍오십구수古風五十九首〉 중 제18수의 시구다.

5 歸家酒債多(귀가주채다), 門客粲成行(문객찬성행). 高談滿四座(고담만사좌), 一日傾千觴(일일경천상): 집에 돌아오니 술 빚이 많은데, 문객이 정미를 들고 성행을 이루네. 고담으로 사방의 자리가 가득 차고, 하루에 천 잔을 기울이네. 이백 〈증유도사贈劉都使〉의 시구다.

6 壯士伏草間(장사복초간), 沈憂亂縱橫(침우난종횡). 飄飄不得意(표표부득의), 昨發南都城(작발남도성). 紫燕櫪上嘶(자연력상시), 青萍匣中鳴(청평갑중명). 投軀寄天下(투구기천하), 長嘯尋豪英(장소심호영): 장사가 풀밭에 엎드려, 깊은 근심에 이리저리 나뒹구네. 표표히 뜻을 얻지 못하고, 어제 남도성南都城으로 출발했네. 준마가 말구유에서 울고, 보검이 갑 속에서 우네. 몸을 던져 천하에 의지하고, 긴 피리를 불며 호걸을 찾네. 이백 〈업중증왕대鄴中贈王大〉 또는 〈업중왕대권입고봉석문산유거鄴中王大勸入高鳳石門山幽居〉의 시구다. '紫燕(자연)'은 고대의 준마를 가리키고, '青萍(청평)'은 보검을 가리킨다.

7 有時忽惆悵(유시홀추창), 匡坐至夜分(광좌지야분). 平明空嘯咤(평명공소타), 思欲解世紛(사욕해세분). 心隨長風去(심수장풍거), 吹散萬里雲(취산만리운): 가끔 홀연히 슬퍼하며, 정좌하여 밤을 새네. 하늘이 밝아 부질없이 큰 소리 치며, 세상의 번뇌를 풀고자 하네. 마음이 장풍을 따라 가서, 만리의 구름을 불어 흩어지게 하네. 이백 〈증하칠판관창호贈何七判官昌浩〉의 시구다.

8 馬上相逢揖馬鞭(마상상봉읍마편), 客中相見客中憐(객중상견객중련). 欲邀擊築悲歌飮(욕요격축비가음), 正値傾家無酒錢(정치경가무주전): 말을 타고 말채찍으로 읍하며 인사하고, 타향에서 서로 만나니 애처로운 심정이구나. 축을 두드리며 슬픈 노래 부르며 술 마시고 싶지만, 때마침 집을 다 털어도 술 살 돈이 없네. 이백 〈취후증종생고진醉後贈從甥高鎭〉의 시구다.

9 匣中盤劍裝鱔魚(갑중반검장작어), 閑在腰間未用渠(한재요간미용거). 且將換酒與君醉(차장환주여군취), 醉歸託宿吳專諸(취귀탁숙오전저): 갑중의 반검에 작어鱔魚가 장식되어 있지만, 부질없이 허리춤에서 쓰일 데가 없네. 술로 바꾸

어 그대와 취하도록 마시고서, 오나라 협객 전저專諸의 집에서 묵으리라. 이백
〈취후증종생고진〉의 시구다. '전저'는 오나라의 협객으로 오왕이 되려는 합려
를 위해 오왕 왕료王僚를 살해했다.

10 千金駿馬換小妾(천금준마환소첩), 笑坐雕鞍歌落梅(소좌조안가낙매). 車傍
側掛一壺酒(거방측괘일호주), 鳳笙龍管行相催(봉생용관행상최): 천금의 준마
를 소첩과 바꾸고, 웃으면서 앉아 안장을 꾸미고 '낙매가落梅歌'를 노래하네. 수
레 옆에 술병을 걸고, 생황과 피리를 연주하며 서로 술을 권하네. 이백 〈양양가
襄陽歌〉의 시구다.

11 我且爲君搥碎黃鶴樓(아차위군추쇄황학루), 君亦爲吾倒却鸚鵡洲(군역위오
도각앵무주). 赤壁爭雄如夢裏(적벽쟁웅여몽리), 且須醉舞寬離憂(차수취무관
리우): 나 또한 그대 위해 황학루를 던져 부수고, 그대 또한 나를 위해 앵무주를
엎었네. 적벽에서 용맹을 다툰 것이 꿈 속 같고, 또 취해 춤추며 헤어짐의 슬픔
을 달래네. 이백 〈강하증위남릉빙江夏贈韋南陵冰〉의 시구다.

12 興酣落筆搖五嶽(흥감낙필요오악), 詩成嘯傲凌滄洲(시성소오릉창주). 功名
富貴若長在(공명부귀약장재), 漢水亦應西北流(한수역응서북류): 흥에 겨워 붓
을 들면 오악五嶽을 흔들고, 시를 짓고 피리 불며 창주滄洲를 내려다보네. 공명
과 부귀가 길다고 한다면, 한수漢水가 서북으로 흐를 것이라네. 이백 〈강상음江
上吟〉의 시구다.

13 抽刀斷水水更流(추도단수수갱류), 擧杯消愁愁復愁(거배소수수부수). 人生
在世不稱意(인생재세불칭의), 明朝散髮弄扁舟(명조산발농편주): 칼을 뽑아 물
을 베도 물이 다시 흐르고, 술잔을 들고 근심을 달래도 근심이 다시 일어나네.
인생살이가 세상과 뜻이 맞지 않아, 내일 아침 산발한 채로 조각배를 띄우리다.
이백 〈선주사조루전별교서숙운宣州謝朓樓餞別校書叔雲〉 또는 〈배시어숙화등루가
倍侍御叔華登樓歌〉의 시구다.

14 中天懸明月(중천현명월), 令嚴夜寂寥(령엄야적요). 悲笳數聲動(비가수성
동), 壯士慘不驕(장사참불교): 중천에 명월이 걸렸고, 깊은 밤을 적막하게 하
네. 슬픈 피리 소리 여러 번 울리고, 장사가 비통해하며 교만하지 않네. 두보
〈후출새오수後出塞五首〉 중 제2수의 시구다.

15 百川日東流(백천일동류), 客去亦不息(객거역불식). 我生若飄蕩(아생약표
탕), 何時有終極(하시유종극): 백천이 날마다 동으로 흐르고, 그대 가면 또한
소식이 없으리다. 내 생이 부침하는 것 같으니, 어느 때에 끝남이 있으랴. 두보

〈별찬상인別讚上人〉의 시구다.

16 安得萬丈梯(안득만장제), 爲君上上頭(위군상상두). 恐有無母雛(공유무모
추), 飢寒日啾啾(기한일추추). 我能剖心血(아능부심혈), 飮啄慰孤愁(음탁위고
수): 어찌 만장의 사다리를 얻어, 임금을 위해 꼭대기에 오르리오. 어미가 없는
병아리라, 굶주림과 추위에 날마다 울부짖네. 나는 심혈을 도려내어, 쪼아 마
시며 외로움을 달래리. 두보 〈봉황대鳳凰臺〉의 시구다.

17 秦山忽破碎(진산홀파쇄), 涇渭不可求(경위불가구). 俯視但一氣(부시단일
기), 焉能辨皇州(언능변황주): 진산秦山이 갑자기 무너지고, 경수涇水와 위수渭
水를 구분할 수 없네. 굽어보니 오직 하나의 기세인데, 어찌 황주皇州를 변별할
수 있으리오. 두보 〈동제공등자은탑同諸公登慈恩塔〉의 시구다.

18 白水暮東流(백수모동류), 靑山猶哭聲(청산유곡성). 莫自使眼枯(막자사안
고), 收汝淚縱橫(수여루종횡). 眼枯却見骨(안고각견골), 天地終無情(천지종무
정): 백수가 저물녘 동으로 흘러가고, 청산에는 아직도 우는 소리 들리네. 울어
서 눈을 건조하게 하지 말고, 하염없이 흐르는 눈물을 거두어라. 두보 〈신안리
新安吏〉의 시구다.

19 獻書謁皇帝(헌서알황제), 志已淸風塵(지이청풍진). 流涕灑丹極(류체쇄단
극), 萬乘爲酸辛(만승위산신): 책을 바쳐 황제를 뵙고, 뜻이 이미 풍진을 맑게
하네. 흐르는 눈물을 궁전의 붉은 기둥에 뿌리고, 만승의 수레가 괴롭네. 두보
〈별채십사저작別蔡十四著作〉의 시구다. '丹極(단극)'은 궁전의 붉은 기둥을 가리
킨다.

20 積水駕三峽(적수가삼협), 浮龍倚長津(부용의장진). 揚舲洪濤間(양령홍도
간), 仗子濟物身(장자제물신): 적수가 삼협을 타고 흐르고, 부룡이 긴 나루터에
기대네. 닻을 날리는 작은 배가 큰 파도 속에 떠 있고, 그대를 의지해 몸을 구하
네. 두보 〈별채십사저작別蔡十四著作〉의 시구다.

21 去年江南討狂賊(거년강남토광적), 臨江把臂難再得(임강파비난재득). 別時
孤雲今不飛(별시고운금불비), 時獨看雲淚橫臆(시독간운루횡억): 작년 강남에
서 광적을 토벌하고, 강가에서 팔을 벌리니 다시 얻기 어렵네. 이별할 때의 외
로운 구름이 지금 날지 않는데, 가끔 혼자 구름을 보면 눈물이 가슴을 파고드
네. 두보 〈고전행苦戰行〉의 시구다.

22 高帝子孫盡降準(고제자손진강준), 龍種自與常人殊(용종자여상인수). 豺狼
在邑龍在野(시랑재읍용재야), 王孫善保千金軀(왕손선보천금구): 고제의 자손

은 모두 콧대가 높고, 황제의 자손은 진실로 보통 사람과 다르네. 이리가 성에 있고 용이 들에 있으니, 왕손이여, 천금의 몸을 잘 보존하오. 두보 〈애왕손哀王孫〉의 시구다.

23 明眸皓齒今何在(명모호치금하재), 血汚遊魂歸不得(혈오유혼귀부득). 淸渭東流劍閣深(청위동류검각심), 去住彼此無消息(거주피차무소식): 밝은 눈동자 하얀 치아는 지금 어디에 있는가, 피에 더러워지고 떠도는 영혼은 돌아오지 않네. 맑은 위수는 동으로 흐르고 검각은 깊은데, 떠나고 머무름에 피차 소식이 없네. 두보 〈애강두哀江頭〉의 시구다.

24 年多物化空形影(년다물화공형영), 嗚呼健步無由騁(오호건보무유빙). 如今豈無騕褭與驊騮(여금기무요뇨여화류), 時無王良伯樂死卽休(시무왕량백락사즉휴): 세월이 많이 지나 물건이 변화해 형체가 사라졌으니, 오호라, 건보健步가 달릴 만한 여력이 없네. 지금 어찌 요뇨騕褭와 화류驊騮 같은 명마가 없겠냐만, 이때에 왕량王良과 백락伯樂이 없으니 죽으면 그만이라. 두보 〈천육표기가天育驃騎歌〉의 시구다.

25 自從獻寶朝河宗(자종헌보조하종), 無復射蛟江水中(무복사교강수중). 君不見金粟堆南松柏裏(군불견금속퇴남송백리), 龍媒去盡鳥呼風(용매거진조호풍): 보물을 바치며 하백河伯을 뵌 이후, 다시는 강에서 교룡을 잡지 않았네. 그대는 보지 못했는가, 계수나무 꽃이 남송백 속에 쌓인 것을, 준마가 다 사라지고 새가 바람 속에서 우네. 두보 〈위풍녹사택관조장군화마도韋諷錄事宅觀曹將軍畫馬圖〉의 시구다.

26 君不見靑海頭(군불견청해두), 古來白骨無人收(고래백골무인수). 新鬼煩寃舊鬼哭(신귀번원구귀곡), 天陰雨濕聲啾啾(천음우습성추추): 그대는 보지 못했는가, 청해의 언저리. 예로부터 백골을 거두는 사람이 없구나. 새 귀신이 원통해하고 옛 귀신이 통곡하니, 음산하고 비가 내리면 구슬피 우는 소리가 들리네. 두보 〈병거행兵車行〉의 시구다.

18

혹자가 나에게 물었다.

"그대는 일찍이 원화의 여러 문인의 시는 만족스러운 마음이 분명

하게 드러나므로 대변大變이 되었다고 말했다. 지금 이백과 두보의 오
언고시와 칠언가행을 살펴보면 진실로 의도대로 창작되어 만족스러
운 것이 많은데, 원화의 여러 문인과는 어떻게 다른 것인가?"

내가 대답한다.

이백의 만족스러움은 호방함에서 근원하고, 두보의 만족스러움은
침착함에서 근원하니, 진실로 시가의 지극한 경지다. 원화의 여러 문
인들은 억지로 끌어다 시를 짓고 의논이 면밀하기에, 그 만족스러운
부분이 종종 문장으로써 시를 지은 듯하니, 이백과 두보와 견주면 그
정변을 비교하지 않아도 분명하게 구분된다.

이백의 호방함과 두보의 침착한 풍격을 원화시와 비교하여 논했다.

或問予: "子嘗言元和諸公之詩, 快心露骨[1], 故爲大變. 今觀李杜五言古, 七
言歌行, 實多快心, 與元和諸公寧有異乎?" 曰: 太白快心, 本乎豪放; 子美快
心, 本乎沉着, 自是詩歌極致. 若[2]元和諸公則鑿空構撰[3], 議論周悉[4], 其快心
處往往以文爲詩, 方之李杜, 其正與變不待較而明矣.

1 快心露骨(쾌심노골): 만족스러운 마음이 분명하게 드러나다.
2 若(약): '至於(지어)'와 같은 말이다. 화제를 바꾸거나 제시할 때 쓰인다.
3 鑿空構撰(착공구찬): 억지로 끌어다 시를 짓다.
4 議論周悉(의논주실): 의논이 면밀하다.

19

이백의 고시와 가행은 평범한 사람은 이해할 수 없고, 두보의 고시
와 가행은 경솔한 사람은 읽을 수 없다.

이백의 시는 초현실을 노래하기에 평범한 사람은 이해하기 어렵고, 두보

는 현실을 노래하기에 경솔한 사람은 이해할 수 없다.

太白古詩, 歌行, 庸鄙[1]者不能知; 子美古詩, 歌行, 浮淺[2]者不能讀.

1 庸鄙(용비): 평범하다.
2 浮淺(부천): 언어 행동이 경솔하고 진중하지 못하다.

20

오언고시에서 이백은 천마가 멀리 달리는 듯 앞에 아무도 없이 빠르고 날쌔다. 두보는 가마가 경보를 울리며 나가는 것처럼 여유롭고 안정되다.

이백과 두보의 오언고시의 차이점을 설명했다. 천부적인 재능과 후천적인 노력의 특징이 잘 대비되어 있으며, 호방함과 침착함의 서로 다른 풍격을 잘 묘사했다.

五言古, 太白如天馬長驅[1], 奮迅無前[2]; 子美如鑾輿出警[3], 步驟安重[4].

1 天馬長驅(천마장구): 천마가 멀리 달리는 듯하다.
2 奮迅無前(분신무전): 앞에 아무도 없이 빠르고 날쌔다.
3 鑾輿出警(난여출경): 가마가 경보를 울리며 나가다.
4 步驟安重(보취안중): 걸음이 여유롭고 안정되다.

21

칠언가행에서 이백은 아미산峨眉山의 검각劍閣과 같아 요술이 무궁하고, 두보는 대해大海가 심연한 것과 같아 함축이 무궁하다.

해제 이백과 두보의 칠언가행의 차이점을 설명했다. 역시 적절한 비유를 통해 호방함과 침착함의 차이를 분명하게 지적하고 있다.

원문 七言歌行, 太白如峨眉劍閣[1], 奇幻不窮[2]; 子美如大海重淵[3], 涵蓄無量[4].

주석
1 峨眉劍閣(아미검각): 아미산峨眉山의 검각劍閣.
2 奇幻不窮(기환불궁): 요술이 무궁하다.
3 大海重淵(대해중연): 대해가 심연하다.
4 涵蓄無量(함축무량): 함축이 무궁하다.

22

세상 사람들은 장단구長短句를 가행이라고 하고, 칠언은 고시라고 말한다. 내가 생각건대 이백은 장단구가 매우 많지만 반드시 모두 가행이 아니다. 두보는 가행이 심히 많지만 반드시 모두 장단구가 아니다. 장단구는 사실 가행이지만, 가행은 반드시 장단구가 아니다. 대개 고시는 정제된 것을 중시 여기고, 가행은 자유로운 것을 중시 여긴다.

해제 가행과 고시의 특징에 대해 논했다. 일반적으로 가행은 고시에 비해 시구의 제한이 없어 대체로 자유롭다.

원문 世謂長短句[1]爲歌行, 七言爲古詩. 愚按: 太白長短句甚多, 不必[2]皆歌行也. 子美歌行甚多, 不必皆長短句也. 然長短句實歌行體, 歌行不必長短句耳. 大抵古詩貴整秩[3], 歌行貴軼蕩.

주석
1 長短句(장단구): 한편의 시 가운데 장구와 단구가 섞여 있는 것.
2 不必(불필): …할 필요는 없다.
3 整秩(정질): 단정하다. 정제되다.

23

    한위의 시는 시어가 모두 순고하다. 이백의 시에는 진실로 일종의 광염이 있다. 그러므로 이백의 오언 중 〈의고擬古〉, 〈감흥感興〉, 〈감우感遇〉 등의 작품을 나는 모두 수록하지 않았고, 대체로 고시의 격조를 빌어서 진실로 독창적인 풍격을 이룬 것만 비로소 수록했다. 오늘날 간혹 한위의 시를 가려 뽑으면서 이백의 시를 뽑는 것은 오류가 심할 따름이다.

해제 이백 오언고시의 선정에 관해 언급하며 독자적인 풍격을 이룬 작품만 선록했음을 밝혔다. 그것은 이백의 관점에서 이백을 평가하기 위함이다.

원문 漢魏之詩, 語皆淳古. 太白之詩, 自有一種光燄. 故凡太白五言擬古, 感興, 感遇等作, 予皆不錄, 惟略借古格[1]而自出機軸者, 予始錄之. 今或以選漢魏詩選李詩者, 謬甚耳.

주석 1 古格(고격): 고시의 격조.

24

    이백의 장편 오언고시 중 〈문유거마객행門有車馬客行〉, 〈고풍古風〉, 〈유별광릉제공留別廣陵諸公〉, 〈업중증왕대鄴中贈王大〉, 〈춘일배양강녕급제관연북호감고작春日陪楊江寧及諸官宴北湖感古作〉, 〈등황산릉효대송족제율양위제충범주부화음登黃山淩歊臺送族弟溧陽尉濟充泛舟赴華陰〉, 〈유별조남군관지강남留別曹南羣官之江南〉, 〈경난후장피지섬중유증최선성經亂後將避地剡中留贈崔宣城〉, 〈기동노이치자寄東魯二稚子〉, 〈증종제선주장사소贈從弟宣州長史昭〉, 〈배족숙당도재유화성사승공청풍정陪族叔當塗宰遊化城寺升公清風亭〉, 〈등매강망금릉증족질고좌사승중부登梅岡望金陵贈

族侄高座寺僧中孚〉 등은, 흥취가 도달하여 순식간에 천리를 내달려서 여운이 넘친다. 그러나 두보와 각기 뛰어난 것이 있으니 우열을 논할 수 없다. 간혹 이런 부분에 경도되는 것을 싫어하여 그 함축적이고 온화한 시를 얻고자 하는 것은 이백을 논하는 것이 아니다.

 이백의 장편 오언고시에 관한 논의다. 흥취가 도달하여 순식간에 천리를 내달려서 여운이 넘치는 시의 예를 들었다. 그것은 두보의 장편시에서 느끼는 서사적인 것과 다르며, 또 이백의 작품에서 두보와 같은 함축적이고 온화한 풍격을 찾는 것은 이백의 시를 완전히 이해하지 못한 것이다. 작가의 풍격 비교는 절대적인 기준으로 비교할 수 없으므로 두 사람의 우열을 구분할 수 없음을 강조했다.

 太白五言古長篇, 如"門有車馬賓"[1], "天津三月時"[2], "憶昔作少年"[3], "一身竟無託"[4], "昔聞顏光祿"[5], "鸞乃鳳之族"[6], "我昔釣白龍"[7], "雙鵝飛洛陽"[8], "吳地桑葉綠"[9], "淮南望江南"[10], "化城若化出"[11], "鍾山抱金陵"[12]等篇, 興趣所到, 瞬息千里[13], 沛然有餘[14]. 然與子美各自爲勝[15], 未可以優劣論也. 或以此傾倒[16]爲嫌[17], 而取其含蓄蘊藉者, 非所以論太白也.

 1 門有車馬賓(문유거마빈): 이백의 〈문유거마객행門有車馬客行〉을 가리킨다.

2 天津三月時(천진삼월시): 이백의 〈고풍古風〉을 가리킨다.

3 憶昔作少年(억석작소년): 이백의 〈유별광릉제공留別廣陵諸公〉을 가리킨다.

4 一身竟無託(일신경무탁): 이백의 〈업중증왕대鄴中贈王大〉를 가리킨다.

5 昔聞顏光祿(석문안광록): 이백의 〈춘일배양강녕급제관연북호감고작春日陪楊江寧及諸官宴北湖感古作〉을 가리킨다.

6 鸞乃鳳之族(난내봉지족): 이백의 〈등황산릉효대송족제율양위제충범주부화음登黃山凌歊臺送族弟溧陽尉濟充泛舟赴華陰〉을 가리킨다.

7 我昔釣白龍(아석조백룡): 이백의 〈유별조남군관지강남留別曹南羣官之江南〉을 가리킨다.

8 雙鵝飛洛陽(쌍아비낙양): 이백의 〈경난후장피지섬중유증최선성經亂後將避地剡

_{中留贈崔宣城}〉을 가리킨다.

9 吳地桑葉綠(오지상엽록): 이백의 〈기동노이치자_{寄東魯二稚子}〉를 가리킨다.

10 淮南望江南(회남망강남): 이백의 〈증종제선주장사소_{贈從弟宣州長史昭}〉를 가리킨다.

11 化城若化出(화성약화출): 이백의 〈배족숙당도재유화성사승공청풍정_{陪族叔當塗宰遊化城寺升公淸風亭}〉을 가리킨다.

12 鍾山抱金陵(종산포금릉): 이백의 〈등매강망금릉증족질고좌사승중부_{登梅岡望金陵贈族侄高座寺僧中孚}〉를 가리킨다.

13 瞬息千里(순식천리): 매우 빠름을 형용한다. 발전이 빠르거나 동작이 신속한 것을 가리킨다.

14 沛然有餘(패연유여): 여운이 넘친다.

15 各自爲勝(각자위승): 각기 뛰어나다.

16 傾倒(경도): 휩쓸리다. 빠지다.

17 嫌(혐): 싫어하다.

25

이백의 오언고시 중에는 자유로운 부분이 많은데, 포조와 비슷하지만 호방하고 준일함이 그보다 뛰어나니, 두보가 그 "준일함이 포조다."고 칭송한 것은 이를 두고 말한 것이다.

〈석제두릉등루기위요_{夕霽杜陵登樓寄韋繇}〉, 〈추야숙용문향산사봉기왕방성십칠장봉국형상인종제유성영문_{秋夜宿龍門香山寺奉寄王方城十七丈奉國瑩上人從弟幼成令問}〉, 〈월야강행기최원외종지_{月夜江行寄崔員外宗之}〉, 〈강상추회_{江上秋懷}〉, 〈추석서회_{秋夕書懷}〉, 〈안륙백조산도화암기유시어관_{安陸白兆山桃花巖寄劉侍禦綰}〉, 〈추등파릉망동정_{秋登巴陵望洞庭}〉, 〈안주반약사수각납량희우설원외예_{安州般若寺水閣納涼喜遇薛員外乂}〉 등은 대구가 사령운에게서 비롯되었지만, 유려하고 자연스러워 마침내 조탁의 흔적이 드러나지 않는다.

이백의 오언고시의 연원에 대해 논했다. 준일한 풍격이 포조보다 뛰어나고, 대구의 유려함이 사령운에게서 비롯되었지만 그를 능가했다고 지적했다.

太白五言古, 軼蕩處多, 似明遠而嬌逸[1]過之, 子美稱其"俊逸鮑參軍"[2]是也. 至如"浮陽滅霽景"[3], "朝發汝海東"[4], "飄飄江風起"[5], "餐霞臥舊壑"[6], "北風吹海鴈"[7], "雲臥三十年"[8], "淸晨登巴陵"[9], "翛然金圓賞"[10]等篇, 偶儷雖出靈運, 而流利自然[11], 了不見斧鑿痕[12].

1 嬌逸(교일): 호방하고 준일하다.

2 俊逸鮑參軍(준일포참군): 준일함이 포조다. 두보가 〈춘일억이백春日忆李白〉에서 이백을 칭송한 말이다.

3 浮陽滅霽景(부양멸제경): 이백의 〈석제두릉등루기위요夕霽杜陵登樓寄韋繇〉를 가리킨다.

4 朝發汝海東(조발여해동): 이백의 〈추야숙용문향산사봉기왕방성십칠장봉국형상인종제유성영문秋夜宿龍門香山寺奉寄王方城十七丈奉國瑩上人從弟幼成令問〉을 가리킨다.

5 飄飄江風起(표표강풍기): 이백의 〈월야강행기최원외종지月夜江行寄崔員外宗之〉를 가리킨다.

6 餐霞臥舊壑(찬하와구학): 이백의 〈강상추회江上秋懷〉를 가리킨다.

7 北風吹海鴈(북풍취해안): 이백의 〈추석서회秋夕書懷〉를 가리킨다. 또는 〈추일남유서회秋日南遊書懷〉라고도 한다.

8 雲臥三十年(운와삼십년): 이백의 〈안륙백조산도화암기유시어관安陸白兆山桃花嚴寄劉侍禦綰〉을 가리킨다. 또는 〈작춘귀도화암이허시어作春歸桃花嚴贻許侍禦〉라고도 한다.

9 淸晨登巴陵(청신등파릉): 이백의 〈추등파릉망동정秋登巴陵望洞庭〉을 가리킨다.

10 翛然金圓賞(소연금원상): 이백의 〈안주반야사수각납량희우설원외예安州般若寺水閣納涼喜遇薛員外乂〉를 가리킨다.

11 流利自然(유리자연): 유려하고 자연스럽다.

12 不見斧鑿痕(불견부착혼): 조탁의 흔적이 드러나지 않는다. '斧鑿痕(부착혼)'

은 도끼와 끌의 자국이란 뜻으로, 여기서는 시문에 너무 기교를 부려 부자연스
러움을 가리킨다.

26

이백의 오언에는 환운체가 많은데, 그 성조는 유효작·설도형 등의
문인을 본받았다. 이백은 종종 감흥을 타서 순식간에 시를 짓는데, 환
운에서 더욱더 그러할 따름이다.

이백의 오언시 중 환운체에 대해 논했다. 그 성조가 유효작, 설도형의 시를
본받았다고 지적하고, 특히 환운의 시에서 이백의 특징인 일필휘지의 시
풍이 잘 나타난다고 강조했다.

太白五言多轉韻體, 其聲調倣於¹劉孝綽·薛道衡諸子. 蓋太白往往乘興一
掃而就², 轉韻甚便³耳.

1 倣於(방어): …에게서 본받다.
2 一掃而就(일소이취): 순식간에 시를 짓다.
3 甚便(심편): 더욱 그렇다.

27

굴원의 〈이소〉는 본디 오랫동안 사부의 으뜸이나 후인이 모방하고
습용하여 매우 식상하다. 이백의 〈명고가鳴皐歌〉는 〈이소〉를 근원으
로 삼아 아름답고 빼어나니, 진실로 이백의 독창적인 작품이다. 〈원
별리遠別離〉, 〈촉도난蜀道難〉, 〈천모음天姥吟〉은 변화가 황홀하고 일반
적인 시 창작에서 완전히 벗어났으며, 진실로 굴원과 서로 비교할 수
있다.

사진이 말했다.

"이백의 시가는 번개가 쳐 산이 부서지고 태풍이 몰아쳐 파도가 일어나는 듯하니, 시신詩神은 못 짓는 시가 없다."

호응린은 또한 말했다.

"이백의 〈원별리〉, 〈촉도난〉, 〈천노음〉 등은 서두와 결말이 없고 변화가 복잡하며, 심오하고 아득하여 노력으로 배울 수 없으니, 이론을 세우면 오묘함이 무너진다."

이반룡은 이 경계를 알지 못했다.

해제 이백의 작품 중 〈이소〉를 바탕으로 하여 굴원과 비견할 수 있을 만한 독창적인 작품에 대해 논했다.

원문 屈原離騷本千古辭賦之宗, 而後人摹倣盜襲[1], 不勝饜飫. 太白鳴皐歌雖本乎騷, 而精彩絶出[2], 自是太白手筆[3]. 至遠別離, 蜀道難, 天姥吟, 則變幻恍惚[4], 盡脫蹊徑[5], 實與屈子[6]互相照映[7]. 謝茂秦云: "太白詩歌若疾雷破山[8], 顚風播海[9], 非神於詩者不能." 胡元瑞亦云: "太白遠別離, 蜀道難, 天姥吟等, 無首無尾[10], 變幻錯綜[11], 窈冥昏黙[12], 非其才力學之, 立見顚踣[13]也." 于鱗不識此境界.

주석
1 盜襲(도습): 몰래 사용하다.

2 精彩絶出(정채절출): 아름답고 빼어나다.

3 手筆(수필): 직접 창작하다.

4 變幻恍惚(변환황홀): 변화가 황홀하다.

5 盡脫蹊徑(진탈혜경): 일반적인 시 창작에서 완전히 벗어나다.

6 屈子(굴자): 굴원屈原을 가리킨다.

7 互相照映(호상조영): 서로 비교할 수 있다.

8 疾雷破山(질뢰파산): 번개가 쳐 산이 부서지다.

9 顚風播海(전풍파해): 태풍이 몰아쳐 파도가 일어나다.

10 無首無尾(무수무미): 처음과 끝이 없다. 서두와 결말이 없다.

11 錯綜(착종): 복잡하다.

12 窈冥昏黙(요명혼묵): 깊숙하고 컴컴하다.

13 立見顚踣(입견전북): 이론을 세우면 그 오묘함이 무너진다.

28

처음에 이백의 〈원별리遠別離〉를 읽었을 때 고병이 "군자가 자리를 잃음을 슬퍼하며 소인이 전고를 사용하여 창작했다"고 한 말을 거의 깨닫지 못했다. 그 후에 〈증신판관시贈辛判官詩〉에서 "함곡관函谷關에서 갑자기 오랑캐 말이 달려와 놀라는데, 진나라 궁궐의 복숭아와 오얏이 태양을 향해 피네.函谷忽驚胡馬來, 秦宮桃李向明開"라고 한 것을 읽는데, 조카 국태가 말했다.

"이 시는 여러 신하들이 숙종肅宗에게 아부함을 가리켜서 하는 말로, 이백이 심히 풍자한 것입니다."

나는 여전히 이해하지 못했다. 얼마 후 〈만분사萬憤詞〉를 읽었는데, 다음과 같이 노래했다.

"순임금이 옛날에 우임금에게 선양하니 백성자고伯成子高가 밭을 경작하네. 덕이 이로부터 쇠퇴했으니 내가 장차 어찌 쉬리오?"

뜻이 바로 분명해졌다. 이에 〈원별리〉는 요순이 우임금에게 선양한 일이 부당함을 말한 시라는 것을 알았다. 또 죽서竹書에 기록된 "요임금이 감옥에 갇힘堯幽囚"을 인용하여 증거로 삼으니, 진실로 〈만분사〉와 서로 의미가 통한다. 이백은 현종에게 있어 참으로 천고의 빛나는 만남이었으며, 숙종은 영무靈武에서 즉위했지만 사람들이 마음속으로 마땅하게 여기지 않았다. 얼마 후 현종은 장후長后와 이보국李輔國으로 인해 서내西內 태극궁太極宮에서 울분에 차 죽었으니, 이백이 애타하며 어찌 격분하여 통곡하지 않았겠는가? 그래서 아마 아황娥皇과 여영女英을 자신에게 비유하고 순임금을 현종에 비유했을 것이다.

"역시 우임금에게 선양하다"에서 '역시'라는 글자는 오늘날과 대비시켜 한 말이다. 전대의 학자들은 상원上元 연간에 이보국과 장후가 서내에서 황제를 바꾸려고 하자 이백이 유감을 느끼고서 지었다고 하는데, 이미 사실이 아니다. 또 소사빈蕭士贇은 이 시가 천보 말에 지었다고 말했는데, 더욱 사실이 아니다.

해제 이백의 저명한 작품 〈원별리〉에 관한 논의다. 이 시는 표면적으로 아황, 여영의 두 왕비와 순임금이 사별한 이야기를 통해 이별의 슬픔을 표현하고 있다. 그러나 "요임금이 감옥에 갇힘堯幽囚", "순임금이 교외에서 죽음舜野死"의 고사를 인용하여 성인군자가 실권한 결과를 비유한 것으로 해석할 수 있으며, 그 당시의 정치상황을 빗댄 시라고 보았다.

원문 初讀太白遠別離, 高廷禮謂"傷時君子失位, 小人用事而作", 殊[1]不醒[2]; 然後讀贈辛判官詩云"函谷忽驚胡馬來, 秦宮桃李向明開", 姪國泰云: "此指諸臣附合[3]肅宗[4]者而言, 太白深有所刺也." 予意猶未會[5]; 旣而讀萬憤詞云: "舜昔授禹, 伯成[6]耕犁. 德自此衰, 吾將安棲?"意便了然[7]. 乃知遠別離言堯舜不當禪禹, 又引竹書[8]"堯幽囚"[9]爲證, 實與萬憤詞互相發明. 太白於玄宗, 實爲千古榮遇[10], 而肅宗卽位靈武[11], 又有未當於人心者; 旣而玄宗以張后[12]李輔國[13]憂死西內, 太白熱腸[14], 寧不感憤慟哭[15]耶? 此蓋以皇英[16]比己, 舜比玄宗也. "亦禪禹", "亦"字對今而言. 前輩言上元[17]間輔國張后矯制[18]遷上皇於西內, 太白有感而作[19], 旣非; 而蕭士贇[20]謂此詩作於天寶之末, 則尤非也.

주석
1 殊(수): 거의.
2 不醒(불성): 깨닫지 못하다.
3 附合(부합): 아부하다.
4 肅宗(숙종): 이형李亨(711~761). 현종의 셋째 아들이다. 현종이 촉으로 도망간 후 영무靈武에서 즉위했다. 재위 기간은 756년~761년이다. 지덕至德 2년(757) 숙종은 명장 곽자의郭子儀, 이광필李光弼을 임용하고 회흘병回紇兵의 힘을 빌려 안녹산에 반격하여 장안과 낙양을 수복했다. 건원 원년(758) 상주相州를 공격

하고 안경서安慶緒를 토벌했다. 환관 어조은魚朝恩을 신용하여 전군을 통솔하게 했는데, 그는 병법을 잘 몰라 사사명史思明 등에게 대패했다. 어조은이 곽자의에게 책임을 전가시키자 현종은 아무것도 모른 채 곽자의의 병권을 빼앗았다. 이후 현종은 이보국, 정원진程元振 등을 신임해 기용했는데, 환관의 세력이 점차 커지기 시작했다. 또 황후 장양제張良娣가 정사에 간섭하면서 정계가 어지러워졌다. 이후 궁정의 정변에 놀라 그는 우울증으로 죽었는데, 향년 50세였다.

5 未會(미회): 이해하지 못하다.

6 伯成(백성): 백성자고伯成子高. 요임금 시기의 제후다. 요임금이 순임금에게 선양하자 그는 이때부터 덕이 무너지고 형벌이 생거나 세상이 혼란스럽게 되었다고 하면서 은거하여 밭을 경작했다.

7 意便了然(의편료연): 뜻이 곧 분명해졌다.

8 竹書(죽서): 죽간竹簡에 쓴 책.

9 堯幽囚(요유수): 옛날 요임금의 덕이 쇠하자, 순임금이 요임금을 평양平陽에 가두어 제위를 이었다.

10 千古榮遇(천고영우): 천고에 빛나다.

11 靈武(영무): 숙종이 즉위한 영무가 어디냐에 대한 의견은 각기 다르다. 크게 녕하寧夏 경내이라는 설과 감숙甘肅 환현環縣 경내이라는 설이 있는데, 대체로 후자로 본다.

12 張後(장후): 장양제張良娣(?~762). 당숙종의 황후다. 금오장군金吾將軍 장거일張去逸의 딸이다. 정치적 야심이 커서 조정을 간섭했다.

13 李輔國(이보국): 당숙종의 환관이다. 본명은 정충靜忠이다. 안사의 난 때 태자 이형을 설득하여 숙종에 즉위시키고, 병권을 장악했다. 현종이 경사에 돌아와 태상황太上皇으로 추존되자, 이보국은 그의 복귀를 염려하여 현종을 서내태극궁西內太極宮으로 보냈다. 이후 대종代宗 즉위 후에도 재상이 되어 권력을 장악했지만, 정적에 의해 살해되었다.

14 熟腸(숙장): 애타하다.

15 感憤慟哭(감분통곡): 격분하여 통곡하다.

16 皇英(황영): 아황娥皇과 여영女英의 병칭. 요임금의 딸이자 순임금의 왕비다.

17 上元(상원): 당나라 숙종 시기의 연호다. 760년~762년 사이에 사용되었다.

18 矯制(교제): 마음대로 월권하여 일을 처리하고 국가제도를 위반하다.

19 有感而作(유감이작): 유감을 느껴서 창작하다.

20 蕭士贇(소사빈): 원나라 시기의 문인으로 생졸년은 미상이다. 자는 수가粹可이고 호는 빙애후인冰崖後人이다. 《분류보주이태백집分類補註李太白集》 25권을 편찬했다.

29

이백의 〈촉도난蜀道難〉, 〈천모음天姥吟〉은 비록 지극히 만연하여 자유롭지만, 끝내 〈원별리〉의 심오한 함축보다는 못하다. 또 시어가 끊어졌다 다시 이어지고, 어지러우나 실제는 정리되어 있어, 더욱 소체에 부합된다.

범팽范梈이 말했다.

"이 시편에는 초나라 시인의 풍격이 가장 많다. 초나라 풍격의 작품에서 중시되는 것은 끊어질 듯 다시 끊어지고, 어지러운 듯 다시 어지러운 것인데, 시의 의미가 그 사이에서 반복적으로 굴절하지만, 사실은 끊어지거나 어지러운 것이 없고, 사람으로 하여금 감탄하게 하며 여운이 있다. 눈물을 닦으면서 홍얼거리는 작품으로 말하자면 더욱 삼강오륜三綱五倫의 중요함을 느끼게 할 수 있으니, 어찌 부질없는 것인가? 이 점은 이백이 도달할 수 없다고 여긴 것이다."26)

이백의 〈촉도난〉, 〈천모음〉에 관한 논의다. 초나라 시풍의 작품으로 만연하고 자유롭지만 끝내 〈원별리〉보다도 못하다고 지적했다. 범팽이 지적한 바와 같이 이백은 현실적인 시풍보다는 소체의 초탈한 시풍을 많이 창작했다. 그러나 이백은 초나라 시풍에 담겨 있는 함축적인 감흥을 얻지 못했다. 따라서 그의 〈원별리〉를 〈촉도난〉, 〈천모음〉보다 더 훌륭하다고 평가한 것도 〈원별리〉에는 함축적이고 심오한 감흥이 있기 때문이다. 국풍을 바탕으로 한 시의 홍취를 중시한 허학이의 시론이 반영된 평가라고 할

---

26) 이상은 모두 범팽의 말이다.

수 있다.

太白蜀道難, 天姥吟, 雖極漫衍縱橫, 然終不如遠別離之含蓄深永, 且其詞斷而復續, 亂而實整, 尤合騷體. 范氏[1]云: "此篇最有楚人風. 所貴乎楚言者, 斷如復斷, 亂如復亂, 而詞意反覆屈折行乎其間者, 實未嘗斷而亂也; 使人一倡三歎, 而有遺音. 至於收淚謳吟[2], 又足以興夫三綱五典[3]之重者, 豈虛[4]也哉? 玆[5]太白所以爲不可及也."[以上十一句皆范氏語.]

1 范氏(범씨): 범팽范梈(1272~1330). 원나라 시기의 시인이다. 청강淸江 사람으로 자는 팽보亨父 또는 덕기德機이고, 문백선생文白先生으로도 불린다. 집안이 가난했으며 일찍이 부친을 여의고 어머니로부터 시와 서예를 배웠다. 36세에 집을 떠나 경사京師에 머물면서 북쪽으로 떠돌다가 점치는 것을 직업으로 삼기도 했다. 이후 좌위교수左衛敎授에 천거되었고, 한림원편수翰林院編修, 해남해북도렴방사조마海南海北道廉訪司照磨, 복건민해도지사福建閩海道知事 등의 관직을 역임했으며, 후일 호남영북염방사경력湖南嶺北廉訪使經歷에 제수되었지만 모친의 노환으로 인해 부임하지 않았다.
2 收淚謳吟(수루구음): 눈물을 닦으면서 흥얼거리다.
3 三綱五典(삼강오전): '三綱五倫(삼강오륜)'과 같은 말이다.
4 虛(허): 부질없다.
5 玆(자): 이것.

30

이백의 가행 중 〈명고가〉, 〈원별리〉, 〈촉도난〉, 〈천모음〉은 모두 〈이소〉에서 나왔다. 〈공무도하公無渡河〉, 〈북풍행北風行〉, 〈비용인飛龍引〉, 〈등고구登高丘〉, 〈파릉행灞陵行〉 등은 고악부에서 비롯되었다. 〈오야제烏夜啼〉, 〈오서곡烏棲曲〉, 〈장상사長相思〉, 〈전유준주행前有樽酒行〉, 〈양춘가陽春歌〉, 〈양반아楊叛兒〉 등은 제·양의 〈도의편擣衣篇〉에서 나왔으며 초당 시와도 비슷하다. 〈억구유憶舊遊〉, 〈노군요사魯郡堯

祠)와 같은 것은 이백의 독자적인 성조일 따름이다.

호응린이 그것에 대해 언급했지만 미진하여서 지금 더 상세하게 말한다. 〈공무도하〉 등은 비록 고악부와 제·양의 시에서 비롯되었지만, 유창하고 준일하기에 보는 사람들이 이백이 지은 줄로 알지 고악부와 제·양의 시인 줄은 모른다.

이백 가행시의 연원을 규명했다. 이백은 가행에 뛰어나 이미 독자적인 시풍을 이루었다. 전대의 창작을 뛰어넘어 이미 입성의 경지에 이르렀음을 강조하고 있다.

太白歌行, 如鳴皐歌, 遠別離, 蜀道難, 天姥吟, 皆出於[1]騷. 公無渡河, 北風行, 飛龍引, 登高丘, 灞陵行等, 出自[2]古樂府. 烏夜啼, 烏棲曲, 長相思, 前有樽酒行, 陽春歌, 楊叛兒等, 出自齊梁擣衣篇, 亦似初唐. 至憶舊遊, 魯郡堯祠之類, 則太白已調[3]耳. 元瑞言之而有未盡[4], 今更詳之. 然公無渡河等, 雖出自古樂府·齊梁, 而高暢俊逸[5], 觀者知爲太白, 不知爲古樂府·齊梁也.

1 出於(출어): …에서 비롯되다.
2 出自(출자): …로부터 나오다.
3 已調(기조): 독자적인 성조.
4 言之而有未盡(언지이유미진): 말했지만 다 하지 못한 것이 있다.
5 高暢俊逸(고창준일): 유창하고 준일하다.

31

혹자가 나에게 물었다.

"주자가 '이백의 시는 규칙이 없는 듯하지만, 곧 규칙에 잘 들어맞는다'고 말했다. 그런데 지금 이백의 가행을 살펴보니 장단이 다르고 복잡하게 얽혀 정해진 것이 없는데 그 규칙은 어디에 있는가?"

내가 대답한다.

이백은 자유롭고 재능이 비할 데 없이 뛰어나서, 그 가행이 제멋대로 뒤섞이고 복잡하게 얽혀 정해진 것이 없지만, 천연스러움에 부합하지 않은 것이 없으니, 이른바 '마음대로 하고자 해도 법도에 어긋나지 않는다.'는 것이 이를 두고 말한 것이다. 반드시 그 규칙이 있는 곳을 구하여 배우고자 하는 것은, 바람을 잡고 그림자를 붙드는 것이어서 도리어 황당무계하게 된다. 임화任華, 노동盧仝, 유차劉叉의 잡언[27]을 잠시 살펴보면, 이것이 어찌 법도를 넘지 않는다고 할 수 있으리오?

해제 본래 가행은 규칙이 자유로워 창작하기가 여간 어렵지 않은데, 이백의 가행은 규칙을 초탈하여 자연스러움을 강조했다.

원문 或問予: "朱子云: '太白詩如無法度, 乃從容[1]於法度之中.' 今觀太白歌行, 大小短長, 錯綜無定, 其法度安[2]在?" 曰: 太白天縱絶世[3], 其歌行雖漫衍縱横, 錯綜無定, 靡不合於天成, 所謂"從心所欲, 不踰矩"是也. 若必求其法度所在而學之, 則捕風捉影[4], 反爲虛誕[5]矣. 試觀任華[6]·盧仝[7]·劉叉[8]雜言, [說見三家論中], 是豈可謂不踰矩耶?

주석
1 從容(종용): 규칙에 잘 들어맞는다.
2 安(안): 어디에.
3 天縱絶世(천종절세): 천성적으로 부여받은 재능이 비교할 데 없이 뛰어나다.
4 捕風捉影(포풍착영): 바람을 잡고 그림자를 붙든다는 뜻으로, 허망한 언행을 가리킨다.
5 虛誕(허탄): 황당무계하다.
6 任華(임화): 성당 시기의 시인이다. 청주靑州 낙안樂安 곧 지금의 산동성 박흥현

---

27) 세 사람에 관한 논의 중에 설명이 보인다.

博興縣 사람으로 생졸년은 상세하지 않다. 숙종 때 비서성교서랑秘書省校書郎·감찰어사監察禦史 등을 역임했으며, 또 계주자사참좌桂州刺史參佐도 역임했다. 성품이 강직하며, 분방하고 얽매이지 않아 스스로를 '야인野人', '일인逸人'이라 칭했으며 벼슬길이 순탄치 않았다. 고적高適과 친했으며, 이백과 두보에게 기증한 시도 남아 있다.

7 盧소(노동): 중당 시기의 시인이다. 범양范陽 사람으로 일찍이 소실산少室山에 은거했으며, 스스로 호를 옥천자玉川子라고 했다. 생몰년은 정확하게 알려져 있지 않다. 조정에서 두 번 간의대부諫議大夫로 불렸으나 응하지 않았다. 한유가 하남령河南領이었을 때 그와 왕래했다. 〈월식시月蝕詩〉를 지어 자연현상을 빌어 번진藩鎭 왕승종王承宗 등의 반란을 풍자했다. 고체시가 많으며, 시어가 비교적 강건하고 구식의 장단에 변화가 많다. 험괴한 시풍이 마이馬異, 유차劉叉와 비슷하다.

8 劉叉(유차): 중당 시기의 시인이다. 하북河北 사람으로 생몰년은 정확하게 알려져 있지 않다. 젊어서 의협심이 강했다. 일찍이 술에 취해 사람을 죽였는데 죄를 용서받아 제齊·노魯 땅을 유랑했다. 한유의 문객이었다가 한유가 다른 사람의 묘지명을 써주고 대가를 받는 것을 보고 그 돈을 훔쳐 달아났다. 스스로 "시의 기백이 하늘만큼 크다.詩膽大如天"고 얘기했다. 현실을 대담하게 폭로하고 정치적 색채를 짙게 가진 시들을 남겼으며, 대체로 험괴한 시풍을 지닌다.

32

이백의 가행은 비록 장단이 다르고 복잡하게 얽혀 정해진 것이 없으나, 진실로 정해진 규범 속에 기이함이 있다. 원화의 여러 문인들은 비록 간혹 전편이 칠언인 작품에서 마음 속 생각을 분명하게 드러내지만, 진실로 대변이다. 학자들이 이에 대해 구별할 수 있으면 바야흐로 안목이 있다 할 것이다.

이백의 가행은 자유롭지만 당체의 규칙에서 벗어나지 않았다. 그러나 원화의 시편은 시가 문장과 같아 이미 체재의 변격을 이루었다.

太白歌行, 雖大小短長, 錯綜無定, 然自是正中之奇[1]. 元和諸公, 雖或通篇七言, 而快心露骨, 自是大變, 學者於此能別, 方是法眼[2].

1 正中之奇(정중지기): 정해진 규범 속에 기이함이 있다.
2 法眼(법안): 안목

33

이백의 오언고시와 칠언가행은 대부분 한·위·육조에서 비롯되었지만 변화를 이루어 그 흔적이 없을 따름이다. 두보의 오언고시는 비록 고선古選에서 근원하지만 독자적인 창작으로 으뜸이 되었고, 가행은 더욱 한·위·육조의 시와 분명하게 구별된다.

엄우가 말했다.

"두보는 한위시를 모범으로 하고 육조시에서 제재를 취해 그 자득의 오묘함에 이르렀기에 선배들이 이른바 집대성이라고 했다."

내가 생각하건대 이 주장은 이백의 고시와 가행을 논하기에 더욱 적합하다.

이백의 오언고시와 칠언가행의 의의에 대해 논했다. 두보가 고체에서 벗어나 독자적인 풍격을 완성했다면 이백은 한위, 육조시에서 변화를 이루어 오묘한 경지에 이르렀음을 지적하고 있다.

太白五言古, 七言歌行, 多出於漢·魏·六朝, 但化而無跡[1]耳. 若子美五言古, 雖亦源於古選, 而以獨造爲宗, 歌行又與漢·魏·六朝迥別. 嚴滄浪云: "少陵憲章[2]漢魏, 而取材[3]於六朝, 至其自得之妙[4], 則先輩所謂集大成者也." 愚謂: 此論太白古詩, 歌行尤切.

1 化而無跡(화이무적): 변화를 이루어 그 흔적이 없다.

2 憲章(헌장): 모범으로 하다.

3 取材(취재): 제재를 취하다.

4 自得之妙(자득지묘): 자득의 오묘함

34

　이백의 오언고시, 칠언가행에는 그 아름다운 신선의 시어가 도처에
있으니 일일이 예를 들 수 없다. 그중에서 뛰어나고 재치가 있는 것을
대략 가려 뽑아 예로 들어 본다.

　오언고시 중에 다음과 같은 시구는 뛰어나고 재치가 있다.

　"북풍이 오랑캐 땅의 모래를 일으켜, 주땅과 진땅이 파묻히네.北風
揚胡沙, 埋翳周與秦."

　"뜬구름이 궁궐을 가리고, 태양이 빛을 되돌리기 어렵네.浮雲蔽紫闥,
白日難回光."

　"놀란 모래가 바다의 해를 어지럽히고, 나는 눈발이 오랑캐 하늘을
어지럽히네.驚沙亂海日, 飛雪迷胡天."

　"늙은 얼굴이 밝은 겨울에 나타나니, 윤기 나던 머리카락이 관 아래
다 세었구나.秋顔入曉鏡, 壯髮彫危冠."

　"마음 속 포부를 무성한 풀 속에 버리고, 늙은 얼굴이 시든 뽕잎처
럼 되었네.良圖委蔓草, 古貌成枯桑."

　"덩실거리며 기뻐하니 산과 바다가 기울며, 사방이 어둡고 큰 파도
가 넘실거린다.鰲挾山海傾, 四溟揚洪流."

　"만리의 바람 속에 길게 울부짖고, 가슴 속의 근심을 쓸어내리네.長
嘯萬里風, 掃清胸中憂."

　"서리가 축방된 신하의 머리를 시들게 하고, 날마다 영예로웠던 궁
궐을 그리워하네.霜彫逐臣髮, 日憶光明宮."

"누대가 바다의 기색을 비추고, 화려한 차림이 시냇물의 빛을 흔드네.樓臺照海色, 衣馬搖川光."

"큰 산에 올라 수많은 강을 바라보니, 묘연히 온갖 한이 길게 일어나네.登嶽眺百川, 杳然萬恨長."

"산의 매미가 마른 뽕나무에서 우니, 다시 가을이 되었음을 알겠네.山蟬號枯桑, 始復知天秋."

"황하가 끊이지 않는 듯하고, 흰머리에서 그리움이 자라네.黃河若不斷, 白首長相思."

칠언가행 중 다음과 같은 시구는 뛰어나고 재치가 있다.

"사공謝公이 머물렀던 곳 지금 아직도 있고, 녹수가 넘실거리니 원숭이가 우네.謝公宿處今尚在, 綠水蕩漾靑猿啼."

"푸른 하늘이 넓어서 끝이 보이지 않고, 일월이 금은으로 만든 누대를 비추네.靑冥浩蕩不見底, 日月照耀金銀臺."28)

"오나라 노래와 초나라 춤에 즐거움이 끝나지 않는데, 청산이 해를 반쯤 머금고 있네.吳歌楚舞歡未畢, 靑山欲銜半邊日."29)

"오만한 안사의 반란군에 말이 놀라 모래 먼지 일으키고, 나이 어린 오랑캐는 천진교天津橋에서 말에게 물 먹이네.胡驕馬驚沙塵起, 胡雛飲馬天津水."

"황량한 성에 부질없이 벽산碧山의 달이 비추고, 고목이 다 시들어 창오蒼梧의 구름을 찌르네.荒城虛照碧山月, 古木盡入蒼梧雲."

"춤과 노래 소리가 푸른 연못에 흩어지고, 부질없이 변수汴水의 물만 동으로 흘러 바다로 들어가네.舞影歌聲散綠池, 空餘汴水東流海."

---

28) 이상 두 시구는 〈몽유천모음夢遊天姥吟〉이다.

29) 〈오서곡烏棲曲〉.

"피리소리가 일어나니 백운이 칠택七澤 위를 날고, 노래를 읊조리니 푸른 물이 삼상三湘을 흔드네.嘯起白雲飛七澤, 歌吟綠水動三湘."

"바람이 버들 꽃을 불어 가게에 향기가 가득하고, 오희吳姬가 술을 담궈 손님을 부르네.風吹柳花滿店香, 吳姬壓酒喚客嘗."

"태산 꼭대기에 여름 구름이 우뚝 솟아 떠 있고, 흰 물결이 동해에 넘치고 있는 듯하네. 흩어져 비가 되어 강가에서 몰려오고, 흔들리는 휘장에 도리어 부연 먼지가 말려오네.泰山嵯峨夏雲在, 疑是白波漲東海. 散爲飛雨川上來, 遙帷却卷淸浮埃."

이백의 뛰어나고 재치가 있는 시구는 약간 두보에 미치지 못하지만, 군더더기의 시어는 두보보다 심하지 않다.

해 제 이백의 오언고시, 칠언가행 중 뛰어나고 재치가 있는 시구의 예를 들었다.

원 문 太白五言古, 七言歌行, 其藻秀天仙之語[1], 在在而是[2], 不能遍擧. 其奇警者略摘以見. 五言古如"北風揚胡沙, 埋翳周與秦."[3] 浮雲蔽紫闥, 白日難回光."[4] "驚沙亂海日, 飛雪迷胡天."[5] "秋顏入曉鏡, 壯髮彫危冠."[6] "良圖委蔓草, 古貌成枯桑."[7] "鰲挾山海傾, 四溟揚洪流."[8] "長嘯萬里風, 掃淸胸中憂."[9] "霜彫逐臣髮, 日憶光明宮."[10] "樓臺照海色, 衣馬搖川光."[11] "登嶽眺百川, 杳然萬恨長."[12] "山蟬號枯桑, 始復知天秋."[13] "黃河若不斷, 白首長相思."[14] 歌行如"謝公宿處今尙在, 綠水蕩漾淸猿啼."[15] "靑冥浩蕩不見底, 日月照耀金銀臺."[16][四句夢遊天姥吟] "吳歌楚舞歡未畢, 靑山欲銜半邊日."[17][烏棲曲] "胡騎馬驚沙塵起, 胡雛飮馬天津水."[18] "荒城虛照碧山月, 古木盡入蒼梧雲."[19] "舞影歌聲散綠池, 空餘汴水東流海."[20] "嘯起白雲飛七澤, 歌吟綠水動三湘."[21] "風吹柳花滿店香, 吳姬壓酒喚客嘗."[22] "泰山嵯峨夏雲在, 疑是白波漲東海. 散爲飛雨川上來, 遙帷却卷淸浮埃"[23]等句, 皆爲奇警者也. 然太白奇警處或不及子美, 而累語亦不若子美之爲甚也.

1 藻秀天仙之語(조수천선지어): 아름다운 신선의 시어.

2 在在而是(재재이시): 도처에 있다.

3 北風揚胡沙(북풍양호사), 埋翳周與秦(매예주여진): 북풍이 오랑캐 땅의 모래를 일으켜, 주땅과 진땅이 파묻히네. 이백의 〈문유거마객행門有車馬客行〉의 시구다.

4 浮雲蔽紫闥(부운폐자달), 白日難回光(백일난회광): 뜬구름이 궁궐을 가리고, 태양이 빛을 되돌리기 어렵네. 이백의 〈고풍오십구수古風五十九首〉 중 제37수의 시구다.

5 驚沙亂海日(경사난해일), 飛雪迷胡天(비설미호천): 놀란 모래가 바다의 해를 어지럽히고, 나는 눈발이 오랑캐 하늘을 어지럽히네. 이백의 〈고풍오십구수〉 중 제6수의 시구다.

6 秋顔入曉鏡(추안입효경), 壯髮彫危冠(장발조위관): 늙은 얼굴이 밝은 거울에 나타나니, 윤기 나던 머리카락이 관 아래 다 세었구나. 이백의 〈추일연약원섭백발증원육형임종秋日錬藥院鑷白髮贈元六兄林宗〉의 시구다.

7 良圖委蔓草(양도위만초), 古貌成枯桑(고모성고상): 마음 속 포부를 무성한 풀 속에 버리고, 늙은 얼굴이 시든 뽕잎처럼 되었네. 이백의 〈증별사인제대경지강남贈別舍人弟臺卿之江南〉의 시구다.

8 鰲挾山海傾(오협산해경), 四溟揚洪流(사명양홍류): 덩실거리며 기뻐하니 산과 바다가 기울며, 사방이 어둡고 큰 파도가 넘실거린다. 이백의 〈유별가사인지이수留別賈舍人至二首〉 중 제1수의 시구다.

9 長嘯萬里風(장소만리풍), 掃淸胸中憂(소청흉중우): 만리의 바람 속에 길게 울부짖고, 가슴 속의 근심을 쓸어내리네. 이백의 〈유별가사인지이수〉의 시구다.

10 霜彫逐臣髮(상조축신발), 日憶光明宮(일억광명궁): 서리가 축방된 신하의 머리를 시들게 하고, 날마다 영예로웠던 궁궐을 그리워하네. 이백의 〈노중송이종제부거지서경魯中送二從弟赴擧之西京〉의 시구다. 또는 〈송족제광送族弟鍠〉이라고도 한다.

11 樓臺照海色(누대조해색), 衣馬搖川光(의마요천광): 누대가 바다의 기색을 비추고, 화려한 차림이 시냇물의 빛을 흔드네. 이백의 〈유별조남군관지강남留別曹南羣官之江南〉의 시구다.

12 登嶽眺百川(등악조백천), 杳然萬恨長(묘연만한장): 큰 산에 올라 수많은 강을 바라보니, 묘연히 온갖 한이 길게 일어나네. 이백의 〈유별조남군관지강남〉

의 시구다.

13 山蟬號枯桑(산선호고상), 始復知天秋(시부지천추): 산의 매미가 마른 뽕나무에서 우니, 다시 가을이 되었음을 알겠네. 이백의 〈강상추회江上秋懷〉의 시구다.

14 黃河若不斷(황하약부단), 白首長相思(백수장상사): 황하가 끊이지 않는 듯하고, 흰머리에서 그리움이 자라네. 이백의 〈송왕옥산인위만환왕옥送王屋山人魏萬還王屋〉의 시구다.

15 謝公宿處今尙在(사공숙처금상재), 綠水蕩漾淸猿啼(녹수탕양청원제): 사공謝公이 머물렀던 곳 지금 아직도 있고, 녹수가 넘실거리니 원숭이가 우네. 이백의 〈몽유천모음유별夢遊天姥吟留別〉의 시구다.

16 靑冥浩蕩不見底(청명호탕불견저), 日月照耀金銀臺(일월조요금은대): 푸른 하늘이 넓어서 끝이 보이지 않고, 일월이 금은으로 만든 누대를 비추네. 이백의 〈몽유천모음유별〉의 시구다.

17 吳歌楚舞歡未畢(오가초무환미필), 靑山欲銜半邊日(청산욕함반변일): 오나라 노래와 초나라 춤에 즐거움이 끝나지 않는데, 청산이 해를 반쯤 머금고 있네. 이백의 〈오서곡烏棲曲〉의 시구다.

18 胡驕馬驚沙塵起(호교마경사진기), 胡雛飮馬天津水(호추음마천진수): 오만한 안사의 반란군에 말이 놀라 모래 먼지 일으키고, 나이 어린 오랑캐는 천진교天津橋에서 말에게 물 먹이네. 이백의 〈강하증위남릉빙江夏贈韋南陵冰〉의 시구다.

19 荒城虛照碧山月(황성허조벽산월), 古木盡入蒼梧雲(고목진입창오운): 황량한 성에 부질없이 벽산碧山의 달이 비추고, 고목이 다 시들어 창오蒼梧의 구름을 찌르네. 이백의 〈양원음梁園吟〉의 시구다.

20 舞影歌聲散綠池(무영가성산녹지), 空餘汴水東流海(공여변수동류해): 춤과 노래 소리가 푸른 연못에 흩어지고, 부질없이 변수汴水의 물만 동으로 흘러 바다로 들어가네. 이백의 〈양원음〉의 시구다.

21 嘯起白雲飛七澤(소기백운비칠택), 歌吟綠水動三湘(가음녹수동삼상): 피리 소리가 일어나니 백운이 칠택七澤 위를 날고, 노래를 읊조리니 푸른 물이 삼상三湘을 흔드네. 이백의 〈자한양병주귀기왕명부自漢陽病酒歸寄王明府〉의 시구다.

22 風吹柳花滿店香(풍취류화만점향), 吳姬壓酒喚客嘗(오희압주환객상): 바람이 버들 꽃을 불어 가게에 향기가 가득하고, 오희吳姬가 술을 담궈 손님을 부르네. 이백의 〈금릉주사유별金陵酒肆留別〉의 시구다.

23 泰山嵯峨夏雲在(태산차아하운재), 疑是白波漲東海(의시백파창동해). 散爲
  飛雨川上來(산위비우천상래), 遙帷卻卷淸浮埃(요유각권청부애): 태산 꼭대기
  에 여름 구름이 우뚝 솟아 떠 있고, 흰 물결이 동해에 넘치고 있는 듯하네. 흩어
  져 비가 되어 강가에서 몰려오고, 흔들리는 휘장에 도리어 부연 먼지가 말려오
  네. 이백의 〈조추단부남루수두공형早秋單父南樓酬竇公衡〉의 시구다.

35

　소식이 말했다.

　"이백은 호방하고 시어를 그다지 가리지 않아서 문집 중 종종 잠시
갑자기 쓴 구가 있으므로 망령된 무리들이 감히 위작했다. 예를 들면
문집 중에 '비래호悲來乎', '소의호笑矣乎'30)및 〈증회소초서贈懷素草書〉
등 몇 편의 시는 결코 이백의 작품이 아니다. 아마도 당말오대 연간에
제기齊己 집단의 시를 배운 것인 듯하다. 나는 일찍이 배가 머무는 곳
인 고숙당姑熟堂 아래에서 〈고숙십영姑熟十詠〉을 읽었는데, 그 시어가
천박하여 이백이 지은 것 같지 않다고 의심했다. 왕안국王安國이 '이것
은 이적李赤의 시다'고 말했다. 이적은 자기 자신을 이백에게 비견하
여 이름을 '적'이라고 했는데, 그 후 뒷간의 잡신에게 미혹되어 죽었
다. 지금 그 시의 수준이 이 정도인 것을 살펴보니 자신을 이백에게 견
준 탓에 그 마음의 병이 오래된 탓이지 어찌 측귀의 형벌이라 하겠는
가!"31)

　내가 생각건대 이백의 문집 중에는 위작이 많은데, 일일이 예로 들
수 없다. 고시오언 중 〈월하독작月下獨酌〉32), 칠언 중〈비가행悲歌行〉,
〈소가행笑歌行〉, 〈상이옹上李邕〉, 〈상가서대부上歌舒大夫〉 등은 비속하

---

30) 즉 〈비가행悲歌行〉, 〈소가행笑歌行〉.
31) 이상은 소식의 말이다.
32) 제2수는 본디 풍시가의 시다.

여 구분하기 어렵지 않다. 오언 중 〈증신평소년贈新平少年〉, 칠언 중 〈초서가草書歌〉, 〈통당곡通塘曲〉 등에 대해서 몽매한 사람은 대부분 이해할 수 없다. 오언 중 〈고숙〉 등 여러 편은 초학자들이 도리어 가작佳作이라고 여기며 외워 익히니 심히 미혹되었도다. 이백은 비록 단편의 시일지라도 기상이 진실로 다르고 흥취가 진실로 초탈하다. 〈고숙〉의 여러 편은 기상과 흥취에서 거의 본받을 만한 것이 없는데, 수식이 화려하고 음절이 정교하므로 초학자가 미혹되기 쉽다.

이에 황정견이 말했다.

"이백은 호방하여 사람 중의 봉황이자 기린이다. 태어나면서 부귀한 사람과 같았고, 비록 취해 있었으나 몽롱함 속에서도 무심코 시어를 지었으며, 끝까지 추위 속에서 걸식하는 소리는 내지 않았다."

엄우 역시 다음과 같이 말했다.

"이백의 시를 살피려면, 반드시 진짜 이백다운 부분을 알아야 한다."

해제 이백의 시 중 위작에 관한 논의다. 이백의 시는 참된 이백의 풍격을 알 때 제대로 이해하고 배울 수 있음을 강조했다.

원문 東坡云: "太白豪俊[1], 語不甚擇, 集中往往有臨時[2]卒然之句[3], 故使妄庸輩[4]敢爲僞撰者. 如集中'悲來乎', '笑矣乎'[卽悲歌行, 笑歌行]及贈懷素草書數詩, 決非太白作. 蓋唐末五代[5]間學齊己[6]輩詩也. 予嘗舟次[7]姑孰堂下, 讀姑孰十詠, 怪其語淺近, 不類李白. 王平甫[8]云: '此李赤[9]詩也.' 赤自比太白, 故名赤, 其後爲廁鬼[10]所惑而死. 今觀其詩止此, 而以太白自比, 則其人心疾[11]久矣, 豈廁鬼之罪哉!"[以上東坡語.] 愚按: 太白集中僞撰者多, 不能遍擧. 古詩五言如月下獨酌, [第二首本馮子才詩], 七言如悲歌行, 笑歌行, 上李邕, 上歌舒大夫等, 其俗陋不難辨[12]. 五言如贈新平少年, 七言如草書歌, 通塘曲等, 庸淺[13]者多不能知. 至五言姑孰諸作, 初學之士乃反指爲佳什[14]而誦習之, 其惑甚矣. 蓋

太白雖短篇, 氣象自是不同, 興趣自是超遠[15]; 姑執諸作, 氣象興趣, 略無足
取, 而惟以藻飾爲麗, 音節爲工. 故初學者易惑耳. 黃山谷云: "太白豪放, 人
中鳳凰麒麟[16]. 譬如[17]生富貴人[18], 雖醉着[19], 瞑暗中作無義語[20], 終不作寒乞
聲[21]." 滄浪亦云: "觀太白詩, 要識眞太白處."是也.

1 豪俊(호준): 호방하다.

2 臨時(임시): 잠시.

3 卒然之句(졸연지구): 갑자기 지은 시구

4 妄庸輩(망용배): 망령된 무리들.

5 唐末五代(당말오대): 오대는 '오대십국五代十國'이라고도 하는데, 당나라의 멸망
부터 송나라가 통일할 때까지 하북河北을 중심으로 일어난 후오대後五代 곧 후량
後梁, 후당後唐, 후진後晉, 후한後漢, 후주後周와 각지에 분립하여 있었던 10개의
나라 곧 전촉前蜀, 오吳, 남한南漢, 형남荊南, 오월吳越, 초楚, 민閩, 남당南唐, 후촉後
蜀, 북한北漢을 가리킨다.

6 齊己(제기): 당말오대唐末五代의 시승詩僧이다. 속성은 호씨胡氏고, 속명은 득생
得生이며, 만년의 자호는 형악사문衡岳沙門이다. 담주潭州 장사長沙 사람인데, 익
양益陽 사람이라고도 한다. 생몰년은 대략 860년~937년이다. 7살 때 대위산大
潙山 동경사同慶寺에서 소를 기르면서 대나무 가지로 소의 등에 시를 썼는데, 절
의 스님들이 놀라고 기이하게 여기고 승려가 되기를 권했다고 한다.

7 舟次(주차): 배가 머무는 곳.

8 王平甫(왕평보): 왕안국王安國(1028~1074). 북송 시기의 시인이다. 자가 평보
이고 왕안석의 동생이다. 12세에 쓴 시부 수십 편이 이미 칭송되었으며, 희녕熙
寧 연간에 진사가 되었다. 기지가 뛰어나서 증공曾鞏이 그를 매우 아꼈다.

9 李赤(이적): 성당 시기의 시인이다. 왕소파王小波의 잡문인 《극단체험極端體驗》
에서 다음과 같이 말한다. "당나라 시기에 수재 선생이 있었는데 재주가 8두나
높고 학식이 5거로 풍부하며, 이태백의 사람됨을 사모하여 스스로 이적이라고
이름 지었다.唐朝有位秀才先生, 才高八斗, 學富五車, 因慕李太白爲人, 自起名爲李赤."

10 廁鬼(측귀): 뒷간의 잡신.

11 心疾(심질): 마음의 병.

12 俗陋不難辨(속루불난변): 비속하여 구분하기 어렵지 않다.

13 庸淺(용천): 몽매한 사람.

14 佳什(가십): 가작佳作.

15 超遠(초원): 초탈하다.

16 人中鳳凰麒麟(인중봉황기린): 사람 중의 봉황이자 기린이다.

17 譬如(비여): 비유하다.

18 生富貴人(생부귀인): 태어나면서 부귀한 사람.

19 醉着(취착): 취하다.

20 暝暗中作無義語(명암중작무의어): 몽롱함 속에서도 무심코 시어를 짓다.

21 寒乞聲(한걸성): 추위 속에서 걸식하는 소리.

36

　이백의 시를 읽으면 반드시 가슴 속에 때가 깨끗하게 씻겨 자득할 수 있는 듯하다. 오늘날 사람들이 〈월하독작月下獨酌〉 및 〈비가행悲歌行〉, 〈소가행笑歌行〉, 〈상이옹上李邕〉, 〈상가서대부上哥舒大夫〉 등을 읽고서 구분할 수 없는 것은 마음의 10할이 깨끗하지 않아서다. 〈증신평소년贈新平少年〉, 〈초서가草書歌〉, 〈통당곡通塘曲〉 등을 읽고서 구분할 수 없는 것은 마음의 7할이 깨끗하지 않아서다. 〈고숙姑孰〉의 여러 시편을 읽고서 구분할 수 없는 것 역시 마음의 5할이 깨끗하지 않아서다. 〈고숙〉 시는 비록 비속하지 않지만 흥취가 평범하여 독자가 간혹 이해할 수 없으니, 역시 육근六根과 육진六塵이 깨끗하지 않아서다. 양신의 시론은 이백집 중에 위찬이 있는 것에 대해 대부분 구분하지 못했다.

 이백의 시를 읽고 이해할 수 없는 이유에 대해 논했다. 앞서 제19칙에서는 이미 이백의 고시와 가행은 평범한 사람은 이해할 수 없다고 말했으니, 그 자유롭고 초탈의 경지에 이르기 위해서는 마음을 비워야 한다.

원문

讀太白詩, 須是胸中滓穢淨盡[1], 乃能有得. 今人讀月下獨酌及悲歌行, 笑歌行, 上李邕, 上哥舒大夫等而不能辨, 是胸中十分不淨; 讀贈新平少年, 草書歌, 通塘曲等而不能辨, 是胸中七分不淨; 讀姑孰諸詩而不能辨, 亦是胸中五分不淨也. 姑孰詩雖非俗陋[2], 而意興凡近[3], 讀者或不能知, 亦是根塵[4]不淨耳. 楊用修論詩, 於太白集中僞撰者, 多不能辨.

주석

1 滓穢淨盡(재예정진): 때가 깨끗하게 씻기다.

2 俗陋(속루): 비속하다.

3 凡近(범근): 평범하다.

4 根塵(근진): 눈, 귀, 코, 혀, 몸, 뜻의 육근六根과 이에 대하는 색色, 성聲, 향香, 미味, 촉觸, 법法의 육진六塵을 가리킨다.

37

어떤 손님이 당인唐寅의 〈석호도石湖圖〉를 왕치등王穉登에게 보였는데, 왕치등이 펼쳐 보더니 산등성이가 몇 촌寸인지를 보고서는 바로 가져가게 하고서 "쓰레기다"고 말했다. 나는 마음속으로 그것을 의아해하며, 전체 그림을 보지 않았는데 어찌 진위를 구분할까 하고 생각했다. 후일 이백의 〈증회소초서가贈懷素草書歌〉를 읽었는데, 전편이 비천하든 그렇지 않든 간에 바로 첫 마디의 "少年上人(소년상인)" 4자가 절대 이백이 지은 것이 아니었다. 이에 왕치등의 그림 감상에는 분명히 참된 식견이 있음을 알겠다.

〈증회소초서가〉 중에서 "먹물의 연못에서 북해의 물고기가 날아오를 듯하고, 붓끝에서 중산의 토끼가 다 죽은 듯하네.墨池飛出北溟魚, 筆鋒殺盡中山兔"는 시어가 진실로 유치한데, 오늘날 사람들은 간혹 이백에 핍진하다고 여긴다. 또 "일어나 벽을 향해 손을 쉬지 않고, 한 행의 몇 자가 북두같이 크네. 황망히 귀신이 놀람을 듣는 듯하고, 때때로 오직 교룡이 달리는 것이 보이네.起來向壁不停手, 一行數字大如斗. 怳怳如聞神鬼驚,

時時只見龍蛇走."에는 더욱 나쁜 습관이 보인다. "장욱은 늙어 죽었으니 따를 것이 없고, 우리 스승의 이 법은 옛것을 배우지 않았네. 예로부터 모든 일은 타고난 것을 중시하니, 하필 공손대낭의 혼탈무가 필요하겠는가.張顚老死不足數, 我師此義不師古. 古來萬事貴天生, 何必要公孫大娘渾脫舞."는 그 위작을 쟁론할 만하지 않다.

이백 시의 진위를 구별하기 힘듦을 논했다. 그러나 식견을 갖추게 되면 한 번 봐도 알 수 있는 경지에 이르게 된다.

有客以唐伯虎[1]石湖圖示王百穀[2], 百穀展觀, 見山脊[3]寸許[4], 卽令卷去, 云: "贗物[5]也." 予心竊疑之[6], 以爲不覩全幅, 寧辨眞僞? 後讀太白贈懷素草書歌, 無論[7]通篇淺陋[8], 卽起語[9]"少年上人"四字, 決非太白作. 乃知百穀鑒畵[10], 定有眞識[11]也. 中如"墨池飛出北溟魚, 筆鋒殺盡中山兎." 語實淺稚[12], 今人或以爲逼眞[13]太白. 又"起來向壁不停手, 一行數字大如斗. 怳怳如聞神鬼驚, 時時只見龍蛇走." 則愈見惡俗. 至"張顚老死不足數, 我師此義不師古. 古來萬事貴天生, 何必要公孫大娘渾脫舞." 其僞陋不足辯矣.

1 唐伯虎(당백호): 당인唐寅(1470~1523). 자가 백호이고 호는 육여거사六如居士, 도화암주桃花庵主, 도선선리逃禪仙吏, 노국당생魯國唐生 등이다. 일설에는 명나라 헌종憲宗 성화成化 6년 경인庚寅년 인寅월 인寅일 인寅시에 태어나 이름을 인으로 지었다고 전하며, 강남 제일의 풍류재사라고 불렀다. 홍치 11년(1498) 향시에 수석으로 합격했으나, 그 다음해 회시會試의 부정사건에 연루되어 선종禪宗에 귀의했다.

2 王百穀(왕백곡): 왕치등王穉登(1535~1612). 명나라 시인이다. 자가 백곡이며 호는 청양군靑羊君, 광장암주廣長庵主, 송단도인松壇道人, 장생관주長生館主, 해조객경解嘲客卿 등이다. 강소 강음江陰 사람으로, 6세 때 벽과壁窠의 큰 글씨를 쓰고 10세에 시를 지었다. 서예에도 능했다. 만력 14년(1586)에 왕도곤汪道昆, 왕세정王世貞, 도륭屠隆, 왕도관汪道貫, 왕도회汪道會 등과 함께 항주에서 '남병사南屛社'를 창단했으며 문징명文徵明의 후계자로 활약했다.

3 山脊(산척): 산등성이.

4 許(허): 얼마. 어느 만큼.

5 贗物(안물): 쓰레기.

6 心竊疑之(심절의지): 마음속으로 의심하다.

7 無論(무론): 막론하고.

8 淺陋(천루): 비천하다.

9 起語(기어): 시의 첫 마디.

10 鑒畵(감화): 그림을 감상하다.

11 定有眞識(정유진식): 분명히 참된 식견이 있다.

12 淺稚(천치): 유치하다.

13 逼眞(핍진): 실물과 아주 비슷하다.

38

이백의 칠언가행 중 가작에도 유치한 시어가 섞여 있는데, 간혹 후인이 몰래 넣기도 했지만 또한 알 수가 없다. 지금 대략 시구를 가려 뽑아 예로 들어 본다.

"그대에게 노래 한 곡 읊조리니, 그대 나를 위해 귀 기울여 들어주게나.與君歌一曲, 請君爲我側耳聽."

"하늘이 나에게 재주를 준 것은 반드시 쓸모 있어서고, 천금을 다 탕진해도 다시 돌아올 것이네.天生我材必有用, 千金散盡還復來."

"이 강이 봄 술로 변하는 듯하여 봄 술을 만들고, 누룩을 쌓아 세우니 지게미 언덕이 되었네.此江若變作春酒, 壘麴便築糟丘臺."

"서씨西施가 웃다가 다시 찡그리니, 추녀가 그것을 흉내 내어 자신을 추하게 하네.西施宜笑復宜嚬, 醜女效之徒累身."

"사마상여가 부를 지어 황금을 얻었는데, 남편이 새사람을 좋아해 변심이 많다네. 하루아침에 무릉녀茂陵女를 맞이하자, 탁문군이 백두음白頭吟을 지어 주네.相如作賦得黃金, 丈夫好新多異心. 一朝將聘茂陵女, 文君因

贈白頭吟."

또 다음 시구의 전체 시편은 유치하다.
"귀가 있어도 영천潁川의 물에 씻지 말고, 입이 있어도 수양首陽의 고
사리를 먹지 말라.有耳莫洗潁川水, 有口莫食首陽蕨."

또 다음의 시구는 거의 비루하다.
"나의 모자를 벗고, 그대를 향해 웃네. 그대의 술을 마시고, 그대를
위해 노래하네.脫吾帽, 向君笑. 飮君酒, 爲君吟"

 이백의 칠언가행 중 유치한 시구의 예를 들었다.

 太白七言歌行, 亦有佳篇[1]而中雜淺稚之語, 或後人竄入[2], 亦不可知. 今略摘
以見. 如"與君歌一曲, 請君爲我側耳聽."[3] "天生我材必有用, 千金散盡還復
來."[4] "此江若變作春酒, 壘麴便築糟丘臺."[5] "西施宜笑復宜顰, 醜女效之徒
累身."[6] "相如作賦得黃金, 丈夫好新多異心. 一朝將聘茂陵女, 文君因贈白
頭吟"[7]等句, 及"有耳莫洗潁川水, 有口莫食首陽蕨"[8], 通篇淺稚. 至"脫吾帽,
向君笑. 飮君酒, 爲君吟"[9], 則又近於[10]鄙矣.

 1 佳篇(가편): 아름다운 시편.
2 竄入(찬입): 몰래 넣다.
3 與君歌一曲(여군가일곡), 請君爲我側耳聽(청군위아측이청): 그대에게 노래 한
   곡 읊조리니, 그대 나를 위해 귀 기울여 들어 주게나. 이백 〈장진주將進酒〉의 시
   구다.
4 天生我材必有用(천생아재필유용), 千金散盡還復來(천금산진환복래): 하늘이
   나에게 재주를 준 것은 반드시 쓸모 있어서고, 천금을 다 탕진해도 다시 돌아올
   것이네. 이백 〈장진주〉의 시구다.
5 此江若變作春酒(차강약변작춘주), 壘麴便築糟丘臺(누국편축조구대): 이 강이
   봄 술로 변하는 듯하여 봄 술을 만들고, 누룩을 쌓아 세우니 지게미 언덕이 되

었네. 이백 〈양양가襄陽歌〉의 시구다.

6 西施宜笑復宜顰(서시의소부의빈), 醜女效之徒累身(추녀효지도누신): 서씨西施가 웃다가 다시 찡그리니, 추녀가 그것을 흉내 내어 자신을 추하게 하네. 이백 〈옥호음玉壺吟〉의 시구다.

7 相如作賦得黃金(상여작부득황금), 丈夫好新多異心(장부호신다이심). 一朝將聘茂陵女(일조장빙무릉녀), 文君因贈白頭吟(문군인증백두음): 사마상여가 부를 지어 황금을 얻었는데, 남편이 새사람을 좋아해 변심이 많다네. 하루아침에 무릉녀茂陵女를 맞이하자, 탁문군이 백두음白頭吟을 지어 주네. 이백 〈백두음白頭吟〉의 시구다.

8 有耳莫洗潁川水(유이막세영천수), 有口莫食首陽蕨(유구막식수양궐): 귀가 있어도 영천潁川의 물에 씻지 말고, 입이 있어도 수양首陽의 고사리를 먹지 말라. 이백 〈행로난삼수行路難三首〉 제3수의 시구다.

9 脫吾帽(탈오모), 向君笑(향군소). 飮君酒(음군주), 爲君吟(위군음): 나의 모자를 벗고, 그대를 향해 웃네. 그대의 술을 마시고, 그대를 위해 노래하네. 이백 〈부풍호사가扶風豪士歌〉의 시구다.

10 近於(근어): …에 가깝다. 거의.

39

혹자가 물었다.

"이백의 오·칠언 율시는 성당의 여러 문인과 비교하여 어떠한가?"

내가 대답한다.

성당의 여러 문인은 본디 흥취를 중시하므로 체재가 대부분 완곡하고 시어가 대부분 생동적이다. 이백은 재주가 크고 흥취가 호방하여 오·칠언 율시에 대해 그다지 마음을 다해 주의를 기울이지 않아서 매번 자유분방한 데로 빠졌는데, 대개 넘치는 것이지 모자란 것이 아니다.33) 오언율시 중 〈태원조추太原早秋〉, 〈추사秋思〉, 〈관호인취적觀

---

33) 고적과 잠삼의 오언, 두보의 칠언 중 고시에 율체를 넣은 것은 진실로 지나치게

胡人吹笛〉, 칠언율시 중 〈송하감귀사명응제送賀監歸四明應制〉 등이 적정
함을 얻었을 따름이다. 세상 사람들이 이백은 율시에 부족하다고 하
므로, 그것을 분명하게 밝힌다.

이백의 오·칠언 율시에 관한 논의다. 대체로 지나치게 방탕한 측면은 있
으나, 적정함을 얻은 작품도 있음을 지적했다.

或問: "太白五七言律, 較盛唐諸公何如¹?" 曰: 盛唐諸公本在興趣, 故體多渾
圓, 語多活潑: 太白才大興豪², 於五七言律太不經意³, 故每失之於放, 蓋過
而非不及也. [高岑五言, 子美七言, 以古爲律者固失之過, 太白才大興豪, 於五七言律太
不經意, 亦過也. 若雕刻之於冗濫⁴, 則雕刻爲過, 冗濫爲不及矣.] 五言如"歲落衆芳
歇"⁵, "燕支黃葉落"⁶, "胡人吹玉笛"⁷, 七言如"久辭榮祿遂初衣"⁸等篇, 斯得中⁹
耳. 世謂太白短於¹⁰律, 故表明之.

1 何如(하여): 어떠한가.
2 才大興豪(재대흥호): 재주가 크고 흥취가 호방하다.
3 經意(경의): 마음을 다해 주의를 기울이다.
4 冗濫(용람): 절제하지 않고 번잡하게 늘어놓는 것을 가리킨다.
5 歲落衆芳歇(세락중방헐): 이백의 〈태원조추太原早秋〉를 가리킨다.
6 燕支黃葉落(연지황엽락): 이백의 〈추사秋思〉를 가리킨다.
7 胡人吹玉笛(호인취옥적): 이백의 〈관호인취적观胡人吹笛〉을 가리킨다.
8 久辭榮祿遂初衣(구사영록수초의): 이백의 〈송하감귀사명응제送賀監歸四明應制〉
를 가리킨다.
9 得中(득중): 중용을 얻다. 적정함을 얻다.
10 短於(단어): …에 부족하다.

넘친다. 이백이 재주가 크고 기상이 호방하여 오·칠언에 경서의 뜻이 극히 없는
것도 넘친다. 아름답게 꾸민 것과 복잡하여 절제하지 않은 것을 비교하면 아름답
게 꾸민 것은 지나친 것이나 복잡하여 절제하지 않은 것은 미치지 못한 것이다.

40

이백의 오·칠언 율시를 재주와 홍취로써 살펴보면 마땅히 여러 문인이 미칠 수 없음을 알겠고, 시구의 격식과 규칙의 방면에서 살펴보아도 거의 여러 문인과 견줄 수가 없다.

호응린이 말했다.

"오언율시에서 이백은 풍격과 재주가 호탕하여 특별히 여러 사람들을 능가한다. 후대의 학자는 신선의 재주가 없으므로 대부분 평이하다."

이 주장은 아주 일리가 있다.

▪ 이백의 오·칠언 율시가 재주, 홍취, 시구의 격식, 규칙 등의 방면에서 다른 시인보다 뛰어남을 강조했다.

▪ 太白五七言律, 以才力興趣求之, 當知非諸家所及; 若必於句格[1]法律求之, 殆不能與諸家爭衡[2]矣. 胡元瑞云: "五言律, 太白風華逸宕[3], 特過諸人, 後之學者, 才匪天仙, 多流率易[4]." 此論最有斟酌[5].

▪ 1 句格(구격): 시구의 격식.
2 爭衡(쟁형): 견주다.
3 風華逸宕(풍화일탕): 풍격과 재주가 호탕하다.
4 率易(솔이): 평이하다.
5 最有斟酌(최유짐작): 아주 일리가 있다.

41

이백의 오언율시 중 〈태원조추太原早秋〉, 〈추사秋思〉, 〈관호인취적觀胡人吹笛〉 등은 지극히 순박한데, 후인들이 공력을 깊이 쌓으면 오히려 간혹 창작할 수 있다. 〈금릉삼수金陵三首〉 중 제1수, 〈금릉삼수金陵三首〉 중 제2수, 〈증승주왕사군충신贈昇州王使君忠臣〉, 〈대주억하감이수對酒憶賀監二首〉 중 제1수, 〈유별공처사留別龔處士〉, 〈배송중승무창야음회고陪宋中丞武昌夜飲懷古〉, 〈강하별송지제江夏別宋之悌〉, 〈견경조위참군량이동양이수見京兆韋參軍量移東陽二首〉 중 제2수, 〈추포가십칠수秋浦歌十七首〉 중 제2수, 〈기종제선주장사소寄從弟宣州長史昭〉, 〈숙무산하宿巫山下〉, 〈야박우저회고夜泊牛渚懷古〉, 〈강상기파동고인江上寄巴東故人〉 등은 격조가 다소 자유롭지만 소변小變의 단계에 들어갔는데, 모두 흥취가 도래하여 순식간에 완성되었기에, 후인들이 반드시 창작할 수 없다. 이를테면 사람의 노력은 억지로 가능하게 할 수 있으나, 천부적인 재능은 쉽게 미칠 수 없는 것이다.

[해제] 이백의 오·칠언 율시 중 천부적인 재능을 발휘한 작품을 예로 들었다. 그것은 보통 사람들의 노력으로는 따라갈 수 없는 지극히 높은 경지다.

[원문] 太白五言律, 如"歲落衆芳歇"[1], "燕支黃葉落"[2], "胡人吹玉笛"[3]等篇, 極爲馴雅[4], 然後人功力深至[5], 尙或可爲. 至如"晉家南渡日"[6], "地擁金陵勢"[7], "六代帝王國"[8], "四明有狂客"[9], "龔子棲閒地"[10], "淸景南樓夜"[11], "楚水淸若空"[12], "聞說金華渡"[13], "秋浦猿夜愁"[14], "爾佐宣州郡"[15], "昨夜巫山下"[16], "牛渚西江夜"[17], "漢水波浪遠"[18]等篇, 格雖稍放而入小變, 然皆興趣所到, 一掃而成, 後人必不能爲. 所謂人力可强, 而天才未易及也.

[주석]
1 歲落衆芳歇(세락중방헐): 이백의 〈태원조추太原早秋〉를 가리킨다.
2 燕支黃葉落(연지황엽락): 이백의 〈추사秋思〉를 가리킨다.
3 胡人吹玉笛(호인취옥적): 이백의 〈관호인취적觀胡人吹笛〉을 가리킨다.
4 馴雅(순아): 순박하다.
5 功力深至(공력심지): 공력이 깊이 쌓이다.
6 晉家南渡日(진가남도일): 이백의 〈금릉삼수金陵三首〉 중 제1수를 가리킨다.

7 地擁金陵勢(지옹금릉세): 이백의 〈금릉삼수〉 중 제2수를 가리킨다.

8 六代帝王國(육대제왕국): 이백의 〈증승주왕사군충신贈昇州王使君忠臣〉을 가리킨다.

9 四明有狂客(사명유광객): 이백의 〈대주억하감이수對酒憶賀監二首〉 중 제1수를 가리킨다.

10 糞子棲閑地(공자서한지): 이백의 〈유별공처사留別龔處士〉를 가리킨다.

11 淸景南樓夜(청경남루야): 이백의 〈배송중승무창야음회고陪宋中丞武昌夜飮懷古〉를 가리킨다.

12 楚水淸若空(초수청약공): 이백의 〈강하별송지제江夏別宋之悌〉를 가리킨다.

13 聞說金華渡(문설금화도): 이백의 〈견경조위참군량이동양이수見京兆韋參軍量移東陽二首〉 중 제2수를 가리킨다.

14 秋浦猿夜愁(추포원야수): 이백의 〈추포가십칠수秋浦歌十七首〉 중 제2수를 가리킨다.

15 爾佐宣州郡(이좌선주군): 이백의 〈기종제선주장사소寄從弟宣州長史昭〉를 가리킨다.

16 昨夜巫山下(작야무산하): 이백의 〈숙무산하宿巫山下〉를 가리킨다.

17 牛渚西江夜(우저서강야): 이백의 〈야박우저회고夜泊牛渚懷古〉를 가리킨다.

18 漢水波浪遠(한수파랑원): 이백의 〈강상기파동고인江上寄巴東故人〉을 가리킨다.

42

왕세정이 말했다.

"이백의 칠언율시의 변체는 대부분 본받을 만하지 않다."

내가 생각건대 이백의 칠언율시는 문집 중 겨우 8편뿐인데, 자유롭고 자연스러우며 수식에 가탁하지 않았다. 비록 소변小變에 들어갔지만, 한마디로 천박한 재능이 아니어야 도달할 수 있다.

이백의 칠언율시에 관한 논의다. 소변에 들어갔지만 이백의 자유방탕한 풍격을 여전히 느낄 수 있음을 지적하고 있다.

1 不足多法(부족다법): 대부분 본받을 만하지 않다.
2 駘蕩自然(태탕자연): 자유롭고 자연스럽다.
3 不假雕飾(불가조식): 수식에 가탁하지 않다.
4 淺才(천재): 천박한 재능.

43

이백의 오·칠언 절구는 대부분 융합되어 흔적이 없으며 입성의 경지에 들어갔다.[34)

이반룡이 말했다.

"이백의 오·칠언 절구는 진실로 당나라 삼백년에서 유일한 풍격을 지니는데, 대개 의도하지 않고 얻은 것이다. 설령 이백 자신도 몰랐다고 할지라도, 그것이 지극한 경지에 이르렀지만 가다듬은 작품은 도리어 흐트러졌다."

내가 생각건대 칠언절구로는 이백과 왕창령이 의미가 다 고상하고 시어도 부드럽다. 그러나 이백의 시 중에는 옛 성조가 많으므로 더욱 초탈했다.

왕세무가 말했다.

"칠언절구는 악부에서 근원했고 국풍의 풍격을 중시하는데, 그 성조는 노래할 수 있으나 그 의취는 의도적이든 무의식적이든 간에 사람들이 종잡을 수 없다. 성당 시기에는 오직 이백과 용표[35)가 있는데,

---

34) 위로는 왕발·양형·노조린·낙빈왕의 오언사구, 두심언·심전기·송지문의 칠언절구를 계승하고, 아래로 전기·유장경 등 여러 문인의 오·칠언 절구로 나아갔다.

두 시인은 조예가 지극하지만 이백이 더욱 자연스러우므로 왕창령보다 한 단계 위에 놓인다."

또한 호응린이 말했다.

"당절구에서 뛰어난 작품은 한위고시와 매우 비슷한데, 성조가 지극히 화평하고 격조가 지극히 심원하다."

이것은 심오하게 깨달은 말이다.

이백의 오·칠언 절구에 대해 논했다. 당나라 오언절구는 한위의 악부시와 육조의 소시小詩 계통의 전통을 계승했는데, 당나라 초기에는 사걸과 송지문 등 많은 시인들에게서 모두 명작이 전해지고 있다. 성당 시인 중에서는 이백, 왕창령 등이 뛰어나다. 그중 이백의 오언절구는 역대로 여러 사람들에게 애송되었는데, 그 원인은 악부민가의 전통을 깊이 터득하여 창작했을 뿐 아니라 질박한 시어의 운용과 있는 모습을 그대로 그리는 백묘법白描法을 사용했기 때문이다.

한편 칠언절구는 한나라 초기의 악부관청에서 노래로 불리면서 나타난 형식이다. 이백은 재주가 뛰어나 표현하지 못하는 것이 없었으니, 〈청평조사清平調詞〉 3수, 〈영왕동순가永王東巡歌〉 11수 등은 악곡에 맞추어 지은 칠언절구다. 〈망여산폭포忘廬山瀑布〉, 〈조발백제성早發白帝城〉, 〈증왕윤贈汪倫〉, 〈황학루송맹호연지광릉黃鶴樓送孟浩然之廣陵〉, 〈춘야낙성문적春夜洛城聞笛〉 등은 모두 풍격이 뛰어나다.

太白五七言絶, 多融化無跡, 而入於聖. [上承王·楊·盧·駱五言四句, 杜·沈·宋七言絶, 下流至錢·劉諸子五七言絶.] 李于鱗云: "太白五七言絶, 實唐三百年一人, 蓋以不用意得之, 卽太白亦不自知, 其所至而工者顧[1]失焉." 愚按: 七言絶, 太白·少伯意並閒雅[2], 語更舂容[3], 而太白中多古調, 故又超絶[4]. 王敬美云: "七言絶句之源出於樂府, 貴有風人之致, 其聲可歌, 其趣在有意無意之間, 使人莫可捉着⁵. 盛唐惟靑蓮·龍標[王少伯爲龍標尉], 二家詣極, 李更自然, 故居王上." 胡元瑞亦云: "唐絶句高者大類漢人古詩, 調極和平, 而格絶高遠⁶." 深得之矣.

1 顧(고): 도리어.

2 閒雅(한아): 고상하다.

3 春容(용용): 부드럽다.

4 超絶(초절): 초탈하다.

5 莫可捉着(막가착착): 종잡을 수 없다.

6 格絶高遠(격절고원): 격조가 매우 심원하다.

44

호응린이 말했다.

"칠언절구로 성도成都의 양신은 강녕江寧의 왕창령이 출중하다고 하고, 이백은 부분적으로 아름답다고 했다. 역하歷下의 이반룡은 '이백은 당 삼백년 가운데 유일한 사람이다'고 말했다. 낭야瑯琊의 왕경미는 '이백이 더욱 자연스러우므로 왕창령보다 한 단계 위에 놓인다'고 말했다. 엄주弇州의 왕세정은 '신품을 갖추고서 티끌과 다툰다'고 말했다."

이러한 수많은 말에는 다 저마다의 견해가 있다. 이백은 기상이 비범하여 구소九霄의 뜻을 능가한다. 왕창령은 부드럽고 아름다우며, 의미가 무궁하고 풍골이 함축적이며, 마음 속 생각을 드러냄이 청묘의 악기와 같아 감탄할 만하다."

또 호응린은 다음과 같이 말했다.

"이백의 작품은 진실로 지극히 자연스럽고, 왕창령은 완곡함 속에서 융합되어 인위적으로 가다듬은 자취가 모두 사라졌다. 왕창령의 작품은 진실로 지극히 자유분방하고, 이백 또한 나부낌 속에서 여유로움이 있어 결코 소란스러운 기운이 없으므로 우열을 가리기가 어렵다."

  내가 생각건대 왕창령과 이백의 절구 중 수록된 것으로 논하자면 호응린이 식견이 있는 듯한데, 전체 문집으로 살펴보면 왕창령은 이백보다 뒤떨어지지 않을 수 없다. 명나라에서는 이반용이 수록한 작품은 그 영향을 이었다고 할 만하지만, 자신의 생각을 너무 강하게 드러낸 것이 애석하다.

해제

이백의 절구에 대한 역대 평가를 논했다. 현존하는 이백의 시 중에는 오언절구 100수, 칠언절구 87수가 있다. 그중 4수는 환운으로 창작된 고체시 형식의 절구에 해당하고, 그 나머지 183수는 모두 같은 운모를 가진 하나의 운으로 창작된 근체시에 해당한다.

  이백의 절구와 관련하여 심덕잠도 《설시수어說詩睟語》에서 다음과 같이 평했다.

  "칠언절구는 시어가 딱 들어맞고 성정이 아득하며, 머금기도 하고 토하기도 하여 드러나지 않음을 위주로 한다. 다만 눈앞의 경치를 구두어로 읊은 듯하지만, 현 밖에 음이 있고 맛 밖에 또 맛이 있어 사람으로 하여금 정신을 심오하게 하는 것은 이백의 시뿐이다.七言絶句, 以語近情遙. 含吐不露爲主. 只眼前景口頭語, 而有弦外音味外味, 使人神遠, 太白有焉."

원문

胡元瑞云: "七言絶, 成都[楊用修], 以江寧[少伯]爲擅場[1], 太白爲偏美[2]. 歷下[于鱗]謂: '太白, 唐三百年一人.' 瑯琊[敬美]謂: '李更自然, 故居王上.' 弇州[元美]謂: '俱是神品, 爭勝毫釐[3].'" 數語咸自有旨[4]. 太白有揮斥八極[5], 凌厲九霄意[6]; 江寧優柔婉麗[7], 意味無窮, 風骨內含[8], 精芒外隱[9], 如淸廟朱絃[10], 一倡三歎. 又云: "李作固極自然, 王亦和婉[11]中渾成, 盡謝爐錘之跡[12]; 王作固極自在, 李亦飄翔[13]中閒雅, 絶無叫噪之風[14], 故難優劣." 愚按: 王李絶句以入錄者論, 元瑞似爲有見, 以全集觀, 少伯不能不遜太白也. 國朝惟于鱗入錄者可繼餘響, 惜光燄太露[15].

1 擅場(천장): 출중하다.

2 偏美(편미): 부분적으로 아름답다.

3 爭勝毫釐(쟁승호리): 티끌과 다툰다.

4 咸自有旨(함자유지): 저마다의 견해가 다 있다.

5 揮斥八極(휘척팔극): 기상이 비범하다.

6 凌厲九霄意(릉려구소의): 구소의 뜻을 능가한다. '구소'는 하늘의 가장 높은 곳
을 가리키며 사람의 기개가 비범하고 능력이 거대한 것을 형용한다.

7 優柔婉麗(우유완려): 부드럽고 아름답다.

8 風骨內含(풍골내함): 풍골이 함축적이다.

9 精芒外隱(정망외은): 마음 속 생각을 드러내다.

10 淸廟朱絃(청묘주현): 청묘의 악기.

11 和婉(화완): 완곡하다.

12 爐錘之跡(노추지적): 불에 달구어 다듬은 흔적. 즉 인위적으로 수식한 흔적을
가리킨다.

13 飄翔(표상): 나부끼다.

14 呌噪之風(규조지풍): 소란스러운 기운.

15 惜光燄太露(석광염태로): 자신의 생각을 너무 강하게 드러낸 것이 애석하다.
'광염'은 원한, 분노, 질투 따위의 타오르는 불길을 가리킨다.

45

이백의 칠언절구는 처음부터 끝까지 일관되는 것이 많은데, 가행의
체재에서 가장 많이 본받았다. 기타 작품으로는 오직 왕유의 〈소년행
사수少年行四首〉 중 제1수, 〈소년행사수少年行四首〉 중 제4수와 왕창령
의 〈규원閨怨〉 몇 편이 있을 뿐이다.

칠언절구는 당나라 시가 중의 신흥 시체로 바로 이백과 왕창령이 개창자
다. 《전당시全唐詩》를 살펴보면, 두 사람 이전에 창작된 칠언절구는 130수
정도에 불과하다.

太白七言絶多一氣貫成[1]者，最得歌行之體．其他僅得王摩詰"神豐美酒"[2]，"漢家君臣"[3]，王少伯"閨中少婦"[4]數篇而已．

1 一氣貫成(일기관성): 처음부터 끝까지 일관되다.
2 神豐美酒(신풍미주): 왕유의 〈소년행사수少年行四首〉 중 제1수를 가리킨다.
3 漢家君臣(한가군신): 왕유의 〈소년행사수〉 중 제4수를 가리킨다.
4 閨中少婦(규중소부): 왕창령의 〈규원閨怨〉을 가리킨다.

46

이백의 오언절구 〈정야사靜夜思〉는 앞에 두 구가 이백의 절구와 비슷하지 않아 채록할 수 없다. 홍매洪邁가 편찬한 《만수당인절구萬首唐人絶句》에는 칠언절구 중 〈희증두보戲贈杜甫〉 1편이 있는데, 시어가 더욱 비천하니 틀림없이 위작일 것이다. 오늘날의 판본에도 실려 있지 않다. 호응린은 모두 구분할 수 없었다.

이백의 오·칠언 절구 중 〈정야사〉와 〈희증두보〉가 위작일 가능성을 지적했다. 특히 〈정야사〉에는 '明月(명월)'이 두 차례 나오는데, 이 문제로 인해 위작에 대한 의문이 아직까지도 사라지지 않고 있다.

太白五言絶有靜夜思, 前二句與太白絶不相類, 未可采錄. 七言絶洪魏公[1]所編有"飯顆山頭"[2]一篇, 語更淺鄙[3], 定是僞作, 今本集亦無. 元瑞俱不能辨.

1 洪魏公(홍위공): 홍매洪邁(1123~1202). 남송 시기의 문인이다. 자는 경려景廬이고 호는 용재容齋다. 요주饒州 파양鄱陽 사람으로, 고종高宗 소흥 15년(1145) 박학굉사과博學宏詞科에 합격했다. 거듭 승진해서 중서사인中書舍人과 직학사원直學士院, 동수국사同修國史를 지냈다. 금金나라에 사신을 다녀온 뒤에는 공주지주贛州知州, 무주지주婺州知州 등을 역임했다. 효종孝宗 순희淳熙 13년(1186)에는 한림학사翰林學士가 되어 《사조국사四朝國史》를 지어 올렸다. 만년에는 향리에 머물

면서 저술에만 전념했다. 《만수당인절구萬首唐人絶句》는 모두 100권으로, 각 권마다 100수의 시가 수록되어 있다.

2 飯顆山頭(반과산두): 이백의 〈희증두보戲贈杜甫〉를 가리킨다.

3 淺鄙(천비): 비천하다.

47

왕안석은 〈차제사가시次第四家詩〉에서 두보를 으뜸으로 여겼고, 구양수가 다음이고, 한유가 또 그 다음이며, 이백이 가장 아래라고 보고서 다음과 같이 말했다.

"이백의 안목은 오염되었으니, 열에 아홉 수는 부인과 술을 이야기했다."

내가 생각건대 이백과 두보를 한유, 구양수와 병론한 것은 진실로 정변의 체재를 알지 못한 것이고, "이백의 안목은 오염되었으니, 열에 아홉 수는 부인과 술을 이야기했다"고 한 것은 더더욱 학식이 깊지 못한 학자의 견해다.

엄우가 말했다.

"이백의 시를 살피려면, 반드시 그 안신입명의 곳을 이해해야 가능하다."

또 말했다.

"이백의 시는 세속에 가까워 사람들이 쉽게 좋아한다."

이 말은 더욱 잘못되었다.

마군독馬郡督이 말했다.

"여러 사람의 문장은 산에 안개와 노을이 없고, 봄에 초목이 없는 것과 같다. 이백의 문장은 광명하고 밝으며 구절마다 사람을 감동시킨다."

그러므로 '세속'이라는 이 글자는 진실로 이백을 가리키기에 부당하다. 이백의 인품과 시에 대해서는 오직 소식이 잘 이해했다.

해제 이백에 대한 역대의 잘못된 견해에 대해 반론을 제기하고, 소식의 평론이
타당함을 지적하고 있다.

원문 王荊公¹次第四家詩, 以子美爲第一, 歐陽永叔²次之, 韓退之又次之, 以太白
爲下, 曰: "白識見汚下³, 十首九說婦人與酒." 愚按: 以李杜與韓歐並言, 固
不識正變之體, 謂李"識見汚下, 十首九說婦人與酒", 此尤俗儒⁴之見耳. 嚴
滄浪云: "觀太白詩, 要識其安身立命⁵處可也." 又曰: "白詩近俗⁶, 人易悅."
此言益謬. 馬郡督⁷云: "諸人之文, 猶山無烟霞, 春無草木. 太白之文, 光明洞
徹⁸, 句句動人⁹." 故"俗"之一字, 正不當指太白. 太白人品與詩, 惟東坡識之.

주석
1 王荊公(왕형공): 왕안석王安石.
2 歐陽永叔(구양영숙): 구양수歐陽修.
3 識見汚下(식견오하): 안목이 오염되다.
4 俗儒(속유): 평범한 학자. 깊은 학문이 없는 학자.
5 安身立命(안신입명): 발붙이고 살 곳과 의지할 곳이 있다. 몸은 편하고 마음은
  안정되다.
6 近俗(근속): 세속에 가깝다.
7 馬郡督(마군독): 안주도독安州都督이었다. 안주는 지금의 호북성 안육安陸에 해
  당한다. 이백은 〈상안주배장사서上安州裵長史書〉에서 일찍이 두 명의 명사를 만
  났음을 말했는데, 예부상서禮部尙書 소공蘇公은 익주장사益州長史였고, 또 한 사람
  이 마군도였다.
8 光明洞徹(광명통철): 광명하고 밝다.
9 句句動人(구구동인): 구절마다 사람을 감동시킨다.

48

소철蘇轍이 말했다.

"이백의 시는 그 사람됨과 같이 준일하고 호방하며, 화려하여 사실적이지 않으며, 일을 꾸미기 좋아하고 명망을 좋아하여 뜻이 있는 곳을 알 수 없다. 용병을 말하면서 먼저 요새를 함락하는 것을 어렵지 않게 생각한다. 유협을 말하면서 대낮에 사람을 죽이는 것이 잘못되지 않았다고 생각하는데, 이것이 어찌 진실로 할 수 있는 일인가! 당나라 시인 중에서 이백과 두보를 으뜸으로 칭송하지만, 두보의 이치를 좋아하는 마음은 이백이 따라갈 수 없다."

내가 생각건대 송나라 유학가의 의론은 종종 다 이러하다.

전예형田藝衡이 말했다.

"이백이 어찌 제멋대로여서 그리움의 모습을 안 보였겠는가, 어찌 방탕해서 규범이 되는 말을 쓰지 않았겠는가? 두보는 이 두 가지를 양보하지 않을 수 없었다."

이것은 이백을 충분히 이해했다고 할 만하다.

해제 이백시의 특징에 관한 논의다. 표일한 시풍은 이백의 독자적인 시풍이다. 이백의 자유롭고 호탕한 것은 이치를 좋아하는 두보가 지향하지 않은 세계다. 따라서 두 사람은 병론할 수 없으니, 유가의 편향된 입장에서 이백을 평가하는 것은 옳지 못하다.

원문 蘇子由[1]云: "李白詩類其爲人, 駿發豪放[2], 華而不實[3], 好事喜名[4], 不知義理之所在[5]也. 語用兵, 則先登陷陣[6], 不以爲難; 語游俠, 則白晝殺人[7], 不以爲非[8], 此豈其誠能也哉! 唐詩人李杜首稱, 甫有好義之心[9], 白所不及也." 愚按: 宋儒議論, 往往皆然. 田子藝[10]云: "太白寧放棄[11]而不作眷戀之態[12], 寧狂蕩[13]而不作規矩之語[14], 子美不能不讓此兩着." 斯足以知太白矣.

주석 1 蘇子由(소자유): 소철蘇轍(1039-1112). 자가 자유이고, 호는 난성欒城이다. 미산현眉山縣, 즉 지금의 사천성 남쪽에서 태어났다. 소순蘇洵의 아들로 19세 때 형

소식蘇軾과 함께 진사시험에 급제했다. 왕안석의 신법新法에 반대하여 지방 관리로 좌천되었다. 철종哲宗 때 구법당舊法黨이 정권을 잡자 우사간右司諫·상서우승尙書右丞을 거쳐 문하시랑門下侍郎이 되었다. 그러나 또다시 신법당에 의하여 광동성 뇌주雷州로 귀양갔고, 사면된 후에는 하남성의 예창潁昌에서 은퇴했다. 당송팔대가唐宋八大家의 한 사람이며, 시문 외에도 많은 고전의 주석서注釋書를 남겼다.

2 駿發豪放(준발호방): 준일하고 호방하다.

3 華而不實(화이불실): 화려하여 사실적이지 않다.

4 好事喜名(호사희명): 일을 꾸미기 좋아하고 명망을 좋아하다.

5 義理之所在(의리지소재): 이치가 있는 곳.

6 陷陣(함진): 요새를 함락하다.

7 白晝殺人(백주살인): 대낮에 사람을 죽이다.

8 不以爲非(불이위비): 잘못이 아니라고 간주하다.

9 好義之心(호의지심): 이치를 좋아하는 마음

10 田子藝(전자예): 전예형田艺蘅(1524~?). 명나라 문인이다. 자가 자예이고 절강 전당錢塘 곧 지금의 항주 사람이다. 전여성田汝成의 아들이며, 휘주훈도徽州訓導에 임용되었으나 그만두고 귀향했다. 박학다식하고 시를 잘 지었으며 의협심이 강했다. 남곡소령南曲小令에도 뛰어났다.

11 放棄(방기): 제멋대로.

12 眷戀之態(권연지태): 그리움의 모습.

13 狂蕩(광탕): 방탕하다.

14 規矩之語(규구지어): 규범이 되는 말.

49

이백이 영왕永王 이린李璘을 따라서 협박을 당했기에 소식이 일찍이 그것을 논변했다.

〈경난리후천은유야랑억구유서회증강하위태수양재經亂離後天恩流夜郎憶舊遊書懷贈江夏韋太守良宰〉에서 다음과 같이 말했다.

"야밤에 수군이 와서, 심양尋陽에 깃발이 가득하네. 허명에 스스로 잘못을 저질러, 협박되어 누선에 오르네. 다만 오백금을 하사받았지만, 연기처럼 버렸다네. 관직을 버리고 상을 받지 않고, 야랑으로 귀양가네. 半夜水軍來, 尋陽滿旌旃. 空名適自誤, 迫協上樓船. 徒賜五百金, 棄之若浮煙. 辭官不受賞, 翻謫夜郎天."

혹자는 이백의 〈영왕동순가永王東巡歌〉에 누를 끼쳤다. 〈영왕동순가〉 11수 중 제9수에 대해 옛사람이 위작이라고 논변했는데, 기타는 각 편마다 규범이 있고 한 글자도 도용을 허락하지 않았으니 이백에게 누를 끼치겠는가?

해제 이백이 영왕의 반란에 연루된 사건에 대한 해명이다. 현종은 천보 15년(756) 6월에 안사의 난으로 장안을 떠나 촉으로 갔다. 도중에 태자 이형李亨이 군사를 이끌고 북상하고 영무에서 자립하게 되었다. 그해 12월 영왕이 동순東巡하여 출병하니 현종이 그를 지지했다. 그러나 숙종의 견제와 내부 반란으로 반군이 와해되었다. 이백은 바로 이 영왕의 반란에 가담했다는 죄로 심양尋陽에서 옥살이를 하게 되었다. 후일 송약사宋若思의 도움으로 출옥하여, 그의 막부가 되어 무창武昌에서 생활하며 다시 임용되기를 바랐으나, 이후 천거되지 못하고 야랑夜郎으로 유랑하게 되었다.

원문 太白之從永王璘¹, 由於迫協², 東坡嘗辯之矣. 其憶舊書懷詩云: "半夜³水軍來, 尋陽⁴滿旌旃⁵. 空名適自誤, 迫協上樓船. 徒賜五百金, 棄之若浮煙⁶. 辭官不受賞, 翻謫⁷夜郎⁸天"是也. 或以太白永王東巡歌爲累. 東巡歌十一首, 第九首昔人辯其爲僞, 其他篇篇規諷⁹, 無一語許其僭竊¹⁰, 乃以爲太白累耶?

주석 1 永王璘(영왕린): 현종의 16번째 아들 이린李璘. 어릴 때 어머니가 죽어 숙종이 키웠다. 총명하고 재주가 있었다. 개원 13년에 영왕으로 봉해졌다.

2 迫協(박협): 비좁고 초라하다.

3 半夜(반야): 야밤.

4 尋陽(심양): '潯陽(심양)'이라고도 쓴다. 지금의 호북성 황매黃梅 서남 지역에 해

당한다.

5 旌旆(정전): 깃발.

6 浮煙(부연): 피어나는 연기.

7 翻謫(번적): 귀양가다.

8 夜郎(야랑): 지금의 귀주貴州 동재桐梓에 해당한다.

9 篇篇規諷(편편규풍): 각 편마다 규범이 있다.

10 僭竊(참절): 도용하다.

제
19
권

詩源辯體

성당盛唐

1

오·칠언 악부에서 이백은 비록 고제古題를 사용했지만 독창적인 풍격을 스스로 이루었으므로, 여러 문인을 능가할 수 있었다. 두보는 스스로 새로운 주제를 수립하여 자신의 독자적인 풍격을 만들어 그 당시의 사건을 서술했으므로, 뭇 시인들이 분분히 옛 시를 본뜨는 것을 살펴보고 실증나지 않을 수 없었다.

호응린이 말했다.

"두보는 《시경》을 본받지 않고 〈이소〉를 모방하지 않았으며 악부 구제를 사용하지 않았다. 이것이 늘 마음속에서 세운 위대한 뜻이다. 그러나 국풍, 이소, 악부의 유의遺意를 두보는 왕왕 체득했다."1)

해제 두보의 악부에 관한 논의다. 이백의 악부와 종합적으로 비교해 그 특징을

---

1) 이상은 호응린의 말이다.

설명하고 있다. 이백이 악부고제를 사용하여 독자적인 풍격을 세웠다면 두보는 새로운 주제를 통해 독창적인 시풍을 개척했다. 새로운 주제란 그 당시의 시대상을 반영한 시사적인 내용을 통해 '시사詩史'의 시풍을 이루었음을 말한다고 볼 수 있다. 악부의 자유로운 체재는 시인의 마음 속 생각을 자유롭게 표현하기에 적당한데, 두보는 음조에 속박되지 않는 새로운 체재를 통해 그 당시의 시대적 상황을 구속받지 않고 노래할 수 있었던 것이다.

　실제 두보는 안녹산安祿山의 난 이후 오·칠언 악부의 가행체를 많이 창작했다. 두보가 초기에는 오언율시, 만년에는 칠언율시를 즐겨 쓴 점을 감안해 본다면 악부체의 장점을 이해할 수 있다. 두보의 신제악부新制樂府는 이후 원진, 백거이 등의 신악부 운동의 발전에 영향을 미쳤다. 그것은 오직 두보의 독창적인 산물이라기보다는 국풍, 이소 및 한악부 등에서 체득한 것이니, 일찍이 북송 시기의 문인 이강李綱은 〈두자미杜子美〉에서 다음과 같이 말했다.

　"풍소는 굴원과 송옥의 반열에 들어가고 화려함은 포조와 사령운을 능가한다. 필치는 만물을 포괄하고 천지가 도야에 들어가네. 어찌 다만 시사詩史라고 하리오, 진실로 풍아를 이었다 할 만하다.風騷列屈宋, 麗則凌鮑謝. 筆端籠萬物, 天地入陶冶. 豈徒號詩史, 誠足繼風雅."

五七言樂府, 太白雖用古題[1], 而自出機軸, 故能超越諸子; 至子美則自立新題[2], 自創己格[3], 自敍時事[4], 視諸家紛紛範古[5]者, 不能無厭. 胡元瑞云: "少陵不效四言[6], 不倣離騷, 不用樂府舊題[7], 是此老胸中壁立[8]處. 然風·騷·樂府遺意[9], 杜往往得之."[以上六句皆元瑞語.]

1 古題(고제): 당 이전의 악부시를 가리킨다.

2 自立新題(자립신제): 독자적으로 새로운 주제를 수립하다.

3 自創己格(자창기격): 자신의 풍격을 독자적으로 만들다.

4 自敍時事(자서시사): 그때의 사건을 독자적으로 서술하다.

5 範古(범고): 옛 시를 본뜨다.

6 四言(사언): 《시경》의 시를 가리킨다.

7 樂府舊題(악부구제): 앞에서 말한 '古題(고제)'와 같은 말로서 당 이전의 악부를 이용하여 당나라 문인이 창작한 악부시를 가리킨다.

8 壁立(벽립): 바람벽처럼 우뚝 서다.

9 遺意(유의): 유지遺志와 비슷한 말.

2

두보 오언고시의 단편에서 〈후출새오수後出塞五首〉 중 제2수, 〈후출새오수後出塞五首〉 중 제1수, 〈후출새오수後出塞五首〉 중 제4수, 〈견흥삼수遣興三首〉 중 제1수, 〈견흥오수遣興五首〉 중 제4수, 〈백마白馬〉, 〈강촌삼수羌村三首〉 중 제1수, 〈옥화궁玉華宮〉, 〈견흥오수遣興五首〉 중 제4수, 〈동도금화산관인득고습유진공학당유적冬到金華山觀因得故拾遺陳公學堂遺跡〉은 글자마다 정련하여 이미 그 지극한 경지에 이르렀다.

장편 또한 필력을 지극히 다해서 모두 다른 사람이 따라갈 수 없다. 〈초당草堂〉 1편은 전부 악부의 시어를 사용했다.

해제 두보의 오언고시 중 필력을 다해 지극한 경지에 이른 작품을 예로 들었다. 고시체를 포함한 가행체는 두보가 점차 즐겨 사용했는데, 그것은 어지러운 사회 혼란 속에서 자신의 내면세계를 표현하기에 적합했기 때문일 것이다. 여기서 언급하고 있는 작품은 모두 안녹산의 난 이후 성도成都 초당草堂에 거처하기까지의 작품이다. 두보는 이 시기에 가행체 작품을 많이 창작했다.

원문 子美五言古, 短篇如"朝進東門營"[1], "男兒生世間"[2], "獻凱日繼踵"[3], "下馬古戰場"[4], "蓬生非無根"[5], "白馬東北來"[6], "崢嶸赤雲西"[7], "溪回松風長"[8], "賀公雅吳語"[9], "涪石衆山內"[10], 字字精鍊[11], 旣極其至, 長篇又窮極筆力[12], 皆非他人所及也. 草堂一篇, 則全用樂府語.

1 朝進東門營(조진동문영): 두보의 〈후출새오수後出塞五首〉 중 제2수를 가리킨다.

2 男兒生世間(남아생세간): 두보의 〈후출새오수〉 중 제1수를 가리킨다.

3 獻凱日繼踵(헌개일계종): 두보의 〈후출새오수〉 중 제4수를 가리킨다.

4 下馬古戰場(하마고전장): 두보의 〈견흥삼수遣興三首〉 중 제1수를 가리킨다.

5 蓬生非無根(봉생비무근): 두보의 〈견흥오수遣興五首〉 중 제4수를 가리킨다.

6 白馬東北來(백마동북래): 두보의 〈백마白馬〉를 가리킨다.

7 崢嶸赤雲西(쟁영적운서): 두보의 〈강촌삼수羌村三首〉 중 제1수를 가리킨다.

8 溪回松風長(계회송풍장): 두보의 〈옥화궁玉華宮〉을 가리킨다.

9 賀公雅吳語(하공아오어): 두보의 〈견흥오수〉 중 제4수를 가리킨다.

10 涪石衆山內(부석중산내): 두보의 〈동도금화산관인득고습유진공학당유적冬到金華山觀因得拾遺陳公學堂遺跡〉을 가리킨다.

11 字字精鍊(자자정련): 글자마다 정련하다.

12 窮極筆力(궁극필력): 필력을 지극히 다하다.

3

두보의 오언고시 중 〈자진주입촉제시自秦州入蜀詩〉는 그림과 같이 경물을 묘사했다. 〈석호리石壕吏〉, 〈신안리新安吏〉, 〈신혼별新婚別〉, 〈수로별垂老別〉, 〈무가별無家別〉 등은 호소하는 듯이 심정을 털어놓았다. 모두 심혈을 기울이고 심사숙고하여 작자의 능력을 다했으니, 졸연간 붓 가는 대로 쓸 수 있는 것이 아니다.

두보의 작품은 충분히 갈고 다듬어 완성되었음을 강조하고 있다. 젊은 시기 "임금을 요순의 위에 이르게 하고, 다시 풍속을 순박하게 하고자 하는致君堯舜上, 再使風俗淳" 포부를 품고 두보는 장안에서 곤궁하게 생활했다. 그 당시의 사회는 이임보와 양국충楊國忠 등의 간신들이 권력을 차지하고 환관, 외척 등이 정치적 탐욕을 벌이던 시기로 현종은 이미 군주의 이성을 잃었다. 그때 안사의 난이 발발했다. 장안과 낙양이 함락되자, 현종은 촉蜀으로 피난하고 숙종이 즉위했다. 두보는 백수白水, 봉선奉先, 부주鄜州 등지를 오가며 반란군의 포로가 되어 장안에서 연금 생활을 했다. 지덕至德 2년(757)에 결사적으로 탈출하여 숙종의 행재소가 있던 봉상鳳翔에 도착했고 그해 5월 좌습유左拾遺의 관직에 임명되었다. 종팔품從八品의 말단 관직이지만 처음으로 받은 벼슬이었다. 그런데 진도사陳陶斜에서 패전한 방관房琯을 구하려는 상소를 올렸다가 석 달 만에 화주華州 사공참군司功參軍으로 폄직당하고 화주에서 진주秦州와 동곡同谷을 거쳐 성도에 도착했다. 바로 이 시기에 주옥같은 작품을 많이 남긴 것으로 보이는데, 대표적인 작품이 이른바 '삼리삼별三吏三別'이다. 이 작품들은 두보의 현실의식이 가장 잘 투영된 작품으로 손꼽힌다. 다만 허학이는 두보의 〈동관리潼關吏〉에 대해서는 시종일관 언급하지 않았다.

원론

子美五言古, 如自秦州入蜀題詩, 寫景如畵[1]; 石壕, 新安, 新婚, 垂老, 無家等, 敍情若訴[2], 皆苦心精思[3], 盡作者之能, 非卒然信筆[4]所能辦也.

주석

1 寫景如畵(사경여화): 그림과 같이 경물을 묘사하다.
2 敍情若訴(서정약소): 호소하는 듯이 심정을 털어놓다.
3 苦心精思(고심정사): 심혈을 기울이고 꼼꼼하게 생각하다.
4 信筆(신필): 붓 가는 대로.

4

두보의 〈석호리〉는 〈신안리〉, 〈신혼별〉, 〈수로별〉, 〈무가별〉 등의 작품과 다르다. 〈석호리〉는 고악부를 모방하고 고운을 사용했지만, 또 상성과 거성 두 성조를 잡용하여 독자적인 풍격을 이루었다. 그러나 성조가 끝내 고악부와 같지 않으므로 진실로 두보의 시라 하겠다.

해제

〈석호리〉에 관한 논의다. 고악부를 모방했으나 성조가 고악부와 같지 않음을 지적했다. 실제 〈석호리〉는 '삼리삼별'의 다른 작품과 내용도 좀 다르다고 평가받는데, 작중의 화자가 자신의 출로를 찾는 적극적인 모습이 투영되어 있기 때문이다. 또 성조가 독창적이라고 평가되는 것은 두보가 그 당시의 민간 구어를 많이 활용했기 때문이다. 이와 관련하여 원진은 〈수이두견증酬李甫見贈〉에서 다음과 같이 말했다.

"두보의 타고난 재주는 자못 월등하고 매번 시집을 살펴보면 친근감이 있는 듯하다. 그의 작품을 감상하면 직접 그 당시의 속어를 사용했고, 옛사람의 시어를 염두에 두고 모방하지 않았다.杜甫天材頗絶倫, 每尋詩卷似情親. 怜渠直道當時語, 不著心源傍古人."

원문 子美石壕吏與新安, 新婚, 垂老, 無家等作不同. 石壕倣古樂府而用古韻[1], 又上·去二聲雜用, 另爲一格, 但聲調終與古樂府不類, 自是子美之詩.

주석 1 古韻(고운):《시경》위주의 선진 양한의 운문의 운을 가리킨다.

5

두보의 오언고시는 대개 사건의 서술과 관련이 있는데, 우회적이면서 전환이 있고 생동감이 무궁하다. 간혹 난삽하여 이해하기 어려운 단점은 있으나 변격의 폐단은 없다.

해재 두보의 오언고시 특징에 관한 논의다. 두보의 오언고시는 모두 263수가 있는데, 호진형이 《당음계첨》에서 "사건을 시로 서술한 것은 두보로부터 시작되었다.以事人詩, 自杜少陵始."고 지적했듯이 사건의 서술에 뛰어난 것이 두보시의 가장 큰 특징이다. 변격의 폐단은 이백의 오언고시에서 나타난다.

원문 子美五言古, 凡涉敍事, 紆回轉折[1], 生意不窮[2], 雖間有詰屈[3]之失, 而無流易之病[4].

1 紆回轉折(우회전절): 우회적이면서 전환이 있다.

2 生意不窮(생의불궁): 생동감이 무궁하다.

3 詰屈(힐굴): 말이나 문장이 난삽하여 읽기가 거북하다.

4 流易之病(유역지병): 변격의 폐단.

6

주자가 말했다.

"두보의 시는 초년에 매우 정교했으나, 만년에는 광달하여 율격에 맞지 않다."

내가 생각건대 두보의 오언고시 중 진주秦州에서 촉蜀으로 갈 때 지은 여러 시 및 〈신안리〉, 〈신혼별〉, 〈수로별〉, 〈무가별〉은 칠언율시의 성조가 한데 어우러진 것이어서 매우 정교하다. 오언고시 중 〈자문紫門〉, 〈두견杜鵑〉, 〈의골義鶻〉, 〈팽함彭衙〉 및 칠언의 가행 중 율격이 들어간 것은 매우 광달하다. 그러나 반드시 세심한 것이 다 초년의 작품이 아니요, 광달한 것이 다 만년의 작품이 아니다.

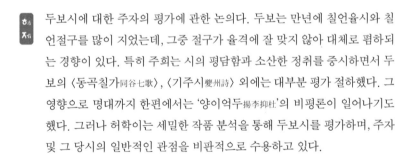

두보시에 대한 주자의 평가에 관한 논의다. 두보는 만년에 칠언율시와 칠언절구를 많이 지었는데, 그중 절구가 율격에 잘 맞지 않아 대체로 폄하되는 경향이 있다. 특히 주희는 시의 평담함과 소산한 정취를 중시하면서 두보의 〈동곡칠가同谷七歌〉, 〈기주시夔州詩〉 외에는 대부분 평가 절하했다. 그 영향으로 명대까지 한편에서는 '양이억두揚李抑杜'의 비평론이 일어나기도 했다. 그러나 허학이는 세밀한 작품 분석을 통해 두보시를 평가하며, 주자 및 그 당시의 일반적인 관점을 비판적으로 수용하고 있다.

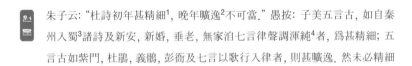

朱子云: "杜詩初年甚精細[1], 晚年曠逸[2]不可當." 愚按: 子美五言古, 如自秦州入蜀[3]諸詩及新安, 新婚, 垂老, 無家洎七言律聲調渾純[4]者, 爲甚精細; 五言古如紫門, 杜鵑, 義鶻, 彭衙及七言以歌行入律者, 則甚曠逸. 然未必精細

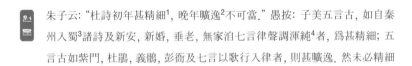

者盡初年作, 曠逸者盡晚年作也.

1 精細(정세): 정교하다

2 曠逸(광일): 광달하다.

3 自秦州入蜀(자진주입촉): 진주에서 촉으로 가다. 두보는 건원 2년(759) 연말에
촉에 도착했다.

4 渾純(혼순): 한데 어우러지다.

7

두보의 오언고시 중 〈동제공등자은사탑同諸公登慈恩寺塔〉에서 다음
과 같이 읊었다.

"머리를 돌려 순임금을 불러보니, 창오蒼梧의 구름에 시름이 일어나
네. 애달프다, 요지瑤池에서 술을 마시는데, 해가 곤륜의 언덕에서 저
무네.回首叫虞舜, 蒼梧雲正愁. 惜哉瑤池飮, 日晏崑崙丘."

주註에서 천보 10년 장안에서 지었다고 한 것은 옳다. 그 당시 현
종이 황음무도하여 초기 정세가 모두 바뀌어서 주목왕周穆王을 현종
에 비견하여 〈동제공등자은사탑〉을 지었다. 그중에서 다음과 같이
말했다.

"황곡이 멀리 떠나가 버렸는데, 슬피 운들 무슨 소용이요. 군자가
큰 기러기를 보니, 각기 모이를 찾네.黃鵠去不息, 哀鳴何所投. 君看隨陽鴈, 各
有稻粱謀"

바로 현인이 물러나고 주구走狗가 벼슬한다는 말이다. 조차공趙次公
의 주에서 자은사慈恩寺를 고종高宗이 문덕황후文德皇后를 위해 세웠다
고 보고, 두보가 순임금에 의탁하여 고종을 생각하고 서왕모西王母에
의탁하여 문덕황후를 생각했다고 한 것은, 사실과 맞지 않다. 번찰樊
察이 '진산秦山'을 '태산泰山'이라고 기록한 것 또한 잘못이다. 이것은 탑

이 삼백 척 높이여서 멀리 진나라 땅의 여러 산이 매우 적게 보이고, 경수涇水와 위수渭水는 뭇 산의 밖에 있으니 또한 볼 수 없으며, 아래로 인간 세상을 내려다보니 그저 창망할 뿐임을 말하는 것이다. 그 시어가 매우 분명하므로 견강부회할 수 없다.

 두보의 시 〈동제공등자은사탑〉에 관한 논의다. 천보 11년 가을에 두보는 고적高適, 잠삼岑參, 저광희儲光羲, 설거薛據 등과 장안의 동남쪽에 있는 자은사에 가서 등탑登塔의 시 1수씩을 지었다. 설거의 작품은 실전되고, 현재는 모두 4수가 전한다. 두보의 주에 따르면 "그때 고적, 설거가 먼저 이 작품을 지었다時高適·薛據先有此作"고 했으니, 두보의 시는 적어도 고적, 설거 뒤에 화작했음을 알 수 있다.

자은사는 당고종이 태자일 때 현장玄奘에 의해 세워졌다. 높이가 삼백 척에 달하며 대안탑大雁塔이라고도 한다. 이 시가 지어질 무렵에는 당나라의 정치가 매우 암담했다. 이임보가 아직 죽지 않았고, 두보도 장안에서 6~7년간 고통의 세월을 보내며 출로를 찾지 못하고 있었다. 시 전체가 비흥의 상징 수법을 사용하여 사회현실을 풍자하고 있다. 구조오仇兆鰲는 이 화작시에 대해 다음과 같이 평하고 있다.

"잠삼과 저광희의 두 작품은 풍격이 온화하여 명가名家라고 하기에 부끄럽지 않다. 고적은 간결한 작품을 써내었는데 풍격 또한 진실로 맑고 굳다. 두보는 격조가 엄정하고 기상이 특출나며 음절이 비장하다. 그리고 높고 깊은 풍경을 굽어보고 올려보며, 고금의 지식을 분석하고, 일생의 감회를 감개하여 작품에 다 쏟지 않은 것이 없으니, 진실로 여러 성현들을 압도하고 천고에 빼어나 보일 만하다. 岑儲兩作, 風秀慰貼, 不愧名家, 高達夫出之簡淨, 品格亦自清堅. 少陵則格法嚴整, 氣象崢嶸, 音節悲壯, 而俯仰高深之景, 盱衡古今之識, 感慨身世之懷, 莫不曲盡篇中, 眞足壓倒群賢, 雄視千古矣."

子美五言古, 有登慈恩寺塔云: "回首叫虞舜, 蒼梧雲正愁. 惜哉瑤池飲, 日晏崑崙丘." 註謂天寶十載[1]在長安[2]作, 是也. 時玄宗荒淫[3], 初政盡改, 故以周穆[4]比玄宗而有"回首叫虞舜"之詞; 其言"黃鵠去不息, 哀鳴何所投? 君看隨陽鳥, 各有稻粱謀", 則賢人退而狗祿[5]者進矣. 趙註[6]以爲慈恩寺乃高宗[7]爲文德皇后[8]立, 謂子美託虞舜[9]以思高宗, 託西王母[10]以思文德后, 迂遠無當[11]. "秦山"樊察作"泰山", 亦非. 此言塔高三百尺, 遠見秦地衆山細小, 而涇渭[12]在衆山之外, 又不可見, 俯視[13]下界[14], 但蒼蒼一氣耳.[15] 其語甚明, 無俟穿鑿[16].

1 十載(십재): 십년. 천보 3년 정월에 '년年'을 '재載'로 개정하여 원년元年, 2년二年, 3재三載, 4재四載 등으로 표기했다.

2 長安(장안): 당나라의 수도. 지금의 사천성 서안이다.

3 荒淫(황음): 음탕한 짓을 몹시 하다.

4 周穆(주목): 주목왕周穆王. 주소왕周昭王의 아들이다. 《목천자전穆天子傳》에 그가 8필의 준마를 타고 서왕모를 만난 고사가 실려 있다.

5 狗祿(순록): '走狗(주구)'와 같은 말이다.

6 趙註(조주): 조차공趙次公의 주. 조차공은 남송 시기의 주석가로서 두시杜詩와 소시蘇詩를 주석했으나 이미 일실되었다. 자는 언재彦材이고 촉 사람이다.

7 高宗(고종): 이치李治(628~683). 당태종 이세민李世民의 9번째 아들이다. 정관 5년(631)에 진왕晉王으로 봉해졌다. 후일 당태종의 장남인 태자 이승건李承乾과 차남인 위왕魏王 이태李泰 사이에 권력 다툼이 일어나자 태종이 둘 다 파출시키고, 정관 17년(643)에 이치를 태자로 앉혔다. 이후 정관 23년 태종이 죽고 왕위에 올라 34년간 나라를 다스렸다.

8 文德皇后(문덕황후): 당태종 이세민의 황후다. 하남성 낙양 사람이며, 수나라 효위장군驍衛將軍 장손성長孫晟의 딸이다.

9 虞舜(우순): 순임금. 이름은 중화重華이고, 요의 선양을 받아 천하를 다스렸다. 요허姚墟에서 태어났기에 성이 요다. 국호를 유순有舜이라고 한다.

10 西王母(서왕모): 곤륜산崑崙山에 사는 전설 속의 여신이다.

11 迂遠無當(우원무당): 사실과 맞지 않다. 현실과는 거리가 멀다.

12 涇渭(경위): 경수涇水와 위수渭水. 황하의 큰 지류로서 낙양 북쪽 유역에서 서로 교차하는데, 경수는 항상 맑고 위수는 항상 흐려서 구분이 분명하다고 한다.

13 俯視(부시): 내려다보다.

14 下界(하계): 인간 세상. 고대 미신의 관념에서 사람들은 하늘의 신선이 거주하는 곳을 '상계上界'라고 불렀고, 그와 상대적으로 인간이 사는 곳을 '하계'라고 불렀다.

8

두보의 칠언가행 중 〈곡강曲江〉의 제3장, 〈동곡현칠가同谷縣七歌〉,
〈군불견간소혜君不見簡蘇徯〉, 〈단가증왕랑短歌贈王郎〉, 〈취가증안소부
醉歌贈顏少府〉 및 〈만청晩晴〉 등은 뛰어나게 특출나지만, 서두와 결말이
없어 배우기 쉽지 않다. 〈애왕손哀王孫〉, 〈애강두哀江頭〉 등은 다소 사
건을 서술했는데, 기상이 융합되었고 더욱이 비슷한 것이 없다. 〈화
마인畫馬引〉, 〈단청인丹靑引〉 등은 거리낌 없이 자유롭고 단정하고 생
동감 있는데, 천년 이래로 오직 이몽양이 그것을 잘 배웠을 뿐, 다른
사람은 비슷하게 쓸 수 없었다.

두보의 칠언가행에 관한 논의다. 현존하는 두보의 칠언가행은 141수인데, 두
보는 천보 5년 이후 가행체 시를 많이 창작하여 독창적인 시풍을 전개했다.
이와 관련하여 시보화施補華는 《현용설시峴傭說詩》에서 다음과 같이 평가
했다.
"두보의 칠언고시는 학문, 재력, 성정이 모두 절정에 이르렀는데, 칠언고
시가 창작된 이래로 가장 성대하다. 칠언고시로는 두보가 정종이다.少陵七
古, 學問才力性情, 俱臻絶頂, 爲自有七古來極盛. 七古以少陵爲正宗."

子美七言歌行, 如曲江第三章, 同谷縣七歌, 君不見簡蘇徯, 短歌贈王郎, 醉
歌贈顏少府及晩晴等篇, 突兀崢嶸, 無首無尾, 旣不易學; 如哀王孫, 哀江頭
等, 雖稍入敍事, 而氣象渾涵[1], 更無有相類者, 至若[2]畫馬引, 丹靑引等, 縱橫
軼蕩[3], 而精嚴自如[4], 千載而下, 惟獻吉能之, 他人不能得其彷彿也.

1 氣象渾涵(기상혼함): 기상이 융합되다.
2 至若(지약): …의 경우.
3 縱橫軼蕩(종횡질탕): 거리낌 없이 자유롭다.
4 精嚴自如(정엄자여): 단정하고 생동감 있다.

9

사진이 말했다.

"장편은 길게 늘려 서술하는 것을 가장 꺼리니, 의미를 다 말해서는 안 되고 힘을 고갈시켜서는 안 되며 변화의 오묘함을 중시한다."

소철이 말했다.

"두보는 안녹산의 난으로 포로가 되었을 때 〈애강두哀江頭〉 시를 지었는데, 나는 그 시어의 기풍이 뛰어난 전마戰馬가 언덕을 넘어 계곡을 건너는 것과 같거나 평지를 걷는 것 같음을 좋아하며, 시인이 남긴 창작의 비법을 깨달았다. 백거이의 시는 시어가 매우 다듬어졌으나, 사건의 서술에 서툴러서 조금도 남기지 않고 다 말하여 오히려 그것이 결점이 된 듯하니, 이것이 두보의 어깨를 바라보고서 미치지 못하는 까닭이다."

내가 생각건대 소철의 이 평론은 천고에 절묘한데, 두보의 가행은 이 방법으로 창작된 것이 매우 많으니, 비단 〈애강두〉뿐만이 아니다.

두보의 장편가행에 관한 논의다. 이와 관련하여 섭섭葉燮은 《원시原詩》에서 다음과 같이 평했다.

"두보의 칠언장편은 변화가 오묘하고, 고심하여 고안한 기이함이 지극하다.杜甫七言長篇, 變化神妙, 極慘淡經營之奇."

허학이는 여기서 칠언가행의 변화무쌍함은 오직 소철이 칭송한 〈애강두〉뿐만 아니라 대부분의 작품에서 찾아볼 수 있음을 지적하며 두보시의 서사적 가치를 강조하고 있다. 방동수 역시 《소매첨언》에서 두보의 서사성에 대해 다음과 같이 평가했다.

"서사는 변화가 풍부하고 자유로운 가운데 또 한가로움을 넣어 펼쳐 낼 수 있는데, 문장 밖에 정취가 심원한 것은 오직 두보에게만 있다.敍事能敍得 磊落跌宕中又挿入閑情, 文外遠致, 此惟杜公有之."

한편 〈애강두〉는 지덕 2년 안녹산의 난으로 인해 두보가 장안에 연금되었을 때 지은 작품이다. 반군의 눈을 피해 몰래 곡강曲江으로 나가 늦봄 유원지의 황량한 정경을 바라보면서 느낀 감정을 시로 표현했다. 화려하고 번창하던 왕조, 반군에 의한 몰락 및 국가의 불안한 미래, 백성의 불행한 생활 등을 묘사한 작품이다.

謝茂秦云: "長篇最忌鋪敍, 意不可盡, 力不可竭, 貴有變化之妙." 蘇子由云: "老杜陷賊時[1]有哀江頭詩, 予愛其詞氣如百金戰馬[2], 注坡驀澗[3], 如履平地[4], 得詩人之遺法. 如白樂天詩, 詞甚工, 然拙於[5]紀事, 寸步不遺[6], 猶恐失之, 此所以望老杜之藩垣而不及也." 愚按: 子由此論, 妙絶千古[7], 然子美歌行, 此法甚多, 不獨[8]哀江頭也.

1 老杜陷賊時(노두함적시): 두보는 지덕 2년(757) 봄날 안녹산의 반군에 의해 장안에 연금되었다.

2 百金戰馬(백금전마): 뛰어난 전마.

3 注坡驀澗(주파맥간): 언덕을 넘어 계곡을 건너다.

4 如履平地(여리평지): 평지를 걷는 듯하다.

5 拙於(졸어): …에 서투르다.

6 寸步不遺(촌보불유): 조금도 남기지 않다.

7 妙絶千古(묘절천고): 천고에 절묘하다.

8 不獨(부독): '不但(부단)'과 같은 말이다. …뿐만이 아니다.

10

두보의 〈음중팔선가飮中八仙歌〉에서는 대부분 하나의 운을 두 번 사용했는데, 세 번까지 사용한 것도 있지만 읽어도 끝내 자각하지 못한다. 어릴 때에 익숙하게 외워 역시 그 복잡한 오묘함을 보지 못했다. 혹자가 "이 노래는 서두와 결말이 없으나 마땅히 8장이다"고 했다. 체재는 비록 8장이지만 문기文氣가 오직 1편과 같은 것은 또한 가행의 변화인데, 다만 시어가 원화의 시풍에 들어가지 않을 뿐이다. 마지막 두 구는 〈동곡同谷〉의 제7가와 같이 성운과 기세가 다 갖추어졌다.2)

〈음중팔선가〉에 관한 논의다. 이 시는 천보 6~7년 무렵 두보가 장안에서 살던 초기에 지은 칠언고시다. 그 당시에 술로 이름 난 8명의 주선들의 술에 대한 애정과 술 취한 뒤의 자태를 묘사하고 그들의 호방하여 구속받지 않는 성격 및 예술 성취를 드러내었다. 일상에서 벗어난 그들의 일탈을 아름답게 부각시킨 것은 그 당시 불우한 가운데 수도 장안에 머무르던 두보 자신의 처지와 맞아 떨어졌기 때문이다. 8명의 순서는 나이와 관직을 고려하여 하지장賀知章, 왕진王璡, 이적지李適之, 최종지崔宗之, 소진蘇晉, 이백李白, 장욱張旭, 초수焦遂 순으로 배열했지만 '주중선酒中仙', 즉 스스로를 술 마시는 신선이라고 칭한 이백이 전체 중점에 있다고 볼 수 있다. 동일한 운자를 끝까지 매 구절에 사용하면서도 구절의 안배에 변화를 주면서 압운상의 통일성을 추구한 점이 뛰어나다.

子美飮中八仙歌中多一韻二用, 有至三用者, 讀之了不自覺. 少時熟記1, 亦不見其錯綜之妙2. 或謂"此歌無首無尾, 當作八章." 然體雖八章, 文氣只似一篇, 此亦歌行之變, 但語未入元和耳. 至"焦遂"3二句, 如同谷第七歌, 聲氣俱盡. ["聲氣俱盡", 須溪同谷第七歌評語.]

1 熟記(숙기): 익숙하게 외우다.
2 錯綜之妙(착종지묘): 복잡한 오묘함.
3 焦遂(초수): 두보 〈음중팔선가飮中八仙歌〉의 마지막 구절을 가리킨다.

---

2) "성운과 기세가 다 갖추어졌다"는 말은 〈동곡同谷〉 제7가에 대한 유진옹의 평어다.

11

두보의 오언고시, 칠언가행에는 뛰어나고 재치가 있는 시구가 많은데, 지금 대략 시구를 기려 뽑아 예로 들어 본다.

오언고시 중 다음의 시구는 뛰어나고 재치가 있다.

"석양이 큰 깃발을 비추고, 말이 울고 바람이 쓸쓸이 부네.落日照大旗, 馬鳴風蕭蕭."

"영혼이 푸른 단풍 숲에서 오고, 혼백이 어두운 관새로 돌아가네.魂來楓林靑, 魂返關塞黑."

"하늘은 길게 뻗었고 관새가 추운데, 세모에 기한飢寒이 몰려오네.天長關塞寒, 歲暮飢凍逼."

"햇빛이 외로운 수자리에 은은하게 비치고, 까마귀 우는 소리가 성 꼭대기를 가득 메우네.日色隱孤戍, 烏啼滿城頭."

"수많은 별과 달이 높이 뜨고, 아득히 운무가 걷히네.磊落星月高, 蒼茫雲霧收."

"높은 벽이 매우 험준하게 솟았고, 큰 파도가 크게 어지럽게 일렁이네.高壁抵嶔崟, 洪濤越凌亂."

"수많은 골짜기가 듬성한 수풀에 의지하고, 겹겹이 쌓인 그늘이 일렁이는 파도를 이끄네. 날씨가 찬 날의 밖은 고요하고, 긴 바람 소리 속에 울부짖음이 들리네.萬壑欹疎林, 積陰帶奔濤. 寒日外淡泊, 長風中怒號."

"긴 바람이 높은 파도를 만들고, 광활함이 진실로 태고부터 있었다네.長風駕高浪, 浩浩自太古."

"추운 날씨에 안개가 느리게 걷히고, 맑은 강이 급히 산을 돌아 흐르네.寒日出霧遲, 淸江轉山急."

"높은 가지가 광활한 하늘을 넘고, 뜨거운 바람이 가끔 쉬지도 않네. 진실로 태연한 선비의 마음이 아니니, 여기 올라 온갖 근심을 뒤척이네.高標跨蒼穹, 烈風無時休. 自非曠士懷, 登玆翻百憂."

"눈물이 내 옷에 흐르고, 처량한 바람이 궁궐의 문을 밀치네.涕淚濺我裳, 悲風排帝閽."

칠언가행 중 다음의 시구는 뛰어나고 재치가 있다.

"칠가七歌는 구슬픈 곡조구나, 하늘을 올려다보니 해가 금방 지나네.七歌兮悄終曲, 仰視皇天白日速."

"깊은 산과 굽은 계곡에 살 수 없고, 번쩍이는 망량이 광풍과 함께 스쳐가네.深山窮谷不可處, 霹靂魍魎兼狂風."

"왕랑王郎이 술에 취해 검을 뽑아 땅을 가르며 노래하는데 슬프지 않고, 나는 마음속에 울분이 있어도 담백할 수 있는 재주를 발휘할 수 있네. 예장나무가 바람에 나부끼고 해가 움직이며, 고래가 푸른 바다를 넘어가니 어둠이 열리네.王郎酒酣拔劍斫地歌莫哀, 我能拔爾抑塞磊落之奇才. 豫樟翻風白日動, 鯨魚跋浪滄溟開."

"오랑캐의 늙은이는 추위를 원망하고, 곤륜의 천관이 얼어서 끊어지네. 검은 원숭이 입이 얼어 울 수가 없고, 흰 고니는 날개를 떨치고 눈에서 피를 흘리네. 어찌 봄날의 진흙으로 이 땅 갈라진 것을 메울까?蠻夷長老怨苦寒, 崑崙天關凍應折. 玄猿口噤不能嘯, 白鵠垂翅眼流血. 安得春泥補地裂."

"추풍이 솔솔 내 옷깃에 불어오고, 동으로 흐르는 강 너머에 서산 해가 희미하네.秋風淅淅吹我衣, 東流之外西日微."

"소나무가 떠올라 구름에 다할 듯 말듯, 강이 흘러서 돌을 부술 듯 말듯.松浮欲盡不盡雲, 江動將崩未崩石."

"삼경에 바람이 불고 추위가 몰아치는데, 즐거움에 취해 떠들며 배가 무거움을 느끼네. 허공에 가득 찬 별빛이 부서지고, 사방으로 둘러앉은 빈객의 정경이 움직이지 않네.三更風起寒浪湧, 取樂喧呼覺船重. 滿空星河光破碎, 四座賓客色不動."

"춤을 시작할 때는 번개가 진노를 거두는 듯하고, 마칠 때는 바다에 맑은 빛이 응결되는 듯하네.來如雷霆收震怒, 罷如江海凝淸光."3)

"구름이 밀려와 긴 무협과 기운이 이어지고, 달이 떠 하얀 설산의 추위를 비추네.雲來氣接巫峽長, 月出寒通雪山白."4)

"포공襄公과 악공鄂公의 모발이 움찔하고, 영웅의 기개가 전쟁을 즐기는 듯이 호탕하네.襄公鄂公毛髮動, 英姿颯爽來酣戰."

"잠깐 사이 구천의 준마가 나타나고, 순식간에 만고의 평범한 말을 쓸어버리네.斯須九重眞龍出, 一洗萬古凡馬空."5)

"위후魏侯는 기골이 왕성하고 정신이 명료하며, 화악산 봉우리 끝에서 가을 매를 보는 듯하네.魏侯骨聳精爽緊, 華嶽峯尖見秋隼."

진사도가 "두보는 사물을 만나면 바야흐로 뛰어난 작품을 쓰는데, 예를 들면 삼강오호三江五湖가 천리에 조용히 흐르지만, 풍경에 의거하여 창작된 이후에는 뛰어나게 된다."고 한 것은 이를 두고 말한 것이다.

오·칠언 고시의 경우는 성조가 들어가거나 혹은 차운借韻이 많으며 또한 고운古韻과 합치되지 않는데, 이것은 앞 시대에는 없던 것이다. 〈애강두哀江頭〉는 본디 2운이므로, 후인이 1운으로 잘못 짓는 것은 옳지 못하다.

두보의 오언고시, 칠언가행 중 뛰어나고 재치가 있는 시구의 예를 들었다.

---

3) 〈관무검觀舞劍〉.
4) 〈고백古柏〉.
5) 이상 두 시구는 〈단청인丹靑引〉이다.

子美五言古, 七言歌行, 多奇警之句, 今略摘以見. 五言古如"落日照大旗, 馬鳴風蕭蕭."[1] "魂來楓林靑, 魂返關塞黑."[2] "天長關塞寒, 歲暮飢凍逼."[3] "日色隱孤戍, 烏啼滿城頭."[4] "磊落星月高, 蒼茫雲霧收."[5] "高壁抵嶔岑, 洪濤越零亂."[6] "萬壑欹疎林, 積陰帶奔濤. 寒日外淡泊, 長風中怒號."[7] "長風駕高浪, 浩浩自太古."[8] "寒日出霧遲, 淸江轉山急."[9] "高標跨蒼穹, 烈風無時休. 自非曠士懷, 登玆翻百憂."[10] "涕淚濺我裳, 悲風排帝閽."[11] 歌行如"七歌兮悄終曲, 仰視皇天白日速."[12] "深山窮谷不可處, 霹靂魍魎兼狂風."[13] "王郞酒酣拔劍斫地歌莫哀, 我能拔爾抑塞磊落之奇才. 豫樟翻風白日動, 鯨魚跋浪滄溟開."[14] "蠻夷長老怨苦寒, 崑崙天關凍應折. 玄猿口噤不能嘯, 白鵠垂翅眼流血. 安得春泥補地裂."[15] "秋風淅淅吹我衣, 東流之外西日微."[16] "松浮欲盡不盡雲, 江動將崩未崩石."[17] "三更風起寒浪湧, 取樂喧呼覺船重. 滿空星河光破碎, 四座賓客色不動."[18] "來如雷霆收震怒, 罷如江海凝淸光."[觀舞劍][19] "雲來氣接巫峽長, 月出寒通雪山白."[古柏][20] "褒公鄂公毛髮動, 英姿颯爽來酣戰."[21] "斯須九重眞龍出, 一洗萬古凡馬空."[四句丹靑引][22] "魏侯骨聳精爽緊, 華嶽峯尖見秋隼."[23]等句, 皆爲奇警者也. 后山謂"子美遇物方奇, 如三江五湖[24], 平漫千里[25], 因風景作而後出奇"是也. 至五七言古, 入聲或多借韻, 又與古韻不合, 此前古所無. 哀江頭本二韻, 後人誤作一韻者, 非.

1 落日照大旗(낙일조대기), 馬鳴風蕭蕭(마명풍소소): 석양이 큰 깃발을 비추고, 말이 울고 바람이 쓸쓸이 부네. 두보 〈후출새오수後出塞五首〉 중 제2수의 시구다.

2 魂來楓林靑(혼래풍림청), 魂返關塞黑(혼반관새흑): 영혼이 푸른 단풍 숲에서 오고, 혼백이 어두운 관새로 돌아가네. 두보 〈몽이백이수夢李白二首〉 중 제1수의 시구다.

3 天長關塞寒(천장관새한), 歲暮飢凍逼(세모기동핍): 하늘은 길게 뻗었고 관새가 추운데, 세모에 기한飢寒이 몰려오네. 두보 〈별찬상인別贊上人〉의 시구다.

4 日色隱孤戍(일색은고수), 烏啼滿城頭(오제만성두): 햇빛이 외로운 수자리에 은은하게 비치고, 까마귀 우는 소리가 성 꼭대기를 가득 메우네. 두보 〈발진주發秦州〉의 시구다.

5 磊落星月高(뇌락성월고), 蒼茫雲霧收(창망운무수): 수많은 별과 달이 높이 뜨고, 아득히 운무가 걷히네. 두보 〈발진주〉의 시구다.

6 高壁抵嶔崟(고벽저금음), 洪濤越零亂(홍도월영난): 높은 벽이 매우 험준하게 솟았고, 큰 파도가 크게 어지럽게 일렁이네. 두보 〈백사도白沙渡〉의 시구다.

7 萬壑欹踈林(만학의소림), 積陰帶奔濤(적음대분도). 寒日外淡泊(한일외담박), 長風中怒號(장풍중노호): 수많은 골짜기가 듬성한 수풀에 의지하고, 겹겹이 쌓인 그늘이 일렁이는 파도를 이끄네. 날씨가 찬 날의 밖은 고요하고, 긴 바람 소리 속에 울부짖음이 들리네. 두보 〈비선각飛仙閣〉의 시구다.

8 長風駕高浪(장풍가고랑), 浩浩自太古(호호자태고): 긴 바람이 높은 파도를 만들고, 광활함이 진실로 태고부터 있었다네. 두보 〈용문각龍門閣〉의 시구다.

9 寒日出霧遲(한일출무지), 淸江轉山急(청강전산급): 추운 날씨에 안개가 느리게 걷히고, 맑은 강이 급히 산을 돌아 흐르네. 두보 〈조발사홍현남도중작早發射洪縣南途中作〉의 시구다.

10 高標跨蒼穹(고표과창궁), 烈風無時休(열풍무시휴). 自非曠士懷(자비광사회), 登玆翻百憂(등자번백우): 높은 가지가 광활한 하늘을 넘고, 뜨거운 바람이 가끔 쉬지도 않네. 진실로 태연한 선비의 마음이 아니니, 여기 올라 온갖 근심을 뒤척이네. 두보 〈동제공등자은사탑同諸公登慈恩寺塔〉의 시구다.

11 涕淚濺我裳(체루천아상), 悲風排帝閽(비풍배제혼): 눈물이 내 옷에 흐르고, 처량한 바람이 궁궐의 문을 밀치네. 두보 〈이화양류소부貽華陽柳少府〉의 시구다.

12 七歌兮悄終曲(칠가혜초종곡), 仰視皇天白日速(앙시황천백일속): 칠가七歌는 구슬픈 곡조구나, 하늘을 올려다보니 해가 금방 지나네. 두보 〈건원중우거동곡현작가칠수乾元中寓居同穀縣作歌七首〉 중 제7수의 시구다.

13 深山窮谷不可處(심산궁곡불가처), 霹靂魍魎兼狂風(벽력망량겸광풍): 깊은 산과 굽은 계곡에 살 수 없고, 번쩍이는 망량이 광풍과 함께 스쳐가네. 두보 〈군불견간소혜君不見簡蘇徯〉의 시구다.

14 王郎酒酣拔劍斫地歌莫哀(왕랑주감발검작지가막애), 我能拔爾抑塞磊落之奇才(아능발이억새뇌락지기재). 豫樟翻風白日動(예장번풍백일동), 鯨魚跋浪滄溟開(경어발랑창명개): 왕랑王郎이 술에 취해 검을 뽑아 땅을 가르며 노래하는데 슬프지 않고, 나는 마음속에 울분이 있어도 담백할 수 있는 재주를 발휘할 수 있네. 예장나무가 바람에 나부끼고 해가 움직이며, 고래가 푸른 바다를 넘어 가니 어둠이 열리네. 두보 〈단가행증왕랑사직短歌行贈王郎司直〉의 시구다.

15 蠻夷長老怨苦寒(만이장로원고한), 崑崙天關凍應折(곤륜천관동응절). 玄猿

口噤不能嘯(현원구금불능소), 白鵠垂翅眼流血(백곡수시안류혈), 安得春泥補
地裂(안득춘니보지렬): 오랑캐의 늙은이는 추위를 원망하고, 곤륜의 천관이 얼
어서 끊어지네. 검은 원숭이 입이 얼어 울 수가 없고, 흰 고니는 날개를 떨치고
눈에서 피를 흘리네. 어찌 봄날의 진흙으로 이 땅 갈라진 것을 메울까? 두보
〈후고한행이수後苦寒行二首〉 중 제1수의 시구다.

16 秋風淅淅吹我衣(추풍석석취아의), 東流之外西日微(동류지외서일미): 추풍
이 솔솔 내 옷깃에 불어오고, 동으로 흐르는 강 너머에 서산 해가 희미하네. 두
보 〈추풍이수秋風二首〉 중 제2수의 시구다.

17 松浮欲盡不盡雲(송부욕진부진운), 江動將崩未崩石(강동장붕미붕석): 소나
무가 떠올라 구름에 다할 듯 말듯, 강이 흘러서 돌을 부슬 듯 말듯. 두보 〈낭산
가閬山歌〉의 시구다.

18 三更風起寒浪湧(삼경풍기한랑용), 取樂喧呼覺船重(취락훤호각선중), 滿空
星河光破碎(만공성하광파쇄), 四座賓客色不動(사좌빈객색부동): 삼경에 바람
이 불고 추위가 몰아치는데, 즐거움에 취해 떠들며 배가 무거움을 느끼네. 허공
에 가득 찬 별빛이 부서지고, 사방으로 둘러앉은 빈객의 정경이 움직이지 않네.
두보 〈배왕시어동등동산최고정연요통천만휴주범강陪王侍禦同登東山最高頂宴姚通
泉晩攜酒泛江〉의 시구다.

19 來如雷霆收震怒(래여뇌정수진노), 罷如江海凝淸光(파여강해응청광): 춤을
시작할 때는 번개가 진노를 거두는 듯하고, 마칠 때는 바다에 맑은 빛이 응결되
는 듯하네. 두보 〈관공손대낭제자무검기행觀公孫大娘弟子舞劍器行〉의 시구다.

20 雲來氣接巫峽長(운래기접무협장), 月出寒通雪山白(월출한통설산백): 구름
이 밀려와 긴 무협과 기운이 이어지고, 달이 떠 하얀 설산의 추위를 비추네. 두
보 〈고백행古柏行〉의 시구다.

21 襃公鄂公毛髮動(포공악공모발동), 英姿颯爽來酣戰(영자삽상래감전): 포공襃
公과 악공鄂公의 모발이 움찔하고, 영웅의 기개가 전쟁을 즐기는 듯이 호탕하
네. 두보 〈단청인증조장군패丹靑引贈曹將軍霸〉의 시구다.

22 斯須九重眞龍出(사수구중진용출), 一洗萬古凡馬空(일세만고범마공): 잠깐
사이 구천의 준마가 나타나고, 순식간에 만고의 평범한 말을 쓸어버리네. 두보
〈단청인증조장군패丹靑引贈曹將軍霸〉의 시구다.

23 魏侯骨聳精爽緊(위후골용정상긴), 華嶽峯尖見秋隼(화옥봉첨견추준): 위후魏
侯는 기골이 왕성하고 정신이 명료하며, 화악산 봉우리 끝에서 가을 매를 보는

듯하네. 두보 〈위장군가魏將軍歌〉의 시구다.

24 三江五湖(삼강오호): 강과 호수의 범칭이다.

25 平漫千里(평만천리): 천리에 조용히 흐르다.

12

두보의 가행은 첫 시구의 꾸밈이 다르다. 다음과 같은 시구는 이미
비범하다.

"곡강은 스산하고 가을 기운 높은데, 마름과 연꽃이 시들어 바람 따
라 일렁이네.曲江蕭條秋氣高, 菱荷枯折隨風濤."

"사방 산에 바람이 많이 불고 계곡의 물이 급하게 흐르며, 찬비가
스산하게 내려 마른 나무를 적시네.四山多風溪水急, 寒雨颯颯枯樹濕."

"추풍이 솔솔 내 옷깃에 불어오고, 동으로 흐르는 강 너머에 서산의
해가 희미하네.秋風淅淅吹我衣, 東流之外西日微."

"오늘이 짧음을 슬퍼하고 어제는 끝이 났구나, 한 해가 저무니 근심
이 갑절 떠나네.今日苦短昨日休, 歲雲暮矣增離憂."

"질풍이 먼지를 일으켜 하현河縣이 어둡고, 나그네는 한 해 흐르는
동안 서로 보지 못했네.疾風吹塵暗河縣, 行子隔年不相見."

"여러 사람이 줄이어 큰 관직에 오르고, 정건鄭虔 선생의 광문관직廣
文官職이 홀로 쓸쓸하네. 고관의 주택이 많고 좋은 쌀과 좋은 고기에
질리며, 정건 선생의 식사가 부족하네.諸公袞袞登臺省, 廣文先生官獨冷. 甲
第紛紛厭粱肉, 廣文先生飯不足."

"열흘에 물 하나 그리고, 닷새에 돌 하나 그리네. 일에 능하여 재촉
을 받지 않고, 왕재王宰가 비로소 진짜 자취를 남기고자 하네.十日畫一
水, 五日畫一石. 能事不受相促迫, 王宰始肯留眞跡."

다음과 같은 시구는 뛰어나다.

"남아가 태어나 이름을 이루지 못하고 몸이 이미 늙어서, 삼년을 굶주려 황무지 산을 걸어가네.男兒生不成名身已老, 三年飢走荒山道."

"왕랑王郎이 술에 취해 검을 뽑아 땅을 가르며 노래하는데 슬프지 않고, 나는 마음속에 울분이 있어도 담백할 수 있는 재주를 발휘할 수 있네.王郎酒酣拔劍斫地歌莫哀, 我能拔爾抑塞磊落之奇才."

"고당에 늦겨울 눈이 웅장하게 내리는데, 옛 풍토병이 먼지 같이 사라지고 없네.高唐暮冬雪壯哉, 舊瘴無復似塵埃."

"낭묘에 배시주裵施州를 위한 연회를 갖추고, 지난번 만났을 때는 이런 분위기 없었네.廊廟之具裵施州, 宿昔一逢無此流."

"슬픈 누대가 처량한데 돌 언덕이 우뚝 솟았고, 구슬픈 골짜기에 나뭇가지 뒤엉키어 물이 세차게 흐르네.悲臺蕭瑟石巃嵸, 哀壑权枒浩呼洶."

다음과 같은 시구는 본받을 만하지 않다.
"육기는 20세에 문부를 지었는데, 너는 더 어릴 때 문장을 지었네.陸機二十作文賦, 汝更小年能綴文."

"옛날의 미인 공손씨公孫氏 있었는데, 한 번 〈검기劍器〉의 춤을 추면 사방을 들썩였지.昔有佳人公孫氏, 一舞劍器動四方."

"지금 나는 악양岳陽을 생각하는 것이 즐겁지 않고, 날아다니고 싶지만 병상에 누웠네.今我不樂思岳陽, 身欲奮飛病在牀."

다음과 같은 시구는 확실히 군더더기의 시어다.
"천하에 고송을 그린 사람 몇 사람인가, 필굉畢宏은 이미 늙었고 위언韋偃은 어리네.天下幾人畫古松, 畢宏已老韋偃少."

"듣자니 남행시의 준마는, 필 수를 제한하지 않고 군대에서 필요하다고 하네.聞道南行市駿馬, 不限定數軍中須."

"세상에서 드물고 귀한 것은 세상 사람들이 알지 못하고, 우정이

밀접하고 오래 지속된 것은 저절로 드러나네.麟角鳳嘴世莫識, 煎膠續弦奇
自見."

　　오늘날 사람들은 정교한 것에 대해 이해하지 못할 뿐 아니라, 졸렬
한 것에 대해서도 감히 말할 수 없으니, 어찌 두보시를 읽을 수 있으리
오? 후일 매요신梅堯臣, 황정견黃庭堅은 태반 두보의 비루한 시구를 배
웠으니, 가히 취향이 기괴하다고 하겠다.

해제 두보시의 첫 시구 중 잘된 것과 졸렬한 것의 예를 통해 두보 시에 대한 올
바른 감상을 강조하고 있다.

원문 子美歌行, 起語工拙不同. 如"曲江蕭條秋氣高, 菱荷枯折隨風濤."[1] "四山多
風溪水急, 寒雨颯颯枯樹濕."[2] "秋風淅淅吹我衣, 東流之外西日微."[3] "今日
苦短昨日休, 歲雲暮矣增離憂."[4] "疾風吹塵暗河縣, 行子隔年不相見."[5] "諸
公袞袞登臺省, 廣文先生官獨冷. 甲第紛紛厭粱肉, 廣文先生飯不足."[6] "十
日畫一水, 五日畫一石. 能事不受相促迫, 王宰始肯留眞跡."[7]等句, 旣爲超
絶, 至"男兒生不成名身已老, 三年飢走荒山道."[8] "王郎酒酣拔劍斫地歌莫
哀, 我能拔爾抑塞磊落之奇才."[9] "高唐暮冬雪壯哉, 舊障無復似塵埃."[10] "廊
廟之具裴施州, 宿昔一逢無此流."[11] "悲臺蕭瑟石巃嵸, 哀壑权枒浩呼洶"[12]
等句, 則更奇特. 如"陸機二十作文賦, 汝更小年能綴文."[13] "昔有佳人公孫
氏, 一舞劍器動四方."[14] "今我不樂思岳陽, 身欲奮飛病在牀"[15]等句, 未可爲
法, 至"天下幾人畫古松, 畢宏已老韋偃少."[16] "聞道南行市駿馬, 不限定數軍
中須."[17] "麟角鳳嘴世莫識, 煎膠續弦奇自見."[18] 則斷乎[19]爲累語矣. 今人於
工者旣不能曉, 於拙者又不敢言, 烏[20]在其能讀杜也? 後梅聖兪[21]·黃魯直[22]
太半學杜累句, 可謂嗜痂之癖[23].

주석 1　曲江蕭條秋氣高(곡강소조추기고), 菱荷枯折隨風濤(능하고절수풍도): 곡강은
　　스산하고 가을 기운 높은데, 마름과 연꽃이 시들어 바람 따라 일렁이네. 두보
　　〈곡강삼장曲江三章〉 중 제1장의 시구다.

2 四山多風溪水急(사산다풍계수급), 寒雨颯颯枯樹濕(한우삽삽고수습): 사방 산에 바람이 많이 불고 계곡의 물이 급하게 흐르며, 찬비가 스산하게 내려 마른 나무를 적시네. 두보 〈건원중우거동곡현작가칠수乾元中寓居同谷縣作歌七首〉 중 제5수의 시구다.

3 秋風淅淅吹我衣(추풍석석취아의), 東流之外西日微(동류지외서일미): 추풍이 솔솔 내 옷깃에 불어오고, 동으로 흐르는 강 너머에 서산의 해가 희미하네. 두보 〈추풍이수秋風二首〉 중 제2수의 시구다.

4 今日苦短昨日休(금일고단작일휴), 歲雲暮矣增離憂(세운모의증리우): 오늘이 짧음을 슬퍼하고 어제는 끝이 났구나, 한 해가 저무니 근심이 갑절 떠나네. 두보 〈금수행錦樹行〉의 시구다.

5 疾風吹塵暗河縣(질풍취진암하현), 行子隔年不相見(행자격년불상견): 질풍이 먼지를 일으켜 하현河縣이 어둡고, 나그네는 한 해 흐르는 동안 서로 보지 못했네. 두보 〈호성동우맹운경복귀유호택숙연음산인위취가湖城東遇孟雲卿復歸劉顥宅宿宴飮散因爲醉歌〉의 시구다.

6 諸公袞袞登臺省(제공곤곤등대성), 廣文先生官獨冷(광문선생관독랭). 甲第紛紛厭粱肉(갑제분분염양육), 廣文先生飯不足(광문선생반부족): 여러 사람이 줄이어 큰 관직에 오르고, 정건鄭虔 선생의 광문관직廣文官職이 홀로 쓸쓸하네. 고관의 주택이 많고 좋은 쌀과 좋은 고기에 질리며, 정건 선생의 식사가 부족하네. 두보 〈취시가醉時歌〉의 시구다.

7 十日畫一水(십일화일수), 五日畫一石(오일화일석). 能事不受相促迫(능사불수상촉박), 王宰始肯留眞跡(왕재시긍류진적): 열흘에 물 하나 그리고, 닷새에 돌 하나 그리네. 일에 능하여 재촉을 받지 않고, 왕재王宰가 비로소 진짜 자취를 남기고자 하네. 두보 〈희제화산수도가戲題畵山水圖歌〉의 시구다.

8 男兒生不成名身已老(남아생불성명신이로), 三年飢走荒山道(삼년기주황산도): 남아가 태어나 이름을 이루지 못하고 몸이 이미 늙어서, 삼년을 굶주려 황무지 산을 걸어가네. 두보 〈건원중우거동곡현작가칠수乾元中寓居同穀縣作歌七首〉 중 제7수의 시구다.

9 王郞酒酣拔劍斫地歌莫哀(왕랑주감발검작지가막애), 我能拔爾抑塞磊落之奇才(아능발이억새뇌락지기재): 왕랑王郎이 술에 취해 검을 뽑아 땅을 가르며 노래하는데 슬프지 않고, 나는 마음속에 울분이 있어도 담백할 수 있는 재주를 발휘할 수 있네. 두보 〈단가행증왕랑사직短歌行贈王郎司直〉의 시구다.

10 高唐暮冬雪壯哉(고당모동설장재), 舊瘴無復似塵埃(구장무복사진애): 고당
에 늦겨울 눈이 웅장하게 내리는데, 옛 풍토병이 먼지 같이 사라지고 없네. 두
보 〈만청晚晴〉의 시구다.

11 廊廟之具裴施州(낭묘지구배시주), 宿昔一逢無此流(숙석일봉무차류): 낭묘
에 배시주裴施州를 위한 연회를 갖추고, 지난번 만났을 때는 이런 분위기 없었
네. 두보 〈기배시주寄裴施州〉의 시구다.

12 悲臺蕭瑟石巃嵸(비대소슬석롱종), 哀壑枒杈浩呼洶(애학차야호호흉): 슬픈
누대가 처량한데 돌 언덕이 우뚝 솟았고, 구슬픈 골짜기에 나뭇가지 뒤엉키어
물이 세차게 흐르네. 두보 〈왕병마사이각응王兵馬使二角鷹〉의 시구다.

13 陸機二十作文賦(육기이십작문부), 汝更小年能綴文(여갱소년능철문): 육기
는 20세에 문부를 지었는데, 너는 더 어릴 때 문장을 지었네. 두보 〈취가행醉歌
行〉의 시구다.

14 昔有佳人公孫氏(석유가인공손씨), 一舞劍器動四方(일무검기동사방): 옛날
의 미인 공손씨公孫氏 있었는데, 한 번 〈검기劍器〉의 춤을 추면 사방을 들썩였
지. 두보 〈관공손대낭제자무검기행觀公孫大娘弟子舞劍器行〉의 시구다.

15 今我不樂思嶽陽(금아불낙사악양), 身欲奮飛病在牀(신욕분비병재상): 지금
나는 악양岳陽을 생각하는 것이 즐겁지 않고, 날아다니고 싶지만 병상에 누웠
네. 두보 〈기한간의寄韓諫議〉의 시구다.

16 天下幾人畫古松(천하기인화고송), 畢宏已老韋偃少(필굉이로위언소): 천하
에 고송을 그린 사람 몇 사람인가, 필굉畢宏은 이미 늙었고 위언韋偃은 어리네.
두보 〈희위쌍송도가戲爲雙松圖歌〉의 시구다.

17 聞道南行市駿馬(문도남행시준마), 不限疋數軍中須(불한필수군중수): 듣자
니 남행시의 준마는, 필 수를 제한하지 않고 군대에서 필요하다고 하네. 두보
〈석별행송유복사판관惜別行送劉僕射判官〉의 시구다.

18 麟角鳳嘴世莫識(인각봉취세막식), 煎膠續弦奇自見(전교속현기자현): 세상
에서 드물고 귀한 것은 세상 사람들이 알지 못하고, 우정이 밀접하고 오래 지속
된 것은 저절로 드러나네. 두보 〈병후우왕의음증가病後遇王倚飲贈歌〉의 시구다.

19 斷乎(단호): 확실히.

20 烏(오): 어찌.

21 梅聖兪(매성유): 매요신梅堯臣(1002~1060). 북송 시기의 문인이다. 자가 성유
이고, 선주宣州 선성宣城사람이다. 선성은 옛날에 완릉宛陵이라고 칭했기에, 혼

히 매요신을 완릉선생宛陵先生이라고도 부른다. 처음에 과거에 낙거하고 음보蔭補로서 하남주부河南主簿가 되었다. 50세 이후 인종仁宗이 진사 출신과 동등한 자격을 부여했다. 구양수의 추천으로 국자감직강國子監直講, 상서도관원외랑尙書都官員外郞 등을 지냈다.

22 黃魯直(황노직): 황정견黃庭堅. 제6권 제5칙의 주석9 참조.

23 嗜痂之癖(기가지벽): 취향이 괴벽스럽다. 기호가 변태적이다.

13

두보의 가행 〈여인행麗人行〉은 악부의 시어를 사용하여 칭송되지 않으므로, 《당시품휘》에서 수록하지 않은 것은 참 잘한 것이다.

〈억석행憶昔行〉 "更討衡陽董鍊師(갱토형양동련사)"에서 '討(토)'는 마땅히 '訪(방)'으로 해야 한다. 혹자는 '討(토)'를 새롭다고 여기고 더 이상 의심하지 않는데, 어찌 두시를 이해했다고 하리오?

그 시편 중에 다음의 시구는 설령 내가 수록했지만, 역시 비루한 시어에 가깝다.

"선제의 시녀 8천명, 공손公孫의 〈검기劍器〉 춤은 원래 제일이라네. 先帝侍女八千人, 公孫劍器初第一."

"애석하구나, 이사李斯와 채옹蔡邕을 다시 얻을 수 없으니, 나의 조카 이조李潮가 붓을 들면 그들과 가깝다네. 惜哉李蔡不復得, 吾甥李潮下筆親."

"열다섯에 북으로 종군하여 하서河西를 지키다가, 마흔이 되어서 서쪽으로 가 둔전을 갈았지. 或從十五北防河, 便至四十西營田."

가행에서 간혹 배조俳調를 사용한 것 또한 본받을 만하지 않다.

해설 두보의 가행 중 본받을 만하지 않은 것에 대해 지적했다.

원문 子美麗人行歌行, 用樂府語不稱, 品彙不錄, 良是. 憶昔行 "更討衡陽董鍊師", "討"當作"訪", 或以"討"字爲新, 不復致疑, 安可便謂知杜耶? 又篇中如

"先帝侍女八千人,　公孫劍器初第一."[1] "惜哉李蔡不復得,　吾甥李潮下筆親."[2] "或從十五北防河, 便至四十西營田"[3]等句, 即予所錄者, 亦不免爲累語. 至歌行或用俳調, 又不可爲法.

14

혹자가 물었다.

"두보의 오·칠언 율시는 성당의 여러 문인과 비교하면 어떠한가?"

내가 대답한다.

성당의 여러 문인은 오직 흥취를 중시하기에, 체재가 대부분 완곡하고 시어가 대부분 생동적이다. 두보는 뜻을 위주로 하여 독자적인 창작을 으뜸으로 하므로, 체재가 대부분 엄정하고 시어가 대부분 침착할 따름이다. 이것은 각기 뛰어난 것이니 우열을 논할 수 없다.

두보의 율시에 관한 논의다. 성당의 시가 흥취를 중시한다면 두보는 뜻을 중시한다. 따라서 두보의 율시를 성당의 율시와 똑같은 기준에서 논할 수는 없다. 사실 두보는 가행체도 많이 지었지만 율시를 더 많이 창작했다. 청대 포기룡浦起龍의 《독두심해讀杜心解》를 따르면 두보의 시 1458수는 형식에 따라 오언고시 263수, 칠언고시 141수, 오언율시 630수, 칠언율시

151수, 오언배율 127수, 칠언배율 8수, 오언절구 31수, 칠언절구 107수로 나눌 수 있으니, 수적으로 율시가 가장 우세함을 알 수 있다. 율시의 풍격은 개원 시기에 이미 다 갖추어졌는데, 두보는 초년에 오언율시를 많이 창작했고 만년에 칠언율시를 많이 창작했다. 대체로 율격에 들어맞으며 침울돈좌沈鬱頓挫한 시풍이 강하다.

 或問: "子美五七言律, 較盛唐諸公何如?" 曰: 盛唐諸公, 惟在興趣, 故體多渾圓, 語多活潑. 若子美則以意爲主, 以獨造爲宗, 故體多嚴整[1], 語多沉着耳. 此各自爲勝, 未可以優劣論也.

 1 嚴整(엄정): 엄격하다.

15

두보의 오·칠언 율시는 주제를 결정하고 시구를 창작함이 여러 문인과 다르다. 후대의 학자가 두보의 시를 배우고자 하여 반드시 먼저 여러 문인에게서 배운다면, 이윽고 두보에 대해 참으로 깨닫게 될 것이다. 그런 연후에 변조로써 두시를 배우면 거의 오류가 없을 것이다. 그렇지 않으면 오직 우둔한 부류만 있게 되어 그 으뜸으로 들어갈 수 없을 것이다. 지금의 초학자들은 번번이 두보를 사모하여 두보의 좋은 점을 묻는데, 진실로 아동의 식견일 뿐이다. 그러므로 나는 이와 같이 논하니 이것은 전대 사람들이 말하지 않은 것이다.

두보의 율시에 대한 학습 방법에 대해 논했다. 성당 시기 여러 문인의 시를 먼저 학습하고 두보시를 이해하면 두시의 변조를 깨달을 수 있음을 지적했다. 왕세정이 《예원치언》에서 "오언율시, 칠언가행에서 두보는 시신詩神이고, 칠언율시에서는 시성詩聖이다. 五言律, 七言歌行, 子美神矣; 七言律, 聖矣."라고 말한 바와 같이 두보는 오·칠언 율시에서 모두 상당한 성취를 이루었는데, 즉 성률이 엄정하고 대우가 정밀한 가운데 자유로운 변화를 완성했으므로 쉽게 배울 수 있는 것이 아니다.

子美五七言律, 命意創句[1]與諸家不同. 後之學者欲學子美, 必須先學諸家, 旣而於子美果[2]有所得, 然後變調以學之, 庶幾不謬. 不然, 恐徒有重拙之類[3], 不能入其壺奧也. 今之初學, 輒慕子美, 及問子美佳處, 直兒童之見[4]耳. 故予論之如此, 此前人所未道也.

1 命意創句(명의창구): 주제를 결정하고 시구를 창작하다.
2 果(과): 참으로.
3 重拙之類(중졸지류): 우둔한 부류.
4 兒童之見(아동지견): 아동의 식견.

16

두보의 율시는 대부분 웅건하고 함축적이며 온후하고 비장한데, 구법이 뛰어나고 재치 있으면서 웅건한 것, 의미가 슬픈 감회에 젖으면서 웅건한 것, 성운과 기세가 자연스러우면서 웅건한 것이 있다.

오언율시 중 다음의 시구는 모두 구법이 뛰어나고 재치가 있으면서 웅건한 것이다.

"바람이 서쪽 끝에서 불어오고, 달이 북정을 차갑게 지나네.風連西極動, 月過北庭寒."

"강가의 구름이 흰 명주처럼 나부끼고, 석벽이 텅 빈 하늘을 가로 자르네. 창해가 먼저 해를 맞이하고, 은하가 늘어선 별을 뒤집네.江雲飄素練, 石壁斷空靑. 滄海先迎日, 銀河倒列星."

"오와 초가 동남으로 갈라지고, 태양과 달이 밤낮으로 뜨네.吳楚東南坼, 乾坤日夜浮."

"별이 넓은 평야에 펼쳐지고, 달이 흐르는 큰 강에 솟네.星垂平野闊, 月湧大江流."

"온 세상이 모두 봄기운인데, 외로운 뗏목이 진실로 혜성같이 사라지네.萬象皆春氣, 孤槎自客星."

"촉나라 같이 땅이 평평하고 강이 흐르며, 진나라 같이 하늘이 넓고 나무가 무성하네.地平江動蜀, 天闊樹浮秦."

칠언율시 중 다음의 시구는 모두 구법이 뛰어나고 재치가 있으면서 웅건한 것이다.

"금강錦江의 봄은 천지에 가득하고, 옥루玉壘의 뜬 구름은 고금으로 변하네.錦江春色來天地, 玉壘浮雲變古今."

"강 사이에 물결이 하늘을 향해 용솟고, 변새의 바람과 구름이 땅을 덮어 음산하네.江間波浪兼天湧, 塞上風雲接地陰."

"오경에 고각 소리 슬프고 장엄하며, 삼협에 뜬 별빛이 영롱하네.五更鼓角聲悲壯, 三峽星河影動搖."

"산이 월휴越嶲로 이어져 삼촉三蜀을 휘감으며, 물은 파투巴渝로 흩어져 오계五溪로 내려가네.山連越嶲蟠三蜀, 水散巴渝下五溪."

"골짜기가 갈라지고 구름이 덮여 용과 범처럼 잠자는데, 해가 푸른 강물을 비추는 것이 악어가 노니는 듯하네.峽坼雲霾龍虎睡, 江淸日抱黿鼉遊."

오언율시 중 다음의 시구는 모두 의미가 슬픈 감회에 젖으면서 웅건한 것이다.

"친척도 친구도 소식 한 자 없고, 늙어 병들어 외로운 배를 타고 있네.親朋無一字, 老病有孤舟."

"공을 세워 자주 거울을 보게 되지만, 행장이 덩그러니 누대에 기대 있네.勳業頻看鏡, 行藏獨倚樓."

"독좌하여 웅검을 가까이하고, 슬픈 노래를 부르며 짧은 옷을 한탄하네.獨坐親雄劍, 哀歌歎短衣."

"이름이 어찌 문장으로 드러나는가, 벼슬은 늙어 병들면 그만둬야 하거늘.名豈文章著, 官應老病休."

"성스러운 조정에는 버릴 것이 없으나, 늙고 병들어 이미 늙은이가 되었네.聖朝無棄物, 老病已成翁."

"눈물로 인해 근처에 마른 땅이 없고, 낮은 하늘에는 조각구름만 있네.近淚無乾土, 低空有斷雲."

"바람과 먼지가 나의 땅을 지나고, 강수와 한수가 그대의 삶을 애도하네.風塵逢我地, 江漢哭君時."

칠언율시 중 다음의 시구는 모두 의미가 슬픈 감회에 젖으면서 웅건한 것이다.

"만리에서 가을을 슬퍼하며 오래도록 나그네가 되어, 한 평생 병을 앓으며 홀로 누대에 오르네.萬里悲秋長作客, 百年多病獨登臺."

"노쇠하여 폐병에 오직 베개를 베고 누웠고, 멀리 떨어진 변새는 전쟁 걱정에 일찍 문을 닫네.衰年肺病惟高枕, 絶塞愁時早閉門."

"온 나라가 풍진에 휩싸여 여러 아우들과 떨어지고, 하늘 끝에서 눈물을 흘리며 이 한 몸 유랑하네.海內風塵諸弟隔, 天涯涕淚一身遙."

"위험한 시절에 군사가 황진 속에서 싸우고, 짧은 일생에 강호가 백발 앞에 흐르네.時危兵甲黃塵裏, 日短江湖白髮前."

"몸을 돌려 누워 천지를 걱정하며 더욱 옛날 그리운데, 머리를 돌리니 풍진이 일어나 생각을 그만두네.側身天地更懷古, 回首風塵甘息機."

오언율시 중 다음의 시구는 모두 성운과 기세가 자연스러우면서 웅건한 것이다.

"검각劍閣이 성교星橋의 북쪽에 있고, 송주松州가 설령雪嶺의 동쪽에 있네.劍閣星橋北, 松州雪嶺東."

"남기南紀가 동주銅柱로 이어지고, 서강西江이 금성錦城에 닿네.南紀連銅柱, 西江接錦城."

"누각의 처마에 멀리서 바람이 불어오고, 성의 북쪽에는 어두운 물이 둘러 흐르네.樓角凌風逈, 城陰帶水昏."

"진나라 땅에 새 달이 비추고, 용지龍池가 옛 궁궐에 가득 차네.秦地應新月, 龍池滿舊宮."

"해가 한산에서 뜨고, 강이 짙은 안개 속으로 흐르네.日出寒山外, 江流宿霧中."

"조서가 삼전三殿을 따라 가고, 비석이 여러 오랑캐들에게 열렸네.詔從三殿去, 碑到百蠻開."

"북궐에서 마음이 항상 아련했는데, 서강에서 머리를 홀로 돌리네.北闕心常戀, 西江首獨廻."

칠언율시 중 다음의 시구는 모두 성운과 기세가 자연스러우면서 웅건한 것이다.

"나무가 소소하게 떨어지는 것이 끝이 없고, 장강이 면면히 끊임없이 흐르네.無邊落木蕭蕭下, 不盡長江滾滾來."

"타향에 해 떨어지니 검은 원숭이 울고, 고향에서 서리 내리기 전 흰 기러기 날아오네.殊方日落玄猿哭, 舊國霜前白鴈來."

"석양이 강에 반사되어 석벽을 비추고, 돌아가는 구름이 나무를 감싸고 산촌을 지나치네.返照入江翻石壁, 歸雲擁樹失山村."

"눈 내린 꼭대기에서 홀로 서산의 해가 지는 것을 바라보고, 검문劍門이 아직 북인이 오는 것을 막고 있네.雪嶺獨看西日落, 劍門猶阻北人來."

"먼 길에서 마음을 쓰며 검각劍閣을 슬퍼하는데, 조각구름은 무슨 뜻으로 금대琴臺 옆에 떠 있나.長路關心悲劍閣, 片雲何意傍琴臺."

그러나 구법이 뛰어나고 재치가 있는 것, 의미가 슬픈 감회에 젖은 것은 사람들이 조금 이해하는데, 성운과 기세가 자연스러운 것은 이해하지 못한다. 두시를 배우는 사람은 반드시 먼저 그 성운과 기세를 중시해야 하니, 그렇지 않으면 끝내 두보를 이해하지 못할 따름이다. 초당시를 배우는 것 또한 그러하다.

해제 두보 율시를 세 가지 부류로 나누고 각기 해당하는 시구의 예를 들어 논했다. 아울러 당시를 배우는 데 있어서는 성운과 기세를 이해하는 것이 가장 중요함을 지적했다.

원문 子美律詩, 大都[1]沉雄含蓄[2], 渾厚悲壯[3], 然有句法奇警而沉雄者, 有意思悲感[4]而沉雄者, 有聲氣自然而沉雄者. 五言如"風連西極動, 月過北庭寒."[5] "江雲飄素練, 石壁斷空靑. 滄海先迎日, 銀河倒列星."[6] "吳楚東南坼, 乾坤日夜浮."[7] "星垂平野闊, 月湧大江流."[8] "萬象皆春氣, 孤槎自客星."[9] "地平江動蜀, 天闊樹浮秦."[10] 七言如"錦江春色來天地, 玉壘浮雲變古今."[11] "江間波浪兼天湧, 塞上風雲接地陰."[12] "五更鼓角聲悲壯, 三峽星河影動搖."[13] "山連越嶲蟠三蜀, 水散巴渝下五溪."[14] "峽坼雲霾龍虎睡, 江淸日抱黿鼉遊"[15]等句, 皆句法奇警而沉雄者. 五言如"親朋無一字, 老病有孤舟."[16] "勳業頻看鏡, 行藏獨倚樓."[17] "獨坐親雄劍, 哀歌歎短衣."[18] "名豈文章著, 官應老病休."[19] "聖朝無棄物, 老病已成翁."[20] "近淚無乾土, 低空有斷雲."[21] "風塵逢我地, 江漢哭君時."[22] 七言如"萬里悲秋長作客, 百年多病獨登臺."[23] "衰年肺病惟高枕, 絶塞愁時早閉門."[24] "海內風塵諸弟隔, 天涯涕淚一身遙."[25] "時危兵甲黃塵裏, 日短江湖白髮前."[26] "側身天地更懷古, 回首風塵甘息機"[27]等句, 皆意思悲感而沉雄者. 五言如"劍閣星橋北, 松州雪嶺東."[28] "南紀連銅柱, 西江接錦城."[29] "樓角凌風逈, 城陰帶水昏."[30] "秦地應新月, 龍池滿舊宮."[31] "日出

寒山外, 江流宿霧中."³² "詔從三殿去, 碑到百蠻開."³³ "北闕心常戀, 西江首
獨廻."³⁴ 七言如"無邊落木蕭蕭下, 不盡長江滾滾來."³⁵ "殊方日落玄猿哭, 舊
國霜前白鴈來."³⁶ "返照入江翻石壁, 歸雲擁樹失山村."³⁷ "雪嶺獨看西日落,
劍門猶阻北人來."³⁸ "長路關心悲劍閣, 片雲何意傍琴臺"³⁹等句, 皆聲氣自
然而沉雄者, 然句法奇警, 意思悲感者, 人或識之, 聲氣自然者, 則無有識也.
學杜者必先得其聲氣爲主, 否則⁴⁰終非子美耳. 學初唐亦然.

주석

1 大都(대도): 대부분.

2 沉雄含蓄(침웅함축): 웅건하고 함축적이다.

3 渾厚悲壯(혼후비장): 혼후하고 비장하다.

4 悲感(비감): 슬픈 감회.

5 風連西極動(풍연서극동), 月過北庭寒(월과북정한): 바람이 서쪽 끝에서 불어
오고, 달이 북정을 차갑게 지나네. 두보 〈진주잡시이십수秦州雜詩二十首〉 중 제
19수의 시구다.

6 江雲飄素練(강운표소련), 石壁斷空靑(석벽단공청). 滄海先迎日(창해선영일),
銀河倒列星(은하도열성): 강가의 구름이 흰 명주처럼 나부끼고, 석벽이 텅 빈
하늘을 가로 자르네. 창해가 먼저 해를 맞이하고, 은하가 늘어선 별을 뒤집네.
두보 〈불리서각이수不離西閣二首〉 중 제2수의 시구다.

7 吳楚東南坼(오초동남탁), 乾坤日夜浮(건곤일야부): 오와 초가 동남으로 갈라
지고, 태양과 달이 밤낮으로 뜨네. 두보 〈등악양루登嶽陽樓〉의 시구다.

8 星垂平野闊(성수평야활), 月湧大江流(월용대강류): 별이 넓은 평야에 펼쳐지
고, 달이 흐르는 큰 강에 솟네. 두보 〈여야서회旅夜書懷〉의 시구다.

9 萬象皆春氣(만상개춘기), 孤槎自客星(고사자객성): 온 세상이 모두 봄기운인
데, 외로운 뗏목이 진실로 혜성같이 사라지네. 두보 〈숙백사역宿白沙驛〉의 시구
다.

10 地平江動蜀(지평강동촉), 天闊樹浮秦(천활수부진): 촉나라 같이 땅이 평평하
고 강이 흐르며, 진나라 같이 하늘이 넓고 나무가 무성하네. 두보 〈봉화엄중승
서성만조십운奉和嚴中丞西城晚眺十韻〉의 시구다.

11 錦江春色來天地(금강춘색래천지), 玉壘浮雲變古今(옥루부운변고금): 금강錦
江의 봄은 천지에 가득하고, 옥루玉壘의 뜬 구름은 고금으로 변하네. 두보 〈등루

^{登樓}〉의 시구다.

12 江間波浪兼天湧(강간파랑겸천용), 塞上風雲接地陰(새상풍운접지음): 강 사이에 물결이 하늘을 향해 용솟고, 변새의 바람과 구름이 땅을 덮어 음산하네. 두보 〈추흥팔수^{秋興八首}〉 중 제1수의 시구다.

13 五更鼓角聲悲壯(오경고각성비장), 三峽星河影動搖(삼협성하영동요): 오경에 고각 소리 슬프고 장엄하며, 삼협에 뜬 별빛이 영롱하네. 두보 〈각야^{閣夜}〉의 시구다.

14 山連越嶲蟠三蜀(산련월휴반삼촉), 水散巴渝下五溪(수산파유하오계): 산이 월휴^{越嶲}로 이어져 삼촉^{三蜀}을 휘감으며, 물은 파투^{巴渝}로 흩어져 오계^{五溪}로 내려가네. 두보 〈야망^{野望}〉의 시구다.

15 峽坼雲霾龍虎睡(협탁운매용호수), 江淸日抱黿鼉遊(강청일포원타유): 골짜기가 갈라지고 구름이 덮여 용과 범처럼 잠자는데, 해가 푸른 강물을 비추는 것이 악어가 노니는 듯하네. 두보 〈백제성최고루^{白帝城最高樓}〉의 시구다.

16 親朋無一字(친붕무일자), 老病有孤舟(노병유고주): 친척도 친구도 소식 한 자 없고, 늙어 병들어 외로운 배를 타고 있네. 두보 〈등악양루〉의 시구다.

17 勳業頻看鏡(훈업빈간경), 行藏獨倚樓(행장독의루): 공을 세워 자주 거울을 보게 되지만, 행장이 덩그러니 누대에 기대 있네. 두보 〈강상^{江上}〉의 시구다.

18 獨坐親雄劍(독좌친웅검), 哀歌歎短衣(애가탄단의): 독좌하여 웅검을 가까이 하고, 슬픈 노래를 부르며 짧은 옷을 한탄하네. 두보 〈야^夜〉의 시구다.

19 名豈文章著(명기문장저), 官應老病休(관응노병휴): 이름이 어찌 문장으로 드러나는가, 벼슬은 늙어 병들면 그만둬야 하거늘. 두보 〈여야서회〉의 시구다.

20 聖朝無棄物(성조무기물), 老病已成翁(노병이성옹): 성스러운 조정에는 버릴 것이 없으나, 늙고 병들어 이미 늙은이가 되었네. 두보 〈객정^{客亭}〉의 시구다.

21 近淚無乾土(근루무건토), 低空有斷雲(저공유단운): 눈물로 인해 근처에 마른 땅이 없고, 낮은 하늘에는 조각구름만 있네. 두보 〈별방태위묘^{別房太尉墓}〉의 시구다.

22 風塵逢我地(풍진봉아지), 江漢哭君時(강한곡군시): 바람과 먼지가 나의 땅을 지나고, 강수와 한수가 그대의 삶을 애도하네. 두보 〈곡이상시역이수^{哭李常侍嶧二首}〉 중 제2수의 시구다.

23 萬里悲秋長作客(만리비추장작객), 百年多病獨登臺(백년다병독등대): 만리에서 가을을 슬퍼하며 오래도록 나그네가 되어, 한 평생 병을 앓으며 홀로 누대

에 오르네. 두보 〈등고登高〉의 시구다.

24 衰年肺病惟高枕(쇠년폐병유고침), 絶塞愁時早閉門(절새수시조폐문): 노쇠
   하여 폐병에 오직 베개를 베고 누웠고, 멀리 떨어진 변새는 전쟁 걱정에 일찍
   문을 닫네. 두보 〈반조返照〉의 시구다.

25 海內風塵諸弟隔(해내풍진제제격), 天涯涕淚一身遙(천애체루일신요): 온 나
   라가 풍진에 휩싸여 여러 아우들과 떨어지고, 하늘 끝에서 눈물을 흘리며 이 한
   몸 유랑하네. 두보 〈야망〉의 시구다.

26 時危兵甲黃塵裏(시위병갑황진리), 日短江湖白髮前(일단강호백발전): 위험
   한 시절에 군사가 누런 먼지 속에서 싸우고, 짧은 일생에 강호가 백발 앞에 흐
   르네. 두보 〈공안송위이소부광찬公安送韋二少府匡贊〉의 시구다.

27 側身天地更懷古(측신천지갱회고), 回首風塵甘息機(회수풍진감식기): 몸을
   돌려 누워 천지를 걱정하며 더욱 옛날 그리운데, 머리를 돌리니 풍진이 일어나
   생각을 그만두네. 두보 〈장부성도초당도중유작선기엄정공오수將赴成都草堂途中
   有作先寄嚴鄭公五首〉의 시구다.

28 劍閣星橋北(검각성교북), 松州雪嶺東(송주설영동): 검각劍閣이 성교星橋의 북
   쪽에 있고, 송주松州가 설령雪嶺의 동쪽에 있네. 두보 〈엄공청연동영촉도화도嚴
   公廳宴同詠蜀道畫圖〉의 시구다.

29 南紀連銅柱(남기연동주), 西江接錦城(서강접금성): 남기南紀가 동주銅柱로 이
   어지고, 서강西江이 금성錦城에 닿네. 두보 〈공안송이이십구제진숙입촉여하면
   악公安送李二十九弟晉肅入蜀餘下沔鄂〉의 시구다.

30 樓角凌風逈(누각릉풍형), 城陰帶水昏(성음대수혼): 누각의 처마에 멀리서 바
   람이 불어오고, 성의 북쪽에는 어두운 물이 둘러 흐르네. 두보 〈동루東樓〉의 시
   구다.

31 秦地應新月(진지응신월), 龍池滿舊宮(용지만구궁): 진나라 땅에 새 달이 비
   추고, 용지龍池가 옛 궁궐에 가득 차네. 두보 〈동방洞房〉의 시구다.

32 日出寒山外(일출한산외), 江流宿霧中(강류숙무중): 해가 한산에서 뜨고, 강
   이 짙은 안개 속으로 흐르네. 두보 〈객정〉의 시구다.

33 詔從三殿去(조종삼전거), 碑到百蠻開(비도백만개): 조서가 삼전三殿을 따라
   가고, 비석이 여러 오랑캐들에게 열렸네. 두보 〈송한림장사마남해륵비送翰林張
   司馬南海勒碑〉의 시구다.

34 北闕心常戀(북궐심상련), 西江首獨廻(서강수독회): 북궐에서 마음이 항상 아

련했는데, 서강에서 머리를 홀로 돌리네. 두보 〈구일오수九日五首〉 중 제2수의 시구다.

35 無邊落木蕭蕭下(무변낙목소소하), 不盡長江滾滾來(부진장강곤곤래): 나무가 소소하게 떨어지는 것이 끝이 없고, 장강이 면면히 끊임없이 흐르네. 두보 〈등고〉의 시구다.

36 殊方日落玄猿哭(수방일락현원곡), 舊國霜前白鴈來(구국상전백안래): 타향에 해 떨어지니 검은 원숭이 울고, 고향에서 서리 내리기 전 흰 기러기 날아오네. 두보 〈구일오수〉 중 제1수의 시구다.

37 返照入江翻石壁(반조입강번석벽), 歸雲擁樹失山村(귀운옹수실산촌): 석양이 강에 반사되어 석벽을 비추고, 돌아가는 구름이 나무를 감싸고 산촌을 지나치네. 두보 〈반조〉의 시구다.

38 雪嶺獨看西日落(설령독간서일락), 劍門猶阻北人來(검문유조북인래): 눈 내린 꼭대기에서 홀로 서산의 해가 지는 것을 바라보고, 검문劍門이 아직 북인이 오는 것을 막고 있네. 두보 〈추진秋盡〉의 시구다.

39 長路關心悲劍閣(장로관심비검각), 片雲何意傍琴臺(편운하의방금대): 먼 길에서 마음을 쓰며 검각劍閣을 슬퍼하는데, 조각구름은 무슨 뜻으로 금대琴臺 옆에 떠 있나. 두보 〈야로野老〉의 시구다.

40 否則(부즉): 그렇지 않으면.

17

호응린이 말했다.

"성당의 구법은 융합되어서 양한의 시와 같이 한 글자로써 구할 수 없다. 두보 이후로 시구 중에서 뛰어난 글자를 자안字眼으로 삼게 되면서 비로소 이 구법은 융합되지 않았다."

내가 생각건대 두보의 오언율시의 묘처는 원래 자안에 있지 않다. 천박한 자가 오직 그 자안을 얻고자 할 따름이다.

해제 두보의 율시는 구법과 장법의 자연스러움에서 완성되었다. 특히 두보는 오언율시의 결구結句를 하나의 의미 단락으로 연결시키는 십자구법十字句法를 즐겨 사용하였는데, 여기서 호응린이 말한 구법의 융합과 다르지 않다. 이와 관련하여 방회方回도 《영규율수瀛奎律髓》 권10에서 "두보시가 오묘한 까닭은 오로지 억양돈좌에 있을 따름이다. 老杜詩所以妙者, 全在闔辟頓挫耳."고 강조했다. 따라서 자안을 중시하여 두시를 이해하는 것은 올바른 학습 방법이 아니다.

胡元瑞云: "盛唐句法渾涵, 如兩漢之詩, 不可以一字求. 至老杜[1]而後, 句中有奇字爲眼[2], 才有此句法便不渾涵." 愚按: 老杜五言律妙處, 原[3]不在眼, 淺薄者但得其眼耳.

1 老杜(노두): 두보를 가리킴.
2 眼(안): 자안字眼. 가장 핵심이 되는 글자를 가리킨다.
3 原(원): 원래.

18

두보의 오언율시는 웅건하고 온후한 것이 그 본체이고 고상한 것이 다음이다. 그의 〈방병조호마시房兵曹胡馬詩〉, 〈번검蕃劍〉, 〈송원送遠〉, 〈세모歲暮〉, 〈제현무선사옥벽題玄武禪師屋壁〉, 〈초월初月〉, 〈도의擣衣〉 등은 격조가 강건하고 시어는 더욱 웅장하다. 비록 소변인 듯하지만, 진실로 큰 작가가 아니면 할 수 없다. 기타 번잡한 것은 그의 본모습이 아니며, 뜻이 모호하고 분명하지 않은 것은 더욱 변체 중의 큰 폐해다.

두보의 오언율시가 지니는 전반적인 풍격에 대해 논했다.

子美五言律, 沉雄渾厚者是其本體, 而高亮[1]者次之, 他如"胡馬大宛名"[2], "致此自僻遠"3, "帶甲滿天地"4, "歲暮遠爲客"5, "何年顧虎頭"6, "光細弦欲上"7, "亦知戍不返"8等篇, 氣格遒緊9而語復矯健10, 雖若小變, 然自非大手11不能. 其他瑣細12者非其本相, 晦僻13者抑又變中之大弊也.

1 高亮(고량): 고상하고 밝다.

2 胡馬大宛名(호마대완명): 두보의 〈방병조호마시房兵曹胡馬詩〉를 가리킨다.

3 致此自僻遠(치차자벽원): 두보의 〈번검蕃劍〉을 가리킨다.

4 帶甲滿天地(대갑만천지): 두보의 〈송원送遠〉을 가리킨다.

5 歲暮遠爲客(세모원위객): 두보의 〈세모歲暮〉를 가리킨다.

6 何年顧虎頭(하년고호두): 두보의 〈제현무선사옥벽題玄武禪師屋壁〉을 가리킨다.

7 光細弦欲上(광세현욕상): 두보의 〈초월初月〉을 가리킨다.

8 亦知戍不返(역지수불반): 두보의 〈도의搗衣〉를 가리킨다.

9 遒緊(주긴): 강건하고 근엄하다.

10 矯健(교건): 시문의 풍골이 웅장한 것을 가리킨다.

11 大手(대수): 대작가.

12 瑣細(쇄세): 번잡하다.

13 晦僻(회벽): 뜻이 모호하고 분명하지 않다.

19

　고금으로 두시를 논하는 사람들은 다 열거할 수 없는데, 대체로 대부분이 견강부회하고 지리멸렬하다. 그 사람들은 흥취가 적어서 당나라 시인들의 영롱하고 투철하며 완곡하고 생동적인 오묘함에 대해 이해할 수 없을 뿐 아니라, 그 바탕이 용속하여서 두보의 웅건하고 함축적이며 온후하고 비장한 점에 대해서도 이해할 수 없었다. 오직 생각하지 않고 가볍게 들은 것으로써 두보를 흠모하여, 부득이하게 편장 사이나 자구의 말단을 구하므로 지리멸렬한 것을 면할 수 없을 뿐이다.

　왕세정이 다음과 같이 말했다.

　"왕윤녕王允寧6)은 평생토록 탄복한 이가 오직 두보다. 그가 즐긴 담론에서 독특한 해설이라고 여겨지는 것은 칠언율시에 관한 것일 따름이다. 요점은 응조應照, 개합開闔, 관건關鍵, 돈좌頓挫를 중시하고, 그 내용은 흥興과 비比를 위주로 하며, 그 구법으로는 정삽正揷, 도삽倒揷이 있다는 것이다. 한마디로 말하자면 두보의 시는 한둘이 그러할 뿐 반드시 다 그렇지는 않다."

황정견 또한 다음과 같이 말했다.

"저 견강부회를 좋아하는 사람들은 그 큰 뜻은 버리고 마주친 임천林泉, 인물人物, 초목草木, 어충魚蟲에서 감흥한 것을 취하여 각 사물마다 기탁하는 바가 있다고 여긴다. 세간에서 은어隱語를 헤아려 아는 것과 같다고 한다면 두보의 시는 땅에 떨어질 것이다."

내가 생각건대 시를 논함이 이러한 지경에 이른 것은 진실로 두보의 나쁜 운이다. 명대 홍치弘治, 정덕正德의 여러 사람들이 두보를 배워 두학杜學이 비로소 창성해졌다.7)

 두보 시의 비평과 관련된 내용이다. 이른바 두시학은 송대부터 점차 생겨나 명·청대에 성숙되었는데, 두시의 주석, 평점, 시화, 시론 등이 모두 800여 종에 이르렀다고 한다. 그중 현재 볼 수 있는 것은 200여 종이다. 그러나 두시학의 발생과 더불어 이두李杜 논쟁도 일어나면서 이백에 비해 두보의 평가가 절하되는 경향이 있었다. 이러한 경향은 당시선집에 수록된 이백과 두보의 작품 수를 통해서도 명백히 나타나는데, 예를 들면 위곡韋穀의 《재조집才調集》에서는 이백시만 수록하고 두보시는 수록하지 않았고, 양사홍楊士弘의 《당음唐音》에도 두보시는 수록되지 않았다. 고병의 《당시품휘》에서는 이백의 시 402수를 수록한 반면 두보의 시는 294수를 수록하고 있다. 허학이는 이와 같은 현상을 비롯하여 그 당시 두시에 대한 잘못된 견

---

6) 왕유정王維禎, 자가 윤녕이다.
7) 이하 2칙과 제35권 제41칙과 참조하여 보기 바란다.

해를 비판하며 두시학의 올바른 정립을 피력하고 있다.

원문

古今說杜詩者不能悉擧[1], 大要多穿鑿附會[2], 淺妄支離[3]. 蓋其人興趣既少, 而於唐人玲瓏透徹[4]·渾圓活潑[5]之妙旣不能知, 其質性庸下[6], 於少陵沉雄含蓄·渾厚悲壯之處, 又不能得, 徒以耳食[7]慕少陵, 不得已而求之篇格之間·字句之末, 故不免於支離穿鑿[8]耳. 王元美云: "王允寧[9][王維禎, 字允寧], 生平所推伏[10]者獨杜少陵, 其所好談說以爲獨解[11]者, 七言律耳. 大要貴有照應[12], 有開闔[13], 有關鍵[14], 有頓挫[15], 其意主興, 主比, 其法有正揷, 有倒揷. 要之, 杜詩亦一二有之, 不必盡然也." 山谷亦云: "彼喜穿鑿者, 棄其大旨, 取其發興於所遇林泉·人物·草木·魚蟲, 以爲物物皆有所託, 如世間商度[16]隱語者, 則子美之詩委地[17]矣." 愚按: 說詩至此, 自是子美厄運; 至國朝弘正[18]諸子學杜, 則杜學[19]始昌也. [以下二則與總論詩法源流一則參看.]

주석

1 悉擧(실거): 다 열거하다.

2 穿鑿附會(천착부회): '견강부회'와 같은 말이다.

3 淺妄支離(천망지리): 지리멸렬하다.

4 玲瓏透徹(영롱투철): 영롱하고 투철하다.

5 渾圓活潑(혼원활발): 완곡하고 생동적이다.

6 質性庸下(질성용하): 바탕이 용속하다.

7 耳食(이식): 생각하지 않고 가볍게 들은 것을 믿다.

8 支離穿鑿(지리천착): 조리가 없다. 지리멸렬하고 견강부회하다.

9 王允寧(왕윤녕): 왕유정王維禎(1507~1555). 자가 윤녕이고 호는 괴야槐野이다. 박학다식하고 어릴 때부터 고문사를 섭렵했다. 가정 14년(1535)에 진사에 급제하여 한림원수찬翰林院修撰, 남경국자감좨주南京國子監祭酒 등 주요 관직을 역임했다. 이백과 두보의 시에 관해 깊은 심취하여 《이율칠언파해李律七言頗解》, 《두율칠언파해杜律七言頗解》등의 저서를 지었다.

10 推伏(추복): 탄복하다.

11 獨解(독해): 남과 다르게 해석하다.

12 照應(조응): 호응하다. 호흡이 맞다.

13 開闔(개합): 시문 구조의 시작과 결말 등의 변화를 가리킨다.

14 關鍵(관건): 사건을 결정하는 중요한 인소.

15 頓挫(돈좌): 시문 등의 멈춤 또는 바뀜.

16 商度(상탁): 헤아려서 알다.

17 委地(위지): 땅에 떨어지다. 몰락하다.

18 弘正(홍정): 홍치弘治, 정덕正德 연간을 가리킨다. 홍치는 명나라 효종孝宗 시기
   의 연호로 1448년~1505년 사이에 사용되었고, 정덕은 명나라 무종武宗 시기의
   연호로 1506년~1521년 사이에 사용되었다. 여기서 말하는 '弘正諸子(홍정제
   자)'란 전칠자의 여러 문인을 가리킨다.

19 杜學(두학): 두시학杜詩學. 명대의 두시학은 선주選註와 평점評點이 가장 큰 특
   징으로 이몽양, 이반룡 등이 두보시를 크게 존숭했다.

20

　이백의 고시가행은 두보와 천고에 나란히 하는데, 송나라 사람들이
대부분 두보를 추존하고 이백을 경시했다. 대개 송나라 사람들은 구
양수, 소식 등 두세 명의 유명 학자 이외에 대체로 모두 비루하고 천박
하여 고시가행에 대해 거의 깨닫지 못하고 일시에 칠언율시를 숭상했을
따름이다. 두보는 칠언율시가 가장 많은데, 논자들이 또한 편장, 자구,
응조, 관건 등의 이론을 말하므로 비천한 사람들이 그것을 좋아하여 실
제 두율杜律에 대해서는 하나도 이해하지 못한다.

두보의 칠언율시에 관한 논의다. 편장, 자구 등을 내세우며 두보의 율시를
말하는 것은 두시를 제대로 이해한 것이 아님을 지적했다.

太白古詩歌行與子美並駕千古[1], 宋人多推子美而遺[2]太白者, 蓋宋人自歐蘇
二三名家而外, 率皆[3]淺鄙疎陋[4], 於古詩歌行略無所得, 一時所崇尙者七言
律耳. 而子美七言律最多, 說者又有篇格・句字・照應・關鍵等說, 故淺鄙
者好之, 實於杜律一無所解[5]也.

1 並駕千古(병가천고): 천고에 나란히 하다.

2 遺(유): 경시하다. 내버리다.

3 率皆(솔개): 대체로 모두.

4 淺鄙踈陋(천비소루): 비루하고 천박하다.

5 一無所解(일무소해): 하나도 깨달은 것이 없다.

21

　호응린은 두보의 〈등고登高〉 1편을 가장 좋아하여 반복적으로 찬탄
했는데, 대개 수백 마디 말은 한마디로 모두 전대의 영향을 받은 것이
다. 오직 다음의 논의가 독특한 깨달음이라고 할 만하다.8)

　"한 편 중에서 구절마다 모두 율격이고, 한 구 중에서 글자마다 모
두 율격이며, 글자마다 다 균형을 이루어 조금도 차이가 나지 않는
다."

　또 말했다.

　"은밀히 말하자면 두시杜詩이지 당시가 아닐 따름이다."

　이 〈등고〉 편은 두보의 칠언율시에서 진실로 가장 으뜸이다. 다만
제7구는 설령 두체杜體일지라도 역시 비루한 시구에 가깝다.

　두보의 칠언율시 중 〈등고〉를 으뜸으로 손꼽았다. 이 시는 두보가 56세 때
기주夔州에서 창작한 것으로 병들고 의지할 데 없어 우수에 젖어 높은 곳에
올라 쓴 것이다. 호응린은 또 다음과 같이 평했다.

　"이 시는 진실로 고금 칠언율시의 제일이지, 꼭 당나라 칠언율시의 제일
이 아니다.此詩自當爲古今七言律第一, 不必爲唐人七言律第一也."

　그 외《두시경전杜詩鏡銓》에서도 "한 숨에 융합되어 고금에서 독보적이
니 마땅히 두시집의 칠언율시 중 제일이다高渾一氣, 古今獨步, 當爲杜集七言律詩第

---

8) 제17권 제40칙과 참조하여 보기 바란다.

一"라고 평했고, 《당송시순唐宋詩醇》에서도 "기상이 융합되고 무협에 구름이 떠다니고 바람이 이어지는 것과 같으니 진실로 칠언율시 중 드문 작품이다.氣象高渾, 有如巫峽, 走雲連風, 誠七律中稀有之作"고 평가했다.

胡元瑞最愛老杜"風急天高"¹一篇, 反覆讚歎², 凡數百言, 要皆得於影響. 惟云: "一篇之中, 句句皆律, 一句之中, 字字皆律, 錙銖鈞兩³, 毫髮不差⁴." 又云: "微有說者, 是杜詩, 非唐詩耳." 此論可謂獨得. [與盛唐總論子美信大一則參看.] 然此篇在老杜七言律誠爲第一, 但第七句卽杜體亦不免爲累句.

1 風急天高(풍급천고): 두보의 〈등고登高〉를 가리킨다.
2 反覆讚歎(반복찬탄): 반복하여 감탄하다.
3 錙銖鈞兩(치수균양): 아주 적은 것도 다 균형을 이루다.
4 毫髮不差(호발불차): 조금도 차이가 나지 않는다.

22

왕세정은 일찍이 두보의 〈추흥팔수秋興八首〉 중 제1수, 〈추흥팔수秋興八首〉 중 제7수, 〈등고登高〉, 〈구일남전최씨장九日藍田崔氏莊〉 4편의 시에 대해 당나라 칠언율시 중 제일로 정했다. 그 가운데는 약간 어긋난 것도 있지만, 모두 합당하지 않다.

내가 생각건대 두보의 율시는 당시의 체재와 비교하면 각기 달라서 논할 게 없다.

"국화 떨기 두 번 피니 지난날이 눈물겹네.叢菊兩開他日淚"는 시어가 고상하지 않다.

"직녀가 베를 짜다가 밤에 뜬 허공의 달을 바라보고, 돌에 새겨진 고래의 비늘이 가을바람에 움직이는 듯하네.織女機絲虛夜月, 石鯨鱗甲動秋風"는 모두 다 어울리지 않는다.

"부끄럽게도 머리카락 짧아져 모자가 바람에 날릴까 봐, 웃으면서

옆 사람에게 관을 바르게 해달라고 청하네.羞將短髮還吹帽, 笑倩傍人爲正
冠"는 꾸민 듯하나 사실은 졸렬하다.

그러므로 〈등고〉 이외 두보의 시체 중에는 으뜸이 될 작품이 없는
데, 하물며 당나라 시인들에게서는 어떠하겠는가? 〈구일남전최씨장
九日藍田崔氏莊〉을 송나라 사람이 극찬한 것은 진실로 이상할 게 없다.

해제
왕세정의 두보시평에 대해 비평하면서 두보의 칠언율시 중 〈등고〉의 뛰어
남을 강조하고 있다. 왕세정은 두보의 칠언율시 중 4편을 당시의 으뜸으로
들었는데, 허학이는 오직 〈등고〉 한 편만 뛰어나다고 보고, 나머지 세 편
이 합당하지 않은 점을 지적했다. 명대에는 당시의 칠언율시 중 제일을 선
정하는 논쟁이 있었는데, 왕세정이 두보의 칠언율시를 주장한 것 외에 하
경명과 설혜薛蕙는 심전기의 〈고의정보궐교지지古意呈補闕喬知之〉를 으뜸으
로 손꼽았고, 교세녕喬世寧은 소정蘇頲의 〈망춘望春〉을 가장 뛰어나다고 보
았다.

원문
元美嘗欲於老杜"玉露彫傷"[1], "昆明池水"[2], "風急天高"[3], "老去悲秋"[4]四篇定
爲唐人七言律第一, 中雖稍有相觝[5], 又皆無當. 愚按: 杜律較唐人體各不同
無論, 若"叢菊兩開他日淚"[6], 語非純雅[7]; "織女機絲虛夜月, 石鯨鱗甲動秋
風"[8], 細大不稱[9]; "羞將短髮還吹帽, 笑倩傍人爲正冠"[10], 似巧實拙[11]; 故自
"風急天高"而外, 在杜體中亦不得爲第一, 況唐人乎? "老去悲秋"宋人極稱
之, 自無足怪[12].

주석
1 玉露彫傷(옥로조상): 두보의 〈추흥팔수秋興八首〉 중 제1수를 가리킨다.
2 昆明池水(곤명지수): 두보의 〈추흥팔수〉 중 제7수를 가리킨다.
3 風急天高(풍급천고): 두보의 〈등고登高〉를 가리킨다.
4 老去悲秋(노거비추): 두보의 〈구일남전최씨장九日藍田崔氏莊〉을 가리킨다.
5 相觝(상저): 어긋나다.
6 叢菊兩開他日淚(총국양개타일루): 국화 떨기 두 번 피니 지난날이 눈물겹네.
   두보 〈추흥팔수〉 중 제1수의 시구다.

7 純雅(순아): 순정하고 고상하다.

8 織女機絲虛夜月(직녀기사허야월), 石鯨鱗甲動秋風(석경린갑동추풍): 직녀가 베를 짜다가 밤에 뜬 허공의 달을 바라보고, 돌에 새겨진 고래의 비늘이 가을바람에 움직이는 듯하네. 두보 〈추흥팔수〉 중 제7수의 시구다.

9 細大不稱(세대불칭): 작은 것과 큰 것을 불문하고 모두 어울리지 않는다. 모두 다 어울리지 않다.

10 羞將短髮還吹帽(수장단발환취모), 笑倩傍人爲正冠(소천방인위정관): 부끄럽게도 머리카락 짧아져 모자가 바람에 날릴까 봐, 웃으면서 옆 사람에게 관을 바르게 해달라고 청하네. 두보 〈구일남전최씨장〉의 시구다.

11 似巧實拙(사교실졸): 꾸민 듯하나 사실은 졸렬하다.

12 自無足怪(자무족괴): 진실로 이상할 것이 없다.

23

두보의 칠언율시 중 〈등고登高〉, 〈구일오수九日五首〉, 〈반조返照〉, 〈추진秋盡〉, 〈등루登樓〉, 〈추흥팔수秋興八首〉, 〈야로野老〉, 〈영회고적오수詠懷古跡五首〉 중 제3수 등은 웅건하고 함축적이며 정체여서 명나라 여러 문인이 대부분 그것을 배울 수 있는데, 온당하고 조화로우며 비교적 뛰어나다.

〈동지冬至〉, 〈기두위寄杜位〉, 〈장부형남기별이검주將赴荊南寄別李劍州〉, 〈남물覽物〉, 〈부성현향적사관각涪城縣香積寺官閣〉 등은 그 격조가 다소 자유분방하며 소변이 되므로 후일 배울 수 있는 사람이 없었다.

〈황초黃草〉, 〈소사所思〉, 〈백제白帝〉, 〈망악望岳〉, 〈백제성최고루白帝城最高楼〉, 〈주몽晝夢〉, 〈최씨동산초당崔氏東山草堂〉, 〈구일九日〉 등은 가행체에다 율격을 넣어 대변이 되는데, 송나라의 여러 문인 및 이몽양 등이 대부분 그것을 배웠지만 실로 비슷한 것이 없다.

해제 두보의 칠언율시를 정체, 소변, 대변 3부류로 나누고 각 대표적인 작품을 제시했다. 시보화施補華가《현용설시峴傭說詩》에서 "두보의 칠언율시에는 재주가 없는 것이 없고 규칙이 구비되지 않은 것이 없다少陵七律, 無才不有, 無法不備."라고 말한 것처럼 두보의 칠언율시는 대장이 엄격한 가운데서도 장법, 구법, 자법 등의 다양한 변화를 이룬다. 용운의 범위도 넓어서 보통 시인들은 평성 중 4~5개의 운부를 사용하는데, 두보는 상평성과 하평성 중의 42개의 운부를 사용했다. 이에 청나라 황자운黃子雲《야홍시적野鴻詩的》에서 다음과 같이 극찬했다.

"두보의 오언율시와 오·칠언 고시는 삼당三唐의 여러 문인들 또한 각기 한두 편은 뒤따를 수 있었지만, 칠언율시는 상하 천년 동안 비교할 작품이 없었다. 그 뜻이 정밀하고 규칙이 변화무쌍하며, 구법이 웅건하고 시어가 정련되며, 기운이 크고 풍격이 다양하니, 일시의 필치로 다 할 수 있는 것이 아니다.杜之五律·五七言古, 三唐諸家亦各有一二篇可企及; 七律則上下千百年無倫比, 其意之精密, 法之變化, 句之沉雄, 字之整練, 氣之浩汗, 神之搖曳, 非一時筆舌所能罄."

子美七言律, 如"風急天高"[1], "重陽獨酌"[2], "楚王宮北"[3], "秋盡東行"[4], "花近高樓"[5], "玉露凋傷"[6], "野老籬前"[7], "羣山萬壑"[8]等篇, 沉雄含蓄, 是其正體, 國朝諸公多能學之, 而穩貼勻和[9], 較勝. 如"年年至日"[10], "近聞寬法"[11], "使君高義"[12], "曾爲掾吏"[13], "寺下春江"[14]等篇, 其格稍放, 是爲小變, 後來無人能學. 至如"黃草峽西"[15], "苦憶荊州"[16], "白帝城中"[17], "西嶽崚嶒"[18], "城尖徑昃"[19], "二月饒睡"[20], "愛汝玉山"[21], "去年登高"[22]等篇, 以歌行入律, 是爲大變, 宋朝諸公及李獻吉輩雖多學之, 實無有相類者.

1 風急天高(풍급천고): 두보의 〈등고登高〉를 가리킨다.

2 重陽獨酌(중양독작): 두보의 〈구일오수九日五首〉를 가리킨다.

3 楚王宮北(초왕궁북): 두보의 〈반조返照〉를 가리킨다.

4 秋盡東行(추진동행): 두보의 〈추진秋盡〉을 가리킨다.

5 花近高樓(화근고루): 두보의 〈등루登樓〉를 가리킨다.

6 玉露凋傷(옥로조상): 두보의 〈추흥팔수秋興八首〉를 가리킨다.

7 野老籬前(야로리전): 두보의 〈야로野老〉를 가리킨다.

8 羣山萬壑(군산만학): 두보의 〈영회고적오수詠懷古跡五首〉 중 제3수를 가리킨다.

9 穩貼勻和(온첩균화): 온당하고 조화롭다.

10 年年至日(연년지일): 두보의 〈동지冬至〉를 가리킨다.

11 近聞寬法(근문관법): 두보의 〈기두위寄杜位〉를 가리킨다.

12 使君高義(사군고의): 두보의 〈장부형남기별이검주將赴荊南寄別李劍州〉를 가리킨다.

13 曾爲掾吏(증위연리): 두보의 〈남물覽物〉을 가리킨다. 또는 〈협중남물峽中覽物〉이라고도 한다.

14 寺下春江(사하춘강): 두보의 〈부성현향적사관각涪城縣香積寺官閣〉을 가리킨다.

15 黃草峽西(황초협서): 두보의 〈황초黃草〉를 가리킨다.

16 苦憶荊州(고억형주): 두보의 〈소사所思〉를 가리킨다.

17 白帝城中(백제성중): 두보의 〈백제白帝〉를 가리킨다.

18 西嶽崚嶒(서악릉중): 두보의 〈망악望岳〉을 가리킨다.

19 城尖徑昃(성첨경측): 두보의 〈백제성최고루白帝城最高樓〉를 가리킨다.

20 二月饒睡(이월요수): 두보의 〈주몽晝夢〉을 가리킨다.

21 愛汝玉山(애여옥산): 두보의 〈최씨동산초당崔氏東山草堂〉을 가리킨다.

22 去年登高(거년등고): 두보의 〈구일九日〉을 가리킨다.

24

혹자가 물었다.

"두보의 〈동지冬至〉 1편은 한숨에 어우러졌는데, 최호의 〈황학루〉, 〈안문호인가〉와 어찌 다른 게 있겠는가?

내가 대답한다.

율시 중 조예가 지극한 것은 완곡한 것을 정체로 삼고, 자유분방한 것을 변체로 삼는다. 〈황학루〉는 전반의 4구는 가행의 시어이나 후반 4구는 매우 완곡하다. 〈안문호인가〉은 시어마다 완곡하다. 〈동지〉 1편은 비록 전체 시편이 대구이지만 통쾌하고 질탕하니 마침내 소변으로 들어갔다. 풍취는 비록 같으나 체재가 다르다. 〈동지〉 등의 작품을 읽으면 〈추흥秋興〉 여러 편의 시어가 대부분 가로막혔음을 알게 된

다. 나는 일찍이 두보의 칠언율시가 변격이 정격보다 뛰어나다고 했
는데, 끝내 후세의 의혹을 없앨 수는 없을 것이다.

두보의 〈동지〉와 최호의 〈황학루〉, 〈안문호인가〉를 비교해 논했다. 앞서
허학이는 칠언율시 중 최호의 〈황학루〉, 〈안문호인가〉가 가장 뛰어나다
고 했다. 최호의 완곡한 시풍이 정격이라면, 두보의 〈동지〉는 자유로운 시
풍으로 변격에 속한다고 보았다. 사실 두보의 율시는 요체를 통한 변화가
뛰어나다.

或問: "子美'年年至日'[1]一篇, 一氣渾成, 與崔顥黃鶴, 鴈門寧有異乎?" 曰: 律
詩詣極者, 以圓緊[2]爲正, 駘蕩[3]爲變. 黃鶴前四句雖歌行語, 而後四句則甚圓
緊, 鴈門則語語圓緊矣. "年年"一篇, 雖通篇對偶, 而淋漓駘蕩[4], 遂入小變.
機趣[5]雖同, 而體製則異也. 然讀"年年"等作, 便覺秋興諸篇語多窒礙[6]. 予嘗
謂子美七言律, 變勝於正, 終不能祛[7]後世之惑.

1 年年至日(연년지일): 두보의 〈동지冬至〉를 가리킨다.
2 圓緊(원긴): 완곡하다.
3 駘蕩(태탕): 자유분방하다.
4 淋漓駘蕩(임리태탕): 통쾌하고 질탕하다.
5 機趣(기취): 풍취風趣.
6 窒礙(질애): 가로막히다.
7 祛(거): 제거하다.

25

왕세정이 말했다.

"두보는 가행체에다 율격을 넣었으니, 역시 변풍이다. 다작은 마땅
하지 않으니, 다작하게 되면 시의 의경을 식상하게 한다."

내가 생각건대 두보의 칠언은 가행체에다 율격을 넣어 비록 변풍이

지만 호방하고 구애받지 않는다. 곧 재주가 커서 자유분방한 데로 빠진 것인데, 대개 넘치는 것이지 모자란 것이 아니다.

풍시가가 말했다.

"급박하게 연주하여 번개가 내리쳐 돌이 나는 듯하며, 슬프게 감개하여 사람으로 하여금 감흥이 천박하지 않게 하는 듯하다."

두보의 시를 잘 깨달은 것이다.[9]

 두보 칠언율시의 변격에 관해 보충했다. 두시의 변격은 재주가 넘친 결과이지 모자란 것이 아님을 지적하고, 그 변화무쌍함은 쉽게 도달할 수 있는 경지가 아님을 강조했다. 호응린이 《시수》에서 "칠언율시가 가장 어려운데, 당나라에 이르러 그것에 정교한 시인이 몇 사람 되지 않고, 시인들도 몇 편밖에 칠언율시를 짓지 않았다.七言律最難, 迄唐世工不數人, 人不數篇."고 말한 바와 같이, 칠언율시는 당나라 때 발전한 시체인데 두보에 의해 성숙한 단계로 나아갔다. 이와 관련하여 호진형은 《당음계첨》에서 다음과 같이 논했다.

"두보의 칠언율시는 여러 시인들과 다른 것이 다섯 가지다. 체제가 그 첫 번째고, 하나의 제목으로 몇 수를 지어도 끝나지 않음이 두 번째고, 사물을 시로 창작하기 좋아함이 세 번째고, 시의 소재가 사람과 관련되지 않은 것이 없음이 네 번째고, 스스로 표방함을 좋아하는 것, 즉 시로써 시를 지음이 다섯 번째다. 이것은 모두 여러 시인들에게는 없는 것이다. 기타 작법의 변화는 더욱 완전히 헤아리기 어렵다.少陵七律與諸家異者有五: 篇制多, 一也; 一題數首不盡, 二也; 好作物體, 三也; 詩料無所不入, 四也; 好自標榜, 卽以詩入詩, 五也. 此皆諸家所無. 其它作法之變, 更難盡數."

王元美云: "老杜以歌行入律, 亦是變風, 不宜[1]多作, 多作則傷境[2]." 愚按: 子

9) 고적과 잠삼에 관한 시론 중 오언이 율법에 구속되지 않는 것의 3칙(제15권 제10칙~12칙)과 참조하여 보기 바란다.

美七言以歌行入律, 雖是變風, 然豪曠磊落[3], 乃才大而失之於放, 蓋過而非
不及也. 馮元成謂: "如促柱急絃[4], 雷轟石飛[5], 落落感慨[6], 令人興懷不淺."
得之. [與高岑論中五言不拘律法者三則參看.]

주석

1 不宜(불의): 마땅하지 않다.

2 境(경): 시의 의경意境.

3 豪曠磊落(호광뇌락): 호방하고 구애받지 않다.

4 促柱急絃(촉주급현): 급박하게 연주하다.

5 雷轟石飛(뇌굉석비): 번개가 쳐서 돌이 날다.

6 落落感慨(낙락감개): 슬프게 감개하다.

26

당시 중에서 두보의 시가 가장 배우기 어렵고, 또한 가장 선택하기
어렵다. 두보의 율시 중 오언은 분명하지 않은 시어와 괴벽한 시어가
많고, 칠언은 유치한 시어와 군더더기의 시어가 많다. 오늘날 두보의
시를 열거하면서 감히 의견을 내지 못하고, 더욱이 간혹 분명하지 않
은 시어, 괴벽한 시어, 유치한 시어, 군더더기의 시어에 대해 도리어
많이 수록하고 있으니, 시도의 큰 재앙이다. 분명하지 않은 시어와 괴
벽한 시어는 다 가려 뽑을 수 없다. 유치한 시어와 군더더기의 시어를
대략 예로 들어 본다.

다음의 시구는 모두 유치한 시어다.

"서쪽으로 바라보면 요지瑤池에 서왕모가 내려오네.西望瑤池降王母."

"싸리문이 삐뚤게 강물 흐르는 쪽으로 열렸네.柴門不正逐江開."

"삼고초려에 여러 차례 천하를 다스릴 계책을 내네.三顧頻繁天下計."

"바람에 율려가 실려 조화가 바르네.風飄律呂相和切."

"붉은 도화가 비단보다 고운지를 분간하지 못하고, 버들개지가 비
단보다 흰 것을 증오하네.不分桃花紅勝錦, 生憎柳絮白於綿."

"복숭아꽃은 버들개지가 떨어지는 것을 쫓고, 황조가 날 때 백조도 함께 나네.桃花細逐楊花落, 黃鳥時兼白鳥飛."

"외상 술값은 늘 가는 곳마다 있고, 인생 일흔 살은 고래로 드무네. 꽃에 내려앉은 나비는 깊숙이 꿀을 찾고, 물을 차는 잠자리는 날개 퍼덕이며 나네.酒債尋常行處有, 人生七十古來稀. 穿花蛺蝶深深見, 點水蜻蜓款款飛."

다음의 시구는 모두 군더더기의 시어다.
"어려움에 귀밑머리 다 쉬어 한스럽네.艱難苦恨繁霜鬢."
"낮의 물시계가 드물게 들려 높은 누각에 시간을 알리네.晝漏稀聞高閣報."
"늘 굶주려 어린아이 모습이 처량하네.恒飢稚子色淒涼."
"뜻을 굳게 하고 몸을 상해가며 군무에 수고로웠네.志決身殲軍務勞."
"은총을 받은 혜초 잎이 많이 푸르네.寵光蕙葉與多碧."
"크게 교유하며 만사에 게으르네.太向交遊萬事慵."
"군대를 총괄하나 초와 촉이 완전하지 못하고, 바야흐로 조식과 유정의 재주를 능가하지 못하네.總戎楚蜀應全未, 方駕曹劉不啻過."
"곤궁한 것 때문이 아니라면 어찌 이렇게 하리오, 다만 두려움이 친하게 변해서라네.不爲困窮寧有此, 祇緣恐懼轉須親."

호응린이 다음과 같이 말했다.
"두보는 날카로움과 무딤이 섞여 펼쳐지고 정체와 변체가 함께 나와서 후일 감개한 사람들이 끊이지 않았지만, 주석의 오류 또한 적지 않다."
생각건대 송나라의 매요신, 황정견 등의 여러 문인은 그 분명하지 않은 시어, 괴벽한 시어, 유치한 시어, 군더더기의 시어를 힘껏 모의했다. 이것은 견해가 잘못된 것이지 주석의 오류가 아니다.

두보의 율시 중 유치한 시어, 군더더기의 시어를 가려 뽑아 예로 들었다. 또 이와 같은 두보의 기이한 시구를 추구하게 된 후대의 시풍을 비판하며, 두시에 관한 잘못된 견해를 가지고 모방하는 것을 견제하고 있다.

唐人詩惟杜詩最難學, 而亦最難選. 子美律詩, 五言多晦語[1]·僻語[2], 七言多釋語·累語, 今例以子美之詩而不敢議, 又或於晦·僻·釋·累者反多錄之, 則詩道之大厄[3]也. 晦·僻者, 不能盡摘; 釋·累者, 略擧以見. 如"西望瑤池降王母"[4], "柴門不正逐江開"[5], "三顧頻繁天下計"[6], "風飄律呂相和切"[7], "不分桃花紅勝錦, 生憎柳絮白於綿"[8], "桃花細逐楊花落, 黃鳥時兼白鳥飛"[9], "酒債尋常行處有, 人生七十古來稀. 穿花蛺蝶深深見, 點水蜻蜓款款飛"[10]等句, 皆釋語也. 如"艱難苦恨繁霜鬢"[11], "晝漏稀聞高閣報"[12], "恒飢稚子色淒涼"[13], "志決身殲軍務勞"[14], "寵光蕙葉與多碧"[15], "太向交遊萬事慵"[16], "總戎楚蜀應全未, 方駕曹劉不啻過"[17], "不爲困窮寧有此, 祗緣恐懼轉須親"[18]等句, 皆累語也. 胡元瑞云: "子美利鈍雜陳, 正變互出, 後來沾漑[19]者無窮, 註誤者亦不少." 按: 宋梅·黃諸人, 於其晦·僻·釋·累處悉力[20]擬之, 此是意見乖謬[21], 非註誤也.

1 晦語(회어): 분명하지 않은 시어.
2 僻語(벽어): 괴벽한 시어.
3 大厄(대액): 큰 재앙.
4 西望瑤池降王母(서망요지강왕모): 서쪽으로 바라보면 요지瑤池에 서왕모가 내려오네. 두보 〈추흥팔수秋興八首〉 중 제5수의 시구다.
5 柴門不正逐江開(시문부정축강개): 싸리문이 삐뚤게 강물 흐르는 쪽으로 열렸네. 두보 〈야로野老〉의 시구다.
6 三顧頻繁天下計(삼고빈번천하계): 삼고초려에 여러 차례 천하를 다스릴 계책을 내네. 두보 〈촉상蜀相〉의 시구다.
7 風飄律呂相和切(풍표율려상화절): 바람에 율려가 실려 조화가 바르네. 두보 〈취적吹笛〉의 시구다.
8 不分桃花紅勝錦(불분도화홍승금), 生憎柳絮白於綿(생증유서백어면): 붉은 도화가 비단보다 고운지를 분간하지 못하고, 버들개지가 비단보다 흰 것을 증오

하네. 두보 〈송노육시어입조送路六侍御入朝〉의 시구다.

9　桃花細逐楊花落(도화세축양화락), 黃鳥時兼白鳥飛(황조시겸백조비): 복숭아
　꽃은 버들개지가 떨어지는 것을 쫓고, 황조가 날 때 백조도 함께 나네. 두보
　〈곡강대주曲江对酒〉의 시구다.

10　酒債尋常行處有(주채심상행처유), 人生七十古來稀(인생칠십고래희). 穿花
　蛺蝶深深見(천화협접심심견), 點水蜻蜓款款飛(점수청정관관비): 외상 술값은
　늘 가는 곳마다 있고, 인생 일흔 살은 고래로 드무네. 꽃에 내려앉은 나비는 깊
　숙이 꿀을 찾고, 물을 차는 잠자리는 날개 퍼덕이며 나네. 두보 〈곡강이수曲江二
　首〉 중 제2수의 시구다.

11　艱難苦恨繁霜鬢(간난고한번상빈): 어려움에 귀밑머리 다 쉬어 한스럽네. 두
　보 〈등고登高〉의 시구다.

12　晝漏稀聞高閣報(주루희문고각보): 낮의 물시계가 드물게 들려 높은 누각에
　시간을 알리네. 두보 〈자신전퇴조구호紫宸殿退朝口號〉의 시구다.

13　恒飢稚子色凄涼(항기치자색처량): 늘 굶주려 어린아이 모습이 처량하네. 두
　보 〈광부狂夫〉의 시구다.

14　志決身殲軍務勞(지결신섬군무로): 뜻을 굳게 하고 몸을 상해가며 군무에 수
　고로웠네. 두보 〈영회고적오수詠懷古跡五首〉 중 제5수의 시구다.

15　寵光蕙葉與多碧(총광혜엽여다벽): 은총을 받은 혜초 잎이 많이 푸르네. 두보
　〈강우유회정전설江雨有懷鄭典設〉의 시구다.

16　太向交遊萬事慵(태향교유만사용): 크게 교유하며 만사에 게으르네. 두보 〈모
　등사안사종루기배십暮登四安寺鍾樓寄裴十〉의 시구다.

17　總戎楚蜀應全未(총융초촉응전미), 方駕曹劉不啻過(방가조유불시과): 군대
　를 총괄하나 초와 촉이 완전하지 못하고, 바야흐로 조식과 유정의 재주를 능가
　하지 못하네. 두보 〈봉기고상시奉寄高常侍〉의 시구다.

18　不爲困窮寧有此(불위곤궁녕유차), 祗緣恐懼轉須親(지연공구전수친): 곤궁
　한 것 때문이 아니라면 어찌 이렇게 하리오, 다만 두려움이 친하게 변해서라네.
　두보 〈우정오랑又呈吳郎〉의 시구다.

19　沾漑(첨개): 감개하다.

20　悉力(실력): 힘을 다하다.

21　乖謬(괴류): 잘못되다.

27

왕세정이 말했다.

"두보 칠언절구의 변체는 가끔 창작하는 것은 가능하지만, 대부분 본받을 만하지 않다."

내가 생각건대 두보의 칠언절구는 비록 변체이나 그 성조는 사실 당나라 시인의 〈죽지사竹枝詞〉의 선창이다. 유진옹이 "걷잡을 수 없이 자연스럽고 비속함을 충분히 씻었다."고 한 것은 이를 두고 말한 것이다. 오직 오언절구가 너무 신중함에 빠져서 대부분 본받기에 부족할 따름이다.

두보의 절구에 관한 논의다. 두보는 모두 138수를 창작했는데, 그중 오언절구가 31수, 칠언절구가 107수다. 대부분 성도의 초당草堂에서 머무르며 창작한 작품으로, 완화계浣花溪에서 비교적 안정된 생활을 할 때 쓴 것이다. 《구당서》에서도 "두보는 성도의 완화에서 대나무를 심고 나무를 심고서, 초가집을 짓고 강에 누워 술을 마음껏 마시고 시를 읊조리며 농부, 늙은이와 서로 노니니 구속이 없었다. 甫於成都浣花里種竹植樹, 結廬枕江, 縱酒嘯咏, 與田夫野老相狎蕩, 無拘檢."라고 말하고 있듯이, 두보의 절구에서는 자연스러우면서도 일상적인 생활정경을 많이 담고 있다. 그러나 대부분 율격에 맞지 않아 폄하되는 경향이 많은데, 호응린도 《시수》에서 "두보는 절구에서 깨달은 것이 없으니 반드시 본받을 필요가 없다. 子美於絶句無所解, 不必法也."라고 말했다.

여기서 허학이는 오언절구보다 칠언절구를 높이 평가했다. 두보의 절구에 대해 폄하는 까닭은 요체가 많기 때문이다. 그러나 두보의 요체는 새로운 방법을 모색한 결과로 오히려 절구의 발전을 꾀했다고 평가된다. 실제 두보는 절구로써 다양한 시도를 했는데 풍격뿐 아니라 제재도 광범위하고 표현 수법도 새롭다. 특히 구어를 많이 사용하여, 후일 유우석劉禹錫의 〈죽지사〉에 영향을 미치기도 했다.

원문 王元美云: "子美七言絶變體, 間爲之可耳, 不足多法[1]也." 愚按: 子美七言絶

雖是變體, 然其聲調實爲唐人竹枝[2]先倡, 須溪謂 "放蕩自然[3], 足洗凡陋[4]"是

也. 惟五言絶失之太重, 不足多法耳.

주석 1 不足多法(부족다법): 대부분 본받을 만하지 않다.

2 唐人竹枝(당인죽지): 당나라 교방곡敎坊曲. 정관・원화 연간에 성행했으며, 유

   우석이 완수沅水와 상수湘水에 있을 때 마을에서 부르는 노래가 비천한 것을 듣

   고 〈구가九歌〉를 모방하여 죽지竹枝 신성新聲 9장을 지어서 마을의 아이들에게

   가르쳤다고 한다.

3 放蕩自然(방탕자연): 호탕하고 자연스럽다.

4 凡陋(범루): 비속하다. 비루하다.

28

두보의 많은 작품은 여러 문인들과 다르지만 변화라고 말할 수는

없다. 오언고시 중 〈자문柴門〉, 〈두견杜鵑〉, 〈의골義鶻〉, 〈팽함彭衙〉은

용운이 복잡하나 시어가 호방하다. 칠언고시 중 〈위장군가魏將軍歌〉,

〈억석행憶昔行〉은 용운이 매우 험준하여 시어의 쓰임이 특이하니 모

두 한유와 비슷하다. 〈모옥위추풍소파茅屋爲秋風所破〉는 또한 송시의

남상이 되었다. 이상은 모두 변체다. 더욱이 칠언율시 중 다음과 같은

것은 점차 의론이 되어 갔다.

"큰 차이가 없이 이윤伊尹과 여상呂尙을 보는 듯하고, 마음속에 이미

모든 생각이 갖추어져 있어 냉정히 작전을 지휘하니 소하蕭何와 조삼

曹參을 능가하네.伯仲之間見伊呂, 指揮若定失蕭曹."

"한공韓公이 본래 삼수항성三受降城을 쌓은 뜻은, 돌궐이 한나라 깃

발 뽑는 것을 막기 위함이라네. 어찌 회흘의 말을 수고롭게 하여, 불

현듯 삭방군朔方軍을 구했다고 하겠는가.韓公本意築三城, 擬絶天驕拔漢旌.

豈謂盡煩回紇馬, 翻然遠救朔方兵."

또 오언율시 중 〈오종吾宗〉, 〈만성이수漫成二首〉 중 제2수, 칠언율시 중 〈강촌江村〉, 〈곡강이수曲江二首〉의 제1수와 제2수 등은 송나라 사람들의 구어와 비슷하다. 나는 일찍이 방옹념方翁恬과 시를 논하다가 "원화의 여러 문인이 처음 송시의 문호를 열었다."고 말했더니 방옹념이 다음과 같이 말했다.

"두보가 이미 송나라 시인의 문호를 열었다.杜子美已開宋人之門戶矣."

이 말은 진실로 잘못되지는 않았지만, 초학자가 들으면 도리어 괴이하게 여길 것이다. 후일 풍시가의 평론을 살펴보니 또한 이러하다.

해제 두보시의 다양한 풍격 특징과 후대 영향에 관해 언급했다. 두시의 영향은 비교적 넓어 서사적인 부분은 원진, 백거이가 수용했고, 기이한 자구는 한유에 의해 수용되었다. 또 뜻을 중시하는 측면에서는 송시에도 영향을 미쳤다고 볼 수 있다. 진사도, 진여의陳與義, 육유陸游는 두보 오언시의 침울돈좌함을 계승했고, 소식 형제는 두보 칠언율시의 웅혼비창을 계승했으며, 소순흠蘇舜欽과 왕안석은 두보의 소담하고 완려한 풍격을 계승했다. 두시의 후대 영향이 이와 같이 폭넓은 것은 본래 그의 시풍이 지니고 있는 다양함에서 비롯될 것이다. 그러나 두보가 뜻을 중시한 것은 원화의 시와는 분명한 차이가 있음을 여러 차례 강조했다.

원문 子美衆作雖與諸家不同, 然未可稱變. 至五言古, 如柴門, 杜鵑, 義鶻, 彭衙, 用韻錯雜[1], 出語豪縱[2]; 七言古, 如魏將軍歌, 憶昔行, 用韻險絶[3], 造語奇特, 皆有頹退之矣; 茅屋爲秋風所破, 亦爲宋人濫觴[4], 皆變體也. 又七言律, 如 "伯仲之間見伊呂, 指揮若定失蕭曹"[5], "韓公本意築三城, 擬絶天驕拔漢旌. 豈謂盡煩回紇馬, 翻然遠救朔方兵"[6], 始漸涉[7]議論; 五言律, 如"吾宗老孫子"[8], "江皐已仲春,"[9] 七言律, 如"淸江一曲"[10], "一片花飛"[11], "朝回日日"[12]等篇, 亦宛似宋人口語. 予嘗與方翁恬[13]論詩, 予曰: "元和諸公, 始開宋人門戶." 翁恬曰: "杜子美已開宋人之門戶矣." 此語實不爲謬, 但初學聞之, 反以爲怪耳. 後觀馮元成議論, 亦同.

1 錯雜(착잡): 복잡하다.

2 豪縱(호종): 호방하다.

3 險絶(험절): 기험하다.

4 濫觴(남상): 술잔에 겨우 넘칠 정도의 작은 물이라는 뜻으로, 모든 사물이나 일의 시초 또는 근원을 일컫는 말이다.

5 伯仲之間見伊呂(백중지간견이여), 指揮若定失蕭曹(지휘약정실소조): 큰 차이가 없이 이윤伊尹과 여상呂尙을 보는 듯하고, 마음속에 이미 모든 생각이 갖추어져 있어 냉정히 작전을 지휘하니 소하蕭何와 조삼曹參을 능가하네. 〈영회고적오수詠懷古跡五首〉 중 제5수의 시구다.

6 韓公本意築三城(한공본의축삼성), 擬絶天驕拔漢旌(의절천교발한정). 豈謂盡煩回紇馬(기위진번회흘마), 翻然遠救朔方兵(번연원구삭방병): 한공韓公이 본래 삼수항성三受降城을 쌓은 뜻은, 돌궐이 한나라 깃발 뽑는 것을 막기 위함이라네. 어찌 회흘의 말을 수고롭게 하여, 불현듯 삭방군朔方軍을 구했다고 하겠는가. 〈제장오수諸將五首〉 중 제2수의 시구다.

7 涉(섭): 이르다. 미치다.

8 吾宗老孫子(오종노손자): 두보 〈오종吾宗〉을 가리킨다.

9 江皐已仲春(강고이중춘): 두보 〈만성이수漫成二首〉 중 제2수를 가리킨다.

10 清江一曲(청강일곡): 두보 〈강촌江村〉을 가리킨다.

11 一片花飛(일편화비): 두보 〈곡강이수曲江二首〉 중 제1수를 가리킨다.

12 朝回日日(조회일일): 두보 〈곡강이수〉 중 제2수를 가리킨다.

13 方翁恬(방옹념): 명나라 시기의 문인이나 생졸년 미상이다. 호응린의 《소실산방집少室山房集》 권8에 〈장가행송방옹념유무이長歌行送方翁恬游武夷〉라는 시가 보인다.

29

양신이 말했다.

"송나라 사람들은 두보가 운어로서 그 당시의 사건을 기록할 수 있다고 하여 '시사詩史'라고 일컬었는데,10) 비루하도다! 육경에는 각기 체재가 있다. 시의 경우 그 체재와 의미는 《역경》, 《서경》, 《춘추》

와 분명히 구별된다. 《시경》은 모두 뜻이 언어 밖에 있어 사람으로 하여금 스스로 깨닫게 한다. 두시에도 역시 함축적이고 은은한 것이 많아서 송나라 시인들은 그것을 배울 수 없었다. 그때의 사건을 직접 서술하는 것은 폭로하는 것과 유사하여 하품下品의 말단인데도, 송나라 시인들은 주워서 자신의 보물로 삼고, 또 '시사' 두 글자를 만들어서 후인을 오도했다. 만약 시가 역사와 겸할 수 있다면 《상서》, 《춘추》와 병행하여 살필 수 있을 것이다."

내가 생각건대 양신의 주장은 훌륭하지만 완전히 타당하지는 않다. 시와 역사는 그 체재와 의미가 본디 구분할 필요도 없이 분명하다. 즉 두보의 〈석호리石壕吏〉, 〈신안리新安吏〉, 〈신혼별新婚別〉, 〈수노별垂老別〉, 〈무가별無家別〉, 〈애왕손哀王孫〉, 〈애강두哀江頭〉 등은 비록 그때의 사건을 기록하는 데 의도가 있었지만, 소리의 높낮이가 있고 풍자가 있어 다 시의 체재에 합당한데 어찌 역사서의 목록으로 볼 수 있으리오? 의미의 함축은 두보의 장점인데, 전란으로 뿔뿔이 흩어짐을 슬퍼하며 세간의 이목을 집중시킴으로써 서정을 서술하고 사건을 절실하게 하는 것을 기쁨으로 삼았으니, 또한 변아變雅의 부류일 따름이며 두보에게 누를 끼칠 수는 없다.

두보시의 서사성에 관해 변론했다. '시사詩史'는 두보시의 특징을 대표하는 개념으로 송대에 이미 생겨난 말이다. 그러나 두보의 시가 역사와 일치한다는 의미가 아니다. 두보는 단지 시의 체재로써 그 당시 사람들의 절실한 심정을 표현하기 위해 새로운 변화를 시도했다. 그것은 그 시절의 사회 현상을 똑같이 경험했다고 할지라도 손쉽게 도달할 수 있는 예술적 경지가 아니다. 이에 왕사석王嗣奭은 《두억杜臆》에서 다음과 같이 두보를 칭송했다.
"친히 보지 않으면 지을 수 없으니, 다른 사람은 친히 볼지라도 또한 지

---

10) 《당서唐書》에 보인다.

을 수 없다. 두보는 안사의 난으로 동도에 이르러 직접 눈으로 보고 시를 지었는데, 신이 그것을 짓게 한 것과 같아서 천년의 시간 동안 전해졌다.非親見不能作, 他人雖親見亦不能作. 公以事至東都, 目擊成詩, 若有神使之, 遂下千載之淚.”

 楊用修云: “宋人以子美能以韻語紀時事[1], 謂之‘詩史’[2], [見唐書], 鄙哉! 夫六經各有體, 若詩者, 其體, 其旨, 與易・書・春秋判然[3]矣. 三百篇皆意在言外[4], 使人自悟[5]. 杜詩含蓄蘊藉者蓋亦多矣, 宋人不能學之; 至於直陳時事[6], 類於訐訕[7], 乃其下乘末脚[8], 而宋人拾以爲己寶, 又撰出‘詩史’二字以誤後人. 如詩可兼史, 則尙書・春秋可以幷省矣.” 愚按: 用修之論雖善, 而未盡當. 夫詩與史, 其體, 其旨, 固不待辯而明矣. 卽杜之石壕吏, 新安吏, 新婚別, 垂老別, 無家別, 哀王孫, 哀江頭等, 雖若有意紀時事, 而抑揚諷刺, 悉合詩體, 安得以史目[9]之? 至於含蓄蘊藉雖子美所長, 而感傷亂離, 耳目所及, 以述情切事[10]爲快, 是亦變雅之類耳, 不足爲子美累也.

주석

1 時事(시사): 그 당시의 사건.

2 詩史(시사): 역사적 사실을 노래한 시를 가리킨다.

3 判然(판연): 분명하다.

4 意在言外(의재언외): 뜻이 언어 밖에 잇다.

5 使人自悟(사인자오): 사람으로 하여금 스스로 깨닫게 하다.

6 直陳時事(직진시사): 그 당시의 사건을 직접 서술하다.

7 類於訐訕(유어알산): 폭로하는 것과 유사하다.

8 下乘末脚(하승말각): 문학, 예술 따위의 하품下品.

9 史目(사목): 역사서의 목록.

10 述情切事(술정절사): 서정을 서술하고 사건을 절실하게 하다.

30

혹자가 나에게 물었다.

“구양수는 두보 시를 좋아하지 않는데, 그 뜻은 무엇 때문인가?”

내가 대답한다.

지화至和・가우嘉祐11) 연간에는 시험장의 수험생들이 문장이 기이하고 어려운 것을 숭상하여, 읽어보면 간혹 문장이 되지 않는다. 구양수는 힘써 그 폐단을 개혁하고자 했는데, 지공거知貢擧가 되어 대개 문장이 꾸민 것은 모두 퇴출시켰다. 그때 양억楊億, 전유연錢惟演, 안수安殊, 유균劉筠이 시를 창작함에 모두 이상은李商隱을 으뜸으로 삼아서, '서곤체西崑體'라고 했다. 구양수는 또 그 폐단을 바르게 하여 오로지 격조를 중시했다. 두보의 시에는 간혹 문장이 난삽하여 의미가 잘 통하지 않는 것이 있어 두시를 좋아하지 않았으니, 특별히 그 당시의 폐단을 바로잡고자 했을 따름이다. 혹자는 "구양수는 고문을 창도하고 말학을 억제하고자 했다"고 말하는데 이 또한 그렇지 않다. 과연 그러하다면 구양수는 다만 시를 짓지 못했을 터이니, 어찌 시를 지으면서 또 두보를 좋아하지 않았겠는가?

구양수는 지나치게 수식한 문장을 지양하고 질박한 고문을 창도하고자 노력했다. 두보의 시에 있는 난삽한 문장도 예외가 되지 않고 개혁의 대상이 되었다. 그것은 구양수가 정말 두보 시를 싫어해서가 아니라, 그 당시의 문풍을 바로잡고자 하는 의지가 강했기 때문이었음을 역설하고 있다.

或問予: "歐陽公不好杜詩, 其意何居1?" 曰: 至和2・嘉祐3間[俱仁宗4年號], 場屋5擧子爲文尙奇澁6, 讀或不成句, 歐公力欲革其弊7, 旣知貢擧8, 凡文涉雕刻者皆黜之9. 時楊大年10, 錢希聖11, 安同叔12, 劉藉儀13爲詩皆宗李義山14, 號"西崑體15", 公又矯16其弊, 專以氣格爲主; 子美之詩, 間有詰屈晦僻者, 不好杜詩, 特借以矯時弊耳. 或言"歐公欲倡古文以抑末學", 是又不然; 果爾, 則歐公但不爲詩足矣, 何旣爲之而又不好杜耶?

---

11) 모두 인종仁宗의 연호다.

1 何居(하거): '何故(하고)'와 같은 말이다. 왜. 무엇 때문인가?

2 至和(지화): 북송 인종仁宗 조정趙禎 시기의 연호다. 1054년~1056년 사이에 사용되었다.

3 嘉祐(가우): 북송 인종 조정 시기의 연호다. 1056년~1063년 사이에 사용되었다.

4 仁宗(인종): 북송의 제4대 황제. 1023년~1063년까지 재위했다. 진종眞宗의 6번째 아들이다.

5 場屋(장옥): 관리를 시험할 때의 시험장.

6 奇澀(기삽): 문장이 기이하고 어렵다.

7 革其弊(혁기폐): 그 폐단을 고치다.

8 知貢擧(지공거): 당송 시기에 진사 시험을 주관하던 관리를 가리킨다.

9 黜之(출지): 퇴출시키다.

10 楊大年(양대년): 양억楊億(974~1020). 북송 시기의 문학가이자 서곤파西崑派의 주요 작가다. 자가 대년이고, 시호는 문공文公이다. 건주建州 포성浦城 사람이다. 문학적 재능이 뛰어나 11살 때 태종이 그를 불러 시부詩賦로 시험하고서 비서성정자秘書省正字에 임명했다. 순화淳化 연간에 〈이경부二京賦〉를 바치고, 진사 급제를 하사받았다. 《태종실록太宗實錄》 편수에 참여하고, 왕흠약王欽若과 함께 《책부원귀冊府元龜》 편찬을 총괄했다. 일찍이 두 차례에 걸쳐 한림학사翰林學士가 되었고, 공부시랑工部侍郞까지 올랐으며 사관수찬史館修撰을 겸했다. 성격이 강직하고 교유를 중시해 왕단王旦, 유균劉筠, 사강謝絳 등과 가깝게 사귀었다. 전장제도典章制度에 정통했고, 후진들을 이끄는 일에도 앞장섰다. 전유연 등과 교유하며 지은 시 200여 수를 모아 《서곤수창집西崑酬唱集》을 편찬했다.

11 錢希聖(전희성): 전유연錢惟演(977~1034). 북송 시기의 문인이다. 자가 희성이고, 오월왕吳越王 전숙錢俶의 아들이며, 어려서 대장군을 보좌했다. 아버지를 따라 송나라에 귀순하여 우신무장군右神武將軍을 역임했다. 지제고知制誥와 한림학사翰林學士, 추밀부사樞密副使, 공부상서工部尙書 등의 관직을 지냈다. 박학다식했고 문채가 화려하고 청신했다. 서곤파의 대표 시인 중 한 명이다.

12 安同叔(안동숙): 안수晏殊. 북송 시기의 시인이다. 자가 동숙이고, 어릴 때부터 시문에 능해 신동이라 불렸다.

13 劉藉儀(유자의): 유균劉筠(971~1031) 북송 시기의 시인이다. 자가 자의이고, 함평咸平 원년에 진사가 되었다.

14 李義山(이의산): 이상은李商隱(812~858). 만당 시기의 시인이다. 자가 의산이
고, 호는 옥계생玉谿生이다. 회주懷州 하내河內 곧 지금의 하남성 심양沁陽 사람이
다. 25세에 진사가 되었다. 우승유牛僧孺·이덕유李德裕의 당쟁에 휩쓸려 대부분
지방 관료의 막부로 지내다 일생을 마쳤다. 두목과 함께 만당의 유미주의를 대
표하는 작가로 손꼽힌다. 괴벽스런 전고를 많이 사용하고 함축적인 표현을 많
이 썼으며, 아름다운 말로 염려한 정을 노래한 것들이 많다. 이하李賀와 함께 중
국 시인들 중에 가장 난해한 시를 쓴 작가로 알려져 있다.

15 西崑體(서곤체): 만당 시인 이상은과 온정균의 시풍을 본뜬 시를 말한다. 송
초 양억이 전유연·안수·유균 능 17인을 규합하여 서로 창화唱和한 248수를
모은 시집 《서곤수창집》을 냈는데, 서곤체라는 명칭은 여기서 유래했다. 서
곤체는 대우와 전고의 사용에 힘쓰고 아름다운 수사에 힘썼다. 시의 피상적이
고 화려한 측면만 모방하여 도리어 시폐詩弊를 끼쳤다는 이유로 구양수 등에 의
해 배격당했다.

16 矯(교): 바로잡다.

31

개원 연간 임화의 잡언 중 〈기이백寄李白〉, 〈기두보寄杜甫〉 및 〈회소
초서가懷素草書歌〉 3편은 변괴變怪에 이르렀는데,12) 시어가 실로 비루
하여 일가를 이루지 못했다. 대개 그 시인의 본성이 방탕하고 식견이
용렬하여 마음으로 이백과 두보를 사모했지만 그들처럼 시를 지을 수
없었기에 이 지경에 이르렀을 따름이다. 지금 그 시를 이백과 두보의
시 뒤에 덧붙여 전성기에 이미 대변大變이 있었음을 보이고자 한다.

 개원은 이백과 두보의 시로 전성기를 이루었는데, 그 시기에 이미 또 다른
변화가 있었음을 지적하고 있다. 그 변화를 통해 당시의 쇠퇴가 갑자기 도
래된 것이 아님을 강조하고 임화를 예로 들어 그 원인이 작가의 타고난 재

---

12) 아래로 노공, 유의의 잡언으로 나아갔다.

능이 부족한 데서 비롯된다고 밝혔다.

　임화는 생졸년이 미상이나 당 현종 시기에 활동하며 이백, 두보를 사모한 인물이다. 현존하는 작품 모두 3편으로, 〈기이백〉, 〈기두보〉, 〈회소초서가〉가 그것이다. 이백, 두보보다는 어리나 회소懷素보다는 연상이었던 것으로 알려져 있으며 야인野人, 일인逸人이라고 자칭하며 거리낌 없이 세상을 활보했다고 한다.

開元中, 任華雜言, 有寄李白·寄杜甫及懷素草書歌三篇, 極其變怪. [下流至盧仝, 劉義雜言.] 然語實鄙拙¹, 未足成家². 蓋其人質性狂蕩³, 而識趣庸劣⁴, 心慕⁵李杜而不能, 故其流至此耳. 今以其詩附見⁶李杜詩後, 以見極盛之時⁷已有大變者在也.

1 鄙拙(비졸): 비천하다.

2 未足成家(미족성가): 일가가 되기에 부족하다.

3 質性狂蕩(질성광탕): 성질이 방탕하다.

4 識趣庸劣(식취용열): 식견이 용렬하다.

5 心慕(심모): 마음으로 흠모하다.

6 附見(부견): 부록으로 보이다.

7 極盛之時(극성지시): 전성기全盛期.

32

나는 임화의 〈기이백寄李白〉에서 다음의 두 구를 좋아한다.

　"여산에 올라, 폭포를 보네. 바닷바람이 끊임없이 불고, 강 위의 달이 허공을 비추네.登廬山, 觀瀑布. 海風吹不斷, 江月照還空."

　"천대에 올라, 발해를 바라보네. 구름이 대붕의 날개를 드리우고, 산이 큰 자라의 등을 누르네.登天台, 望渤海. 雲垂大鵬翼, 山壓巨鰲背."

　다른 작품은 대부분 일반적인 율격에 구속되지 않았다. 〈기이백〉

의 다음 시구는 아주 비루하다.

"나는 가끔 낮에 홀연히 잠에 들고, 잠에서 깨어나 홀연히 기지개를 펴네. 나는 살면서 그대가 있음을 알았으니, 그대도 내가 있는지 아는가 모르는가?而我有時白日忽欲睡, 睡覺忽然起攘臂. 任生知有君, 君也知有任生未?"

또 〈기두보寄杜甫〉의 다음 시구도 아주 비루하다.

"두습유는, 이름이 보甫이고 둘째며 재주가 매우 뛰어나네.杜拾遺, 名甫第二才甚奇."

"어제 누가 몇 편의 아름다운 시를 암송하는데, 나는 이상하고 특이하여 물어보니, 과연 두보가 지은 것이라고 말하네.昨日有人誦得數篇黃絹詞, 吾怪異奇特借問, 果然稱是杜二之所爲."

"고인이 예를 제정한 것은 다만 속사俗士를 막기 위함인데, 어찌 그대 때문에 마련했겠는가? 나는 날지도 않으면서 울지도 않는데 또 무엇 때문이겠는가, 오직 조정에 지기가 있기를 기다리네. 일찍이 읽고서 끊임없이 쓰지만, 졸시 한두 구가 사람들에게 달렸을 따름이네.古人制禮但爲防俗士, 豈得爲君設之乎? 而我不飛不鳴亦何以, 只待朝廷有知己. 已曾讀却無限書, 拙詩一句兩句在人耳."

이것이 이백과 두보를 본받은 것이라면, 바로 동시東施가 맥락도 모르고 덩달아 서시西施를 흉내 내는 것과 같으니, 보는 사람들이 놀라 도망갈 따름이다. 근세에 호기심이 많은 사람이 종종 이런 장애에 빠지므로 상세하게 말한다. 〈기이백寄李白〉의 "눈으로 날아가는 기러기 전송하며 권세가를 마주하네目送飛鴻對豪貴"의 경우는 가구라고 할 만하다.

해제 임화의 〈기이백〉, 〈기두보〉 등의 시를 평론했다. 이백과 두보를 배우면서 좋은 시구도 얻었지만 그 맥락을 파악하지 못하고 그저 흉내만 냄으로써 시구가 천박하게 된 부분이 있음을 지적하고 있다.

〈기이백〉은 천보 5년(746) 임화가 장안에 가서 이백을 만나고자 했으나 만나지 못하고 지은 작품인데, 장편의 잡언으로 전체 78구 463자다. 〈기두보〉는 〈기두습유寄杜拾遺〉라고도 하는데, 광덕廣德 2년(764)에 사천四川의 엄무嚴武가 두보를 검교공부원외랑檢校工部員外郎으로 추천했다는 소식을 듣고서 지은 시로, 전체 53구 348자다.

任華如寄李白云: "登廬山, 觀瀑布. 海風吹不斷, 江月照還空." 余愛此兩句. "登天台, 望渤海. 雲垂大鵬翼, 山壓巨鰲背." 斯言亦好. 至于他作, 多不拘常律. "而我有時白日忽欲睡, 睡覺忽然起攘臂. 任生知有君, 君也知有任生未?" 寄杜甫云: "杜拾遺, 名甫第二才甚奇." "昨日有人誦得數篇黃絹詞, 吾怪異奇特借問, 果然稱是杜二之所爲." "古人制禮但爲防俗士, 豈得爲君設之乎? 而我不飛不鳴亦何以, 只待朝廷有知己. 已曾讀却無限書, 拙詩一句兩句在人耳"等句, 最爲鄙拙, 以此效杜, 正猶東施捧心[1], 見者驚走[2]耳. 近世好奇者[3]往往墮此障中, 故詳言之. 若寄李白"目送飛鴻對豪貴", 可稱佳句.

1 東施捧心(동시봉심): 동시가 가슴을 부여잡다. 즉 '맥락도 모르고 덩달아 흉내 내다'는 뜻이다. 미녀 서시西施가 병이 있어서 눈썹을 찡그리며 아픔을 참았는데 같은 마을의 추녀가 보고 아름답다고 여기어 그의 찌푸림을 흉내 내니 도리어 더 추해 보였다. 이에 훗날 사람들이 그 추녀를 '동시'라고 불렀다.

2 驚走(경주): 놀라 도망가다.

3 好奇者(호기자): 호기심이 많은 사람. 기이한 것을 좋아하는 사람.

33

임화의 〈회소초서가懷素草書歌〉에서 다음과 같이 말했다.

"넘어졌다 광분했다 의기가 많고, 크게 여러 소리 부르짖고 팔을 펼쳐 올리네. 붓을 들어 갑자기 천만 자를 쓰니, 언제 한자 두자가 2장丈이나 길어졌나. 긴 고래가 바다 섬을 내리치며 진동케 하듯 합해지고,

긴 뱀이 정연하고 조화롭게 깊은 풀을 지나가는 것처럼 재빨리 움직이네.一顚一狂多意氣, 大叫數聲起攘臂. 揮毫倏忽千萬字, 有時一字兩字長丈二. 翕若長鯨撥刺動海島, 歘若長蛇戌律透深草."

"화산華山의 큰 돌을 던져 점이라고 여기고, 형산衡山의 진운陣雲을 끌어서 그림이라고 여긴다.擲華山巨石以爲點, 掣衡山陣雲以爲畵."

"온갖 이매, 온갖 망량이여, 나오려나 안 나오려나 어찌 번쩍이나. 또 넓은 바다의 일몰과 같아 음산함이 짙고, 홀연히 천만 흑룡이 뛰어오르네.千魑魅兮萬魍魎, 欲出不出何閃閃. 又如浩海日暮愁陰濃, 忽然躍出千黑龍.

이상의 시구는 주막에서 떠도는 속서俗書에 있는 나쁜 형태를 완연히 보이고 있다. 회소의 초서는 본디 진실로 호탕한데, 오직 임화가 세상물정에 밝고 재주가 변변치 못하여 형상이 도리어 속되게 되었을 따름이다.13)

 임화의 시 〈회소초서가〉를 평가했다. 이 시는 〈회소상인초서가懷素上人草書歌〉라고도 한다. 대력 연간에 지어졌는데, 그 당시 회소는 37명의 작가로부터 시가를 받으며 칭송되었다. 이 작품은 그다지 높은 평가를 받지 못하지만 그중의 한 수에 해당하며, 전체 80구 514자의 장편 잡언시다. 이백도 회소에 대해 "소년의 훌륭한 사람 회소라고 부르는데, 초서가 천하에서 독보적이라고 칭송되네. 회오리바람과 소나기가 놀랍게 몰아치고, 떨어지는 꽃과 휘날리는 눈은 얼마나 망망한가.少年上人號懷素, 草書天下稱獨步. 飄風驟雨驚颯颯, 洛花飛雪何茫茫."라고 칭송했다.

회소懷素(725~785)는 속성이 전씨錢氏이고 자는 장진藏眞이며 법명이 회소다. 어려서 불교를 좋아하여 출가하여 승려가 되었다. 초서에 뛰어났으며 시도 잘 지어서 이백, 두보 등과 교류했다.

---

13) 노동에 관한 시론(제26권 제9칙 및 제11칙)에 여론이 보인다.

任華懷素草書歌云:“一顚一狂多意氣, 大叫數聲起攘臂. 揮毫倏忽千萬字, 有時一字兩字長丈二. 翕若長鯨撥刺動海島, 欻若長蛇戌律透深草.”“擲華山巨石以爲點, 製衡山陣雲以爲畫.”“千魑魅兮萬魍魎, 欲出不出何閃閃. 又如浩海日暮愁陰濃, 忽然躍出千黑龍”等句, 宛見酒肆[1]俗書[2]惡態. 素書本自豪蕩, 但以華識趣庸劣[3], 反形容入俗耳. [餘見盧仝論中.]

ㄱ

간문제簡文帝   161, 189
강엄江淹   153
강총江總   207, 211
견색見嗇   209
경양景陽   3
계응季鷹   34
고계高啓   444
고계적高季迪   444
고달부高達夫   324
고린顧璘   372
고종高宗   523
고화옥顧華玉   373
곽경순郭景純   6, 45
곽박郭璞   6, 46
구양영숙歐陽永叔   511
구지丘遲   163
국수집國秀集   293
굴자屈子   476

ㄴ

낙빈왕駱賓王   191
《남사南史》   100, 122, 133
노동盧仝   484
노두老杜   553
노사도盧思道   219
노상盧象   383
노조린盧照隣   191

ㄷ

당백호唐伯虎   496
《당서唐書》   233
《당시정성唐詩正聲》   323
《당시품휘唐詩品彙》   287
《당음唐音》   304
당인唐寅   495, 496
도정절陶靖節   53
두심언杜審言   271
두확杜確   189

ㅁ

《만수당인절구萬首唐人絶句》   509
매성유梅聖兪   540
매요신梅堯臣   538
맹양양孟襄陽   412
맹호연孟浩然   249
무선茂先   34
문덕황후文德皇后   523
《문슬청화捫蝨淸話》   77
문제文帝   144
문창文暢   187
문통文通   153
미불米芾   102
미원장米元章   102

ㅂ

반니潘尼 37

반악潘岳 3

반정숙潘正叔 37

방옹념方翁恬 573

배적裴迪 342

백아伯牙 233

범운范雲 180

복재復齋 415

부현傅玄 40

《북사北史》 200

ㅅ

사객謝客 99

사공도司空圖 336

사선원謝宣遠 134

사숙원謝叔源 133

사장謝莊 130

사조謝朓 111

사첨謝瞻 133

사형士衡 3

사혜련謝惠連 20, 133

산곡山谷 62

상건常建 383

서릉徐陵 200

서리徐摛 200, 201

서왕모西王母 525

설고공薛考功 114

설군채薛君采 371

설도형薛道衡 182, 219

설직薛稷 295

설혜薛蕙 113

섭몽득葉夢得 59

섭소온葉少蘊 61

소백少伯 290

소보少保 296

소사빈蕭士贇 480

소자유蘇子由 512

소자첨蘇子瞻 70

소정蘇頲 297

소철蘇轍 511

손작孫綽 20, 48

손흥공孫興公 21

송경렴宋景濂 34

송렴宋濂 33

송지문宋之問 237

수양제隋煬帝 207

수옥집搜玉集 293

숙상叔庠 184

숙손통叔孫通 264

숙종肅宗 478

《시산詩刪》 41

심군유沈君攸 199

심전기沈佺期 236

심휴문沈休文 101

ㅇ

안동숙安同叔 577

안수安殊 576

안인安仁 3

안지추顏之推 132

양대년楊大年 577

양동리楊東里 444

양무제梁武帝 178

양백겸楊伯謙 305

양사기楊士奇 444

양사홍楊士弘 304

양억楊億 576

양자楊子 57

양주楊朱 59

양형楊炯　191

《어록語錄》　133

여거인呂居仁　412

여본중呂本中　411

영왕永王　513

오균吳均　149

완공阮公　264

왕균王筠　186

왕마힐王摩詰　70, 329

왕만王灣　293

왕발王勃　190

왕백곡王百穀　496

왕사원王士源　359

왕안국王安國　493

왕유王維　69

왕유정王維禎　555

왕윤녕王允寧　554

왕융王融　161, 175

왕적王適　264

왕창령王昌齡　290

왕치등王穉登　495

왕평보王平甫　493

왕포王褒　209

왕형공王荊公　511

왕홍王弘　134

우세남虞世南　229

우순虞舜　525

운경雲卿　299

원결元結　395

원공사遠公社　95

원유지元裕之　44

원장元長　161

원진元稹　419

《원해수집서袁海叟集序》　449

원호문元好問　44

위단이韋端己　293

위소韋昭　40

위응물韋應物　7

위장韋莊　290

위징魏徵　229

유견오庾肩吾　161, 189

유곤劉琨　42

유균劉筠　576

유기劉基　306

유량庾亮　48

유백온劉伯溫　306

유수계劉須溪　264

유신庾信　200

유운柳惲　187

유월석劉越石　42

유자의劉藉儀　577

유진옹劉辰翁　264

유차劉叉　484

유효위劉孝威　183

유효작劉孝綽　181

육구몽陸龜蒙　418

육기陸機　3

육사룡陸士龍　38

육운陸雲　39

은번殷璠　377

음갱陰鏗　198

응거應璩　59

이교李嶠　300

이기李頎　267

이덕림李德林　219

이동양李東陽　372

이린李璘　513

이보국李輔國　479

이본녕李本寧　402

이빈지李賓之　373

이상은李商隱　578

이유정李維楨　402

이의산李義山 578
이적李赤 374, 493
이징李燈 339
임방任昉 164
임화任華 483

ㅈ

자심子深 208
자연子淵 208
잠가주岑嘉州 315
장계응張季鷹 361
장공張公 38
장구령張九齡 301
장래의張來儀 444
장맹양張孟陽 39
장무선張茂先 34
장열張說 237
장우張羽 444
장욱張旭 411
장장사張長史 412
장재張載 39
장정견張正見 209, 210
장한張翰 33
장협張協 3
장화張華 34
장후張後 479
《재조집才調集》 293
저광희儲光羲 380
저수량褚遂良 233
전예형田藝衡 512
전유연錢惟演 576
전자예田子藝 513
전희성錢希聖 577
《정성正聲》 324
제기齊己 493

조영祖詠 379
종자기鍾子期 233
좌사左思 5
좌태충左太沖 24
주목왕周穆王 523
주원회朱元晦 264
증삼曾參 435
증자曾子 435
《진서晉書》 94
진자앙陳子昂 248
진후주陳後主 211

ㅊ

《창랑시화滄浪詩話》 24
채관부蔡寬夫 92
청련靑蓮 182
초당사자初唐四子 305
최융崔融 237
최호崔顥 279

ㅌ

탕혜휴湯惠休 122
태종太宗 232
태충太沖 5

ㅍ

포명원鮑明遠 137
《품휘品彙》 289

ㅎ

하손何遜 146, 181
하승천何承天 151

《하악영령집河嶽英靈集》　294
한구韓駒　414
한자창韓子蒼　415
허순許詢　48
허호許浩　414
허혼許渾　422
현종玄宗　311
현휘玄暉　161
《협중집篋中集》　398

혜원慧遠　93
홍매洪邁　509
홍위공洪魏公　509
환온桓溫　48
황노직黃魯直　541
황성증黃省曾　111
황영皇英　479
황정견黃庭堅　60, 538
휴문休文　161

지은이_ 허 학 이許學夷

허학이(1563~1633)는 자가 백청伯淸이고 지금의 강소성江蘇省 무석武錫 사람이다. 어릴 때부터 문사文史 지식에 뛰어났으며 다른 잡기를 배우지 않고 두문불출하며 오직 학문 연구에민 몰두하였다. 과거시험에 뜻을 두지 않았고 높은 권력에 아부하지 않았으며, 강직한 성품으로 절의를 중시하였다. 창주시사滄洲詩社를 결성하여 여러 문인들과 교류했으며, 31세부터 40년의 세월 동안 줄곧 그의 대표작인 《시원변체》를 완성하는 데 심혈을 기울였다.

─역주자 소개─

역주자_ 박 정 숙朴貞淑

계명대학교를 졸업하고 2008년도에 중국 남경대학에서 문학박사학위를 취득했
다. 현재 계명대학교에서 연구와 강의를 하고 있다. 주로 당대 이전의 시에 대해
관심을 가지고 있으며, 중국 고전문학 전반에 걸친 문헌자료 연구에도 관심이 많
다. 이 책의 제1권~제33권 및 기타 등을 역주했다.

역주자_ 신 민 야申旻也

숙명여자대학교를 졸업하고 2000년도에 중국 남경대학에서 문학박사학위를 취득
하였다. 현재 숙명여자대학교에서 초빙교수로 재직하고 있으며 주로 명대 시에 대
해 관심을 가지고 있다. 이 책의 총론(제34권~제36권) 및 후집찬요 2권을 맡았다.

시원변체

詩源辯體